hanser**blau**

Unverkäufliches Leseexemplar

Ihre Meinung zu diesem Buch ist uns wichtig!
Wir freuen uns auf Ihre Leserstimme an
leserstimme@hanser.de

Mit dem Versand der E-Mail geben Sie uns
Ihr Einverständnis, Ihre Meinung zitieren zu dürfen.

Wir bitten Sie, Rezensionen nicht vor dem 14. Februar 2022
zu veröffentlichen. Wir danken für Ihr Verständnis.

Imogen Crimp

UNSER WIRKLICHES LEBEN

Roman

Aus dem Englischen von
Margarita Ruppel

hanserblau

Die englische Originalausgabe erschien 2022 unter dem Titel
A Very Nice Girl bei Bloomsbury Publishing in London.

Es wurde zitiert aus *Werke – Zweiter Band* von Jean Rhys
in der Übersetzung von Simon Werle, Rogner & Bernhard, 1985.

1. Auflage 2022

ISBN 978-3-446-27285-9
Copyright © 2022 by Imogen Crimp
Alle Rechte der deutschsprachigen Ausgabe:
© 2022 hanserblau in der
Carl Hanser Verlag GmbH & Co. KG, München
Umschlag: ZERO Werbeagentur, München
Bildnachweis: © PixxWerk®, München unter Verwendung
von Motiven von Shutterstock.com
Satz: Greiner & Reichel, Köln
Druck und Bindung: CPI books, Leck
Printed in Germany

›Sowas sagt man doch nicht‹, hab ich ihm gesagt.
Und er sagte: ›Aber es ist doch wahr, oder?
Für fünf Pfund bekommt man ein sehr hübsches
Mädchen, wirklich schon ein sehr hübsches; man
bekommt ein sehr hübsches Mädchen sogar umsonst,
wenn man nur weiß, wie man's anstellen muß.‹

JEAN RHYS, »IRRFAHRT IM DUNKEL«

ERSTER TEIL

1

LAURIE KELLNERTE an diesem Abend, statt hinter der Bar zu stehen, also blieben die gratis Drinks für mich aus. Aber ich hatte einen guten Tag und überlegte, mir noch einen zu bestellen, als der Mann neben mir sich umdrehte und mich ansprach.

Ich habe dich eben gesehen, sagte er. Beim Singen. Das warst doch du, oder nicht?

Ich nickte.

Ja.

Ich wartete darauf, dass er noch etwas sagte. Sie wollten immer noch etwas sagen, die Männer, die mich ansprachen. Normalerweise etwas darüber, wie schön mein Gesang, oder ich, sei. Oder wie sexy. Grob geschätzt, entschied sich die eine Hälfte für *schön* und die andere für *sexy*. Oder es ging in ihrem Monolog darum, dass eins der Lieder, die ich an dem Abend gesungen hatte, sie in eine Zeit zurückversetzt habe, in der sie dieses oder jenes getan hätten, an diesem oder jenem Ort gewesen seien, oder darum, wie meine Stimme sie an ihre Ex-Freundin oder getrennt lebende erste Ehefrau oder ihre Mutter erinnere, wobei ich meistens den Faden verlor.

Dieser Mann sagte jedoch nichts mehr. Er nickte ebenfalls und wandte seine Aufmerksamkeit dann wieder seinem

Drink zu, ließ die Flüssigkeit im Glas kreisen, blickte tief hinein. Das ärgerte mich.

Wie hat es dir denn gefallen?, fragte ich.

Ja, doch, sagte er. Es war gut, schätze ich.

Okay.

Ganz ehrlich? Nicht so mein Fall.

Oh.

Er verstummte wieder.

Warum bist du dann hier?, fragte ich.

Ich saß auf einem dieser drehbaren Barhocker, und er legte eine Hand auf dessen Rückseite und schwang mich herum, sodass ich das Fenster im Blick hatte. Ich wollte ihn fragen, was zur Hölle das wohl werden sollte, doch als ich ihn ansah, war sein Gesicht so ausdruckslos, so gleichgültig meiner Reaktion gegenüber, dass es peinlich gewesen wäre, mich aufzuregen. Es machte mir auch nichts aus, nicht wirklich. Aber ich wusste, dass es mir vermutlich etwas hätte ausmachen sollen.

Er deutete aus dem Fenster.

Siehst du das Gebäude da?

Das graue?

Ja. Zähl hoch bis zum fünften Stock. Hast du es? Siehst du das äußerste Fenster auf der linken Seite? Das ist mein Fenster. Dort arbeite ich.

Oh, okay, sagte ich. Bist du dann öfters hier?

Hast du mich das gerade wirklich gefragt?

Du weißt, was ich meine.

Er lächelte ein schmales Lächeln.

Ich bin ziemlich oft hier, ja. Ich glaube, ich habe dich sogar schon mal singen gehört. Vielleicht war es aber auch jemand anders.

Wir hören uns alle gleich an, was?

Er zuckte mit den Schultern.

Wie gesagt, ich verstehe nicht viel davon.

Was machst du denn dort drüben?, fragte ich.

Kennst du dich im Finanzwesen aus?

Gar nicht, nein.

Na also, und ich schmolle deswegen auch nicht, oder? Das ist jedenfalls, was ich mache, und heute war ein langer Tag. Um also deine ursprüngliche Frage zu beantworten, ich bin nicht wirklich wegen der Musik hier, sagte er, als würde er einem Kind erklären, dass er zu müde fürs Fingerfarbenmalen sei. Versteh mich nicht falsch, ich bin mir sicher, es war bezaubernd. Aber ich bin hier, weil ich einen Drink brauchte.

Alles klar.

Aber es tut mir leid, wenn ich dich verletzt habe.

Er lächelte und wandte den Blick ab.

Normalerweise läuft es ungefähr so ab. Jemand versucht, dich aufzureißen, und entweder ist er so dumm, dass du deine Intelligenz verstecken musst und immerzu sagst *ach wirklich!* oder *wie witzig!* und wie eine hohle Nuss lachst, damit du ihn nicht abschreckst, obwohl du dir eigentlich nichts sehnlicher wünschst, als ihm deinen Drink ins Gesicht zu schütten. Oder aber er ist schlau, er ist schlau und möchte sich über dich lustig machen. Er will dir ein Bein stellen und dich auslachen, wenn du ausgestreckt auf dem Boden liegst.

Dieser Mann war weder das eine noch das andere. Nicht so ganz. Ich wurde nicht schlau aus ihm. Zum einen schien er nicht daran interessiert, mir näher zu kommen. Er hatte eine Hand auf seinem Bein, die andere an seinem Drink. Er hatte nicht noch mal versucht, die Lücke zwischen uns zu schließen. Wenn überhaupt, war er weiter weggerückt, und ich lehnte mich auf einmal vor, um zu hören, was er sagte.

Und seine Worte schienen keine bestimmte Absicht zu verfolgen. Es schien ihn nicht zu kümmern, wie ich reagierte. Er warf sie achtlos hin, wie jemand Essensreste in einen Hundenapf schmeißt, nur um sie loszuwerden und ohne darauf zu warten, dass sie aufgegessen werden.

Mir war nicht klar, dass du überschwängliches Lob erwartet hattest, sagte er. Verzeih mir.

Ist schon gut. Wir Künstlerinnen sind einfach sensibel, weißt du?

Ach?

Ja, sagte ich. Wenn meine Zuhörer mir also nicht gleich sagen, dass es ihnen gefallen hat, gehe ich davon aus, dass sie es schrecklich fanden.

Und das ist ein Problem für dich?

Nun, ja, sagte ich. Weil ich dann denke, dass es vermutlich schrecklich war, und dann, na ja, eskalieren die Dinge ziemlich schnell im Kopf einer Künstlerin. Bevor wir wissen, wie uns geschieht, ersticken wir in Selbsthass, sagen uns, dass es jetzt reicht, dass es Zeit ist, aufzugeben, unsere Niederlage zu akzeptieren, wir sind nicht gut und werden es niemals sein, und jeder andere hier weiß das, wir versinken in dem Gefühl, jemand hätte uns kopfüber in eine Grube geschubst, aus der wir herauszukriechen versuchen, während von oben jemand Erde hineinschaufelt. Und das alles nur, weil es jemand gewagt hat, das Gespräch mit einer Bemerkung über das Wetter oder die Zahl der Gäste auf der After-Show-Party zu beginnen, anstatt gleich zum wichtigen Punkt zu kommen – wie fabelhaft wir waren, was ehrlich gesagt alles ist, worüber wir reden wollen.

Ich gab ein kleines Lachen von mir, um zu zeigen, dass ich es ironisch meinte, aber er schien es nicht zu bemerken.

Das klingt sehr anstrengend, sagte er.

Glaub mir, das ist es.

Dann lass mich dir einen Drink ausgeben, und wir beginnen diese ganze Sache noch mal von vorne.

Er deutete auf mein leeres Glas.

Was trinkst du?

Was auch immer du trinkst, sagte ich.

Er wandte sich an den Barkeeper, und ich musterte ihn, während er sprach. Er war älter als ich – Ende dreißig, Anfang vierzig vielleicht – und attraktiv. Beinahe schön, denn irgendwie hatte er etwas Feminines an sich, obwohl seine Schultern breit waren und sein Haarschnitt der eines typischen City-Bankers. Seine Wimpern vielleicht. Er hatte hübsche lange Wimpern, geschwungen und hell wie die einer Frau. Doch seine Art der Schönheit strahlte eine Kälte aus. Schwer zu erahnen, was sich dahinter verbarg.

Der Barkeeper stellte uns zwei Drinks hin.

Was ist das?, fragte ich. Meiner unterschied sich von seinem.

Probier mal, sagte er. Du wirst es mögen.

Und er hatte recht. Das Getränk war cremig und süß. Es wärmte mir die Kehle.

Also, wo waren wir stehen geblieben?

Wir wollten von vorne anfangen.

Stimmt. Genau. Also ...

Er drehte sich auf seinem Hocker, bis er mir zugewandt war.

Also, sagte er. Ich habe dich eben gesehen. Beim Singen. Das warst doch du, oder nicht?

Ich nickte.

Ja.

Ich hoffe, du hältst mich nicht für aufdringlich, sagte er. Ich meine, weil ich dich einfach so anspreche, während du hier alleine sitzt. Wenn du möchtest, dass ich aufhöre, sag es. Dann höre ich auf.

Ich sagte nichts.

Er fuhr fort.

Ich wollte dir nur sagen, wie sehr es mir gefallen hat. Deine Stimme, meine ich. Wie bezaubernd sie war. Wirklich, ich meine es ernst.

Ich lachte.

Ach, danke, sagte ich. Das ist lieb.

Nein wirklich. Ehrlich. Ich meine es ernst. Lach nicht. Wie heißt du?

Anna.

Anna, wiederholte er. Ich meine es ernst, Anna. Das ist kein Witz. Willst du die Wahrheit hören? Ich habe dich hier tatsächlich schon mal gehört. Und ja, bevor du etwas sagst, ja, ich weiß, was ich gesagt habe. Aber du warst es definitiv, das weiß ich. Und die Wahrheit ist, es hat mir gefallen.

Er lächelte und zuckte mit den Achseln, sein Blick leer und unschuldig.

Es ist nicht unbedingt mein Ding, wie gesagt. Nichts, womit ich mich auskenne. Aber, ich weiß nicht, es hatte etwas an sich, du hattest etwas an dir. Es hat mir gefallen.

Zuerst dachte ich, er mache sich über mich lustig, und versuchte, einen Gesichtsausdruck aufzusetzen, der zeigen sollte, dass ich verstand. Dass ich bei seinem Witz mitspielte. Doch er redete weiter, *ich bin schon ein paarmal hierher zurückgekommen, an Abenden, an denen ich dachte, du wärst hier. Ich wollte dich wiedersehen,* und er sah mich weiter unverwandt an, seine Augen blickten geradewegs in meine, blinzelten nicht hinunter zu meinen Lippen oder meinen Brüsten oder meinen Beinen, und nach einer Weile war ich mir nicht mehr sicher, was er tat. Ich wusste nicht mehr, was ich mit meinem Gesicht anfangen sollte. Seine Stimme fuhr immer weiter fort, sanft und beruhigend, und ich dachte an nichts anderes mehr als daran, wie sie sich anhörte, alles andere entglitt mir allmählich, all die Gefühle, all die Gedanken strömten aus meinem Körper wie eine Welle, die ins Meer gesogen wurde.

Er sprach nun von der Intensität. Irgendwas über Intensität und Atmosphäre, *wie ein Magnet*, er sagte jedenfalls etwas über Magneten und auch über meine Augen, er sprach von meinen Augen.

Aber da ist etwas, sagte er, ich kann es nicht erklären, aber da ist etwas, das du brauchst, um zu tun, was du tust, und ich weiß nicht viel darüber, aber ich weiß, dass du es hast.

Doch dann erkannte ich, dass seine Mundwinkel ein wenig nach oben zeigten und in seinen Augen ein kalter, harter Schimmer lag, wie bei einem Schuljungen, dessen Streich kurz vor der Enthüllung stand, und er endete mit: *Deine Stimme, sie hat ... sie hat einfach zu mir gesprochen*, und dann grinste er, und ich wusste mit Sicherheit, dass er sich über mich lustig machte, und wollte mich unter dem Tisch verkriechen.

Ich griff nach meinem Drink und wandte meinen Blick ab von ihm.

Was?, sagte er. Was? Ich hab's versucht. War das nicht besser?

Viel besser, sagte ich. Danke.

Hey, ich wollte dich nicht verärgern. Reg dich nicht auf.

Ich rege mich nicht auf. Gut gemacht, das kannst du wirklich gut.

Danke.

Ich habe dir fast geglaubt, sagte ich.

Wer sagt, dass es nicht die Wahrheit war?

Doch seine Augen lachten immer noch.

Dann erklärte er mir, worum es in seinem Job ging, und während er sprach, zupfte ich an einem Stück Haut an meinem Daumen herum. Ich kam mir dumm vor. Er hielt mich für eitel, affektiert, und er hatte recht, das war mir klar, deshalb hatte ich das Gefühl, er hätte mir eine Streichholzflamme unter den Fingernagel gehalten. Ich hatte es noch nie gemocht, aufgezogen zu werden, hatte nie gewusst, wie ich darauf reagieren sollte. Ich war eins dieser empfindlichen Kinder gewesen, die unter Tränen zum Lehrer rannten, wenn jemand etwas Gemeines zu ihnen sagte, aufrichtig überzeugt von der moralischen Richtigkeit des Universums, in dem Glauben, dass Menschen, die etwas Falsches getan haben, dafür zur Verantwortung gezogen werden.

Die Art, wie er mit mir sprach, fühlte sich widersinnigerweise gut an, obwohl es wehtat, wie einen Mückenstich zu kratzen, bis er blutet. Da war etwas an der Art, wie er mich ärgerte und herabsetzte, mir Dinge erklärte und sagte, *hast du das jetzt verstanden?*, und ja, da war ich, spielte mit, schmollend und posierend wie ein kleines Mädchen, mich selbst dafür hassend, und dachte, *du sollst mich mögen, du sollst mich mögen, du sollst mich mögen*.

Also, sagte er, als er fertig war. Du bist nicht sehr entgegenkommend, oder?

Bin ich nicht?

Ich machte diese Sache, über die sich meine Gesangslehrerin immer aufregte, ließ meine Stimme am Ende jedes Satzes hochgehen und in ein nervöses Kichern übergehen. *Mit der Atmung*, sagte sie dann. *Steh dazu. Entschuldige dich nicht.*

Nein. Du hast mir fast gar nichts erzählt. Alles, was ich über dich weiß, ist, dass du schnell beleidigt bist. Na los. Erzähl mir etwas über dich.

Das würde ich gerne, aber da gibt es nicht viel zu erzählen.
Wieder dieses defensive Lachen.
Probier es.
Ich überlegte.
Ich stellte mir vor, wie ich die Fäden meines kleinen Lebens vor ihm auspackte, ausbreitete und ordnete, mich fragte, *was würde er schön finden? Was würde er haben wollen?*

Nein, nichts davon, er würde nichts davon wollen, das konnte ich jetzt schon sagen. Er würde es schäbig und billig und überhaupt nicht nach seinem Geschmack finden. Die Art von Leben, die nur aus vier Wänden ohne Bilder besteht, Bilder sind nicht erlaubt, denn sie würden den Anstrich oder die hässlichen blassen Möbel beschädigen – diese Möbel, die nur für provisorische Zimmer gekauft werden, von Menschen, die nicht vorhaben, dort jemals zu wohnen. Das würde ich ihm nicht zeigen. Lauries lange Haare zusammengeknäult in meiner Haarbürste zu finden, meine fehlenden Klamotten in ihrer Kommode, nur so lange in der Badewanne bleiben zu können, bis ich unsere Vermieter, die Ps, unten auf der Treppe flüstern hörte – und selbst wenn ich meinen Kopf untertauchte, selbst wenn ich den Wasserhahn aufdrehte, konnte ich sie noch immer hören, als wären sie gleich neben mir, als wären sie mit mir in die Wanne gestiegen und flüsterten mir ins Ohr. Ich stellte mir vor, wie er den Stoff all dessen zwischen Zeigefinger und Daumen rieb, sich dachte, *nein, zu dünn, billig*, und ihn wieder fallen ließ.

Und die Nächte mit Laurie. Die würde ich ihm nicht zeigen. Sie und ich, von einem hinterletzten Loch Londons zum nächsten, billige Bars, fremde Wohnzimmer, mit denselben blassen Möbeln wie bei uns – aus demselben Katalog –, an all diese Orte würde er niemals gehen. Nichts davon. Nicht dieses üble Gefühl in meinem Bauch, wenn ich im Bett lag und hörte, wie die Ps sich im Dunkeln auf der Treppe bewegten. Ich hörte, wie ihre Finger suchend über die Tapete tasteten, während sie sich ihren Weg bahnten – tip tip tip, wie Käfer im Holz –, nachts wollte ich nicht auf Toilette gehen, falls sie da wären und sie sagen würde, *wieder mal wach, wie?* Als ich einmal eine Blasenentzündung hatte, pinkelte ich lieber in meine schmutzige Kaffeetasse, als Mrs P erneut sagen zu hören *wieder mal wach, wie?* zum fünfzehnten Mal, während sie am Fuß der Treppe auf der Lauer lag wie eine riesige Schlange, *kannst nicht schlafen, hm?* Nein. Nichts davon. Das konnte ich ihm nicht zeigen.

Vor allem aber nicht die Hässlichkeit dieses Lebens. Damit konnte ich ihn nicht beeindrucken. Das konnte ich ihm nicht stolz präsentieren und ihn fragen, was er davon hielt. Die Flecken auf der Unterwäsche, die nicht mehr rausgehen, das alte Make-up, das sich, klumpig und ausgetrocknet, nicht glatt an meine Haut schmiegt, die Absätze, die ein Klick-Klack-Geräusch machen, weil sie eine Reparatur benötigen und ich auf Metall laufe. Und die Langeweile daran. Die Langeweile daran, jeden Monat das Geld zu zählen, *reicht es, reicht es nicht?* Frühmorgens im Übungsraum stehen, immer und immer wieder dieselbe Note singen – *es ist noch nicht ganz richtig, noch nicht, es ist noch nicht perfekt, es muss perfekt sein* – und den Raum erst nachts wieder verlassen, die grauen Straßen ein Nichts, weil mein Kopf voll von Musik ist, mein Körper pulsiert, summt zu seinem ganz eigenen Rhythmus und alles um mich in den leuchtendsten Farben. Das würde er nicht verstehen. Nicht, dass ich mir selbst immer wieder sagte, *es wird sich auszahlen, dieser Teil meines Lebens, er wird sich auszahlen, eines Tages werde ich über all dies lachen.* Das würde ich ihm nicht zeigen – weder, wie ich mir das immer wieder in diesem kahlen weißen Zimmer einredete – kalt, dort war es immer kalt –, noch die traurigen Sirenen, die vor dem Fenster aufstöhnten, das Heulen des Verkehrs, launenhaft wie ein Kind, das seinen Willen nicht bekommt – nein –

Er sah mich erwartungsvoll an, also erzählte ich ihm das Einzige, was in meinen Ohren vielversprechend klang.

Ich bin eigentlich keine Jazzsängerin, sagte ich. Ich bin Opernsängerin.

Es war schon spät. Die Bar leerte sich. Lauries Schicht war zu Ende, also kam sie rüber und bot ihm das volle Programm, laut und frech, spielte mit ihren Haaren und neckte ihn. Ich dachte, er würde sich ihr zuwenden, und fühlte so was wie Erleichterung, aber er schien kein Interesse zu haben. Er lauschte ihr mit einem höflichen Zuhör-Gesicht – so eins, das ein wenig angestrengt aussieht, als würde sie ihm versehentlich ins Gesicht spucken.

Dann sagte er, er müsse gehen, und wir alle verließen die Bar zusammen. Draußen auf der Straße steckte er mir eine Karte zu und sagte, *ruf mich an, dann gehen wir essen*, und ich sagte, *alles klar*, und er sagte, *gut*, und dann ging er fort. Nicht in Richtung der U-Bahn, sondern in die entgegengesetzte.

Laurie hakte sich bei mir ein, und wir gingen zur Haltestelle. Wir waren in dem Teil von London mit all den Büros, wo niemand wirklich wohnt, und obwohl die Gebäude hell erleuchtet waren, war auf den Straßen niemand zu sehen.

Was für ein Idiot, sagte Laurie. Hat er dir gefallen?

Ich weiß nicht. Nicht wirklich.

Doch ich wurde sein Bild nicht los, als hätte es sich auf der Innenseite meiner Augenlider eingebrannt, und während Laurie sprach, hörte ich die ganze Zeit seine Stimme in meinem Kopf.

In der U-Bahn grölte eine Gruppe betrunkener Männer. Eine Frau betrachtete ihr Gesicht im Display ihres Handys, zupfte an der Haut unter ihren Augen herum und versuchte, sie glatt zu ziehen.

Ich holte mein Buch heraus, um seine Karte hineinzustecken. Prévosts *Manon*. Ich lernte die Rolle am Konservatorium und wollte sehen, wo die Geschichte herkam. Laurie sah sich das Cover an.

Sie ist eine Hure, oder?, sagte sie. Manon? Ich glaube, das habe ich mal gelesen.

Keine Ahnung. Ich habe es noch nicht angefangen.

Ja, ist sie. Sie dir nur das Bild an. Und Männer schreiben keine Bücher mit einem Frauennamen als Titel, wenn es nicht um irgendeine Art von Hure geht, oder? Fällt dir eins ein?

Madame Bovary, sagte ich. Die ist keine Prostituierte.

Na ja, vielleicht keine professionelle, aber sie ist definitiv so was wie eine Hure.

Anna Karenina.

Dito.

Alice im Wunderland.

Das ist für Kinder, sagte sie. Das zählt nicht.

Mir fielen keine mehr ein.

Laurie seufzte.

Luke hat mir vorhin geschrieben, sagte sie. Er will sich treffen.

Aber du machst es nicht?

Nein.

Sie fing an, von Luke zu erzählen. Wie er versucht hatte, ihre Kreativität zu ersticken. Sie zu einem festen Job zu überreden. Sie zu zerstören, mit anderen Worten. Ihr sei klar geworden, dass er versucht habe, sie zu zerstören. All das hatte ich schon von ihr gehört. Laurie war Schriftstellerin und führte Teile ihres Lebens gerne immer und immer wieder aus. Ich konnte ihr nie etwas erzählen, das sie überrascht hätte, denn ihr war stets etwas Ähnliches passiert, und sie berichtete mir stattdessen davon.

Er hat nie das Richtige über mein Schreiben gesagt, erzählte sie. Oder sogar komplett das Falsche. Von oben herab. Dinge wie – *sehr schön, Baby, aber, na ja, ich bin mir nicht ganz sicher, ob –*. Also sagte ich irgendwann, dass ich nichts schrieb, obwohl das nicht stimmte, weil ich Angst hatte, er würde es lesen wollen. Wie er die Worte auf jeder Seite mit dem Finger verfolgt hat. Stirnrunzeln, dann gespielte Begeisterung, als würde er meine minderwertige Bastelarbeit beurteilen. Es ging so weit, dass ich jeden Satz, den ich schrieb, wieder durchstrich, weil ich mir vorstellte, wie er ihn las und was er denken und was er sagen würde. Und der Sex war immer vorbei, sobald er gekommen war, weißt du, auch wenn ich noch nicht so weit war. Er war einer von diesen Männern. Einen Scheiß werd ich tun und ihn jetzt treffen.

Sie klang hart und wütend, aber sie sah traurig aus, drehte mit den Fingern eine Haarsträhne ein. Sie war achtundzwanzig und sehr hübsch, wie ich fand – blond, groß und schlank –, aber sie machte sich Sorgen ums Älterwerden. Sie zog mich neben sich vor den Spiegel, um zu vergleichen, an welchen Stellen mein Gesicht glatt und ihrs faltig war.

Triffst du dich mit diesem Mann?, fragte sie.

Vielleicht. Soll ich?

Ich würde mit ihm essen gehen. Warum nicht? Er wird dich schön ausführen. Männer wie er machen das so. Er hat Geld, sagte sie und betonte das Wort verächtlich, als wäre es eine Geschlechtskrankheit. So viel ist klar.

Laurie hatte ein besitzergreifendes Interesse am Geld anderer Leute. Sie konnte es stets bei jemandem erschnüffeln und es ihm aus den Rippen leiern, wie ein Trüffelschwein.

Das, sagte sie, war ein sehr teurer Anzug. Und die Uhr. Hast du die Uhr gesehen?

Ich schüttelte den Kopf. Hatte ich nicht.

Hast du nicht gesagt, er ist ein Idiot?, fragte ich.

Na und? Du musst ihn ja nicht heiraten. Wahrscheinlich ist er schon verheiratet. Meiner Erfahrung nach sind das die meisten.

Was, Männer?

Diese Art von Mann.

Welche Art von Mann?

Die Art, die Mädchen in einer Bar auflauert.

Würdest du das auflauern nennen? Ich würde das nicht auflauern nennen.

Nein, sagte sie. Natürlich würdest du das nicht.

So war er nicht, sagte ich. Die meisten Männer, mit denen ich dort rede, geben mir einen Drink aus und tun so, als wäre das ihre Eintrittskarte. Gültig und bereit zum Abstempeln. Sie wollen nicht mal ansatzweise etwas über mich wissen. Er war anders. Er – es war, als würde er mir seinen Finger auflegen und zudrücken, bis es wehtat. Weißt du, was ich meine?

Ja. Du willst ihn vögeln, weil er heiß und irgendwie fies ist und du eine Masochistin bist. Ist schon okay, Anna. Dafür musst du dich nicht schämen. Es gibt Schlimmeres, was du sein könntest. Und du musst wirklich bald jemanden vögeln. Ich habe mal keine Ohrringe getragen, solange wie du keinen Sex mehr hattest, und meine Löcher sind zugewachsen.

Danke für dieses anschauliche Bild, sagte ich.

Gerne. Morgen ist unsere Miete fällig, oder?, fragte sie.

Erster Freitag im Monat. Ja.

Du musst mir wahrscheinlich was leihen. Nicht viel. Fünfzig oder so. Bei mir wird es knapp.

Klar.

Ich hatte genug. Diesen Monat hatte ich ein paar zusätzliche Auftritte gemacht und gerade mein Honorar bekommen. Da war ein dicker Umschlag in meiner Tasche.

Ich kann es dir sofort geben, sagte ich.

Ich holte das Geld raus und gab ihr die Scheine. Es machte mir nie etwas aus, ihr Geld zu leihen. Sie zahlte es mir nie zurück, dafür war sie übertrieben großzügig, wenn sie Geld hatte, dann bestand sie auf Luxus und zahlte für alles – Drinks, Abendessen und Taxis. Deshalb rann ihr das Geld durch die Finger wie Wasser, deshalb brauchte sie immer welches, und deshalb hasste sie Menschen, die welches hatten.

Sie musste Angst gehabt haben, mich darum zu bitten, denn danach war sie glücklich. Wir stiegen aus und lachten viel über nichts, den ganzen Weg entlang der Mitcham Road, wo die Leute sich in Grüppchen scharten, egal wie kalt es war – sie versammelten sich vor dem prachtvollen alten Kino, das jetzt ein Bingo-Saal war, schrien und küssten sich auf der Straße, spielten Handymusik, standen Schlange vor dem Nagelstudio, das zu später Stunde Toast verkaufte. Weiter oben wurde es jedoch ruhig, und Schaufensterpuppen starrten uns aus den unbeleuchteten Schaufenstern an. Üppig geschminkte Köpfe in Perückenläden. Stoffhandlungen mit Kindermannequins in Festkleidung aus Satin. Laurie brachte mich dazu, Parts aus den Jazzsongs zu singen, die sie mochte, und fiel ein, wenn sie den Text kannte, *suddenly I saw you there, and through foggy London town, the sun was shining everywhere*, und die Passanten starrten uns an.

Erst als wir in unsere Straße einbogen, verschlechterte sich ihre Laune. Sie sagte nichts mehr, seufzte ein paarmal, und ich spürte dieses wütende, Übelkeit erregende, hoffnungslose Gefühl in meinem Bauch und wusste, dass es ihr ebenso ging. Sie schob den Schlüssel in die Tür und sagte, *dieses verdammte elende Haus, dieses verdammte elende Leben, warum machen wir das, Anna? Ich sollte mir einen richtigen Job suchen. Das sollte ich. Das werde ich. Ich halte das nicht mehr aus*, und dann drehte sie den Schlüssel um.

2

AM MONTAGMORGEN hatte ich eine Gesangsstunde bei Angela. Ich nahm die U-Bahn nach Moorgate – die Pendler, die sich in die Northern Line quetschten, waren mit jedem Halt in Richtung City businessmäßiger und teurer gekleidet – und stieg dann für eine Haltestelle bis Farringdon um. Als ich die Clerkenwell Road entlangging, war der Himmel noch trüb, wie von einer Energiesparlampe erleuchtet, und das Konservatorium war leer und still. Musiker waren in der Regel nicht gerne so früh auf den Beinen, doch Angela liebte das. *Wenn du die Stimme früh morgens zum Laufen bekommst,* pflegte sie zu sagen, *dann kannst du sie jederzeit zum Laufen bekommen.*

Sie war schon im Übungsraum. Es war neun Uhr, und sie sah wie immer bereit für die Bühne aus – Seidenbluse, Lippenstift, High Heels.

Schönes Wochenende gehabt?, fragte sie.

Nicht schlecht. Ich habe bei einer dieser Charity-Dinner-Sachen gesungen, die Marieke immer rumschickt. Frankie auch.

Tapfer von dir. Da muss man allerlei Unsinn singen, oder?

Es war eigentlich ganz okay. Gilbert und Sullivan. Ein bisschen Jazz. Und ein paar große Opernhits, die jeder kennt. Frankie hat sich an ›Nessum Dorma‹ herangewagt. Es hat Spaß gemacht. Oder na ja, es gab immerhin etwas zu essen.

Angela gab ihr Missfallen mit einem theatralischen *Tss* kund.

Jesus, sagte sie. Ein absolut unpassendes Repertoire für ihn. Wer ist noch gleich sein Lehrer? John? Wusste John, dass er das singen würde?

Glaube nicht. Aber Frankie hat es hinbekommen. Du weißt doch, wie er ist, ihn bringt nichts so leicht aus der Fassung. Jedenfalls war die Bezahlung gut.

Eure Stimmen für eine schnelle Mark zu prostituieren, sagte sie. Schrecklich verantwortungslos von euch. Dann lass uns mal schauen, wo wir stehen, nach all dem Gekreische.

Sie spielte einen Akkord und sang eine Übung vor, die ich nachmachen sollte. Ein simpler Dreiklang, offener *Ah*-Vokal, nichts Besonderes – und doch, meine Güte, Angela Lehmann im selben Raum wie ich, sie gleich neben mir singen zu hören, diese Stimme so nah – dieselbe, der ich jahrelang allein in meinem Zimmer zugehört hatte. Ihre Stimme war die erste, in die ich mich verliebte. Als Jugendliche hatte ich ihre Aufnahmen entdeckt, überwältigt von der Schönheit und all dem, was eine menschliche Stimme sein konnte – ihre samtige Stärke, so süß und dunkel und üppig, dass es wehtat. Als Studentin hatte ich einmal Geld gespart, um nach London zu fahren und sie in *Tosca* zu sehen. Nach der Show wartete ich vor dem Bühneneingang und hoffte auf eine Chance, mit ihr zu sprechen – doch es fing an zu regnen, und sie kam nicht.

Ich wollte immer am Konservatorium studieren, weil ich wusste, dass sie dort lehrte, aber es war eine vage Wunschvorstellung – so wie ein Kind sagt, dass es ins Weltall fliegen möchte, wenn es groß ist. Für das Grundstudium bewarb ich mich noch nicht, war zu eingeschüchtert von den endlosen Anforderungen fürs Vorsingen und den fachlichen Ausführungen auf der Webseite – sie wollten Sänger, die *künstlerisch aufrichtig* seien, stand dort. *Vielseitig. Musikalisch exzellent. Stimmlich vorbereitet auf die Ansprüche eines professionellen Trainings.*

Ich landete an einer kleinen Hochschule für darstellende Künste außerhalb Londons und blieb dort für das Aufbaustudium, als mir ein Stipendium angeboten wurde. In meinem Abschlussjahr bewarb ich mich für die Opernschule am Konservatorium ohne jegliche Hoffnung, auch nur zum Vorsingen eingeladen zu werden, doch das wurde ich – und in der E-Mail stand, dass Angela in der Jury sitzen würde. Im Laufe einer Woche würden sie sich Hunderte von Sängern anhören, von denen die meisten bereits am Konservatorium oder einem anderen großen College in Großbritannien und der ganzen Welt studierten. Aus ihnen würden sie bloß zwölf für ihr zweijähriges Opernstudium auswählen – der letzte und prestigeträchtigste Schritt in der Ausbildung einer jungen Sängerin. Meine Chancen, angenommen zu werden, standen, das war mir klar, praktisch bei null.

Als ich jedoch in London aus dem Zug stieg, fühlte ich mich seltsam selbstsicher. Ich atmete ein, und die Stadt strömte in mich hinein. Sie füllte meine Lungen und sättigte mein Blut, erneuerte mich, und da lag meine Zukunft ausgestreckt vor mir, leuchtend und ungebrochen. Sie gehörte mir schon, ich musste nur eintreten, und das tat ich, hinaus auf die Bühne zum Vorsingen, meiner selbst absolut sicher. Diese Sicherheit hatte ich immer nur beim Singen verspürt – als gehörte der Raum mir und als könnte ich darin einfach alles tun –, und nachdem ich gesungen hatte, lächelte Angela und sagte *Brava*. Später war sie es, die mich anrief, um mir zu sagen, ich hätte einen Platz.

Und ich habe mich gefragt, sagte sie, ob du bei mir lernen möchtest? Ich würde dich gerne unterrichten, wenn du einverstanden bist.

Also würde ich nach London ziehen, in die Stadt der Superlative – die besten Sänger, die besten Regisseure, die besten Möglichkeiten. Ich schwebte durch die letzten Monate meines Masters, nahm kaum etwas davon wahr – die Jahresabschlussoper im Gemeindezentrum, ohne Budget, in unserer eigenen Kleidung kostümiert und mit Requisiten von zu Hause improvisierend – mein letztes Konzert in einem überbelichteten, halb vollen Kirchensaal.

In meiner ersten Stunde rückte mir Angela den Kopf zurecht.

Nun, ich bin mir sicher, dass du da, wo du herkommst, der Star warst, sagte sie. Und hier wirst du nicht der Star sein, zumindest nicht für eine Weile, und das wird hart für dich sein, ich weiß. Aber du bist selbst für deine Zukunft verantwortlich, Anna. Die Stimme ist da, und sie hat etwas Besonderes an sich, sonst wärst du nicht hier. Doch niemand wird Rücksicht darauf nehmen, dass du hinterherhinkst. Die anderen sind harte Arbeit gewohnt, sagte sie und lächelte dann. Aber ich habe nun mal eine Schwäche für Überraschungstalente. Wir zeigen es ihnen, nicht wahr?

Seit ich letzten Monat angefangen hatte, war ich fast immer die Erste im Konservatorium, kam etwa eine Stunde, bevor die Kurse anfingen. Um diese Zeit über die Korridore zu gehen – vorbei an den Schwarzen Brettern, auf denen Instrumente zum Verkauf, Sprachunterricht, Wohnungen zur Miete angeboten wurden –, die Eingänge der meisten

Übungsräume noch dunkel. Hier und da Licht im Türspalt, ein Fetzen einer Violinsonate, eine Sängerin, die die Tonleiter erklimmt, ansonsten Stille. Das war meine Lieblingszeit zum Üben. Eine Stunde allein mit meiner Stimme, bevor der Tag anfing und ich nicht mehr richtig Luft holen konnte. Vor dem Spiegel stehen, Schultern straffen und den Kiefer massieren. Diese Welt verlassen und in eine neue eintauchen, eine, die ich lieber mag. Sie aus der Stille hervorholen, beginnend bei der Atmung, dann sanft in echten Klang übergehend, bis meine Stimme wieder da ist, genau so, wie ich sie zurückgelassen habe. Repertoire. Ein Stück vom Boden her aufbauen. Zu den Noten *La* singen, dann mit dem Text arbeiten – ihn übersetzen, phonetische Anmerkungen notieren, die Vokale üben, die Tonfolge hinbekommen, dann die Konsonanten hinzufügen, ohne dass sie die Melodie brechen. Sie sind das Fundament. Dann noch die Wände, die Farbe und die Einrichtung hinzufügen. Das Stück zu einem Ort machen, den ich bewohnen kann, einem Raum, in dem ich mich bewegen kann. Üben, bis ich es gar nicht mehr falsch machen kann. Es in meinem Körper verinnerlichen, mir vorstellen, wie sich die Noten in meinen Zellen reproduzieren, sodass ich die Musik lebe und nicht bloß singe. In meinem Inneren nach Bildern suchen, nach Erinnerungen, die mich den Text fühlen lassen, und dann mein Innerstes nach außen kehren, damit sie mein Lied färben – denn Singen ist kein Bauchreden. Eine Figur zu sein, bedeutet nicht, ihre Stimme durch deinen Körper erklingen zu lassen, ihre toten Worte auf dem Papier, sondern selbst in ihre Haut zu kriechen, sie mit deiner Stimme zum Leben zu erwecken, ihren Worten neues Leben einzuhauchen.

An diesem Tag hatte ich Manon mit in die Stunde gebracht. Ich war die Zweitbesetzung für eine aus dem Abschlussjahrgang im szenischen Opernkonzert, das für Dezember geplant war.

Sie passt zu dir, sagte Angela, als die Stunde vorbei war. Manche Rollen passen perfekt zu deiner Stimme, und diese hier ist eine von deinen, also genieß es.

Ich wusste, was sie meinte. Die Musik fühlte sich für mich wie ein alter Pulli an, der bequem saß, an den richtigen Stellen ausgeleiert war.

Sie ist eine großartige Figur, sagte ich. Ich habe sie schon immer geliebt.

Ich auch. Kein Mann weiß etwas mit ihr anzufangen, nicht wahr? Verführerin oder Naivchen? Leidenschaftliche Liebhaberin oder geldgierige Hure? Aber du musst sie verstehen. Lerne nicht nur die Noten. Sieh zu, dass du die Frau auch wirklich kennst.

Während ich meine Noten wegpackte, erzählte mir Angela von der Zeit, als sie die Rolle gesungen hatte. Ein sehr berühmter Tenor hatte ihren Chevalier gespielt.

Viele Jahre ist das jetzt her, sagte sie. Ich würde die Grenzen der Glaubwürdigkeit strapazieren, wenn ich heute eine Jugendliche spielen würde, selbst nach Opernstandards. Dieser Mann war jedenfalls vollkommen von sich überzeugt, dachte, er könnte auf der Bühne nichts falsch machen, und er küsste mich immer mit Zunge, obwohl ich ihn ständig bat, es zu lassen. Er meinte, nur so könnte er in die Rolle finden. Eines Abends also, als er mir die Zunge in den Hals steckte, biss ich zu. Brachte ihn sogar zum Bluten, was mir leidtat, ich wollte nicht so fest zubeißen. Auch noch genau vor seiner Arie.

Was hat er getan? War er wütend?

Nun ja, er hat es nie wieder getan, sagen wir es mal so. Ich will dich nicht dazu ermutigen, deine Kollegen anzugreifen, aber manchmal bleibt einem eben nichts anderes übrig. Hast du heute Abend etwas Schönes vor?

Schon irgendwie, antwortete ich. Ich gehe mit einem Mann essen, den ich letzte Woche kennengelernt habe. In der Hotelbar, in der ich singe.

Ich hatte lange gebraucht, um die Nachricht an ihn auszutüfteln. Ich kam mir komisch dabei vor, mich auf einen Ton festzulegen, wohlwissend, dass ich etwas aus mir machte, das er immer wieder lesen konnte, doch als ich sie abgeschickt hatte, antwortete er sofort und schlug Montag vor. Es würde allerdings später werden, weil er nicht so früh wegkomme. Er nannte eine Uhrzeit, ein Restaurant. Kurz und knapp, als würde er einen Geschäftstermin vereinbaren.

Oh gut so, Mädchen, sagte Angela. Geh und fang eine Liebesaffäre an. Hol dir Lebenserfahrung. Etwas, worüber du singen kannst.

Angela war eine der wenigen Personen, die ich kannte, die Ausdrücke wie *Liebesaffäre* ohne Ironie benutzten.

Na gut, ich gebe mein Bestes, sagte ich.

Den restlichen Morgen über war Schauspielunterricht bei Stefan, der immer einen langen schwarzen Mantel trug und jeden, ohne zu lächeln, *Freundchen* nannte. Wir spazierten abwechselnd mit einer Aufgabe in imaginäre Räume, während er hinten an der Wand lehnte und zusah.

Wo ist sie?, fragte er. Wie fühlt sie sich? Wie alt ist sie? Wird das deutlich aus dem, was sie macht?

In der Mittagspause fiel mir auf, dass ich mein Sandwich bei den Ps liegen gelassen hatte, also saß ich da und trank heißes Wasser. Beth – die das Glück hatte, die einzige Mezzo in meinem Jahrgang zu sein, und somit alle Rollen bekam – fragte, warum ich nichts aß. Ich sagte, ich würde heilfasten.

Ooh, wie interessant, erwiderte sie. Ich habe das noch nie gemacht. Ist das gut für die Stimme? Vielleicht sollte ich das auch mal probieren.

Zu Beginn des Semesters hatte ich einige der Sänger über eine Absolventin herziehen gehört, die darüber gejammert hatte, dass sie pleite sei – *die denkt wohl, sie ist etwas Besonderes* –, und ich wollte nicht denselben Fehler machen. Eine Gesundheitsfanatikerin zu sein, war jedoch in Ordnung. Sogar gerne gesehen.

Am Nachmittag übte ich ein wenig allein, und dann folgte allgemeine Repetition mit Marieke, der Operndirektorin. Der Kurs fand im Konzertsaal statt, ohne Fenster, ohne Beleuchtung, außer auf der Bühne. Im Saal fanden Hunderte Platz, doch der Kurs bestand nur aus meinem Jahrgang, uns zwölf, dicht gedrängt in den ersten Reihen machten wir uns Notizen, nickten zu allem, was Marieke sagte, und versuchten, ihr zu gefallen.

Ich war froh, dass ich nicht mit Singen dran war. Ich war vom Kurs abgelenkt, fragte mich, warum ich zugestimmt hatte, ihn zu treffen – einen Mann, der vermutlich mindestens ein Jahrzehnt älter war als ich, einen Mann, den ich mit ziemlicher Sicherheit nicht ausstehen konnte. *Vielleicht wird es ätzend*, hatte ich zu Laurie gesagt, als ich überlegte abzusagen. *Ja schon*, meinte sie. *Aber die Gefahr besteht immer.*

Marieke war auch noch in einer besonders pedantischen Stimmung, und so durfte niemand mehr als ein oder zwei Takte singen, ohne von ihr gestoppt zu werden. Mit einer glorreichen Karriere im Rücken war Marieke erst kürzlich Operndirektorin geworden, und zwar eine furchterregende. In einem Moment konnte sie noch charmant schrullig sein – tanzte herum, fuchtelte mit den Armen oder ließ dich einen

Baum imitieren –, im nächsten machte sie dich vernichtend nieder.

Jetzt wurde Natalie auseinandergenommen. Sie sang zwanzig Sekunden, und Marieke stoppte sie.

Der Text ist verstreut, verkündete sie. Doppelkonsonanten überall. Ganz verstreut. Diphthonge. Diphthonge. Warum machst du diese Diphthonge?

Sie hielt die Hand vor den Mund, als hätte sie körperliche Schmerzen.

Warum?, wiederholte sie.

Natalie schien etwas sagen zu wollen, was ein Fehler gewesen wäre. Mariekes Fragen waren beinahe immer rhetorisch gemeint, und sie mochte es nicht, wenn man ihre Monologe mit einer Antwort unterbrach. Zum Glück begann sie, bevor Natalie zu Wort kam, den Text selbst aufzusagen.

E pur così in un giorno perdo fasti e grandezze?, deklamierte sie in einem Akzent, der italienischer klang, als ihn die Italiener auch nur im Traum hätten hervorbringen können. *So habe ich an einem Tag meinen Ruhm und meine Größe verloren?*

Da wollen wir hin, sagte sie. Genau so. Mach es genau so.

E pur così—

Nein, nein, nein, unterbrach sie verzweifelt. Nicht so. So. *E pur così, E pur così.* Spreche ich etwa eine Fremdsprache?

Einer ihrer Lieblingswitze. Wir alle kicherten pflichtbewusst.

Sie ließ es Natalie noch einmal mit dem Singen versuchen, unterbrach sie aber bei jeder Note, sodass aus dem Versuch ein wirres Durcheinander wurde. Natalies Gesicht spiegelte die jämmerliche Verzweiflung Kleopatras allerdings immer glaubhafter. Womöglich war das ja die ganze Zeit Mariekes Ziel gewesen.

Wer hat dir gesagt, du sollst da eine Appoggiatura machen?, rief sie. Eine Appoggiatura ist eine Längung. Expressiv. Warum solltest du eine Längung auf einem Namen machen, hm? Also, ich meine, natürlich, räumte sie ein, ist es in *manchen* Fällen sinnvoll, einen Namen zu längen, aber DAS IST KEINER DAVON. Hör damit auf. Es gefällt mir nicht.

Oder – du hast doch gesagt, dass du das zu deinem Italienischlehrer mitgenommen hast, oder nicht? Oder hast du das nicht? Also dann, um Himmels willen, nimm es noch mal mit.

Oder – diese Note sollte mit dieser verbunden sein. Nun ja, sie sollten eigentlich alle miteinander verbunden sein, aber eins nach dem anderen.

Oder – dieses Wort ist *wichtig*, Natalie, also mach es wichtig. Es ist ein aktives Wort. Verstehst du, was ich mit einem aktiven Wort meine? Also was? Dann sag nicht, du verstehst es, wenn du es nicht tust. Wir sind hier nicht in der Grundschule.

Natalie gab ihr recht, und Marieke entließ uns alle gähnend, wie eine Katze, die vom Spielen mit einer Maus unerwartet müde wird und sie gehen lässt, ohne sie zu fressen.

Mir blieb noch eine Stunde bis zu meiner Verabredung mit ihm, also ging ich in die Cafeteria. Sophie aus dem Abschlussjahrgang, deren Zweitbesetzung für Manon ich war, saß dort alleine, also setzte ich mich zu ihr.

Oh, du bist noch da, sagte sie. Hast du heute noch eine Probe?

Nein, ich bin gleich noch verabredet.

Oh, ach so. Ich habe ein extra Coaching, sagte sie mit einem Unterton, der stark suggerierte, dies sei eine bessere Art, seine Zeit zu nutzen. Tim hat mich in einem extra

Slot untergebracht. Ich mache *Così* extern, und das Rezitativ bringt mich um. Er ist super, was Rezitative angeht.

Sie neigte ihren Kopf zur Seite und zog mit einer Hand daran. Ich hörte ein Knacken.

Und, wie gefällt dir Manon?, fragte sie.

Immer wenn sie sprach, schien sie nach außen hin zu gestikulieren, als wollte ihr jeder zuhören und sie hätte sich damit angefreundet.

Es läuft ganz gut, sagte ich.

Es war das erste Opernszenenstudium, seit ich angefangen hatte, und ich hatte keinen eigenen Part bekommen, nur die Zweitbesetzung. Es fiel mir schwer, nicht enttäuscht zu sein.

Du bist doch aber eine Soubrette, oder?, sagte Sophie. Ich meine, das dachte ich jedenfalls? Findest du Manon nicht etwas groß für dich? Das ist wirklich keine Hilfe, was sie hier machen. Leuten Rollen geben, die sie in großen Häusern nicht in einer Million Jahren singen würden. Das ist für deinen Lebenslauf so gut wie nutzlos, nicht wahr?

Es ist eigentlich gar nicht zu groß für mich. Ich habe die Arien schon vorher gelernt.

Da, wo du vorher warst?

Ja.

Weißt du, viele der Mädels in meinem Jahrgang fanden es unglaublich, dass du hier aufgenommen wurdest. Als wir die Liste gesehen haben, meine ich, nicht dass du nicht gut wärst, beeilte sie sich zu sagen. So meine ich das natürlich nicht. Aber das, wo du vorher warst, war kaum ein richtiges Konservatorium, oder? Alle haben gesagt, du müsstest außergewöhnlich sein. Bevor du angefangen hast, meine ich.

Äh, danke, sagte ich, obwohl es nicht wirklich ein Kompliment war.

Im letzten Monat am Konservatorium war mir klar geworden, dass es keine Garantie für Erfolg war, meinen Platz bekommen zu haben, wie ich dummerweise geglaubt hatte. Es bedeutete bloß, dass ich nun im Rennen war statt nirgendwo. Wir mussten uns für alles bewerben, sogar intern, und es gab nicht genug Rollen für uns alle. Es war ein einziger Wettkampf, und ich stand nicht auf der Gewinnerseite. Wenn ich in den Unterricht ging und an der Reihe war, zu singen, musste ich mir oft jenen Moment während meines Vorsingens vorstellen, als Angela mir zugelächelt und *Brava* gesagt hatte, denn ich fühlte mich überhaupt nicht wie diese Sängerinnen und Sänger. Sie sprachen eine andere Sprache, redeten von Personen, die ich nicht kannte, Ensembles, von denen ich noch nie gehört hatte, externen Vorsingen, die stattgefunden hatten, ohne dass ich davon mitbekommen hatte.

Sophie hatte das Interesse an mir verloren. Sie wandte sich wieder ihrer Kiefermassage zu.

Die Stimme ist heute nicht besonders glücklich, sagte sie.

Ich sprach von meiner Stimme noch nicht als separate Einheit. Ich machte mir eine Notiz im Kopf, damit anzufangen.

Larynx ist eng, sagte sie.

Sie ließ ihre Zunge aus dem Mund hängen und begann, darauf herumzukauen.

Ich wartete eine gefühlte Ewigkeit auf ihn.

Lange genug, um mich schon bei der Ankunft zu blamieren, als ich hoffte, er würde schon da sein, und stattdessen die Frau an der Tür vor mir hatte.

Auf welchem Namen haben Sie reserviert?

Max, schätze ich.

Nichts unter diesem Namen. Wie ist der Nachname?

Ähm –

Also kramte ich mein Buch mit seiner Karte heraus, die ich darin als Lesezeichen benutzt hatte, um nachzusehen. Also lange genug für sie, um die Situation neu zu bewerten und mir gegenüber ein anderes Lächeln aufzusetzen. Um auf das zerrissene Innenfutter meines Mantels hinabzuschauen, als ich ihr die Karte hinhielt, und diese mit einem Ausdruck höflicher Abscheu anzunehmen, wie eine Ärztin, die versucht, einen Behälter blutigen Urins mit neutralem Blick entgegenzunehmen. Lange genug, um mir zu überlegen, was man hier wohl trank, wahllos ein Glas Wein aus der mittleren Preiskategorie zu bestellen, es – zu schnell – zu trinken und dann zu denken, *es sieht nicht gut aus, wenn er kommt und ich hier mit einem leeren Glas sitze*, und um ein weiteres zu bitten. Lange genug, um sauer zu werden. Um mich zu fragen, wo zur Hölle er steckte und warum er mir nicht gesagt hatte, dass es später werden würde. Um in Erwägung zu ziehen, wieder zu gehen, und mich daran zu erinnern, dass man dann von mir erwarten würde, den Wein zu bezahlen.

Schließlich kam er zwanzig Minuten zu spät, spazierte jedoch wie jemand herein, der gerade zur rechten Zeit kam, gab der Frau seinen Mantel, witzelte mit ihr herum, beide lachten, keine Eile, zum Tisch zu kommen.

Da ich nicht aufstand, drückte er meine Schulter und setzte sich.

Tut mir leid, dass ich zu spät bin, sagte er. Ich hatte einen Kunden aus New York am Telefon. Er hat Not am Mann. Ich konnte nicht weg.

Ist schon okay.

Dann fiel mir ein, dass ich ihn nicht so leicht davonkommen lassen wollte: Aber hast du nicht gesagt, du wärst irgendwie wichtig?

Habe ich das?, fragte er. Das klingt ganz und gar nicht nach mir.

Ich glaube, das stand zwischen den Zeilen.

Ein leicht irritiertes Lächeln, dann eine Pause. Sie dauerte etwas zu lang, und ich nahm einen Schluck Wein, um mein Gesicht zu verbergen.

Also, sagte er. Ich nehme an, du bist schon seit einer Weile hier?

Ich war auf einer katholischen Schule. Vorauseilender Gehorsam. Ich bin unfähig, zu spät zu kommen.

Was zum Teufel redete ich da bloß? Er sah mich an, als wäre ich ein bizarres Performance-Stück, auf eine merkwürdige Art unterhaltsam, aber schwer zu sagen, worum es dabei gehen sollte.

Es ist auch eine Frage der Bühnendisziplin, sagte ich in dem Versuch, etwas hinzuzufügen, das etwas mehr Sinn ergab. Bist du nicht da, wenn der Regisseur anfangen will, wirst du nicht wieder engagiert.

Also hast du es ernst gemeint?

Ernst gemeint? Was?

Das mit der Oper. Du hast gesagt, du seist Opernsängerin.

Natürlich habe ich das ernst gemeint. Was, dachtest du, das sei gelogen?

Nein, nicht gelogen, entgegnete er. Es hat mich überrascht, das ist alles. Du kommst mir nicht wie eine Opernsängerin vor.

Was zur Hölle soll das denn heißen?

Alles, was ich sagte, kam falsch rüber, jede Intonation flach und daneben wie bei einer Bandansage. Er lachte.

Wow, sagte er. Ich weiß nicht. Bloß, dass du ziemlich jung aussiehst, schätze ich.

Ich bin vierundzwanzig.

Ja, also. Ist das nicht jung für eine Sängerin? Ich kannte mal eine, die eine Weile in der Oper gesungen hat, bis sie Kinder bekam. Ihre Ausbildung hat Jahre gedauert, glaube ich. Aber vielleicht war sie auch nicht sehr gut.

Ich bin auch noch in der Ausbildung. Ich bin Studentin.

Ah, ich verstehe, sagte er. Also meintest du nicht professionell.

Mein Körper versteifte sich in einer Abwehrhaltung, als hätte er mich geschubst.

Tja, das kommt wohl darauf an, was du unter *professionell* verstehst, sagte ich. Ich singe vor Publikum. Manchmal werde ich bezahlt, manchmal nicht, denn welcher Künstler arbeitet schließlich nicht gerne umsonst für ein bisschen Aufmerksamkeit. Also ja, vielleicht passe ich nicht genau auf deine Definition.

Ich versuchte, mich dem Menschen anzupassen, als den ich ihn in Erinnerung hatte, versuchte, kalt und abgeklärt zu erscheinen, wie Laurie es sein konnte, aber er wirkte bloß verwirrt. Er war nicht mehr dieser Mensch, und das zog mir den Boden unter den Füßen weg, wie wenn man im Dunkeln glaubt, da sei noch eine Stufe am oberen Ende der Treppe. Man stolpert. Die Welt um einen herum gerät ins Wanken.

Ich habe dich nicht so aggressiv in Erinnerung, sagte er. Letztes Mal, meine ich. Vielleicht hatte ich dich ja auf dem richtigen Fuß erwischt. Aber du hast recht. Ich habe keine Ahnung.

Mir fiel nichts Schlaues ein, was ich erwidern konnte, und dann kam der Kellner, um unsere Bestellung aufzunehmen. Er flirtete mit Max, zog ihn damit auf, dass er mich hatte warten lassen, und Max reagierte auf diese nachsichtige *Wir wissen beide, dass das nur Smalltalk ist*-Art und Weise. Ich bohrte die Spitze meines Absatzes in den fleischigen Teil meines anderen Fußes. *Reiß dich zusammen. Hör auf, so zickig zu sein. Das gefällt ihm nicht.*

Als der Kellner wieder gegangen war, fragte Max beiläufig, als hätten wir uns eben erst hingesetzt, ob ich schon mal in New York gewesen sei. Nein, sagte ich, ich war noch nie wirklich irgendwo gewesen. Er erzählte mir, er habe mal dort gelebt, fliege noch immer häufig der Arbeit wegen hin.

Es ist ein bizarrer Ort, sagte er. Du kannst wirklich alles tun, was du willst. Wann immer du willst. Es ist ein bisschen so, wie man sich das Erwachsensein vorstellt, wenn man ein Kind ist, und dann wird man erwachsen und stellt fest, dass es viel langweiliger ist. Einmal im Februar –

Der Kellner brachte uns eine Flasche Wein, ein frisches Glas für mich und schenkte uns beiden ein. Ich blieb still und hörte zu, weil mir das am ungefährlichsten erschien.

Ein paar von uns waren nach der Arbeit zusammen aus, erzählte er, und wir kamen auf den Sommer zu sprechen. Alle wurden nostalgisch, und da war dieser eine Typ, der meinte, er habe von einer Rooftop-Bar gehört. Heizstrahler. Das ganze Jahr über den Grill am Laufen. Es war zwei Uhr nachts, aber wir fuhren mit dem Taxi dorthin, und plötzlich war es Sommer. Genau wie eine Sommernacht, der Duft von Grillfleisch in der Luft und die Hitze im Gesicht.

Es ist schon komisch, sagte er. Man kann immer unterscheiden, wer aus New York stammt und wer zu Besuch da ist, weil die Besucher alle mit dem Blick nach oben durch die Gegend schlurfen. Sie sind wie Kinder, die in einer Menschenmenge nach ihren Eltern suchen. Ich war auch immer ein bisschen so. Bin nie auf sie klargekommen, die Wolkenkratzer, obwohl ich jahrelang dort war.

Würdest du wieder hinziehen?

Ich glaube nicht. Ich hätte tatsächlich erst vor Kurzem die Chance gehabt und habe abgelehnt. Ich bin auf dem Land groß geworden. Ich will nicht für immer in einer Stadt leben.

Er begann, mir eine Geschichte zu erzählen – er war gerade frisch nach London gezogen, in den Zeiten vor Google Maps, und versuchte, von der Edgware Road bis Edgware zu laufen, in dem Glauben, es könne ja nicht so weit auseinanderliegen –, und ich entspannte mich allmählich. Mir wurde klar, dass das kein Test war. Er versuchte nicht, mich zu überrumpeln, mir eine Falle zu stellen. Er versuchte, mich zu unterhalten. Er versuchte sogar, dachte ich mir, mich zu beeindrucken, und dann brachte der Kellner unser Essen und füllte unsere Gläser auf. Plötzlich fühlte ich mich sehr glücklich. Ich ließ zu, dass diese neue Version von ihm die alte überlagerte, sodass dies alles wurde, was er war.

Wann bist du nach London gezogen?, fragte er.

Erst vor Kurzem. Im Sommer. Ich habe im September am Konservatorium angefangen.

Und wie findest du es hier?

Na ja, es ist okay.

Okay? Wo wohnst du?

Bei einem Ehepaar, den Ps. Sie vermieten die Zimmer in ihrem Dachgeschoss. Laurie wohnt auch dort. Du erinnerst dich an Laurie? Du hast sie letztes Mal kennengelernt.

Die Kellnerin?

Sie ist eigentlich Schriftstellerin. Hauptsächlich Theater, ein paar kurze Stücke von ihr wurden schon aufgeführt, und jetzt schreibt sie einen Roman. Aber, ja, so haben wir uns kennengelernt. Bei den Ps. Sie hatte sich von diesem Typen getrennt, mit dem sie jahrelang zusammengelebt hatte. Kurz vor dem Sommer. Also ist sie zur gleichen Zeit wie ich eingezogen.

Ihr Mädels wohnt also in einer richtigen Künstlermansarde?, sagte er. Wie romantisch.

Er lächelte, und ohne zu wissen, warum, beschrieb ich ihm auf einmal das Haus. All die Details, von denen ich angenommen hatte, sie würden ihn abstoßen.

Na ja, sagte ich. Romantisch kann man es auch nennen. Da gibt es diesen alten Kater mit klebrigem Fell, der ständig in meine Schuhe pinkelt. Und alle Schränke sind voll mit Karten. Ich meine so was wie Geburtstagskarten, Weihnachtskarten, Glückwunsch-zu-eurem-neuen-Baby-Karten, die bis in die Siebziger zurückreichen. Und Lauries und mein Zimmer waren Abstellräume, bevor wir kamen. Sie haben sich nicht mal die Mühe gemacht, die Zimmer wirklich auszuräumen, sondern haben einfach alles auf die Treppe gestellt, die jetzt voller Kartons ist. Ausrangierte Küchenutensilien. Zerrissenes Bettzeug. Zusammengerollte Teppiche. Ein Schaukelpferd. Einmal haben wir versucht, sie umzustellen, weil wir ständig im Dunkeln drüber gestolpert sind, aber unter dem ersten Karton, den wir hochgenommen haben, war ein Haufen sich windender Motten. Ein echter Haufen. Man hätte sie mit vollen Händen schöpfen können.

Er lachte, und ich fühlte mich gut.

Wie sind sie so?, fragte er. Die Ps.

Wie sie so sind? Also, sie schlafen auf einer Matratze auf dem Boden. Ich war einmal in ihrem Zimmer, als sie weg waren. Es ist wie eine Crackhöhle – schmutzige Bettwäsche, Rumflaschen auf dem Boden – aber sie, Mrs P, hat einen Kleiderschrank voll wunderschöner Sachen. Seidenkleider, Cardigans von Agnès B. Ich weiß nicht, wann sie das jemals getragen haben soll, aber ich schätze, sie müssen Geld haben. Das Haus ist ziemlich groß, aber das meiste davon dürfen wir nicht betreten. Sie geben sich nicht gerade Mühe, damit wir uns wie zu Hause fühlen. Sehen es nicht gern, wenn wir die Küche benutzen. Und sie haben uns gesagt, wir dürfen die Badewanne nur bis zu einem bestimmten Punkt füllen. Wenn wir sie benutzt haben, schleicht sich Mr P ins Bad und überprüft, bis wohin wir sie gefüllt haben, und wenn er denkt, dass es zu hoch war, kommt er zu uns und schreit uns an, während wir noch in unseren Handtüchern stecken. Oh, und sie halten ständig alle Fenster geschlossen. Sie sind an den Seiten mit Kreppband zugeklebt. Sie glauben wahrscheinlich an giftige Sporen oder so was.

Eine weitere Flasche Wein erschien. Ich hatte nicht bemerkt, dass er sie bestellt hatte. Er hatte aufgehört zu lachen und sah mich plötzlich ernst an.

Aber wie geht es dir denn damit?, sagte er.

Was meinst du?

Na das hört sich furchtbar an. Ich meine, wie geht es dir damit, so leben zu müssen?

Und er schien so sehr die absolute Wahrheit zu erwarten, dass ich kaum darüber nachdachte und sie ihm einfach verriet. Ich erzählte ihm von Mrs. P. Dass sie mich stundenlang vollquasselte, über die unterschiedlichsten Dinge jammernd – ihre Kinder, die reduzierten Öffnungszeiten ihrer Bank, die Schule oben an der Straße und wie schlimm sie heutzutage geworden sei, ihre gesundheitlichen Probleme, und dass sich das Programm von Radio 4 stetig verschlechterte. Dass ich dastand, die Minuten verstreichen sah, das Gefühl hatte, sie würde die Zeit einsammeln und sie dann in einem Loch im Garten versenken. Ich erzählte ihm von den Abenden mit Laurie. Das stundenlange Googeln, durch endlose Bilder von zu vermietenden Zimmern Scrollen, aber nichts, das wir fanden, war auch nur ansatzweise so billig wie bei den Ps. Ich erzählte ihm von der Mitcham Road. Dass ich mir bei jedem Atemzug vorstellte, alles würde sich in meinen Lungen ablagern wie Sand auf dem Boden eines Reagenzglases. Dass alle Straßen, die davon abzweigten, genauso aussahen wie unsere, die Häuser sich immer weiter fortsetzten, so weit das Auge reichte, alle exakt gleich. Man lief sie entlang und blickte durch die Fenster, und da standen überall Betten. Betten in den vorderen Zimmern. Betten vor Fenstern, die direkt zur Straße hinausgingen, so dass man hineinschauen und die Leute in ihren Unterhosen dort liegen sehen konnte. Betten, die von schmuddeligen Netzgardinen kaum verdeckt wurden. Betten in Kellergeschossen mit Gittern vor den Scheiben. Dass ich es hasste. Ich erzählte ihm, dass ich es hasste. All diese Betten. All diese Menschen. Der Gedanke, wie wenig Raum eine Person einnahm. Ich wollte schreien davon.

Was willst du also?, fragte er.

Was ich will?

Ja. Wofür machst du das? Wie sieht der große Plan aus?

Oh, ich weiß nicht, sagte ich. Ich glaube, ich würde mir irgendwann gern eine kleine Karriere zusammenschustern.

Ich glaube dir nicht, sagte er.

Wie meinst du das, du glaubst mir nicht?

Ich meine damit, ich glaube, dass du unehrlich bist. Weißt du, was ich glaube?

Nein. Bitte. Klär mich auf.

Ich glaube nicht, dass du dich mit einer kleinen Karriere zufrieden geben würdest, Anna. Du kommst mir nicht wie diese Art von Person vor. Du hast den Ehrgeiz, das sehe ich. Du solltest dein Licht nicht unter den Scheffel stellen.

Dann begann er, mir Fragen zu stellen, und während ich antwortete, saß er reglos da und hörte mir zu. Er war keiner von den Männern, die zu nicken brauchten, um Verständnis zu signalisieren. Seine Energie war gebündelt, auf mich fokussiert, als würde er ein Licht in meine Augen halten, und ich verspürte dieselbe intensive Konzentration wie bei einer Aufführung – nur dieser Raum ist jetzt von Bedeutung und nichts weiter.

Er fragte mich, wie ich zur Oper gekommen war, und ich erwiderte, Singen sei etwas Natürliches, oder? Jeder singt. Alle Kinder singen, bevor sie anfangen, sich zu schämen. Ich sang mir immer selbst vor, nachdem die Lichter abends ausgingen, versuchte, mich an die Texte von Liedern zu erinnern, die ich kannte. Ich war schon recht alt, als ich es ernsthaft zu lernen begann, als ich darüber nachzudenken begann, was ich damit anfangen sollte, aber als es so weit war, erschien es mir ziemlich einleuchtend. Denn eine Berufung ist eine Tatsache. Sie ist etwas, was man mit Sicherheit über sich selbst weiß, wie den eigenen Namen oder die eigene Haarfarbe, selbst wenn man sich über nichts anderes sicher sein kann. Er fragte, wie ich für all das aufkomme, die ganze Ausbildung, sie müsse teuer sein, und ich antwortete, dass es zwar stimme, aber für meine Gebühren gesorgt – Stipendium – und die Miete billig sei. Hier und da würde ich mir etwas dazuverdienen, ein bisschen Chorarbeit, das Jazzsingen – Laurie hatte mir den Job besorgt, sie kellnerte dort schon seit Jahren an der Hotelbar –, was okay bezahlt werde. Ich würde mich durchschlagen. Es könne jedoch einsam werden, sagte ich. Niemand war am Konservatorium, um Freundschaften zu schließen. Die anderen Sänger beurteilten einen ständig. *Ist sie besser als ich oder schlechter? Bedrohung oder keine Bedrohung?*

Und was ist mit Geld?, fragte er.

Was ist damit?

Bekommst du jemals welches, meine ich? Das alles klingt nach einer ziemlichen Tortur, die man durchmacht, um dann niemals bezahlt zu werden.

Oh, aber eine Künstlerin macht das nicht für Geld, erwiderte ich. Sie tut es der Liebe wegen.

Davon kann man bestimmt leben.

Der Kellner hatte unsere Teller abgeräumt, obwohl ich glaubte, nicht viel gegessen zu haben. Ich stand auf, um die Toilette zu suchen. Das Restaurantgeschoss war weitläufig, ein Irrgarten aus Tischen und Stühlen, dunkel vertäfelten Wänden, gedimmtem Licht.

Das WC, Madame?, fing mich ein Kellner ab.

Er wies auf eine dunkle Holztür ohne Aufschrift.

Dort hinein.

Mir war schwummrig, aber nicht auf eine unangenehme Weise. Die Welt fühlte sich weicher an, einladender. Die Schwummrigkeit glättete die scharfen Kanten, und ich hatte dieses Gefühl, das man immer nach ein paar Gläsern Wein bekommt – dass nichts anderes von Bedeutung ist, dass, egal was morgen kommt, nur heute Nacht zählt. Ich wusch mir die Hände, sah mich im Spiegel an und fand, dass auch ich weicher aussah und meine Augen schwarz und bodenlos waren.

Als ich ins Restaurant zurückkam, hatte er bereits bezahlt. Ich sagte Danke, und er sagte Danke fürs Kommen, und man half uns in unsere Mäntel.

Draußen auf der Straße standen wir eng beieinander, und er schaute zu mir hinunter und lächelte. Das alles war eine ausgeklügelte Anekdote gewesen, und er stand kurz davor, mir die Pointe zu verraten. Sie war vorhersehbar, ich kannte ihr Ende schon, doch ich würde überrascht tun, denn ich wusste, das würde ihm besser gefallen.

Doch er sagte bloß: Gehst du zur U-Bahn? Der Abend ist so angenehm. Ich kann dir einen schöneren Weg zeigen, wenn du möchtest.

Klar, sagte ich.

Wir bogen in eine Seitenstraße ein. Es war ruhig und leer. Die Straße war schmal, und wenn man nach oben blickte, schienen die Gebäude bis in die Unendlichkeit zu reichen, nichts als Glas und Beton, und wenn man die Straße hinunterblickte, gab es mehr und mehr von ihnen, sie zerteilten den Himmel in unterschiedlichen Winkeln wie ein Pop-up-Buch, das nur halb geöffnet ist, sodass sich all die Kartonschnitte überlappen. Er lief mit etwas Abstand zu mir, die Hände in den Taschen. Plötzlich behandelte er mich wie eine entfernte Verwandte, die in London zu Besuch war, deutete auf Straßennamen, erzählte, sie seien wie fossile Überlieferungen davon, wie es dort einmal gewesen sei.

Angel Court, sagte er. Das war das Zeichen der Schreibwarenhändler. Irgendwo ist noch immer ein Engel auf einem der Gebäude.

Er konnte ihn jedoch nicht finden, und ich hörte ihm nur halbherzig zu, während sich die andere Hälfte von mir so fühlte, als hätte ich soeben meine schwierigste Arie vorgesungen – womöglich keine bis auf die letzte Note perfekte Vorstellung, aber eine emotional aufrichtige –, und die Jury hätte mit einem Lächeln gesagt, *nein danke. Wer ist die Nächste?*

Ich sagte: Also wohnst du hier in der Nähe?

Etwa fünf Minuten in diese Richtung.

In was für einem Haus? Eins der neueren?

Ein paar Jahre alt. Einer der Towers.

Ich wusste nicht, dass dort wirklich jemand lebt. Ich dachte, die gehören alle irgendwelchen russischen Oligarchen.

Überwiegend ist das auch so. Wenn du nachts an meinem Haus hinaufschaust, sind die meisten Lichter aus.

Es muss komisch sein, genau im Zentrum zu wohnen.

Ich bin es gewohnt. Ich bin sowieso nur unter der Woche hier.

Was ist mit den Wochenenden?

Ich habe ein Haus etwas außerhalb von Oxford. In der Nähe von dort, wo ich aufgewachsen bin.

Oh, ach so.

Mir fiel wieder ein, was Laurie gesagt hatte.

Also bist du verheiratet?

Er lachte.

Äh, nein, sagte er. Bin ich nicht. Warum? Bist du?

Ich fand es einfach naheliegend. Tut mir leid.

Naheliegend? Darf ich fragen, wieso?

Na ja, du passt in das Schema, schätze ich. Haus auf dem Land. Wohnung in der Stadt. Dein Job. Dein Alter.

Mein Alter?

Ich konnte nicht einschätzen, ob er amüsiert oder beleidigt war.

Für wie alt hältst du mich denn?

Ich schaute ihn an. Sein Haar war von diesem Blond, das mit grau gesprenkelt sein mochte, ohne dass man es sah. Er hatte Fältchen um die Augen und Mundwinkel. Sie gefielen mir. Sie waren die richtige Art Fältchen. Sie zeigten, dass er im Großen und Ganzen öfter lächelte als die Stirn runzelte.

Ich weiß nicht genau, sagte ich. Aber alt genug, dass es nicht abwegig wäre anzunehmen, du könntest verheiratet sein.

Du solltest meine Mutter kennenlernen. Ihr hättet eine Menge gemeinsam. Ich bin achtunddreißig. Also noch nicht ganz jenseits von Gut und Böse, aber ich weiß deine Sorge zu schätzen.

Ich befürchtete, ihn beleidigt zu haben – er sagte nichts mehr –, und dann waren wir an der Station. Er würde von mir weggehen, in die Massen der gesichtslosen Anzugträger zurückkehren. Ich würde ihn nicht wiedersehen. Ich war nicht das, was er in mir gesehen zu haben glaubte.

Er sagte Gute Nacht und wollte mich auf die Wange küssen, und ich – warum? – in der Absicht, es unmissverständlich zu machen, vermute ich, zu etwas, das nicht mehr zurückgenommen oder wegerklärt werden konnte, zog ihn zu mir herunter und küsste ihn richtig. Ich umschlang ihn. Augen geschlossen, die Dunkelheit drehte sich. Da war ein lautes Geräusch in meinem Kopf, wie von einem startenden Flugzeug, und es dauerte einen Moment – vielleicht eine Minute – ich habe keine Ahnung, wie lange es dauerte –, bis mir klar wurde, dass er keinen Widerstand leistete, nicht direkt, aber meinen Kuss auch nicht erwiderte.

Ich ließ von ihm ab.

Dann gute Nacht, sagte ich.

Nacht, Anna. Komm gut nach Hause.

Das letzte Bild von ihm, das ich erhaschte, war das seines Lächelns. Er lächelte, als ich mich wegdrehte, aber eher zu sich selbst als zu mir, als würde er sich an etwas Lustiges erinnern. Etwas, was er mir nicht erzählen wollte, weil er nicht glaubte, dass ich es verstehen würde.

3

WIR WAREN ALSO IN PARIS, erzählte Laurie. Luke und ich. Und bevor es losging, meinten alle meine Freund*innen, *oh mein Gott, er lädt dich nach Paris ein, er wird dir einen Antrag machen, er wird dir auf jeden Fall einen Antrag machen!* Und ich meinte: Glaubt ihr wirklich, dass ich darauf warte? Dass er mir einen Antrag macht? Glaubt ihr wirklich, dass – was? – dass der einzige Grund, aus dem wir noch nicht verheiratet sind – abgesehen davon, was ich jemals über alles gesagt habe, woran ich glaube –, der ist, dass er mich noch nicht gefragt hat? Weil es anscheinend das ist, was alle Frauen wollen, egal was sie sagen, und selbst wenn sie wirklich glauben, dass sie es nicht wollen, dann nur, weil sie noch nicht wissen, dass sie es wollen?

Sie zog ein Buch aus dem Regal.

Guck mal, sagte sie. Das ist erst letzten Monat erschienen. Keine Knicke im Rücken. Ungelesen. Aber, dann kommen sie hier tatsächlich rein, oder was? Warum haben sie es nicht ausgeräumt?

Im Rest des Hauses ist es ja auch nicht anders, sagte ich.

Die Ps waren weg, und wir waren ins Zimmer ihrer Tochter gegangen. Es war noch immer mit ihrem Zeug vollgestopft, obwohl sie schon vor Jahren ausgezogen war. Laurie stand da und studierte das Bücherchaos zu beiden Seiten des zugenagelten Kamins, ich saß auf dem Bett. Auf dem Nachttisch lag eine leere Kondomhülle.

Denkst du, das ist das Überbleibsel von einem Teenager-Abenteuer?, fragte ich. Oder bringt Mrs P wohl ihre Lover hierher?

Bitte hör auf, sagte Laurie. Bitte sag nicht *Mrs P* und *Lover* zusammen in einem Satz.

Sorry.

Sie stellte das Buch ins Regal zurück und begann, in einem Klamottenhaufen herumzustochern.

Jedenfalls, sagte sie. Am letzten Tag machten wir diesen Spaziergang. Verliefen uns. Landeten kilometerweit weg von allem anderen auf einer Brücke. Da gab es jede Menge Verkehr, aber eine, man könnte sagen, ganz okaye Sicht auf den Eiffelturm irgendwo über dem Wasser. Und da war eine Frau im Hochzeitskleid, die sich vor diesem Hintergrund fotografieren ließ.

Sie zog ein Kleid heraus und hielt es sich im Spiegel an den Körper – Bubikragen, pseudo-naiv, gar nicht ihr Ding –, dann warf sie es zurück auf den Haufen und ging zu einem anderen. Der Raum war voller Klamotten, die separate Türme bildeten, manche hüfthoch, und bei der Hälfte waren die Etiketten noch dran. Lange Perlenketten und Traumfängerohrringe fanden sich dazwischen. Badesandalen. Strumpfhalter. Ungeöffnete Jo-Malone-Parfümflaschen. Wir bedienten uns in diesem Zimmer, um unsere Garderoben aufzubessern, wann immer die Ps das Haus verließen. Jetzt roch ich nach Englischer Birne & Freesien, manchmal nach Grapefruit. Laurie mochte am liebsten den Schwarzen Granatapfel.

Ich dachte schon, sie hätte so eine riesige Hochzeitsgesellschaft im Schlepptau, fuhr Laurie fort. Weil da all diese anderen Frauen in Weiß herumstanden und ihre Kleider hochhielten, um sie vom Schmutz fernzuhalten. Doch dann wurde mir klar – nein – das war eine verdammte Schlange. Das waren alles einzelne Bräute, die an derselben verdammten Stelle ein Foto von sich machen lassen wollten.

Auf einer Hauptstraße?

Na ja, ich vermute mal, das würde man auf dem Foto nicht sehen. Jedenfalls fiel mir auf, dass sie alle Asiatinnen waren, und als ich das Luke gegenüber erwähnte, sagte er, *ja klar, das ist doch ziemlich verbreitet in China, nicht wahr? Man heiratet drüben und kommt dann nach Europa für das Hochzeitsshooting.* Und dann – mit diesem ganzen Drumherum und meinen Freund*innen, die mir ständig mit seinem Antrag ankamen –, na ja, jedenfalls fing ich an, über Hochzeiten nachzudenken und über Kapitalismus und die Kommerzialisierung der Liebe, und ich weiß, ich hätte das nicht tun sollen, das war blöd von mir, aber ich habe es ihm gegenüber angesprochen. Wir hatten schließlich diesen Riesenstreit. Er meinte, er hätte es satt, darauf zu warten, dass ich mein Leben auf die Reihe bekomme.

Moment mal, was hat er gesagt? Dein Leben auf die Reihe bekommen? Echt jetzt?

Jap. Er meinte, er würde seit Jahren darauf warten, dass wir eine Art gemeinsame Zukunft hätten. Dass er das Gefühl hat, jeden Tag mit ansehen zu müssen, wie ich das mit all den unbequemen Dingen zerstörte, die ich für mein eigenes Leben wolle. Okay, er hat es nicht genau mit diesen Worten gesagt, das ist meine Formulierung. Was er aber gesagt hat, was er wirklich allen Ernstes gesagt hat, war, *weißt du, du kannst nicht so sprechen, du kannst nicht so über Geld sprechen, als wäre es so sehr unter deiner Würde, wo ich doch für unsere Beziehung aufkomme.* Für unsere Beziehung aufkomme. Und ich habe gesagt, *und was genau meinst du damit, bitte?*

Hältst du unsere Beziehung für so was wie eine Handtasche? Einen Kurzurlaub?
Und wie meinte er das?
Keine Ahnung. Alles, was er gesagt hat, war, *ich kaufe keine Handtaschen.*
Armselige Antwort.
Ja, genau. Jedenfalls ist es schon in Ordnung so. Vielleicht habe ich diese Reise und die Bräute gebraucht, um es wirklich zu begreifen. Es lief schon seit Ewigkeiten schlecht. In unseren letzten Monaten zusammen, wenn wir auf der Couch gesessen, ferngesehen oder zu Abend gegessen haben oder so, da habe ich mich immer wieder dabei ertappt, wie ich die Regale abgesucht, mir überlegt habe, was von dem Zeug mir gehört, was ich mitnehmen müsste, wenn ich gehen würde, weißt du? Wie viele Kartons ich bräuchte.
So viel kannst du nicht mitgenommen haben, sagte ich.
Laurie besaß sogar noch weniger als ich.
Tja, das meiste davon gehörte ihm, sagte sie. Ich habe immer versucht, nicht so viele Dinge zu besitzen. Eine Frage des Prinzips, nach dem Motto: Ich brauche nichts, was eigentlich dumm ist, weil es niemanden interessiert. Aber ich schätze, darum ging es mir. Dass mein Leben sich nicht um Dinge dreht. Ich richte mein Leben nicht danach aus, Dinge zu kaufen. Das ist nicht mein Ziel.
Wie du dich präsentierst, interessiert allerdings niemanden, sagte ich. Nicht wie bei den Mädchen in meinem Jahrgang. Nur weil ich keine extra Outfits für die Castings habe oder in jeder Mittagspause mit ihnen zu Pilatesstunden in ihrem fancy Fitnessstudio gehe – was übrigens neunzig Pfund im Monat kostet, ich hab nachgeschaut –, tun sie so, als ob ich es mit dem Singen nicht wirklich ernst meinen könnte.
Ja schon, den Theaterleuten ist es wohl egal, ob ich ein

bisschen gammelig rumlaufe. Aber nicht meinen Uni-Freund*innen, glaub mir. Sie haben alle schreckliches Mitleid mit mir, weil ich im Gegensatz zu ihnen keinen richtigen Job habe, da bin ich mir sicher. Als wäre das eine peinliche Krankheit. Am besten, man erwähnt sie nicht. Sie stellen mir nicht mal mehr diese *Was machst du im Moment so?*-Frage. Das ist ihnen zu unangenehm. Damals im Abschlussjahr, weißt du, als sich alle um Jobs bewarben, fragten sie mich immerzu, was ich machen wollte. Auf eine verdrehte Art und Weise fand ich es irgendwie witzig, mir keinen ordentlichen Job zu suchen, wie es von mir erwartet wurde. Ihnen dabei zuzuschauen, wie sie anfingen, Geld zu verdienen – und ich meine wirklich viel Geld, irrwitzige Mengen Geld bei einigen –, jedes Wochenende teure Drogen zu nehmen, abgefahrene Urlaube zu machen, Immobilien zu kaufen – während ich zurückblieb. Bei unseren Treffen sorgte ich für Unbehagen, wenn ich erzählte, wie wenig ich verdiente. Darüber musste ich lachen. Auch jetzt noch.

Nur weil du glaubst, dass sich was ändern wird, sagte ich. Du fändest es nicht mehr so witzig, wenn du glauben würdest, das wäre für immer so. Du hältst doch an dem Glauben fest, oder nicht – ich jedenfalls schon –, dass etwas passieren wird. Ich weiß nicht, was genau. Aber irgendetwas wird passieren, und dein Leben wird sich ändern.

Laurie seufzte, kam rüber und setzte sich ans Ende des Bettes.

Ja, das denke ich wohl auch.

Dinge sind wichtig, sagte ich und dachte dabei an meine Eltern. Die Gegenstände in ihrem Haus, die sie hüteten wie Flammen, um die man schützend seine Hände hält. Die jahrzehntealte Kleidung. Die Tassen mit den wieder angeklebten Henkeln. Der Stuhl mit den kaputten Beinen. Man durfte sich bloß nicht draufsetzen, aber sie wollten ihn nicht entsorgen. Er vervollständigte die Garnitur.

Du kannst sagen, dass sie keine Rolle spielen, sagte ich. Dass du sie nicht brauchst. Teure Gegenstände, hübsche Klamotten und schöne Zimmer mit hohen Decken. Du kannst sagen, dass sie keine Bedeutung haben, und das stimmt natürlich teilweise, aber nicht ganz. Du brauchst einige Dinge. Einige Dinge sind wichtig. Sie geben dir das Gefühl, ein lebendiger Mensch zu sein, nicht ungeöffnet, noch in der Verpackung –

Wie das Weihnachtsgeschenkset der Ps für ihre Tochter, warf Laurie ein, während sie mit ihrer Fußspitze eine nie geöffnete Bodylotion-Box anstupste, die aus einem der Haufen herausgeploppt war.

Ja genau, sagte ich. Genau das. Dinge zeigen anderen Menschen, wer du bist. Du kannst Kleidung tragen, die deine Persönlichkeit zum Ausdruck bringt, dich mit Gegenständen umgeben, die du schön findest. Ohne das bleibst du ein unbeschriebenes Blatt, undefiniert. Du bist noch in deine Verpackung eingeschweißt und wartest darauf, dass das Plastik von deinem Gesicht geschnitten wird.

Du solltest ins Marketing wechseln, sagte Laurie.

Ich ließ unerwähnt, dass ihre Bereitschaft, ein Leben in Armut zu führen, ihre Grenzen hatte. Selbst ihr Look der mittellosen Schriftstellerin war sorgfältig konstruiert, und sie ging in diesem Aufzug auf keinen Fall aus. Den Großteil ihres Geldes gab sie für schöne Klamotten aus. *Es lohnt sich nicht, etwas zu kaufen, was nicht lange hält*, sagte sie immer, unbewusst, wie ich mir vorstellte, ihre Mutter imitierend, und manchmal konnte ich dann unter ihrer Haut die Art Mensch erkennen, die sie hätte sein können oder vielleicht noch werden würde.

Apropos Dinge, sagte sie. Das hier ziehe ich heute Abend an. Willst du nichts?

Nichts, was ich nicht erst mal ausgeräuchert hätte. Nach den Flohbissen.

Stimmt.

Wir kehrten nach oben zurück. Laurie machte sich fertig.

Sicher, dass du nicht mitkommen willst?, sagte sie.

Ich kann nicht. Darf nichts trinken. Hab früh morgens eine Probe.

Laurie ging ständig aus. Sie war in London aufgewachsen und passte überall rein – ob Neunzigernacht in einem Claphamer Club mit klebrigem Boden, Poetry Slam in einer Kellerkneipe in Shoreditch, Rooftop-Party in Notting Hill oder das Elternhaus einer sehr reichen Freundesfreundin. Bevor ich nach London gezogen war, hatte ich es mir immer als einzelnen Ort mit einer bestimmten Eigenschaft vorgestellt. Ich dachte, diese Eigenschaft würde an mir haften bleiben und ich würde automatisch die Art von Person werden, die meine Eltern meinten, wenn sie abschätzig über *Londoner* sprachen. Das London, das Laurie mir zeigte, war jedoch keine Einheit. Es war unordentlich, zusammenhanglos und chaotisch, wuchs stetig, und ich blieb genau dieselbe. Manchmal gefiel es mir, das Gefühl, dass nichts festgelegt war, ich immer wieder die Möglichkeit hatte, in eine neue Rolle zu schlüpfen. Manchmal jedoch, wenn ich mich wieder einmal mit einem Mann unterhielt, den ich nie wiedersehen würde, in noch so einer Bar in einem weiteren Teil von London, den ich nicht benennen konnte, dann kam mir die Stadt wie ein Labyrinth vor. Laurie führte mich Reihe für Reihe hindurch, aber ich fand den Mittelpunkt nicht.

Arbeitest du denn morgen im Hotel?, fragte ich. Ich habe am Freitag frei, also könnte ich vorbeikommen? Wenn deine Schicht zu Ende ist?

Glaubst du, ich habe nicht bemerkt, wie scharf du in letzter Zeit darauf bist, dort rumzuhängen?, sagte sie. Das habe ich.

Ich weiß gar nicht, was du meinst, sagte ich steif, obwohl sie ja recht hatte. Sogar Malcolm, der Manager, der uns normalerweise dazu ermunterte, nach unseren Schichten auf ein paar Drinks zu bleiben – nur so ließ sich sicherstellen, dass sich dort zwei Frauen gleichzeitig aufhielten –, hatte schon angefangen, spitze Bemerkungen zu machen. *Schmecken euch meine Drinks, Mädels? Wollt ihr noch mehr reiche Typen aufreißen?*

Erwarte bloß nicht, jemals wieder von ihm zu hören, ich sage es dir, sagte Laurie. Männer verschwinden einfach. Sie verschwinden. In der einen Minute sind sie noch so, *ich habe so etwas noch nie für jemanden empfunden*, und in der nächsten schicken sie dir Nachrichten wie, *ich hab echt viel zu tun, aber vielleicht können wir nächsten Sonntag um vier mal Kaffee trinken gehen*, und du sagst, *alles klar, sag Bescheid*, und du hörst nie wieder was von ihnen. Und wir sind hier in London. Du läufst ihnen nicht zufällig über den Weg. Sie könnten tot sein, aber das sind sie nicht, sie vögeln nur eine andere.

Ich wechselte das Thema. Fragte sie, wo sie hinwollte und mit wem.

Als sie weg war, ging ich in mein Zimmer und zog die Vorhänge vor dem Fenster zu. Es war noch nicht spät, aber draußen war es schon dunkel. Nun war fast November, und die Nacht brach mit jedem Tag früher herein, bis ich das Gefühl hatte, es würde immer so weitergehen, früher und früher, bis es irgendwann ganz dunkel blieb. Laurie hatte recht.

Ich verhielt mich albern. Vielleicht lag es daran, dass es immerzu dunkel, immerzu kalt war, aber ich hatte ihn zu viel Raum in meinem Kopf einnehmen lassen. Ich erträumte mir Situationen, in denen ich ihm bewies, wie attraktiv oder beeindruckend ich war, bis ich mich selbst langweilte. Die Synapsen in meinem Gehirn stellten Verbindungen für diese Erzählung her, und durch ständige Wiederholung wurde es immer realer, immer größer und gefestigter, bis es Teil meiner Geschichte wurde. Ich versuchte, mir vorzustellen, wo er seine Abende verbrachte. Mit einer anderen Frau vielleicht. Einer, die besser den Ton treffen konnte, den ich mir vorgenommen hatte – irgendwo zwischen *nimm mich ernst* und *tu es doch nicht*. Die Art Frau, die ein Taxi nimmt, wenn es regnet, und Cocktails mit unaussprechlichen Namen trinkt, die nach Geld schmecken. Deren Lachen ein bisschen grausam klingt. Ich hatte ganz deutlich vor Augen, wie er sich mit dieser Frau unterhält. Wie sie ihn erregt, und auch ihre Gleichgültigkeit. Und wenn dann ein Mann in die Bar kam, ein Mann, der er hätte sein können, durchfuhr mich – plötzlich und unvermittelt – eine heiße Schockwelle, bis mir klar wurde, dass ich mich irrte, und ich mir dämlich vorkam. Wenn ich in der U-Bahn saß, holte ich mein Handy hervor und sah mir wieder die Nachricht an, die ich ihm geschrieben hatte. *Danke noch mal für das Abendessen*, worauf er geantwortet hatte, *war mir ein Vergnügen*. Ich las sie immer wieder, diese vier Worte, und versuchte, eine Bedeutung zu finden, wo keine war.

Laurie lag allerdings falsch, denn bei meinem nächsten Auftritt war er da. Er kam gegen Ende meines Sets herein und setzte sich an einen Tisch in der Ecke. Ich versuchte, mir nicht anmerken zu lassen, dass ich ihn gesehen hatte.

Ich sang weiter, ließ meine Hüfte und meinen Oberkörper schwingen, freute mich, dass er da war, zusehen konnte, wie mir alle zusahen, und fühlte mich gleichzeitig wie eine Marionette, die hin und her zuckte, natürliche Bewegungen nachahmte, aber nie ganz richtig lag.

Als das Set zu Ende war, ging ich zu ihm und sagte Hi. Ich dachte, er würde aufstehen, mich auf die Wange küssen oder etwas in der Art, aber er regte sich nicht. Er sah mich an, lächelte ein wenig, und plötzlich dachte ich, *scheiße, vielleicht ist er gar nicht meinetwegen hier.* Er war auf einen Drink hergekommen, hatte gehofft, ich würde ihn nicht behelligen, oder vielleicht ganz vergessen, dass ich existierte. Doch dann sagte er: Also, ich vermute mal, du erwartest von mir, dass ich sage, wie gut du warst?

Meine Gelegenheit, witzig zu sein. Ich drehte und wendete sie kurz in meinen Händen und ließ sie dann fallen.

Ja, natürlich, sagte ich. Was glaubst du denn, warum ich rübergekommen bin?

Er lächelte, und ich war mir sicher, dass er wusste, wie oft ich an ihn gedacht hatte.

Sollen wir gehen?, fragte er.

Mir fiel erst draußen auf, dass ich ihn nicht gefragt hatte, wohin.

Es hatte geregnet. Die Stadt hätte ein Filmset sein können, die Bürgersteige reingewaschen und bereit für einen Neuanfang, und niemand sonst zu sehen. Dieses Gefühl, als wären wir nicht wirklich draußen, bloß irgendwo, wo es so aussah, und es war kaum vorstellbar, dass dort oben ein Himmel sein sollte. Man konnte noch so lange hinschauen und sah keinen einzigen Stern.

Er ließ den Smalltalk bleiben, also redete ich aus Angst vor der Stille über Nichtigkeiten. Über Jazz. Dass er mich nostalgisch werden ließ. Eine falsche Nostalgie allerdings. Er brachte mich dazu, Dinge zu vermissen, von denen ich wusste, dass ich sie nie gehabt hatte. Dann bekam ich Angst, das würde zu intim klingen, und versuchte, einen Witz daraus zu machen – so wie der Duft von Weihnachtsbäumen mich an die Weihnachten meiner Kindheit denken lasse, sagte ich, obwohl ich wüsste, dass sie immer scheiße gewesen seien. Ich hörte meine Stimme immer weiter fortfahren und dachte mir, *warum bin ich nur so langweilig? Warum fällt mir nichts Interessantes ein? Warum sagt er nichts?* Doch er lächelte bloß, lief mit etwas Abstand zu mir, Hände in den Taschen.

Hier lang, sagte er.

Er führte mich in eine der Seitenstraßen, drückte mich gegen eine Wand und küsste mich. Ich vergaß alles, was ich sagen wollte. Es war wie ein überzeugendes Argument, das jede Schlagfertigkeit aus meinem Kopf vertrieb – da waren nur sein warmer Mund, seine Hände um meine, die Rauheit des Backsteins an meinen Fingerknöcheln. Als er von mir abließ, war sein Lächeln wissend, es sagte, *sieh nur, wozu du mich gebracht hast*, und ich wünschte mir, ich hätte etwas getrunken. Er hatte es. Ich konnte es schmecken.

Er sagte, *komm*, und ich folgte ihm in ein Gebäude an der Ecke. Sein Wohnhaus, doch es dauerte einen Moment, bis mir das klar wurde. Es sah aus wie ein Bürogebäude. Glasfront bis zur Straße, Mann in Schwarz hinter einem Empfangstresen, grelles Licht.

Im Aufzug küsste er meinen Hals, knöpfte meinen Mantel auf. Er schob seine Hände unter mein Oberteil. Ich fühlte mich betrunken, auch wenn ich es nicht war, fühlte denselben schwindelerregenden Leichtsinn. Wir stiegen im neunzehnten Stockwerk aus, die sanfte Beleuchtung erinnerte an ein Luxushotel, und da war derselbe sterile Geruch, der einem in Hotellobbys begegnet. Er öffnete die Wohnungstür, ließ mich eintreten, und dann war da die Aussicht. Unausweichlich. Die Wände bestanden aus Glas. Die Stadt zog mich zu sich, und ich ging ihr entgegen, schaute hinaus. London in Miniaturform, von oben betrachtet. Die leuchtende Kuppel von St. Paul's, Wolkenkratzer in verschiedenen Clustern, der Fluss ein dunkler Einschnitt.

Ich drehte mich um. Er lehnte am Sofarücken, beobachtete mich.

Solltest du nicht hinter mir stehen und mir zeigen, was ich sehe?, fragte ich. Deine Arme um mich legen, sodass ich der Richtung deines Fingers folgen kann? Ich vermute mal, darum geht es bei einer Wohnung wie dieser.

Das ist London, sagte er.

Er hatte keine Lampen eingeschaltet, aber das Licht der benachbarten Bürogebäude fiel auf die Küchenzeile, den Tisch, das Bett. Es hätte Mondlicht sein können, wenn es nicht so weiß gewesen und von überall hergekommen wäre. Es zeigte mir, dass die Wohnung klein war. Eigentlich nur ein Zimmer – eine Trennwand zwischen Schlaf- und Wohnraum, keine Türen.

Er sagte, *komm her*, und ich ging zu ihm. Er zog mir das Shirt über den Kopf, öffnete meine Jeans. Er hielt sich nicht mit den Schüchternheiten des Ausziehens auf. Er holte mich so schnell aus allen meinen Sachen, dass ich fast lachen musste, und er fragte, *irgendwas lustig?*, und ich sagte, *nein, nichts*, und versuchte, diesen Blick von ihm aufzusetzen, der suggerierte, er wisse etwas, was ich nicht weiß. Ich wollte sein Hemd aufknöpfen, aber er hielt meine Handgelenke fest, zog mich an sich, sodass ich die Rauheit seines Jacketts auf meiner Haut spürte, küsste mich lange, ließ mich dann los und schaute mich an. Er tat nicht so, als würde er nicht hinschauen, wie die meisten Männer in meinem Alter, als würden sie so viele nackte Frauen sehen, dass es sie nicht mehr wirklich interessierte. Ich setzte mich aufs Bett. Er blieb stehen, zog sein Jackett und seine Krawatte aus, knöpfte sein Hemd auf und wandte den Blick nicht von mir ab.

Dann kam er zu mir, fing an, mich zu küssen, drückte mich aufs Bett. Irgendetwas an dem Ganzen fühlte sich anstößig an, und mir fiel auf, dass er ganz normal mit mir sprach. Er war nicht vollkommen verstummt oder hatte einen Möchtegern-sexy-Flüsterton angenommen, der sich anhörte, als meinte er nicht, was er sagte. Er meinte es. Er sagte, *geh auf die Knie, dreh dich um, fass dich an*, in einem Plauderton, als unterhielte er sich in einer Bar mit mir. Am Anfang war ich so sehr darauf konzentriert, auszusehen, als hätte ich Spaß, dass ich glaubte, ich würde keinen haben können. Ich würde nicht aufhören können, nachzudenken – darüber, wie er auf mich reagierte, darüber, diesen perfekten Zustand zu finden, in dem ich kommen konnte, aber noch nicht versunken genug war, ihn zu ignorieren, über das Summen des Kühlschranks am anderen Ende des Zimmers, und darüber, was ich zu ihm sagen würde, wenn das Licht anging. Doch er verführte mich. Er zog mir alles unter den Händen weg, Stück für Stück, nichts mehr, woran ich mich festhalten konnte, sodass ich zum ersten Mal, seit ich mich erinnern konnte, nicht an etwas anderes denken musste, um erregt zu sein.

Danach lag ich neben ihm, beobachtete, wie das Auf und Ab seiner Brust sich verlangsamte. Seine Augen waren geschlossen, aber er hatte seine Hand auf meinen Oberschenkel gelegt und streichelte meine Hüfte mit seinem Daumen. Ich schloss meine Augen nicht. Ich sah ihn an, sein Gesicht, seinen Körper. Ich wollte mir sein Bild einprägen, falls dies das letzte Mal sein sollte. Seinen reglosen Mund, seine langen Finger, die ordentlichen Fingernägel, die Narbe auf seinem Bauch, eine leichte Bräunungslinie entlang seiner Hüfte.

Ich dachte, er wäre eingeschlafen, also sagte ich, *darf ich dich etwas fragen?*, doch er war wach, und so musste ich ihn wirklich etwas fragen.

Beim letzten Mal –

Ich wusste nicht, wie ich den Satz beenden sollte.

Ich dachte, du wärst nicht auf diese Weise an mir interessiert, brachte ich schließlich hervor.

War das eine Frage?

Ich meine, warum hast du nichts versucht?

Nichts versucht? Was zum Beispiel?

Du weißt schon. Um mit mir zu schlafen.

Er lachte.

Kann ich nicht einfach ein Mädchen zum Essen einladen, ohne sie ins Bett kriegen zu wollen?, fragte er. Macht man das nicht so unter euch jungen Leuten?

Nein, sagte ich. Eigentlich nicht.

Danke. Das merke ich mir für die Zukunft. Vielleicht klingt das altmodisch, sagte er, aber du kamst mir ziemlich betrunken vor. Ich glaube, man kann in diesen Dingen nicht vorsichtig genug sein heutzutage. Warum? Wolltest du?

Auf gar keinen Fall. Ich bin doch eine Frau. Ich hasse Sex.

Genau so hat es auf mich gewirkt.

Auf dem Weg zum Badezimmer drückte er ein paar Schalter neben dem Bett und ließ die ganze Wohnung in geschmackvollem Licht erstrahlen. Nun konnte ich sie richtig sehen, wie schick sie war – dunkler Holzboden, neutrale Möbel, eine Küchenzeile ganz aus Edelstahl und schwarzem Marmor. Sie wirkte fast wie eine weitere leer stehende Investition, die nicht zum Wohnen, sondern nur zum Geldvermehren dient – wären da nicht das aufs Sofa geworfene Jackett, die Krawatte über dem Stuhlrücken, der Becher, die Teller, die sich neben der Spüle stapelten. Mich durchfuhr ein Gefühl der Zärtlichkeit beim Gedanken an ihn hier so alleine.

Es war fast ein Uhr. Ich überlegte, ob er erwartete, dass ich ging, aber als er zurückkam, erwähnte er nichts davon, also ging ich ins Bad, putzte mir die Zähne mit dem Finger, versuchte, mein Make-up mit Seife abzuwaschen. Er hatte Boxershorts und ein T-Shirt angezogen, also fragte ich, ob ich mir zum Schlafen etwas von ihm leihen könnte, doch er sagte, *nein, so gefällst du mir.*

Wir lagen beide im Bett, als er sagte: Eigentlich wollte ich dich mitnehmen.

Was?

Letztes Mal. Ich wollte dich mitnehmen. Deinen unfassbar subtilen Anspielungen darüber folgen, dass du meine Wohnung sehen wolltest.

Das war doch nur so dahergesagt.

Klar. Jedenfalls hast du dann, dann hast du gefragt, ob ich verheiratet bin. Das hat mich irgendwie auf dem falschen Fuß erwischt.

Ich fühlte mich wie an einem sonnigen Frühlingstag, an dem man zu optimistisch ärmellos das Haus verlässt. Am frühen Abend ist man bis auf die Knochen durchgefroren. Ich blieb still.

Was ich gesagt habe, stimmt nicht ganz, fuhr er fort. Ich bin verheiratet. Technisch gesehen. Getrennt lebend. Auf dem Weg, nicht mehr verheiratet zu sein.

Mir fiel auf, dass er es nicht über sich brachte, geschieden zu sagen.

Ich verstehe.

Mein Leben ist nicht gerade einfach im Moment, sagte er. Und ehrlich gesagt, als wir uns das erste Mal getroffen haben, war mir nicht klar, wie jung du bist. Beim Abendessen hast du einfach so unbelastet und lieb auf mich gewirkt.

Lieb?

Das sollte keine Beleidigung sein, Anna. Reg dich nicht auf. Jedenfalls habe ich versucht, das Richtige zu tun, ob du mir glaubst oder nicht. Wollte dich da nicht mit reinziehen. Aber ich musste dauernd an dich denken. Ich habe deine Gesellschaft genossen. Ich dachte mir, na ja, warum sollten wir nicht etwas Spaß haben. Wenn du das möchtest natürlich.

Er löschte das Licht.

Ich möchte dir nur nichts vormachen, sagte er in die Dunkelheit hinein. Darüber, was ich dir anbieten kann. Denn ganz ehrlich, im Moment ist das nicht sehr viel.

Er sagte es beiläufig, fast ironisch, als würde er über jemand anderen sprechen, und da wusste ich, dass er es ernst meinte.

Als ich am Morgen aufwachte, saß er mit seinem Laptop am Tisch. Er bot mir weder Kaffee an, noch fragte er, wie ich geschlafen hatte, oder kam zurück ins Bett zu mir, doch draußen auf der Straße küsste er mich länger als nötig. Er sagte, *wir sehen uns.*

Seine Wohnung lag nur einen kurzen Fußweg vom Konservatorium entfernt, aber der Unterricht ging erst in ein paar Stunden los, also fuhr ich nach Hause, um mich umzuziehen. Alles auf der Mitcham Road wirkte noch grauer als sonst. Der gelbe Fotoladen, die blaue Bank und der rote Briefkasten waren blass und trüb wie eine Fotografie, die mit der Zeit ihre Farben verloren hat. Ausgeblichene Festtagskleidung hing schlaff in den Schaufenstern von Reinigungen, und einst bunte Klamotten lagen in Haufen vor geschlossenen Charity-Shops und wurden im Nieselregen dunkel. Hier behielt nichts seine Farbe.

Zu Hause angekommen, befand sich Mrs P in der Küche. Sie saß am Tisch und starrte auf die Tür wie eine Schauspielerin, die vergeblich auf ihren Einsatz wartet. Sie schien nie viel zu tun zu haben. Sie reagierte nur auf negative Impulse. Manchmal kam sie in einen Raum und sagte, *drüben war es so kalt*, oder, *ich konnte den Fernseher von nebenan durch die Wand hören*, und dann stand sie da und sah einen an, wie eine Katze, die eben durch die Katzenklappe hereingekommen ist und nicht mehr weiß, warum.

Guten Morgen, sagte ich.

Ich setzte heißes Wasser auf.

Du bist letzte Nacht wohl nicht nach Hause gekommen, was?, sagte sie. Kommst jetzt erst? Amüsierst dich, hää?

Sie beendete ihre Sätze oft mit einem meckernden Lachen. Ich war mir nicht sicher, ob es ein nervöser Tick war oder ob es etwas Bestimmtes ausdrücken sollte – Sarkasmus? Missgunst? –, freundlich wirkte es jedenfalls nicht. Sie sagte Dinge wie, *die Preise bei Sainsbury's steigen ganz schön, was?* Und: *Wer weiß, wie ich mir da noch meine Einkäufe leisten soll, haa?*, und dann starrte sie einen an, als würde sie einem die Schuld dafür geben.

Ich hatte einen schönen Abend, sagte ich. Danke.

Ich hab zu Mr P gesagt, *wo ist Anna?*, hab ich gesagt, und er hat gesagt, na es ist doch Donnerstag, arbeitet sie nicht donnerstags? Und ich hab gesagt, ja, aber sie sollte bestimmt schon fertig sein um diese Uhrzeit, und er hat gesagt, na dann wüsste er auch nicht, denn das passt ja nicht zu dir, so spät aus zu sein, nicht wahr? Nicht wie bei der anderen, stimmt's, denn wer weiß schon, wo die immer steckt, hää?

Sie sah mich mit großen neugierigen Augen an. Sie wirkte seltsam kindlich für jemanden, der so gar nicht wie ein Kind aussah. Sie konnte ihre Gefühle nicht verbergen.

Ich öffnete den Schrank auf der Suche nach Kaffee.

Und wo ist die andere?, fragte sie.

Laurie? Weiß ich nicht. Schläft wahrscheinlich noch.

Musst du also los, hää?

Ja, ich habe Unterricht. Ich trinke das erst noch, ziehe mich um und geh dann.

Mrs P heftete ihren Blick auf mich, um sicherzugehen, dass ich nicht ihren Kaffee nahm. Nicht, dass ich das tun würde. Ihr Kaffee schmeckte nach Staub. Alle Schränke waren stapelweise gefüllt mit halbleeren Lebensmittelpackungen, und auf dem kleinen Tisch türmten sich vergilbte alte Ausgaben der *Daily Mail* – gut, um Katzenkotze aufzuwischen, hatte Mrs P erklärt. Am Kühlschrank und auf allen Schränken klebten Kinderbilder, einige so ausgeblichen, dass sie fast blank waren.

Du solltest den Wasserkocher wirklich am Knopf ausschalten, wenn du fertig bist, sagte Mrs P. Das wollten Mr P und ich dir schon die ganze Zeit sagen.

Sorry.

Und du wirst dir heute Abend wahrscheinlich was kochen wollen, nehme ich an?

Weiß ich nicht. Ich schätze schon. Ich habe es mir noch nicht überlegt.

Und was soll ich nun Mr P sagen, hää?

Ich weiß nicht, erwiderte ich. Sagen Sie ihm, dass ich es mir noch nicht überlegt habe.

Sie nickte.

Du hast es dir noch nicht überlegt, wiederholte sie. Na schön. Das sage ich ihm.

4

AB DA TRAF ICH IHN EINMAL, manchmal zweimal die Woche. Wir machten nie Pläne im Voraus. Nachrichtenschreiben war nicht seine Stärke. Wenn ich ihm schrieb und fragte, wann er Zeit hätte, antwortete er meistens nicht. Wenn ich dann wütend wurde, zog er mich auf.

Ich bin aus einer anderen Generation als du, schon vergessen?, sagte er. Ich hab's nicht so mit dieser ganzen Dauerkommunikation. Zeig ein bisschen mehr Verständnis für mich.

Dann schrieb er mir irgendwann tagsüber, *heute Abend?* Manchmal, wenn ich Pläne hatte, die ich verschieben konnte, tat ich es, oder ich antwortete, *ja, aber erst später. Probe, die ich nicht verschieben kann. Ich komme zu dir, wenn ich fertig bin?* Und manchmal klappte es gar nicht. Er schrieb, er sei müde, könne nicht so lange aufbleiben, oder, *nein, schon okay. Ich habe etwas anderes vor.* An diesen Abenden hatte ich das Gefühl, etwas verloren zu haben, und ich fragte mich, was er wohl stattdessen machte. Ich ließ mein Handy während der Proben in der Hosentasche, in der Hoffnung, es würde vibrieren.

Manchmal, wenn es doch klappte, führte er mich aus. Er zeigte mir Orte, an denen ich noch nie gewesen war, Restaurants mit dicken, weißen Stoffservietten, mit echter Kunst und nicht bloß Drucken an der Wand. Er brachte mich dazu, Dinge zu probieren – eine Fischsorte, den Wein einer bestimmten Rebe. Ich spürte seinen Blick auf meinem Hals, während ich schluckte, und dann lächelte er mich an, so als hätte er eben etwas Schlaues gesagt und warte nun auf Lob. Dann war er der Darsteller, bemüht um die Anerkennung des Publikums. So war er immer, wenn wir ausgingen – großmütig, ein Unterhalter. Zu allem und jedem wusste er etwas. Welches Thema auch aufkam, er konnte mir etwas dazu erzählen. Er hatte immer eine Anekdote parat, und er brachte mich immer zum Lachen.

Manchmal war er jedoch anders – launisch, gereizt, angriffslustig. Einmal machte er sich über mich lustig, weil ich den Namen eines Politikers falsch ausgesprochen hatte. Er sagte, *ich erwarte von euch Künstlern natürlich nicht, dass ihr viel über die echte Welt wisst,* und es wirkte ein bisschen wie ein Witz, aber dann auch wieder nicht. In eifriger Überkompensation schwang ich eine große Rede darüber, dass es in der Kunst sehr wohl um die echte Welt gehe, viel mehr noch als im Bankwesen, was er zum Totlachen fand. Er ritt immer weiter darauf herum, und selbst nachdem es ihm langweilig geworden war, schmeckte der ganze restliche Abend für mich danach, und dieser Geschmack überdeckte alles andere wie ein versalzenes Gericht. Ein anderes Mal erwähnte ich in einer beiläufigen Bemerkung, dass ich, als ich noch zur Schule gegangen sei, mit einem Lehrer hätte schlafen wollen – nicht mit einem bestimmten, sondern generell, die Vorstellung davon –, und er sah mich an, als hätte ich soeben gestanden, seine Mutter gevögelt zu haben, und sagte, *das ist ekelhaft,* woraufhin ich zur Toilette ging und weinte. Ich spritzte mir Wasser ins Gesicht und frischte mein Make-up auf, und als ich zurückkam, war er nett und tat so, als hätte er es nicht bemerkt. Es waren Albernheiten wie diese, doch sie führten dazu, dass ich mir immer mehr Mühe gab, die Reaktion von ihm zu bekommen, die ich mir wünschte, dass ich das Gefühl hatte, nicht gut genug zu sein, und dachte, könnte ich doch bloß –. Doch dann war er beim nächsten Mal wieder normal, und ich fragte mich, ob ich überreagiert, mir etwas eingebildet hatte. So sind die Menschen eben, nicht wahr? Wie optische Illusionen. Sobald man eine Version von ihnen im Kopf hat, ist es schwer, diese in ein anderes Bild zu verwandeln.

Die Restaurants, in denen wir aßen, waren so teuer, dass mir beim Blick auf die Karte übel wurde, aber er übernahm immer die Rechnung. Er war einer dieser Männer, die bezahlen, während du auf Toilette bist, sehr diskret. So was bekämen sie auf dem Internat beigebracht, meinte Laurie. Ich sagte dann, *nächstes Mal zahle ich*, und er erwiderte, *klar, wie auch immer*, und dann war es beim nächsten Mal wieder genauso. Uns war sowieso beiden klar, dass ich mir das nicht hätte leisten können, also sagte ich schon bald einfach nichts mehr dazu.

An manchen Abenden kam er spät aus dem Büro, oder ich von der Probe, und ich ging gleich zu ihm. Irgendwie gefielen mir diese Abende am besten. Ich verliebte mich in seine Wohnung. Ich liebte es, dass wir dort oben schwebten und nichts eindringen, nichts uns verletzen konnte. Dass man die klitzekleinen Menschen durchs Glas sehen konnte, die klitzekleinen Autos, aber keine Geräusche hörte, wie stummgeschaltetes Fernsehen, und ich wurde des Schauens nie müde. Ich liebte die dicken, cremeweißen Handtücher, ihre identisch neutralen Farbschattierungen. Sein riesiges Bett. Dass dort im Schrank immer eine Weinflasche darauf wartete, geöffnet zu werden. Diese Abende waren endlos, lieblich und voller Möglichkeiten, alles war leicht, nichts überstürzt oder kompliziert, nichts ein Problem. Er war sanfter, als wenn wir zusammen ausgingen, versuchte nicht, mich zu unterhalten, war irgendwie ruhiger. Er wollte alles über mich wissen. Er stellte mir Fragen und hörte bei meinen Antworten wirklich zu, und ich hatte das Gefühl, ich könnte ihm alles erzählen, wenn wir im Bett lagen. Als würden alle Wörter mir gehören und nie versiegen.

Ich erzählte ihm davon, wie ich als Jugendliche singen lernte. Dass der Leiter unseres Schulchors zu mir meinte, ich hätte Talent, und eine Gesangslehrerin für mich fand, die mir sagte, ich könne eine Opernstimme haben, wenn ich sie richtig trainieren würde. Dass die Fremdheit davon mich anzog, obwohl ich nichts darüber wusste. Diese Stimme sei mir wie etwas vorgekommen, das nicht eingesperrt werden konnte, erzählte ich ihm – wie ein Gegengift für die monotonen kastenförmigen Häuser in unserer Stadt und ihren grauen Himmel, und hinter der Ortsgrenze nichts als lange graue Straßen und graue Felder. Für eine Mutter, die immerzu im Wohnzimmer saß und darauf wartete, dass ich nach Einbruch der Dunkelheit nach Hause kam, all die schrecklichen Dinge durchspielend, die mir zustoßen könnten. Eine Mutter, die niemals schlief – die ich jede Nacht umherwandern, Stecker ziehen, die Fensterverriegelungen überprüfen, Türen öffnen und schließen hörte.

Bei den Jungs in meinem Alter, mit denen ich mich traf, ließ ich nur oberflächlich erkennen, wie viel Arbeit das Singen bedeutete, wie wenig Spaß im konventionellen Sinn ich als Teenagerin hatte. Die vielen Stunden, die ich damit verbrachte, zu üben, mir Opern anzuhören, mir die Übersetzungen im Internet herauszusuchen – herauszufinden, dass sie zwar in Sprachen verfasst waren, die ich nicht verstand, aber von Gefühlen handelten, die ich kannte oder kennenlernen wollte –, Bücher über Opernsängerinnen zu verschlingen, mir alle ihre Aufnahmen anzuhören, ihre Ratschläge in mein Notizbuch zu schreiben. Max allerdings war beeindruckt. Er sagte, er kenne kaum jemanden, der so fokussiert sei wie ich, so ernsthaft. Das sei eine seltene Eigenschaft.

Ich erzählte ihm nichts davon, dass ich am Konservatorium manchmal das Gefühl hatte, zu ertrinken. Er betrachtete meine Ausbildung in London, wie ich es getan hatte, als glückliches Ende meiner Story, den Höhepunkt jahrelanger Arbeit. Es gefiel mir zu sehr, dass er mich als erfolgreich ansah, um ihn zu korrigieren, doch ich erzählte ihm von dem einen Mal, ganz am Anfang, als alle in meinem Jahrgang zusammen essen gegangen waren. Ich hatte die Preise auf der Karte gesehen und eine Vorspeise als Hauptgang bestellt, nur Leitungswasser getrunken, bis am Ende dann einer der anderen Sänger vorschlug, *lasst uns die Rechnung doch einfach teilen.* Nun erfand ich jedes Mal, wenn sie wieder essen gingen, eine Ausrede. Ich erzählte ihm, manchmal würde ich mir Sorgen machen, dass das Online-Banking auf meinem Handy eine physische, irreparable Auswirkung auf die Verdrahtung meines Gehirns hätte. Dass ich mich selbst dabei ertappte, wie ich unbewusst meinen Kontostand prüfte, bis zu zwanzig Mal am Tag, obwohl ich keine Ein- oder Abgänge erwartete – ein Tick, so ein Gefühl, dass das Geld, wenn ich es nicht ständig im Blick behielte, verschwinden könnte.

Auch diese Geschichten schienen ihn zu beeindrucken. Er könne niemals so leben wie ich, sagte er. Ich sei tapfer. Er zog mich damit auf, dass ich immer abwechselnd dieselben zwei BHs trug, küsste die Stelle, an der meine Hüftknochen hervorstanden, *ich muss dich wohl öfter zu einem schönen Essen einladen*, nannte mich seine Bohemienne mit den dunklen Augen.

Ich versuchte, auch etwas über ihn zu erfahren – nach dem Sex, wenn er liebevoll und schläfrig war. Er war jemand, der sehr viel reden konnte. Wenn wir beim Dinner endlose Gespräche führten, hatte ich danach das Gefühl, ihn beinahe zu kennen. Doch dann schaute ich zurück und überlegte, was hatte er denn eigentlich schon gesagt? Was hatte er mir gegeben? Nicht viel. Nichts Konkretes jedenfalls. Also bedrängte ich ihn an jenen Abenden in seiner Wohnung. Ich sammelte Fakten über ihn, und später, wenn ich alleine war, versuchte ich, sie zu ordnen, eine Geschichte daraus zu formen.

Ich fragte ihn nach seiner Familie.

Ein Vater, sagte er. Eine Mutter, ein Bruder.

Älter oder jünger?

Älter.

Überraschend.

Wirklich?

Ja.

Sie seien sich in ihrer Kindheit sehr ähnlich gewesen, erzählte er. Sie mochten dieselben Dinge. Dieselben Sportarten, dieselben Fächer, dieselben Mädchen. Doch sein Bruder war immer dieses bisschen besser als er, und seine Eltern förderten die Konkurrenz zwischen ihnen. Zumindest sein Vater. Er schritt nie ein, wenn sie sich zankten, meinte, es sei gut, wenn sie lernten, dass man stark sein oder eine bessere Methode finden müsse, um einen Streit zu gewinnen. Ich fragte, *und wie geht es dir damit?*, und er lachte und sagte, *was glaubst du denn? Ich bin heillos kaputt, mein Herz*, und ich war zu sehr davon abgelenkt, wie er mich genannt hatte, um weitere Fragen zu stellen.

Er war in London geboren, aber seine Familie war in die Cotswolds gezogen, als sein Vater in den Ruhestand ging. Er beendete sein Arbeitsleben früh, oder besser gesagt seinen Job. Blieb in mehreren Gremien und Ähnlichem aktiv. Ich hatte keine Ahnung, was das bedeutete, aber tat so, als wüsste ich es. Ich fragte ihn auch nach seiner Mutter. Ich wollte wissen, was sie gemacht hatte, und er antwortete, *sie hat uns bekommen, zwei Jungs, sie hat uns großgezogen*, in so einem gruselig ehrfürchtigen Ton, und ich dachte, *oh Gott, da haben wir es, das rechtskonservative Muttersöhnchen*, doch im nächsten Moment war ich mir nicht mehr so sicher. Er erzählte mir, dass er immer zu seinen Freunden gesagt habe, *ihr braucht euch nicht die Schuhe auszuziehen, wir haben diese Teppiche, an denen kein Schmutz hängen bleibt.* Erst Jahre später sei ihm bewusst geworden, dass seine Mutter immer mit dem Staubsauger hinter ihnen hergerannt war. Er beschrieb eine Dinner-Party, die seine Eltern einmal gegeben hatten. Sie hatte Stunden in der Küche verbracht, und nach dem ersten Bissen drehte sein Vater sich zu ihr um und sagte, *ein bisschen viel Fett an der Ente, oder Jane?* Wie er immerzu an ihr herumnörgelte, weil sie ihr Taschengeld zu schnell ausgeben würde. Wie sie oft um fünf Uhr nachmittags auf dem Sofa lag, Vorhänge zugezogen, Kinderkanal an, und sagte, *aber ich habe den ganzen Tag gearbeitet, deshalb. Ich bin so müde.*

Ist sie sehr schön?, fragte ich.

Das ist eine komische Frage, erwiderte er. Keine Ahnung, was mir wiederum wie eine komische Antwort vorkam.

Einmal sagte er zu mir: Es kommt mir so vor, als würdest du versuchen, eine tragische Hintergrundstory für mich zu erfinden. Einen gewalttätigen Vater vielleicht. Eine psychische Erkrankung oder sexuellen Missbrauch. Tut mir leid, Anna. Du wirst schon bald merken, dass ich kein interessanter Mann bin.

Doch das war er für mich.

Während all dieser Abende, die wir miteinander verbrachten, all dieser Gespräche, erwähnte er nie seine Frau. Ich kannte nicht einmal ihren Namen, also war auch Google keine große Hilfe, obwohl ich es versuchte, ehrlich. Hätte er von ihr erzählt, hätte sie womöglich weniger Raum in meinem Kopf eingenommen. Vielleicht hätte ich mich dann nicht gefragt, ob sie so aussah wie ich oder anders, ob er mit ihr mehr lachte, ob sie jemals Zeit in dieser Wohnung verbracht hatte.

Dann gab es noch die anderen Tage – vermutlich die meisten Tage –, an denen ich nichts von ihm hörte. Ich war im Übungsraum, das Handy mit dem Display nach oben auf dem Klavier, und es leuchtete nicht auf. Es wurde spät, und ich ging alleine nach Hause. Mir fiel es immer schwerer, in dieses Haus zurückzukehren. Wenn ich die Treppe zu meinem Zimmer hinaufstieg, in der Tür stehen blieb, bekam ich das Gefühl, eine Hand würde sich um meine Kehle schließen. Die Decke schien immer tiefer zu hängen, als ich sie in Erinnerung hatte, und die Wände rückten näher. Auch alle Gegenstände schienen verändert. Ich war mir sicher, dass Mrs P hier reinkam und meine Sachen anfasste, wenn ich weg war. Sie saugten ihren Blick auf und schleuderten ihn mir später entgegen. Kleinigkeiten brachten mich auf einmal aus der Fassung. Als ich beim Schließen meines Kleiderschranks plötzlich den Türknopf in der Hand hielt, schmiss ich ihn gegen die Wand. Als eine der Lampen an der Decke ausfiel – eine dieser flachen –, und ich die Abdeckung nicht aufbekam, um die Birne zu wechseln, setzte ich mich auf den Boden und weinte. Ich sagte mir, *ist doch auch egal, denn so viel von mir ist dort bei ihm, nicht hier.* Es fühlte sich immer komisch an, in seine Wohnung zurückzukommen. Jedes Mal war es so, als wäre ich noch nie da gewesen. Ich konnte keine Beständigkeit erzeugen. Er war akribisch. Nie fand ich auch nur ein Haar von mir in seinem Kamm oder im Abfluss. Die Bettlaken waren stets sauber und frisch. Einmal versuchte ich, eine Zahnbürste im Bad zurückzulassen, doch er rannte mir im Hausflur nach und sagte, *hier, das ist deine, vergiss sie nicht.*

Ich fragte nie, wann wir uns wiedersehen würden. Ich ließ ihn mich zum Abschied küssen und sagte lässig, *also dann, bis bald.* Ich stellte keine Ansprüche an ihn, weder emotionale noch sonstige. Ich war locker, unverbindlich, die Art Frau, die er haben wollte. Aber nicht in Wirklichkeit – nein – nicht in Wirklichkeit. Innerlich versuchte ich, mich mit so vielen Haken wie möglich an ihn zu heften wie eine Klette, damit er mich nicht einfach wieder abstreifen konnte.

Und manchmal dachte ich, es ginge einfach nur um Sex. Ich meine, für mich ebenso wie für ihn. Ich tat alles, was er wollte. Bei ihm gab ich alle Kontrolle über meinen Körper auf. Ich war nicht schüchtern. Ich ließ ihn mich drehen, vor und zurück, meine Hände nehmen und sie gegen die Wand drücken, nach oben über meinen Kopf, sie hinter meinem Rücken fassen, meine Beine spreizen oder zusammen ziehen. Ich ließ ihn jede Stelle an mir berühren, die er berühren wollte. Es war aufregend, zu wissen, dass ich alles tun würde. Er sagte zu mir, *ich war noch nie mit einer Frau zusammen, die so offen war wie du,* und ich entgegnete, *na ja, warum nicht? Ich mag Sex. Das ist nicht so ungewöhnlich, oder?*, und er sah mich mit einem Blick an, in dem ich Bewunderung las, und meinte, *du würdest dich wundern, du würdest dich wirklich wundern.* Das gab mir ein gutes Gefühl. Ich liebte es, von ihm beobachtet zu werden, wenn ich auf ihm war oder wenn ich mich über ihn beugte, um etwas Wasser zu trinken oder wenn ich nackt durchs Zimmer zur Spüle lief. Ich war es gewohnt, meinen Körper als Instrument zu betrachten, doch ihn durch seine Augen zu sehen, war anders. Es konnte aufregend sein. Ich hatte Macht. Wenn ich mich selbst nackt im Spiegel ansah, versuchte ich, meinen Körper so zu sehen wie er. Nicht so, wie ich ihn benutzte, um Töne zu erzeugen – das Weiten der Rippen und die Entspannung des Bauches, um die Stützmuskeln zu aktivieren –, sondern die Rundung meiner Hüfte, meine schmale Taille, die dunkle Form meiner Nippel. Im Laufe dieses ersten Monats mit ihm dachte ich viel über meinen Körper nach. Ich fing an, mich an Stellen zu rasieren, die mir vorher nicht eingefallen wären. Ich verbrachte eine Menge Zeit im Badezimmer.

Als sich der November dem Ende neigte, war der Himmel dauerhaft weiß, und die Blätter der Bäume hatten sich zu einem Brei im Rinnstein verwandelt – Frühstücksflocken, die zu lange Milch gezogen hatten. Wir lagen im Bett, und ich sagte: Also bist du nun immer noch unfähig, jemanden zu lieben, oder was?

Ich weiß nicht genau, warum ich das sagte, aber wenn ich raten müsste, würde ich meinen, es war, weil ich gerade erst herausgefunden hatte, warum er sich nach dem Sex immer gleich wieder anzog. Ich hatte angenommen, dass er diese Art der lockeren Intimität mit mir vermeiden wollte, doch dann fiel mir auf, – Kleinigkeiten – dass er kaum Kohlenhydrate aß, ständig ins Fitnessstudio ging, in Gesprächen oft fallen ließ, wie fit er bis vor Kurzem noch gewesen sei – dass er unsicher war. Das gefiel mir. Die Unvollkommenheit seines Körpers, und dass er dachte, sie könnte mich stören.

An diesem Abend schien es ihn zum ersten Mal nicht zu kümmern. Er ging ins Bad, und – möglicherweise dachte ja ein Teil von mir, dass er nackt eher die Wahrheit sagen würde – als er zurück ins Bett kam, sagte ich: Also bist du nun immer noch unfähig, jemanden zu lieben, oder was?

Ich wollte unbeschwert rüberkommen, aber es klang schrill und verzweifelt. Er drehte seinen Kopf auf dem Kissen zu mir herum und sah leicht alarmiert aus.

Ich meinte nicht mich, beeilte ich mich zu sagen. Um das klarzustellen.

Natürlich, sagte er.

Das war nur so dahergesagt.

Ich glaube nicht, dass ich gesagt habe, ich wäre unfähig, jemanden zu lieben, sagte er. Oder?

Doch. Etwas in die Richtung jedenfalls.

So weit würde ich nicht gehen, sagte er.

Er lachte.

So dramatisch ist es nun wirklich nicht.

Sonst sagte er nichts, doch ich hatte das Gefühl, dass ich ihn fast so weit hatte, also fragte ich zum ersten Mal ganz direkt. Ich fragte ihn, wann seine Ehe zu Ende gegangen war.

Im Sommer. Vor Kurzem.

Das ist echt nicht lange her.

Ich weiß. Das habe ich ja gesagt.

Lebt sie, ich meine, wo ist sie? Hat sie nicht das Haus in Oxford bekommen?

Sie ist in New York.

Warum?

Sie kommt von dort. Da haben wir uns kennengelernt. Sie ist zurückgegangen.

Oh.

Einige der Fakten zu kennen, ließ mich fast noch weniger über ihn wissen, als wenn er mir gar nichts erzählt hätte. Es ruinierte mir auch New York, weil ich nun wusste, dass sie der unausgesprochene Teil seiner Geschichten war. Ich hatte mir vage ausgemalt, er würde mich mitnehmen, wenn er das nächste Mal hinreiste, doch nun wollte ich das nicht mehr.

Siehst du sie, wenn du dort bist?, fragte ich. Er war in diesem Monat schon dreimal hingeflogen.

Manchmal.

Gleichgültigkeit vorheuchelnd, sagte ich: Wärst du gern noch mit ihr zusammen?

Nein, das ist es nicht. Es ist eher so, wie wenn man einen Plan hatte, weißt du? Du hast dein ganzes Leben vor dir gesehen oder es dir auf eine bestimmte Weise vorgestellt, und dann kommt es plötzlich anders.

Na ja, wahrscheinlich kennst du das nicht, sagte er. Wahrscheinlich bist du zu jung dafür.

Einen Moment lang durchfuhr mich eine Eifersucht, so weiß und stechend wie eine heiße Nadel unter der Haut. In diesem Moment hasste ich ihn.

Na ja, das ist alles ein Lernprozess, nicht wahr?, sagte ich und dachte, *mach sie nieder, säg sie ab*.

Ach, ja? Ich vergesse immer, wie weise du bist. Was hast du denn gelernt aus deinen weitreichenden Erfahrungen?

Ich überlegte. Ich überlegte, wie plötzlich, wie unvorhersehbar dieser Umschwung sein konnte – dieser Umschwung von Verlangen zu Verachtung. Du glaubst, dass du jemanden willst, verbringst den ganzen Abend mit ihm, bedeutungsschwangere Blicke, anzügliche Gespräche – ein süßes Spiel, und du weißt es zu spielen. Und wie selten das dann zu etwas Körperlichem führt, das gut ist. Manchmal weißt du es sogar schon in dem Moment, in dem er dich küsst, aber du tust es trotzdem. Egal wie wenig Anziehung du plötzlich spürst oder wie er aussieht, bei ihm zu Hause, wenn das Licht an ist. Warum? Vermutlich zu peinlich, es nicht zu tun. Du folgst dem Script, und dann ist es immer zu real. Bloß Körper. Seit einer ganzen Weile niemand mehr, nicht seit ich nach London gezogen war. Vermutlich war ich von der Heuchelei gelangweilt.

Ich habe gelernt, dass eine Partnerwahl, die allein auf Äußerlichkeiten basiert, gar keine so schlechte Methode ist, sagte ich.

Das nehme ich als Kompliment.

Und du?

Er dachte kurz nach.

Ich schätze, ich habe gelernt, was echter Schmerz ist.

Doch er sagte es lachend, als würde er sich über jemand anderen lustig machen, und dann zog er mich auf sich.

Jetzt hör auf zu reden, sagte er.

Etwas später am nächsten Tag hatte ich eine Stunde bei Angela. Ich übte Rusalkas Arie, um sie in mein Casting-Repertoire aufzunehmen. Rusalka, die Wassernymphe, besessen von einem menschlichen Prinzen. Bereit, alles für ihn aufzugeben – ihre Unsterblichkeit, ihre Stimme –, um für ihn menschlich zu werden, wenngleich sie noch nie ein Wort miteinander gewechselt haben. Die Arie ist wunderschön, reich an mitreißenden Phrasen, voller Sehnsucht. Rusalka singt den Mond an. Sie bittet ihn, dem Prinzen zu sagen, dass sie ihn liebt.

Angela war mit meiner letzten Phrase nicht zufrieden.

Der hohe Ton ist großartig, sagte sie. Aber das B ist doch nicht das Ende der Zeile, oder? Sing es durch, Anna, gib nicht auf.

Ich sang es noch einmal, versuchte, den Atem zu sehen, mir vorzustellen, wie er sich von einer Spule löste, sich vor mir entspann.

Besser, sagte sie. Denk nicht, dass du einpacken und heimgehen kannst, sobald du mit den hohen Tönen fertig bist. In unserem Business geht es um Ausdruck, nicht wahr? Darum, wie du die Geschichte erzählst, nicht wie gut dein Höhepunkt ist – obwohl es uns natürlich auch darum geht. Also, hast du bemerkt, wie du deinen Kiefer auf dem B nach vorn reckst? Lass es uns noch einmal versuchen, aber schau diesmal in den Spiegel. Halt dir einen Finger ans Kinn, damit du es fühlen kannst.

Angela ließ mir nichts durchgehen. Sie ließ es mich wiederholen, unnachgiebig und ernst, bis sie mich schließlich, was kaum zu glauben war, anstrahlte und sagte, *ja, genau so, das ist genau richtig*, und mich ein Euphorierausch packte. Ich liebte meine Stunden bei ihr, hatte das Gefühl, aufgetrennt und wieder zugenäht zu werden, nur besser zusammengesetzt. Sie half mir auch, Aussagen zu interpretieren, die ich von den anderen Sängern aufgeschnappt hatte und bei denen ich mich nicht traute nachzufragen, um nicht dumm dazustehen. Ja, sagte sie, es sei eine gute Idee, etwas zu tragen, was Ellbogen und Knie bedeckte, wenn man bei Michael vorsang – sein Geschmack sei ziemlich konservativ und Frauen finde er generell irritierend, also, ja, am besten bleibe man auf der sicheren Seite. Natürlich kannst du mich in deiner Bewerbung für die Martignargues-Festival-Akademie als Referenz angeben, auch wenn wir erst seit Kurzem miteinander arbeiten, und hör überhaupt nicht auf das, was Beth erzählt, sie weiß genau, dass das nicht wahr ist – sie versucht nur, dich zu entmutigen. Eigentlich ein Kompliment. Sie sieht dich als Bedrohung.

Ich sang die Phrase erneut mit dem Finger an meinem Kinn.

Siehst du, was für einen Unterschied es für den Klang macht?, sagte Angela. Viel freier. Üb so weiter. Das machst du, um dich sicher zu fühlen. Eine Angewohnheit. Du kannst mit ihr brechen.

Sie sagte, dass wir fertig seien, und ich zog meinen Mantel an.

Apropos schlechte Angewohnheiten, sagte sie. Wie läuft es mit dem Jazzsingen?

Angela sah das mit dem Jazz sehr kritisch. Immer wenn ich ihr etwas auf Englisch vorsang, fiel sie triumphierend über jedes Wort her, bei dem ich auch nur den leisesten Hauch eines verschluckten Ts oder eines amerikanischen Akzents erkennen ließ. *Siehst du?*, sagte sie dann. *Das hast du vom Jazz.*

So oft ist es wirklich nicht, sagte ich. Ein paar Mal die Woche. Alles in Ordnung, ich passe auf mich auf.

Nun gut, solange du immer mit der richtigen Technik singst und nicht croonst. Vielleicht mache ich eines Tages eine Stichprobenkontrolle, komme unangemeldet vorbei, um das zu überprüfen. Dann lerne ich ja auch mal deinen Freund kennen.

Angela interessierte sich sehr für Max und fragte immer, wie die Dinge liefen. Ich sprach gerne mit ihr über ihn. Mit Laurie war es schwierig, weil sie sich nur für die schlechten Seiten interessierte. Sie war geradezu versessen auf die schlechten Seiten. Wir verbrachten ganze Abende damit, durchzuanalysieren, warum er nie über seine Frau sprach – *Ex-Frau, meinst du wohl*, sagte ich dann, *na ja, nein, vor dem Gesetz nicht*, gab sie zurück – oder weshalb er wohl auf meine letzte Nachricht nicht geantwortet hatte, und währenddessen machte es Spaß, aber hinterher fühlte ich mich elend. Dann sagte ich, *natürlich erzähle ich dir nur von den schlechten Seiten. Ich habe dir von den guten Seiten nichts erzählt, weil das Glück anderer Leute langweilig ist,* und sie erwiderte, *oh, ja ja ja, die guten Seiten, verschon mich.* Es sei denn, bei den guten Seiten ging es um Sex.

Er ist nicht mein Freund, sagte ich.

Ist er nicht? Was ist er dann?

Weiß ich nicht. Es ist kompliziert.

Diese verfluchten Männer, sagte sie. Sie lieben es, die Dinge schwierig zu machen, nicht wahr? Aber, nun ja, das Liebesleben einer Künstlerin ist niemals einfach. Gewöhn dich besser daran. Ich glaube, er tut dir gut. Du wirkst selbstbewusster. Die Stimme klingt auch großartig.

Danke, sagte ich. Aber ich kann mir nicht vorstellen, dass du ihn bald kennenlernen wirst.

Wir werden sehen.

Als ich an der Haltestelle ankam, hatte der Berufsverkehr gerade begonnen. Die vollgestopfte U-Bahn erinnerte mich immer an eine Übung, die wir im Bewegungsunterricht machten – erst gehen, dann rennen wir alle auf engem Raum, ohne einander zu berühren. Manchmal machten wir es mit geschlossenen Augen. *Die instinktive Wahrnehmung anderer Menschen,* erklärte unser Lehrer. *Wie weit sie von euch entfernt sind. Die Ausrichtung ihrer Körper im Verhältnis zu eurem. Das ist der Schlüssel zur Bühnenkunst.* Doch der Schlüssel zur Londoner Rushhour war das Gegenteil. Lernen, fremde Menschen an sich gedrückt zu spüren und nicht zu reagieren. Die zu nahen Körper zu ignorieren.

Mein Geld für den November war fast aufgebraucht, aber ich hatte noch nichts gegessen, also ging ich im Supermarkt zum Gang mit den reduzierten Waren. Ich hatte mir früher gerne sonntags einen Bottich voll irgendwas zubereitet und dann die ganze Woche davon gegessen, aber die Ps hatten sich beschwert. Sie meinten, ich würde mit meinen großen Behältern zu viel Platz im Kühlschrank einnehmen. Sie mochten es auch nicht, wenn ich die Küche jeden Abend benutzte, und so wurde mein Essverhalten immer seltsamer. Billige Grundnahrungsmittel – Reis, Pasta, Couscous –, die ich schnell kochte, bevor sie reinkommen und fragen konnten, wann ich fertig sei, um dann neben der Herdplatte zu stehen, bis ich weg war. Mais, Kichererbsen, gebackene Bohnen aus Dosen. Alles, was einigermaßen in Ordnung aussah und ein Rabattschild trug – Würstchen im Teigmantel, Tütensalat, Hüttenkäse. Es war zu einer Frage des Stolzes geworden, mich nicht darum zu scheren, ob mein Essen schmeckte, sondern nur auf die Kosten zu schauen. Nur mit ihm nahm ich gutes Essen zu mir.

Ich kaufte eine reduzierte Mini-Quiche und aß sie mit übrig gebliebenem Reis, der etwas eigenartig schmeckte. Nachdem ich die Schüssel ausgewaschen hatte, ging ich auf mein Zimmer und begann, die Rusalka-Arie zu üben. Das Haus war dunkel – ich dachte, ich wäre alleine –, doch nach etwa fünf Minuten klopfte es an meiner Tür, und Mr P stand da. Er trug einen grauen Herrenslip und ein offen stehendes weißes Hemd. Seine Beine waren dünn, aber der Rest von ihm rundlich, und seine Kleidung klebte an seiner noch feuchten Haut.

Tut mir leid, sagte ich. Ich wusste nicht, dass Sie da sind.

Ich war früh zu Hause, sagte er. Das Haus war leer, und ich dachte bei mir, ich dachte, ich weiß, was ich jetzt mache. Ich weiß, was ich jetzt mache, wo alles ruhig ist, wo alle weg sind. Weil das in letzter Zeit nicht oft vorkommt, wie du sicherlich weißt. Ich nehme ein langes Bad, dachte ich mir. Ein schönes langes Bad, bei dem man einfach daliegt, bis die Finger schrumpeln und das Wasser kalt wird, wie man es früher gemacht hat, als man noch klein war. Oder ich jedenfalls. Also habe ich mir mein Bad eingelassen und bin hineingestiegen und habe einfach nur dagelegen – ich habe nicht mal die Tür gehört, nicht, wie du reingekommen bist –, ich habe einfach nur dagelegen, und dann, und dann, und dann fing dieser Lärm an, dieser Lärm, und ich hatte zuerst keine Ahnung, was das war. Ich dachte, das kommt von nebenan, weißt du, ein elektrisches Werkzeug vielleicht, eine Bohrmaschine oder so was Ähnliches. Aber dann ging es weiter und weiter, und es wurde lauter und schriller, und dann kapierte ich, was es war. Das ist doch Anna, dachte ich mir, nicht wahr? Das ist Anna beim Singen.

Ich –

Und zuerst habe ich noch dagelegen, wie man das halt so macht, und gehofft, es würde aufhören. Ich dachte, das kann ja nicht lange so weitergehen, oder, nicht so, das wäre verrückt, dachte ich. Das wäre – entschuldige mich – *unmenschlich* – entschuldige mich, meine Liebe, aber das wäre es. Aber ich lag falsch. Es ging. Es ging so weiter. Und ich habe versucht, das Wasser laufen zu lassen. Ich habe versucht, meinen Kopf unter Wasser zu stecken, aber ich konnte es trotzdem hören, und es gab ja nicht mal eine richtige Melodie, sagte er. Ich meine, die gab es nicht, oder doch? Was war das? Da gab es nicht mal eine Melodie.

Das ist, weil ich immer dieselben paar Takte gesungen habe, erklärte ich. Es tut mir leid, ich –

Da gab es nicht mal eine Melodie, sagte er. Und dann, tja, dann fühlte sich das Bad nicht mehr warm und gemütlich an, weißt du? Weißt du, wie das ist – hast du das jemals erlebt? –, wenn dir plötzlich bewusst wird, was ein Bad in

Wahrheit ist? Dass du in einer Suppe deines eigenen Drecks liegst? Deshalb ist das Wasser grau. Also bin ich raus.

Es tut mir leid, sagte ich. Aber ich habe Ihnen doch gesagt, dass ich singe, als ich das Zimmer genommen habe.

Das hast du. Aber es gibt solche und solche Sänger, nicht wahr?, erwiderte er.

Äh. Ja. Das stimmt vermutlich.

Er fing an, sein Hemd zuzuknöpfen.

Ein paar Tage später ging ich mit Max aus. Er fragte mich nach meinem Tag.

Ich habe ein Sandwich in der Bahn gegessen, erzählte ich. Und es war zur Mittagszeit, nicht zur Rushhour oder so. Eine ganz normale Zeit zum Essen. Die Bahn war nicht voll, und ich hatte zwanzig Minuten, um vom College zu einer Probe zu kommen, also blieb mir nichts anderes übrig. Jedenfalls bemerkte ich diesen Mann, der mir gegenübersaß und mich anstarrte, als würde er das irgendwie abstoßend finden. Dann holte er sein Handy raus, hielt es vor mein Gesicht und machte ein Foto.

Es war vor einigen Stunden passiert, aber ich war noch immer wütend. Wütend auf ihn, wütend auf mich. Ich fühlte mich so gedemütigt. Hatte kein Wort herausgebracht.

Wirklich?, sagte Max. Komm schon. Warum sollte er das tun?

Weiß ich doch nicht. Weil er den Anblick einer Frau beim Essen abstoßend fand, nehme ich an. Weil Männer anscheinend glauben, dass Frauen nicht zu essen brauchen oder dass es, wenn sie es doch tun, ihnen wenigstens zu peinlich sein sollte, es in der Öffentlichkeit zu tun.

Er lachte.

Ach, wirklich? So denken Männer also, ja? Na danke, dass

du mir das sagst. Dann sollten wir das Abendessen wohl besser ausfallen lassen. Ich will ja nicht, dass du mich anwiderst.

Er sah mich gutmütig an, als fände er meine Wut entzückend.

Ernsthaft, sagte ich. Ich denke mir das nicht aus. Da gibt es so eine Webseite, oder die gab es jedenfalls. Männer machen Fotos von Frauen, die in der Öffentlichkeit essen, und laden sie hoch. Machen sich über sie lustig. Ehrlich. Das gibt es.

Okay, sagte er.

Was soll das heißen, *okay*?

Ich meine, okay. Ich glaube dir.

Ich sah ihm jedoch an, dass er es nicht tat, und wollte schon etwas Weiteres sagen, als er die Kellnerin zu uns bestellte. Dann ließ ich es auf sich beruhen, denn er war in einer merkwürdigen Stimmung. Wirkte kalt. Trank Wein wie Wasser. Setzte zu Anekdoten an und verwarf sie gleich wieder.

Ist eigentlich auch egal, sagte er. Vergiss es.

Ich versuchte, zu ihm durchzudringen, doch er ließ mich nicht. Mit jedem Thema, das ich anschlug, spielte er eine Weile herum und schob es dann beiseite, bis mir schließlich keine Worte mehr einfielen. Keine, die ihn interessieren würden, jedenfalls. Wir blieben nicht lange.

Zurück in der Wohnung schenkte er sich einen Drink ein. Ich setzte mich aufs Sofa, aber er blieb stehen. Er ging hinüber zum Fenster. Seufzte. Lehnte sich an das Glas. Eine Schwere lag zwischen uns und wollte sich nicht wieder heben.

Max?, sagte ich. Was ist los?

Er drehte sich nicht um.

Was?, fragte er.

Was ist los? Wo liegt das Problem?

Problem?

Ich dachte schon, er würde sagen, es gebe kein Problem, oder gar nichts sagen, doch dann hörte ich einen dumpfen Schlag – er hatte mit der Faust gegen die Scheibe geschlagen, als wollte er ausbrechen –, dann drehte er sich zu mir um, atmete hörbar aus.

Ich bin bloß so verdammt gelangweilt, sagte er.

Ich dachte an die Schweigepausen beim Essen, meine Unfähigkeit, sein Interesse aufrechtzuerhalten.

Gelangweilt?

Bei der Arbeit.

Ah.

Mein Job langweilt mich verdammt noch mal zu Tode, sagte er. Da liegt das Problem.

Warum denn?

Warum? Na ja, sagte er, an manchen Tagen packt mich der Spaß an dem Ganzen – denn es kann Spaß machen, manches davon –, und manchmal ist das genug. Aber an anderen Tagen, Tagen wie heute, bin ich so verdammt gelangweilt. Wenn das, was du tust, in der echten Welt nicht viel bedeutet, für die meisten Menschen jedenfalls, für niemanden einen verdammten Nutzen hat. Weißt du, heute habe ich daran gedacht, zu gehen. Im wahrsten Sinne des Wortes. Nicht einmal zu kündigen, sondern einfach zu gehen. Scheiße, ich meine, ich wollte das niemals für immer machen. Das war nicht der Plan.

Und was war der Plan? Was wolltest du eigentlich machen?

Zunächst sagte er nichts, ging zurück in die Küche, füllte sein Glas auf. Jede seiner Bewegungen war ruppiger als nötig – das Gewicht seiner Schritte, wie er die Flasche wieder auf die Theke knallte –, doch seine Stimme blieb ruhig und kalt. Das machte mir Angst. Ich hatte ihn noch nie wütend gesehen.

Ich weiß nicht, sagte er. Der Plan? Ich habe nie gewusst, was ich machen will. Das war das Problem. Allgemeinbegabt ohne Plan, also tat ich das, was alle allgemeinbegabten Menschen ohne Plan tun, und ging ins Finanzwesen. Dann kam die Wirtschaftskrise, und das war's dann, ich konnte nicht mehr weg. Keine anderen Jobs mehr da.

Aber du könntest doch jetzt weg?

Er fuhr fort, als hätte ich nichts gesagt.

Eins werde ich nie vergessen, sagte er. Diese eine Nacht, ich hatte gerade erst angefangen, gegen drei Uhr morgens. Einer der Typen sagte, *wenn ihr euch umbringen wolltet, aber ihr dürftet nicht das Büro verlassen oder irgendwo runterspringen, wie würdet ihr es tun?* Und weißt du, was das Komischste daran war? Dass niemand sonst diese Frage komisch fand. Sie hatten anscheinend alle schon mal darüber nachgedacht. Hatten Antworten parat. Da wusste ich, dass ich dort rausmusste, und jetzt sind es schon – was? Fünfzehn Jahre? Scheiße. Das ist fünfzehn Jahre her. Und ich mache noch immer dieselbe scheiß Arbeit, die ich nie wirklich machen wollte.

Sonst fluchte er nie, und es klang seltsam in seiner Stimme. Nicht wie eine Übertreibung, sondern brutal, als meinte er es auch.

Du hättest doch bestimmt genug Geld für eine Weile, oder?, sagte ich. Wenn du kündigst, ohne etwas Neues zu haben? Also warum nimmst du dir nicht etwas Zeit, um darüber nachzudenken?

Du gehst nie, ohne zu wissen, was als Nächstes kommt, Anna. Das wäre Selbstmord.

Nun, sagte ich, du hast den besten Job von allen, die ich kenne, falls dich das tröstet.

Das ist nicht gerade schwer, sagte er. Aber es ist lieb, dass du das sagst.

Er stützte sich mit ausgestreckten Armen auf dem Küchentresen ab. Ich konnte sein Gesicht nicht sehen. Es herrschte Stille, und mir war schlecht. Ich fragte mich, was er als Nächstes sagen würde, dachte daran, wie schlecht es mir gelang, ihn zu trösten, als er plötzlich, wundersamerweise, in Gelächter ausbrach. Er kam rüber, setzte sich neben mich aufs Sofa und legte seinen Arm um mich.

Weißt du, was ich schon immer machen wollte?, fragte er. Was für eine Fantasie ich immer hatte? Ich wollte schon immer mein eigenes Essen anbauen. Irgendwo leben, wo ich mich selbst versorgen kann. Hühner halten. Kinder auf dem Land großziehen. Das ist auch irgendwie der Grund dafür, dass ich das Haus in Oxford gekauft habe, schätze ich. Um einem solchen Leben näherzukommen. Aber vielleicht sollte ich es einfach machen. Nicht mehr drüber nachdenken. Einfach machen.

Das klingt schön, sagte ich und dachte, *aber was ist mit mir?*

Er nahm mein Gesicht in seine Hände, küsste mich mit einer unerwarteten Zärtlichkeit. Das entwaffnete mich genauso, wie es seine Wut getan hatte.

Weißt du, ich bewundere dich, sagte er. Das weißt du doch, oder? Ich bewundere dich. Weil du weißt, was du willst. Und danach strebst.

Na ja, nach außen hin wirkt es vielleicht so, sagte ich. Sei nicht zu beeindruckt. Es gibt schrecklich viel, das du nicht bewundern würdest. Die Nabelschau. Das Gejammer. Die vielen Unterrichtsstunden, in denen es darum geht, welche

Muskeln man benutzt, um auf einem Bein zu stehen. Wie viel später ich aufstehe als du.

Das stimmt. Du bist ausgesprochen faul.

Das tat weh – ich hatte nicht erwartet, dass er mir zustimmen würde –, doch dann zog er mich auf sich. Manchmal vergaß ich, wie attraktiv er war, weil es gar nicht so sehr das war, was mich an ihm ansprach. Es war eher, wie er sein Gesicht mit Leben füllte. Das Kräuseln der Lippe, das Hochziehen der Augenbraue, dieser Blick, in dem eindeutige Intelligenz oder Belustigung lag. Nur manchmal, wie jetzt, sah ich ihn wirklich an, sah ihn wieder wie bei unserer ersten Begegnung und erinnerte mich.

Er fing an, mich zu küssen, und ich glitt in diesen Raum zwischen Gedanken und Worten, als er plötzlich innehielt.

Anna, sagte er, ich glaube, ich sollte dich etwas fragen. Was erwartest du dir hiervon?

Was meinst du? Von was?

Von dem hier. Uns. Dem hier.

Was ich mir erwarte?, sagte ich. Das weiß ich nicht.

Mir war nicht klar, was er von mir hören wollte.

Na ja, ich dachte, wir hätten Spaß miteinander, oder nicht?, sagte ich. Wir schauen, wohin das führt. Das hatten wir doch gesagt. Ich will nichts weiter.

Es ist nur so, dass du so gut zu mir bist, sagte er. Ich will dich nicht verletzen.

Ach bitte. Bild dir nicht zu viel ein.

Er lachte, und aus seiner Stimme hörte ich Erleichterung heraus. Die richtige Antwort also.

Mir gefällt nur der Gedanke nicht, dass ich dich davon abhalten könnte, jemand anderen kennenzulernen, sagte er. Wenn du das wolltest. Wenn du jemandem begegnen würdest.

Das will ich nicht, sagte ich. Ich meine, das habe ich nicht. Ich habe niemanden kennengelernt.

Okay, dann ist ja gut. Ich bin froh. Denn wenn du das hättest, dann müsste ich mich mit ihm schlagen. Und dafür bin ich nun wirklich zu alt.

Ich dachte, das wäre dir egal.

Wer hat das behauptet?

In dieser Nacht drehte er sich im Schlaf zu mir, und mir kam ein Gedanke in den Kopf. Ich schämte mich dafür und würde ihn gegenüber Laurie nie äußern. Oder irgendeiner anderen Frau gegenüber. Ich hatte recht, dachte ich, ich hatte recht – ich will nichts weiter als das. Und warum überhaupt hatte ich je geglaubt, ich würde etwas anderes wollen? Warum hatte ich je geglaubt, ich wollte etwas so Spektakuläres – ich würde etwas so Besonderes in meinem Leben verdienen – wo doch das, was mich glücklich machte, so gewöhnlich war, so absolut banal? Das – genau das – diejenige zu sein, nach der er nachts unbewusst greift. Seinen schweren Arm im Dunkeln auf meinem Rücken zu spüren.

5

NACH DER DEUTSCHREPERTOIRESTUNDE ging ich mit ein paar anderen Sängern in die Cafeteria. Beim Blick auf mein Handy sah ich die E-Mail-Benachrichtigung.

Betreff: Ihre Bewerbung an der Martignargues-Festival-Akademie

Ich öffnete sie nicht. Ich wusste schon, was drinstand. *Nicht ganz das, wonach wir suchen. Versuchen Sie es im nächsten Jahr wieder.* Das Herbstsemester war Casting-Saison, da die Sommerfestivals Sänger für Chöre und kleinere Rollen suchten und Förderprogramme für junge Künstler die Neuzugänge fürs nächste Jahr auswählten. Alle waren von der allgemeinen Bewerbungshysterie erfasst worden. Seit Wochen redeten sie nur noch darüber, wer wo in die nächste Runde gekommen war und wer wo in der Jury saß und wie viele extra Übungsstunden sie gebucht hatten und wie viel ihre neuen Porträtfotos gekostet hatten.

Bis jetzt hatte ich überall, wo ich mich beworben hatte, gleich eine Absage bekommen, ohne vorzusingen.

Aber wie soll ich zeigen, dass ich gut bin, wenn sie mich nicht einmal anhören?, beklagte ich mich bei Angela.

Nun, nächstes Jahr wirst du bessere Rollen in deinem Lebenslauf haben, sagte sie. Und du wirst mit einigen namhaften Regisseuren zusammengearbeitet haben. Hab etwas Geduld, Anna. Und um Himmels willen lass ein paar anständige Bewerbungsfotos von dir machen.

Also sagte ich, klar, in Ordnung, das würde ich, aber gleichzeitig wusste ich, dass ich mir das nicht leisten konnte. Obwohl ich an keinem einzigen Vorsingen teilgenommen hatte, war in diesem Monat schon mein ganzes Geld dafür draufgegangen. Viele Kompagnien erhoben bloß für die Bearbeitung der Bewerbung schon Gebühren. Es war mir nicht möglich, mich überall zu bewerben, wo ich wollte, also war jede *Nein-danke*-Mail nicht nur eine Absage von der einen Stelle, sondern auch eine verpasste Chance an einer anderen.

Ich drehte mein Handy mit dem Display nach unten.

Natalie und Rose unterhielten sich über das Vorsingen für den Chor eines Londoner Festivals, während Frankie in seine Manon-Noten schaute und still blieb. Er war eine ausgesprochene Seltenheit – ein attraktiver Tenor mit einer wahrhaft schönen Stimme. Er schien überall genommen zu werden, wo er auftauchte, und hatte es nicht nötig, andere zu übertrumpfen.

Also, tatsächlich habe ich eben erst mit Richard gesprochen, sagte Natalie. Er hat mich gebeten, auch eine von Silvias Arien vorzubereiten. Nur als Zweitbesetzung, aber die machen tatsächlich richtige Aufführungen mit den Zweitbesetzungen, weißt du, also wäre das super. Aber das Vorsingen ist schon am Freitag. Gott, das stresst mich so.

Oh wow, sagte Rose nicht allzu bemüht, überzeugend zu klingen. Das ist toll, meine Liebe. Glückwunsch.

Na ja, machen wir uns nicht zu viele Hoffnungen. Er will mich hören, das ist alles.

Natalie und Rose hatten beide die gesamte Laufbahn am Konservatorium absolviert – Juniorprogramm, Grundstudium, Aufbaustudium, Opernschule – und waren angeblich beste Freundinnen. In den sozialen Medien war die eine stets auf dem Profilbild der anderen zu sehen, und wenn sie zu unterschiedlichen Kursen mussten, warfen sie sich quer durch die Cafeteria Luftküsse zu und riefen, *hab dich lieb*. Mir fiel es jedoch schwer zu glauben, dass sie einander so sehr mochten. Sie sahen sich recht ähnlich und hatten dieselben Stimmlagen, sodass sie immer denselben Rollen hinterherjagten. Ihre erstickende Freundschaft – sie wohnten auch noch zusammen – kam mir eher wie eine praktische Möglichkeit vor, ein Auge auf einander zu haben. Gleich am Anfang hatte Natalie einmal mit vertrauter Verschwörermiene zu mir gesagt, *weißt du, Roses Lehrer hat den Ruf, unfassbar penetrant zu sein. Beim Vorsingen für den Master damals schaffte es Rose nicht mal in die zweite Runde, also beschwerte er sich und sorgte dafür, dass die Jury sie noch einmal anhörte. Nur deshalb ist sie hier.*

Singst du dort auch vor?, fragte mich Rose auf der Suche nach jemandem, wem auch immer, der nicht in Richards Gunst stand.

Nein, ich habe mich nicht beworben.

Ach, wirklich? Das hättest du tun sollen. Marieke und Richard sind Freunde. Er nimmt oft Sängerinnen von ihr.

Natalie nahm das tagesaktuelle Angebot der Speisen unter die Lupe, befand alles für zu schwer, um darauf zu singen, und sie zogen los ins japanische Restaurant die Straße runter. Frankie klappte seine Noten zu.

Bist du immer noch eingeschnappt?, fragte er.

Nein, nein. Alles gut, wiegelte ich ab. Ich verstehe schon. Alexander geht einer ab, wenn er Frauen erniedrigt. Die größte Tragödie der Oper besteht für ihn darin, dass Sängerinnen überhaupt darin vorkommen müssen.

Alexander geht bei jedem einer ab, den er erniedrigt, sagte Frankie. Also bilde dir nichts drauf ein.

Ich hatte vergessen, meine Noten für den Pianisten im Deutschrepertoirekurs zusammenzukleben, und Alexander, bei dem alles genau so laufen musste, wie er es haben wollte, hatte mich die ersten zehn Minuten lang angeschrien. *Amateurin! Du verfluchte Amateurin! Wie soll er denn bitte schön die Seiten umdrehen?* Er hatte mich nicht singen lassen.

Frankie prüfte die Temperatur seiner Tasse heißen Wassers und kippte den Salzspender darüber aus.

Weißt du noch, in der ersten Woche?, sagte er. Als er zu mir meinte, er könne mich nicht ernst nehmen, solange ich gemusterte Hosen anhabe?

Damit lag er allerdings nicht ganz falsch.

Frankie konnte nicht antworten. Er hatte einen großen Schluck aus seiner Tasse genommen und gurgelte.

Weißt du, ich habe heute Morgen schon vier Ablehnungsmails bekommen, sagte ich. Vier. Das ist ein persönlicher Rekord.

Er spuckte in ein Glas.

Du machst dich immer noch wegen Ablehnungsmails fertig? Ich habe einen extra Ordner für sie. Vielleicht mache ich eines Tages ein Performancestück daraus, wenn ich berühmt bin. Du musst tougher werden.

Ich bin tough.

Er hielt das Glas gegen das Licht. Man konnte all die Partikel aus seinen Mandeln und Zähnen darin schwimmen sehen.

Du bist außen ganz matschigweich, Anna, sagte er. Wie ein Pfirsich.

Musst du das machen?

Ich werde krank. Und das Britten-Comp-Finale steht in zwei Tagen an.

Was, du bist weitergekommen? Das war eine meiner Absagen.

Tu doch nicht so überrascht.

Bin ich nicht, sagte ich. Natürlich bist du weitergekommen. Du weißt schon, dass es daran liegt, dass du ein Tenor bist, oder? Es haben sich nur zwei von euch beworben.

Ich weiß, dass es daran liegt, dass ich spitzenmäßig bin.

Ach ja, die Opernschule. Der einzige Ort auf der ganzen Welt, wo man eine Quote für unterrepräsentierte weiße Männer braucht.

Sei nicht neidisch, Schätzchen, sagte er. Das steht dir nicht.

Frankie nannte jeden *Schätzchen*. Ich war mir nicht sicher, ob seine manierierte Art eine unbewusste Nachahmung der Männer um ihn herum war, die fast alle schwul waren, oder – die zynischere Option – bewusst vorgetäuscht. Es schadete nicht, wenn die Männer in Leitungspositionen den Eindruck hatten, er stehe auf Männer. Es schien sich auch nicht auf Frankies Chancen bei den Frauen auszuwirken. Nach nur zwei Monaten hatte er bereits mit der Hälfte aller Master-Studentinnen geschlafen – eine Tatsache, die diese sehr wütend aufeinander zu machen schien, allerdings nicht auf ihn.

Vielleicht hättest du dich dann gestern Nacht nicht abschießen sollen?, sagte ich. Nur so ein Gedanke.

Er hatte den Unterricht zweimal verlassen, um sich zu übergeben.

Gott, bitte halt mir keine Moralpredigt, erwiderte er. Ich dachte, du wärst anders.

Anders als wer, die ganzen Mädchen?

Als all die affektierten Sopranistinnen jedenfalls, die niemals trinken.

Ich trinke, sagte ich. Aber nicht, wenn etwas Wichtiges ansteht. Ich merke schon einen Unterschied. Ich wünschte, es wäre nicht so.

Du solltest nächstes Mal mitkommen. Das wird lustig.

Er schaltete die Taschenlampe auf seinem Handy ein und ließ mich seinen Rachen nach Schleim absuchen.

Nichts?

Nichts, sagte ich. Alles in Ordnung bei dir.

Auf dem Weg zu meiner Gesangsstunde öffnete ich die E-Mail. Ich war in der engeren Auswahl für die Martignargues-Akademie. Das Vorsingen war in sechs Tagen, und zwar in Paris.

Natürlich will ich es machen, sagte ich. Aber ich habe kein Geld.

Niemand hat Geld, entgegnete Angela. Du bist eine Sängerin, keine Unternehmensberaterin. Gewöhn dich besser dran.

Aber ich sage das nicht einfach so daher, bekräftigte ich. Nicht wie Natalie, wenn sie sagt, sie hätte kein Geld, und dann mit ihren Shoppingtüten aus der Mittagspause wiederkommt. Ich meine, ich habe buchstäblich kein Geld. Ich habe kein Geld, um nächste Woche nach Paris zu fahren, in einem Hotel zu übernachten und dann noch meine Miete zu bezahlen und zu essen. Das meine ich damit, wenn ich sage, *ich habe kein Geld*.

Sie sah mich an, als würde ich mich absichtlich anstellen, und in mir stieg eine verzweifelte Wut auf. Ich hatte Mitgefühl erwartet.

Was ist denn mit deiner Miete?, fragte sie. Ist die verhandelbar?

Verhandelbar? Nein, natürlich nicht.

Und wer hat etwas von einem Hotel gesagt? Das ist ein Vorsingen, kein Kurzurlaub.

Aber ich schaffe es nicht in einem Tag. Sie haben mir einen Slot am frühen Morgen gegeben. Was ich mich gefragt habe, ist, nun, könntest du für mich mit Marieke sprechen? Damit das Institut mir das Geld vielleicht leiht? Ich zahle es zurück.

Für ein Vorsingen?, sagte sie. Ich fürchte, nein. Alle singen ständig irgendwo vor. Das wäre unfair gegenüber denen, die sich selbst finanzieren, ganz zu schweigen davon, dass wir bald pleite wären. Anna, komm schon, das ist das Martignargues-Festival, nicht irgendein alberner Gesangsverein. Ich hatte heute Morgen Sophie hier, die wegen ihrer Ablehnung geweint hat, und – sie würde mich zwar dafür töten, dass ich dir das sage – sie ist fünf Jahre älter als du. Das war ihre letzte Chance, die Altersgrenze liegt bei dreißig, und sie hat es, seit sie hier angefangen hat, jedes Jahr versucht. Ganz im Ernst, du wärst verrückt, nicht hinzufahren. Ist es, weil du nicht willst? Ist es das? Fühlst du dich nicht bereit? Denn, ja, es liegt viel Arbeit vor uns, aber bis zum nächsten Sommer –

Was? Natürlich will ich.

Und das stimmte. Natürlich muss man jedes Vorsingen, für das man sich bewirbt, wollen, denn sonst ist es sinnlos, sonst hat man keine Chance. Es wird eine geben, die genauso gut ist wie du, es aber mehr will, und diejenige wird dann genommen. Das klingt offensichtlich – man muss es wollen – aber ich meine, es wirklich, so richtig wollen, es brauchen, so sehr, dass dein Verlangen danach körperlich, schmerzhaft und anhaltend ist, wie zu enge Schuhe, die dich bei jedem Schritt zusammenzucken lassen. Natürlich wirst du es nicht bekommen. Statistisch gesehen, bekommen es die meisten nicht, aber damit kannst du dich später beschäftigen. Bei manchen Wettbewerben fällt es einem schwerer, sich für sie zu begeistern, als bei anderen, bei diesem jedoch musste ich mich nicht anstrengen. Es waren sechs Wochen nächsten Sommer in Frankreich – Meisterklassen bei Spitzensängern, Auftrittsmöglichkeiten, Konzerte mit großen Dirigenten. Von dem Moment an, als ich die E-Mail las, war das Bedürfnis unter meiner Haut aufgeblüht wie ein feines Brennnesselnetz, und ich konnte es mit jedem Atemzug, mit jedem Moment spüren, beißend und süß.

Scheiße noch mal, natürlich will ich hin, sagte ich. Ich bin doch nicht verrückt.

Sie atmete demonstrativ ein. Angela, die recht gerne langatmige Geschichten darüber ausplauderte, wer mit wem bei welcher Produktion geschlafen hatte und warum genau jener Dirigent jene Sopranistin hasste, besaß sehr klare Vorstellungen davon, was unprofessionelles Verhalten darstellte. Ich hatte eine Grenze überschritten.

Es tut mir leid, sagte ich. Das macht mir nur so zu schaffen.

Sie seufzte.

Sieh mal, Anna. Gott weiß, dass mir bewusst ist, wie schwierig es für euch junge Sänger sein kann, aber du investierst in diese Karriere. Du bekommst das raus, was du hineingesteckt hast. Das weißt du.

Also sagte ich, ich würde schon einen Weg finden, um die Kosten zu decken, und sie erwiderte, perfekt, natürlich wirst du das. Was wollen die also hören? Zwei Arien? Etwas auf Französisch? Paul sitzt in der Jury, nicht? Er wird deine Rusalka lieben. Und was ist mit diesem sexy Stück von Poulenc?

Wir machten uns an die Arbeit.

Der Gedanke daran, Geld auszugeben, beunruhigte mich, also ging ich nach dem Unterricht zu Fuß nach Hause. Es war ein kalter, klarer Abend, und – ich überquerte gerade die Waterloo Bridge, die Weite des Flusses zu beiden Seiten, seine mit reflektierten Lichtern gesprenkelte Schwärze vor Augen – ich stellte überrascht fest, dass ich glücklich war. Das liebe ich an London am meisten, wenn ich das Gefühl hatte, dass ich die ganze Stadt auf einmal überblicken konnte und dass sie ein Teil von mir war, oder ich von ihr. Ich lief zur South Bank – wo die Bäume von blauen Lichtern durchzogen waren und Weihnachtsmarktstände den Fluss säumten – und durch die Menschenmengen, die weihnachtlichen Ritualen nachgingen. Ich hatte es geschafft. Es war das Vorsingen, das ich am meisten gewollt hatte, und ich hatte es bekommen. Es gab keinen Grund, sich nicht zu freuen. Auf dem Weg überlegte ich mir eine Strategie. Meine Miete würde die Kosten komplett decken, also lag es nahe, Mrs P zu fragen. Wenn sie mir ein oder zwei Wochen Aufschub gab, könnte ich es schaffen. Ich würde Malcom um extra Schichten bitten. Nächste Woche das Mittagessen ausfallen lassen. Jeden Tag zu Fuß nach Hause laufen.

Mein Optimismus hielt an, bis ich in Vauxhall ankam und feststellte, dass ich noch nicht einmal annähernd zu Hause war. Weiter im Süden herrschte viel Verkehr auf den Straßen, und niemand spazierte mehr zum Vergnügen an ihnen entlang. In dieser Gegend passten die Straßen nicht mehr zueinander, wie ein Puzzle mit Teilen aus verschiedenen Kartons. Riesige, dunkle viktorianische Häuser – solche, in die die Figuren in Horrorfilmen arglos hineinlaufen, um dort ausgeweidet zu werden – mit verrußten Fenstern und vor Verschmutzung ergrauten Gardinen. Niedrige Sozialplattenbauten mit Betonbalkonen. Abgesperrte Straßenteile, neue Gebäude, die hinter Lärmschutzwänden emporschossen – *Luxusapartments, 24-Stunden Portierservice, 80% bereits verkauft.* Spielhallen. Fliesengeschäfte. Hundesalons. Fitnessstudios mit verglasten Außenwänden, hinter denen aufstrebende junge Fachkräfte in Leggings Squats machten.

Ich brauchte zwei Stunden bis zu meiner U-Bahnhaltestelle, wo ein improvisierter Weihnachtsbaumstand auf dem Gehweg errichtet worden war, sodass die Fußgänger in den hupenden Autoverkehr ausweichen mussten, um vorwärtszukommen. Der Fußweg war sowieso eine nutzlose Geste gewesen. Ich hätte es in diesem Monat jeden Tag machen müssen, um das Geld zu sparen, das ich benötigte.

Ich fand Mrs P in der Küche vor, wo ›Driving Home for Christmas‹ auf voller Lautstärke lief. Sie hatte den Kater vor sich auf der Arbeitsfläche und bürstete ihn. Haarbüschel flogen davon und landeten auf einem unbedeckten Teller Lasagne.

Wieder zurück, hää?, sagte sie. Wir wollten mit dir sprechen, Mr P und ich.

Oh, wirklich? Über was?

Über das Kochen. Ihr habt gekocht, oder? Ihr beide? Mit Zwiebeln?

Zwiebeln?, wiederholte ich stumpf.

Das habt ihr. Du oder die andere. Wir wollen hier keine Zwiebeln beim Kochen. Verstanden? Keine Zwiebeln. Kein Knoblauch. Keine Gewürze. Sie kriechen in die Wände, weißt du? Sie kriechen hinter die Tapeten. Und wie sollen wir sie dann je wieder loswerden?

Ich warf einen Blick auf die Wände. Sie waren mit den Flecken unzähliger Jahre besudelt. Die Farbe blätterte ab.

Keine Ahnung, sagte ich. Es tut mir leid. Wird nicht wieder vorkommen. Aber eigentlich gibt es da auch etwas, was ich Sie fragen wollte.

In meiner Stimme lag eine unbeabsichtigte Schärfe – streitlustig, abwehrend, *hör auf damit – appellier an ihr Mitleid, immerhin mag sie dich mehr als Laurie.*

Hm?

Sie ließ vom Kater ab, und ich erzählte ihr von dem Vorsingen.

Und ich habe mich gefragt, setzte ich an. Ich weiß, es ist viel verlangt, aber ich bin knapp bei Kasse diesen Monat. Könnte ich die Miete vielleicht etwas später bezahlen? Ich könnte sie Ihnen in etwa einer Woche nachreichen. Oder vielleicht könnten wir zwei sagen, das wäre am sichersten.

Am Freitag ist die Miete fällig, sagte Mrs P.

Ja, ich weiß, sagte ich. Was ich meinte, war –

Mrs P öffnete den Schrank über dem Herd und begann, Dinge herauszuholen – halb leere Nudelpakete, Mehl, Vielzweckklemmen, verkrustete Zuckerschrifttuben. Sie nahm einen Stapel Papiere heraus und löste dessen oberste Seite ab.

Hier, sagte sie.

Der Kater hatte sich an der Lasagne zu schaffen gemacht. Sie verscheuchte ihn vom Küchentresen und legte das Blatt auf das klebrige Resopal.

Schau.

Sie zeigte darauf.

Ich schaute. Es war der Untermietvertrag, und ihr Finger war auf die Summe gepresst.

Am ersten Freitag im Monat, hää?, sagte sie. Das ist diese Woche.

Ja, sagte ich und fühlte mich, als würde ein schweres Gewicht meinen Schädel zerquetschen. Ja, schon gut, vergessen Sie es.

Auf dem Weg nach oben stieß ich im Flur auf den Kater, der an der Wohnzimmertür kratzte. Ich öffnete sie einen Spalt, ließ ihn hinein und schloss sie dann wieder.

Oben setzte ich mich aufs Bett und blickte auf mein Handy – dieses Wort, ZUHAUSE. Ich hatte mich auf die gestrigen Anrufe meiner Mutter noch nicht zurückgemeldet. Ich war unterwegs zum Übungsraum gewesen, als sie das erste Mal anrief, also ignorierte ich es, nahm mir vor zurückzurufen, wenn ich angekommen war. Doch dann rief sie, nachdem sie aufgelegt hatte, gleich wieder an, und ich wusste, sie würde nichts Gutes zu berichten haben – das war nie der Fall, wenn sie so Sturm klingelte –, und dafür fehlten mir die Nerven. Ich stellte mein Handy auf lautlos, sah zu, wie es auf dem Klavierdeckel immer wieder aufleuchtete und erlosch. Insgesamt zwölf verpasste Anrufe. Als sie anscheinend aufgegeben hatte, schrieb ich ihr, ich sei im Unterricht und würde später zurückrufen. Dann verdrängte und vergaß ich es schließlich schuldbewusst.

Das Telefon klingelte sehr lange, bis sie abhob. Anrufe waren in meinem Elternhaus ein Ereignis, und zwar kein freudiges.

Hi, sagte ich. Ich bin's.

SIE IST ES, rief sie zu meinem Vater. ES IST ANNA.

Du rufst aber spät an, sagte sie zu mir. Was ist los?

Was? Nichts. Es ist doch nicht spät. Wir haben neun Uhr.

Es ist halb zehn.

Richtig. Tut mir leid, gab ich zurück. Und übrigens tut es mir auch leid, dass ich dich gestern nicht zurückgerufen habe. Es war – ich hatte viel zu tun. Gab es etwas, worüber du mit mir sprechen wolltest?

Es entstand eine Pause, das Rücken eines Stuhls war zu hören. Ich stellte sie mir in ihrem gelben Bademantel vor, wie sie am Küchentisch Platz nahm. Sie schien so weit weg. Eine Erinnerung aus alten Kindertagen.

Ich wollte fragen, wann du Weihnachten nach Hause kommst, sagte sie. Aber ich habe deinen Vater gefragt, und er hat es mir verraten, also hat es sich erledigt.

Oh klar, genau, erst in ein paar Wochen. Am Zweiundzwanzigsten, glaube ich. Ich habe mein Zugticket schon gekauft.

Ich war mir ziemlich sicher, dass sie nicht die Wahrheit sagte. Sie wollte nie etwas so Direktes, wenn sie immer wieder anrief, sondern immer etwas Obskures, Unvorhersehbares. Sie verlangte etwa, dass ich meine Kosmetikprodukte durchging und alle wegwarf, die Parabene enthielten. Sie versuchte, mir das Versprechen abzuringen, dass ich niemals die Central Line nehmen würde, weil sie in einem Artikel gelesen hatte, sie sei gefährlich. Sie hatte im Radio etwas über Rachepornos gehört, und bat mich in Tränen aufgelöst, ihr zu versichern, dass ich noch nie Nacktfotos an einen meiner Ex-Freunde geschickt hatte. Wenn wir das nächste Mal miteinander sprachen, war sie kühl, und wir taten so, als wäre nichts gewesen.

Weißt du was, gestern habe ich deine nette Freundin Tara getroffen, sagte sie. Im Supermarkt. Wusstest du, dass sie ihr Baby bekommen hat?

Jap, wir sind in Kontakt. Sie schickt mir Fotos.

Süßes kleines Ding. Tara wirkt glücklich.

Ja, nicht wahr?

Meine Mutter hatte Tara immer ablehnend gegenübergestanden, vor allem als sie älter wurde und sich – in Mums Augen – mit den falschen Leuten einließ. Meine Mutter argwöhnte zu Recht, dass Tara mich zum Trinken und mit Jungs Rummachen anstiftete, und schob jegliches Verhalten, das sie an mir nicht mochte, auf Taras Einfluss. Damit war Schluss, als Tara ins behütete Dorf zurückgekehrt war, irre jung geheiratet und ein Baby bekommen hatte. Da verwandelte sie sich auf einmal in *deine nette Freundin Tara*.

Also was macht ihr denn so?, fragte ich, um ein unverfängliches Gespräch in Gang zu bringen.

Wir sind mitten in einer Folge von *The Wire*.

Oh wirklich? Ich hätte nicht gedacht, dass euch das gefällt.

Es ist okay, wir haben die Untertitel an. Ich sollte eigentlich zu deinem Vater rübergehen und ihm sagen, er soll den Fernseher ausmachen. Wir haben ihn auf Pause gestellt, und du weißt ja, das ist nicht gut fürs Gerät.

Keine Sorge, ich lasse euch gleich weiterschauen. Da ist aber noch eine Sache, die ich dich fragen wollte.

Ich erzählte ihr vom Vorsingen, was für eine tolle Chance es war, dass es eine große Sache war, überhaupt angehört zu werden.

Und die Sache ist die, sagte ich, es findet in Paris statt, und ich muss selbst anreisen. Ich muss auch im Hotel übernachten. Und ich kann es mir nicht leisten. Wenn ihr mir, ich weiß nicht, vielleicht ein paar Hundert leihen könntet, dann könnte ich hin. Ich würde euch ja nicht fragen, aber es ist wirklich wichtig.

Sie atmete ein und hielt die Luft an.

Mum?, sagte ich.

Sie atmete aus.

Es findet in Paris statt?, sagte sie. Aber du bist noch nie in Paris gewesen. Nicht seit dem einen Mal, als du noch klein warst. Und noch nie alleine. Weißt du überhaupt, welchen Zug du nehmen musst? Oder in welchem Hotel du übernachten wirst? In welcher Gegend? Es ist nicht so, als könnte man einfach irgendwo hinspazieren, weißt du, Anna, und sich darauf verlassen, dass alles gut geht. So funktioniert die Welt nicht.

Es war unmöglich, ihre Aufmerksamkeit auf die richtigen Dinge zu lenken. Es war, als würde man jemanden an ein Fenster führen, um ihm die prächtige Aussicht zu zeigen, und er würde stattdessen – obsessiv – die Bewegung einer Fliege auf dem Glas verfolgen.

Das ist – so was kann ich meine Lehrerin fragen, Mum. Oder das Konservatorium. Das ist kein Problem, ehrlich, du musst dir keine Sorgen machen. Also, ich weiß, das ist eine Menge Geld, aber ich werde es euch zurückzahlen. Ich verspreche es.

Sie schwieg. Es war dumm gewesen, es ihr zu erzählen.

Ich muss das mit deinem Vater besprechen, sagte sie dann mit belegter Stimme, als wäre sie den Tränen nah, und legte auf.

Ich ließ die Gesangsstunde Revue passieren, bis ich mich Angela gegenüber sagen hörte, ich würde schon einen Weg finden, um die Kosten zu decken. Sie sagte: Natürlich wirst du das.

Mein Zimmer kam mir auf einmal unerträglich vor. Kahle, weiße Wände, niedrige Decke. Blasse Möbel. Der Kleiderschrank so zusammengezimmert, dass zwischen den Türen in der Mitte ein Spalt klaffte. Eine feine Staubschicht, die alles bedeckte, sooft ich auch putzte. Draußen der Verkehrslärm, gewohnt ohrenbetäubend, nie ganz in der Ferne. Ich stöpselte meine Kopfhörer ein, vertiefte mich in *Manon*. Erster Akt. Sie erzählt dem Chevalier, sie liebe das Vergnügen, das jedenfalls habe ihr Vater gesagt, weshalb sie in ein Kloster geschickt werde. Als wäre Vergnügen das Allerschlimmste auf der Welt, das eine Frau wollen könnte. Als wäre Vergnügen – zu wissen, wie es sich anfühlt, wie man es bekommt – für eine Frau leicht zu finden.

Ich begann, meinen Kleiderhaufen auf dem Fußboden zu sortieren.

Dass Laurie hereinkam, hörte ich nicht, doch als ich mich das nächste Mal umdrehte, saß sie auf meinem Bett. Ihr Mund bewegte sich. Ich nahm meine Kopfhörer heraus.

Mit ihrem langweiligen, dicken Freund verlobt ist, sagte sie gerade. Als gäbe es da etwas zu feiern.

Sorry, sagte ich. Über wen redest du?

Pass doch auf. Amanda. Meine Schulfreundin. Du weißt schon, die eine, die Sachen sagt wie, *es ist so toll, dich als Freundin zu haben, du bist die einzige Stelle, wo ich meine Kultur herkriege*. Als wäre Kultur ein Gemüse. Sobald du die empfohlene Tagesmenge erreicht hast, gibt's einen Freifahrtschein für all den anderen Mist, den du dir reinziehst.

Snob.

Tu nicht so, als wärst du keiner. Jedenfalls ist sie verlobt. Hat sie uns heute erzählt. Und dann fingen alle an, über die ganzen Hochzeiten zu reden, auf denen sie schon gewesen sind, und welche Aspekte von diesen Hochzeiten sie für ihre eigene übernehmen würden und welche sie scheiße fanden. Ich habe den ganzen Abend damit verbracht, über die Blumenarrangements irgendwelcher Leute zu sprechen.

Frauen sind doch wirklich jämmerlich, oder nicht? Es ist buchstäblich kein Wunder, dass die Männer noch immer an der Macht sind. Sie verdienen es.

Ich war am Boden des Haufens angekommen. Alle Klamotten, die so weit unten lagen, waren von klebrigen Katzenhaaren bedeckt. Ich warf sie in meinen Wäschesack und setzte mich aufs Bett.

Möglicherweise, setzte ich an, solltest du akzeptieren, dass es den Frauen freisteht, sich aus eigener Entscheidung dem Patriarchat anzuschließen. Dass das womöglich sogar ein feministischer Akt sein könnte, weißt du – die Freiheit, an deiner eigenen Unterdrückung mitzuwirken?

Manchmal glaube ich echt, ich bin zu gut für diese Welt, sagte Laurie.

Sie nahm den Post-it-Block von meinem Bett. Wenn ich meine Gesangsstunden Revue passieren ließ, notierte ich mir manchmal etwas, das Angela gesagt hatte, um es mir auf den Spiegel zu kleben. *Es ist nicht die Aufgabe einer Sängerin, dem Publikum zu gefallen*, hatte ich aufgeschrieben. *Wahrheit kommt von innen.*

Was zur Hölle soll das heißen?, fragte Laurie. Oh, und Mrs P schäumt übrigens vor Wut.

Wieso?

Der Kater wurde im Wohnzimmer eingeschlossen. Er hat das ganze Sofa vollgeschissen.

Ach wirklich?, sagte ich. Komisch. Ich frage mich, wie das nur passiert sein kann.

Laurie schmunzelte.

Ich mag es, wenn du böse bist.

Magst du es so sehr, dass du mir Geld leihen würdest?

Wie viel?

Nicht wenig. Mindestens zweihundert.

Ich würde, wenn ich könnte, sagte sie. Aber ich kann nicht.

Du schuldest mir was. Ich habe dir letzten Monat ausgeholfen.

Bringt Arschgesicht dir also bei, wie du eine kleine Nachwuchskapitalistin wirst?, fragte sie in lieblichem Ton. Nimmst du ab jetzt Zinsen?

Das ließ mich verstummen.

Sie ging zum Spiegel, hielt ihr Gesicht davor und fing an, sich die grauen Haare auszureißen. Sie lösten eine unsägliche Verzweiflung in ihr aus, auch wenn ich sie nie sehen konnte, wenn sie sie mir zu zeigen versuchte.

Wofür brauchst du es?, fragte sie.

Ich erzählte ihr von dem Vorsingen.

Ich habe schon Mrs P gefragt, ob ich die Miete für diesen Monat aussetzen könnte, sagte ich.

Im Ernst? Ich wette, das lief gut. Aber warum fragst du nicht Arschgesicht? Ganz einfach. Der gibt locker mal zweihundert Pfund am Abend für eine Stripperin aus, warum also nicht für dich?

Würdest du ihn bitte nicht so nennen?, sagte ich. Du hast ihn noch nicht mal kennengelernt, nicht richtig.

Aber ich dachte, wir wären uns darüber einig, dass er ein Arsch ist und so.

Ich hatte den klassischen Fehler begangen, Laurie am Anfang viel zu viel zu erzählen. Jetzt war es unmöglich, den umfangreichen Katalog aller seiner möglichen Charakterschwächen wieder aus ihrem Kopf zu löschen.

Nun, sagte ich. Das sind wir nicht mehr.

Du weißt schon, dass du dich nicht in ihn verlieben musst, nur weil ihr es treibt, ja?, sagte sie. Gott sei Dank. Sex ist eigentlich ziemlich banal, was auch immer du aus romantischen Komödien gelernt hast.

Erzählt Oscar dir das?, fragte ich mit gespielter Unschuld.

Oscar war Lauries neuer Freund, auch wenn ich ihn nicht so nennen durfte. Sie schliefen auch mit anderen Leuten, zumindest er, weil er nicht »so ein Typ« sein wollte. Einer von diesen Männern, die Besitzanspruch an einer Frau erheben. Er war der Meinung, wir sollten frei mit Sex umgehen, und bisweilen, solange wir nicht gelernt hätten, nach diesem Prinzip zu leben, würden wir alle Sklaven des Patriarchats bleiben. Nach wie vor darauf aus, Frauen und ihre Begierden zu kontrollieren, nicht besser als jene Männer, die ihre sexbesessenen Ehefrauen und Töchter in Irrenhäuser gesteckt und hysterisch genannt hätten. Oder etwas in der Art. Laurie erklärte mir das alles, als sie angefangen hatten, sich zu treffen, und als ich einige Zweifel äußerte, sagte sie, ich sei altmodisch und unterdrückt, was vermutlich auch stimmte.

Oscar ist ein Revolutionär, sagte Laurie. Du könntest eine Menge von ihm lernen. Er lehnt das System ab.

Wohnt er deshalb in einer Wohnung, die ihm seine Eltern gekauft haben?

Laurie schnaubte.

Das ist eine verdammt schöne Wohnung, erwiderte sie.

Jedenfalls bin ich nicht in Max verliebt.

Aber du magst ihn jetzt, oder?, sagte sie mit spitzer Betonung, als wäre jemanden zu mögen ein besonders unüblicher Fetisch.

Ja. Ich mag ihn.

Warum?

Ich suchte nach den richtigen Worten. Ich hätte sagen können, er ist ein warmherziger Mensch, wenn er mich ansieht, ist es, als würde ich im Scheinwerferlicht stehen, und alles, was ich sage, zählt, wird gehört, ist wichtig, oder ich hätte sagen können, er ist kühl und gelassen, wenn ich mit ihm zusammen bin, fühle ich mich an die richtige Stelle gesetzt, bin ruhig, und ich muss nur dort bleiben, dann ist alles gut. Aber nichts davon würde zutreffen, nicht ganz. Ich konnte mir kein klares Bild von ihm machen. An den Seiten war es verschwommen. Ich wusste nur, welches Gefühl er mir gab – als wäre mein Leben vorher sehr schmal und eng gewesen, und ich hätte es nicht einmal gewusst. Als wäre ich in einem Raum mit kahlen Wänden immer und immer wieder im Kreis gelaufen und hätte gedacht, das sei alles, aber er hätte mir die Tür geöffnet, und draußen, draußen gab es –

Er ist nett, sagte ich.

Er ist nett?, wiederholte sie. Weißt du, was dein Problem ist? Du bist viel zu beschäftigt damit, dich darum zu kümmern, was andere Menschen von dir denken, um herauszufinden, was du über sie denkst.

Ich fragte sie, ob sie es nicht etwa unfeministisch finde, sich so viele Sorgen ums Älterwerden zu machen, und sie gab zurück, ich solle meine blöde Klappe halten.

Während ich im Unterricht war, hinterließ mir meine Mutter eine Sprachnachricht. Sie sagte, sie könnten mir das Geld nicht leihen. Es sei zu viel.

Und Anna, sagte sie. Dein Vater und ich haben uns darüber unterhalten und, na ja, glaubst du nicht, es wäre sowieso das Beste, wenn du dieses Mal aussetzt? Es ist doch etwas viel verlangt, dass du dieses ganze Geld ausgeben sollst, nur um vorsingen zu dürfen, und so weit reisen sollst, wo du doch gerade erst nach London gezogen bist, und –

Sie bemühte sich sehr, das konnte ich hören, sachlich und vernünftig zu klingen, aber mich konnte sie nicht täuschen. Als ich noch klein war, hatte sie mir beigebracht, die Welt mit ihren Augen zu sehen. Es gab sichere Dinge – unser

Dorf, unsere Straße, unser Haus – und unsichere Dinge – eine breite und nebulöse Kategorie, in die unter anderem die Keime an den Händen anderer Kinder, Flecken auf Bussitzen, Messaging Apps oder ungewaschenes Obst gehörten. Einen Moment lang stellte ich mir Paris so vor, wie sie es wohl tat – schlecht ausgeleuchtete Straßen, zufällige Schießereien, ein unbegreifliches Nahverkehrssystem, lüsterne Männer. Ich hörte mir ihre Nachricht bis zum Ende an und löschte sie. Dann mailte ich dem Festival, ich würde mich sehr auf die Teilnahme am Casting freuen.

Abends wurde *Manon* geprobt, die erste szenische Klavierprobe im Theater. Bis zur Aufführung war es kaum mehr als eine Woche. Ich saß hinten im Dunkeln und schaute Sophie beim Singen zu.

Ist das nicht die reinste Zeitverschwendung?, fragte Max immer, wenn ich an einem seiner freien Abende eine Probe als Zweitbesetzung hatte. Du darfst nicht singen? Gar nicht?

Ich versuchte, ihm zu erklären, dass es wichtig sei. Manon sei eine große Rolle, sagte ich. Als Zweitbesetzung einspringen zu können, sei eine wichtige Fähigkeit, die es zu lernen galt. Ich sprach davon, als wäre es ein großer Erfolg, die Rolle bekommen zu haben, tat so, als würden alle Erstsemester nur Zweibesetzungen bekommen, wollte ihn nicht Verdacht schöpfen lassen, es gäbe einen Unterschied zwischen mir und den anderen Sängerinnen. Meine Enttäuschung behielt ich für mich, auch wenn ich insgeheim dachte, er hätte recht. Ich fühlte mich nicht wichtig. Wenn ich das Theater des Konservatoriums betrat – diesen weiten Saal, größer als jeder, in dem ich zuvor gesungen hatte – und gleich aufs Parkett zusteuerte, um dort still zu sitzen. Wenn ich stundenlang Regieanweisungen in die Partitur einer Szene, die ich nie spielen würde, kritzelte. Wenn ich Frankie und Sophie dabei zusah, wie sie den Regisseur zur Weißglut trieben, weil sie über den Kuss kicherten.

Als ich ankam, war Max im Fitnessstudio. Es befand sich im einundzwanzigsten Stock, und einen Pool gab es dort auch. Manchmal ging ich dort schwimmen, wenn er noch Arbeit erledigen musste, und ich blieb immer allein. Einmal hatte ich ihn gefragt, warum dort nie jemand war. Internationale Investments, erklärte er. Soviel er wusste, hatten bloß er und noch ein weiterer Mann eine Wohnung im Gebäude gekauft, in der sie auch wirklich wohnten. Die anderen wurden an Geschäftsleute aus der City vermietet, die ständig im Büro, also nie da waren, oder sie standen leer und gewannen an Wert.

Das Fitnessstudio war durch eine Glasscheibe vom Pool getrennt, und ich konnte ihn dort beim Kreuzheben beobachten. Er legte die Langhantel ab, griff zu seiner Wasserflasche und bemerkte mich.

Ich wusste, dass er mich noch ansah, als ich meinen Mantel und Pulli auszog. Dann stieg ich aus meinen Stiefeln, streifte meine Strumpfhose ab und zog mir das Kleid über den Kopf. Ich setzte mich an den Beckenrand und hielt die Beine ins Wasser. Die längste Außenwand bestand aus Glas, und draußen funkelte die Stadt vor sich hin, merkwürdig steril, merkwürdig surreal, wie ein Foto auf einem Bildschirm. Ich wusste, dass ich ihn jetzt fragen musste – jetzt, wo ich zugesagt hatte. Ich tauchte ein und schwamm eine Bahn unter Wasser, Augen geschlossen, Arme seitlich am Körper, nur die Füße tretend. Als ich die Wand spürte, drehte ich mich um und schwamm zurück. Er saß am Rand.

Du Exhibitionistin, sagte er. Du weißt schon, dass es hier Überwachungskameras gibt, oder?

Das ist genauso, als würde ich einen Bikini tragen. Und dir gefällt es doch.

Muhammed bestimmt auch. Wie war die Probe?

Ganz okay, sagte ich. Eine kleine Pause, dann: Aber der Tag heute war nicht so toll.

Wieso?

Sobald ich anfing, ihm davon zu erzählen, verfiel ich in die Opferrolle.

Das macht mich einfach so wütend, sagte ich, und fertig. Dass mir so eine unglaubliche Sache angeboten wird und ich nicht kann, weil ich kein Geld habe. Nicht die Besten kommen zum Zug, sondern die Reichsten. Das ist doch ätzend.

Ja, schon, sagte er. Aber es wird ja noch andere geben.

Was für andere?

Andere Gelegenheiten. Andere Vorsingen.

Schätze schon, sagte ich. Aber nicht solche wie dieses.

Ich trieb auf dem Rücken, stieß mich vom Rand ab.

Bikinis werden nicht durchsichtig, sagte er.

Das Wasser reichte bis zum Fenster. Es wirkte, als könnte man in die Stadt hinabstürzen, wenn man einen zu kräftigen Zug machte. Er sagte nichts weiter, und mir wurde klar, dass ich, wirklich, aufrichtig, nicht damit gerechnet hatte, ihn fragen zu müssen, und mir deshalb nicht überlegt hatte, was ich sagen sollte. Ich dachte, ich bräuchte bloß das Vorsingen zu erwähnen, und – so wie er mit Geld um sich schmiss, als wäre es bloß Papier, wie ich miterlebt hatte – er würde es von sich aus anbieten. Ich hielt die Luft an und tauchte meinen Kopf unter Wasser, blieb dort in der Schwebe, bis mir der Sauerstoff ausging.

Als ich zum Beckenrand zurückkehrte, dehnte er gerade seine Waden, beide Arme ausgestreckt, Handflächen auf den Fensterscheiben.

Max?, begann ich.

Er drehte sich nicht um.

Ja?

Du könntest mir nicht vielleicht helfen?

Dir helfen?, fragte er. Bei was?

Bei der Reise, meine ich.

Nun drehte er sich um, blieb aber stehen.

Ich dachte nur, setzte ich an. Ich dachte, dass –

Ich geriet ins Stocken.

Du dachtest nur, was?, fragte er.

Ich konnte nicht sagen, ob er ernsthaft nicht wusste, was ich meinte, oder es von mir hören wollte. Ich täuschte Selbstsicherheit vor, brachte mich dazu, es auszusprechen, als wäre es ein Text, den jemand anders geschrieben hatte.

Ich dachte, du könntest es mir vielleicht leihen, sagte ich. Das Geld. Für die Reise. Ich würde es dir zurückzahlen, sobald ich kann. In einer Woche. Maximal zwei.

Er stand reglos da, sah mich an, als versuche er, etwas zu begreifen. Sagte einen Moment lang nichts und dann: Du willst, dass ich dir Geld gebe?

Nein. Nicht geben. Leihen. Ich würde es dir zurückzahlen.

Eine weitere Pause, und dann, aus mir unerfindlichen Gründen, brach er in Gelächter aus. Ich wollte wieder unter der Wasseroberfläche verschwinden.

In Ordnung, sagte er. Das wäre doch Unsinn, wenn du deine Träume wegen etwas so Belanglosem wie Geld aufgeben müsstest. Kein Problem. Du willst Geld? Du kannst es haben.

Ein Hauch von Ironie, als er meine Träume erwähnte. Ich blendete es aus.

Danke, sagte ich.

Ich buche dir was, wenn wir wieder in der Wohnung sind. Du kannst in dem Hotel schlafen, das ich immer für die Arbeit nehme.

Ich zahle es dir zurück. Versprochen.

Er zuckte mit den Achseln.

Klar, sagte er.

Ich hielt mich mit der einen Hand am Beckenrand fest, trat Wasser mit den Beinen und knabberte an der Nagelhaut meiner anderen Hand herum, bis mein Blick auf meine Hände fiel und ich bemerkte, wie schrecklich sie aussahen, wie die Wasserleichen, die man aus Krimiserien kennt. Die angenagte Haut um die Nägel herum war ganz aufgequollen. Er legte sein Handy auf die Bank, kickte seine Sportschuhe weg, kam rüber und ließ die Füße im Wasser baumeln.

Bist du wirklich sicher, dass es in Ordnung ist?, fragte ich. Ich zahle es dir zurück, ehrlich.

Das ist kein Problem. Mach dir keine Sorgen. Bist du denn schon bereit?

So ziemlich. Ich singe Rusalkas Arie.

Rusalka?

Sie ist so was wie die kleine Meerjungfrau.

Passend, sagte er.

Das ist 'ne ziemlich große Nummer. Nicht ganz mein Fach.

Nicht ganz was?

Mein Fach, wiederholte ich.

Das klingt nach Schule.

Ich legte meine Arme um seine Knie.

Nein, Blödmann. So beschreibt man die Stimmlage. Bestimmte Fächer werden bestimmten Rollentypen zugeordnet. Was auch sinnvoll ist. Es wäre zum Beispiel Quatsch, wenn eine voluminöse, schwere Stimme die Rolle eines jungen, naiven Mädchens singt. Aber, na ja, meine Lehrerin kennt einen aus der Jury. Er sucht anscheinend die leichteren Stimmen aus. Sie meinte, es würde ihm gefallen.

Und wo liegst du da?

Ich bin zwischen zwei Fächern. Früher habe ich immer Soubrettenrollen gesungen, aber jetzt mache ich eher die leichteren lyrischen Parts.

Was bedeutet?

Soubretten sind Kinder oder Flittchen, erklärte ich. Und die leichten Lyrischen sind die jüngeren, bedauernswerteren romantischen Heldinnen.

Passt doch gut.

Ich hätte nicht gedacht, dass ich stark genug war, um ihn ins Wasser zu ziehen, doch das war ich.

In dem Moment, als sein Kopf unter Wasser ging, blieb mir Zeit, um mich zu fragen, warum zur Hölle ich das getan hatte und ob er wohl sauer sein würde. Er tauchte auf und spuckte weder aus noch prustete er los oder machte sonst eine der typischen Cartoon-mäßigen Gesten. Er sagte nur, *du kannst manchmal so verdammt kindisch sein*, dabei lächelte er nicht, und ich dachte, *scheiße, scheiße, scheiße*, doch dann küsste er mich. Er schmeckte nach Chlor und Schweiß.

Das Hotel, das er für mich gebucht hatte, war gleich neben dem Opernhaus, und nachdem ich eingecheckt hatte, ging ich mir das Gebäude anschauen. Kunstvoll verziert, ergraute es inmitten einer großen Kreuzung, wie eine Hochzeitstorte, die man auf einem Müllcontainer ihrem Verfall überlassen hatte. Ich spazierte an den Touristen vorbei, die in Straßencafés saßen, den Verkehr einatmeten und sich einzureden versuchten, dies sei Glamour, dies sei Paris.

Vorbei an einem kleinen Mädchen mit einem großen weißen Hasen im Arm, das auf dem Gehweg stand und darauf wartete, die Straße zu überqueren. Es war nicht so, wie ich es mir vorgestellt hatte. Nicht das Frankreich der Arthouse-Filme, die Laurie immer mit mir schauen wollte, obwohl ich wusste, dass sie eigentlich auf *Love Island* stand. In der Luft lag ein metallischer Geschmack. Ich zog den Schal enger über meinen Mund und ging zurück zum Hotel. Bestellte beim Zimmerservice und fühlte mich dann schuldig, als ich gefragt wurde, ob das auf dieselbe Rechnung gehen sollte. *Ja, bitte*, antwortete ich und dachte mir, *er würde doch wollen, das ich was esse*. Ich aß im Bett, sah mir eine rätselhafte Game-Show an – die Teilnehmer, die als Mäuse verkleidet waren, versuchten, durch einen Hindernisparcours zu gelangen, und wurden dabei von einem Bullen verfolgt – und schlief früh ein, traumlos. Am Morgen erwachte ich angsterfüllt.

Das Vorsingen fand im Opernhaus statt. Ich machte mir Sorgen, die Umgebung würde mich einschüchtern, auch wenn sie mich in einem der Proberäume anhörten, nicht auf der Hauptbühne – doch als ich dort ankam, fühlte ich mich okay. Vorsingen laufen immer nach dem gleichen Muster ab. Du folgst der Routine, und die Routine beruhigt dich. Die Person an der Rezeption nahm meinen Namen auf. Der Platzanweiser führte mich einen langen Korridor entlang zu einem fensterlosen Aufwärmzimmer, ließ mich dort für zwanzig Minuten zurück und holte mich dann wieder ab. Er führte mich durch weitere Korridore, bis er schließlich vor einer Tür hielt, klopfte und eine Stimme ertönte, *schicken Sie sie rein, bitte*, und dann – gleichmäßig atmen – aufrechte Haltung – Schultern zurück – betrat ich den Raum.

Die Jury saß hinten, Leselampen auf Partituren gerichtet.

Name?

Anna.

Was werden Sie singen?

Rusalkas Arie. ›Das Lied an den Mond‹.

Der Mund so trocken, dass ich bestimmt keinen Ton herausbringe. Die Gedanken denken, die für alle Sänger den Tod bedeuten, *was wenn was wenn was wenn*. Atme. Versuche, mein Inneres zu sehen. Meine Muskeln, meinen Brustkorb, mein Zwerchfell, diesen lebendigen Körper und wie sich Atem in Klang verwandelt, die Lippen sich bewegen, die Zunge, um eine Sprache zu formen, die ich nie gesprochen habe, aber singen kann. Das Klavier setzt ein, und all die Übung zeigt ihre Wirkung – es ist leicht, die Jury auszublenden, sobald ich beginne, so wie ich es gelernt habe, denn wenn man für sein Publikum singt – die Zuschauer ansieht, sie zu erreichen, mit seinem Lied zu berühren versucht –, wird man niemals etwas Echtes erschaffen – stattdessen muss man sich ins Innere kehren und sie zu sich holen – und da bin ich, fülle den Raum wieder, den ich aufgebaut habe. Erinnere mich an das, was Angela gesagt hat, *Rusalka verbringt den Großteil dieser Oper in Stille. Also sing das, als wäre es das Letzte, was du jemals singen wirst.* Also singe ich vom Mond, der so groß vom Himmel scheint, dass er unecht wirkt, und vom stillen Wasser, das einer schwarzen Glasscheibe gleicht. Davon, etwas zu wollen, unbedingt zu wollen, mehr als alles andere, etwas so sehr zu wollen, dass es zu einem körperlichen Schmerz wird, als würde dich jemand an den Haaren ziehen oder mit Nägeln über deinen Rücken kratzen.

Dann der Jury ein paar Fragen beantworten und schließlich, *vielen Dank fürs Kommen, Anna. Wir melden uns*, und ich schüttle ihre Hände, fühle diese süße, süße Erleichterung, denn an ihrem Lächeln kann man immer schon ablesen, ob man es geschafft hat oder nicht.

Wieder in London war der Himmel schwer und weiß, als wäre man in einem fensterlosen Wartezimmer eingesperrt und habe eine Narkose vor sich. Doch seine Wohnung war immer schön, besonders wenn es draußen dunkel wurde und all die Lichter angingen.

Ich gratuliere, sagte er.

Danke.

Sie hatten mir gleich nach dem Vorsingen einen Platz angeboten. Ich bekam die E-Mail auf der Rückfahrt im Eurostar.

Er nahm mir den Mantel ab, hängte ihn in den Schrank – voller Anzüge, allesamt schwarz oder dunkelblau, Hemden, die noch in den Säcken von der Reinigung steckten, weiß, blau oder rosa. Anscheinend besaß er keine andere Kleidung.

Und, wie hat dir Paris gefallen?

Ich war schon mal da, sagte ich. Vor langer Zeit. Es war ganz okay, ich habe nicht viel gesehen. Gefällt es dir denn?

Na ja, die Pariser geben immer vor, mein Französisch nicht zu verstehen, sagte er. Obwohl es ziemlich gut ist, denke ich. Hier und da habe ich mal einen kleinen Fehler gemacht – das falsche Geschlecht bei einem Nomen verwendet oder mich leicht in der Vergangenheitsform vertan –, und die Person, mit der ich mich unterhalten habe, hat so getan, als hätte sie keinen blassen Schimmer, wovon ich da sprach. Als würde es überhaupt keinen Sinn ergeben. Also erweckt Paris in mir wohl den Eindruck, dass an all den nationalen Stereotypen was dran sein könnte. Und auch die Pelzmäntel. Die Pudel. Aber ja, ergänzte er. Es ist okay. Ich habe übrigens

Champagner besorgt. Er ist seit einer Weile im Tiefkühlfach. Er sollte jetzt kalt sein.

Oh, danke. Das wäre nicht nötig gewesen.

Wir haben doch was zu feiern, oder nicht?

Er öffnete die Flasche, goss zwei Gläser ein, und wir setzten uns aufs Sofa. Er fragte mich nach dem Vorsingen, nach dem Festival, weshalb es wichtig war, und ich genoss es, ihm davon zu erzählen. Meine Hand lag auf seinem Bein, während ich sprach, und er streichelte meine Finger.

Als wir das Glas geleert hatten, sagte er mir, ich solle mir nachschenken, er würde duschen gehen, hätte es nach dem Sport noch nicht geschafft.

Klar, sagte ich. Aber Max, ich meinte es erst, dass ich dir das Geld zurückzahle. Für die Reise. Das habe ich nicht vergessen.

Ich hatte schon damit begonnen, das Geld aufzutreiben. Marieke hatte ich in einer E-Mail gebeten, mich für jedes Charity-Dinner anzumelden, das in nächster Zeit anstand. Ich hatte das Mittagessen ausfallen lassen und ein paar Rollen Toilettenpapier aus dem Konservatorium mitgehen lassen. Am Anfang hatten Laurie und ich das Klopapier der Ps benutzt, doch dann war Mrs P der Meinung gewesen, wir würden verschwenderische Mengen davon verbrauchen. Zugegeben, wenn Laurie die Tampons ausgingen, bevor ihre Periode zu Ende war, stopfte sie sich oft Klopapier in die Unterhose, anstatt neue zu kaufen, und ich hatte mir das bei ihr abgeschaut. Nun versteckte Mrs P die Rolle in ihrem Schlafzimmer und nahm sie nur wenn nötig mit ins Badezimmer.

Max war aufgestanden. Er schaute geistesabwesend auf sein Handy.

Was?, sagte er. Oh. Mach dir keine Sorgen. Das musst du

nicht. Ich fahre oft geschäftlich nach Paris. Ich habe es heute Morgen aufs Spesenkonto gebucht.

Echt? Ist das nicht irgendwie unmoralisch?

Solche Summen sind für eine Bank ein Rundungsfehler, Anna, sagte er. Du solltest dir darüber wirklich nicht den Kopf zerbrechen.

Er ging duschen, und ich holte den Champagner aus dem Kühlschrank, füllte mein Glas auf, nahm den Korken vom Küchentresen und steckte ihn in meine Tasche.

Er war erst einen Moment im Badezimmer, als ich ihn *scheiße* sagen hörte und er zurückkam. Er hatte fast alles ausgezogen, war nur noch in Unterwäsche.

Kannst du, sagte er. Würde es dir was ausmachen – da ist eine –

Er sah aus, als würde er sich gleich übergeben.

Was?, sagte ich verwundert.

Eine Spinne, stieß er hervor.

Eine Spinne? Warte mal. Du hast Angst vor Spinnen?

Er setzte sich aufs Sofa und holte tief Luft wie jemand, der gerade Zeuge eines traumatischen Unfalls geworden ist und versucht, die Bilder aus seinem Kopf zu vertreiben.

Niemand braucht so viele Beine, sagte er.

Machst du Witze?

Was? Natürlich mache ich keine Witze. Warum sollte ich Witze machen? Sieh mal, nein, es ist – kannst du – machen sie dir was aus?

Nein. Nicht wirklich.

Bitte, sagte er, den Blick aufs Badezimmer gerichtet. Mach etwas dagegen.

Okay.

Ich brauchte einen Moment, um sie überhaupt zu entdecken. An der hinteren Duschwand, etwa von der Größe einer Zwei-Pence-Münze. Ich ließ sie auf meine Finger krabbeln, schloss sie mit gewölbten Händen ein.

Was hast du gemacht?, fragte er. Hast du sie getötet? Bist du sicher? Ist sie auf jeden Fall tot?

Ich bringe sie raus.

Er blickte auf meine Hände und begriff, was ich meinte.

Scheiße, flüsterte er. Du bist doch verrückt. Da ist eine Verrückte in meiner Wohnung. Was stimmt denn nicht mit dir?

Sie ist winzig.

Er starrte mich an, wie gelähmt, als wäre ich ein Kleinkind mit einer Waffe. Mir machte das Ganze Spaß.

Kannst du mir die Tür öffnen?, fragte ich ruhig.

Halt still. Bleib hier.

Es gab einen schmalen Balkon an einem Ende des Zimmers, doch selbst wenn unten schönes Wetter herrschte, war es auf dieser Höhe immer viel zu windig. Er schob die Tür auf und rannte zum Sofa zurück. Ich versuchte, die Spinne auf der Balkonkante abzusetzen, aber sie wurde mir aus der Hand geweht.

Ist sie weg?, fragte er, als ich zurückkam.

Weit weg. Was glaubst du, überlebt sie so einen Fall?

Wen interessiert's? Hoffentlich nicht. Wasch dir die Hände, bevor du damit in meine Nähe kommst.

Ich hielt sie in der Küchenspüle unters Wasser.

Ich frage mich, wie sie es überhaupt so weit hoch geschafft hat, sagte ich. Was sie wohl geglaubt hat, was sie da tat. Hier kann es nicht allzu viel zum Fressen geben.

Menschliches Fleisch, murmelte er.

Sei kein Baby.

Ich ging zu ihm. Er zog mich auf seinen Schoß.

Du bist ganz schön gemein, sagte er mürrisch.

Ich strich mit den Fingern über sein Schlüsselbein.

Du hast ja Gänsehaut. Du hast wirklich Angst, oder?

Die Tür war auf. Mir ist kalt.

Klar.

Einmal ist eine auf mich gefallen, als ich im Bett lag, sagte er.

Auf dich drauf gefallen?

Plötzlich war sie auf meiner Brust. Ich war höchstens sechs oder so, und da war sie. Sie war riesig.

Vielleicht warst du bloß sehr klein. Aber wie meinst du das, sie ist auf dich drauf gefallen?

Wie meinst du das, wie ich das meine? Ich meine, sie ist auf mich gefallen. Von der Decke.

Ich glaube aber nicht, dass Spinnen fallen können, oder?

Weißt du was, Anna, sagte er. Es ist nicht sehr nett, sich über Menschen wegen ihrer Phobien lustig zu machen. Angst ist nicht rational. Wobei, offen gesagt ist gar nichts irrational daran, Spinnen zu hassen. Hast du mal die Nahaufnahmen gesehen? Diese vielen Augen.

Ja, ich weiß, mein Schatz. Ziemlich gruselig, nicht wahr?

Er schaute zu mir auf, sein Gesicht war so ernst. Ich begann zu lachen, und er stimmte ein. Ich krabbelte mit meinen Fingern an seinem Nacken hoch, was ihn hochschrecken und mich noch heftiger lachen ließ. Er packte meine Arme und drückte mich in das Sofa. Ich versuchte, ihn abzuschütteln, wir beide konnten uns nicht retten vor Lachen, und dann sagte er: Gott, das artet ja in einem kitschigen Weihnachtswerbespot aus.

Wrestling mit einem halb nackten Mann?, sagte ich. Ich weiß nicht, ob das wirklich Werbespots waren, die du da gesehen hast.

Leck mich. Ich geh jetzt duschen.

Na dann, pass auf dich auf da drin. Sie kommen gerne paarweise, hab ich gehört.

Sein Gewicht wog schwer auf meinem Körper, und er hielt meine Hände mit seinen fest.

Du bist furchtbar, sagte er, den Mund ganz nah an meinem. Ich hasse dich.

Nein, tust du nicht, sagte ich.

6

IN DER FOLGENDEN WOCHE rief Marieke mich aus dem Unterricht zu sich. Sophie sei krank, sagte sie, könne Manon an diesem Abend nicht spielen und ich solle einspringen. Der Nachmittag war schon fast vorüber. Sophie habe den ganzen Tag mit einem Handtuch über dem Kopf über einer Schüssel dampfenden Wassers gehockt und inhaliert. Ihre Stimme sei trotzdem weggeblieben. Wenn man eine Aufführung verpassen musste, dann war diese – der letzte Abend, zu dem Marieke ihre Kontakte eingeladen hatte – die denkbar schlechteste. Marieke sprach weiter – sagte, sie hätten sogar überlegt, *Manon* auszulassen, doch es sei Frankies einzige Szene, und es kämen ja schließlich Agenten, weshalb er natürlich ganz niedergeschlagen gewesen wäre, der Arme, aber welch wunderbare Chance das doch sei und welches Glück ich doch hätte. Und ich stimmte ihr zu, lächelte, dankte ihr, nahm wahr, dass dies eine Drohung von ihrer Seite war, wusste, dass ich es besser gut machte, sonst – doch all das blendete ich aus. Dieser eine Gedanke – heute Abend, heute Abend, noch drei Stunden, heute Abend trete ich auf – füllte meinen Kopf ganz aus, kein Platz für anderes, und eine Aufregung verbreitete sich in meinem Bauch, gleich einem ins Wasser gefallenen Kieselstein, dessen Kräuselungen immer und immer größere Kreise ziehen.

Ich hatte mich für den Abend mit Max verabredet, also schrieb ich ihm, dass ich es nicht schaffen würde. Er rief mich an, und als ich ihm von Manon erzählte, sagte er, er wolle kommen.

Wirklich?, fragte ich. Warum?

Nicht, dass es mich gestört hätte, vielmehr konnte ich es mir nicht vorstellen. Das Singen und er passten in meinem Kopf nicht zusammen. Es waren zwei verschiedene Melodien, gespielt von Händen, die sich niemals kreuzten.

Er lachte.

Ich bin beleidigt, dass es dich so erstaunt, sagte er. Das klingt wichtig.

Ja schon, ist es auch, sagte ich in der Absicht, ihn nicht zu enttäuschen. Aber es ist nur eine Szene.

Ich komme. Ich bin neugierig. Wärst du das nicht?

Neugierig. Ein kaltes Wort, emotional leer. Es versetzte mich in eine Situation zurück – er liegt auf dem Bett, auf die Ellbogen gestützt, und beobachtet mich beim Ausziehen. Ich gehe zu ihm, knie mich über ihn. Er, noch vollständig bekleidet, sieht mir nicht ins Gesicht, sondern an meinem Körper herunter – zuerst noch aufregend –, doch dann diese kalte Distanziertheit in seinen Augen, als würde er gar nicht mich anschauen. Er bewegt sich nicht, um mich zu berühren, bleibt halb aufgerichtet liegen, sieht an meinem Körper herunter. Ich will ihn dazu bringen, mich zu berühren – küsse ihn – zeichne die Form seiner Lippe mit meinem Daumen nach – nehme sein Ohrläppchen in den Mund – beiße – küsse seinen Nacken – knöpfe sein Hemd auf und lasse meine Hände darunter gleiten – öffne seinen Gürtel – versuche, ihn niederzudrücken, doch er ist stärker als ich, bleibt aufgestützt, dieses kleine Lächeln – so was wie Belustigung, als wollte er sehen, was ich als Nächstes tun würde –

ein rein akademisches Interesse –, als hätte ich mir bisher noch nichts wirklich Interessantes einfallen lassen. Plötzlich fühle ich mich so – wenn er so weitermacht – wenn er mich weiter so ansieht – dann schlage ich ihm ins Gesicht oder, noch viel schlimmer, fange an zu weinen. Doch dann hört er auf. Er legt seine Hände auf meine Schenkel und dreht sich auf mich. Hält meine Hände über meinem Kopf fest und küsst mich zurück, und ich hatte bis jetzt nicht mehr daran gedacht. Bis er dieses Wort sagte.

Ich bin neugierig, sagte er. Wärst du das nicht?

Ich schätze schon.

Ich dachte nicht mehr an ihn. Ich hatte keine Zeit. Drei Stunden bis der Vorhang aufging, und es gab noch so viel zu tun. Zur Garderobe gehen und das Kostüm abstecken lassen. Angela treffen. Mit ihr aufwärmen, die schwierigen Stellen durchgehen, mir ihre Motivationsrede anhören. Dafür sorgen, früh etwas zu essen, damit ich es nachher nicht mehr brauchte, und regelmäßig einen Schluck Wasser zu trinken. In einem dunklen Raum sitzen, stretchen, nicht zu viel darüber nachdenken, dass ich letzte Nacht etwas Wein getrunken, nicht viel geschlafen hatte, mir selbst einreden, dass es nichts ausmachen, alles gut gehen würde. Frankie kam und ging mit mir die Stellen durch, die sie abgeändert hatten, fragte mich, ob ich ganz sicher alles verstanden hätte, ob ich mir sicher sei, ob wir nicht alles noch einmal durchgehen sollten.

Und die ganze Zeit war da Manon – und zwar nicht Sophies Manon, sondern meine, die Frau, die ich erschaffen hatte, die vielleicht, hoffentlich, realer wäre. Sie war immer in meinem Kopf – nicht nur ihr Text und ihre Musik, sondern auch ihr Lachen – jenes, das sie von sich gibt, wenn sie eigentlich unglücklich ist – ihr wissendes Lächeln, das ihn verrückt macht, die beruhigende Wirkung, die Wut auf sie hat, ihr Verlangen – all das war wie ein Geheimnis zwischen uns, zwischen ihr und mir – sie flüsterte es mir mit heißem Atem ins Ohr, und ich konnte nicht aufhören zu grinsen.

Eine Stunde noch bis zur Aufführung, und Backstage herrschte gewaltiger Lärm. Lippenflattern, Arpeggios, Bruchstücke von Arien, diese eine Phrase – die eine, die Panik verursachte – immer wieder von Neuem gesungen. Die Leute strömten aus den Umkleideräumen, entweder, um den Haarsprayschwaden zu entkommen, oder, um die Sopranistin zu meiden – die, die sich für etwas Besseres hielt und demonstrativ Teile aus den Parts der anderen vor sich hin sang. Es war nicht leicht, sich einen Weg durch die Korridore zu bahnen. Sie waren vollgestopft mit kaputten Möbeln und Garderobenstangen, ausrangierten Requisiten aus vergangenen Produktionen und halb nackten Sängern, die herumlagen und mit den Händen auf den Bäuchen ein- und ausatmeten.

Backstage gibt es keinen Glamour. Das Geld fließt in den vorderen Teil des Hauses, den das zahlende Publikum auch sieht. Hinter der Bühne finden sich nur lange Korridore, nackte Wände, Betonböden, freiliegende Rohre und Halogenröhren. Doch es gibt hier etwas Besseres als da draußen. Etwas Lebendiges. Es knistert – elektrisch – zwischen dir und jeder anderen Person, deren Blick du begegnest. Du fühlst, was sie fühlt. Es steckt auch in den Wänden. Es steckt im Betonboden. Es steckt im Kostüm, das du anziehst, in dem ein Schild mit den Namen all derer, die es vor dir getragen haben, eingenäht ist. Diese Energie, diese Intensität. Sie bringen jede Zelle zum Kribbeln. Sie prickeln auf deiner Haut. Sie pulsieren irgendwo in der Tiefe, irgendwo im

Innersten deines Körpers. Und plötzlich bist du dir sicher, dass es sich so anfühlt, lebendig zu sein – dass du es normalerweise nicht bist, aber jetzt schon. Nichts ist vergleichbar – diese Spannung – dieses Wissen, dass gleich hinter diesen Mauern Menschen warten, die gekommen sind, um dich zu hören. Die dich nicht unterbrechen, sondern zuhören werden. Sie sind nicht auf Perfektion aus, diese Menschen, auch wenn du vorhast, perfekt zu sein. Was sie von dir wollen, ist, dass du etwas Wahres sagst. Etwas Bedeutsames. Etwas, das ihr Sehen, Denken und Fühlen verändert, wenigstens für eine kurze Zeit. Das kannst du für sie tun. Alles da draußen wird sich in einem einzigen Moment wenden, und niemand außer dir hat die Kontrolle darüber.

Ich teilte mir einen Raum mit den Mädchen aus *Figaro*. Während wir uns im Licht der nackten Glühbirnen schminkten, nahmen sie nach und nach ihren Jahrgang auseinander. *Wisst ihr schon, Sophie hat eine Kehlkopfentzündung*, meinten sie, *sie hat die ganze Woche damit gesungen. Sie war heute beim HNO, und er hat schon einen Schaden festgestellt.* Zuerst die Grundierung, lückenlos, wie eine weiß getünchte Wand – eine blanke und neutrale Oberfläche, die bemalt werden kann. *Frankie meint, es wär ein Albtraum, mit ihr zu spielen. Hat er euch erzählt, dass sie sich von ihm nicht hat küssen lassen? Wollte stattdessen, dass er seinen Daumen an ihre Lippen hält und daran saugt. Was für eine Verschwendung. Ich würde ihn sofort küssen, wenn ich die Gelegenheit hätte.* Rouge, etwas Farbe auf die Augenlider, dicke Linien, mehrere Schichten Lippenstift. Make-up für die Zuschauer auf den hinteren Plätzen. Von Nahem sahen wir wie Karikaturen von Frauen aus, aber von dort aus betrachtet, würde es natürlich wirken. Natürlich für uns wäre für sie eine Kinderzeichnung – der Kopf ein runder Klecks, das Gesicht ohne Details, blank, glatt und augenlos. *Wusstet ihr, dass Sophie eine wiedergeborene Christin ist? Ihre Jungfräulichkeit wurde wiederhergestellt. Wiederhergestellt? Ja, wiederhergestellt. Sie ist eine wiedergeborene Jungfrau. Fragt mich nicht, wie zur Hölle das gehen soll.* Ab ins Kostüm. Einander mit Knöpfen und Reißverschlüssen helfen. Flecken auf dem Rücken mit Concealer abdecken. *Habt ihr Amy gesehen? Sie hat das hohe C diese Wochen jeden Abend verkackt. Anscheinend ist sie so nervös, dass sie schon den ganzen Tag über der Kloschüssel hängt.* Und auch ich war Gesprächsthema, die Erstsemesterstudentin, die einsprang. Leute kamen vorbei, um einen Blick auf mich zu werfen, um nachzuschauen, ob ich Angst hatte. Sie hatten mich in den Proben sitzen gesehen, mit Stift und Noten in der Hand, aber sie hatten mich nicht singen gehört. Ich war als Letzte dran. Dann würden sie sich in die Seitenkulissen drängen, um zuzuhören. Sie würden herausfinden wollen, ob ich es draufhatte.

Und dann war es neunzehn Uhr fünfundzwanzig. Die Ersten mussten auf die Bühne, und das Geschnatter hatte ein Ende. Eines der Mädchen setzte sich aufs Sofa und aß mit geschlossenen Augen einen Apfel. Eine andere legte sich auf den Boden und murmelte vor sich hin, *ich bin eine Sängerin ich bin eine Frau ich bin nervös ich bin ruhig ich bin frei ich bin –*. Ich blätterte durch ein Programmheft und sah den Vermerk zur veränderten Besetzung. *Wegen Krankheit ist Sophie Mitchell nicht imstande –*. Ich schloss die Augen, sagte meinen Text auf, einmal und dann wieder und dann wieder.

Dann war es Zeit für den *Figaro*, und ich blieb alleine zurück. Zum ersten Mal, seit er mich angerufen hatte, dachte ich wieder an Max. Daran, dass er schon irgendwo dort oben saß. Daran, dass er mich gleich hören würde. Ein Schwall Übelkeit, als hätte sich in meinem Magen eine Falltür geöffnet, doch ich war streng mit mir. Ich ließ mich nicht ablenken.

Und dann wurden wir in die Seitenkulisse gerufen. Dunkelheit. Die Szene vor unserer endet, das Publikum applaudiert. Frankies Atem in meinem Ohr, tief und schwer, und die Feuchtigkeit seiner Handfläche, als er meine Hand drückt und sagt, *hab Spaß da draußen*, und ich, *du auch*.

Ich weiß, was sie über Manon gelesen haben, was im Programm steht – dass sie mit einem verarmten Chevalier durchgebrannt ist. Sie hat gedacht, dass sie allein von der Liebe leben könnten, findet jedoch bald heraus, dass sie mehr will. Sie sehnt sich nach Nervenkitzel, Reichtum, schönen Dingen. Auftritt des reichen de Brétigny, der Manon begehrt und ihr, wenn er sie bekommt, im Gegenzug alles bieten wird, was sie sich wünscht. Es gibt allerdings einen Haken – Manon darf dem Chevalier nicht verraten, dass sein eigener Vater, der die Beziehung missbilligt, ihn noch am selben Abend entführen lassen will. Sie muss es geschehen lassen, und dann wird sie frei sein. In dieser Szene, kurz bevor die Entführer eintreffen, ist sie also allein in dem kleinen Zimmer, in dem sie zusammenleben. Sie muss sich zwischen den beiden Männern entscheiden – warnt sie den Chevalier und bleibt bei ihm oder lässt sie ihn holen?

In der Zusammenfassung klingt es absurd. Wie die meisten Opernplots. Es sagt nichts über sie aus, über die Frau, die sie ist, und es ist meine Aufgabe, es ihnen zu zeigen. Ich werde nicht zu Manon, und sie ist nicht ich, aber etwas dazwischen – zwei Filmbänder werden übereinandergelegt und ergeben ein neues Bild. Sie macht mich zu dem, was ich nie gewesen bin, und ich gebe ihr, was ich weiß, und zusammen schälen wir uns aus der Haut und zeigen, was im Inneren ist.

Dann ist es so weit. Das Publikum hinter dem Vorhang setzt sich wieder. Stille. Ich stehe bereit. Tief Luft holen. Vorhang auf, Musik setzt ein, und ich trete hinaus, hinauf, ins Licht.

Manon betritt die Bühne von hinten rechts. Sie bleibt stehen und blickt in den Raum.

Hier ist nichts romantisch – das schmale Bett, draußen der Verkehr, das graue Licht, das auf die staubige Luft fällt. Nein, nichts Romantisches, doch es hat mich einmal glücklich gemacht. Ich liebe ihn, ich liebe ihn wirklich, ich liebe ihn noch immer, meine Liebe zu ihm ist wie das Bruchstück einer Melodie, die von einem fremden Fenster herüber schallt. Ich erkenne sie, sie macht mich sentimental, doch ich kann nicht sagen, warum. Dass wir glauben, dass wir jemals geglaubt haben, wir könnten unsere Liebe hier am Leben erhalten. Sie brennend und stark halten, neben diesem – diesem – dem niemals genug Geld Haben, dem Aufsummieren, dem Prüfen der Beträge, dem So-viel-für-das-Zimmer und So-viel-für-das-Essen, und nichts bleibt mehr übrig. Eine Liebe, die in ihren besten Zeiten nach Luft ringt. Eine Liebe, die damit beginnt, *ich werde nie, ich will immer, ich habe noch nie, für immer und ewig, für den Rest meines – ja – den Rest meines Lebens, bis ich sterbe,* und dann abdriftet – ja, selbst in den besten Zeiten – zu kleinlichen Zankereien über Toilettenbürsten, und zu, *wer ist an der Reihe*, und zu, *warum kannst du nie*, und zu Körpern, die funktionieren, aber nicht erregen.

Manon bewegt sich auf der Bühne nach hinten links und setzt sich aufs Bett. Sie spielt mit den Quasten am Deckensaum.

Und ich dachte, er hätte mir mehr zu bieten, doch wir bestehen nur aus diesen vier Wänden. Wir können es uns nicht leisten, auszugehen. Früher spielte es keine Rolle, weil uns unsere Körper genug waren, aber das sind sie nicht mehr. Nicht, wenn die Laken nach Feuchtigkeit müffeln, weil kein Platz ist, um sie zum Trocknen aufzuhängen, und nicht mit dem Badezimmer gleich nebenan, sodass ich ihn höre, wenn er pisst und Schleim hustet. Er sitzt um vier Uhr nachmittags im Bett, schaut mir beim Ankleiden zu. Er langweilt sich. Er geht in den Supermarkt und kehrt zurück. Er schmeißt seinen Mantel auf den Stuhl und lässt seinen Scheiß – Schlüssel, Portemonnaie, Handy – überall auf den Oberflächen liegen, die ich eben erst geputzt habe, und er schaltet das große Licht ein, obwohl er weiß, dass ich das hasse – wenn ich in alle Spalten des Zimmers, ihre Hässlichkeit, und den sich ansammelnden Staub sehen kann.

Manon bewegt sich in die hintere Mitte der Bühne und sieht sich im Zimmer um.

Dieser andere Mann aber versprach etwas anderes. Das Zimmer wirkte kleiner in seiner Anwesenheit. Er stand da, sah das alles, und ich schämte mich für die Schäbigkeit. Ich sah, wie unter seinem Blick alles schrumpfte – jedoch nicht ich. Als er mich anblickte, erinnerte ich mich wieder an das Gefühl, begehrt zu werden, als sei alles möglich. Ich erkannte, dass mein Leben nur aus diesen vier Wänden bestand und er mir anbot, die Tür zu öffnen. Und ich werde mir keine Schuldgefühle einreden lassen – dafür, die Dinge zu wollen, die das Leben schön machen. Schönheit zu wollen, solange man jung ist. Für die eigene Schönheit bewundert werden zu wollen, solange man sie hat. Denn eines Tages wird sie fort sein, und ich werde den Rest meines Lebens ohne sie verbringen.

Sie geht zu dem kleinen Tisch in der Bühnenmitte.

Doch nun will ich mich hiervon verabschieden, denn ich habe es geliebt. Es hat mir einst Vergnügen bereitet, nichts zu haben. Lebewohl, unser kleiner Tisch – gerade groß genug für uns zwei, so nah saßen wir zusammen. Hier haben wir Pläne geschmiedet, die, wie wir wussten, niemals wahr werden würden, damit wir sagen konnten, *ja, ich auch, das will ich auch*. Lebewohl, kleiner Tisch. Wir hatten nur ein Glas. Beim Trinken suchte ich den Abdruck seiner Lippen und er den meiner. Hier war ich einst glücklich.

Manon weint, als der Chevalier die Bühne von hinten rechts betritt. Sie läuft zum Spiegel, um ihr Gesicht in Ordnung zu bringen, und er stellt sich hinter sie. Er legt seine Arme um sie und sein Kinn auf ihre Schulter.

Er fragt, warum ich weine, und als ich es abstreite, bohrt er nicht weiter nach. Unfairerweise sinkt er in meiand warum iner Achtung – wie dumm, mir einfach zu glauben. Doch ich bin liebevoller zu ihm, nicht abweisender, sondern zärtlicher – ich weiß nicht recht, ob ich versuche, ihn abzulenken, oder ihn ein letztes Mal haben will. Ich halte seine Hand und lächle ihm zu, während er spricht. Und ich mache es so gut, dass ich es selbst zu glauben beginne. Als er mich also küsst, bin ich wieder zurück bei diesem ersten Mal, als ich dachte – irrational, instinktiv, wie eine Droge, die mir den Verstand zu rauben droht –, *für diesen Mann will ich alles aufgeben, alles, wenn ich ihn nicht haben kann, sterbe ich*. So kommt das

Klopfen an der Tür fast, aber nicht ganz, überraschend. Und als ich ihn zurückhalte und sage, *nein, geh nicht hin, mach nicht auf,* bin ich mir nicht sicher, ob ich es ernst meine.

Der Vorhang fällt. Stille, und die Hälfte der Lichter abgedunkelt, als wäre ein großer Schatten herabgefallen. Und dann der Applaus.

Frankie drückte meine Hand und flüsterte, *heilige Scheiße,* und der Vorhang kam für die Verbeugung wieder hoch. Nun schenkte uns das Publikum tobenden Lärm statt Stille, und als ich so direkt hineinschaute, sah ich, wie viele es waren. Welch süße Erleichterung, dass ich nicht vorher darüber nachgedacht hatte. Ich trat vor, um mich zu verbeugen, dann er, dann wir zusammen, und dann schob er mich wieder nach vorne, auch wenn ich versuchte, ihn mitzuziehen. Wir rannten hinter die Kulisse, doch das Klatschen hörte nicht auf, und wir wurden wieder zurückgeschickt. Ich wagte zu denken, *also war es gut?,* und dann, als der Applaus anhielt, wie eine Welle, die nicht abebbt, sondern immer weiterrollt, wuchs in mir die Gewissheit, *ja, es war gut. Es war sogar verdammt gut.* Von der Bühne abgehend, hörte ich sie noch immer, und auch die anderen Sänger standen versammelt da und klatschten, verwirrt fragte ich sie, *verbeugen wir uns jetzt als Ensemble?,* bei dem Lärm verstand ich nicht, was sie sagten, *geh wieder rauf, geh zurück, sie klatschen noch.* Ich versuchte, Frankie mitzuziehen, doch er schüttelte den Kopf und gab mir einen Schubs, also ging ich allein. Plötzlich begriff ich, was vor sich ging – dass sie alle für mich klatschten –, und ich war unsterblich.

Anschließend kam Marieke mit dem Regisseur hinter die Bühne, und sie hielten eine kleine Rede. *Besondere Gratulation an Anna dafür, dass sie eingesprungen ist,* sagte sie, *und es so fabelhaft gemeistert hat*, und alle stampften mit den Füßen. Sie hatten ein paar Flaschen dabei, und es wurden Pappbecher mit einem warmen und prickelnden Inhalt herumgereicht. Alle schlüpften aus ihren Kostümen, Türen standen offen, Leute huschten ein und aus, halb angezogen, umarmten sich und sagten, *gut gemacht*, oder diskutierten, wo sie es vermasselt hatten, und fragten, ob Marieke es wohl gemerkt hatte. Ich schaute in den Spiegel. Mir war, als wären meine Augen in einem fremden Gesicht gefangen, unter den schweren Lidern und steifen Wimpern einer Fremden blinzelnd, und einen Moment lang – mein Atem verlangsamte sich, mein Adrenalinspiegel sank – wollte ich nichts sehnlicher als schlafen. Doch dann leerte ich meinen Becher und trank noch einen, und Frankie kam zu mir, *wie geht's unserem Superstar?*, ganz gefühlsduselig, um allen zu zeigen, dass wir gut befreundet waren – witzelte mit mir darüber, dass das Küssen auf der Bühne ohne Proben viel besser sei, sich echt angefühlt habe – und wir nahmen die Szene auseinander, die Stellen, wo sie am besten war – und plötzlich fühlte ich mich glücklicher als jemals zuvor, denn ich wusste, dass dies die einzige Art war, wie ich leben wollte. Genau das, diese Art von Leben, bei der jeder Nerv in meinem Körper lebendig war. Die ständig anders und unvorhersehbar war. Und in dem Moment sagen zu können, *das war ich*.

7

AUF MEINEM WEG zur Theaterbar hatte ich Sorge, er würde auffallen. Ich stellte mir vor, wie sich alle fragten, wer er sei – teurer Anzug, bemühtes Interesse an Kunst. Die Sorge war unnötig. Die meisten Männer trugen Anzüge, und ich konnte ihn kaum sehen. Laurie war da, an der Bar mit Oscar, und ich wollte gerade zu ihnen gehen, als mich jemand festhielt, *Sie waren die Manon, nicht wahr? Ich wollte nur sagen*, und dann war ich ein Teil des Tanzes, eine Person bewegte sich weg, eine andere nahm deren Platz ein. Dieser Schlag von Menschen – Perlenketten, Seidenhemden – hörte mir sonst nicht zu. Ich sonnte mich in der Anerkennung, nahm wahr, wie sich meine Stimme an ihre Stimmen anpasste. Auch Marieke fand mich, nachdem sie Hof gehalten hatte, wobei sie die wichtigen Leute abfing und erst wieder gehen ließ, wenn sie ihr Unsummen für das Konservatorium versprochen hatten, während sie versuchten, sich den Abdruck ihres Lippenstiftes von der Wange zu wischen. Sie sagte zu mir, *nochmals herzlichen Glückwunsch, Anna. Lass uns nächste Woche mal plaudern*, und Angela umarmte mich auf ihrem Weg zur Tür und sagte mir, sie sei stolz.

Dann spürte ich eine Hand auf meiner Schulter, und da war er. Ich war schüchtern, als hätte ich ihm ein intimes Geheimnis verraten und ahnte nicht, wie er reagieren würde.

Ich habe draußen auf dich gewartet, sagte er. Ich habe dich angerufen. Dachte, du wärst schon weg.

Sorry. Ich dachte, du wüsstest, dass ich herkommen würde.

Woher sollte ich das wissen?

Hat es dir gefallen heute Abend?

Ja.

Okay. Tja, gut.

Dann sagte er: Nein, wirklich. Es hat mir gefallen. Du warst großartig.

Danke.

Ich meine es ernst, das warst du wirklich. Ich war positiv überrascht.

Ich nehme das als Kompliment.

Das war auch ein Kompliment. Ich wusste nicht so genau, was mich erwartet. Niveau-mäßig meine ich. Auf dem Weg hierher habe ich mir plötzlich Sorgen gemacht, du könntest schrecklich sein und ich würde nicht wissen, was ich sagen sollte. Also war es – nun ja – eine positive Überraschung, dass du so gut warst.

Das ist aber lieb von dir.

Er lachte.

Sei nicht eingeschnappt, sagte er. Du weißt, dass du gut warst. Opern sind allerdings oft ziemlich dämlich, oder? Ich mochte deine Szene, aber was sollte denn die mit den Blumenhüten?

Laurie und Oscar stießen zu uns, und sie warf ihre Arme um mich.

Babe, sagte sie. Da bist du ja. Hab dich schon den ganzen Abend gesucht. Dieser Laden ist rappelvoll mit Arschlöchern.

Max sah leicht schockiert aus.

Max, sagte ich. Erinnerst du dich noch an Laurie? Ihr habt euch schon mal getroffen. Und das ist Oscar.

Oscar war ganz in Schwarz gekleidet, wie eine übergroße Krähe.

Ich habe Drinks spendiert bekommen, sagte er. Alles Taktik. Die denken, dass man zur Band gehört, wenn man Schwarz trägt.

Er und Laurie hatten eindeutig ziemlich viele Drinks spendiert bekommen. Sie umarmte mich wieder, warf mich fast um und sagte zu mir mit einer ernsten Feierlichkeit, die nur Sturzbetrunkene an den Tag legen können, langsam und jede Silbe betonend, *du warst unglaublich, Anna. Ernsthaft, nein, ernsthaft, ganz ehrlich. Du. Warst. Unglaublich.*

Oscar begann, mich auszufragen, wie ich mich dabei fühlte, die Werke toter weißer Männer zu reproduzieren, *ist das etwas, womit du leben kannst? Moralisch, meine ich*, und dann kam Frankie zu uns rüber. Er sagte, die Sänger würden weiterziehen, irgendwohin die Straße runter.

Sollen wir?, fragte ich Max.

Er verzog das Gesicht und sagte, er sei müde, doch ich wollte noch nicht nach Hause. Auftreten war wie eine Droge. Sobald man einschlief, ließ die Wirkung nach. Und ich fühlte mich wohl auch betrogen. Er war nett gewesen, aber nicht so, wie ich es mir gewünscht hätte. Der Rausch hatte einen Dämpfer bekommen. Ich brauchte einen neuen Kick.

Bitte komm, sagte ich. Nur kurz. Ich gehe mit.

Okay, sagte er. Nur kurz.

Wir gingen zu einem Townhouse-Club nur für Mitglieder. Frankie brachte uns rein. Die anderen Gäste waren Männer um die fünfzig, die sich alle samt umdrehten und uns anstarrten, doch der Besitzer – jedenfalls gab es an den Wänden Fotos von ihm, auf denen er die Arme um verschiedene Männer gelegt hatte – kam zu uns und schüttelte Frankie die Hand. Er brachte uns ein paar Flaschen Wein, die das Logo des Clubs auf dem Etikett trugen. Das Zeug schmeckte nicht wirklich nach Wein, aber gut.

Laurie und Oscar verzogen sich in eine dunkle Sitzecke und trugen, dem spitzen Gestikulieren Lauries nach zu urteilen, einen Streit aus. Max unterhielt sich mit einer Sängerin aus dem Jahrgang über mir, deren Name mir nicht einfiel. Sie spielte immerzu mit ihrem Haar und berührte seinen Arm, und er stand reglos da, lächelte. Das konnte er gut, selbst reglos bleiben und die anderen auf sich zukommen lassen. Ich war nicht eifersüchtig. Es ist deprimierend, mit einer Person zusammen zu sein, mit der sonst niemand flirten will, die auf Partys schmollend in der Ecke sitzt und nicht begehrt ist. Mir gefiel es, dass auch andere sich für ihn interessierten.

Ich stand bei Frankie und ein paar Mädchen aus dem Jahrgang über mir. Wenn wir uns gestern auf dem Flur begegnet wären, hätten sie mich ignoriert, doch nun behandelten sie mich wie eine von ihnen. Normalerweise braucht mir nur jemand zu sagen, *nein, sei doch nicht so, sei so*, oder, *du bist so eine, oder?*, und ich würde versuchen, mich komplett zu verändern, um mich ihrer Vorstellung anzupassen, überzeugt davon, sie hätten recht. Diese Version von mir jedoch – die After-Show-Version – schien klar definiert und unveränderlich zu sein.

Nach einer Weile kamen Max und die Frau rüber. Sie sagte, sie würde aufbrechen.

Schon?, fragte Frankie.

Ich habe Samstag ein Vorsingen. Kann nichts trinken.

Für Nigel? Ich doch auch. Das hält mich nicht auf.

Tja, das ist dann wohl dein Problem, nicht wahr Schätzchen?, erwiderte sie.

Sie umarmte jeden und beglückwünschte mich noch einmal überschwänglich. Als sie fort war, unterhielten wir uns über Zweitbesetzungen. Ich sei vorher noch nie eingesprungen, sagte ich. Eine der anderen erzählte uns von einer Aufführung, in der sie mitgespielt und fast jeder es in irgendeiner Kombination mit jedem getrieben hätte, sodass sich alle gegenseitig mit einer Kehlkopfentzündung ansteckten. Am ersten Abend hätten für jede größere Rolle nur die Zweitbesetzungen zur Verfügung gestanden.

Der Regisseur habe es nicht fertig gebracht, sich das Stück anzuschauen, sagte sie. Er habe mit Ohrstöpseln und einer Flasche Whisky hinter der Bühne gesessen.

Alle waren laut, unterbrachen sich gegenseitig, um ihre eigene Geschichte zu erzählen, und ich auch. Jemand sagte zu mir, *ich kann nicht glauben, dass du nur die Zweitbesetzung warst, Anna*, und wir alle begannen, einander Komplimente zu machen. Wir meinten es ernst. Der After-Show-Rausch bringt dich dazu, alle zu lieben, und sie alle lieben dich auch. Max war jedoch ziemlich still, stellte höfliche Fragen und schwieg dann wieder. Langsam machte mich das wütend. Ich wollte mit ihm angeben, ihn als den Charmeur präsentieren, als den ich ihn kannte. Ich sagte Dinge wie, *Max, erzähl ihnen von diesem Klienten, den du immer in die Oper mitgenommen hast. Die Geschichte ist gut,* doch er zuckte nur mit den Schultern und lächelte, und jemand anders übernahm das Wort.

Nach einer Weile ging er zur Toilette, und als er zurückkam, setzte er sich zu Laurie und Oscar. Ich folgte ihm.

Ich glaube, die meisten Männer verstehen das eben nicht, sagte Laurie gerade. Dass Frauen sehr wohl Sex haben und absolut nichts dabei empfinden können, bloß ein leichtes Unbehagen wie bei einem Abstrich.

Steige ich zum falschen Zeitpunkt ins Gespräch ein?, fragte ich.

Max lächelte, aber ich war mir nicht sicher, was sein Lächeln bedeutete. Oscar war ausdruckslos und unergründlich wie eine blank gewischte Tafel. Er sah ganz blass und dünn aus. Für einen Gesichtsausdruck fehlte ihm die Energie.

Ich habe gerade von diesem Typen erzählt, mit dem ich einmal geschlafen habe, sagte sie. Er fragte mich, ob es antörnend ist, sich ein Tampon einzuführen. Ich konnte nicht mehr vor Lachen. Diese Vorstellung, dass sich überall im Land Frauen in Klokabinen Wattestäbchen in die Muschi schieben und dabei von Lust überkommen werden.

Ich war einmal mit einem Typen zusammen, der geglaubt hat, dass man sich Binden auf den Körper klebt, nicht auf die Unterwäsche, sagte ich. Als ich ihn korrigierte, nahm er mir das sehr übel.

Laurie verschluckte sich am Wein und kam dann auf die Kostümpartys an ihrer Uni zu sprechen.

Kostüme, sagte sie. Im Klartext hieß das, wir verkleiden uns als Nutten. Und versteht mich nicht falsch. Ich meine das Wort *Nutte* hier nicht auf eine sexarbeiterinnenfeindliche Art. Ich meine es so, wie sie uns genannt hätten. Die Typen, meine ich. Die Mottos waren so was wie CEOs und Corporate Hoes. Sportler und Cheerleader. Piloten und nuttige Stewardessen. Ihr versteht schon. Alles nicht-so-subtile Codes für, *Männer können tragen, was sie wollen, und Frauen ziehen sich nuttig an.*

Ich sah rüber zu Max, doch er erwiderte meinen Blick nicht. Ich spürte eine betäubende Angst in mir aufkommen. Ich legte meine Hand unter dem Tisch auf seine und strich über seine Finger. Er umschloss meine Hand mit seiner und hielt sie still.

So kriegen sie dich, stimmt's?, sagte Laurie. Die Männer. Wenn du jung genug bist, um nicht zu wissen, was normal ist. Ich achtete immer darauf, ob die anderen Mädchen lächelten, bevor ich selbst lächelte. Wir waren nicht wirklich Freund*innen, die Jungs und Mädchen in meiner Gruppe, nicht wirklich. Eher Rivalen. Immer gab es irgendeinen dummen Wettstreit zwischen uns, wer am beliebtesten war, den meisten Spaß hatte, so was eben. Und die Mädchen haben immer verloren, selbst wenn sie scheinbar gewonnen hatten, denn wir wissen doch alle, wie man eine Frau nennt, die diese Art von Spaß hat, und die Typen hatten keine Scheu, uns so zu nennen. Wenn dich jemand als Nutte bezeichnet, ist das schlicht und einfach das Ende der Unterhaltung, oder nicht? Darauf kann man nichts erwidern. Das ist – wie sagt man? – performativ? – irgendwas in der Art – so wie ich liebe dich, ich hasse dich – dadurch, dass man es ausspricht, macht man es wahr. Ich habe nie aufgehört, mich zu fragen, warum das so eine schlimme Sache war, oder warum dieselben Männer, die immer so gerne mit mir gefickt haben, mich auf einmal zu verachten schienen.

Ich finde, du bist unfair, sagte Oscar.

Oh ja, das findest du wohl, sagte Laurie. Er findet, ich bin unfair, wiederholte sie an mich gewandt.

Ich habe noch nie Nutte zu einer Frau gesagt, sagte Oscar. Ich habe noch nicht mal Mädchen zu einer Frau gesagt.

Liebst du das nicht auch, wenn Männer dich so ansehen?, sagte Laurie zu mir. Diesen *wer?-, ich?*-Blick. *Bestimmt meinst du nicht mich?* Denn er ist ein Mann, verstehst du, er geht davon aus, dass ich eigentlich über ihn spreche und nicht über Männer im Allgemeinen. Es ist unmöglich, eine philosophische Diskussion über irgendwas zu führen, ohne dass er es persönlich nimmt. Ich hole noch eine Flasche.

Sie ging zur Bar.

Was hat sie?, fragte ich Oscar.

Sie muss mit einigem Scheiß klarkommen, erklärte er. Es fällt ihr schwer zu verstehen, dass ich ihr nicht gehöre. Ich versuche ihr beizubringen, dass das erlerntes Verhalten ist, weißt du? Gesellschaftliche Konditionierung. Nicht natürlich. Das wird schon noch. Es braucht seine Zeit, dieses Zeug zu verarbeiten. Es ist sitzt so tief in einem drin.

Max hatte sein Handy herausgeholt und las eine E-Mail. Ich drückte seinen Arm. Es ist spät, sagte er. Lass uns gehen.

Das brachte mich zur Weißglut. Er schaffte es nicht einmal, so zu tun, als hätte er Spaß.

Ich muss mit Laurie sprechen, sagte ich.

Sie kam mit dem Wein zurück zum Tisch, und wir gingen aufs Klo. Es gab nur eine Kabine. Wir gingen nacheinander pinkeln und trugen dann beide meinen Lippenstift auf.

Also interessanter ist er nicht gerade geworden, was?, sagte sie.

Ist alles in Ordnung?

Abgesehen davon, dass Oscar ein kleiner Wichser ist, ist alles wunderbar, ja. Wir hatten heute eines unserer Meetings, weißt du –

Sie hatten regelmäßige Meetings, in denen sie einander über die anderen Personen erzählten, mit denen sie geschlafen hatten, und darüber, wie es ihnen damit ging. Mir kam das alles ziemlich zeitaufwendig vor, aber wenn ich es mir recht überlegte, waren beide ja auch mehr oder weniger arbeitslos.

Na ja, jedenfalls hat er mir erzählt, dass er mit Maya geschlafen hat. Du weißt schon, Maya, meine Freundin. Und was mich daran am meisten aufregt, ist, dass er nicht einmal zugeben will, dass es gegen unsere Regeln ist. Wenn er wenigstens dazu stehen würde, dass er verdammt noch mal –

Jemand hämmerte gegen die Tür.

Verpiss dich, rief sie. Ja, dass er es verkackt hat. Wenn er wenigstens dazu stehen könnte, könnte ich ihm vielleicht verzeihen, aber so – WIR KOMMEN JA – aber so –

Sie brach ab, presste ihre Lippen aufeinander, betrachtete ihr Gesicht im Spiegel.

Gehen wir, sagte sie.

In der Bar war es lauter geworden. Die Sänger waren betrunken. Fetzen aus *Madame Butterfly* und *Così* setzten sich vom allgemeinen Gebrabbel ab. Nach der Show war es in Ordnung, wenn Sänger sich vorübergehend über die Regeln hinwegsetzten, es vergaßen, ihre Stimme zu schützen, und sich abschossen. Die Adrenalinmischung machte das fast unvermeidbar. Ich war jedoch nüchtern und fühlte mich noch so wie mitten beim Auftritt, mich aufmerksam um die schwierigen Ecken und Kanten manövrierend.

Zurück am Tisch war Oscar dabei, Max Fotos von Laurie zu zeigen. Sie posierte oft für ihn. Auf einem lehnte sie gegen eine Backsteinmauer mit einem Spachtel in der Hand. Blut lief ihr Bein hinunter.

Dieses nenne ich ›Verbrechen gegen die Menschlichkeit‹, sagte Oscar.

Ein anderes zeigte sie nackt über ein Ei in einem Eierbecher kriechen.

Legebatterie, sagte er.

Max betrachtete die Bilder eingehend, aber kommentarlos. Ich fragte Oscar, was für eine Art Kunst das war, und er sagte, dies sei eine Abkehr von seinem üblichen Stil. Er sei ein Auto-Künstler, erklärte er. Er fotografiere seine eigenen

Haare, seine eigene Haut. Er fotografiere seine eigenen Fäkalien. Er sei, erzählte er, hauptsächlich an sich selbst interessiert. Daher das Auto-. Und so seien natürlich alle Künstler, meinte er. Was aber an seiner Kunst so revolutionär sei, sei deren Transparenz. Die Unmittelbarkeit der Fotografie ziehe ihn an, die genaue Repräsentation, kein Herumgetue auf Leinwänden. Diese Art Kunst sei tot, sagte er, tot und begraben. Deshalb wolle er Fotograf werden.

Wann, wenn du groß bist?, fragte Max.

Nein, wenn ich mit meiner Doktorarbeit fertig bin, entgegnete Oscar ruhig, ohne den Tonfall zu bemerken. Er fing an, seine Doktorarbeit zu erläutern. Es ging um falsche Fußnoten in der Literatur.

Du weißt schon, sagte er. Wenn ein Autor sich in einer Fußnote auf ein erfundenes Buch bezieht oder die Fußnote einen zu einer anderen Fußnote im selben Text weiterleitet, die dann wieder auf die ursprüngliche zurückverweist.

Max fragte ihn, was genau der Sinn seiner Thesis sei, doch Oscar gab vor, die Frage nicht zu verstehen. Er ging zur Toilette und kam nicht mehr zurück.

Anna hat mir erzählt, du schreibst ein Buch?, fragte Max Laurie.

Oh, das hat sie also, ja?

Ja, hat sie. Wovon handelt es?

Ich kann mir nicht vorstellen, dass es dich interessieren würde, sagte sie. Es ist eine feministische Dekonstruktion der Beziehung zwischen Mann und Frau im Internetzeitalter.

Das klingt allerdings interessant. Was meinst du mit feministisch?

Was meinst du mit, was ich damit meine?, sagte Laurie und sah ihn an, als würde sie ihm am liebsten das Gesicht abreißen.

Ich meine einfach, das ist ein ziemlich vager Begriff, oder nicht? Darunter scheint heute praktisch alles zu fallen. Einfach alles, was eine Frau tut, wie dieses Model, das sich auf Instagram nackt in Ravioli gewälzt hat. Das sollte ein feministisches Statement sein, war aber sicherlich eher das Gegenteil. Was ich damit sagen will, ist, das kommt mir mehr wie ein Markenname vor. Ein Slogan, den ein Marketingteam auf etwas drauf klatscht, das eine Frau gemacht hat, damit es sich besser verkauft.

Besser verkauft?, spie Laurie aus.

Ja, ich meine, dieses Label ist heutzutage sehr in, oder nicht?

Tja, Männern fällt es heute immer noch leichter, veröffentlicht zu werden, als Frauen, sagte Laurie. Also, nein.

Oh, ist das so?

Ja, sagte sie. Das ist so.

Weißt du, Max stammt ganz aus der Nähe von dort, wo deine Eltern wohnen, sagte ich. Er ist –

Die Sache mit männlichen Autor*innen ist, fuhr Laurie fort. Mit Männern. Ist, dass sie irgendeinen altbekannten Scheiß schreiben und dann darüber herumkrakeelen und herumkrakeelen und herumkrakeelen, bis ihnen jemand zuhört und sie publiziert werden. Sie schleudern es raus wie Sperma und erwarten von dir, dass du daliegst und sie es auf deine Titten spritzen lässt.

Nun, ja. Ich verstehe, dass das, er hielt inne. Entmutigend sein kann, sagte er schließlich.

Jedes Mal, wenn sie etwas Vulgäres sagte, sah ich ein angewidertes Zucken in seinem Gesicht, und ich wusste, dass auch sie es sah. Deshalb fuhr sie damit fort, damit sie nachher sagen konnte, *oh, also ist er einer von diesen Männern, die es nicht leiden können, wenn eine Frau Fotze sagt. Das war ja klar.*

Ich hatte mir so sehr gewünscht, dass Max meine Freundin mochte. Dass er von ihr beeindruckt war und sie ihn auch nett fand. Ich wünschte mir, er würde aufhören, sie süffisant anzulächeln, als wäre sie ein amüsantes unartiges Kind, das letztlich nicht sein Problem war. Es wäre auch schön gewesen, wenn sie sich nicht wie eins benommen hätte.

Also du bist Banker, ja?, fragte sie mit einem giftsprühenden Grinsen. Gehörst du zu denen, die Schuld an der Wirtschaftskrise waren?

Nein, das sind die Trader, setzte Max an, doch dann gesellte sich eine Gruppe Sänger zu uns und quetschte sich mit in die Sitzecke.

Anna, sagte er. Komm schon. Lass uns gehen.

Gib mir eine Minute, um mich zu verabschieden.

Ich wandte mich ab. Aus dem Augenwinkel konnte ich sehen, dass er nicht einmal versuchte, mit der Person neben sich ins Gespräch zu kommen, und dachte, *gut*.

Das ganze Palaver darum, wie toll alle gewesen waren, ging wieder von vorne los, aber mittlerweile redeten alle nur noch laut durcheinander. Einer der Jungs brachte immer wieder alle zum Schweigen, um eine Geschichte zu erzählen, brach dann jedoch in hysterisches Gelächter aus und war nicht mehr in der Lage, sie zu beenden. Ein Mädchen, das eindeutig auf ihn stand, versuchte, in sein Gelächter einzustimmen. Ein paar der anderen fingen an, Musicalmelodien zu singen, und eines der Mädchen aus meinem Umkleideraum kippte ein ganzes Glas Wein auf meinen Schoß. Sie lehnte sich über den Tisch, packte mich an den Schultern und sagte, *oh mein Gott das tut mir so leid das tut mir so leid du bist so fabelhaft ich liebe dich ja so*. Von Nahem konnte ich sehen, dass sich das Puder in den Falten ihrer Haut abgesetzt hatte und ihr Lippenstift nicht mehr den Konturen ihrer

Lippen folgte. Veränderungen in ihrem Gesichtsausdruck konnte man nur als Bewegungen ihres echten Gesichts unter der Maske ausmachen, sie waren kaum zu erkennen, wie die Bewegung von Knochen unter der Haut.

Max drückte sich an allen vorbei und zog seinen Mantel an. Er beugte sich zu mir runter.

Ich gehe, sagte er. Kommst du mit?

Plötzlich fühlte ich mich sehr müde.

Wo ist Laurie?, fragte ich.

Weiß ich nicht. Ich habe sie nicht mehr gesehen.

Ich fand sie kotzend auf der Toilette.

Oscar ist weg, sagte sie. Er ist weg. Mit einer anderen. Eine von diesen Sängerinnenfotzen. Dieser Wichser.

Ich hatte angenommen, darum ginge es doch in ihrer Übereinkunft, aber behielt es lieber für mich. Ich half ihr auf, und sie stützte sich auf mich, schwerfällig und kraftlos.

Ich muss sie nach Hause bringen, sagte ich zu Max, sobald ich sie in die Bar zurückgebracht hatte.

Er blickte von ihr zu mir.

Ich komme mit euch, sagte er. Damit ihr beide sicher nach Hause kommt.

Das geht nicht. Wir dürfen nicht.

Ich kann mir nicht vorstellen, dass sie laufen kann, erwiderte er. Kannst du sie tragen?

Also gingen wir. Auf dem Weg nach draußen warf ich noch einen Blick zurück in die Bar. Eines der Mädchen saß auf Frankies Schoß und flößte ihm Wodka aus der Flasche ein. Er starrte sie mit diesem Blick an, den er manchmal hatte, fokussiert und entschlossen, wie eine GPS-fähige Drohne. Jemand hatte ein Glas zerbrochen und versuchte, sich die Scherben aus der blutenden Hand zu pulen. Jemand weinte.

Auf der Straße hielt Max ein Taxi an, und ich gab dem Fahrer unsere Adresse. Laurie schlief fast augenblicklich ein, den Kopf auf meiner Schulter.

Max sagte: Das sind also deine Leute, hm?

Das würde ich so nicht sagen, gab ich zurück.

Er kommentierte das Haus nicht – weder den Geruch nach verkochtem Fleisch im Flur noch die Schuhe, die alten Zeitungen und Handtaschen, die auf der Treppe zum Vorschein kamen, als ich mit meiner Handytaschenlampe darauf leuchtete, damit wir nicht stolperten, oder Lauries exzentrisch chaotisches Zimmer, als er sie hereinbrachte. Sein Schweigen beschämte mich, und ich dachte, er fände es schlimmer, als ich mir jemals vorgestellt hatte. Ich sagte ihm, mein Zimmer sei nebenan und ich würde gleich rüberkommen, und er ging.

Ich legte Laurie angezogen in ihr Bett, ließ sie ein Glas Wasser trinken und ging ihm nach. Er stand am Fenster. Ich hatte erwartet, dass er sich meine Sachen ansehen würde – die Fotos, die an meinem Kleiderschrank klebten, die Bücher auf meinem Nachttisch –, doch er schien kein Interesse daran zu haben, als hätte er schon alles in sich aufgenommen und wieder verworfen. Mit ihm hier drin wirkte der Raum viel kleiner, und plötzlich war mir sehr kalt. Mir fiel auf, dass ich zitterte. Ich ging zu ihm, drückte meine Wange an seinen Rücken und legte die Arme um seine Hüfte. Ich sehnte mich nach seiner Geborgenheit. Als er sich zu mir umdrehte, küsste ich ihn, und er ließ es kurz zu, zog sich dann aber zurück.

Kann ich bleiben?, fragte er. Ich weiß, das ist nicht erlaubt, aber ich muss in drei Stunden aufstehen. Ich kann mich unmöglich noch mal auf den Weg machen.

Bleib hier.

Lass uns schlafen gehen.

Noch nicht.

Ich verschränkte die Finger hinter seinem Kopf und versuchte, ihn zu mir hinunterzuziehen. Er hielt mich an den Handgelenken fest.

Du bist betrunken, sagte er.

Bin ich nicht.

Er ließ mich los, setzte sich aufs Bett.

Ich muss schlafen, sagte er.

Er schloss die Augen, stützte seine Stirn auf den Händen ab.

Komm schon, Anna. Ich habe morgen eine lange Fahrt vor mir. Das wird schon gefährlich genug.

Eine Fahrt? Wohin fährst du?

Nach Hause. Zu meiner Familie.

Hattest du vor, mir das zu erzählen?

Welchen Teil davon? Dass ich nach Hause fahre? Es ist Weihnachten. Du fährst doch auch nach Hause.

Ich sagte nichts, war mir nicht sicher, was genau mich daran störte.

Was ist los?, sagte er mit einer boshaften Schärfe. Bist du beleidigt, weil ich dich nicht gefragt habe? Willst du meine Eltern kennenlernen? Ist es das?

Wenn er es so sagte, klang es wie eine völlig irrsinnige Idee.

Tja, warum denn nicht?, sagte ich.

Es ist drei Uhr morgens, Anna. Ich bin seit fünf Uhr wach. Können wir bitte einfach schlafen gehen?

Was zur Hölle ist los mit dir?

Mit mir? Gar nichts.

Seine Ausdruckslosigkeit schürte meinen Zorn.

Du bist schon den ganzen Abend komisch, sagte ich. Versuchst, mir alles zu vermiesen. Ist es wegen Frankie, ist es das?

Wer ist Frankie?

Der Typ in meiner Szene.

Ist Frankie nicht ein Frauenname?

Weil ich ihn küssen musste. Ist es das?

Er knöpfte sein Hemd auf.

Bitte hör auf, dich wie ein kleines Kind aufzuführen, sagte er. Ich bin wirklich müde.

Mir fiel nichts ein, was ich hätte sagen können, ohne seinen Standpunkt zu untermauern.

Er seufzte.

Okay, wenn du die Wahrheit hören willst – willst du das? – wirklich? – na gut. Wenn du die Wahrheit hören willst, ich fand's furchtbar, wie du heute Abend warst. In dieser Bar. Bei dieser Orgie. Dieses ganze selbstherrliche *Sind wir nicht toll und ist das nicht furchtbar wichtig was wir tun*-Ding. Ich dachte, du wärst ein ernsthafterer Mensch.

Das tut mir aber schrecklich leid, sagte ich. Tut mir leid, dass ich nicht so war, wie du mich gerne hast. Vergib mir. In Zukunft werde ich darauf achten, genau so zu sein, wie du mich haben willst.

Entschuldige, sagte er. Vielleicht kam das falsch rüber. Ich sehe es ein. Steckt man mehr als zwei Schmierenkomödianten zusammen, erhält man die entsprechende Performance. Ich kenne das aus der Uni. Ich habe dich bloß noch nie so erlebt. Du kamst mir nie wie eine solche Person vor.

In diesem Moment hasste ich ihn. Ich hasste ihn dafür, dass er die Version von mir, die anderen am besten gefiel, unter die Lupe nahm und durchstrich.

Die Frau, mit der ich am Anfang gesprochen habe, sagte

er. Die, die früh gegangen ist. Sie hat mir erzählt, dass sie gleich nach der Show mit ein paar Regisseuren gesprochen hat und so was. Sie hat sich Zeit genommen, einige Kontaktdaten gesammelt, hat von einem ein Vorsingen angeboten bekommen, nur weil sie auf Zack war, an ihre Zukunft gedacht hat –

Schön für sie, sagte ich. Sie ist vier Jahre älter als ich, weißt du? Eigentlich etwas näher an deinem Alter. Vielleicht solltest du also stattdessen sie ficken.

Er machte eine kleine Bewegung, um aufzustehen, und ich dachte einen verrückten Moment lang, er wolle mir wehtun, war mir aber nicht mal sicher, dass es mir etwas ausgemacht hätte. Was auch immer er vorgehabt hatte, er ließ es bleiben.

Du benimmst dich lächerlich, sagte er.

Du hättest nicht bleiben müssen. Du hättest nicht mal kommen müssen.

Aber ich wollte es.

Er streckte einen Arm nach mir aus, berührte die Bettseite neben sich, um mir zu signalisieren, dass ich mich hinsetzen sollte. Ich glitt an der Wand herunter und setzte mich auf den Boden. Ignorierte ihn.

Du bist talentiert, Anna, sagte er. Das ist es, was ich auf sehr misslungene Weise versuche, dir zu sagen. Du bist wirklich talentiert. Ich weiß, dass ich davon so gut wie nichts verstehe, aber selbst ich kann das sehen. Du stichst heraus. Du bist jemand, den die Leute sehen wollen. Ich war ganz ehrlich beeindruckt. Ich denke nur, es wäre tragisch, wenn du das vergeudest. Man sieht so viele Menschen mit Talent, die nichts daraus machen. Bloß Unsinn im Kopf haben, weißt du? Wie diese Leute heute Nacht. Leute, die sich ablenken lassen. Den Fokus verlieren.

Ich weiß etwas mehr darüber als du, sagte ich. Sie sind nicht bloß ein Haufen Nichtsnutze, diese Sänger, sie sind fokussiert. Aber heute Abend war wichtig. Mit ihnen so rumzuhängen, war wichtig. Erfolgreiche Sänger müssen beliebt sein. Sie müssen Kontakte haben.

Ja, aber diese Leute werden dir nicht helfen. Sie sind deine Konkurrenz. Und komm schon, du willst mir weismachen, dass sie ernsthafte Menschen sind? Diese Sänger? Oder Leute wie Laurie? Was genau macht sie überhaupt? Hat sie jemals wirklich was geschrieben? Sie ist keine ernsthafte Person, Anna. Und du bist anders, wenn du mit ihr zusammen bist, du versuchst, wie sie zu sein. Was auch immer du tust, bitte betrachte sie nicht als Vorbild für Erfolg. Eine, die zu sehr damit beschäftigt ist, sich zu betrinken und darüber zu jammern, wie unfair alles ist, um mitzuspielen. Ihre Bedürftigkeit, diese Unzufriedenheit mit sich selbst, springt einem aus allem, was sie sagt und tut, entgegen. Siehst du das nicht? Das laugt einen aus. Ich bin völlig erschöpft. Der Gedanke an dich mit ihr hier deprimiert mich.

Du hast gar keine Ahnung, sagte ich. Wie kannst du es wagen, zu glauben, du könntest mir sagen, was ich tun soll, mit wem ich befreundet sein soll, wo du doch nicht mal richtig mit mir zusammen sein willst? Was läuft falsch bei dir?

Er sah mich an, sagte nichts. Es herrschte Schweigen, und ich dachte schon, er würde aufstehen und gehen, doch dann sagte er: Alles klar, darum geht es also.

Das hat damit nichts zu tun, sagte ich.

Anna. Sieh mal, ich dachte, wir – ich meine, wir haben das doch besprochen, oder nicht? Ich dachte, du würdest verstehen, dass –

Fick dich, sagte ich.

Doch die Worte klangen leer und dumm, und er sah mich aus traurigen, müden Augen an, als hätte ich ihn enttäuscht.
Er sagte, komm her, und dann fügte er hinzu, bitte.
Ich ging rüber und setzte mich zu ihm, fühlte mich wie ein Kind nach einem Tobsuchtsanfall, der sich selbst beschleunigt hatte, über die Grenzen seiner eigenen Logik hinaus. Dieses zusammenhanglose Schamgefühl. Ich ließ ihn seine Arme um mich legen, mich zu sich ziehen, mich küssen.
Lass uns schlafen gehen, sagte er.

Als ich aufwachte, erkannte ich seine sich ankleidende Silhouette im Grau des Zimmers. Ich hatte seinen Wecker nicht gehört. Ich wollte ihn schon fragen, *wie spät ist es?*, doch ich hielt mich davon ab. Ich wollte sehen, wie er mich wecken würde. Ob er mich küssen, meinen Namen sagen oder mich am Arm schütteln würde. Daran könnte ich ablesen, wie wütend er war. Ich schloss die Augen.

Ich musste wieder eingeschlafen sein, denn als ich sie wieder öffnete, war er weg. Draußen war es hell. Auf meinem Nachttisch lag ein Kästchen mit einer Notiz darauf. Da stand, er hoffe, ich hätte gut geschlafen und mir gehe es heute Morgen besser. Dies sei mein Geschenk, das ich an Weihnachten öffnen solle. Er melde sich bei mir, sobald er zurück sei.

Ich sah mir das Kästchen an, und all die Wut, die ich am Abend zuvor verspürt hatte, kehrte zurück. Was genau erwartete er von mir? Dass ich es unter den Weihnachtsbaum legte und an Heiligabend vor meinen Eltern öffnete? Sie würden sagen, *oh, das ist aber schön, von wem ist das?*, und ich würde sagen – ja was? – ich würde sagen, *oh, nur von einem Freund?*, oder, *von irgendeinem Mann, mit dem ich schlafe?*

Oder dachte er, ich würde es allein am Weihnachtsmorgen öffnen? Ich würde es allein in meinem Kinderzimmer öffnen und an ihn denken? Ihm dankbar sein? Ihn vermissen? War es das? War es das, was er wollte? Scheiß auf ihn, dachte ich, scheiß auf ihn mit seinem Ich-melde-mich-bei-dir-sobald-ich-zurück-bin. Scheiß auf ihn und seine Meinung.

Ich öffnete es. Darin war ein Armband, eine feine Goldkette mit Anhänger – ein Plättchen mit einem eingravierten A. Ich rieb es zwischen Zeigefinger und Daumen, spürte seine Rauheit. So ein Armband sah man am Handgelenk jeder zweiten Frau im Zug baumeln. Ich stellte mir vor, wie er seiner Sekretärin Anweisungen gab, sehr diskret, sie war bestimmt immer sehr diskret. Das Initial, ein Versuch, es persönlicher zu machen, machte es irgendwie nur noch beliebiger. Die Armbandschatullen im Kaufhaus und die Frau in Bleistiftrock und Bluse, die am Ende ihrer Mittagspause die verschiedenen Buchstabenanhänger durchstöbert. Wie viele davon mag sie wohl über die Jahre gekauft haben, fragte ich mich. Anderer Buchstabe, gleiches Produkt. Es sagte nichts über mich aus.

Ich lehnte mich über die Bettkante. Im Fußboden war eine Spalte zwischen den Dielen. Ich ließ das Armband zwischen Zeigefinger und Daumen herunterbaumeln und in den Spalt gleiten.

Laurie war nicht in ihrem Zimmer, also ging ich runter. Ich vernahm ihre Stimme aus der Küche. Die Ps standen beide da, und Laurie saß am Tisch. Ihr Gesicht war fahl.

Was ist los?, fragte ich.

Wir haben ihr gerade erzählt, sagte Mrs P, Mr P und ich. Wir haben ihr erzählt, dass wir genug haben, hää? Wir werden das nicht mehr hinnehmen. Wir sollten das nicht hinnehmen müssen. Nicht in unserem eigenen Haus.

Wir wollen, dass ihr Mädels auszieht, sagte Mr P. Genug ist genug.

Was hinnehmen?, wand ich ein.

Dieses ganze Spät-nach-Hause-kommen, sagte Mr P. Dieses ganze uns Aufwecken. Dieses ganze nachts auf Toilette Gehen. Das Kochen. Die langen Bäder. Dieses ganze Singen.

Es tut uns sehr leid, sagte ich. Wir werden uns bessern, versprochen. Nicht wahr, Laurie? Wir werden Sie nicht mehr stören.

Und letzte Nacht, fuhr Mrs P fort, ohne mich zu beachten. Letzte Nacht, das war zu viel, oder nicht? Dieser Mann. In unserem Haus. Was glaubt ihr, was das hier ist, hää?

Sie musste ihn beim Rausgehen gesehen haben. Ihn erspäht haben, als er an ihrer Schlafzimmertür vorbeigegangen war. Ihren Kopf durch die Lücken im Geländer gesteckt haben, als er die Treppe hinuntergeschlichen war.

Tut mir leid, beteuerte ich. Ich wusste nicht, dass wir keine Gäste haben dürfen.

Gäste!, sagte Mrs P. Glaubst du, ich weiß nicht, was für eine Sorte Mädchen einen solchen Mann unterhält? Mit einem solchen Anzug, hää? Ich mag vielleicht altmodisch sein, aber bei uns es gab immer ein Wort für Mädchen wie euch, und ich will so was nicht in meinem Haus.

Aber –

Ich habe euch Mädchen aus reiner Herzensgüte aufgenommen –

Na ja, ich meine, wir zahlen Miete, warf ich ein.

Und es zeigt sich nur mal wieder, was ich immer sage – und ich lasse mich immer gerne eines Besseren belehren, aber ich sage es trotzdem –, dass man den Leuten nicht trauen kann, nicht wahr? Man kann den Leuten nicht trauen.

Ihr dürft bis Neujahr bleiben, sagte Mr P. Weil Weihnachten ist.

Sie blieben stehen und sahen uns an, bis wir gingen.

Laurie kam mit in mein Zimmer.

Na toll, ich hoffe, du bist zufrieden, sagte sie.

Wessen Schuld war es denn, dass wir hierherkommen mussten?

Ihre Antwort war eisiges Schweigen.

Lass uns nicht streiten, lenkte ich ein. Bitte.

Wir legten uns in mein Bett, und ihre Laune hellte sich auf.

Weißt du, was?, sagte sie. Mrs P hat gesagt, der Schein trügt, und du bist nicht besser als ein gewöhnliches Flittchen.

Hat sie nicht.

Klar hat sie das, das weißt du genau. Aber wir finden etwas Besseres, versprochen. Das war also der große Mann, ja? Die große Romanze des Jahrhunderts? Meine Erinnerung an gestern Abend ist etwas verschwommen, aber ich meine, ernsthaft? Er ist so ein Klischee, oder nicht, Anna? Mit seiner Frau hat's nicht geklappt, also vögelt er ein Kind. Originell.

Ich bin kein Kind, sagte ich.

Du weißt, was ich meine.

Na ja, nein, eigentlich nicht.

Er scheint so verzweifelt auf Selbstbestätigung aus zu sein, oder nicht?, sagte sie. Wie öde.

Um Laurie zu zeigen, dass ich ihn besser, differenzierter verstand als sie, erzählte ich: Da war diese eine Nacht vor ein paar Wochen. Er wusste, dass ich früh rausmusste, eine Probe früh am Morgen hatte, und es war schon spät, aber wir hatten trotzdem noch Sex. Und danach ließ er mich noch mal kommen. Und danach leckte er mich noch mal. Und dann, ja, ich glaube ein weiteres Mal, ich hatte irgendwie den

Überblick verloren. Es war schon so spät in der Nacht, und am Ende hat es sich nicht mal mehr gut angefühlt. Es hat wehgetan. Ich meine, wo wir von Selbstbestätigung reden. Das hatte nichts mit mir zu tun, oder? Mit meinem Vergnügen. Dabei ging es nur um ihn.

Ich dachte, Laurie würde darüber lachen, aber das tat sie nicht.

Aber warum hast du denn nichts gesagt?, fragte sie.

Ich weiß nicht. Ich wollte ihn wohl nicht verletzen.

Jesus, sagte sie. Das ist ja abgefuckt. Alles in Ordnung bei dir?

So war es nicht, sagte ich schnell und bereute schon, es ihr erzählt zu haben. Jedenfalls gebe ich dir recht. Mir steht's bis hier. Ich hab genug.

Tja, gut für dich. Ich bin stolz. Persönlichkeitswachstum und so weiter.

Sie schien noch etwas sagen zu wollen, erblickte dann jedoch das Geschenk und griff danach.

Ooh. Was ist denn hier drin?

Nichts, sagte ich.

8

IN DER WOCHE VOR WEIHNACHTEN versuchte ich, mich abzulenken.

Ich lenkte mich mit Packen oder dem Nachdenken darüber ab. Mit Ausmisten. Laurie hatte mich davon überzeugt, die Hälfte meiner Sachen wegzuschmeißen. Sie identifiziere sich nicht als Konsumentin, sagte sie, sondern als Mensch. Je weniger sie sich an der Konsumkultur beteilige, desto menschlicher fühle sie sich, desto freier, und so würde es auch mir gehen – obwohl mir schwante, dass sie wohl eigentlich nur wollte, dass ich weniger Platz einnahm, wenn wir umzogen. Jedenfalls hatte es nicht dazu geführt, dass ich mich freier fühlte. Ich hatte es kaum bemerkt. Bloß hin und wieder öffnete ich eine Schublade und war überrascht, sie leer vorzufinden.

Ich lenkte mich ab, indem ich bei den Castings für die Auswahl des nächsten Jahrgangs am Konservatorium assistierte. Ich holte die Sänger an der Rezeption ab, brachte sie zum Aufwärmzimmer, blieb an der Tür stehen und hörte sie singen. Eine Million Sopranistinnen, die genauso aussahen wie ich.

Und dann die ultimative Ablenkung. Einen Tag bevor ich nach Hause fuhr, ließ Marieke mich in ihr Büro rufen. Sie wollten mich als Musetta in *La Bohème* besetzen.

Natürlich nehmen wir normalerweise keine Erstsemester für die großen Rollen, sagte sie. Nicht in unseren Hauptproduktionen. Du wirst eine Zweitbesetzung haben, die ordentlich proben wird, und wenn wir im März nicht der Meinung sind, dass du es schaffst, dann wird sie übernehmen. Aber der Regisseur hat deine Manon gesehen und möchte dich unbedingt haben.

Der Nebel der Sinnlosigkeit verzog sich, ein neuer Schaffenszyklus brach an. Ich holte mir die Noten aus der Bibliothek, sah die Musik auf dem Papier und stellte mir vor, was ich daraus aufbauen würde.

Wieder zu Hause war es schwieriger, mich abzulenken. Die Nächte dort waren so dunkel und so still, kein Verkehr, Vögel, die nur zur richtigen Tageszeit singen. Die Hände meiner Mutter waren rissig, die Fingerknöchel spröde vom Waschen, und mein Vater umkreiste sie, still und fügsam, immer darauf bedacht, ihr nicht im Weg zu sein, wie ein braves, aber stumpfes Kind. Sie hatte ein Auge auf alles, was ich tat, *du wirst das doch nicht mit diesem Messer schneiden, oder? Du wirst doch nicht dieses Handtuch benutzen, oder? Du wirst diesen Becher doch nicht auf den Tisch stellen, oder?*, bis ich ganz verunsichert war, mir Sorgen über Dinge machte, auch wenn ich wusste, dass sie keine Rolle spielten. Dann fiel es mir schwer, meine Gedanken nicht von Max einnehmen zu lassen, wie von einem Lieblingslied, das ich immer und immer wieder abspielte. Ich versuchte, mich davon abzuhalten. Ich machte lange Spaziergänge. Schaute mit ihnen abends Fernsehen. Übte am Klavier im Flur, versuchte, einen Zugang zu Musetta zu finden, dieser unbekümmerten Frau, die von jedem angeschaut werden will. Sie schien sich unendlich von mir zu unterscheiden – aber nicht wirklich – nicht wirklich – denn diese super-sexy Arie ist eine Fassade, nicht wahr? Er nimmt sie nicht mehr wahr. Darum geht es. Sie leidet. Ich benutzte Bilder von Max, um sie zum Leben zu erwecken, und versuchte, sie in meinem Kopf als Erinnerungen, nicht als Hoffnung einzuordnen.

An meinem ersten Abend zu Hause saßen wir zum Abendessen auf unseren Plätzen, und mein Vater schenkte uns Wein ein. Zur Feier des Tages, weil ich heimgekehrt war. Normalerweise tranken sie nicht.
Prost, sagte er. Schön, dass sie wieder zurück ist, nicht?
Meine Mutter nickte.
Danke, sagte ich.
Danach verlief das Gespräch, als wäre ich nie weg gewesen und hätte nichts Neues zu berichten. Wir sprachen über die Weihnachtsfilme, die wir uns anschauen wollten, über das Krippenspiel in der Schule, in der mein Vater Geografie unterrichtete, darüber, wen meine Mutter vorhin zufällig auf der Straße getroffen hatte, wann wir den Baum schmücken sollten. Ich hatte bereits den Großteil der Flasche alleine getrunken, als mein Vater endlich fragte: Wie gefällt es dir denn in London? Hast du es dir schon anders überlegt?
Ich war noch keine vierundzwanzig Stunden weg und vermisste schon den Rhythmus der Stadt, ihren Beat und ihren Atem – den Geruch vom Tooting Market, nach Gewürzen und Fleisch – im Nachtbus mit Laurie zu sitzen, durch die Straßen gewirbelt zu werden wie auf einem Karussell, zu schnell in den Kurven, und draußen all die grellen Lichter – den polnischen Supermarkt, wo ich manchmal einkaufte, eine seltsame Vertrautheit in unbekannten Produkten, im Klang einer Sprache, die ich nicht verstand.
Es gibt immer etwas Neues, sagte ich. Man kann den ganzen Tag laufen und erreicht nie das Ende.

Warum sollte man das tun wollen?, fragte meine Mutter.

Nicht so wichtig. Nein, heißt die Antwort. Ich habe es mir nicht anders überlegt.

Kommst du zurecht?, fragte mein Vater. Mit dem Geld?

Ja, alles in Ordnung.

Wie viel verdienst du denn?

Für meine Eltern war Geld nicht vertraulich, vermutlich weil sie nie viel davon gehabt hatten. Als ich aufwuchs, wusste ich immer genau, was Dinge kosteten. Schulausflüge, Kuchen und Kakao nach dem Schwimmen, neue Schuhe. Die Wocheneinkaufsliste klebte immer am Kühlschrank, neben jedem Produkt der jeweilige Preis, und vor dem Großeinkauf rechneten sie die Summe zusammen und gingen mit abgezähltem Bargeld in den Supermarkt. Mein Vater ließ sich noch die Telefonrechnung per Post zuschicken. Er markierte immer die Anrufe, die er für zu teuer hielt, und pinnte sie ans Küchenbrett.

Na ja, das wechselt, sagte ich. Es ist nicht jeden Monat dasselbe. Aber genug. Ihr braucht euch keine Sorgen zu machen.

Meine Mutter sah in den Garten hinaus, sorgfältig auf einen neutralen Gesichtsausdruck bedacht, als dächte sie, jegliche Anteilnahme an meinem Leben in London könnte als Wohlwollen missverstanden werden.

Wollt ihr denn nichts über mein Studium wissen?, fragte ich. Ich hegte wohl immer noch die vage Hoffnung, dass ich sie dafür, was ich tat, begeistern könnte, wenn ich es ihnen nur richtig näherbrächte.

Mein Vater sagte, *aber ja, doch, natürlich,* und ich erzählte ihnen von *Manon*. Von der Größenordnung, dem Prestige. Ich wollte ihnen etwas vorzeigen, das sie sich ansehen mussten.

Es war im Theater des Konservatoriums, erzählte ich. Und wir hatten ein richtiges Orchester, nicht nur ein Klavier, obwohl es nur einzelne Szenen waren. Es war auch das größte Publikum, vor dem ich je gesungen habe, und ich dachte, ich würde richtig Lampenfieber kriegen, aber eigentlich gab es gar keine Zeit, um nervös zu werden. Ich habe es erst am selben Tag erfahren. Und Marieke – sie ist die Leiterin der Opernschule – sie war richtig beeindruckt. Die haben mir eine Hauptrolle in der nächsten richtigen Oper gegeben, was eine große Sache für eine Erstsemesterstudentin ist. Der Regisseur, den sie dafür geholt haben, ist ziemlich bekannt. Er arbeitet oft mit Studenten vom Konservatorium nach ihrem Abschluss, also ist es sehr gut, dass er mich kennt, und –

Aber warum hast du uns denn nichts davon erzählt?, fragte meine Mutter. Von der Aufführung. Wir wären gekommen.

Na ja, ich habe es ja erst am selben Tag erfahren. Ihr hättet es nicht rechtzeitig geschafft.

Dein Vater hätte uns fahren können.

Es ist ziemlich weit.

Trotzdem.

In Wahrheit hasste ich es, wenn meine Eltern zu meinen Auftritten kamen. Sie versteiften sich immer beharrlich auf die falschen Dinge – wie lange die Fahrt dorthin dauerte, wie teuer die Tickets waren, ob es eine Pause gab, um auf Toilette zu gehen –, und das minderte die ganze Erfahrung, ließ sie banal und gewöhnlich werden, und dann fühlte ich mich wiederum schuldig, weil ich so empfand, was es nur noch schlimmer machte. Meine Mutter regte sich immer auf, und wir stritten uns über irgendeine Dummheit – darüber, ob ich ihr gegenüber kurz angebunden gewesen war, als ich früher vom Abendessen wegging, um mich aufzuwärmen, oder darüber, ob ich meine dreckigen Schuhe in dieselbe Tasche gesteckt hatte wie meine saubere Kleidung, als ich mich für die Bühne umzog. Ich war auch nie so richtig davon überzeugt, dass ihnen die Musik gefiel. Im Anschluss sagten sie nie viel, und ihre Komplimente waren immer in der Art, *das war viel besser als beim letztes Mal*, woraufhin ich verdrossen erwiderte, *warum, was war nicht gut beim letzten Mal?*, und meine Mutter dann sagte, ich solle aufhören, mich wie eine Diva aufzuführen, und wir uns auf dem Heimweg anschwiegen.

Okay, es tut mir leid, sagte ich. Nächstes Mal.

Es gab eine kurze Pause.

Es ist so still hier, sagte ich.

Mir fiel auf, dass meine Mutter mich seltsam musterte.

Was?

Du redest ganz anders, das ist alles.

Was soll das denn bitte heißen?, fragte ich, doch sie war bereits aufgestanden, um die Teller abzuräumen. Ich bemerkte – eine Angewohnheit, die sich automatisch einstellte, wenn sie mich beobachtete –, ich hatte so viel Zeit damit vergeudet, mein Essen kleinzuschneiden, dass ich es kaum angerührt hatte.

Meine Mutter musste mich bis ins Grundschulalter mit dem Löffel gefüttert haben, weil ich mich daran erinnern kann. Mein Stuhl zu ihr gerichtet, das Klacken von Metall auf Zähnen. Selbst als ich älter war, zerteilte sie mir das Essen in mundgerechte Stücke, bevor sie mir den Teller gab. Dasselbe in meiner Pausendose. Belegte Brote mit abgetrennter Kruste, in Streifen geschnitten. Geschälte und halbierte Weintrauben. Aus ihren Verpackungen genommene Müsliriegel, in Quadrate zerbrochen und in Frischhaltefolie eingewickelt. Essen müsse sicher gemacht werden, sagte sie, deshalb durfte ich auch nie bei Freunden essen. Manchmal – wenn das Abendessen bei ihnen zu verlockend oder es mir zu peinlich war, dass ich eigentlich nicht durfte – machte ich es doch und musste später zu Hause noch mal eine ganze Mahlzeit verdrücken. *Warum isst du nichts?*, fragte sie besorgt, wenn ich nur im Essen herumstocherte. *Was ist los? Bist du krank?*

Sie hatte als Krankenschwester gearbeitet, bevor ich auf die Welt kam, und alles stellte für sie ein potenzielles Symptom dar. Mein Körper war Gegenstand anhaltender Untersuchungen. Jeden Morgen vor der Schule musste ich mich vor ihr auf die Treppe setzen, damit sie meine Temperatur messen konnte. Sie kämmte mein Haar mehrmals täglich auf der Suche nach Läusen, zupfte Fusseln heraus und inspizierte sie. Sie wog mich jeden Samstagmorgen, erhöhte oder reduzierte meine Nahrungsaufnahme, wenn ihr das Resultat nicht gefiel. Sie saß neben mir, wenn ich in der Badewanne war, und suchte meine Haut nach Malen ab.

Zum Schutz meines Körpers gab es viele Regeln. Ich durfte den Fernseher nicht selbst einschalten. Ich durfte nicht auf einen Stuhl klettern, um an ein hohes Regal zu kommen, und auch kein Messer benutzen, nicht mal ein stumpfes. Ich durfte nicht den Wasserkocher benutzen oder mein Gesicht anfassen oder Obst mit den Händen essen. Ich durfte nicht auf Bäume klettern. Als ich um ein Fahrrad bettelte, sagte sie Nein. Ich durfte keine Toiletten außerhalb unseres Hauses benutzen – nicht mal die in der Schule –, es sei denn, ich versprach, mich hinzuhocken, ohne den Sitz zu berühren, und ich durfte meine Schuluniform nicht zu Hause tragen. Sie ließ sie mich gleich im Flur ausziehen, damit sie sie direkt in die Wäsche tun konnte. Ich durfte nicht bei Freunden übernachten oder zu Geburtstagspartys mit Aktivitäten gehen, die sie für unsicher befand – wie Paintball, Rollerskaten oder Laser Tag. Wenn wir mal Ausflüge machten – was nicht oft vorkam –, ließ sie mich in öffentlichen Verkehrsmitteln nicht sprechen. Sie verbot mir, Haltestangen in Zügen anzufassen oder im Bus die Klingel zu drücken. Manchmal wollte auch sie sie nicht drücken, und wenn dann sonst niemand aussteigen wollte, verpassten wir unsere Haltestelle und mussten zurücklaufen.

Die Routineuntersuchungen meines Körpers hingen mit den Regeln zusammen, das war mir bewusst. Wenn ich sie nicht befolgte, würde mein Körper Schaden nehmen, und meine Mutter könnte das auf den ersten Blick sehen – auch wenn mir nicht immer klar war, wie. Manchmal war die Verbindung zwischen einer Handlung und dem potenziellen Schaden, den sie verursachen konnte, offensichtlich. In anderen Fällen war ich mir da nicht so sicher, und sie lieferte nie viele Erklärungen, nicht mal, wenn ich fragte, sie sagte nur, *das ist nicht sicher, Anna*. Jene Regeln machten mir am meisten Angst – die, die ich nicht verstand. Sie bedeuteten, dass ich mich nicht auf meine Deutung der Welt verlassen konnte. Anscheinend wusste ich nicht instinktiv, was gefährlich war, was mir schaden, mich krank machen konnte. Ich brauchte sie, um es mir zu sagen.

Andere Kinder lebten nicht nach denselben Regeln wie ich, doch ich zweifelte nicht an meiner Mutter, nicht als ich klein war. Ich erfuhr von ihr mehr Aufmerksamkeit als meine Freunde von deren Müttern. Auch mehr als von meinem Vater. Er kam meistens spät aus der Schule nach Hause. Manchmal, wenn er und ich alleine waren und ich eine Frage stellte, die er für schlau hielt, dann holte er zur Erklärung einen Atlas oder zeichnete mir ein Diagramm auf, doch meistens las er in seinem Buch, und ich spielte für mich allein. Meine Mutter schenkte mir all ihre Zeit und Mühe. Sie kaufte mir tolle Geschenke, backte meine Lieblingskekse und machte mir die aufwendigsten Frisuren. Zwanzig Minuten bevor ich zur Schule musste, setzte sie mich auf ihr Bett und flocht mein Haar stramm zusammen, und wenn ich dann aufstand, waren abgebrochene Haare überall auf meinem Rock verteilt.

Die neuen Verbote, die im Teenageralter hinzukamen – kein Rasieren, kein Make-up, keine sozialen Medien, kein spätes Ausgehen –, beschnitten mich jedoch in meinen ersten Versuchen, flügge zu werden, und ließen mich als Außenseiterin dastehen. Zum ersten Mal hinterfragte ich die Regeln. Ich blickte ihnen direkt ins Gesicht und erkannte, was sie mehrheitlich waren – reine, irrationale Angst, getarnt als Vernunft. Ich fing an, mit der Gefahr zu flirten. Sagte, ich ginge zu jemandem nach Hause, und nahm stattdessen den Bus in die Stadt. Rauchte mit Tara im Wald, bis ich vor Übelkeit in den Büschen lag. Verlor meine Jungfräulichkeit mit fünfzehn in einem Schlafzimmer auf einer Party – der ältere Bruder von irgendjemandem, zu Besuch aus der Uni –, beobachtete währenddessen die leuchtenden Zeiger der Nachttischuhr beim Ticken und überlegte mir eine Ausrede, warum ich um zehn Uhr gehen müsste, weil mich dann mein Vater unten abholen würde.

Meine rebellischen Vorstöße waren jedoch zaghaft und kurzlebig, hauptsächlich weil ich sie nicht wirklich genießen konnte. Ich fühlte mich zu schuldig, als würde ich meiner Mutter etwas Schreckliches antun, in dem Wissen, wie bestürzt sie wäre, wenn sie es herausfinden würde – und letztlich hatte ich selbst Angst. Angst war für mich inzwischen instinktiv geworden, obwohl ich wusste, dass sie nicht rational war, wie der Anflug von Schwindel, der einen automatisch überkommt, wenn man von einer Höhe hinunterblickt, selbst wenn man gar nicht herunterfallen kann. Auf Partys tat ich oft nur so, als würde ich trinken. Wenn mich Jungs, die nicht auf meine Schule gingen, nach meiner Nummer fragten, gab ich sie ihnen mit einer falschen Ziffer. Ganze Abende konnten für mich ruiniert werden, wenn Freunde Fotos von mir ins Internet stellten – ich blieb dann die ganze Nacht auf und tippte meinen Namen bei Google ein, um sicherzugehen, dass nichts erschien.

An den Wochenenden zog ich es oft vor, zu Hause zu bleiben und Mamas Kind zu sein, wie sie es am liebsten hatte, auch wenn ich es ihr übelnahm. *Warum willst du dir denn diesen Film ansehen? Er hat furchtbare Bewertungen bekommen*, sagte sie, wenn ich fragte, ob ich mit Freunden ins Kino gehen könnte, oder, *ich dachte, du magst Rachel gar nicht, warum willst du denn dann zu ihrer Party gehen?*, und es war leicht, dem zuzustimmen. Stattdessen waren wir samstags um sechs Uhr abends in unseren Pyjamas, teilten Haribo-Pakete zwischen uns auf, sodass jede genau dieselbe Anzahl und Sorte Süßigkeiten hatte, und schauten uns alte Folgen von *Blind Date* an – ihre Lieblingsshow, von der sie in den Neunzigern jede Sendung aufgezeichnet hatte. Wir saßen mit dem Rücken zum Fernseher, damit wir wie die Kandidatinnen die Männer nicht sehen konnten, und suchten uns am Ende den aus, der uns am besten gefiel. Wenn mein Vater hereinkam, während wir gerade das Gesicht im Sofa vergraben hatten und über einen der dreckigen Witze der Moderatorin kicherten, sagte er amüsiert, *ihr beide spinnt doch total*. Am Montag in der Schule drehte sich jedoch alles um das vergangene Wochenende. Wenn mich jemand fragte, *was hast du so getrieben?*, schob ich familiäre Verpflichtungen, zu viel Arbeit oder Kranksein als Ausrede vor, weshalb sie mich nicht gesehen hätten. Dann hatte ich das Gefühl, das Leben spiele sich irgendwo ganz weit weg von mir ab, und ich wüsste nicht einmal genau, worin es bestand.

Als ich siebzehn war, fragte mich mein Klassenlehrer, ob ich mir schon Gedanken übers Studium gemacht hätte.

Ich will Italienisch studieren, sagte ich. Vielleicht auch Spanisch.

Ich hatte keinen besonderen Grund dafür, bloß dass das Studieren von Sprachen eine Vorstellung von endloser Weite in mir hervorrief – Straßencafés, blauer Himmel, keine Wände. Es kam mir wie das Gegenteil zu meinem Elternhaus vor. Nur indem ich fortging, dachte ich, konnte ich zu einer anderen Person werden – einer, die keine Angst hatte.

Mein Klassenlehrer unterrichtete Musik und schlug mir vor, dem Chor beizutreten.

Wir singen spanische Volkslieder, sagte er. So kannst du deine Sprachkenntnisse verbessern. Gute Bedingungen, nicht zu schwer. Es wird dir gefallen.

Vielleicht, sagte ich.

Das macht sich auch gut auf deiner Bewerbung. Du machst nicht viele außerschulische Aktivitäten, oder? Weißt du, Universitäten sehen auch gerne andere Interessen, nicht nur Schulnoten.

Also sagte ich, in Ordnung, ich wolle es probieren. Als Kind hatte ich etwas Klavier gespielt, konnte schon Noten lesen, und Singen hatte ich immer gemocht, auch wenn ich es seit Jahren nicht mehr richtig versucht hatte – bloß Hymnen in Schulversammlungen oder ein paar Weihnachtslieder. Ich ging zu meiner ersten Probe, erwartete Langeweile, war umso überraschter, als es mir Spaß machte. Es aktivierte einen Teil meines Gehirns, den ich vergessen hatte – den Teil, der dich, wenn du noch klein bist, stundenlang mit zu

Menschen geformten Plastikteilen spielen lässt, völlig eingenommen von den Geschichten, die du selbst erfunden hast.

Ein paar Wochen später fragte der Lehrer, ob es jemand mit dem Solopart versuchen wollte, und ehe ich mich versah, meldete ich mich. Ich sang es ab, und er bat mich, es auch beim Konzert zu singen. Als der Tag gekommen war, schien jeder zu erwarten, dass ich Angst haben würde, aber das hatte ich nicht, nicht wirklich. Mir gefiel es, dass ich etwas konnte, wovor andere Leute zurückschreckten. Mir gefiel die Entdeckung, dass ich – die Lehrer oft mehrmals bitten mussten, ihre Antwort zu wiederholen, weil ihre Stimme so leise war – einen Raum mit Klang füllen konnte.

Ich saß im Schneidersitz auf dem Sofa, pickte die Toffees aus der Festtagsselektion und warf das Bonbonpapier ins Feuer. Meine Mutter war gerade von ihrer letzten Schicht vor Weihnachten heimgekommen. Sie hatte eine Stelle als Stationssekretärin angefangen, als ich im Jugendalter war. In der Onkologie des örtlichen Krankenhauses. Ich wusste nie so recht, ob das eine seltsame oder die perfekte Berufswahl für sie war – die Möglichkeit, alles, was ihr Angst machte, in kontrollierbarer Sichtweite zu haben. Ich stellte mir ihre sauberen und geordneten Tage vor, wie sie sicherstellte, dass alles am rechten Platz war, eine Regeln liebende Pedantin, die alle Besucher zum Händedesinfizierer schickte.

Sie saß auf dem Boden und tackerte Weihnachtskarten an Bänder.

Er hat mir welche gezeigt, die lustig sein sollen, sagte sie. Aber sie ergeben keinen Sinn für mich.

Mein Vater hatte YouTube für sich entdeckt. Er saß mit seinem Laptop am Küchentisch und ließ die Videos in der Autoplay-Auswahl laufen.

Er vertraut Google, sagte sie. Google findet immer Videos, die er mag, sagt er.

Sie schaute zu mir auf.

Hör auf damit, Anna. Da ist Plastik drin.

Entschuldigung.

Sie knotete ein Band, das sie fertiggestellt hatte, an einen Bilderhaken und hängte es am Kaminsims auf, unterhalb der eingerahmten Fotos, die beinahe alle mich zeigten. Wie ich in meiner Schuluniform lächle, ein Bild von meinem Abschluss, ein überdimensionaler Abzug meines neuesten Porträtfotos.

Sie schnitt ein weiteres Stück Band von der Rolle ab.

Also was passiert denn nun nächstes Jahr?, fragte sie.

Was meinst du?

Wenn du mit deinem Studium fertig bist? Du hast doch nicht ernsthaft vor, in London zu bleiben, oder?

Aber ich bin nächstes Jahr noch nicht fertig, sagte ich. Es ist ein zweijähriges Studium. Da folgt noch ein Jahr.

Das wusste sie hundertprozentig, tat aber immer wieder so, als wäre es neu für sie.

Das scheint mir ziemlich lang, sagte sie. Nach all den Jahren, die du schon an diesem anderen Ort warst. Fünf, oder nicht? In der Zeit hättest du Ärztin werden können.

Sehr originell, Mutter.

Trotzdem. Haben sie dir immer noch nicht beigebracht, zu singen?

So ging meine Mutter mit Dingen um, die außerhalb ihrer Erfahrungswelt lagen. Indem sie diese als dumm hinstellte, als völlig sinnfrei. Ich versuchte, meinen Ärger zu verbergen.

Na ja, so funktioniert das eigentlich nicht, erwiderte ich. In der Opernschule geht es auch eher um die professionelle

Entwicklung. Rollen zu lernen und so was. Nicht um Technik.

Aber was willst du danach machen?

Ich bewerbe mich wahrscheinlich auf ein Programm für junge Sänger. Ein paar Opernkompagnien haben solche.

Noch mehr Ausbildung?

Nein, nicht wirklich. Man bekommt ein Gehalt und kleine Rollen oder Zweitbesetzungen. Das sind richtige Verträge. Oder vielleicht bekomme ich auch so Rollen – vielleicht sogar größere. Marieke ist gut vernetzt. Wenn sie dich mag, stellt sie dich Leuten vor, die dich zum Vorsingen einladen. Sie hilft dir weiter. Also kommt es ganz darauf an.

Und sie mag dich?

Ich glaube schon.

Wir schwiegen eine Minute. Ich pickte die lila Pralinen raus und arrangierte sie in einem Kreis um die Schachtel.

Und hast du jemanden kennengelernt?, fragte sie in einem gezwungen beiläufigen Ton, der mir verriet, dass sie diese Frage schon die ganze Zeit hatte stellen wollen. Einen Jungen?

Einen kurzen Moment lang überlegte ich, ihr von Max zu erzählen. Von seinem Job, von seiner Wohnung, von den Orten, an denen wir zusammen gewesen waren. Ich wollte, dass sie erkannte, wie weit ich mich entfernt hatte. Dass ich nun zu weit weg war – konnte sie das etwa nicht sehen? –, um jemals wieder zurückzukehren. Sie riss eine der Karten vom Band, um sie anders zu platzieren, und ich dachte an die Nacht zurück, als er meine Arme über meinem Kopf festgehalten und gesagt hatte, *beweg dich nicht,* und in das weiche Fleisch gleich über meiner Hüfte gebissen hatte, herunter zu meiner Schenkelinnenseite gewandert war und es so wehgetan hatte, dass ich versuchte, die Stelle mit der Hand zu bedecken, und als er mich zurechtwies, *ich sagte, beweg dich nicht*, steigerte die Scham meine Lust, und später erblühten dort blaue Flecke.

Ich habe niemanden kennengelernt, Mama, antwortete ich. Ich habe viel um die Ohren.

Ich versuchte, meine Finger von der Erinnerung zu lösen.

An Heiligabend traf ich mich mit Tara. Sie nahm dem Baby die Mütze ab und strich ihm über die Haarbüschel, setzte es auf ihren Schoß, sodass es mit Patschhändchen auf den Tisch schlagen konnte.

Gott, sagte sie. Sieh dich an. Ich könnte heulen vor Neid.
Echt? Warum?
Einfach dieser Vibe, den du ausstrahlst. Freiheit. Dieses kleine sexy Outfit.

Niemals konnte sie das ernst meinen, dachte ich. Ich trug Leggings und einen Pulli von Laurie, den ich versehentlich eingepackt hatte und der die Aufschrift ›trenn dich‹ auf der Brust stehen hatte. Aber Tara hatte mich ohnehin kaum angeschaut, war zu sehr damit beschäftigt, die Hand an die rote Wange des Babys zu halten, um zu prüfen, ob sie sich heiß anfühlte.

Ähm, danke, sagte ich. Ich gebe mein Bestes.

Ich kannte Tara seit der Grundschule, und wir waren während unserer ganzen Teenagerzeit befreundet geblieben, obwohl sie viel beliebter gewesen war als ich. Ihre Eltern erlaubten ihr viel und waren oft nicht da – eine Traumkombination –, also schmiss sie häufig Partys. Auf einer davon hatte sie mich mal geküsst, da waren wir etwa fünfzehn. Sie wollte einen Jungen auf sich aufmerksam machen. Nächtelang musste ich daran denken, an diesen Kuss – die Wärme und Sanftheit ihres Mundes, den Geschmack des Rums von ihrem Vater. Ich dachte, ich wäre in sie verliebt. Weinte wegen ihrer Gleichgültigkeit. Womöglich war ich wirklich ein bisschen verliebt in sie oder in ihr Leben. Alles schien ihr zuzufliegen. Sie war gut in der Schule, hatte viele Freunde. Wir sprachen oft davon, eines Tages zusammen in London zu leben, also war ich ziemlich enttäuscht, als sie sich eine nahe gelegene Uni aussuchte, um jedes Wochenende ihren Freund besuchen zu können. Als sie gleich nach ihrem Abschluss zurückzog, um bei ihm zu sein.

Das Baby streckte die Hände nach mir aus.

Er ist sehr hübsch, sagte ich und dachte sofort, sie hätte vielleicht lieber das Wort proper gehört.

Ja, nicht wahr?

Das Baby entfremdete uns beide voneinander. Wir sollten hauptsächlich über den Jungen sprechen, so viel verstand ich, aber ich kannte nicht die richtigen Fragen. Ich löffelte die Sahne aus meinem Kakao, und sie erzählte mir vom Füttern und Schlafen und Abstillen. Das Baby war eine Religion, der sie beigetreten war, und ich sollte so tun, als wüsste ich nicht mehr, wie sie früher gewesen war.

Also erzähl mir alles, sagte sie. Was ist los in der echten Welt?

Es klang selbstironisch, doch mir kam es so vor, als meinte sie es halb ernst, und ich wollte nicht, dass sie sich schlecht fühlte. Also erzählte ich ihr von London, von Laurie, ein wenig von Max, aber nur das Negative. Sie gab mitleidige Laute von sich, während sie das Baby davon abzuhalten versuchte, ihren Löffel zu essen, und ich wurde allmählich deprimiert.

Sie gab ihn mir, als sie zur Toilette ging. Ich drehte ihn mit dem Gesicht zu mir. Seine Pupillen waren so groß, dass sie fast seine gesamten Augen ausfüllten – dieser Blick, den die meisten Babys haben, absolut offen, absolut unschuldig, wobei das vermutlich eben auf Babys zutrifft und nicht nur auf ihren Blick. Er ließ einfach zu, dass ich ihn hielt, streckte seine Hände nach meinem Haar und meinem Gesicht aus. Ich fragte mich, in welchem Stadium das biologisch gesehen eher schädlich als hilfreich wurde. Wann er sich losreißen und schreien würde, wenn man ihn einfach auf den Schoß einer Fremden setzte. Ich war froh, als Tara zurückkam und ihn wieder an sich nahm.

Am Abend hatte mich der Nostalgiehorror eingeholt. Die Rituale, von denen ich erwartet hatte, sie würden Gefühle aus meiner Kindheit heraufbeschwören, kamen mir jetzt bedeutungslos vor, auch wenn ich an ihnen festhielt wie eine Schauspielerin, die ein Stück vor einem leeren Saal vorträgt. Ich backte Cupcakes und schrieb mit Spritzglasur weihnachtliche Dinge drauf. Ich verbrachte eine Stunde damit, alles abzuspülen, damit ja keine Spuren von Benutzung zurückblieben, und fragte mich, wer die eigentlich essen sollte. Ich ging mit meinem Vater spazieren. Da ich sein Gesicht im Dunkeln nicht richtig sehen konnte, sagte ich, *wie geht's Mama? Ist sie in Ordnung?*, doch er tat so, als wisse er nicht, was ich meinte. Er kletterte in den Garten eines Nachbarn und brach einen Stechpalmenzweig vom Baum ab. Ich erinnerte mich an ein Jahr, Heiligabend, als er mich auf der Straße plötzlich angehalten und gesagt hatte, *sch, hör mal*, und man hörte Glocken schlagen, klar und schneidend in der Dunkelheit wie das Knirschen von Eis unter den Füßen. Wir gingen nach Hause und schalteten *Ist das Leben nicht schön?* ein, doch in einer der Werbepausen kam ein Clip vor, der in Highbury Fields spielte, und ich plapperte schon, *oh, das ist nicht weit von da, wo Laurie und ich hinziehen*, bevor mir einfiel, dass ich ihnen noch gar nichts davon erzählt hatte. Der Fernseher wurde stummgeschaltet. Meine Mutter fragte mir Löcher in den Bauch, *was ist passiert? Anna, komm schon, ich weiß, wann du lügst. Ist etwas passiert? Wo ziehst du hin? Warum? Kennst du die Gegend? Wie weit ist der Weg von der Haltestelle?*, was in einen Streit mündete, der so wenig Sinn ergab, dass ich nicht herausfinden konnte, weshalb sie sich aufregte, um sie zu beruhigen. Schließlich sagte sie, *na schön, du machst ja sowieso, was du willst, wie immer*, und ich ging nach oben. Ich hatte eine Streichholzschachtel von einem Restaurant, in dem ich mit Max gewesen war. Ich zündete eines der Hölzer an und ließ es herunterbrennen, dann noch eins und noch eins, bis die Schachtel leer war und mein Zimmer voller Rauch.

Am ersten Weihnachtsfeiertag meldete er sich. Er schrieb *Frohe Weihnachten*. Und ich war froh, obwohl ich es nicht zu sein versuchte, bis ich die Nachricht noch mal las und dachte, dass sie womöglich eine Gruppen-SMS war, völlig unpersönlich. Vielleicht hatte er sie an alle seine Kontakte geschickt, wobei das nicht zu ihm gepasst hätte.

Es folgten weitere Rituale. Kirche mit meinen Eltern. Der neue Pfarrer brachte die Leute dazu, aufzustehen und von ihren Geschenken zu erzählen, und schlug daraus eine schwache Überleitung zu Gott, und als ich das höhnisch kommentierte, war meine Mutter sauer auf mich.

Er ist ein wunderbarer Mann, sagte sie.

Der Weihnachtslunch war mit jedem verstorbenen Großelternteil ruhiger geworden, und nun waren es nur noch wir. Mir fiel auf, dass meine Eltern nicht viel miteinander sprachen, das meiste, was sie sagten, an mich richteten, und ich fragte mich, ob sie überhaupt miteinander redeten, wenn ich nicht da war.

Nach dem Mittagessen sang ich ein paar Weihnachtslieder, und mein Vater hatte ein paar Gläser Wein getrunken, sodass er sentimental wurde. Wir öffneten die Geschenke unterm Baum. Einmal hatte mir meine Mutter an Weihnachten verboten, die Lichterkette anzufassen – sie sei elektrisch, meinte sie, und somit könne sie einen töten –, doch als ich dann alleine im Zimmer war, berührte ich eines der Lichter. Ich konnte mich nicht zurückhalten, wollte sehen, was geschehen würde. Die restlichen Weihnachtstage verbrachte ich in Schrecken und fragte mich, wie lange es wohl dauern würde, bis ich starb.

Dann kam die Schwere des Weihnachtsnachmittags, wie ein nicht enden wollender Sonntag. Wir spielten halbherzig Scrabble, das einzige Spiel, das zu dritt funktionierte, und keiner von uns hatte Spaß daran. Ich entwarf Nachrichten an Max – manche witzig, manche flapsig, manche kokett, manche emotional, manche kalt. Mir wurde klar, dass keine davon aus ihm herauskriegen würde, was ich von ihm hören wollte, also verwarf ich sie.

Dann folgten die nichtigen Tage, und schließlich konnte ich wieder fahren.

Sag uns Bescheid, wann deine Oper ist, sagte meine Mutter am Bahnhof. Wir kommen.

Mach ich, sagte ich, und noch während die Worte meinen Mund verließen, wusste ich, dass ich es nicht tun würde. Ich war erschöpft. Es war anstrengend, jemanden um sich herum zu haben, der einen ständig beobachtete, und zwar nicht wohlwollend. Im Laufe der letzten Woche war mir einige Male, wenn sie kurz das Zimmer verließ, aufgefallen, dass ich – eine Angewohnheit, die mir nicht bewusst gewesen war, bis ich mit dem Singen anfing – den Atem angehalten hatte.

Sie standen am Bahngleis, ich stieg in den Zug und sah sie durch das Fenster. Ich fühlte mich fast augenblicklich schuldig, als ich sie von fern betrachtete, dachte an den Strumpf, den meine Mutter mir noch immer ans Bettende hängte, an den Dessertwein, den mein Vater besorgt hatte, weil er mir schmeckte, an meinen neuen Pullover, der genau zu meinen Augen passte, und fragte mich, warum es mir so schwerfiel, nett zu sein, wo es mich doch so wenig gekostet hätte.

Mir gegenüber saßen zwei Frauen, die sich darüber unterhielten, warum sie Spiegel mieden.

Wenn es in einem Aufzug einen Spiegel gibt, sagte die eine, gehe ich rückwärts rein. Und natürlich führt das manchmal dazu, dass man es nicht merkt, wenn man Zahnpasta im Gesicht hat, aber im Großen und Ganzen, meinte sie, lohnt es sich, finde ich.

Ich stöpselte meine Kopfhörer ein, hörte mir die Playlist zu einem Stück an, das ich einübte. Es lag ein seltsamer Trost darin, diese Geschichten von Schmerz und Verrat zu hören, mir mich selbst im Zentrum einer Tragödie vorzustellen. Ich war mir meiner Entscheidung nicht mehr so sicher. Schließlich kann man praktisch jede Form des Fehlverhaltens, jegliche schlechte Behandlung, rechtfertigen, wenn man sein ganzes Wissen über die Liebe aus der Kunst zieht, oder? Diese Frau himmelte ihn an – sie blieb bei ihm, obwohl er sie verletzte, obwohl er sie schlecht behandelte –, sie wollte ihn, obwohl er sie nicht wirklich liebte oder noch eine andere liebte, denn – hört – hört euch ihre Gefühle an – hört, wie stark sie sind.

9

ALS ICH WIEDER BEI DEN PS WAR, fiel mir als Erstes auf, wie stark ihr Haus nach Kohl roch. Ich konnte mich nicht mehr erinnern, ob es schon immer so gewesen war. Vielleicht hatte ich mich nach und nach daran gewöhnt, bis ich es nicht mehr riechen konnte, so wie man beim Schwimmen zunächst friert und dann nicht mehr. Körper und Wasser werden eins. Vielleicht hatte ja auch ich schon angefangen, nach Kohl zu riechen.

Das Haus war dunkel, aber ich sah einen Lichtstreifen unter der vorderen Tür und hörte den Fernseher. Ich klopfte an und trat ein.

Entschuldigen Sie die Störung, sagte ich. Ich wollte nur Bescheid sagen, dass ich wieder da bin.

Ich musste mich um den Weihnachtsbaum herumwinden, um sie zu sehen. Sie hatten ihn genau am Eingang aufgestellt, vor dem Sofa, sodass die Tür ihn beim Öffnen streifte und all die Glocken zum Klingeln brachte. Er war riesig und vollbehangen mit Schmuck – rotes, blaues, pinkes, gelbes und goldenes Lametta, mehrere sich überschneidende bunte Lichterketten, ein Meer aus Wichteln.

Welche von euch ist denn das, hää?, fragte Mrs P, ohne sich umzudrehen.

Sie und Mr P saßen auf dem Sofa und schauten *Bridget*

Jones. Sie waren gerade bei der Schlussszene – die, in der es schneit und sie in ihrer Unterhose die Straße runterläuft. Mr P beugte sich vor und drückte auf Pause, doch sie wendeten den Blick nicht vom Bildschirm ab.

Ich bin's, Anna, sagte ich. Sorry, ich wollte auch nachfragen, ob Sie meine Nachricht gekriegt haben? In der stand, dass wir am Ersten ausziehen? Ist das in Ordnung?

Mr P fingerte in der Pralinenschüssel auf dem Tisch herum. Er fischte eine lilafarbene für sich heraus und reichte Mrs P eine blaue. Sie schälte sie aus ihrer Verpackung und war bereit, sie sich in den Mund zu schieben.

Die neuen Mädchen kommen am Dritten, sagte sie. Also sorgt dafür, dass alles ausgeräumt ist, klar, alle eure Sachen. Am Ersten, hää? Da bleibt uns ja nicht viel Zeit.

Mr P drückte wieder auf Play, und ich ging nach oben. Auf dem ganzen Weg in den oberen Stock war es dunkel, und mein Zimmer hatte diese Aura von Verlassenheit, obwohl ich nicht lange weg gewesen war, als wüsste es schon, was bevorstand. Ich leerte den Rucksack, den ich zu meinen Eltern mitgenommen hatte, auf den Boden aus, öffnete meinen Kleiderschrank und alle Schubladen meiner Kommode, warf nach und nach meine Sachen auf mein Bett. Die Kleider, die ich getragen hatte, wenn ich mit ihm zusammen gewesen war, das eine, von dem er meinte, es gefalle ihm. Ich ging raus auf die Treppe, um den Kater zu suchen. Ich wollte ihn im Arm halten und weinen, doch er zappelte sich frei. Er hatte mich noch nie gemocht.

Am nächsten Tag kam Laurie zurück. Es war Silvester, und wir wollten zu einer Party bei jemandem zu Hause – ein Freund von Laurie, von dem sie behauptete, ich hätte ihn schon mal getroffen, aber ich konnte mich nicht daran erinnern.

Sie saß auf meinem Bett, trank Wein aus einem Becher und zupfte sich mit meiner Pinzette die Nippelhaare.

Das kommt mir ziemlich übertrieben vor, sagte ich. Vor allem, weil deine Haare sowieso blond sind. Ich glaube, Männern fallen solche Sachen gar nicht auf.

Ist mir scheißegal, was Männern auffällt, sagte Laurie. Männern fällt buchstäblich gar nichts auf. Und du bist sowieso seit Wochen die einzige Person, die meine Nippel zu Gesicht kriegt.

Oh, danke, sagte ich. Ich fühle mich geschmeichelt.

Und, was von Arschgesicht gehört?, fragte sie.

Nein, nicht wirklich.

Große Überraschung. Dann wirst du mich heute also nicht sitzen lassen, um ihn zu treffen?

Weder heute noch sonst wann. Hab ich dir doch gesagt.

Das sagt sich leicht, wenn er dich nicht mal gefragt hat. Er ist nicht in London, oder? Weißt du das überhaupt? Er hat dir nichts gesagt, oder?

Gibt es irgendeinen Grund dafür, warum du so bist?, fragte ich. Oder hast du mich einfach nur vermisst?

Ich war angezogen und schminkte mich vor dem Spiegel. Laurie behauptete felsenfest, auch schon fertig zu sein, hatte jedoch nur einen BH und gepunktete Pyjamahosen an.

Also als ich nach Hause gefahren bin, sagte sie, habe ich diese Pralinen mitgebracht. Eine große Schachtel. Einfach als nette Geste. Nichts Besonderes. Und als ich sie rausholte, zog meine Mum eine Grimasse und meinte, *wo kommen die denn her?*, und als ich sagte, ich hätte sie für uns geholt, sagte sie nichts, nahm sie bloß in die Hand und sah sich die Zutaten an, und dann sagte sie, ›*voll von Zusatzstoffen, nicht? Was glaubst du wohl, wie lange die schon im Regal lagen, hmm?*‹ und dann, *nun, die Sache ist die, dass wir schon Pralinen haben, also ist es sehr nett von dir, aber ich weiß wirklich nicht, was wir damit anstellen sollen.* Und meine Schwester wollte sie nicht essen, weil sie jetzt scheinbar auf Milchprodukte allergisch ist. Und ihre Kinder durften sie nicht essen, weil sie keinen Zucker essen dürfen, nicht mal an Weihnachten. Und jedes Mal, wenn Gäste kamen, holte meine Mum sie hervor und stellte sie auf den Tisch, gleich neben ihre selbst gemachten Trüffelpralinen und die Schachtel aus dem Geschenkkorb, den ihr meine Schwester bei Fortnum & Mason besorgt hatte, und dann sagte sie, *oh und Laurie hat diese mitgebracht,* mit so einem aufgesetzten Lächeln, als hätte ich gerade eine richtig beschissene Performance vor der Kamera hingelegt und sie würde hoffen, dass alle so geistesgegenwärtig wären, meine Gefühle nicht zu verletzen – und alle sagten, *oh, wie nett,* und rührten sie nicht an. Ich hab die ganze Schachtel alleine aufgegessen. Bourgeoise Arschlöcher.

Laurie gab sich viel Mühe, vorzugeben, sie wäre nicht reich. Ihr Akzent verriet sie jedoch, so sehr sie auch versuchte, die Wortendungen zu verschlucken. Sie hievte sich aus dem Bett und ging sich ein Kleid anziehen.

Also bist du deshalb so schlecht drauf?, fragte ich. Wegen der Pralinen?

Manchmal kannst du richtig stumpfsinnig sein, sagte sie. Oh, und als sie mich heute zum Bahnhof gefahren hat, meinte meine Mum, sie hätten das besprochen und wären bereit, dafür zu zahlen, dass ich meine Eizellen einfrieren lasse, wenn ich nicht bald jemanden kennenlerne. Ein nachträgliches Weihnachtsgeschenk. Ich fing von Klimawandel und Überbevölkerung an, und sie meinte, ich würde so was nur sagen, um sie zu ärgern, und es sei ohnehin nicht attraktiv, immer so extreme Meinungen zu haben, da sei es ja kein Wunder, dass ich keinen Freund hätte. Wenn ich das nächste

Mal sage, dass ich nach Hause fahre, erinner mich daran, es nicht zu tun. Bitte. Um Himmels willen. Sag einfach, *tu's nicht*.

Manchmal fragte ich mich, ob Laurie diese Geschichten frei erfand. Ich hatte ihre Mutter kennengelernt. Sie hatte uns beide zum Mittagessen eingeladen, als sie mal in London war. Sie schien ganz nett.

Laurie füllte den Becher auf, und wir tranken den Wein aus. Unsere unterschiedlichen Lippenstiftfarben hinterließen verschmierte Abdrücke auf der jeweiligen Randseite. Als sie ausgehfertig war, war sie bereits betrunken. Sie hakte sich auf dem Weg zur U-Bahn bei mir unter.

Ist das nicht komisch?, sagte sie. Ich liebe dich so sehr. Wahrscheinlich liebe ich dich mehr als irgendwen sonst auf dieser Welt. Ist das nicht seltsam?

Sie sah ein wenig so aus, als wäre sie den Tränen nah, und ich fühlte mich schlecht wegen meiner fiesen Gedanken.

Kurz vor Mitternacht gingen ein paar von uns nach draußen, um einen Blick aufs Feuerwerk zu erhaschen. Das gelang uns nicht – es war viel zu weit weg –, aber wir hörten das Knallen. Es wäre sowieso zu bewölkt gewesen, um es richtig zu sehen, und richtig dunkel war es auch nicht, ist es in London nie. Der Himmel war grau und flach, ein paar Lampions schwebten ziellos daher, unscharf zu erkennen in den Wolken, die Lichter waren erloschen.

Die Party fand in einem großen Haus statt, das einen langen Fußmarsch von jeder Haltestelle entfernt war, und ich kannte dort nicht viele Leute. Eine Handvoll aus Lauries Theaterclique – die meisten waren Schauspielerinnen aus ihren Unistücken – und ein paar andere vom Sehen. Es war nicht leicht, sich in ihre Art von Sozialleben zu integrieren, wenn man noch andere Verpflichtungen hatte. Ihre Abende begannen zu jeder beliebigen Stunde – keiner von ihnen hatte sonst viel zu tun – und uferten auch bis in jede beliebige Stunde aus. Ich wusste nie so richtig, worüber sie sprachen. Sie hatten alle die Angewohnheit, Sätze mit *natürlich* zu beginnen und dann mit etwas fortzufahren, das ich in einer Million Jahren nicht erwartet hätte. Dinge wie, *natürlich, wenn wir als gegeben hinnehmen, dass jede menschliche Erfahrung solipsistisch ist, dann verliert dialogbasiertes Theater jeden inhärenten Sinn.* Je obskurer oder kontroverser ihre Aussagen waren, umso mehr taten sie so, als wären sie offensichtlich. An meinem ersten Abend mit ihnen hatte ich so lange gebraucht, um zu verstehen, wovon sie sprachen, dass ich kaum etwas gesagt hatte. Laurie hatte anschließend gesagt – beinahe beeindruckt, wie ich glaubte –, sie hätten mich reserviert gefunden.

Die letzte Stunde hatte ich in einem Gespräch mit Mil festgehangen, während wir beide an der anderen vorbei die Menge nach jemandem absuchten, der uns retten würde. Mil war eine Freundin von Laurie aus der Uni – eine Theaterregisseurin, die sich ganz gut machte, jedoch noch nie eines von Lauries Stücken auf die Bühne gebracht hatte, was Spannungen verursachte. Sie war verbissen ernst und ging selten auf etwas ein, das ich sagte, ließ mich reden und rief nur gelegentlich aus, *also das ist interessant*, beinahe überrascht, wie mir schien. Ich war nach draußen gegangen in der Hoffnung, Laurie zu finden – ich hatte sie gleich zu Beginn verloren –, doch sie war nicht da. Sie steuerte schon den ganzen Abend auf die Besinnungslosigkeit zu. Ich hatte sie noch nie so viel trinken gesehen. Sobald wir angekommen waren, hatten ihre Augen diesen harten, entschlossenen Blick angenommen, und das nächste Mal, als ich ihr in der

Schlange vor der Toilette über den Weg gelaufen war, hatte sie Wein aus einem Pintglas getrunken und die Frau neben sich gefragt, ob sie denke, es sei unfeministisch, wenn man gerne den Hintern versohlt bekomme.

Draußen sprach mich ein Typ an. Ich hatte ihn noch nie gesehen, konnte mich zumindest nicht an ihn erinnern. Ich bekam seinen Namen nicht mit, weil ich nicht wirklich zuhörte, obwohl er ihn mir vermutlich nannte. Er sei neu in London, meine ich, ihn sagen gehört zu haben, oder vielleicht sagte auch ich das. Jemand startete einen Countdown bis Mitternacht. Als es so weit war, umarmten wir uns alle, und jemand stimmte Auld Lang Syne an, aber keiner von uns kannte so richtig den Text, also verklang es recht schnell wieder, und wir gingen alle zurück ins Haus. Der Typ fragte mich, ob ich noch was trinken wolle, und ich sagte Ja.

Wieder im Haus kamen immer mehr Gäste. Die Dinge gerieten langsam aus dem Ruder. Ich war mir nicht sicher, in wessen Haus wir waren – es kam mir zu schön vor, als dass irgendjemand auf der Party darin hätte wohnen können, und es schien sich auch niemand darum zu kümmern, was damit geschah. Die Leute rauchten, ließen die Asche in die Sofaritzen fallen oder klopften sie in der Vase am Fenster ab. Jemand hatte einen Haufen Kerzen angezündet – die Lampen waren aus –, aber sich nicht darum gekümmert, sie in Halter oder auf Untersetzer zu stellen. Das Wachs tropfte auf den Tisch und den Teppich. Der Tisch war klebrig von den Getränken, und überall am Zimmerrand waren Gläser verteilt, stapelten sich an der Wand. Immer wieder stieß sie jemand im Dunkeln um, sodass der Boden leicht knirschte, während sich die Glasscherben im Teppich festtraten. Wenn man nicht so genau hinsah, fühlte es sich so an, als liefe man auf Schnee.

Ich ging zum Sofa und setzte mich auf die Armlehne. Eine langwierige, theoretische Diskussion war im Gange – irgendwas über Kunst, Sex und Ausbeutung. Wann immer ich glaubte, sie wäre beendet, hatte doch noch jemand was zu sagen, *das ist keine sexuelle Gewalt, es sei denn, du hältst Sex an sich für gewaltsam und frauenfeindlich, und dieses Denken liegt heute ja offenbar im Trend*, und so weiter und so fort. Es war wie eine lange, monotone Reise, ohne Fenster mit Aussicht.

Ich sah auf mein Handy, und als es mir keine Nachricht von ihm anzeigte, wurde mir erst bewusst, wie sehr ich eine erwartet hatte. *Also lag ich richtig*, dachte ich. *Wenn ich einen Schritt zurücktrete, es ihm nicht nur leicht mache, kommt er mir nicht nach.* Es fühlte sich nicht gut an, recht zu haben. Da war jedoch eine Nachricht von Laurie. *Ich bin gegangen*, schrieb sie. *Mit Jack. Ich kanns noch.*

Ich schrieb zurück, *was kannst du noch?*, doch sie antwortete nicht mehr.

Die Diskussion ging noch immer weiter. Ich überlegte, zu gehen, doch ich wollte nicht alleine zu den Ps zurück, nur um morgens aufzuwachen und alles beim Alten vorzufinden. Neben dem Sofa stand ein kleiner Tisch mit einer Kerze. Ich steckte jeden meiner Finger in das geschmolzene Wachs, um mir kleine Fingerhüte zu machen. Den rechten Zeigefinger bohrte ich tiefer rein, sodass er den Docht berührte, und ließ ihn dort verharren. Es dauerte einen Moment, bis ich merkte, dass es wehtat.

Als der Typ, den ich draußen kennengelernt hatte, mit meinem Drink zurückkam, trank ich diesen schnell aus und lächelte ihm zu.

Das war gut, sagte ich.

Er fragte mich, ob ich noch einen wolle, und ich sagte, klar.

Wir gingen zusammen in die Küche. Dort war niemand, und das Licht brannte, eine nackte Glühbirne, sodass man den ganzen Müll sehen konnte, der sich in der Spüle stapelte. Er trat an den Tisch und nahm eine Flasche nach der anderen hoch, um zu sehen, wie viel noch drin war. Seine Füße machten quietschende Geräusche auf dem Linoleum. Ich setzte mich mit dem Rücken zur Küchenzeile auf den Boden.

Na also, sagte er.

Er hatte Wodka und irgendein Mischgetränk gefunden, eine fast leere Flasche. Er setzte sich neben mich, füllte mein Glas auf und begann zu erzählen. Er arbeite für ein Start-up, aber er sei wirklich kreativ.

Wirklich kreativ?, fragte ich. Oder kreativ, wirklich?

Was ist der Unterschied?, fragte er.

Sobald ich mein Glas ausgetrunken hatte, füllte er es immer wieder auf, mehr Wodka als Tonic, ungenießbar stark, und doch bekam ich es irgendwie runter. Er sah mir beim Trinken zu und lächelte wohlwollend, als wäre ich ein Kind, das sein Gemüse aufisst. So einer also. Einer von denen, die dich, so gut sie können, abfüllen wollen. Nicht sehr von sich selbst überzeugt. Irgendwie auch süß, schätze ich. Er sah nicht schlecht aus. Er trug zwar ein schreckliches Hemd, aber er roch gut. Ich dachte mir, *na ja, wer weiß, vielleicht könnte er mich glücklich machen, warum nicht, so schwer kann es doch nicht sein.* Wir tranken weiter. Er erzählte mir von seiner Ex-Freundin und von irgendeinem gemeinsamen Urlaub in Spanien und davon, dass sie nach der Trennung den Hund behalten habe und er den am meisten vermisse. Wir leerten den Wodka, und die einzige Flasche, in der noch etwas übrig war, war Baileys. Er sagte, er habe eine Idee, und kippte den gesamten Inhalt in ein Pintglas, das sich fast bis zum Rand füllte.

Das trinke ich nicht, sagte ich. Ich bin keine zwölf mehr.
Ist schon gut. Vertrau mir. Ich bin noch nicht fertig.
Er füllte den Rest mit Milch aus dem Kühlschrank auf.
Das ist natürlich viel erwachsener, sagte ich.
Das ist ein White Russian.
Nicht wirklich, sagte ich, doch ich nahm einen Schluck, und es schmeckte gut.
Eine gute Grundlage für deinen Magen, siehst du?, sagte er. Ich sorge für dich.
Wir reichten das Glas zwischen uns hin und her, und er erklärte mir seine Idee für einen Roman. Es gehe um Passagiere in einem U-Bahnwaggon, sagte er, durch zufällige Ereignisse miteinander verbunden. Er denke, sie sollten auch alle am selben Tag geboren sein, auch wenn er nicht genau wisse, warum. Langsam fühlte ich mich ziemlich betrunken, und er war es auch, wie mir schien. Ich sah, dass sein Bein meins berührte – das hatte es noch nicht, als ich das letzte Mal hingesehen hatte. Er legte seine Hand auf meine und sagte, *was hast du mit deinem Finger gemacht?*, und auch nachdem ich es ihm erzählt hatte, ließ er sie da. Dann verstummte er, und ich wusste, dass er herauszufinden versuchte, ob er genug Vorarbeit geleistet hatte, um mich zu küssen, und so redete ich munter weiter und immer weiter, über Nichtigkeiten, denn – denn – na ja, denn sonst würde er mich küssen, und er würde sagen, *lass uns zu mir gehen* – und wenn ich antworten würde, wenn ich antworten würde, *ok, klar* – schließlich würde ich das womöglich, warum auch nicht, ich war jung, oder nicht, nichts hielt mich davon ab – wenn ich antworten würde, *ok, klar* – nun, was kam dann? Seine Wohnung. Er arbeitete ja für ein Start-up, also wäre es wohl eine dieser charakterlosen Neubauwohnungen, der noch der Geruch nach frischer Wandfarbe und gerade erst

ausgepackten Teppichen anhaftete, wie einem Schulgebäude nach den Sommerferien. Ich würde in seiner Küche stehen, wäre nicht in der Lage, irgendwas zu sagen, das ihm ein *oh* entlocken würde, nur immer so weiter mit meinem schlimmsten, meinem unsichersten Ich, und genau das würde er wollen. Weiter – sein liebloses Kleine-Jungen-Zimmer – ich müsste so tun, als würde mir das Gefummel gefallen, obwohl ich gar nichts spürte, und wie sein Atem erst schmecken würde, wenn die Mich sauer geworden war – wie er sich auf mich legen und meine Beine spreizen würde, wie Hähnchenschenkel beim Tranchieren, und ich würde seine Decke anstarren, den feinen, langen, gebogenen Riss, der wie ein Lächeln aussah.

Hey, ist das dein Handy?, fragte er. Solltest du da rangehen?

Was?

Ich fischte es aus meiner Tasche und erstarrte beim Blick darauf. Es war Max.

Anna, seine Stimme erfüllte den Raum. Wo bist du?

Es war laut im Hintergrund, und ich hörte, wie er zu jemandem etwas sagte, dann irgendwo hinging, bis es schließlich still war.

Ich bin ausgegangen, sagte ich. Auf einer Party.

Ich habe mir Sorgen gemacht.

Warum?

Weil du nicht rangegangen bist.

Doch, sagte ich. Bin ich.

Nein, früher. Ich habe dich mehrmals angerufen.

Oh, ach so. Das hab ich nicht gehört.

Ich schob die Hand des Typen von meinem Bein und stand auf.

Wo bist du?

Was? Hab ich dir doch gesagt. Auf einer Party.

Nein. Ja. Ich meine, wo, wo bist du, wessen Party, wo ist das?

Seine Aussprache klang schief, Betonungen an den falschen Stellen, als spräche er nicht in seiner Muttersprache, und mir wurde klar, dass er betrunken war. Ich konnte mich nicht daran erinnern, ihn jemals betrunken erlebt zu haben, nicht so richtig, und es gefiel mir, ließ mich lächeln – diese Schwäche, die er zeigte; zu wissen, dass ich es war, die er anrief.

Bei einem Freund von Laurie, sagte ich. Irgendwo östlich. Nichts Besonderes.

Ich ging zur Küchentür.

Gehst du?, sagte der Typ.

Wer war das?, fragte Max.

Ein Freund von Laurie.

Ich drängte mich an den Leuten im Flur vorbei und setzte mich ans obere Ende der Treppe.

Bist du betrunken?

Was? Nein. Nicht wirklich. Und du?

Du hast gar nichts zum Armband gesagt. Hat es dir gefallen?

Entschuldige, ja. Ja, hat es. Es ist schön. Danke.

Warum hast du nicht auf meine Nachrichten geantwortet?, fragte er.

Deine Nachrichten? Na ja, ich meine, du hast mir doch kaum welche geschickt.

Er lachte.

Fühlst du dich vernachlässigt?

Was?

Nächste Woche komme ich zurück.

Ich dachte an den Satz, den ich eingeübt hatte.

Ich finde, wir sollten uns nicht mehr treffen, sagte ich.

Ach, wirklich?, er klang amüsiert. Darf ich fragen, weshalb?

Deshalb, flüsterte ich.

Na, das ist doch ziemlich kindisch, oder nicht? Sollten wir nicht wenigstens darüber reden?

Ich sagte nichts.

Er sprach weiter, *hattest du etwa keinen Spaß? Ich dachte schon. Und ich weiß, das letzte Mal war etwas, na ja, nicht so spaßig, aber guck mal,* und während er sprach, sah ich den Typen unten aus der Küche kommen und etwas zu den Leuten im Flur sagen. Sie zuckten die Schultern. Er suchte nach mir. Ich kroch auf den Treppenabsatz.

Nächste Woche, sagte Max. Anna? Hörst du zu? Nächste Woche bin ich zurück. Lass uns dann treffen.

Und ich sagte, *na gut,* denn hatte er nicht recht damit, mehr von mir zu wollen als das hier?, dachte ich.

Einverstanden?

Ja, sagte ich. Einverstanden.

Als ich es aussprach, fühlte ich eine große Erleichterung, als hätte ich die letzten beiden Wochen damit verbracht, mich selbst in eine Kiste zu stopfen, den Deckel über meinen Kopf zu ziehen, und als hätte ich jetzt erst bemerkt, dass ich mich selbst erstickte, und mich wieder freigelassen.

Max?, sagte ich. Max, ich –

Er war schon weg.

Am nächsten Morgen kam Laurie und stieg zu mir ins Bett.

Gewöhn dich schon mal dran, sagte sie.

Wir wollten bei Mil einziehen, und sie hatte nur ein freies Zimmer, also würden wir es uns teilen. So war es ohnehin günstiger, also machte es uns gar nicht so viel aus. Meine Sachen standen in zwei Koffer gepackt an der Tür, und Laurie hatte ihre in einen Koffer und zwei Rucksäcke gestopft. Sie zog sich meine Bettdecke bis unters Kinn. Ihre Augen waren rot unterlaufen, und sie roch nach Wein.

Wie war deine Nacht?, fragte sie.

Gut.

Ich hab gehört, du hast Gus sitzen gelassen.

Woher weißt du das? Ich meine, das stimmt doch gar nicht. Sitzen gelassen? Was soll das überhaupt heißen?

Die Leute reden, sagte sie. Er ist ein netter Typ. Ich kann dir seine Nummer geben. Du solltest einfach mal was trinken gehen mit ihm, ein bisschen Spaß haben, das wird dir gut tun. Irgendwann musst du ihn vergessen, weißt du?

Vielleicht, sagte ich, denn ich wusste, dass sie mir nur helfen wollte, doch ich hasste die klinische Art, in der die Leute über das Vergessen sprachen, als wäre es eine rein anatomische Angelegenheit. Jemand anderen vögeln – eine schnelle Routine-OP, keine Nebenwirkungen –, und es geht einem wieder gut.

Ich wollte nicht, dass sie weiter darauf herumritt, also versuchte ich, das Thema zu wechseln.

Also wer zur Hölle ist denn nun Jack?, fragte ich.

Irgendwann kommst du an einen Punkt, sagte sie, da willst du nicht mehr, dass Sex ein Wettbewerb darum ist, wem er am egalsten ist. Und wenn du am glaubhaftesten so tust, als wärst das du, dann hast du gewonnen. Ich hab's satt. Es ist langweilig. Es ist anstrengend. Ich bin müde. Du wirst schon sehen, wenn du so alt bist wie ich.

So viel älter als ich bist du nun auch nicht.

Du wirst schon sehen, wiederholte sie.

Also woher weißt du denn, dass es Jack – ist doch Jack, oder? – egal ist?

Weil er mit einer anderen verlobt ist. Jess heißt sie.

Oh. Wo war sie dann letzte Nacht?

Ist das echt die erste Frage, die dir dazu einfällt?

Irgendwie schon. Ich hab mich nur gewundert, weißt du, wie das logistisch geklappt hat.

Laurie warf mir einen vernichtenden Blick zu. Ihre Wimpern und Augenbrauen waren hell, beinahe weiß, wodurch sie in Verbindung mit dem Rosastich um ihre Pupillen plötzlich sehr verletzlich aussah, wie eine neugeborene Maus.

Sie war in Südafrika, denke ich. Bei ihrer Familie. Da kommt sie her.

Oh, alles klar.

Gott, bin ich peinlich, sagte sie. Ich bin so zum Schämen. Wenn ich über mich nachdenke, schäme ich mich.

Bestimmt nicht so sehr wie er.

Tja, danke. Nett von dir.

Ich will damit sagen, bestimmt schämt er sich für sich selbst. Nicht, dass er sich für dich schämt.

Klar.

Wir lagen eine Weile schweigend da.

Wir sollten uns wirklich auf den Weg machen, sagte Laurie schließlich. Bevor sie uns rausschmeißen.

Kannst du mir vorher noch bei etwas helfen?

Ich zeigte ihr, wo ich das Armband hineinfallen gelassen hatte. Dreißig Minuten, einen Kleiderbügel und ein Kaugummi später hatten wir es. Ich machte es an meinem Handgelenk fest.

Das ist hübsch, sagte sie. Ich glaube, ich habe es noch nie gesehen.

Keine Ahnung. Ja, kann schon sein, dass du es noch nie gesehen hast.

Ich fuhr am frühen Abend zu ihm, gegen sechs, aber es fühlte sich schon viel später an. Ich hatte noch einen Auftritt im Hotel vor mir, also konnte ich nicht lange bleiben. Den halben Tag hatte ich mit einer Erkältung im Bett gelegen, und als ich aufgestanden war, war es schon dunkel gewesen. Ich hatte versucht, die trockenen Stellen um meine Nase herum mit Concealer abzudecken, doch damit sah es noch schlimmer aus, wie abblätternde Farbe an einer Wand.

Als er die Tür öffnete, zog er mich herein und küsste mich.

Scheiße, du bist ja kalt, sagte er.

Ich hielt meine Handrücken an seine Wangen.

Nicht, er packte meine Handgelenke und drehte sie hinter meinen Rücken.

Au, stieß ich aus. Ich bin krank. Du musst lieb zu mir sein.

Mal schauen, erwiderte er.

Doch das war er. Er ließ mir ein Bad ein, setzte sich auf den zugeklappten Toilettensitz und redete mit mir, während ich in der Badewanne lag. Er schien das letzte Mal nicht ansprechen zu wollen, also sagte ich, *die Dinge sind ein wenig schräg gelaufen, oder?*, und er sagte nur, *ist schon gut, lass uns nicht darüber reden*, und ich sagte, *okay*, denn ich wollte es ohnehin nicht wirklich. Es schien nun schon so lange her und irrelevant zu sein, als würde man ein Foto betrachten, an dessen Aufnahme man sich gar nicht mehr erinnern kann.

Das Licht war gedimmt. Ich sah die Spiegelung des sich kräuselnden Wassers an der Decke. Es war so ruhig und friedlich dort drin, als wäre ich in einem Garten mit hohen Mauern, über die niemand hineinsehen konnte. Ich behielt das Armband an und ließ meinen Arm über den Rand der

Badewanne hängen. Er griff danach und streichelte die Innenseite meines Handgelenks.

Hübsch, sagte er.

Wo warst du, als du mich angerufen hast?, fragte ich.

Wann?

Silvester.

Oh, klar. Ich war mit ein paar Freunden zusammen. Wir haben so ein Haus auf dem Land gemietet. Das machen wir jedes Jahr.

Das klingt lustig, sagte ich. Was für Freunde?

Niemand, den du kennst.

Ich meinte, woher kennst du sie?

Ach so. Oxford. Wir waren zusammen an der Uni.

Es fiel mir schwer, ihn im Kontext eines alltäglichen Lebens zu sehen. Mir seine Freunde vorzustellen. Irgendwie gefiel mir das an ihm, es machte ihn interessanter. Leute in ihrem Umfeld zu sehen, ist immer enttäuschend – die Langeweile ihrer Einzelheiten, ihre banalen Verbindungen zu anderen Menschen. Sie werden wie jeder andere. Er jedoch nie.

Im Bett legte er die Finger auf meinen Bauch, um meinen Hals, über die Innenseiten meiner Schenkel – seine Hände auf mir löschten alles andere aus, reinigten meine Haut, und bald schon war es vor meinem geistigen Auge dunkel, mein Körper war leer, und nur die Stellen, die er berührte, leuchteten auf.

Danach glitzerte die Stadt vor dem Fenster wie eine Million Augenpaare, und wir waren still. Er zog nie die Vorhänge zu. Die seien zu weit weg, um etwas zu sehen, sagte er immer, und wenn doch, wen interessiere das schon. Er stand auf, nahm seinen Laptop vom Tisch und kam damit zurück. Ich sah ihm gerne beim Arbeiten zu, fand es irgendwie faszinierend – dass er etwas so Wichtiges, etwas so Lukratives machte und all das auf diesem kleinen Bildschirm stattfand.

Ich muss ein paar E-Mails schreiben, sagte er. Das dauert nicht lange. Mach dir doch solange einen Drink.

Ist schon gut. Ich muss sowieso los.

Wieso?

Das hab ich dir doch erzählt, oder nicht? Am Telefon. Ich arbeite heute. Mein Set beginnt um neun.

Oh, klar. Musst du unbedingt?

Unbedingt was? Um neun anfangen?

Nein. Gehen. Musst du unbedingt gehen?

Na ja, schon. Ja.

Irgendwas auf seinem Bildschirm ließ ihn die Stirn runzeln, dann wandte er sich ab und sah mich an.

Aber was ist mit deiner Erkältung?, fragte er.

Was meinst du damit, ob ich unbedingt muss? Du weißt, dass ich muss. Ich habe es dir doch gesagt.

Schadet es dir nicht, zu singen, wenn du krank bist?, fragte er. Wo doch Jazz ohnehin nicht gut für dich ist.

Du klingst wie ein amerikanischer Puritaner.

Du weißt schon, was ich meine. Für deine Stimme.

Ich hatte ihm erzählt, dass Angela den Jazz nicht guthieß und fand, ich solle damit aufhören. Es war süß von ihm, sich daran zu erinnern.

Natürlich ist es deine Sache. Aber die finden doch bestimmt jemanden, der einspringt, wenn es dir nicht gut geht? Das ist es doch nicht wert, oder?

Ich schätze schon, sagte ich und stellte mir vor, in die Dunkelheit rauszugehen, über die Straße zu laufen, auf der Toilette Aufwärmübungen für meine Stimme zu machen – es gab sonst keinen Raum dafür –, schräge Blicke von den Gästen zu kassieren, die zum Pinkeln reinkamen, eine Bar voller Männer im Anzug, die über mich redeten, spät nach Hause, die U-Bahn.

Solltest du nicht deine eigentliche Karriere an die erste Stelle setzen?, sagte er.

Ja schon, aber ich brauche nun mal das Geld.

Wie viel würdest du bekommen?

Ich sagte es ihm.

Das ist nichts. Wirklich, Anna, das ist es nicht wert. Ich gebe es dir.

Er griff nach unten, fand seine Hose auf dem Boden und zog seine Brieftasche heraus. Dann zählte er ein paar Scheine ab und legte sie auf meinen Bauch. Beim Ein- und Ausatmen sah ich, wie sie sich auf und ab bewegten.

Ich hörte meine Stimme ganz deutlich sagen, *nein, tu's nicht*, und war mir sicher, dass ich es laut ausgesprochen hatte, doch dann sah ich meine Hand nach dem Geld greifen, sah mich selbst aufstehen, meine Handtasche nehmen und das Geld hineinstecken, und da wurde mir klar, dass ich überhaupt nichts gesagt hatte.

Ich verlange von dir nicht, dass du dafür singst, sagte er. Absolute Stimmruhe, das ist gut für dich, richtig? Du musst nicht einmal reden. Eigentlich, sagte er, klappte seinen Laptop zu, beugte sich über mich und biss mir in die Brust, wäre es mir sogar lieber.

ZWEITER TEIL

10

DEN HALBEN JANUAR war er in New York gewesen. Nun war er zurück. Ich wollte den Abend zu Hause verbringen, aber er nicht.

Stubenkoller, sagte er.

Er lehnte am Fenster, die Handflächen an die Scheibe gepresst, die Stirn auf den Fingerknöcheln ruhend, und blickte hinaus. Es war seltsam ruhig. Man konnte den Regen nicht hören, aber sehen, wie er gegen das Glas peitschte, und die Gebäude gegenüber waren verschwommen – Bleistiftzeichnungen, die von einem schwachen Radiergummi halb ausgelöscht waren. Es war beinahe Februar, und es hielt nun schon seit Wochen an, dieses Endzeitwetter, das nicht mehr aufzuhören drohte. Ich saß auf der Küchentheke, ließ meine Fußknöchel kreisen und hörte sie knacken.

Ich hab uns was reserviert, sagte er.

Stubenkoller? Du bist doch gerade erst zurückgekommen.

Er stürzte seinen Drink hinunter, zerkaute das Eis, stellte das leere Glas in die Spüle. Dann stellte er sich zwischen meine Beine, legte die Hände seitlich auf meine Oberschenkel. Er sah sehr müde aus, mit verwischten blauen Schatten unter jedem Auge.

Mein Hotelzimmer sah haargenau aus wie diese Wohnung, sagte er. Bloß mit einer anderen Aussicht.

Hattest du keinen guten Trip?

So würde ich diese Sache wirklich nicht nennen.

Und was war an den Abenden?

Es gab keine Abende, sagte er.

Das ergab für mich nicht allzu viel Sinn, aber ich bohrte nicht weiter nach. Ich umschlang ihn mit meinen Beinen. Es gefiel mir, ihn wiederzuentdecken – ihn mir nicht vorstellen zu können, wenn er weg war, nicht so richtig, und ihn dann wiederzusehen. Die Erregung, all das in seinem Gesicht wiederzufinden, was ich vorher darin gesehen hatte. Ich drückte ihn mit den Fersen an mich, küsste ihn und versuchte, nicht darüber nachzudenken, ob er in New York seine Frau wiedergesehen hatte, ob ich das wohl an seinem Geschmack erraten konnte. Ich hatte mir selbst geschworen, nicht nachzufragen. Und er schmeckte wie immer.

Hier ist irgendwo noch ein Kleid, das du mal dagelassen hast, sagte er. Ich finde es.

Wir hatten Bewegungsunterricht gehabt. Ich trug alte Leggings und eins seiner Hemden.

Er schenkte sich einen weiteren Drink ein und holte das Kleid. Dann setzte er sich aufs Bett und sah mir beim Umziehen zu.

Wie läuft's bei euch im Haus?, fragte er. Treiben dich die Mädchen immer noch in den Wahnsinn?

Es ist okay. Na ja, ein Zimmer mit Laurie zu teilen, ist nicht ideal. Ich musste ein paar Nächte auf dem Sofa schlafen, während du weg warst. Sie hat jemand Neues kennengelernt.

Schon wieder? Sie lässt aber auch nichts anbrennen, oder?

Mit vielen Männern zu schlafen, ist für sie ein feministischer Akt, sagte ich. Auch wenn sie dadurch meistens eher leidet.

Er lachte, und ich fühlte mich illoyal.

Na dann hoffe ich, dass sie die Bettwäsche wechselt, sagte er.

Nicht jedes Mal. Aber sie benutzt Kondome. Sie ist gegen die Pille.

Anna, das ist widerlich.

Kondome zu benutzen?

Was? Nein. Die Bettwäsche nicht zu wechseln.

Ja, wahrscheinlich schon, sagte ich. Aber die Waschmaschine läuft ständig schon mit den Sachen der anderen, und es gibt keinen Außenbereich, um sie aufzuhängen, also bleiben sie tagelang feucht. Und schließlich trage ich einen Schlafanzug.

Gott, bin ich froh, dass ich erwachsen bin.

Du kannst mich mal.

Ich warf ihm das Hemd, das ich eben ausgezogen hatte, an den Kopf. Er ließ es wie ein Lasso kreisen, fing mich damit ein und zog mich auf seinen Schoß, dann küsste er mein Schulterblatt und schloss den Reißverschluss an meinem Kleid.

Du wirkst glücklich, sagte er.

Du klingst misstrauisch.

Er lachte.

Ich bin misstrauisch. Ich hasse es, wenn du glücklich bist.

Dann sagte er, *wir sollten wirklich gehen*, aber es klang so, als würde er es nicht wirklich meinen, und er fing an, meinen Nacken zu küssen, und dann wollte ich ihm gefallen.

Ich habe übrigens Neuigkeiten, sagte ich. Max? Auf dem Weg hierher bin ich am Hotel vorbeigegangen. Ich habe gekündigt.

Er löste sich von mir, und ich drehte mich zu ihm um. Ich fühlte mich, als hätte ich ihm ein Geschenk gemacht –

etwas, über das ich lange nachgedacht, das ich sorgfältig ausgesucht hatte – und dann sah ich dieses Flackern in seinem Gesicht – kaum wahrnehmbar, einen Moment vor dem Lächeln –, welches verriet, dass es ihm eigentlich nicht gefiel.

Oh, sagte er. Wirklich?

Ich wartete darauf, dass er sagte, *das ist toll*, oder etwas in der Art, doch er sagte zunächst nichts, und dann, *ich verstehe das nicht. Warum?*

Na ja, du hattest recht, sagte ich. Damit, dass es eine Zeitverschwendung ist. Jetzt bin ich frei. Keine sinnlosen späten Abende mehr, an denen ich von irgendwelchen Wichsern angemacht werde.

Er hob eine Augenbraue.

Nimm's nicht persönlich, sagte ich. Du weißt, was ich meine. Es wird Zeit, sich aufs Singen zu konzentrieren. Aufs richtige Singen. Und auch mehr Freizeit. Du sagst doch immer, dass ich zu beschäftigt bin, wagte ich hinzuzufügen. Mehr Zeit, um dich zu sehen.

Tja, das ist gut, sagte er.

Ich stand auf, bemerkte dann erst, dass ich keinen Grund hatte, zu stehen.

Meintest du nicht, ich sollte kündigen?, sagte ich. Das hast du doch immer gesagt.

Seit ich ihm erzählt hatte, wie viel ich verdiente, hatte sich Max immer kritischer über meinen Job geäußert. Anfang Januar war er, bevor er wegmusste ein paarmal aufgekreuzt, hatte sich meine Lieder angehört, zugesehen, wie ich versuchte, zu den Männern, die mich nach der Show ansprachen, nett zu sein – so, wie ich es sollte. In seiner Anwesenheit schämte ich mich, mir war klar, was er von all dem hielt, und Malcolm machte sich auch über mich lustig.

Streicht dein Macker etwa Provision für deine Einnahmen ein?, fragte er mich einmal. Ich tat so, als würde ich nicht verstehen, was er meinte.

Max zog seinen Mantel an.

Nun, ich meinte mit Sicherheit nicht, dass du das tun solltest, nein, sagte er. Aber sieh mal, wir kommen noch zu spät. Lass uns dort reden, okay?

Es regnete nach wie vor, also nahmen wir ein Taxi zum Restaurant. Wir waren dort schon ein paarmal gewesen. Es lag an einem ruhigen Platz, mitten in der City. Versteckt. Per Zufall würde man es nie entdecken. Es gab handgeschriebene Menükarten, die jedes Mal wechselten, wenn wir da waren, und der Besitzer kannte Max beim Namen. Als wir eintraten, kam er überschwänglich zu uns herüber, schüttelte Max die Hand und führte uns an unseren Tisch.

Ist Ihnen dieser recht, Sir?

Neben uns saß eine Familie – Mutter, Vater, zwei junge Töchter. Januarteints, die von Wohlstand und Winterurlaub zeugten. Das kleinere Mädchen trug einen Haarreif und ein Samtkleid, das ältere Skinny-Jeans und ein Top, das ihren perfekten, vorpubertären Bauch entblößte. Ich erwartete, dass er um einen anderen Tisch bitten würde – dass er meine Ansichten über Kinder und schicke Restaurants teilen würde –, doch er sagte, *perfekt, danke*, und ich sah, wie er sie anlächelte.

Über den Job hatte er kein Wort mehr verloren, seit wir losgegangen waren, und ich fragte mich, ob ich mir seine Reaktion eingebildet hatte. Sobald wir saßen, fing er an, über den Platz zu erzählen, auf dem wir uns befanden, dass die Gebäude einst alle zu einem Kloster gehört hätten, bevor Heinrich VIII. sie beschlagnahmt und die Kirche als Lager für seine Jagdausrüstung benutzt habe.

Kluger Mann, sagte ich. Ich hasse Kirchen.

Du hasst sie? Das klingt übertrieben.

Meine Eltern sind ziemlich religiös. Oder zumindest meine Mutter. Jeden Sonntag in die Kirche, als ich klein war, das würde jeden vergraulen. Und Ella – eine meiner Mitbewohnerinnen –, sie war auf einer Klosterschule in Irland. Klingt wie der Stoff für Albträume. Sie hat erzählt, dass sie diese Briefe schreiben mussten, als sie dreizehn oder so waren. Briefe an ihre zukünftigen Ehemänner, in denen sie erklären, warum sie sich für sie aufgespart haben.

Und hat es geklappt? Haben sie sich aufgespart?

Na ja, sie nicht. Aber viele ihrer Freundinnen anscheinend. Einige von ihnen, die, die so richtig gläubig waren, hatten lieber Analsex, als sie anfingen, sich mit Jungs zu treffen. Sie konnten die nicht ewig bei Laune halten, indem sie ihre Schwänze durch die Hose rieben. Und Analsex ist kein richtiger Sex, haben sie sich gedacht. Sie dachten, sie wären noch Jungfrauen. Gott hätte schon nichts dagegen.

Die Mädchen, mit denen ich zusammenwohnte, liebten Ellas Geschichten von der katholischen Schule. Sie lachten darüber und sagten dann, *ja, aber der springende Punkt ist natürlich*, und wir sprachen über die Übel der organisierten Religion oder darüber, dass Definitionen von Jungfräulichkeit durch und durch patriarchal waren.

Er lachte jedoch nicht, sondern sagte, *sprich doch etwas leiser*, und warf einen demonstrativen Blick auf die Kinder.

Ich habe nicht laut gesprochen, sagte ich, doch dann war ich mir dessen nicht mehr so sicher. Jetzt, wo wir still waren, konnte ich alles hören, was sie sagten.

Der Vater bot der älteren Tochter einen Schluck von seinem Wein an, sie nahm ihn, machte ein theatralisches Gesicht, öffnete und schloss den Mund.

Der ist nicht mal lecker, sagte sie. Und sowieso, so schlecht für dich.

Ich würde nie trinken, sagte die Jüngere. Nie und nimmer.

Mein Körper ist mein Tempel, sagte die Ältere.

Meiner auch. Mein Tempel, sagte die Jüngere.

Ich sah Max mit hochgezogenen Augenbrauen an.

Ich glaube, denen geht's gut, flüsterte ich.

Ich brach ein Stück von meinem Brot ab, doch es schmeckte nach Batteriesäure, also legte ich es zurück auf meinen Teller. Ich benutzte so einen bitteren Lack, der einen vom Nägelkauen abhalten soll und der alles verseuchte, was ich anfasste. Ständig vergaß ich das.

Aber, ich meine, sagte die Ältere. Du kannst immer nur versuchen, dein bestes Leben zu leben. Und anhaltender Missbrauch des Körpers ist einfach, ich meine, so schädlich für die persönliche Weiterentwicklung.

Nun, ja, sagte die Mutter. Das ist wohl durchaus wahr, aber –

Max blickte auf das Stück Brot, das ich zurückgelegt hatte. Er machte immer so ein Ding daraus, dass ich nicht genug essen würde, drängte mich, mehr zu essen, obwohl ich annahm, dass es ihm eigentlich gefiel, und es stimmte ohnehin nicht. Ich wollte mich nur einfach nicht zu sehr vollstopfen, wenn ich wusste, dass er mich nachher nackt sehen würde. Jetzt sagte er jedoch nichts dazu. Stattdessen nahm er einen Schluck von seinem Wein und sagte, *ich wäre so gerne religiös. Das muss toll sein. Zu glauben, dass, was auch immer geschieht, alles gut werden wird*, und dann kam unser Essen.

Also wegen der Jazz-Sache, sagte ich.

Ja, ich wollte schon fragen.

Die Art, wie er mich ansah, so als hätte ich etwas Dummes gemacht – nicht mal etwas Bedeutendes – einfach nur etwas Dummes, weckte in mir den plötzlichen Wunsch, ihm mein Messer in die Hand zu rammen.

Wir haben doch darüber gesprochen, sagte ich. Du meintest, das sei Zeitverschwendung, und du hattest recht. Ich hab's satt, jeden Abend spät nach Hause zu kommen, nie genug Zeit zum Üben zu haben. Und als du weg warst, hat Marieke mir was richtig gutes Externes angeboten – einen mehrtägigen Workshop mit einem Komponisten mit der Option, in der fertigen Oper aufzutreten, gut bezahlte Arbeit –, und ich musste Nein sagen, weil Malcolm mir nicht freigeben wollte, also hat sie jemand anders hingeschickt. Angela war richtig sauer auf mich, meinte, ich würde mir den Ruf einhandeln, unzuverlässig zu sein, und dass Marieke mich vielleicht nicht noch mal fragen wird. Die anderen Sänger müssen sich nicht mit so was herumschlagen. Sie ergreifen die besten Gelegenheiten, wenn sie sich bieten, kümmern sich nicht um andere Verpflichtungen, und so muss man sein – zielstrebig –, wenn man Erfolg haben will. Außerdem habe ich diese ganzen Castings vor mir – Vorsingen für gute Sachen, bei denen ich gar nicht geglaubt hatte, dass die mich hören wollen –, und die Proben für *Bohème* fangen bald an. Ich brauche Zeit, um mich darauf zu konzentrieren. Es sieht tatsächlich so aus, als könnte ich etwas erreichen. Lange bevor man es erwarten würde in meinem Alter, hat Angela gesagt.

Ich gab an, versuchte, Eindruck bei ihm zu schinden. Dafür hasste ich mich selbst. Je mehr ich erzählte, umso unglaubwürdiger klang das alles.

Und ich verstehe nicht, warum du so komisch drauf bist, schloss ich. Wo du meinen Job doch sowieso immer nur schlechtgemacht hast.

Ich bin nicht *komisch drauf*, sagte er mit einer leichten Betonung, um zu zeigen, dass er sich normalerweise nicht so ausdrückte. Und ich bin mir sicher, dass du recht hast. Ich wollte nur fragen, ob du darüber nachgedacht hast, was du stattdessen machst? Um Geld zu verdienen, meine ich.

Na ja, ich hatte im Januar ein paar zusätzliche Schichten. Ich habe auch meine Kaution von den Ps zurückbekommen, und Mil brauchte keine. Und meine Miete für das gemeinsame Zimmer ist jetzt so niedrig, ich musste den ganzen Monat fast nichts ausgeben. Ich habe genug gespart.

Tja, die Sache mit dem Geld ist, Anna, sagte er, wenn du es ausgibst, ist es weg.

Das ist mir bewusst. Danke.

Ich glaube nur, es ist nichts romantisch daran, kein Geld zu haben, das ist alles, sagte er. Ich kaufe dieses Märchen nicht ab, dass der arme Künstler – was? – die beste Kunst macht? Oder die moralischste? Glaubst du das? Mit Sicherheit ist der arme Künstler der, der aufgibt. Klar, hör mit dem Jazz auf, wenn es dir in die Quere kommt. Aber überleg dir einen Plan B.

Ich habe einen Plan B. Ich habe mir gedacht, dass ich mir ein paar Monate Zeit nehme, um mich diesen ganzen Dingen zu widmen. Dafür habe ich gerade genug gespart. Und dann übernehme ich mehr Arbeit im Gesangsverein. Vielleicht gebe ich Unterricht.

Aber ist das nicht wieder dasselbe? Gelegenheitsjobs. Brauchst du nicht einen längerfristigen Plan?

Ich habe einen längerfristigen Plan.

Und der wäre?

Opernsängerin zu werden.

Es gab eine kurze Pause. Er schien unschlüssig, ob er etwas sagen sollte.

Aber leben Leute wirklich davon?, sagte er schließlich. Die meisten, die es versuchen, meine ich? Ich weiß, manche Leute tun das, aber bestimmt sind sie die Minderheit. Das sind eher die Ausnahmen, oder? Ich will nur nicht, dass du so endest wie Laurie. Immer unterwegs, hier und da etwas Geld verdienen, keinerlei Sicherheit. Das würdest du nicht wollen.

Was schlägst du also vor, was ich tun soll?, fragte ich.

Er zuckte die Achseln.

Dass du Talent hast, ist offensichtlich, sagte er. Natürlich solltest du dem Ganzen eine Chance geben. Aber sei realistisch, das ist alles, was ich sagen will. Halte dir deine Optionen offen. Es ist ein Fehler, deine Zukunft passiv auf dich zukommen zu lassen, Anna. Einfach anzunehmen, dass sich die Dinge schon ergeben werden.

Ich versuchte, ihm zu erklären, dass mir, wenn ich mein Leben damit verbringen würde, zu singen, auch wenn ich niemals wirklich Geld damit verdienen würde, alles andere wahrscheinlich egal wäre. Ich wäre glücklich. Doch während ich das sagte, spürte ich, wie sich Angst in mir breitmachte, sich um meine Organe wand und streckte, und er sagte mit sanfter Stimme: Aber ich glaube, das stimmt nicht, oder? Ich würde nicht sagen, dass du jetzt glücklich bist. Oder? In diesem Haus zu leben? Dir ein Bett mit deiner Freundin zu teilen? Würdest du dieses Leben für immer führen wollen? Willst du nicht eines Tages dein eigenes Zuhause? Kinder? Eine Familie?

Ich weiß nicht, sagte ich.

Dann versuchte ich, ihm zu erklären, dass Geld in meinen Augen fließend war, unvorhersehbar. Nichts, das man festhalten konnte. Sinnlos, sein Leben darauf aufzubauen. Man brauchte es, aber bloß so, wie man Luft brauchte. Nicht zum Anhäufen. Da lachte er und sagte, *na ja, ich glaube du bist nicht ganz aufrichtig, Anna. Du magst doch schöne Dinge*, und dann kam der Kellner mit der Dessertkarte, und alles, was mir als Antwort einfiel, hätte ironisch gewirkt, also sagte ich nichts.

Doch als er nach der Rechnung fragte, dachte ich, er liegt doch falsch, oder nicht? Es ergibt sehr wohl einen Sinn, was ich gesagt habe. In diesem teuren Restaurant zu sitzen, Gerichte mit Namen, die ich nicht aussprechen konnte, zu essen, wie auch das Zittern unter der Bettdecke mit Laurie, ihre kalten Füße im Bett, die Heizung nicht aufdrehen zu wollen – beides war für mich natürlich, vertraut und einfach, nichts davon war mehr ich oder näher an meinem Kern.

Ist schon gut, sagte ich in dem Versuch, es herunterzuspielen. Ich weiß ja, du hältst meine Arbeit nicht für wichtig.

Es ist nicht so, dass ich sie nicht für wichtig halte, Anna, sagte er. Es ist nur so, wenn du damit kein Geld verdienst, bin ich mir nicht so sicher, dass man es Arbeit nennen kann.

Du musst jeden Tag deines Lebens leben, sagte das ältere Mädchen gerade zu ihren Eltern.

Aber was genau soll das heißen, Jessica?, fragte die Mutter.

Oh Mann, sagte die Jüngere. Das heißt, du kannst ihn nicht nicht leben.

Auf dem ganzen Weg nach Hause war er nett zu mir, liebevoll, versuchte, mich zum Lachen zu bringen. Ihm war klar, dass er mich verärgert hatte. Da ich ihn vermisst hatte – seinen Mund und seine Haut, die Muskeln an seinem Rücken, die Dinge, die er flüsterte, vermisst hatte –, hielt ich ihn nicht davon ab, als er mich küsste, als er den Reißverschluss meines Kleides öffnete. Ich ließ ihn mich ablenken. Doch danach schlief er ein, und ich lag wach. Die ganze Nacht dachte ich darüber nach, was er gesagt hatte, *aber willst du nicht dein eigenes Zuhause? Eine Familie? Ein Fehler, anzunehmen, dass sich die Dinge schon irgendwie ergeben* – dachte, wie viel habe ich, für wie lange wird es reichen, und dann was, und dann was – dachte, ich werde eine von denen, nicht wahr? Eine von denen, die ihr Leben nicht auf die Reihe kriegen – dachte –

Schließlich musste ich doch eingeschlafen sein, denn als ich aufwachte, war er unter der Dusche. Ich lag einen Moment da, lauschte dem Wasser, dann öffnete ich seine Nachttischschublade. Es war noch da. Das Bündel Scheine, das ich vor ein paar Wochen auf der Suche nach einem Ladekabel gefunden hatte. Mehrere Bündel, genauer gesagt. Verschiedene Währungen. Ich nahm den Pfund-Sterling-Stapel und blätterte mit dem Daumen durch die Scheine. Ich hatte das nicht geplant, wusste nicht so richtig, warum ich es tat, doch plötzlich sah ich meine Hand die oberste Note lösen, nach meiner Tasche greifen und sie hineinstecken. Ich fragte mich, ob ich wohl mit mehr davonkommen könnte, als das Wasser zugedreht wurde, und ich dachte, *was in aller Welt tust du da?*

Ich legte das Bündel zurück und schloss die Schublade, machte mir einen Kaffee und trank ihn am Fenster. In den Büroblocks waren einige Menschen mit ihren Kaffeebechern zu erkennen, bevor der Tag losging, oder schon an ihren Schreibtischen, wo sie in die Tasten hauten.

Lach jetzt bloß nicht, sagte er.

Ich drehte mich um. Er trug eine himmelblaue Jogginghose mit engem Bund an den Fußknöcheln und ein übergroßes Sweatshirt mit gekritzeltem Markennamen über der Brust.

Wow. Du siehst aus wie ein Fünfzehnjähriger in einem Skatepark.

Genau den Look will ich.

Finde ich irgendwie sexy, ungelogen.

Ist das also dein Ding?

Anscheinend. Also was soll das? Hat dich gerade die Midlifecrisis erwischt?

Er nahm mir den Kaffee aus der Hand und trank ihn.

Ich treffe Leute von einer Sportmarke, sagte er. Sie führen Gespräche mit mehreren Banken. Die Abteilungsleitung hat uns gesagt, wir sollen deren Klamotten anziehen.

Ist das normal?

Na ja, man muss schon selbst für seinen Spaß sorgen, oder? Normal? So weit würde ich nicht gehen. Erst Internat, dann Oxford, dann Banking. Keiner von denen ist normal.

Du hast dich einfach gerade selbst beschrieben.

Ich habe mehr Lebenserfahrung, sagte er auf diese Art, in der er das Harmloseste zweideutig klingen lassen konnte.

Dann meinte er, er müsse los, also zog ich mich an, und wir gingen.

Im Aufzug sagte er: Willst du wirklich kein Kind?

Was?

Gestern Abend. Du hast gesagt, du weißt nicht, ob du eine Familie möchtest.

Warum fragst du?

Einfach so, sagte er. Ich schon. Ich will ein Kind, meine ich.

Du würdest es aber wahrscheinlich Cecil oder so nennen, nicht wahr?

Cecil?

Oder so. Traditionell und zum Kotzen.

Ich habe einen Cousin, der Cecil heißt.

Nein, hast du nicht.

Doch, ehrlich. Der Sohn der Schwester meiner Mutter.

Ist er traditionell und zum Kotzen?

Könnte man wohl sagen.

Der Aufzug hielt in der Lobby. Wir standen vor der Glastür und blickten auf die Straße.

Stimmt was nicht?, fragte ich.

Ja. Ich schäme mich richtig, so auf die Straße zu gehen.

Das ist viel weniger peinlich als das, was du sonst trägst, vertrau mir.

Plötzlich wurde er ernst und sagte: Hör mal, Anna. Ich habe ein schlechtes Gewissen wegen gestern Abend. Ich habe heute Morgen darüber nachgedacht, und du hast recht. Warum solltest du dem Ganzen nicht eine Chance geben? Sehen, ob du was draus machen kannst? Ein paar fokussierte Monate. Ich verstehe das. Es ist eine Investition.

Tja, danke.

Ich sehe, wie schwer das ist. Was du da versuchst. Ich möchte einfach nur nicht, dass du Sorgen hast, das ist alles.

Auf der Straße küsste er mich und wurde dann vom Strom der Anzugträger verschluckt. In meiner linken Hand blieb, wie bei einem Zaubertrick, ein Umschlag zurück. Er war voller Geld.

Ich musste den Schein loswerden, den ich genommen hatte. Ich spürte seine Präsenz, nagend und permanent, wie das bohrende Ziehen von Bauchschmerzen. Ich ging in einen Coffeeshop, kaufte einen Kaffee und ein Croissant, dann noch ein Wasser und Kaugummi, einen weiteren Kaffee, und das Geld war weg. In einer Stunde hatte ich Französischunterricht, aber ich war noch müde, und es war sowieso ein Wahlfach. Niemandem würde es auffallen, wenn ich nicht hinging, also fuhr ich nach Hause, um mich noch mal hinzulegen.

Wir wohnten jetzt in einer Straße mit Lagerhäusern, die Laurie in ihren Erzählungen entweder in Harringay oder in Islington verortete, je nachdem, wen sie damit beeindrucken wollte. Einige davon, wie unseres, waren in überteuerte Apartments verwandelt worden, und andere waren mit Brettern vernagelt oder hatten Gitter vor den Fenstern und *zu-vermieten*-Schilder außen dran. *Yukis Kita* stand mit Kreide an einem der Fenster und eine Telefonnummer, obwohl ich dort noch nie Kinder gesehen hatte.

Als ich das Haus betrat, war unten niemand da. Ich nahm den Umschlag heraus und zählte das Geld. Während der Busfahrt hatte ich beschlossen, es ihm zurückzugeben, doch nun sah ich, wie viel es war, dachte daran, wie viel Zeit es mir verschaffen würde, und ich wusste, dass ich es nicht konnte. Ich schickte ihm eine Nachricht, dankte ihm und sagte, ich würde es ihm zurückzahlen.

Ich ging nach oben, um in die Wanne zu steigen, doch sie war voller Klamotten, die zum Einweichen drin lagen und das Wasser rot färbten.

An einem meiner ersten Morgen im Haus hatte ich gesehen, dass Sash hinten auf ihrer Hose Blut hatte.

Oh, ich benutze keine Tampons, sagte sie, als ich sie darauf hinwies. Das nennt man Free Bleeding. Tampons sind kapitalistisch. Frau sollte nicht dafür zahlen müssen, die Periode zu haben.

Dann mischte sich Ella ein und wies Sash zurecht, weil sie das Wort *Periode* benutzt hatte. *Periode* sei ein männlicher Wissenschaftsbegriff, meinte sie. Er impliziere einen Endpunkt. Menstruation jedoch gehöre zum konstanten weiblichen Körperfluss, von dem sich die Männer so bedroht fühlten und den sie daher zu kontrollieren versuchten.

Na ja, es bedeutet aber nicht *Endpunkt*, sagte Sash. Das Wort kommt aus dem Lateinischen und bedeutet *Kreislauf*. Also eigentlich genau das Gegenteil.

Ach was, und Latein ist nicht etwa die Sprache des Patriarchats?, sagte Ella.

In diesem Haus fand ich jedenfalls bald heraus, dass menstruelle Synchronisation, wie ich schon immer geahnt hatte, ein Mythos war. Das Badezimmer roch immerzu beißend und säuerlich, das Waschbecken, die Wanne voller blutiger Kleidungsstücke zum Einweichen. Sie verbrachten Stunden damit, Flecken aus ihren Sachen zu schrubben, wobei sie es oft eine Weile versuchten, dann aufgaben, die Klamotten wegwarfen und sich neue kauften.

Du solltest dich vor Menstruationsblut nicht ekeln, sagte Mil einmal, als sie sah, wie ich einen Fleck mit einem Kissen verdeckte, bevor ich mich aufs Sofa setzte. Das ist das Patriarchat, das aus dir spricht. Blut ist steril. Na ja, gewissermaßen. Und es ist ganz offensichtlich archaisch, oder? Faschistischer Kontrollscheiß. Frauen zu sagen, wohin sie bluten können und wohin nicht. Raus aus unseren Vaginas, sag ich. Hände weg. Und es sind sowieso bloß Möbel. Mein Dad kann ein neues scheiß Sofa kaufen, wenn es ihm so scheiße wichtig ist.

11

EINE WOCHE SPÄTER hatten wir einen unserer Hausabende. Anwesenheit war verpflichtend. Das Haus war Mils kommunales feministisches Wohnexperiment, und wir alle mussten ihre Regeln befolgen – als Zeichen dafür, dass wir dieselbe Vision teilten. Wir wechselten uns mit dem Kochen ab, und das Abendessen mündete unweigerlich in einer thematischen Diskussion. Darüber, ob Pornografie an sich frauenfeindlich war, das Für und Wider von rein weiblichen Shortlists, weshalb sich weiße Heteromänner nicht um den Klimawandel scherten.

An diesem Abend, der auf einen Nachmittag in der gynäkologischen Klinik folgte, wo ich mir die Spirale hatte einsetzen lassen, diskutierten wir ethische Fragen rund um die Verhütung. Ein paar Wochen zuvor war bei Max ein Kondom geplatzt, und am nächsten Morgen hatte ich mir die Pille danach besorgt. Der Apotheker fragte mich, ob der Sexpartner mein Freund gewesen sei.

Ähm, hatte ich geantwortet. Na ja. Irgendwie schon.

Warum wird man so was überhaupt gefragt?, hatte ich später zu Laurie gesagt.

Neugierde wahrscheinlich. Ich wüsste nicht, warum das irgendeinen Unterschied machen sollte.

Mit Hormonen vollgestopft, hatte ich mich den restlichen

Tag schlecht gefühlt, und der Vorfall hatte mir Angst eingejagt – hatte mir vor Augen geführt, wie wenig es braucht, damit dein Körper nicht mehr dir selbst gehört. Max hatte sich ohnehin schon immer darüber beschwert, Kondome benutzen zu müssen, aber ich wollte nicht die Pille nehmen – ich hatte es mal probiert, und sie hatte meine Kehle ausgetrocknet und mir die hohen Töne erschwert –, also entschied ich mich für die Spirale.

Am Abend erzählte ich den Mädels jedoch, ich sei aus moralischen Gründen gegen die Pille, und sie pflichteten mir bei.

Ich finde es unglaublich, sagte Mil, dass Männer noch immer von Frauen erwarten, die Pille zu nehmen. Und wenn man sie fragt, ob sie ein Kondom haben, dann kommt ein fassungsloses, *oh, aber du nimmst doch die Pille, oder nicht?*, so als wäre es deine Pflicht als Frau, deine Vagina so einladend wie möglich zu machen für den Fall, dass mal irgendein Mann hineinwill.

Außerdem, sagte Sash. Wenn ein Mann mit Kondomen so verdammt lax umgeht, dann weißt du ganz genau, dass du dir bei ihm was Fieses einfängst. Niemand hat gedacht, dass Frauen die Pille für immer nehmen sollten. Als sie erfunden wurde, meine ich. Sie war eine Notlösung, bis etwas Besseres käme. Etwas mit weniger Nebenwirkungen. Aber die weibliche Gesundheit ist denen doch scheißegal, nicht wahr? Wir wissen seit Jahren, dass es nicht gesund ist, wenn Frauen –

Ich gebe dir recht, warf Ella ein. Aber, ganz ehrlich, ich finde, das Wort *gesund* belegt Gesundheit mit einem Werturteil, das mir weder hilfreich noch inklusiv erscheint.

Laurie sah mich an, ihr Blick war vielsagend, dann schmunzelte sie und wandte sich bewusst schnell ab. Sie riss sich eine Haarsträhne aus, hielt sie in die brennende Kerze auf dem Couchtisch und beobachtete, wie die Flamme aufflackerte und sich zu einem Ball verdunkelte.

Diese gesellschaftliche Obsession mit Gesundheit als etwas, ja was, etwas Erstrebenswertes?, sagte Ella. Eine Art erreichbares Ziel für jede und jeden? Tut mir leid, aber das ist so ableistisch. Ich werde niemals zu hundert Prozent gesund sein, wisst ihr, wegen meiner Glutenunverträglichkeit. Damit habe ich mich abgefunden. Aber es hilft mir nicht, wenn mir ständig *gesund* als diese Super-erstrebenswertes-Lebensziel-Sache vorgehalten wird. Merkst du nicht, dass zu sagen, alle sollten gesund sein, dasselbe ist, wie zu sagen, alle sollten dünn sein oder reich sein? Was ist mit den Menschen, die das nicht sein können? Was ist mit den Menschen, die das nicht sein wollen?

Sash sah aus, als würde man sie zwingen, Chlor zu schlucken, blieb aber still. Eine weitere von Mils Regeln besagte, dass wir für unfeministisches Verhalten einberufen statt hinausgeschickt wurden. Das hieß im Grunde, dass man dasitzen und über sich ergehen lassen musste, dass alle über einen herzogen, bis sie einem schließlich freiheraus und aus tiefstem Herzen sagten, was für ein schlechter Mensch man sei.

Nachdem sich Sash entschuldigt und versprochen hatte, Ella in Zukunft die Bürde zu ersparen, sie belehren zu müssen, gingen Laurie und ich nach oben. Den ganzen Weg die gefährlich unpraktische Wendeltreppe empor hörten wir sie noch streiten. Das Haus bestand ganz und gar aus nacktem Backstein und Stahl, Holzdielenböden, darunter eine Heizung, die Motten auszubrüten schien. Es gehörte Mils Eltern, und meine Internetrecherche hatte ergeben, dass es sehr viel Geld gekostet hatte.

Wir müssen hier echt verdammt noch mal raus, sagte Laurie.

Das sind doch deine Freunde. Ich dachte, du magst sie.

Ich legte mich auf unser Bett. Die Schmerzen in meinem Bauch waren, als würde jemand einen Stahlballon in meinem Inneren aufblasen, zuerst kaum spürbar, dann größer und größer, sodass meine Organe davon verdrängt wurden, dann ploppte er – süße Erleichterung –, und es begann von Neuem. Ich war froh, dass Laurie mit mir zur Klinik gekommen war. Ich hatte stundenlang in einem trostlosen Zimmer warten müssen, bis ich dran war. Auf großen Bildschirmen liefen Musikvideos – sexy tanzende Frauen im Bikini – in einer Dauerschleife, und Diagramme mahnten, dass man, selbst wenn man mit nur einer Person schlief, wahrscheinlich indirekt die Keime mit Tausenden teilte. Laurie hatte für Unterhaltung gesorgt. Wir füllten einen ganzen Stapel Feedback-Formulare unter unterschiedlichen Namen aus. Wir versuchten, anhand dessen, wie elend die Leute aussahen, zu erraten, welche Geschlechtskrankheit sie wohl befürchteten zu haben. Wir ergatterten so viele gratis Kondome, wie wir konnten, indem wir abwechselnd ganz subtil so taten, als würden wir auf die Aushänge schauen und auf dem Rückweg zu unseren Plätzen im Vorbeigehen eine Handvoll aus der Schale nahmen. Nachdem die Spirale drin war, musste ich mich wieder auf meinen blauen Plastikstuhl setzen, Kopf im Schoß, und darauf warten, dass dieses Gefühl – als würde jemand ein Netz durch meine Eingeweide ziehen und Dreck abschaben – aufhört. Auch da war ich froh gewesen, sie bei mir zu haben. Sie sagte, *meine Güte, du stehst wirklich auf Drama, stimmt's?*, aber sie holte mir Wasser und rief uns ein Taxi, obwohl ich beteuerte, ich könne laufen, und sie bestand darauf, zu zahlen.

Nun legte sie sich neben mich.

Ziehst du das morgen an?, fragte sie, als sie das Kleid bemerkte, das an der Tür hing.

Ich hatte etwas von Max' Geld genommen, um es zu kaufen. Eine Investition. Ich hatte diese Woche drei wichtige Castings – zwei für Chorauftritte, eins für eine kleine Rolle, alles echte, bezahlte Arbeit, und nichts Anzuziehen.

Ja, das ist neu.

Zeig mal.

Hast du deiner Mutter dabei zugesehen, wenn sie sich fertig gemacht hat, als du noch klein warst?, fragte sie, als ich aufstand, um es anzuziehen. Ich fand das immer toll. Nicht zu wissen, wo sie hinwollte, aber zu denken, dass das Erwachsensein bedeutete. Schöne Kleider anziehen und ausgehen. Erinnerst du dich daran?

Na ja, meine ist nie wirklich irgendwo hingegangen, sagte ich. Es gab nicht viel, wo sie hätte hingehen können.

Ich sah mich im Spiegel ins Kleid steigen. Es war einfach geschnitten und passte sich meinen Formen perfekt an. Ich war so daran gewöhnt, mich in den Klamotten zu sehen, die ich immer trug, doch dieses Kleid weckte in mir den Gedanken: Unter unserer Kleidung sind wir bloß Körper, alle gleich, man kann uns ausziehen und in etwas ganz Anderes kleiden, und dann sind auch wir anders.

Hatte sie viele Freund*innen?, fragte Laurie.

Meine Mutter? Nicht wirklich. Ich schätze, deshalb war sie so vernarrt in mich.

Ich hatte Laurie von meiner Mutter erzählt. Sie spielte gerne die Hobbypsychologin und analysierte, wie sich meine Kindheit auf meine heutige Persönlichkeit auswirkte, aber ihre Schlussfolgerungen überzeugten mich nie so richtig. Ich verbrachte Stunden damit, die Psyche der Figuren zu verstehen, die ich spielte – eine Hintergrundgeschichte zu konstruieren und durch sie die aktuellen Beweggründe zu erklären –, aber mir fiel es oft schwer, das auf mich selbst zu beziehen. In meinem Inneren fühlte ich mich wie ein großes, stilles Wasserbecken. Ich konnte so tief hinuntertauchen, wie ich wollte, ich sah nie den Boden.

Meine Mutter hatte Hunderte von Freund*innen, sagte Laurie. Sie ist ständig ausgegangen. Allerdings nur, als ich klein war. Als meine Schwester kam, hörte sie auf zu arbeiten, aber sie kannte noch jede Menge coole Leute von früher. Sie und ihre Freundin hatten so eine Modemarke gegründet. Das ist wunderschön. Dreh dich um.

Ich stellte mich auf die Zehenspitzen, damit sie sehen konnte, wie es mit Absätzen aussehen würde. Dasselbe hatte ich getan, als ich es am Abend zuvor Max gezeigt hatte. Er hinter mir, die Arme um meine Hüfte. Wir beide betrachteten mein Spiegelbild. Ich hatte mir Sorgen gemacht, er würde sich darüber aufregen, dass ich sein Geld für Kleidung ausgab – es ist wichtig, bei Vorsingen gut auszusehen, sagte ich deshalb –, doch es schien ihm nichts auszumachen. Das Kleid gefalle ihm, es sei eine gute Wahl gewesen. Ich müsse mich öfter schick machen, sagte er.

Weißt du, ich wollte schon immer ein Mäzen der Künste sein, sagte er.

Im Ernst?

Klar. Geld für schöne und unnütze Dinge ausgeben. Das zeigt, dass man es geschafft hat, richtig?

Ich setzte an, ihm zu sagen, dass er mich mal könne, doch er legte mir die Hand auf den Mund und lachte in mein Haar, *ich mache nur Spaß*, sagte er, und ich biss in seine Hand, doch er ließ nicht los. Er zog mich zu sich heran, sodass mein Körper ganz dicht an seinem war. *Vorsicht*, sagte er.

Echt schön, sagte Laurie. Was hat es gekostet?

Weiß ich nicht mehr. Nicht viel. Wieso hat deine Mutter aufgehört zu arbeiten?

Ich weiß nicht genau. Ich habe nie wirklich danach gefragt. Ich kann mir allerdings gut vorstellen, dass mein Vater es ihr nicht leicht gemacht hat. Er ist nicht gerade der aufgeklärteste Mann der Welt. So war es leichter für sie, schätze ich. Aber ich glaube, es war nie ihr Plan gewesen. Aufzuhören, meine ich. Sie hatte Ambitionen.

Das ist traurig.

Ja, ist es. Jedenfalls hatte sie all diese hübschen Klamotten und wurde immer zu Partys eingeladen. Ich lag auf ihrem Bett, während sie sich anzog, Lippenstift auflegte, Parfüm, das nicht nach ihr roch. Sie hatte immer diese nervöse Energie in sich, wenn sie sich fertig machte. Als wäre etwas in ihr, das rauswollte. Mein Vater hat es, glaube ich, gehasst. An diesen Abenden haben sie immer gestritten, aber ich fand es faszinierend. Sie so zu sehen, wie sie vermutlich früher gewesen war. Als ich älter wurde, ging sie allerdings immer seltener aus, und dann – ich weiß nicht mehr wann genau –, irgendwann hörte sie ganz auf. Ich bin mir nicht sicher, warum. Die Einladungen kamen trotzdem noch eine Weile. Ich weiß das noch, weil sie die immer an den Kühlschrank geheftet hat, also muss sie sich darüber gefreut haben. Die Klamotten sahen jedoch nicht mehr richtig an ihr aus, als wären sie für jemand anders gemacht. Ich denke, sie hat sich auch darum gesorgt, was sie den Leuten sagen sollte, wobei ich nicht weiß, ob mir das damals schon klar war oder erst später. Ich denke, sie hatte Angst, sie würden fragen, was sie mit ihrer Zeit anfing. Dass sie nichts Beeindruckendes zu erzählen hätte. Dann hat sie versucht, sich umzubringen. Hab ich dir das schon mal erzählt?

Im Ernst? Nein, hast du nicht, sagte ich. Das hast du mir noch nie erzählt. Das ist ja furchtbar. Tut mir leid.

Ja, das war nicht so toll. Ich war um die fünfzehn. Ich fand sie, als ich aus der Schule kam. Das hab ich ihr nie wirklich verzeihen können. Sie wusste, dass ich als Erste nach Hause kommen würde.

Sie sah mich an und lachte.

Du brauchst mich wirklich nicht so anzuschauen, sagte sie. Mir geht's gut. Es ist lange her, und sie hat es ja nicht geschafft. Aber ich habe sie danach ewig gehasst. Diese öde Vorhersehbarkeit, weißt du? Frau richtet ihre Energie gegen sich selbst, anstatt irgendwas besser zu machen. Originell. Ich hatte jeglichen Respekt vor ihr verloren. Ich wollte, dass sie sich zusammenriss.

Sie lag auf dem Bett, setzte sich jedoch plötzlich auf.

Hey, sagte sie, warst du gestern in der Küche dabei, als die über ihre Schamhaare gesprochen haben? Wusstest du, dass sie alle dreißig Mäuse im Monat dafür ausgeben, sich waxen zu lassen? Alle von ihnen. Alles da unten. Ella meinte, das hätte echt, ganz ehrlich, überhaupt nichts mit Männern zu tun. Es wäre nur für sie selbst. Sie fühlt sich einfach nicht wohl, wenn sie irgendwo Haare hat. Wenn sie da sind, meint sie, spürt sie sie die ganze Zeit.

Oh man. Stell dir nur mal vor, welch unfassbare Höchstleistungen ich vollbringen könnte, wenn ich nicht ständig meine Schamhaare spüren würde.

Ja, oder? Das muss schön sein.

Zwei Stücke für das erste Vorsingen, und eins davon musste Mozart sein, dieses hinterhältige Genie, das die einfachste Musik geschrieben hat, die alle deine Schwächen zum Vorschein bringt. Wenn es der Stimme an etwas fehlt, werden jene schlanken Phrasen es zeigen, und wenn sie alles hat, in Perfektion und Schönheit, wird dein Publikum, sobald du fertig bist, sagen, *ah, Mozart, ist er nicht großartig,* und kein Wort über die Sängerin verlieren.

Lächeln von allen Seiten, die Jury ist freundlich. Es ist noch früh. Sie langweilen sich noch nicht.

Wir wollen bitte zuerst den Mozart hören, Anna. Wann immer du so weit bist.

Die Trojanische Prinzessin ist mein Lieblings-Mozart. Ilia, die den Mann, den sie liebt, nicht lieben darf, verrät alles, was sie kennt, indem sie ihn liebt, doch sie kann ihn nicht nicht lieben, wie sollte sie auch? Ich fange zu singen an, und es ist einer dieser Tage, an dem alles klappt, es fühlt sich kaum wie singen an, die Musik kommt nicht aus meinem Mund, sondern aus jeder Pore meines Körpers und meinen Fingerspitzen, und –

Entschuldige, wir unterbrechen dich hier, sagen sie. Wir sind etwas knapp in der Zeit, aber wir danken dir wirklich vielmals fürs Kommen.

Versuche, freundlich und dankbar zu sein, für den Fall, dass sie mich jemals wieder anhören wollen. Rede mir auf dem Weg nach draußen ein, dass es an meiner Größe liegt, oder an meiner Haarfarbe, nicht daran, dass ich schlecht bin, sie suchen nur einfach etwas anderes. Versuche, den Wunsch loszulassen oder ihn woanders hin zu kanalisieren. Das war der Dienstag.

Am Mittwoch geht es in einen kalten Kirchensaal. Finde vorher nur die Kindertoiletten, die Miniklos mit den Minitüren, über die Erwachsene drüber gucken können. In meiner Unterhose ist Blut, und auch eingetrocknetes an meinem Bein. Der Körper ist also noch im Schockzustand. Versucht, das fremde Objekt abzustoßen. Ich spucke auf Toilettenpapier und versuche, es von meinem Oberschenkel zu wischen, schiebe mir ein Knäuel zwischen die Beine, aber mein Kleid ist eng und bestimmt können sie es sehen. Kirchensaal, übertrieben hell, dort findet die Sonntagsschule statt, Poster an den Wänden mit Zeichnungen von Noahs Arche, vom Garten Eden. Neonlicht, Blicke zu prüfend. Ein Fehler – gehe einen hohen Ton falsch an, tauche nicht hinein, und er ist nicht mit mir verbunden, schwebt irgendwo davon, und ich sehe – im zu hellen Licht –, wie sich alle etwas aufschreiben.

Dann ist Donnerstag. Früh am Abend. Konzertraum außerhalb Londons. Zwei Stunden und zu viel Geld für die Zugfahrt. Der Assistent kommt in den Warteraum.

Mit Bedacht formuliert er im Passiv: Es tut mir sehr leid, aber der Zeitplan ist durcheinandergeraten.

Durcheinandergeraten?

Die Jury denkt, dass alle durch sind, aber du warst noch nicht dran. Wenn du jetzt mitkommst, bitte ich sie, dich noch anzuhören.

Den Flur runter, er klopft, sagt, *warte eben draußen*, und dann höre ich ihn erklären. Sie regen sich auf, wollen nicht länger bleiben, dann sagt schließlich einer, *na gut, wo ist sie denn? Wartet sie? Dann schick sie doch rein.*

Ich gehe hinein, und sobald ich den Mund öffne, holt einer von ihnen sein Handy aus der Tasche und fängt an zu texten. Ein anderer schaut mich zunächst an, richtet seinen Blick dann jedoch aus dem Fenster. Mein Kopf springt zwischen Ilia und dem Mann am Handy, dem Mann, der die Bäume anstarrt, hin und her, wie ein Fernseher, der zwischen zwei Sendern hin- und herschaltet.

Nun, danke, sagt einer von ihnen, und dann Stille.

Du siehst reizend aus, sagte Angela, als ich zu meiner Stunde erschien. Ich mag deine Ohrringe.

Keine Sorge, so labil bin ich nicht. Du brauchst nicht extra nett zu mir zu sein.

Als ich meine Absagemails bekommen hatte, hatte ich Angela eine melodramatische Nachricht geschrieben. *Kopf hoch!* hatte sie geantwortet. *Wir sprechen uns Montag LG*

Ich mag sie aber wirklich, sagte sie. Hat dein Liebhaber sie dir geschenkt?

Ja, hat er.

Er hatte sie mir eines Abends gekauft, als wir zusammen auf dem Spitalfields Market waren. Er war auf der Suche nach einer speziellen Lampe für sein Haus gewesen und dachte, ein Händler, den er dort kannte, könnte sie haben, doch er hatte sie nicht. Wir liefen eine Weile herum, hielten vor einem Stand mit Art-déco-Schmuck. *Was gefällt dir?*, hatte Max gefragt, und ich zögerte, wollte nichts aussuchen, was er vulgär finden würde, konnte seinen Geschmack nicht einschätzen, doch als ich auf die Ohrringe zeigte, sagte er, *gute Wahl*. Seitdem hatte ich sie jeden Tag getragen. Sie waren wie ein Gütesiegel seines Wohlgefallens.

Du Glückliche, sagte Angela. Halt ihn fest. Unter uns gesagt, ein wohlhabender Partner ist die beste Absicherung, die eine junge Sängerin haben kann. Also, erzähl mir von den Castings. Wie, schätzt du ein, hast du gesungen?

Ich zuckte mit den Schultern.

Gut eigentlich, sagte ich. Ich habe gut gesungen, denke ich. Daran lag es nicht.

Aber, Anna, das ist doch alles, was zählt. Wenn du zwanzigmal vorsingst und dein absolut bestes Können zeigst, wirst du vielleicht einmal genommen, und zerbrich dir gar nicht erst den Kopf, warum es die anderen Male nicht geklappt hat. Das treibt dich nur in den Wahnsinn. Du musst tough sein, das weißt du. Was ist denn los? Du bist doch sonst nicht so eine Schwarzseherin.

Nichts, sagte ich, auch wenn ich mich, ohne zu wissen, warum, den Tränen nah fühlte. Ich glaube, ich bin einfach müde.

Wir verbrachten die Stunde damit, an *Bohème* zu arbeiten, und am Ende gab mir Angela eine Umarmung.

Du machst dich sehr gut, sagte sie. Ehrlich. Ich hätte keinen Grund, dich anzulügen.

Danke dir.

Du musst einen Weg finden, mit Ablehnung fertigzuwerden und nicht daran zu zerbrechen. Ich will dir keine Standpauke halten. Aber das ist eine überfüllte Branche, die dich nicht will, Anna. Das ist die traurige Wahrheit. Du musst selbst für dich kämpfen, denn niemand anders wird es tun. Die einzigen Menschen, die deine Karriere wirklich interessiert sind du, ich und deine Mutter.

Als ich achtzehn war und meiner Mutter erzählte, dass ich mich für die Musikhochschule bewarb, sagte sie, *aber was ist mit der Universität?*, und dann sagte sie, *wir können es uns nicht leisten, dir so etwas zu bezahlen, Anna, das weißt du.* Als ich ihr erklärte, dass es als Universitätsabschluss zählte und ich ein Darlehen bekommen könnte, war sie ganz offensichtlich enttäuscht.

Meine Mutter interessiert es gar nicht so sehr, sagte ich.

Na also, sagte Angela, da hast du es.

Am Abend lud mich Max zum Essen ein. Ich hatte gehofft, er würde nicht daran denken, mich nach den Castings zu fragen, doch er kam gleich darauf zu sprechen. Ich sagte, sie seien okay gelaufen, doch ich hätte keine Angebote bekommen.

Wie schade. Warum nicht?

Ich weiß nicht. Ich habe gut gesungen. Ich war wohl einfach nicht das, wonach sie gesucht haben.

Das ist interessant, nicht?, sagte er. Wenn ich Leute einstelle, hängt so viel davon ab, wie sie rüberkommen. Wie sie reden. Wie einnehmend sie sind. Wie sehr man sie mag. Oft ist es nicht die Person, die auf dem Papier am besten erscheint.

Was stimmt nicht damit, wie ich rüberkomme?

Was? Das hab ich nicht gemeint. Nichts. Na ja, ich habe keine Ahnung. Ich habe dich nie bei einem Vorsingen gesehen. Aber das ist etwas, worüber man nachdenken sollte, schätze ich.

Ich hatte das Gefühl, er würde mich zu aufmerksam unter die Lupe nehmen, meinen Wert schätzen, als wäre ich ein Schmuckstück, das er zu kaufen überlegte – er hielt es vors Licht, überprüfte, ob der Stein makellos war und wie sehr er funkelte, wollte sichergehen, dass er eines Tages mehr herausbekommen würde, als er hineingesteckt hatte.

Doch dann sagte er: Aber es werden ja andere Vorsingen kommen, andere Chancen. Es ist zum Teil ein reines Zahlenspiel, stimmt's?, und ich kam mir unfair vor, schlecht von ihm gedacht zu haben.

Er war gut drauf, hatte das Wochenende in seinem Haus in Oxford damit verbracht, die Küche einzupassen.

Du selbst?, fragte ich.

Zum Großteil. Ein Bekannter hilft mir bei den Dingen, die ich nicht kann.

Ich bin beeindruckt. Ich dachte immer, du wärst handwerklich hoffnungslos unbegabt.

Er hielt mit seinem Weinglas auf halbem Wege zu seinem Mund inne und warf mir diesen Blick zu, der mich denken ließ, ich bin verloren, so lächerlich weit davon entfernt, das hier unter Kontrolle zu haben. Der mich daran denken ließ, wie nackt ich unter meiner Kleidung war, und dass es nicht erlaubt sein sollte, dass er mich so ansah, nicht hier, nicht in der Öffentlichkeit, wo es jeder sehen konnte.

Ich weiß, dass du das nie gedacht hättest, sagte er.

Er nahm einen Schluck von seinem Wein.

Ich wollte schon immer ein Haus von Grund auf bauen, sagte er. Vielleicht eines Tages. Aber für den Moment kommt das dem nahe genug.

Ich würde es gern sehen.

Ich hatte keinerlei Vorstellung davon, wie es wohl war. Alt. Neu. Nackte, weiße Wände, klare Linien, frei von Schnickschnack. Holzverkleidung und antike Möbel. Ich hatte keine Ahnung, dabei erschien es mir wichtig, es zu wissen, denn ich dachte, es würde mir helfen, ihn einzuordnen. Ich hatte ein paarmal Anspielungen gemacht, dass ich vorbeikommen wollte, doch er blieb immer vage.

Es ist noch das reinste Chaos, sagte er. Nicht bereit für Gäste.

Du hast meine letzte Bleibe gesehen, beharrte ich. Bestimmt ist es besser als das.

Er lachte.

Ein klein wenig, ja. Jedenfalls verbringe ich fast das ganze Wochenende damit, zu arbeiten. Du würdest dich nur langweilen. Ich bin mir sicher, dass deine Wochenenden in London unterhaltsamer sind.

Ich hatte angefangen, Details in meinem Leben ohne ihn zu erfinden, davon zu schwärmen, wie spannend die Partys waren, auf die ich ging, wie abwechslungsreich und interessant mein Bekanntenkreis. Ich wollte ihn glauben machen, mein Leben wäre reich und erfüllt, und er nur das Beiwerk, anstatt umgekehrt. So wie er mich jetzt anlächelte, war ich mir sicher, dass er es wusste. Er konnte genau sehen, wie meine Wochen um ihn herum kreisten und wie alles, was ich tat, wenn er weg war, leer und jeglicher Farbe beraubt schien.

Ich sagte, *ja, okay, wahrscheinlich*, und wechselte das Thema.

Wir waren fast mit dem Essen fertig, als eine Frau zu unserem Tisch kam.

Max, du *bist* es, sagte sie. Ich habe es doch gesagt. Wir haben dort drüben gesessen. Eben wollten wir gehen.

Sie gestikulierte zu einem Mann, der mit ihrem Mantel an der Tür stand. Sie gab ein perfekt zusammengesetztes Bild ab, wie eine Playmobilpuppe mit Plastikkleidung, die so gestaltet war, dass sie passgenau um ihren Körper einrastete. Ein maßgeschneidertes weißes Kleid und ein dunkles kastenförmiges Jackett. Etwa im selben Alter wie Max.

Hi. Ich habe euch gar nicht gesehen.

Wie ist es dir denn ergangen? Es ist Ewigkeiten her. Wie läuft alles so?

Sie sah mich an, und ich lächelte, doch er stellte mich nicht vor.

Gut, sagte er. Bei mir läuft alles gut. Wie geht's euch beiden?

Sehr gut. Wir ziehen bald um. Raus aus London. Hitchin.

Das ist schön. Na dann hoffe ich, dass alles glattgeht.

Und wie geht's dir?, fragte sie wieder, als von ihm nichts mehr kam. Sein Gesicht hatte einen Ausdruck angenommen, den ich gut kannte, der Mund eine grimmige Linie, Entgegnungen wie eisige Splitter, als würden die Fragen auf eine Wand aus Eis prallen, die sie nicht durchdringen konnten.

Nicht viel zu berichten, sagte er.

Sie warf noch einen Blick auf mich, doch er lächelte bloß.

Nun, es war schön, dich zu sehen, sagte sie.

Sie sahen mich von draußen durch die Glasscheibe an, als sie gingen.

Wer war das?, fragte ich.

Helen. Ich habe sie eine ganze Weile nicht mehr gesehen.

Er zahlte die Rechnung und sagte: Lass uns was trinken gehen.

Eigentlich hatte ich keine Lust. Ich wollte wieder mit ihm in der Wohnung sein, seine Haut auf meiner, seine Stimme in meinem Ohr, so wie sie sich nur anhörte, wenn wir ganz alleine waren. Es war wohl die Frau, denke ich. Ich hatte das Gefühl, wir wären irgendwie bedroht. Doch er war angespannt und still, und ich wollte nicht Nein zu ihm sagen, also gingen wir zu einem Pub um die Ecke. Den ganzen Tag hatte es geregnet, und die Trübseligkeit hing noch immer in der Luft.

Mein Gott, ist London deprimierend, sagte er.

Das ist nur der Regen. Bald kommt der Frühling.

Es ist auch die Wohnung. Sie deprimiert mich.

Ich liebe deine Wohnung.

Sie ist okay, sagte er. Sie ist nur kein richtiger Ort.

Ich stellte mir vor, wie ich den Schlüssel in die Tür steckte, sie öffnete, und dort nichts war. Ein Vorsprung. Ein Abgrund. Die Straße neunzehn Stockwerke unter mir.

Wir waren am Pub angelangt, als sein Handy in der Tasche vibrierte. Er holte es raus und warf einen Blick aufs Display.

Ich muss da rangehen, sagte er.

Er gab mir seine Brieftasche.

Hol uns beiden was zu trinken.

Der Pub war von Bürogebäuden umgeben und voller

Männer. Einer sprach mich an der Bar an. Er war jung, und sein City-Anzug sah an ihm nicht ganz passend aus, als hätte er ihn von seinem Vater geliehen. Oberflächlicher Small Talk. Er bot an, mir einen auszugeben, und ich sagte, ich bräuchte nichts, danke, ich sei mit jemandem hier, er sei draußen. Er sagte etwas überraschend Witziges, ich lachte, und dann kam der Barkeeper mit meinen Getränken, und ich sah Max an der Tür stehen und zu mir rüberschauen. Ich sagte, *tja, war nett, dich kennenzulernen*, und er sagte, *gleichfalls*, und ich entfernte mich.

Wer war das?, fragte Max.

Keine Ahnung. Irgendein Typ. Alles okay?

Was?

Der Anruf.

Oh klar. Ja. Arbeit.

Er sagte, er wolle uns einen Tisch suchen, und ich ging zur Toilette.

Als ich zurückkam, grinste er mich an, als wüsste er etwas, das ich nicht wusste.

Er hat dir hinterhergeguckt, weißt du?, sagte er.

Wer?

Der Typ, mit dem du an der Bar gesprochen hast. Er hat dir auf den Hintern geglotzt, als du an ihm vorbei bist. Und zwar nicht sehr subtil.

Wie reizend. Hab ich nicht bemerkt.

Er sah mich auf eine Art an, die ich nicht verstand. Er lächelte, aber in seinen Augen lag ein harter Ausdruck.

Gefällt dir, dass er dich ansieht?, fragte er.

Gefallen? Ich weiß nicht. Es ist mir egal, schätze ich.

Wieso gefällt es dir?

Ich sagte doch, es ist mir egal.

Klar, sagte er. Und warum grinst du dann?

Tu ich das?

Tust du.

Ich lachte.

Na ja, es ist wohl immer schön, sich begehrt zu fühlen, oder? Mir gefällt es auch, wenn andere auf dich stehen. Wenn dich andere Frauen ansehen. Es ist wie ein Kompliment an meinen Geschmack.

Du wirst also nicht eifersüchtig?, fragte er.

Die Nächte, die ich mich mit der Vorstellung von seiner Frau gequält hatte – der perfektesten Frau auf der Welt –, von ihrem gemeinsamen Leben bis ins kleinste Detail – einem Leben, das ich mir nicht mal ausmalen konnte, geschweige denn mit meinem vergleichen.

Auf dich?, sagte ich. Nicht wirklich.

Warum nicht?

Ich bin wohl einfach kein eifersüchtiger Mensch.

Ich hatte mal diese Freundin, sagte er. Sie wollte immer, dass wir versuchen, andere Leute aufzureißen. Wir gingen in einen Club oder eine Bar und ließen uns von Leuten anquatschen, tanzten mit ihnen, küssten sie manchmal sogar, sie hatte kein Problem damit. Und dann in der letzten Minute trafen wir uns wieder. Und gingen stattdessen zusammen nach Hause. Der Sex danach war –

Er lachte.

Na ja, sagte er. Deshalb stand sie wohl drauf.

Ich schaffte es, mich unbeeindruckt zu geben.

Sie hat dich also dazu gezwungen, was?, sagte ich.

Na ja, ich stand schon auch ziemlich drauf, sagte er. Damals.

Er legte seine Hand auf meine und sagte dann, *sieht er noch immer zu dir rüber?*, mit gedämpfter Stimme, als würde er vorschlagen, dass wir es auf der Toilette treiben sollten.

Ich schaute auf. Er saß mit einer Gruppe von Männern im Anzug ein paar Tische hinter uns. Sein Blick kreuzte meinen. Ich war mir nicht sicher, ob er mich schon die ganze Zeit angeschaut hatte oder zufällig erst jetzt.

Irgendwie schon, sagte ich.

Max fuhr mit den Nägeln über meine Fingerknöchel.

Würdest du?, fragte er.

Mit ihm?

Ja.

Ich sah wieder zu ihm, und er bemerkte es.

Theoretisch?, sagte ich. Oder in echt?

Egal. Beides.

Ich wusste nicht, was er von mir hören wollte.

Theoretisch vielleicht. Er sieht nicht schlecht aus. In echt? Na ja, das wäre ziemlich unhöflich. Schließlich bin ich mit dir hier.

Dann setz dich neben mich.

Was?

Beweg deinen Stuhl.

Ernsthaft?

Ernsthaft, sagte er. Ich kann mich nicht entspannen, wenn ich weiß, dass irgendein Typ dich hinter meinem Rücken auscheckt. Setz dich neben mich.

Er lächelte immer noch, undurchdringlich.

Meinst du das ernst?

Glaubst du, ich mache Spaß?

Ich starrte ihn an.

Was ist los, Anna?, fragte er. Schenke ich dir nicht genug Aufmerksamkeit?

Ich blickte hoch, und der Typ bemerkte es wieder. Er lächelte mich verwirrt an, und ich schaute weg. Max zog die Augenbrauen hoch, erwartungsvoll, und ich verrückte meinen Stuhl. Er sah mich einen Moment lang an, dann brach er in Gelächter aus.

Scheiße, sagte er. Du weißt schon, dass ich nur Spaß gemacht habe, oder? Du kannst sitzen, wo immer du willst. Es ist mir absolut egal.

Er lachte noch immer, und ich fühlte mich wie eine Idiotin. Ich wollte, dass der andere Typ dachte, ich hätte einen triftigen Grund gehabt, mich umzusetzen, also legte ich meine Arme um Max – und dann, weil ich nicht wusste, was ich sagen sollte, nahm ich ihn vollends in Beschlag, fuhr mit meinen Fingern durch seine Haare, küsste ihn, legte meine Hände auf die Innenseiten seiner Oberschenkel. Er sagte mir, ich solle aufhören.

Nach einem Drink verließen wir den Pub. Der Regen hatte wieder eingesetzt, und sobald wir nicht mehr auf der Hauptstraße waren, zog er mich an sich und küsste mich, wild und heftig, als wollte er mir wehtun. Es war ein kurzer Fußweg nach Hause, und wir sprachen nicht viel. Er behielt seine Hände bei sich, doch er sah mich an – als er mir die Tür aufhielt, als er mir gegenüber im Aufzug stand –, mit seinem typisch unbekümmerten und wissenden Lächeln. Jenes, das sagte, *ich kenne jeden Wunsch, den du jemals hattest. Es gibt nichts, was du vor mir verbergen kannst.*

In seiner Wohnung drückte er meine Hände an die Wand, presste seinen Arm flach gegen sie. Mit der anderen Hand öffnete er meine Jeans und zog sie nach unten. Er schob meine Beine mit seinen Knien auseinander. Er drang in mich ein, als würde er etwas tief in mir berühren oder es komplett auslöschen wollen. Ich versuchte nicht, mich zu wehren, denn ich wusste, dass er das nicht wollte. Er war sowieso stärker als ich. Ich versuchte gar nichts. Ich dachte, dass das, was er mit mir machte, vermutlich wehtat – das Gewicht seines Arms auf meinen Handgelenken, seine Finger an meinen Haaren zerrend, wie er mein Bein um seine Hüfte zog, sein Becken sich in meine Haut bohrte –, aber ich war mir nicht sicher. Der Schmerz daran, oder das, was Schmerz hätte sein können, wenn es nicht gut gewesen wäre, fixierte mich, mit offen stehendem Mund, schwer atmend und kopflos.

Er schob seine Hände unter meine Oberschenkel und hob mich hoch. Er trug mich zum Bett. Ich lag auf ihm, hörte, wie sein Herzschlag langsamer wurde. Er schloss die Augen, und ich stützte mein Kinn auf meinen Handrücken. Ich zeichnete die Linie seines Schlüsselbeins nach, die Narbe auf seiner Schulter. Ich wollte ihn, immer. Ich wollte ihn haben. Nur gleich danach, wie jetzt, dachte ich manchmal, *tja, das ist es also, so fühlt es sich an, ich brauche ihn nicht noch einmal*, doch dann flammte es wieder auf, immer, das dunkle Pulsieren des Verlangens – die Art, wie er lächelte, oder wie ich, wo auch immer er mich berührte, das Kribbeln in jeder Zelle spüren konnte, oder wenn ich morgens seine Wohnung verließ, der Geruch seiner Haare, seiner Haut, unerwartet, am Kragen meines Mantels.

Seine Augen waren noch geschlossen, aber ich wollte nicht, dass er schlief. In Momenten wie diesem wollte ich ihm oft sagen, dass ich ihn liebte, nicht weil es unbedingt die Wahrheit war, sondern weil er etwas erwidern müsste. Er könnte diese Aussage nicht einfach ignorieren. Er müsste reagieren.

Erzähl mir etwas, sagte ich in der Hoffnung auf ein Geständnis.

Er öffnete die Augen.

Was denn?

Ich weiß nicht. Irgendwas. Etwas, was ich noch nicht über dich weiß.

Er überlegte einen Moment lang, dann sagte er: Ich habe früher mal in Supermärkten gestohlen.

Wie jetzt, als Kind?

Nein. Vor nicht allzu langer Zeit sogar.

Was meinst du mit stehlen? Ladendiebstahl?

An den Selbstbedienungskassen, sagte er. Das geht ganz leicht.

Aus Versehen? Das passiert jedem. Ich würde das nicht stehlen nennen.

Nein, nicht aus Versehen. Ich meine nicht aus Versehen. Ich meine, ich habe etwas gescannt, das dasselbe Gewicht hatte wie etwas Teureres, und dann stattdessen das Günstigere genommen. Schinken scannen, Steak schlemmen.

Ein wahres Lebensmotto.

Er lachte.

Ist das wirklich wahr?, sagte ich.

Was glaubst du denn?

Aber warum?

Ich weiß nicht, sagte er. Weil es leicht war.

Ich legte meine Wange flach auf seine Brust, sodass ich die Wärme seiner Haut riechen konnte.

Wer war diese Frau?, fragte ich.

Welche Frau?

Du weißt, welche Frau.

Helen?, sagte er. Niemand. Eine Freundin meiner Frau.

Er blickte die Decke an, nicht mich.

Ich konnte sie nie wirklich leiden, sagte er. Was ist mit dir? Hast du jemals etwas gestohlen?

Dich, dachte ich, aber ich wusste, dass es eigentlich nicht stimmte, also sagte ich, *nein, nichts Besonderes*, und ich schmiegte mich an ihn und küsste ihn. Ich dachte, *mein armer gebrochener Junge*. Nur manchmal blitzte es kurz auf. Der leicht ironische Tonfall bei *meine Frau* und dass er sie noch immer so nannte. Dass er mich nie ansah, wenn er über sie sprach, nie ihren Namen erwähnte. Dann, in diesen Momenten, dachte ich, dass er schon seit einer sehr langen Zeit unglücklich gewesen war, womöglich unglücklicher, als ihm bewusst war. Einmal hatte er zu mir gesagt, *es ist komisch, wenn man auf die Dinge, die man gehabt hat, zurückblickt und weiß, dass man sie nie wieder haben wird*, und ich wusste, er meinte sie. Ich dachte, *aber das könntest du doch wieder haben. Das könntest du mit mir haben, und ich wäre besser*, aber laut sagte ich nur, ja, ich wisse, was er meinte.

12

DER REGISSEUR machte sich nicht die Mühe, sich vorzustellen. Er kam in den Raum geschlendert, lässig, als wollte er sich nur einen Notenständer ausleihen. Er lehnte am Klavier, blickte auf seine Uhr, starrte aus dem Fenster. Eine oder zwei Minuten vergingen, in denen alle weiterplauderten, und dann schrie er, dass die Probe jetzt bereits hätte beginnen sollen und ob wir alle freundlicherweise den Mund halten und aufhören könnten, seine verdammte Zeit zu verschwenden. Der Schockeffekt. Das Ensemble war augenblicklich still. Der Regisseur war ein Profi. Er wusste genau, wie er einen Raum beherrschte.

Dann wollen wir uns doch mal alle ein wenig kennenlernen, okay?, sagte er hämisch und begann, Anweisungen zu rufen. Paare bilden. Einer übernimmt die Führung. Wählt ein Gefühl. Zeigt der anderen Person dieses Gefühl. Kein Wort. Kein einziges. Wenn ihr geführt werdet, beobachtet aufmerksam. Nehmt das Gefühl wahr. Fühlt es nach. Sobald ihr es habt, tauscht. Das war's. Legt los.

In absoluter Stille bildeten wir Paare und entschieden, wer anführte. Die meisten taten das durch Deuten, meistens auf sich selbst.

Dies ist eine Empathieübung, sagte der Regisseur, während er durch den Raum stolzierte und uns spöttisch musterte. Achtet genau auf eure Kollegen. Das ist keine verdammte Pantomime.

Ich hatte mich mit Frankie zusammengetan. Wir betrachteten eine gefühlte Ewigkeit das Gesicht des jeweils anderen, dann lächelte er ein wenig und wirkte verwirrt. Ich versuchte, es ihm gleichzutun. Der Regisseur blieb stehen und starrte uns an, niemand bewegte sich.

Welche Emotion sollte das sein?, fragte ich, als er endlich weitergezogen war.

Sollte ich nicht dir folgen?, sagte Frankie.

Nur damit eins klar ist, sagte der Regisseur, als er jedes Paar gesehen hatte. Euer Prozess ist mir scheißegal. Das ist euer Job, nicht meiner. Okay, ihr seid an einer Musikakademie, aber lasst mich eins klarstellen – ich bin kein scheiß Lehrer. Eine Show, sagte er. Die kann ich auf die Beine stellen. Ich kann euch eine Show geben. Aber den Prozess erarbeitet ihr. Ich will keine Tränen. Ich will keine Privatleben. Ich will keine Hintergrundgeschichten. Ich will keine Entschuldigungen. Ich will nur die Show. Klar?

Alle nickten, um zu zeigen, dass sie verstanden.

Was ich euch aber sagen muss, fuhr er fort. Einige von euch brauchen, so wie es aussieht, unbedingt einen Prozess. Auf meiner Bühne wird niemand seine Faust recken, um Wut zu zeigen. Verstanden? Oder weinen, um Trauer zu zeigen. Denkt alle mal bitte darüber nach, wie sich echte Menschen in der echten gottverdammten Welt verhalten. Schaut hin. Passt auf. Beobachtet. Nur Leute, die so tun, als wären sie wütend, recken die Fäuste. Manipulative Schlampen weinen. Macht bitte Recherchen, sagte er, über die gottverdammte Natur des Menschen.

An jenem Abend beobachtete ich Max aufmerksam. Er kochte, und ich sah ihm vom Sofa aus zu, wo ich im Schneidersitz mit einem Buch in der Hand saß und so tat, als würde ich ihm nicht zusehen. Ich beobachtete, wie er das Display seines Handys auf der Arbeitsplatte antippte und scrollte, um etwas nachzuschauen – ein Rezept vielleicht, obwohl ich ihn noch nie nach einem kochen gesehen hatte. Ich beobachtete, wie er aufschaute und aus dem Fenster starrte, als wäre ihm etwas eingefallen, etwas Wichtiges vielleicht, etwas, das er vergessen hatte zu erledigen. Ich beobachtete, wie er sich mit der Hand durchs Haar fuhr, etwas Wein trank, wieder auf sein Handy blickte. Ich beobachtete, wie er im Topf rührte und die Spitze des Löffels ableckte, ihn auf den Deckelrand legte, um die Arbeitsplatte nicht dreckig zu machen. Ich beobachtete, wie er zu mir rübersah, und ich lächelte und tat so, als würde ich lesen. Max konnte mir nicht zeigen, wie sich Leute verhielten, wenn sie etwas Bestimmtes fühlten. Ich war noch immer im umgekehrten Prozess gefangen – anhand seines Verhaltens herauszufinden, was er wohl fühlte.

Ich versuchte, einen objektiven Blick einzunehmen.

Da stand er, unter einer Halogenlampe, die das Grau in seinen Haaren und die Falten in seinem Gesicht zum Vorschein brachte. Er war ein Mann im mittleren Alter, sagte ich mir. Das war alles. Ein Mann im mittleren Alter, der in seiner Küche stand und mir Abendessen kochte. Aber mein Blick konnte nicht kalt bleiben. Ich schaffte es nicht, distanziert zu sein. Denn ich liebte es, dass er schon gelebt hatte, dass er seine Haut schon länger trug als ich meine. Ich liebte es, dass wir nicht mehr ständig ausgingen, dass er angefangen hatte, für mich zu kochen. Dass er eine Schürze trug und nicht verstand, warum ich das lustig fand.

Ich sah, wie er den Deckel wieder auf den Topf setzte und die Hitze regulierte.

Ich sah, wie er zum Sofa rüberkam.
Er drückte mich in die Polster und biss mir in die Lippe.
Die Gewürze auf seiner Zunge brannten.
Schau mich nicht so an, sagte er.

Eigentlich war es komisch, denn ich hatte erst vor Kurzem bemerkt, wie oft er mich anschaute. Oder hatte er erst vor Kurzem damit angefangen? Ich weiß es nicht, doch jedes Mal, wenn ich ihn ansah, schien er mich anzusehen. Er beobachtete mich die ganze Zeit – während ich mich anzog oder mich vor dem Ausgehen schminkte. Er sagte, ich sehe hübsch aus. Dass er meine Augen so dunkel möge. In jenen Momenten fühlte ich mich cool und ruhig, als würde sein Blick mich am richtigen Ort fixieren, und alles, was ich tun müsste, wäre, dort zu bleiben und die Welt um mich herum geschehen zu lassen, dann wäre ich perfekt. Er half mir mit dem Verschluss meiner Halskette und ließ dann sein Kinn auf meiner Schulter ruhen, betrachtete mich im Spiegel. Oder er lehnte sich im Bett zurück, auf die Ellenbogen gestützt, und beobachtete mich, wenn ich mir nach dem Duschen die Beine eincremte oder meine Haare kämmte. Manchmal schaute er nur und sagte nichts, manchmal sagte er, *komm her*.

Ich verzehrte mich nach seinen Blicken, und wenn ich nicht bei ihm war, vermisste ich sie. Die Blicke anderer Menschen interessierten mich allmählich genauso wenig wie ihre Gespräche. Die Abende, die ich ohne ihn verbrachte, mich mit jemandem unterhielt, der nicht die richtigen Fragen stellte, sodass ich nichts von Belang erzählte und genau wusste, derjenige würde mich langweilig finden. Es gab viele Abende ohne ihn – er war oft verreist –, an denen ich nach Hause ging und mich farblos fühlte, als würde man durch mich hindurchsehen können, wenn man mich gegen das Licht hielt. Doch dann kam er zurück, und seine Augen brachten mich wieder zum Leben. Ich blühte auf, war echt, und was ich tat, war von Bedeutung. Wenn er etwas an mir mochte, mochte ich es auch.

Wenn dich jemand allerdings so eingehend betrachtet, dich mit einer solchen Intensität mustert, wird er auch die schlechten Seiten sehen, nicht nur die guten. Sein Blick war nicht immer wohlwollend. Es gab Dinge an mir, mehr und mehr Dinge, von denen ich nicht sicher war, ob er sie mochte. Kleinigkeiten.

Es schien ihm nicht zu gefallen, dass ich viel zu tun hatte. Wenn ich spät noch Proben oder Konzerte hatte und danach zu ihm kam, las er oft oder saß vor seinem Laptop, und ich fühlte mich schlecht in dem Wissen, ihn warten gelassen zu haben. Er kam mir einsam vor. Er sagte dann mit seinem unergründlichen Lächeln, *keine Sorge, ich finde es toll, hier rumzuhängen und darauf zu warten, dass du etwas Zeit für mich erübrigst*, oder er war kalt zu mir, distanziert, und ich verbrachte den ganzen Abend damit, ihn aufzutauen. Es war schwierig, Zeit für unsere Treffen zu finden. Seinen Terminplan verstand ich nie so ganz, aber er war definitiv unflexibel. Er schlug Dienstag vor, ich sagte, ich hätte da ein Konzert, und er sagte beiläufig, *oh, okay, macht nichts, aber das ist der einzige Tag, an dem ich in den nächsten Wochen Zeit habe*. Also verschob ich auf einmal Dinge, ließ die Auftritte, die nicht so gut bezahlt waren, bleiben. Es war komisch, sobald ich anfing, meinen Terminkalender auf den Prüfstand zu stellen, meine Verpflichtungen zu hinterfragen, wurde mir bewusst, wie viele davon unwichtig waren, wie wenige tatsächlich feststanden. Es war leicht, in letzter Minute eine Krankheit vorzutäuschen oder zu sagen, ich hätte ein besseres Angebot bekommen, da war stets eine andere Sopranistin, die meinen Platz bereitwillig einnahm. Er bat mich nie, abzusagen – so war es nicht –, aber ich fing wohl an zu denken, dass er recht hatte. Das meiste davon war unterbezahlte Gelegenheitsarbeit, wenig hilfreich für meine Karriere, und ich wollte mich sowieso lieber mit ihm treffen.

Er mochte es nicht, wenn ich am Handy war. Wenn es klingelte und ich ranging oder wenn ich jemandem zurückschrieb oder wenn wir uns unterhielten und keiner von uns die Antwort auf etwas wusste und ich es googeln wollte. Einmal war Laurie deshalb wütend auf mich. Sie hatte den ganzen Abend versucht, mich zu erreichen, war über etwas aufgebracht, und ich hatte mein Handy auf dem Tisch aufleuchten gesehen und es umgedreht. Als ich ihr am nächsten Tag sagte, es tue mir leid, ich sei bei ihm gewesen, sagte sie, *oh natürlich. Jetzt lässt er dich also nicht mehr ans Telefon gehen, ja? Das war ja klar.* Laurie interpretierte gerne alles, was Max tat, als Versuch, meine Persönlichkeit zu unterdrücken, aber sie lag falsch. Er hatte mich nie davon abgehalten, etwas zu tun. Er hatte mich nicht mal darum gebeten. Es war bloß dieses Gefühl, das ich manchmal hatte. Etwas an der Art, wie er mich ansah. Dieses Gefühl, dass mit mir etwas nicht stimmte.

Andere Dinge. Ausdrücke, die ich mir bei Laurie abgeschaut hätte, wie er meinte. Beispielsweise *scheiß* als Adjektiv zu benutzen, was ich laut ihm früher nie gemacht hatte. Er sagte so was immer als Witz, neckend, nicht ernst, doch – wie kalt er sein konnte, hart und ausdruckslos, und dann lachte er und sagte, *meine Güte, Anna, entspann dich, das ist nur Spaß* – doch es fühlte sich nicht immer so an. Einmal – ich glaube, wir unterhielten uns gerade darüber, dass alle Künstler ein wenig in sich gekehrt sind – zog er mich damit auf, ich sei egozentrisch.

Ist dir jemals aufgefallen, fragte er, wie viele deiner Sätze mit *ich* anfangen?

Nein, sagte ich verdutzt. Ich habe nie drauf geachtet.

Das fand er zum Totlachen und sogar noch mehr die Tatsache, dass ich einen Moment brauchte, um zu verstehen, warum. An manchen Abenden, wenn ich müde war, traute ich mich kaum noch zu sprechen.

Er mochte es nicht, wenn ich meine Tage hatte. Seitdem ich mir die Spirale hatte einsetzen lassen, hatte ich fast ständig Schmierblutungen. Laurie meinte, ich solle masturbieren – angeblich gelangte das Blut so schneller nach draußen –, doch nachdem ich, als ich mich mal für ganze neunzig Sekunden alleine in unserem Zimmer befand, in einem Anflug freudloser Panik versucht hatte zu kommen, beschloss ich, dass sie sowieso falschlag. Als ich ihm erzählte, dass ich noch immer blutete, sagte er, *solche Sachen sind mir wirklich egal, Anna. Ich bin kein Teenager mehr*. Doch danach, Kleinigkeiten – der Blick, den er auf die Laken warf, oder dass er gleich darauf aufstand, um zu duschen –, die mir verrieten, dass es nicht so war.

Und dann fühlte sich die Art, wie er mich anschaute – wenn ich mir die Zähne putzte oder den Deckel von einem Glas aufzuschrauben versuchte oder nachsah, ob ich alle meine Sachen hatte, bevor ich ging –, unfreundlich an. Sein Blick machte mich tollpatschig, ließ mich Tassen zerbrechen, weil ich sie zu nah an den Tischrand gestellt hatte, oder Kaffee auf mein Oberteil verschütten. Es war, als traute er mir nicht zu, mich in der Welt zurechtzufinden, und je weniger er es mir zutraute, umso schwieriger fiel es mir. Dann nannte er mich dumm oder kindisch, und er sagte es liebevoll, neckisch, doch in jenen Momenten war ich mir manchmal nicht sicher, ob er mich überhaupt mochte. So, wie er mich ansah, schien es mir ganz sicher nicht so zu sein.

Einmal rief meine Mutter an, und als ich sah, wie er auf mein Handy schielte, als es aufleuchtete, sagte ich, *sei nicht so ein scheiß Kontrollfreak.* Ich ging ran und sprach mit ihr, und danach sagte er, *sag das bitte nie wieder zu mir, Anna. Du weißt, dass es nicht stimmt, und es ist ganz und gar nicht nett.* Dann hatte ich ein schlechtes Gewissen. Ein anderes Mal – dafür schämte ich mich am meisten – hatte ich einen miesen Tag, und er machte eine Bemerkung darüber, dass ich den Löffel, mit dem ich meinen Tee umgerührt hatte, direkt auf den Tisch legte, und ich sagte, überkommen von einem plötzlichen Drang, ihm wehzutun, *hast du so mit deiner Frau gesprochen? Hat sie dich deshalb verlassen?*, und ich sah, wie sich sein Gesicht verschloss, als würden hinter seinen Augen alle Rollläden herunterfahren. Er ging und setzte sich mit dem Rücken zu mir aufs Bett, und ich wusste, dass er außer sich war, folgte ihm, gewappnet für eine Auseinandersetzung, doch zu meinem absoluten Entsetzen sah ich, dass er weinte. Und ich sagte, es tue mir leid, es tue mir leid, ich hätte es nicht so gemeint, es sei falsch von mir gewesen, ich wisse nicht, wovon ich da spreche, es tue mir leid, bitte verzeih mir. Ich denke, ich hätte alles gesagt, damit er aufhörte.

Andere Male machte ich mich über ihn lustig, nannte ihn alt und schrullig, unfähig, jemanden bei sich zu haben, woraufhin er lachte, und es war, als würde man einer Statue dabei zusehen, wie sie zum Leben erwacht. Dann dachte ich, ich sei unfair gewesen, hätte nach Dingen gesucht, die ich in ihm zu sehen erwartete – Dingen, von denen Laurie mir erzählt hatte –, und hätte ihn überhaupt nicht so gesehen, wie er war. Denn so war er gar nicht, nicht wirklich. Manchmal, wenn ich dachte, er würde nach Schwächen an mir suchen, lächelte er plötzlich und sagte zu mir, *ich bin wirklich froh, dass du hier bist*, oder sogar, *du bist so wunderschön*, wenn ich gerade an etwas ganz anderes dachte, etwas Unverfängliches machte und gar nicht versuchte, schön auszusehen. Er konnte sentimental sein. Dann spielte er mir ein Lied vor, das er mochte, zog mich vom Bett hoch und legte seine Arme um meine Schultern. Er wiegte mich, fast eine Art Tanz, aber ohne viel Bewegung, seine Wange an meiner, sein heißer Atem in meinem Ohr, die Stadt, unser Publikum, sah uns durch die Glasscheibe zu. Oder er lag mit mir auf dem Sofa, und wir knutschten wie die Teenager. Ich versuchte, sein Hemd aufzuknöpfen oder seinen Gürtel zu öffnen, und er hielt mich auf. Er sagte, nein, er wolle nur das. Er neckte mich, wenn ich versuchte, ihn mit Fragen über die Zukunft festzunageln. Ich fragte in einem Tonfall, von dem ich hoffte, er sei beiläufig, wann genau er plane, London endgültig zu verlassen, und er sagte, *ich bin doch jetzt hier, oder? Heute Nacht bin ich hier mit dir. Nur darüber mache ich mir Gedanken, nicht über irgendeinen theoretischen Zeitpunkt im nächsten Jahr.* Und in jenen Momenten dachte ich, er habe recht, wozu sich den Kopf zerbrechen? Ich versuchte so viel davon in mir aufzunehmen, wie ich konnte – das Gefühl seiner Hände und den Geruch seiner Haare, die Art, wie er lächelte –, so als hätte das auch für ihn eine besondere Bedeutung, nicht bloß für mich. Er sagte zu mir, ich sei hinreißend und dass ich immer genauso bleiben solle, wie ich gerade war. Er sagte, London langweile ihn, er sei zu lange geblieben, länger, als er jemals vorgehabt habe, aber es mache mehr Spaß, jetzt wo ich bei ihm sei. Er nannte mich *mein Liebling*, sagte jedoch nie, dass er mich liebte.

Ich leerte gerade einen Umschlag mit Scheinen aus, um sie in meine Schublade zu legen, als Laurie in unser Zimmer kam. Ich hatte gedacht, sie sei nicht da.

Was hast du getan?, fragte sie fröhlich, als sie das Geld in meinen Händen sah. Hast du jemanden umgebracht?

Dann musste sie wohl richtig hingesehen und festgestellt haben, wie viel Bargeld es war, was ich da in der Hand hielt, was auf dem Bett lag. Sie setzte sich.

Nein, im Ernst, sagte sie. Hast du?

Drogen. Viel lukrativer. Wieso bist du nicht bei der Arbeit?

Meine Schicht wurde nach hinten verschoben. Mir war nicht klar, dass du so viel angespart hast?, bohrte sie nach. Du meintest doch, dass es gerade schwierig ist.

Na ja, war es auch.

War es?

Es ist – na ja –

Mir fiel keine plausible Ausrede ein, also sagte ich so beiläufig wie möglich: Max hat es mir geliehen.

Sie schaute mich an, als verstünde sie nicht so richtig, wovon ich sprach.

Warte mal, sagte sie. Daher bekommst du also dein ganzes Geld? Ich habe mir ja gedacht, dass er für Sachen zahlt, aber – was denn? – nein – nicht etwa seitdem du gekündigt hast? Die ganze Zeit? Hat er dir Geld gegeben? Im Ernst?

Na ja, nicht die ganze –

Und was genau erwartet er als Gegenleistung dafür?

Er erwartet gar nichts, sagte ich. Er hilft mir nur ein wenig.

Und das stimmte. Er hatte mich nie um etwas gebeten. Nur einmal, da hatte es sich seltsam angefühlt – spät am Abend, ich dachte noch daran, dass ich früh rausmusste –, als ich beinahe eingeschlafen war und er anfing, mich zu küssen – ich dachte an den Umschlag, den er mir an diesem Abend gegeben hatte, dachte, ich würde ihm vielleicht etwas schulden. Doch sehr schnell verwarf ich diesen Gedanken wieder – er traf nicht zu. Ich machte es nicht deshalb. Frauen hatten ständig Sex, obwohl sie es nicht wollten – auf jeden Fall war es mir schon so ergangen –, das hatte nichts mit dem Geld zu tun – und ich hatte ja auch Spaß, sobald wir losgelegt hatten.

Spar dir die Moralpredigt, sagte ich. Was ist mit damals, als du jeden Abend mit einem anderen Mann ausgegangen bist, damit du wochenlang nichts für Essen ausgeben musstest? Du erzählst diese Geschichte immer noch, als wärst du stolz drauf.

Das ist etwas völlig anderes.

Warum? Nein, ist es nicht.

Es gab keine Erwartungen. Die meisten davon hab ich nie wiedergesehen. Nur wenn ich wollte.

Und außerdem, sagte ich. Außerdem kommt nicht mein ganzes Geld daher. Ich habe Ersparnisse.

Das stimmte nicht. Er hatte richtiggelegen. Das Geld war schnell, viel schneller, als ich jemals gedacht hätte, weg gewesen.

Er hat mir nur diesen Monat ein bisschen was geliehen, sagte ich. Das ist alles. Nach den ganzen Castings war ich pleite. Ich werde es ihm zurückzahlen.

Ein bisschen? Das müssen doch – was? – ich meine, ernsthaft, wie viel Geld hast du da genau?

Sie fing an, die Scheine auf dem Bett durchzublättern.

Tausend? Viel weniger kann es nicht sein.

Plötzlich lachte sie.

Scheiße, Anna. Ich hoffe, du weißt, was du da tust.

Es ist nicht mal annähernd so viel.

Ich blickte hinunter auf unsere Bettdecke, die verblassten Rosenknospen mit Spitzenapplikationen.

Und es ist gar nicht so ungewöhnlich, sagte ich. Es ist nicht ungewöhnlich, dass Künstler von ihren Partnern finanziell unterstützt werden. Ich bin mir ziemlich sicher, dass sich die Hälfte der Sänger am Konservatorium so finanziert. Oder durch ihre Eltern. Ich weiß nicht, wie sie es sonst schaffen sollten.

Oh, jetzt wirst du also finanziell unterstützt? Ich dachte, du wirst es ihm zurückzahlen?

Werde ich auch.

Dann sagte sie behutsam: Aber er ist nicht dein Partner, Anna. Oder? Seid ihr überhaupt richtig zusammen? In irgendeiner definierbaren Weise? Hat er irgendjemandem von dir erzählt?

Sie wusste, dass sie mich damit hatte. Ich hatte keine Ahnung. Die wenigen Male, in denen ich es so zwanglos wie möglich angesprochen hatte, war er freundlich, nüchtern, unbeschreiblich vage geblieben. Ich hielt das nicht aus, also fragte ich nicht mehr.

Komm schon, sagte sie. Findest du das gar nicht seltsam? Meinst du nicht, also, wenn er tatsächlich auf eine Beziehung aus wäre, dass er dann eher jemanden in seinem Alter suchen würde? Jemanden, der bald eine Familie gründen möchte und all so was?

Jetzt bist du aber ausgesprochen konservativ, sagte ich. Für eine, die behauptet, so alternativ zu sein.

Ja, aber er behauptet nicht, alternativ zu sein, oder? Ich bin nur realistisch. Bestimmt sucht er eher nach so was – vernünftige, erfolgreiche Frau in den Dreißigern, mit der man Kinder bekommen kann? Es sei denn – tja – es sei denn natürlich, er hat das alles schon.

Sie schaute auf ihrem Handy nach der Uhrzeit.

Jedenfalls muss ich jetzt los, sagte sie.

Meine Reaktion auf Wut hatte nie darin bestanden, wütend zu werden. Es tat mir immer weh, ich fühlte mich schlecht, wollte etwas wiedergutmachen, obwohl ich nicht fand, dass sie recht hatte. Ich sah, wie sie noch einen Blick auf das Geld warf, und erinnerte mich an eine Situation einige Monate zuvor. Sie hatte einen Fünfzig-Pfund-Schein auf der Straße gefunden, mich am Konservatorium abgeholt und zum Mittagessen eingeladen. *Geld, das einem so zufliegt, behält man nicht*, hatte sie gesagt. *Das Universum will, dass man es ausgibt.*

Hast du genug diesen Monat?, fragte ich. Willst du was?

Sie machte ein Geräusch, das einem Lachen gleichkam, aber vermutlich keins war.

Wirklich, Anna, sagte sie. Ich brauche nichts.

13

ICH WARTETE DARAUF, dass meine Stunde begann, als sein Name auf meinem Display aufleuchtete.

Anna, sagte er. Ich habe gehofft, du könntest mir bei etwas helfen.

Ich war im Kopf eine schwierige Phrase durchgegangen, hatte versucht, mich daran zu erinnern, wie sie sich anfühlen sollte. Seine Stimme riss mich heraus. Er hatte mich noch nie von der Arbeit aus angerufen.

Oh wirklich? Was gibt's?

Es muss so gegen acht Uhr dreißig heute Morgen gewesen sein, sagte er. Ich war fast am Büro angekommen, als dieser Typ in Trainigskleidung an mir vorbeijoggte. Leggings, Sportschuhe, kleine Cap. So weit, so normal. Doch dann kam er näher, und ich sah, was er in der Hand hatte. Ich hatte gedacht, es wäre ein Energydrink oder so was, von Weitem betrachtet, aber ich lag falsch. Es war Bier. Eine offene Dose. Er joggte vorsichtig mit ausgestrecktem Arm, um nichts zu verschütten. Rennen oder joggen?

Es hatte ein paar Monate zuvor in einem Restaurant angefangen, dass wir Spiele über Menschen spielten. Ich hatte ein sehr junges Mädchen gesehen, das mit einem Mann im mittleren Alter quer über den Tisch Händchen hielt.

Verwandter oder Geliebter?, hatte ich ihn gefragt.

Verwandter. Ganz bestimmt ein Verwandter.

Ich weiß ja nicht. Hält man so etwa mit seinem Vater Händchen?

Seither hatten wir viele solcher Kategorien erfunden. Junkie oder Jogger? Schwanger oder dick? Europäer oder auf dem Weg zu einer Rollschuhdisco?

Schwierig, sagte ich. Hast du ihn denn daraus trinken sehen?

Nein. Aber wenn er nicht getrunken hat, warum war die Dose dann offen?

Die Nacht auf einer Sport-Mottoparty durchgemacht?, sagte ich. Gemerkt, dass er zu spät zur Arbeit kommt? Rausgerannt, noch mit dem letzten Drink in der Hand?

Wir sollten das ausführlicher diskutieren. Komm heute Abend vorbei.

Heute Abend kann ich nicht.

Wieso nicht?

Ich habe ein Vorsingen.

Ein wichtiges?

Ziemlich, ja.

Es war für eine renommierte kleine Kompagnie. Eine gute Rolle, aber man musste bezahlen, um mitzuspielen – da draußen gab es stets genug Berufsanfänger, die verzweifelt nach Erfahrung suchten, dass sich daraus ein Geschäftsmodell entwickeln ließ. Die Besetzung probte Vollzeit, also konnte man nicht gleichzeitig arbeiten gehen, musste jedoch auch eine Spende zu den Produktionskosten beitragen. Und zwar keine geringe Summe. Das verschwieg ich ihm lieber.

Um wie viel Uhr?, sagte er. Du kannst danach kommen.

Es ist morgens. Ich muss bloß mal richtig ausschlafen.

Dein morgens? Oder das aller anderen?

Ich weiß die genaue Uhrzeit nicht mehr, sagte ich, was nicht stimmte. Es war um vierzehn Uhr.

Sophie kam aus ihrer Stunde, und Angela stand wartend in der Tür.

Ich muss auflegen, sagte ich. Ich hab Unterricht.

Na gut, sag Bescheid, wenn du es dir anders überlegst.

Mach ich.

Ich legte auf und sagte, *sorry, hi,* zu Angela.

Na wie geht es dir?, fragte sie, als wir drinnen waren.

Gut, ja. Na ja, ich ärgere mich ein bisschen.

Ich hatte in meiner Mittagspause in der Barbican-Bibliothek Probleme bekommen. Man hatte mich beim Kopieren einer kompletten Partitur erwischt, mir vorgeworfen, ich würde Urheberrechte verletzen, und mir die Kopien abgenommen.

Aber das macht doch jeder, oder nicht?, sagte ich. Der Komponist ist ja wohl kaum noch am Leben. Und wer zum Teufel kann es sich leisten, sich für jede neue Rolle eine ganze Partitur zu kaufen? Na ja, vielleicht jemand wie Beth, aber –

Ich merkte, dass Angela nicht auf das Thema ansprang.

Was?, sagte ich.

Ich habe eben einen Anruf über dich bekommen.

Oh, wirklich? Von wem?

Alexander. Er hat angerufen, um mir zu sagen, dass du zwei seiner Stunden hintereinander verpasst und dich nicht bei ihm abgemeldet hast. In einer davon hättest du singen sollen. Er meinte, er wollte dich schon für ein externes Vorsingen empfehlen, aber jetzt nicht mehr. Will nicht mehr mit dir arbeiten. Er war sogar drauf und dran, es Marieke zu erzählen – komm schon, Anna, schau nicht so überrascht, du solltest doch inzwischen wissen, wie empfindlich er ist.

Jedenfalls habe ich es geschafft, ihn davon abzuhalten. Ich sagte, ich sei mir sicher, du hättest eine gute Erklärung dafür. Und hast du die?

Ich, ja schon, sagte ich. Habe ich.

Einige von Alexanders Stunden waren kurzfristig auf den Abend verschoben worden. Am ersten Abend hatte ich schon Pläne mit Max gemacht, wollte nicht in letzter Minute absagen. Das nächste Mal war es der einzige freie Abend, den er in der ganzen Woche hatte. Ich dachte mir, es ist ja nur eine Stunde, keine Probe oder so, es sei nicht so wichtig. Ich hatte vergessen, dass ich mit Singen dran war.

Ich musste arbeiten, sagte ich.

Arbeiten? Welche Arbeit?

Im Hotel.

Ich dachte, du hättest damit aufgehört?

Ähm, ja. Hatte ich. Ich meine, habe ich. Aber ich war knapp bei Kasse diesen Monat, also – na ja – habe ich ein paar Schichten übernommen. Tut mir leid. Die Verlegung war so kurzfristig, ich habe den Überblick verloren, in welcher Woche ich singen sollte, und ich habe vergessen, ihm Bescheid zu geben, und – es wird nicht wieder vorkommen.

Nun, du musst zu ihm gehen und dich entschuldigen, sagte sie. Er ist ziemlich aufgebracht. Du kannst dir nicht so einen Ruf einhandeln, Anna, ganz zu schweigen davon, dass Marieke dich womöglich durchfallen lässt, wenn ihr zu Ohren kommt, dass du nicht singst, wenn du dran bist. Das sollte ich dir nicht erklären müssen. Nun gut, lass uns keine Zeit mehr verschwenden, an die Arbeit.

Wir gingen Zerlinas Arien für das Vorsingen durch. Angela war kritischer als üblich, stoppte mich nach jeder Note, fauchte mich an, wenn ich nicht umsetzen konnte, was sie wollte, und unsicher kicherte. *Diese Angewohnheit hatten wir doch ausgemerzt*, oder?, sagte sie. *Lass uns bitte nicht dahin zurückverfallen*, und mir wurde klar, wie verärgert sie war.

Am Ende fühlte ich mich wie auf links gedreht, und sie sagte: Die Stimme klingt müde. Es ist morgen, dieses Vorsingen? Steht bei dir heute noch etwas an? Gut so. Geh nach Hause und ruh dich aus. Viel Wasser, viel Schlaf.

Es wurde allmählich dunkel. Ich hatte Angela noch nie wütend auf mich erlebt, und plötzlich war mir der Gedanke unerträglich, alleine nach Hause zu fahren. Die Heimfahrt im überfüllten Bus, der die Haltestelle in die falsche Richtung, weg vom Leben, verließ – weg von der High Street, vorbei am McDonald's-Drive-in, den sich aneinanderreihenden Schönheitssalons, die immer geschlossen aussahen, und dann der lange Fußmarsch über die endlosen Straßen im Wohngebiet – kieselverputzte Reihenhäuser, triste Farben – alles das Gleiche. Zu Hause angekommen, gäbe es kein warmes Wasser zum Duschen – keines der Mädels ging im herkömmlichen Sinne des Wortes arbeiten, also hingen sie den ganzen Tag rum und vertrieben sich die Zeit mit Baden. Sash hatte ein paar Typen kennengelernt, die in der Lagerhalle nebenan ein Töpferkollektiv gestartet hatten, und sie wollten diesen Abend auch noch vorbeikommen. Sie würden im Wohnzimmer sitzen, bis fünf Uhr morgens herumpoltern, mit dem speziellen Metallstrohhalm, den Sash so toll fand, koksen – sie sah sich als Ökokriegerin, und Plastik war schlecht für die Ozeane. Der Topf mit Essen, das ich für die ganze Woche vorgekocht hatte, war wohl schon leer gegessen, denn wir durften kein Eigentum an erneuerbaren Dingen für uns beanspruchen. Das war eine der Hausregeln. *Am Ende gleicht sich alles aus*, meinte Mil immer, wenn sie einen ihre teure OGX-Haarspülung besorgen ließ, oder die letzten Reste deiner Suppe aufaß.

Ich schickte ihm eine Nachricht, dass ich vorbeikommen würde und ob ich morgens weiterschlafen könnte, nachdem er gegangen war. Er schrieb zurück, *klar, kein Problem.*

Ich dachte, du wolltest heute nicht ausgehen?, sagte er, als ich meinen Mantel ausgezogen hatte.
Will ich auch nicht.
Wieso bist du dann so angezogen?
Für das Vorsingen, sagte ich. Damit ich morgens nicht noch mal nach Hause muss.
Die Rolle war Zerlina, eine von Mozarts Koketten, also hatte ich mir ein Kleid von Laurie geborgt und trug High Heels. Eine Chance, der Jury zu zeigen, dass man optisch auf die Rolle passte.
Er legte die Hände auf meine Schultern, hielt mich auf Abstand seiner Armlänge, musterte mich einen Moment lang und grinste dann.
Das ist nicht ganz das, was ich meinte, als ich vorschlug, du solltest schicker auftreten, sagte er. Ziehen sich Mädchen wirklich so zum Vorsingen an?
Was stimmt nicht mit dem, was ich anhabe?
Nichts. Gar nichts. Es gefällt mir sogar sehr. Ich frage mich nur, ob ich im falschen Gewerbe gelandet bin.
Er ging zum Kühlschrank.
Was willst du trinken?
Ich kann heute Abend nicht trinken. Meine Stimme fühlt sich eigentlich etwas müde an, also sollte ich wohl auch nicht viel sprechen.
Das wird ja ein unterhaltsamer Abend. Du klingst völlig verrückt, das ist dir klar, oder?
Das sind die Vorteile, wenn man mit einer Sängerin zusammen ist, sagte ich und dachte sogleich, *Dummkopf, wa-*

rum hast du zusammen gesagt, also fing ich an zu plappern, ich sei sogar ziemlich entspannt, manche Sänger würden Dampfgeräte mit sich herumtragen, keine klimatisierten Gebäude betreten und so viel trinken, dass sie alle dreißig Minuten aufs Klo müssten, doch er lachte bloß und sagte, es sei schon okay, wir müssten nicht sprechen.

Er bestellte Unmengen nobel aussehenden asiatischen Essens, und ich tauschte mein Kleid gegen eines seiner Hemden. Wir machten eine Doku an. Er hatte seit Ewigkeiten darauf gewartet, dass sie auf Netflix erschien. Es ging um einen Kerl, der sich in Alaska eine Holzhütte gebaut und jahrzehntelang darin gewohnt hatte. Er hatte alle Aufnahmen selbst gemacht, die Kamera aufgestellt, sich ins Bild begeben und demonstriert, wie er fischte oder Küchengeräte aus Holzresten herstellte. Ich verstand kaum die Hälfte von dem, was er erzählte, doch es war beruhigend – wie Menschen zuzuhören, die sich in einer fremden Sprache unterhalten, nur dem Klang der Worte lauschend. Ich schloss die Augen.

Es klingelte an der Tür, und er holte sein Handy aus der Tasche und pausierte den Fernseher.

Hier, sagte er und reichte es mir. Such was anderes aus.

Ich dachte, du wolltest das gucken?

Er stand auf, um an die Tür zu gehen.

Du schläfst buchstäblich ein, sagte er. Das nimmt mir ein wenig den Spaß daran.

Ehrlich gesagt, möchte ich lieber das gucken, statt eine Entscheidung zu treffen, für die du mich verurteilen könntest.

Das dachte ich mir. Deshalb lasse ich dich ja entscheiden.

Er nahm sein Portemonnaie vom Tisch, um dem Lieferanten Trinkgeld zu geben, und ging zur Tür. Ich scrollte die Netflix-Homepage runter, hörte, wie sie Nettigkeiten austauschten. Dann stellte er die Essensbehälter, ein paar Teller und Servierlöffel auf den Couchtisch. Er sagte, *greif zu*, und ging wieder in die Küche, um sein Glas aufzufüllen.

Ich erreichte seinen Streaming-Verlauf. Das Letzte, was er gesehen hatte, war *Oben*.

Du steckst voller Überraschungen, sagte ich, als er sich wieder hinsetzte.

Was?

Einen Moment lang – vielleicht bildete ich es mir nur ein –, doch einen Moment lang, glaubte ich, er sei wütend. Er nahm mir das Handy aus der Hand und schaute aufs Display.

Ich meine, ich habe dich nicht als jemanden eingeschätzt, der Kinderfilme schaut?

Er wirkte verwirrt, dann lächelte er.

Oh, sagte er. Das war mein Neffe. Der Sohn meines Bruders. Sie sind am Wochenende vorbeigekommen.

Ich wusste nicht, dass du einen Neffen hast.

Habe ich. Zwei sogar.

Ich versuchte, ihn in dieses neue Szenario einzupassen. Max, der Lieblingsonkel, der die Jungs auf den Schultern trug oder mit ihnen im Garten herumrannte, einen Ball hin- und herkickte. Es war nicht schwer, sich das vorzustellen, doch die Jungs, die ich heraufbeschwor, sahen ihm nur allzu ähnlich.

Hast du Kinder?, fragte ich im bestmöglichen Plauderton, den ich auf die Reihe bekam.

Hab ich nicht, sagte er, doch etwas daran, wie schnell er geantwortet hatte, weckte in mir den sicheren Eindruck, er würde lügen. Es dauerte jedoch nur eine Sekunde an, und dann lachte er und sagte, *meinst du nicht, dass ich so was mal erwähnt hätte?*, und ich sagte mir, *sei nicht verrückt*.

Wie sind sie so? Deine Neffen. Magst du sie?

Ob ich sie mag?, sagte er. Was ist das denn für eine Frage? Natürlich mag ich sie.

Ich zuckte mit den Schultern.

Kinder sind wie alle anderen Menschen auch, oder nicht?, sagte ich. Ich vermute, es gibt welche, die man mag, und welche, die man nicht mag.

Ich glaube, die, mit denen man verwandt ist, mag man in der Regel.

Wirklich? Ich habe keine Ahnung.

Narzisstisches Einzelkindsyndrom. Außerdem ist *Oben* gar kein richtiger Kinderfilm. Er ist gut. Emotional niederschmetternd.

Emotional niederschmetternd?

Ja. Ich habe nach den ersten zehn Minuten geheult. Das geht anscheinend jedem so. Du weißt schon, der Teil, wo das Leben des Pärchens im Zeitraffer abläuft, von ihren Kindertagen an, bis sie stirbt.

Im Ernst?

Ist das so schwer zu glauben?

Dass du dich von einem Zeichentrickfilm für Kinder emotional manipulieren lässt? Irgendwie schon, ja.

Genau genommen von einem Computeranimationsfilm, sagte er. Und es ist so oder so egal, denn der Film ist psychologisch korrekt. Der Gedanke, dass Menschen ihr Leben lang großen Ambitionen hinterherjagen. Sie begreifen erst, wenn es zu spät ist, dass sie die ganze Zeit mit dem Normalzustand glücklich waren.

Na ja, das stimmt wohl, sagte ich. Wenn es einen glücklich macht, zweitklassig zu bleiben.

Er nahm einen Schluck Whisky und stellte das Glas zurück auf den Tisch, dann beugte er sich zu mir, nahm mein

Gesicht in die Hände und küsste mich. Er schmeckte nach Rauch und Zitrusaroma, sein Mund war kalt, und dann spürte ich Flüssigkeit in meinen Hals sickern, das beißende Brennen von vierzig Prozent. Er lachte in meinen Mund, und ich versuchte, nicht zu schlucken, doch er hielt seine Lippen auf meine gepresst, sodass ich es musste, oder ich wäre erstickt. Ich versuchte, ihn wegzustoßen, doch er war auf mir, drückte mein Rückgrat ins Sofa, hielt mich an den Schultern gepackt, und plötzlich konnte ich nicht mehr atmen, nicht mehr sprechen, ich wand mich und wand mich, versuchte zu schreien, schlug wild mit den Armen, bis er aufsprang, die Hand an seine Wange gelegt, und mir klar wurde, dass ich ihn geschlagen hatte.

Ganz leise sagte er: Was zur Hölle ist los mit dir?

Er nahm seine Hand weg, und seine Wange war blutverschmiert. Ich verstand es nicht. Es war wie ein Bühnentrick, und ich staunte darüber, wie realistisch er war, fragte mich, wo das Blut hergekommen war, und dann sah ich meine Hände. Mein Kostümring. Die scharfe Spitze. Ich sah zu ihm auf, und in sein Gesicht stand purer, brennender Zorn geschrieben, als würde er mich hassen. Es war so ein Schock, dass ich lachen musste.

Du findest das lustig?, sagte er. Ernsthaft? Was ist los mit dir?

Was mit mir los ist? Was mit mir los ist? Du hast mir wehgetan.

Du hast mich geschlagen, sagte er, seine Stimme nach wie vor ruhig, aber stählern, wie eine schmale, scharfe Klinge. Findest du das etwa in Ordnung?

Du hast mir wehgetan, wiederholte ich, doch in der Stille seiner Wohnung hörte ich mich zu laut, hysterisch an.

Wie genau habe ich dir wehgetan, Anna? Wir haben herumgealbert. Du hättest mich verdammt noch mal nicht gleich schlagen müssen.

Ich konnte den Whisky noch immer schmecken und stellte mir vor, wie er in meiner Kehle trocknete und alle Feuchtigkeit mit sich nahm. Wenn ich das aussprechen würde, dann würde er mich für verrückt halten.

Ich wollte dir nicht wehtun, sagte ich. Ich wollte nur, dass du aufhörst.

Er sah mich an, als würde ich völligen Schwachsinn reden, dann ging er ins Badezimmer, und ich hörte das Wasser in der Dusche. Ich spürte mein Herz pochen, als wollte es aus meinen Rippen herausbrechen, und meine Gliedmaßen fühlten sich zu groß und nicht mit meinem Körper verbunden an. Ich wünschte mir, er hätte geschrien. Schreien hätte ich verstanden. Die Ruhe konnte ich nicht verstehen.

Er war eine ganze Weile dort drin, und ich dachte schon, er wartete wohl darauf, dass ich ging. Ich hatte sein Hemd ausgezogen, schlüpfte gerade wieder in meine eigenen Sachen, als er rauskam, das Handtuch um die Hüfte gewickelt.

Was machst du?

Gehen.

Ich setzte mich aufs Bett, um meine Strumpfhose anzuziehen.

Warum gehst du? Geh nicht.

Du bist wütend auf mich.

Bin ich nicht, sagte er. Ich bin nicht mehr wütend. Ich weiß, es war keine Absicht. Anna? Hörst du mir zu? Geh nicht.

Er zog mich vom Bett hoch und legte die Arme um mich. Seine Brust war noch feucht, er roch sauber und frisch.

Ich habe dich verletzt. Ich wollte dich nicht verletzen.

Er legte seine Hände auf meine Schultern und sagte: Schau mal, schau mich an, es ist nichts, es war nur der Schreck, das ist alles. Tut mir leid, dass ich wütend geworden bin.

Ich sah zu seinem Gesicht auf, und er hatte recht. Jetzt, wo er es gewaschen hatte, war es wirklich nichts. Da war kaum ein Kratzer.

Ich wachte müde auf, und er war schon weg. Da war ein angelehnter Umschlag auf dem Nachttisch, auf der Vorderseite stand in seiner rührend kindlichen Schrift, *viel Glück beim Vorsingen. Nimm dir ein Taxi.* Ich öffnete ihn und zählte das Geld darin. Es hätte für ein Taxi nach Frankreich gereicht. Ich setzte die Summe auf die Liste, die ich auf meinem Handy angefangen hatte und ihm regelmäßig mit den Worten zeigte, *guck, ich weiß genau, wie viel ich dir schulde. Ich werde es dir zurückzahlen*, woraufhin er immer sagte, *klar, wann auch immer, kein Stress*, und ich fragte mich, ob er irgendeine Ahnung hatte, wie viel er mir etwa im Laufe des letzten Monats gegeben hatte. Wenn ich jetzt einen Blick darauf warf, wurde mir leicht übel.

Ich blieb eine Weile im Bett liegen. Ich hatte noch ein paar Stunden bis zum Vorsingen und wusste, dass ich aufstehen und mich ordentlich aufwärmen sollte, doch das kam mir unwichtig vor. Die Müdigkeit vielleicht. Ich machte Kaffee, öffnete alle Vorhänge, ging mit dem Kaffee wieder ins Bett, trank ihn und starrte hinaus auf den weißen Himmel, die Neonlichter der Bürogebäude. Dann öffnete ich seine Nachttischschublade, nahm die Geldbündel heraus und durchsuchte die Papiere darunter. Ich wusste, dass es unmoralisch war, seine Sachen zu durchsuchen, aber danach fühlte sich das, was ich da machte, nicht an. Das Zeug kam mir zu unpersönlich vor. Ich wusste ohnehin nicht, wonach ich suchte. Beweise vermutlich, bloß wofür wusste ich nicht genau. Etwas, womit ich ihn festnageln konnte – ihn in einen auf einem Brett aufgespießten Schmetterling verwandeln, einen in einem Glas gefangenen Käfer, ihn festsetzen, seine Flügel vom Flattern abhalten. Aber ich fand nichts dergleichen. Arbeitsdokumente mit vielen Zahlen, die ich nicht verstand, Büroklammern, abgelaufene Visa, Kugelschreiber mit den Namen verschiedener Hotels. Nichts von emotionalem Wert. Ich stand auf und öffnete die Schubladen im Kleiderschrank. Darin gab es auch nicht viel. Unterwäsche, Gürtel, ein Pulli, den ich noch nie an ihm gesehen hatte. An einem der Kleiderbügel hing eine Tasche, und ich öffnete auch die. Ein paar Dokumente in einer Plastikhülle. Ein paar Briefe. Einer davon noch verschlossen, doch der andere geöffnet. Ein Kontoauszug. Ich sah ihn durch, doch er verriet mir nicht viel. Das Einzige, was mich wirklich überraschte, war das Gehalt, das er diesen Monat erhalten hatte. Ich prüfte die Summe dreimal nach, um sicherzugehen, dass ich richtig gelesen hatte.

Ich wollte den Brief schon zurücklegen, als mir auffiel, dass er an seine Adresse in Oxfordshire gesendet worden war. Ich machte ein Foto davon, setzte mich wieder aufs Bett und tippte sie bei Google ein, fand heraus, wie viel er für das Haus bezahlt hatte und wann. April letzten Jahres. Also hatten sie es gemeinsam ausgesucht. Vielleicht sogar zusammen darin gewohnt. Ich hatte nie gefragt. Also wollte er womöglich die Erinnerung daran nicht stören, wie ein Vater das Zimmer seines vermissten Kindes unberührt lässt? Wollte er mich deshalb nicht dort haben? Ich fand heraus, wie viele Schlafzimmer und wie viele Badezimmer das Haus hatte, aber Fotos gab es keine. Ich fand es auf Google Maps und versuchte, zu Street View zu wechseln, doch es lag in einem dieser nicht erfassten Bereiche und ich kam nur bis zum Ende der Straße. Dann musste ich aufstehen und duschen. Ich war schon spät dran.

Das Vorsingen fand bei jemandem zu Hause statt, was seltsam war. Aus Kostengründen vielleicht. Ich musste weiter aus London raus, als ich geplant hatte, und das Haus war so groß, dass ich zehn Minuten brauchte, um den Eingang zu finden. Eine Frau empfing mich an der Tür.

Hi, ich bin Anna, sagte ich. Ich bin etwas spät, tut mir leid.

Willkommen, Anna. Du bist unsere 14.03? Keine Sorge, wir liegen auch ein wenig zurück.

Sie führte mich in die Küche, die mit einem Fliesenboden, Eichenoberflächen und über einer Kücheninsel hängenden Kupfertöpfen bestückt war wie in einem amerikanischen Farmhaus.

Wenn du dann bitte hier warten würdest, bis der Aufwärmraum für dich fertig ist, sagte sie. Oh, und ich glaube, du hast deine Castinggebühr noch nicht bezahlt, oder?

Ich nahm Max' letzten Umschlag, zog ein paar Scheine heraus und gab sie ihr.

Ein Mädchen, etwa in meinem Alter, saß am Küchentisch und blätterte durch eine Partitur. Sie hatte ihren Text pink markiert.

Ich setzte mich.

Zerlina?, sagte sie.

Wie bitte?

Du singst für Zerlina vor?

Oh klar. Ja. Und du?

Auch, sagte sie, den Mund leicht gespitzt, als wollte sie sagen: Aha habe ich's mir doch *gedacht*.

Diejenigen, die einen vor Castings ansprachen, waren immer so – lächelnder Mund und knallharte Augen –, denn es war nie wirklich eine Plauderei, nicht wirklich.

Sie klappte ihre Noten zu und begann, mich auszufragen. Wie ist dein Name?, sagte sie. Anna? Hm. Anna. Ich glaube nicht, dass ich dich schon mal irgendwo gesehen habe, Anna. Nicht viel in den Londoner Sängerkreisen unterwegs, hm? Wie ist dein Nachname? Ich habe noch nie von dir gehört. Ach, neu in London? Na ja, mehr oder weniger. Daran wird es liegen. Studierst du hier? Ach *wirklich*? Interessant. Wie alt bist du, wenn ich fragen darf? Diese Rolle schon mal gesungen? Die gesamte Rolle meine ich. Bei der Kompagnie gesungen? Kennst du also den Geschäftsführer? Den Regisseur? Den Korrepetitor? Na, wen *kennst* du denn überhaupt? Bei welchen Kompagnien *hast* du denn schon gesungen? Ich meinte in London. Und wer ist überhaupt dein Lehrer?

Sie hörte sich meine Antworten aufmerksam an, dann nickte sie und wandte sich ab. Sie holte eine Bürste heraus und fuhr sich damit durch ihr langes blondes Haar, warf es über die eine, dann über die andere Schulter, hin und her und hin und her, unschlüssig, auf welche Seite geworfen es am besten aussah. Sie tupfte sich den Mund hellrot, checkte ihre Zähne in ihrem Handspiegel und lächelte. Sie zog ihre Turnschuhe aus, nahm ihre Stofftasche – die den Namen eines Opernfestivals vorne aufgedruckt hatte –, holte ein Paar Louboutins heraus, Lackleder, hoch, aber unbestreitbar stilvoll. Sie stand auf, schlüpfte mit den Füßen hinein, setzte sich wieder hin und öffnete ihre Noten. Sie würdigte mich keines weiteren Blickes.

Anna?, unsere Gastgeberin steckte den Kopf durch die Küchentür. Der Aufwärmraum ist fertig. Wenn du bitte hier entlang mitkommst.

Ich folgte ihr die Treppe hinauf.

Dort durch, sagte sie. Ich komme dich holen, sobald sie bereit sind.

Das Zimmer war klein, mit vielen sich beißenden Blumenmustern – Blumentapete, Blumenüberwurf auf dem Sofa, Blumenvorhänge. Es war sehr warm. Ich zog meinen Pulli aus. Unten war sie mir nicht so sehr aufgefallen, diese klamme Hitze, die einem in den Häusern alter Menschen begegnet – eine Hitze, die diejenigen mollig warm halten soll, die sich nie bewegen, wie Wärmelampen für Eidechsen.

Ich ging zum Fenster. Ein riesiger Landschaftsgarten, am hinteren Ende ein Gebäude, womöglich ein Poolhaus. Ich verspürte keine Eile. Das Vor-Casting-Hoch hätte bereits eingesetzt haben müssen, aber ich spürte es nicht. Ich stand da, sah hinaus auf den unfassbar grünen Rasen, die Designerkatze, die sich vorsichtig ihren Weg über die Gartenmauer bahnte. Ein paar Wochen zuvor hatte Max gesagt, dass Kunst für ein Land weniger wichtig sei als Politik. Ich hatte versucht zu erklären, warum ich dem nicht unbedingt zustimmte.

Er sagte: Aber was du da sagst, ist so offensichtlich unwahr, Anna, es fällt mir schwer zu glauben, dass du davon wirklich überzeugt bist.

Er sagte: Aber ein Großteil der Motivation eines Künstlers besteht doch darin, was er persönlich will, oder? Darin liegt etwas grundlegend Egoistisches, meinst du nicht? Etwas Arrogantes. Du sagst, die Welt ist nicht gut genug für mich. Du sagst, ich will ein anderes Leben. Ja, vielleicht gibt es auch einen Nutzen nach außen hin, aber der ist zweitrangig, nicht wahr, gegenüber dem, was du persönlich willst?

Ich war beleidigt, und er sagte, er habe gedacht, das sei eine theoretische Diskussion, er habe nicht mich gemeint und ich solle nicht so empfindlich sein.

Daran erinnerte ich mich, als ich vor dem Fenster stand und hinausblickte. Ich dachte darüber nach, was er gesagt hatte, und ich wusste, dass er recht hatte. Das hier war nicht bedeutsam. Diese kleine Kompagnie. Ihre kleinen Aufführungen in einem Raum über einem Pub. Ihr Schickimicki-Publikum, das für den Pausenwein da war und um sagen zu können, *oh ja, das haben wir gesehen*. Ich war mir nicht einmal sicher, dass es bedeutsam für mich war. Eigentlich kam es mir eher sinnlos vor, für eine Rolle vorzusingen, für die ich bezahlen musste. Ich stellte mir sein Gesicht vor, wenn ich es ihm erzählte, und was er wohl dazu sagen würde – *aber sollten die nicht dich bezahlen? Ich dachte, du hättest gesagt, das sei eine gute Kompagnie? Aber, also, wie soll das funktionieren?*

Die Frau hatte mir nicht gesagt, wie viel Zeit mir blieb, vermutlich zwanzig Minuten, von denen nicht mehr viel übrig war. Es bereitete mir ein schräges Vergnügen, mich nicht aufzuwärmen. Einen perversen Kick, böse zu sein. Ich kannte das aus meiner Kindheit – wenn die Lehrerin uns aufforderte, aus dem Schwimmbecken zu kommen, tauchte ich unter Wasser und hielt den Atem an, sah ihre wabernde Form über mir stehen, wohl wissend, dass ich in Schwierigkeiten steckte. Dann spürte ich dieses aufregende Stechen zwischen den Beinen, auch wenn ich damals noch nicht wusste, was es war, nur dass es mir gefiel. Ich schaute auf meine Uhr. Zehn Minuten waren vergangen. Die Zeit lief mir davon.

Ich stellte mich vor den Spiegel, schlug eine Note auf dem Klavier an und begann zu singen. Sobald ich den Mund aufmachte, wünschte ich mir, ich wäre morgens direkt ins Konservatorium gefahren, hätte etwas gearbeitet, anstatt meine Zeit damit zu vergeuden, seine Sachen zu durchwühlen – auf der Suche nach Beweisen – nach verdammten Beweisen – nach Beweisen wofür? Ich wusste es ja nicht einmal.

Ich war müde, und meine Stimme fühlte sich unhandlich an wie ein übergroßes Paket, das nicht unter meinen Arm passte. Ich betrachtete mich im Spiegel und stellte fest, dass meine Absätze zu hoch waren. Gestern waren sie mir nicht so vorgekommen, aber bei näherem Hinsehen waren sie es jetzt zweifellos. Zu hoch und billig wirkend, vor allem zu diesem Kleid. Ich musste meinen Pulli wieder anziehen, egal wie warm es war, denn ich war nicht wie dieses Mädchen dort unten – dieses Mädchen, dessen Kleider einfach an ihr saßen, die von oben bis unten vollkommen war, ein einziges Ganzes, wohingegen ich aus all diesen unterschiedlichen Teilen bestand, die nicht zusammenpassten.

Ich wärmte mich mit der Tonleiter auf, doch ich befand mich immer noch nicht in meiner Stimme, stand neben ihr, und ich schaute mir ins Gesicht und sah, dass meine Augen weit und schwarz waren, und mir wurde klar, plötzlich, mit Schrecken, dass ich Angst hatte. Nicht das typische Lampenfieber – das du nutzen und in Energie kanalisieren kannst –, sondern Angst. Blanke, körperliche Panik. Sie durchzuckte mich. Sie lähmte meine Kehle, als hätte jemand die Hände um meinen Hals gelegt und würde zudrücken. Etwas gab nach. Der Ton spaltete sich, zerbrach in zwei Hälften, kam ins Stottern, ins Straucheln, zum Erliegen.

Es klopfte an der Tür, und die Frau steckte ihren Kopf hindurch.

Sie sind bereit für dich, sagte sie.

Ich war mir nicht sicher, wie lange sie schon draußen gestanden hatte. Mein Herz klopfte mir bis an den Hals, so hoch, zu hoch, als könnte ich es womöglich auskotzen, sobald ich den Mund öffnete.

Sie sind gleich hinter der Tür dort, sagte sie. Klopf an und warte, bis sie dich hereinrufen.

Ich blieb eine Sekunde davor stehen, atmete durch, klopfte, doch niemand antwortete.

Ich klopfte erneut und wartete. Wieder nichts.

Ich klopfte ein drittes Mal und befürchtete, sie hätten mich nicht gehört, also drückte ich die Tür auf und trat ein.

Der Raum war nicht groß. Ein Konzertflügel füllte das meiste davon aus, darauf eine Decke mit einem Stapel Noten. An der gegenüberliegenden Wand stand ein Sofa, auf dem dicht gedrängt vier Männer saßen und zu groß für den Raum wirkten, als hätten Erwachsene versucht, sich ins Puppenhaus eines Kindes zu quetschen. Sie alle trugen Anzüge, wobei einer seine Krawatte ausgezogen und ein paar seiner Knöpfe gelöst und ein anderer seine Schuhe ausgezogen hatte. Er saß mit zwei ungleichen Socken da.

Ich begriff, warum ich sie nicht *herein* hatte sagen hören. Keiner von ihnen konnte sprechen. Sie krümmten sich alle vor Lachen.

Der Mann ohne Schuhe hatte den Kopf auf den Knien, Hände über dem Hinterkopf verschränkt, Schultern bebend.

Der Mann ohne Krawatte schwang diese über dem Kopf wie ein Lasso und schlug damit den Mann im pinken Hemd, während dieser prustete, keuchte und sich wand, *hör auf Mann, hey, hey, hör auf.*

Der Mann in der Mitte saß mit weit gespreizten Beinen da und drängte die anderen an den Rand. Er schaute zu seiner Linken, dann zu seiner Rechten und grinste. Er, das hatte ich ergoogelt, hatte das Sagen.

Hi, sagte ich. Entschuldigung, ich habe geklopft. Sind Sie bereit für mich?

Mein Anblick machte das, worüber sie auch immer lachten, noch lustiger – anscheinend gefiel es ihnen, ein Publikum zu haben –, und ich befürchtete, dass sie sich über mein Outfit lustig machten oder – schlimmer noch – dass diese Zimmer nicht gut schallisoliert waren und sie mich beim Aufwärmen gehört hatten. Ich war drauf und dran, mich zu entschuldigen, es gehe mir nicht gut, ich müsse leider wieder gehen, als der Mann, der das Sagen hatte, meinte, *du bist Anna? Dann hereinspaziert,* und ohne meinen Willen gehorchten meine Beine.

Ich entschuldige mich für die hier, fügte er hinzu. Sie sind nur – sie sind nur –

Er brach in kindisches Gekicher aus.

Das Zimmer war merkwürdig geschnitten, und es gab keinen offensichtlichen Punkt, an dem ich stehen sollte. Ich landete schließlich einen Hauch zu weit vom Klavier und einen Hauch zu nah an den Männern. Ich sagte der Pianistin Hallo, und sie lächelte mich an, als wollte sie sagen, *sorry, Pech gehabt, da musst du jetzt durch.*

Die Männer versuchten sich nun überwiegend zusammenzureißen. Der Mann ohne Krawatte biss sich in den Handrücken. Der Mann ohne Schuhe nahm demonstrativ ein paar tiefe Atemzüge. Der Mann im pinken Hemd war vor Scham selbst pink angelaufen. Der Mann, der das Sagen hatte, sah mich jedoch geradewegs an, lachte offen, Tränen kullerten ihm über die Wangen. Ich wollte mich mit meinen Händen bedecken.

Rolle?, fragte er.

Meine Kehle war ausgetrocknet. Ich brauchte mehrere Anläufe, bis ich sprechen konnte.

Zerlina.

Okay, alles klar, sagte er. Also, Anna. Wir fangen mit »Batti Batti« an, und, und, Moment noch –

Er schnaubte vor Lachen, holte ein Taschentuch raus, putzte sich die Nase und wischte sich die Augen ab.

Okay, also, was ich von dir möchte, ja, ist, dass du die Arie singst, okay? Okay, und – ha – und – und während du singst, sollst du mich anschauen, okay? Und was ich tun werde, ist, ich werde quasi mit meinen Armen fuchteln –

Er zappelte zur Demonstration mit den Armen. Die anderen Männer kicherten.

Und ich möchte, dass du quasi meinen Armen folgst, und ich werde dir vormachen, was du machen sollst, verstehst du?

Tut mir leid, nicht ganz – Sie werden dirigieren, meinen Sie?

Nein, ich werde dir quasi zeigen, wie du es interpretieren sollst. Okay? Wenn ich mit den Armen höher wedele, so etwa, dann heißt das, ich möchte, dass du ein bisschen, na ja, forscher bist, ja? Und – schau mal, ich möchte einfach nur sehen, wie du mit meinen Anweisungen umgehst, okay? Sei kreativ.

Ähm, klar, sagte ich. Okay.

Vorsingen sind künstlich. Die Jury ist immer zu nah und der Raum zu hell. Das musst du ausblenden. Du musst dir die Szene ganz deutlich vor Augen führen, sodass sie dir echt vorkommt. Doch das konnte ich nicht. Ich blickte den Mann, der das Sagen hatte, unverwandt an, seine kalten blauen Augen und seine unverhohlene Belustigung, und ich hörte, irgendwo ganz weit weg, die Pianistin den Eröffnungsakkord spielen. Er machte eine zustechende Geste, um mir zu signalisieren, dass ich einsetzen sollte. Sie spielte den Akkord erneut, dann ein drittes Mal. Ich stand nur da. In meinem Kopf herrschte reine Stille.

Jetzt lachten sie mich aus. Dessen war ich mir sicher. Sie lachten nicht einfach so, sondern über mich.

Ich wandte mich an die Pianistin.

Es tut mir wirklich leid, sagte ich. Könnten wir noch einmal anfangen?

Sie spielte den Akkord, und diesmal setzte ich ein, doch die Angst blieb. Normalerweise verflog sie. Normalerweise verflog sie, sobald man zu singen begann und feststellte, dass alles gut gehen würde, aber diesmal würde es nicht gut gehen. Meine Stimme war dünn, ausgezehrt und klebrig wie Zuckerwatte. Je mehr ich versuchte, sie zusammenzuhalten, umso mehr fiel sie auseinander.

Doch was ist, wenn ich keine Schuld trage?

Ich hatte Stunden im Übungsraum damit verbracht, an diesen Phrasen zu arbeiten.

Was, wenn alles sein Werk war?

Die Intention dahinter, die Stimmungswechsel, Stunden um Stunden des Feilens an Zerlinas Appellen, ihren Ausrufen, ihren Anschuldigungen. Doch ich starrte den Mann, der das Sagen hatte, an, und er hatte ganz andere Vorstellungen als ich, und je mehr ich versuchte, seinen Bewegungen zu folgen, desto mehr entkoppelte sich meine Stimme, schwebte irgendwo über mir an der Decke wie ein verlorener Heliumballon.

Ich stolperte durch das Eröffnungsrezitativ und sprang in die Arie. Der Mann, der das Sagen hatte, warf mir energisch seine Arme entgegen, als wäre ich eine ganze Symphonieorchestersektion, die wild durcheinanderspielt und die ganze Vorstellung in eine Katastrophe hineinsteuert. Der Raum wurde kleiner. Schweiß sammelte sich an meinem Kragen und perlte an meinem Haaransatz. Die Wände kamen näher, richtig nah. Sie zerdrückten meinen Kopf, zerquetschten meine Lunge, sie waren drauf und dran, die Organe aus mir rauszupressen, und die Männer saßen auf dem Sofa, irgendwo da drüben, schauten zu, lachten, denn es war ja auch zu lustig – haha –, dabei zuzusehen, wie alles aus mir rausgequetscht wurde. Bei jeder Note dachte ich, *das war's, ich muss aufhören, ich muss aufhören, ich muss aufhören, mich entschuldigen und gehen*, aber du hörst nie auf, das machst du nie, das sind die Regeln, was auch immer geschieht, du wahrst die Fassung, du machst weiter. Dann kamen wir zum Ende der Arie, und ich wollte beinahe nicht, dass sie endete, denn dann müsste ich etwas sagen, oder vielleicht würden sie zuerst etwas sagen, und ich war mir nicht sicher, was schlimmer wäre.

Die Pianistin machte sich nicht die Mühe, die letzten Akkorde zu spielen. Sie hörte mit mir auf. Niemand regte sich. Niemand sprach.

Ich schluckte. Meine Zunge war zu groß für meinen Mund.

Tja, danke, flüsterte ich und wandte mich zum Gehen.

Warte noch einen Moment, sagte der Mann, der das Sagen hatte.

Ich drehte mich wieder um.

Zerlina hat noch eine Arie, sagte er. Hast du die auch vorbereitet?

Ähm. Ja. Habe ich.

Die würden wir gerne hören.

Ich dachte, *das kann nicht sein Ernst sein. Du solltest dich umdrehen und gehen.* Doch ich hörte mich sagen, *okay*, denn das waren die Regeln. Solange er meine Fäden zog, tanzte ich weiter.

Also, was wir diesmal gerne hätten, sagte er, ist, zu sehen, wie du auf der Bühne bist. Erzähl uns mal. Worum geht es?

Nun, Don Giovanni hat gerade Masetto zusammengeschlagen, sagte ich. Das ist Zerlinas, ich meine, mein Verlobter. Und ich versuche, ihn aufzumuntern, na ja, damit es ihm besser geht.

Nun ja, der Mann, der das Sagen hatte, schmunzelte. So könnte man es beschreiben. Was wir also von dir möchten, ist, dass du dir einen von uns aussuchst, der mit dir performen soll. Such dir deinen Masetto aus.
Wie bitte?
Alle unsere Zerlinas mussten das machen, sagte der Mann ohne Krawatte.
Okay.
Ich ließ meinen Blick über das Sofa wandern. Mir fiel ein, dass der Mann im pinken Hemd beschämt ausgesehen hatte, also zeigte ich auf ihn.
Die anderen brüllten und johlten.
Gibt's doch nicht! Schon wieder!, rief der Mann ohne Schuhe.
Jedes Mal!, sagte der Mann ohne Krawatte.
Was hat er, das wir nicht haben?, spottete der Mann, der das Sagen hatte.
Der Mann im pinken Hemd stellte einen Stuhl in die Mitte des Zimmers und setzte sich hin.
Okay, fuhr der Mann, der das Sagen hatte, fort. Lass uns mit der Arie beginnen, in Ordnung? Und während du singst, sollst du improvisieren. Was auch immer Zerlina tun würde.
Die Pianistin spielte das Intro, und als ich zu singen anfing, das Zittern in meinen Beinen spürte, das Flattern in meiner Stimme, fühlte ich mich plötzlich verwegen. Fast schon hysterisch angesichts dessen, wie schlecht das hier lief, und ich dachte mir, schlimmer kann es auch nicht mehr werden. Der Mann im pinken Hemd schaute die anderen an, nicht mich, und ich sah, wie sie einander angrinsten, also dachte ich, *wenn es das ist, was sie wollen, können sie es haben*. Sie wollten sehen, wie weit ich gehen würde, dachten, ich wäre zu schüchtern, um irgendwas zu tun, und dass das

an sich schon lustig sein würde. Denn diese Arie soll sexy sein, sie soll ihn verführen, und wir waren beinahe bei dem Teil angelangt, wo sie sagt, *ich habe die beste Medizin für dich, Masetto. Ich trage sie stets bei mir, du kannst sie probieren, wenn du möchtest, hier, hier ist sie, fühl das Pochen, berühr mich hier.* Der Text ist eindeutig. Sie bringt Masetto dazu, ihre Brüste zu begrapschen. Die Typen kicherten wie Schuljungs, und der Mann im pinken Hemd schaute nach wie vor nicht mich an, sondern schmunzelte zu ihnen herüber, also setzte ich mich auf seinen Schoß. Einer gab ein Pfeifen von sich. Ich packte sein Gesicht und drehte es zu mir. *Fühl das Pochen, berühr mich hier.* Ich nahm seine Hand und drückte sie auf meine Brust. Ich konnte mein Herz spüren, wie es durch seine Finger hindurch schlug. Er grinste mich an, von Nahem konnte ich den Schnaps in seinem Atem riechen, und dann überkam mich dieses Gefühl, dieses plötzliche wahnsinnige Gefühl, dass ich zu allem fähig war – genau wie letzte Nacht, als Max mich niedergedrückt hatte, dieses erregende, erschreckende, außer Kontrolle geratene Gefühl von *scheiße, war ich das, was zur Hölle habe ich da eben getan?* Das Blut auf seinem Gesicht danach. Seine schützende Hand an der Wange. Die Art, wie er mich angesehen hatte. So war es auch jetzt, so als wäre ich zu allem fähig. Ich könnte ihn ohrfeigen. Ich könnte meine Nägel in seine Wange schlagen. Ich könnte ihn küssen. Ich könnte in seine Lippe beißen, bis ich sein Blut in meinem Mund schmecke.

Der Mann im pinken Hemd schrie: Scheiße, aua!

Er schlug meine Finger weg. Ich hatte nicht bemerkt, wie fest ich zugegriffen hatte. Meine Nägel hatten tiefe Kerben auf seinem Handrücken hinterlassen. Niemand lachte mehr.

14

WIEDER ZU HAUSE, hatte ich schon meinen Pyjama an und lag im Bett, als mir einfiel, dass ich eine Probe hatte. Ich warf einen Blick auf mein Handy. Vier verpasste Anrufe vom Regisseur und zwei von Frankie. Ich schrieb beiden, ich sei krank, bekam aber keine Antwort. Ich rollte mich unter der Bettdecke zusammen.

Natürlich hatte ich schon schlechte Vorsingen gehabt, jeder hatte das. Ich hatte Worte vergessen. Die Jury war unfreundlich oder einfach nicht interessiert gewesen. Ich hatte Töne versemmelt oder war zu den hohen Parts gelangt, denen, die Eindruck machen sollten, und sie waren schiefgegangen. Ich hatte Vorsingen gehabt, bei denen ich bis zur Mitte des Stücks gekommen war und aufhören wollte. Ich hatte Vorsingen erlebt, bei denen ich es kaum aus dem Gebäude geschafft hatte, bevor ich weinen musste. Doch ich hatte noch nie Angst gehabt, nicht so. Irgendwo auf dem Weg zu diesem Zimmer war ich gestolpert, hatte den Halt verloren, und ich fiel immer noch. Ich konnte mir nicht vorstellen, meinen Mund jemals wieder zum Singen zu öffnen.

Ich musste eingeschlafen sein, denn plötzlich fand ich mich in einer Garderobe wieder. Es war beinahe an der Zeit, auf die Bühne zu gehen, doch ich wusste nicht mehr, in welcher Oper ich sang. Sie riefen mich über die Lautsprecher auf. Ich hatte mich nicht aufgewärmt, also versuchte ich zu singen, öffnete den Mund, holte Luft und – nichts – nichts – ich bekam nichts heraus. Ich versuchte zu summen. Ich versuchte meine Lippen zu lockern, indem ich sie prustend flattern ließ. Ich brachte kein Geräusch heraus, und dann wachte ich auf, draußen war es schon dunkel. Mein Hals war so trocken, dass ich kaum schlucken konnte, und die Laken waren schweißgetränkt.

Es war kurz vor sechs. Ich hatte eine Nachricht von Laurie, in der stand, sie hoffe, das Vorsingen sei gut gelaufen. Sie bleibe die Nacht weg, also würden wir uns erst morgen sehen. Da war auch eine Nachricht vom Regisseur, in der stand, *SEHR späte Benachrichtigung*. Ich überlegte, Angela anzurufen, ihr zu erzählen, was geschehen war, doch sie war vermutlich immer noch sauer auf mich, und ich wusste sowieso schon, was sie sagen würde. *Nun, jeder hat mal einen schlechten Tag, du kannst nur daraus lernen und weitermachen.* Wenn ich beschreiben würde, wie sie sich benommen hatten, würde sie sagen, *du darfst nicht schüchtern und verklemmt sein, Anna. Nicht in dieser Branche. Dafür ist schlichtweg keine Zeit.* Sie würde recht haben und ich mich dadurch nicht besser fühlen.

Stattdessen rief ich Max an. Nach zweimal Klingeln ging er ran.

Anna? Ich bin bei der Arbeit.

Ich weiß.

Stimmt etwas nicht?

Können wir uns sehen? Heute Abend?

Was ist los?, sagte er ungeduldig, fast schon wütend. Ist etwas passiert?

Ich erlaubte mir die Vorstellung, dass er alles stehen und liegen lassen, sofort zu mir kommen würde. Er wäre liebevoll und einfühlsam, zärtlich, und in seinen Armen, mit seiner Stimme in meinem Ohr würde ich vergessen.

Ich bin total fertig, sagte ich. Das Vorsingen heute ist furchtbar gelaufen. Ich wollte dich einfach sehen.

Ich hörte ihn im Hintergrund etwas zu jemand anderem sagen und war mir nicht sicher, ob er mir überhaupt zugehört hatte, doch dann sagte er: Sicher klar, lass uns etwas machen. Ich gebe dir Bescheid, wenn ich hier fertig bin, okay? Dann kannst du zu mir kommen.

Kannst du nicht lieber hierherkommen? Laurie ist nicht da.

Schweigen.

Dann schick mir deine Adresse, sagte er und legte auf.

Ein paar Stunden vergingen. Ich überlegte, ob ich das Zimmer aufräumen sollte, aber das meiste Zeug war von Laurie, und irgendein Teil von mir wollte, dass er das Schlimmste sah. Wollte den Ekel auf seinem Gesicht sehen, wenn er über Lauries Unterhosen auf dem Boden stieg. Ein verquerer Teil von mir, der sein Mitleid wollte.

Mein Handy klingelte, und er sagte, er stehe draußen. Ich ging runter, um ihn reinzulassen, und er küsste mich mit kalten Lippen.

Hast du gut hergefunden?

Sieht so aus, oder? Ich habe ein Taxi genommen.

Er zog seine Schuhe aus und hängte seinen Mantel an einen Haken neben der Tür, dann stellte er sich Mil vor, die in der Küche war. Das war eine seiner Eigenschaften, die ich bewunderte, ja sogar beneidete – wie er sich überall wohlfühlte, diese lässige Leichtigkeit, die er an den Tag legte. Sie plauderten kurz über das Haus, die Nachbarschaft. Ich stand verlegen daneben, beteiligte mich kaum am Gespräch, bis Mil fragte, ob wir etwas essen wollten, und er sagte, *Anna geht es nicht so gut, also lassen wir dich mal allein,* als wäre ich die Außenstehende, nicht er.

Wir gingen rauf auf mein Zimmer.

Hier ist 'ne Menge los, sagte er.

Ich setzte mich auf das Bett. Das Zimmer war klein, also stand das Bett direkt an der Wand, und ich hatte den kürzeren Strohhalm gezogen, was die Seite anging, musste also über Laurie klettern, wenn sie vor mir schlafen ging. Max nahm ein gerahmtes Foto von mir und Laurie in die Hand, das auf einer Party entstanden war, kurz nachdem wir uns im letzten Sommer kennengelernt hatten. Ich war glücklich darüber gewesen, mit ihr dort zu sein, erinnerte ich mich. Glücklich, dass ich zufällig bei einer Mitbewohnerin wie ihr gelandet war – einer von diesen Personen, die überall Spaß reinbringen. Die Fotobelichtung hatte unsere Haare und unsere Haut ausgeblichen, sodass wir uns viel ähnlicher sahen als im echten Leben. Er schaute es eine Weile an und stellte es dann wortlos wieder zurück. Er strich über die Ränder des bunten Tuchs, das über der Schminkkommode ausgebreitet war, zog an einem Faden. Er nahm Make-up-Tuben von Laurie auf, die darauf verstreut waren, öffnete sie, drehte an einem Lippenstift, bis die Farbe zum Vorschein kam, drehte ihn wieder zu. Er nahm ein Notizbuch vom Schreibtisch und blätterte darin herum. Es gehörte Laurie und war definitiv privat, doch ich hielt ihn nicht davon ab, denn er hatte mich kaum angesehen, seit er angekommen war, und das machte mich nervös.

Er kam zu mir, legte sich aufs Bett, drückte sich die Hände in die Augen.

Was ist los?, sagte ich.

Nichts. Seltsamer Tag. Als ich heute Morgen zur Arbeit gekommen bin, war die Lobby abgesperrt. Die Abteilung auf der dritten Etage tauschte mit den Tradern auf der zwölften.

Die Jungs haben ihre Sachen in Kartons rübergetragen. Alle Etagen haben einen Flur, der zur Lobby hin offen ist. Es gibt ein Sicherheitsgeländer, aber man kann drüberklettern, und einer der Trader ist nachts gesprungen.

Das ist ja schrecklich.

Anscheinend hatte er schon seit einer Weile eine harte Zeit durchgemacht. Familienprobleme, und dann lief auch noch dieser Deal schief, und er hat die Firma eine Menge Geld gekostet – ich meine Millionen, er hat uns mehrere Millionen Dollar gekostet –, und ich schätze, es hat ihm wohl gereicht. Aber weißt du, was das Schlimmste daran ist? Das Schlimmste ist, dass alle einfach weitergearbeitet haben. Sie haben erst einen Krankenwagen gerufen, als die Leute morgens eintrudelten. Ich hätte es an ihrer Stelle auch nicht getan. Keine Chance. Die Märkte liegen nicht still, nur weil sich jemand umgebracht hat.

Mit wem haben sie getauscht?

Was meinst du?

Die Trader. Wer war auf der dritten Etage?

Ach so, verstehe. Risikomanagement, glaube ich.

Ist das ein Witz?

Nein, sagte er. Ist es nicht.

Er hatte noch immer die Augen geschlossen. Auf seiner Wange konnte ich die dünne weiße Linie sehen, wo ich ihn gekratzt hatte.

Jedenfalls, sagte er. Hat es mich nachdenken lassen.

Worüber?

Darüber, wie viele Jahrzehnte ich denen noch schenken will. Darüber muss ich nachdenken.

Er öffnete die Augen und sah mich an.

Und was ist mit dir?, sagte er. Sehr dramatisch. Mich hierher zu bestellen. Was ist los?

Dramatisch?

Du hast aufgebracht geklungen.

Ich erzählte ihm von dem Vorsingen, doch es hörte sich trivial an, und ich wusste nicht, wie ich es rüberbringen sollte, um sein Mitleid zu erregen, ohne schlecht dazustehen.

Na ja, das ist eine lehrreiche Erfahrung, oder nicht?, sagte er. Was kannst du tun, damit sich so was nicht wiederholt?

Ich weiß nicht.

Er schaute mich nachdenklich an.

Davon gab es in letzter Zeit einige, nicht wahr?

Eigentlich nicht. Was meinst du?

Ein paar Vorsingen, bei denen du nicht genommen wurdest.

Ja schon. Aber es gibt immer Vorsingen, bei denen man nicht genommen wird. Die anderen waren nichts im Vergleich zu dem heute.

Du wirkst müde in letzter Zeit, sagte er. Still, weißt du? Angespannt.

Echt?

Er sah sich im Zimmer um und sagte: Um ehrlich zu sein, das wundert mich nicht. Dass so etwas passiert, meine ich, jetzt wo du hier wohnst. Wie kannst du hier schlafen, wenn Laurie auch da ist? Oder dich entspannen? Oder üben? Kannst du hier üben? Ich vermute, nein, nicht wenn du mit diesen ganzen Leuten aufeinanderhockst.

Er hatte recht, das konnte ich nicht, aber das war nicht das, was ich hören wollte. Ich wollte von ihm getröstet werden.

Ich finde, du solltest umziehen, sagte er.

Einen irrwitzigen Moment lang dachte ich, er würde vorschlagen, dass ich zu ihm ziehen solle, doch dann sagte er: Ich habe da einen Kollegen, der vor Kurzem ein Studioapartment zum Vermieten gekauft hat. Er hat mich gestern nach

Bauunternehmern gefragt. Im jetzigen Zustand bekommt er dafür nicht viel, also steht es leer. Er hat viel Arbeit in nächster Zeit, wird wahrscheinlich bis zum Sommer nichts daran machen. Vielleicht lässt er dich eine Weile dort wohnen. Ich frage ihn.

Doch ich wollte keine praktischen Lösungsvorschläge von ihm. Ich wollte von ihm hören, dass alles gut werden würde – oder, nein – nicht mal das – ich wollte, dass er mich an gar nichts mehr denken ließ. Ich wollte, dass er in meinen Kopf hineingriff und ihn ausschaltete.

Ich beugte mich über ihn und küsste ihn. Zuerst war er behutsam. Er behielt die Hände bei sich, sagte meinen Namen, als hätte er eine Frage, aber ich wollte nicht, dass er sprach, also setzte ich mich auf ihn. Ich zog mein Shirt über den Kopf, nahm seine Hände und legte sie auf meine Haut, machte, dass er mich berührte, dann setzte er sich auf und küsste mich zurück, und diesmal war es anders. Er umarmte mich, drehte sich auf mich, sodass ich unter ihm lag, zerrte am Bund meiner Hose, damit ich sie auszog. Ich lag da und beobachtete ihn, während er aufstand und sich auszog, und ich hörte meinen Atem schnell und flach gehen, im Bauch noch immer die schwarze Angst, angestaut wie ein Ölteppich, und ich wusste, dass er sie vertreiben konnte. Also zog ich ihn auf mich, und dann wusste ich nicht mehr, was ich tat – beißen, kratzen, ihm sagen, dass ich es härter und härter wollte –, ohne zu wissen, was er als Nächstes tun würde, nur dass es alles sein konnte. Er brachte mich auf die Knie und kniete sich hinter mich, eine Hand fest um mein Haar gewunden, ein scharfes Ziehen an meiner Kopfhaut, und es war immer noch nicht genug, ich konnte immer noch denken, also hörte ich all diese Dinge aus meinem Mund kommen, von denen ich mir nicht sicher war, ob ich sie meinte, dass er alles mit mir machen könne, mir wehtun solle, und er legte mir die Hand auf den Mund. Er sagte, *hör auf, sei still*, und er zog meinen Kopf zu sich nach hinten, dann war seine Hand plötzlich nicht mehr auf meinem Mund, sondern an meinem Hals, der noch immer nach hinten gestreckt war, und ich spürte, wie Max zudrückte. Kleine Lichter vor den Augen, Leere breitete sich in meinem Kopf aus, mein Blut pochte heiß, und ich hörte seine Stimme, von ganz weit her, irgendwo in meinem Kopf meinen Namen sagen, und dann stürzte all die Dunkelheit auf mich ein, und ich konnte an nichts mehr denken, da war bloß dieses Geräusch, animalisch und furchteinflößend, ähnlich wie ein Schrei, aber kein Schrei, ich wusste nicht, was es war, ich hatte es noch nie zuvor gehört, und gleichzeitig wusste ich, dass ich es war.

Als ich die Augen öffnete, lag er auf dem Bett, und ich war noch auf den Knien, mit dem Kopf gegen meine Arme an die Wand gelehnt. Ich fühlte das Blut durch meinen Hals pumpen. Ich fasste mir an die Kehle. Ich versuchte zu schlucken, musste husten.

Warum hast du das gemacht?, flüsterte ich.

Was? Du wolltest es doch.

Ich wollte noch etwas sagen, aber ich konnte nicht.

Er berührte meinen Rücken, zog an meinem Arm, damit ich mich neben ihn legte. Er strich mir übers Haar. Einen Moment lang sprach keiner von uns, dann sagte er: Ich dachte, das war es, was du wolltest. War es das nicht? Anna? War es nicht das, was du wolltest?

Am Wochenende wurde ein Stück von Mil aufgeführt, und ihre Mutter kam nach London, um es zu sehen. Sie kam am Nachmittag zum Haus. Sie hatten im Delaunay Mittag gegessen und dann eine Shoppingtour gemacht, und Mil brachte viele Tüten voller Klamotten nach Hause, die ihr ihre Mutter gekauft hatte. Sie hatte sich auch einer Persönlichkeitstransplantation unterzogen und hieß jetzt Amelia, von Kopf bis Fuß braves Lächeln und unstrittige Meinungen.

Wir alle kamen zum Tee mit ihrer Mutter nach unten. Wir beteuerten, wie sehr wir das Haus mochten, und vielen Dank, dass wir hier wohnen durften. Wir sprachen darüber, wie viele Touristen es in London gab und wie schwierig es war, anständige Kleidung zu finden, ohne ein Vermögen auszugeben. Wir aßen Biokekse und unterhielten uns eine Weile übers Backen, dann nahmen wir den Bus zum Theater.

Im Stück ging es darum, dass alle Frauen Opfer sind, vor allem aber diejenigen, die das nicht von sich glauben, und auf der Bühne waren alle grau in grau gekleidet. Ich konnte mich kaum darauf konzentrieren, weil Laurie jedes Mal mein Knie drückte, wenn sie etwas witzig fand, was quasi die ganze Zeit war. Es ging neunzig Minuten ohne Pause, danach versammelten sich alle in der Lobby. Ein Tapeziertisch, warmer Weißwein in Pappbechern.

Mils Freundinnen waren da, ein paar erkannte ich mit ihren Bobs, Stricksachen und großen Brillen von Silvester wieder. Sie standen in einer Gruppe zusammen und unterhielten sich über einen, den sie von der Uni kannten und der dabei war, sich einen großen Namen in der Theaterwelt zu machen. Er hatte eine One-Man-Show geschrieben, in der er sich als Parodie einer Frau verkleidete – Mikrorock und High Heels, Perücke mit langen Flechtzöpfen, rote Wangen und grellrote Lippen. Die Hälfte der Mädchen war außer sich, darunter auch Mil, die eine Petition gestartet hatte, damit das Stück nach seiner Aufführung beim Fringe-Festival nicht ins Programm übernommen wurde, und da diese gescheitert war, versuchte sie, eine Demonstration am Premierenabend zu organisieren. Sie war der Meinung, sein Aufzug sei aus Prinzip frauenfeindlich und dass er als privilegierter weißer Mann nicht das Recht habe, aus der Dekonstruktion von Genderkategorien Profit zu schlagen. Die andere Hälfte regte sich über Mil et al. auf, weil die ihrer Meinung nach normative Werte reproduzierten und ihm die Gültigkeit seiner Form der Selbstdarstellung aberkannten. Die Unterhaltung war bereits sehr angespannt.

Na ja, er ist schwul, sagte eine von ihnen.

Ja, das behauptet er, aber er war auch in Eton, also –

Laurie und ich gingen uns noch was zu trinken holen.

Währenddessen, sagte sie zu mir, sobald wir außer Hörweite waren, lachen sich die Männer ins Fäustchen. Die machen alle weiterhin Theater, während sich die Frauen gegenseitig zerfleischen.

Und wie war deine Woche?, fragte sie. Geht's dir besser?

Ich war seit ein paar Tagen nicht mehr bei den Proben gewesen, nicht seit dem Vorsingen am Dienstag. Immer wenn ich ans Singen dachte, erinnerte ich mich daran, wie die Männer mich ausgelacht hatten, an diese pure unbändige Panik, und ich konnte nicht mehr. Ich sagte, ich sei krank, befürchtete, mir würden Fragen gestellt, aber sie waren sowieso hauptsächlich mit dem ersten Akt beschäftigt, in dem Musetta nicht vorkommt, also sagte der Regisseur, *in Ordnung, mir egal, aber sei bloß wieder fit nächste Woche*, und das war's. Ich verbrachte viel Zeit damit, ziellos umherzulaufen, manchmal Richtung Süden – durch Straßen, in denen sich georgianische Häuser aneinanderreihten, bis zu den schicken Bars der Upper Street –, manchmal Richtung Norden – wo buttriges Pilav und Weiße-Bohnen-Eintöpfe in den Auslagen türkischer Restaurants standen und Lebensmittelläden die grauen Fußgängerwege mit Ständen bunter Früchte unterbrachen. Ich versuchte, mich auf das Gefühl meiner Füße auf dem Boden zu konzentrieren, die Luft in meiner Lunge. Mich bis zum Ende jeden Tages zu erschöpfen und nicht nachzudenken.

Ja schon, sagte ich. Ich glaube, es hat mir gutgetan, diese Woche nicht zu singen. Ich war völlig platt in letzter Zeit, daran hat es wohl gelegen.

Was hast du morgen Abend vor? Lust, zu Hause rumzuhängen?

Eigentlich bin ich morgen nicht zu Hause, sagte ich.

Max' Kollege hatte gesagt, ich könne die Wohnung haben, aber Laurie war die letzten Nächte nicht da gewesen. Ich hatte keine Gelegenheit gehabt, es ihr zu sagen.

Ehrlicherweise muss ich dir was erzählen, sagte ich. Ich habe quasi eine neue Bleibe gefunden.

Sie starrte mich an und sagte dann: Aha. Seit wann?

Noch nicht lange. Ich weiß es erst seit ein paar Tagen. Ich wollte es dir persönlich sagen.

Das hast du ja jetzt.

Es ist schon frei, also dachte ich mir, ich bringe mein Zeug morgen rüber. Weil ja Wochenende ist und so.

Klar. Das ergibt Sinn. Wo ist es?

Farringdon.

Dann hat es was mit ihm zu tun?

Irgendwie schon, ja.

Ergibt Sinn, sagte sie wieder.

Alles in Ordnung? Ich dachte, du würdest dich freuen. Du wirst das Zimmer für dich alleine haben.

Das schien ein logisches Argument zu sein. Max hatte es einige Male vorgebracht, als ich meinte, ich hätte Angst, es ihr zu sagen.

Klar, sagte sie. Klar, du hast recht. Ich freue mich. Wir sollten zu den anderen zurück.

Sie ging davon.

Plötzlich war ich wütend. Sie hatte kein Recht, sich zu benehmen, als hätte ich etwas falsch gemacht. Ich beschloss, nach Hause zu gehen, sie alleine zu lassen, damit ihr klar wurde, dass sie sich kindisch verhielt. Ich ging rüber, um mich zu verabschieden.

Zu sagen, dabei geht es nur um Sex, ist doch irreführend, nicht wahr?, sagte sie gerade zur Gruppe. Sicher, Sex ist eine Art, wie Männer uns zeigen, dass sie uns verachten, aber er ist nicht der Grund. Sex ist ein Symptom, nicht die Ursache. Wenn wir Männer davon abhalten, uns bei der Arbeit zu begrapschen, wird das nicht wie von Zauberhand den Gender-Pay-Gap schließen.

Ich gehe, sagte ich.

Sie drehte sich um, und einen Moment lang dachte ich, sie würde sagen, dass sie mitkomme. Ich hoffte es sehr. Doch sie sagte nur, *cool, dann bis später*, und wandte sich ab.

Ich holte meine Koffer aus dem Flurschrank und ging nach oben, um zu packen. Es kam mir so vor, als würde ich meine Sachen ständig in Kartons packen und wieder herausholen. Je öfter ich sie ein- und wieder auspackte, sie in einer neuen Umgebung zu arrangieren versuchte, umso wertloser erschienen sie mir. Ich begann meine Sachen zu falten, doch so viel davon war ausgeleiert und abgetragen, dass ich in die Küche ging und einen Müllsack holte. Ich warf ein Kleidungsstück nach dem anderen weg – Sachen, die meiner Ansicht nach nicht mehr zu der Person passten, die ich sein wollte. Nach kurzer Zeit musste ich mich jedoch bremsen, weil sonst nicht mehr viel übrig geblieben wäre. Nur das, was ich kürzlich gekauft hatte. Ein paar schöne Kleidungsstücke. Die Ohrringe, die er mir geschenkt hatte.

Nach einer Weile gab ich auf und ging ins Bett, und dann kam Laurie zurück. Sie machte das Licht an. Ich drehte mich mit dem Gesicht zur Wand und stellte mich schlafend, doch sie stampfte durch das Zimmer, warf ihre Tasche auf den Stuhl, knallte die Schranktür zu. Ich setzte mich auf.

Wie war der restliche Abend noch?, fragte ich.

Ganz in Ordnung.

Ist Mil noch geblieben?

Ja, sie feiert noch mit den Schauspieler*innen.

Was ich dir noch erzählen wollte, sagte ich in dem Versuch, sie wieder auf meine Seite zu holen. Weißt du, was sie gestern zu mir gesagt hat? Sie meinte, am liebsten würde sie gar keine Männer mehr daten, aber wenn es unbedingt sein müsste, würde sie nur was mit Schwarzen Männern anfangen, denn die verstünden ja den Struggle.

Laurie bedachte mich mit einem langen kritischen Blick.

Weißt du was?, sagte sie. Du kannst über Mil sagen, was du willst, aber sie kennt dich kaum und lässt dich hier fast für umsonst wohnen. Sie ist verdammt noch mal unfassbar nett, und alles, was du kannst, ist über sie herziehen.

Warum bist du sauer auf mich?

Ich bin nicht sauer auf dich.

Sie drehte sich um, suchte etwas in ihrer Tasche.

Du weißt schon, dass wir nicht zusammen sind, oder?, sagte ich. Du kannst dich nicht darüber aufregen, dass ich mir kein Zimmer mit dir teilen will. Wir sind nicht zusammen, und wir sind auch keine zwölf mehr.

Du kannst wohnen, wo auch immer du willst, Anna, sagte sie. Es ist mir vollkommen egal. Aber dir ist wohl nicht in den Sinn gekommen, dass ich auf dich angewiesen bin, um mir das Zimmer leisten zu können? Dass es mich in eine echt schwierige Situation bringt, wenn du mir mit einem Tag Vorlauf sagst, dass du dich verpisst? Hast du daran mal gedacht?

Hatte ich nicht.

Tut mir leid, sagte ich. Das war mir nicht klar. Ich zahle ein paar Monate weiter.

Ach wirklich? Wir wissen beide, was du damit meinst. Du verdienst keinen müden Cent, Anna, und erzähl mir nicht, du würdest von Ersparnissen leben. Du hast keine Ersparnisse. Ich bin doch nicht blöd. Und ich lasse ihn bestimmt nicht auch noch meine Miete zahlen, aber vielen Dank für das Angebot.

Er zahlt mir nicht die Miete.

Ach nein? Dann kannst du dir also plötzlich eine Wohnung im Zentrum Londons leisten, was?

So ist das nicht, sagte ich.

Max hatte mich mit der Wohnung am Tag nach dem Vorsingen vor vollendete Tatsachen gestellt. Ich fragte, was sein Kollege für die Wohnung haben wollte, und als er es mir sagte, war ich entsetzt. Ich sagte, er wisse doch, dass ich mir das nicht leisten könne, und er meinte, ja, er hätte sich gedacht, dass ich das sagen würde, also hätte er Vincent das Geld schon gegeben. Bloß für ein paar Monate im Voraus. Bis Juni sollte die Wohnung sowieso geräumt sein. Ich entgegnete, das könne ich nicht von ihm annehmen, das wäre zu viel, und er sagte, es sei dumm von mir, meine Karriere wegen meiner Prinzipien zu sabotieren, er wolle mir helfen, und schließlich könnte ich es ihm ja eines Tages zurückzahlen, wenn ich wollte. Also sagte ich, *okay, gut, danke,* und fügte die Summe zu meiner Liste auf dem Handy hinzu, auch wenn dort inzwischen schon so viel stand, dass ich kaum hoffen konnte, es ihm jemals zurückzuzahlen.

Anna, sagte Laurie. Ich mache mir Sorgen um dich. Das solltest du wissen. Wozu er dich macht, das jagt mir Angst ein. Du scheinst in letzter Zeit alles in Zweifel zu ziehen, was du machst. Es ist, als würde er die Person nehmen, die du warst, und Teile von dir ausradieren.

Du hast ihn ja kaum kennengelernt, sagte ich. Du kennst ihn nicht.

Ja schon, aber du auch nicht, sagte sie.

Ich erwachte, als ich die Tür zufallen hörte. Ich dachte, sie wäre gegangen, doch ein paar Minuten später kam sie mit zwei Tassen Kaffee zurück. Sie reichte mir eine, setzte sich aufs Bett und sagte, sie würde mir beim Packen helfen.

Es geht mich nichts an, sagte sie. Du musst das tun, was du für richtig hältst. Du weißt, was ich darüber denke, aber ich werde mich nicht einmischen.

Sie legte Musik auf, und wir packten meine restlichen Sachen. Dabei unterhielten wir uns über alles Mögliche. Über ihr Buch, über den Typen, mit dem sie sich traf, darüber, ob wir glaubten, Sash sei tatsächlich drogensüchtig oder einfach nur reich. Sie erwähnte Max mit keiner Silbe mehr, doch als ich alles zusammenhatte und wir es nach unten getragen hatten, sagte sie: Tut mir leid, dass wir uns gestritten haben. Verschwinde nicht.

Werd ich nicht, sagte ich. Versprochen.

Ich kann nicht mit ansehen, wie du dein Leben für einen Mann wegwirfst, sagte sie. Das ist alles.

Ich umarmte sie und sagte nichts. Mir war klar, dass sie sich Sorgen um mich machte und es gut meinte, doch sie lag falsch. Er zerstörte nicht das Leben, das ich wollte. Er machte es möglich.

15

MEINE NEUE BLEIBE war nicht so, wie ich sie mir vorgestellt hatte. Sie befand sich in einem Art-déco-Block, hauptsächlich mit Einzimmerapartments, und meins war seit den Zwanzigerjahren nicht mehr angerührt worden. Es hatte einen kleinen Flur mit drei abgehenden Türen. Eine kleine Küche, uralte Mikrowelle, die ich mich nicht einzustöpseln traute, Besteck mit Griffen in unterschiedlichen Farben. Ein Badezimmer, zitronengelbe Toilette, fleckiger Spiegel, trübes Licht. Ein Wohn- und Schlafraum, mit zu vielen schweren Möbeln vollgestellt – kleiner Tisch, Kommode, Kleiderschrank, Schlafcouch. Ein Fenster. Mit Blick auf die karge Mauer des Gebäudes nebenan.

Meinen ersten Abend verbrachte ich mit Auspacken, obwohl ich nicht für alles Platz fand, und es, selbst als ich fertig war, noch unordentlich aussah. Am Boden meines Rucksacks fand ich das Foto von mir und Laurie. Sie musste es dort hineingelegt haben, als sie mir beim Packen geholfen hatte, und ich wurde bei diesem Anblick traurig, war mir nicht sicher, was sie mir damit sagen wollte – ob es eine liebevolle Geste war oder sie es nicht mehr haben wollte.

Am nächsten Tag war Montag, und ich ging wieder zu den Proben. Seit dem Vorsingen war nun fast eine Woche vergangen, in der ich nicht gesungen hatte. Ich versuchte, nicht darüber nachzudenken. Wenn ich genug Zeit verstreichen ließ, dachte ich, würde ich die Angst vergessen und alles wäre gut – wenn ich jedoch zu singen versuchte, während ich sie noch so deutlich vor Augen hatte, war das Risiko groß, dass es wieder passierte. Die Woche zuvor hatte ich Angela erzählt, ich könnte nicht zu meinen Stunden kommen, weil ich erkältet sei. Am Telefon war sie besorgt, sagte, ich klinge komisch, fragte, was los sei, und sie hatte mir jeden Tag geschrieben, um zu sehen, wie es mir ging. Ihre Besorgnis machte mir noch mehr Angst, also war ich froh, dass sie nun für ein paar Wochen weg war. Sie war am Wochenende verreist, sang eine Reihe von Konzerten im Ausland, und nun, da sie sich auf ihre eigene Arbeit konzentrierte, hatte sie Ruhe gegeben.

Ich kam zur Probe, ohne den Versuch zu machen, mich aufzuwärmen. Ich hatte vor, zu sagen, ich sei noch krank, und den ersten Tag ruhig angehen zu lassen. Ich wollte warten, bis ich mich auf der Bühne wieder wohlfühlte und mich dann langsam wieder daran gewöhnen, Töne hervorzubringen. Wie sich jedoch herausstellte, interessierte es keinen, und ich musste die ganze Woche nicht singen. Akt Zwei wurde geblockt, Musettas erster Auftritt – eine Szene, die so komplex war, dass der Regisseur genug damit zu tun hatte, den Noten zu folgen, geschweige denn uns anzuleiten. Wir waren in der dritten Woche, und ihm wurde schnell klar, dass seine Vision unmöglich umzusetzen sein würde. Nicht in diesem Setting, nicht mit diesen Sängern. Während er dabei war, die Bande zu zähmen, uns alle anzublaffen, wir sollten die Schnauze halten, damit er uns sagen könne, wo wir stehen müssten, hatte sich die Show, die er sich vorgestellt hatte – jene wunderschöne, himmlische Show, von der er seit Monaten geträumt hatte – unbemerkt aus dem Bühneneingang davongeschlichen.

Es gab reichlich Probleme.

Das Hauptproblem an Akt Zwei war seine schiere Dimension. Er spielte in einem Pariser Straßencafé voller Soldaten, Bürger, Studenten, Ladenbesitzer, Näherinnen und einer ganzen Meute von Kindern, die alle sangen. Man brauchte einen mindestens fünfzig Personen starken Chor plus Kinder, damit das Ganze irgendeinen Sinn ergab – Kinder waren jedoch ein logistischer Albtraum, also ließen wir das gleich bleiben, und Marieke konnte nur zwanzig Sänger auftreiben – vorwiegend aus dem Grundstudium –, die bereit waren, so viel Zeit in Proben zu investieren, nur um als Chormitglied genannt zu werden. Die, die Mütter spielten, mussten in die Rollen der Kinder wechseln, und die, die Verkäufer spielten und ihre Waren feilboten, mussten in die Rollen ihrer Kunden wechseln, die diese kauften – alles innerhalb weniger Takte, bis die Szene auf reinen Nonsens reduziert war und der Regisseur sehr wütend wurde. Je verwirrter der Chor war, desto wortkarger und sarkastischer wurde er, bis er irgendwann ausrastete und brüllte, *lasst uns eine Pause machen. Macht eine Pause. Ich brauche eine Pause,* und er dasaß, auf die Noten starrte und vor sich hinmurmelte, *und was zum Teufel ist überhaupt ein gottverdammter Hausierer?*

Dann war da noch die Sopranistin in der Rolle der Mimi. Sie war wegen ihrer wunderschönen Stimme ausgewählt worden, war aber dick und konnte nicht schauspielen, und der Regisseur machte sie persönlich für die Zerstörung seiner romantischen Bohème-Fantasien verantwortlich. Er schnaubte und seufzte sich durch ihre Parts und fauchte anschließend, *tja, ja, so was in der Art, aber versuch vielleicht beim nächsten Mal dein Gesicht stillzuhalten, Liebes.*

Auch Frankie stellte ein Problem dar. Hätte es einen anderen Tenor am Konservatorium gegeben, der gut genug gewesen wäre, Rodolfo zu singen, wäre er nicht genommen worden. Er hatte mit dem Regisseur schon mal zusammengearbeitet, und die beiden hassten einander, und Frankie machte kaum Anstalten, seine Anweisungen zu befolgen, geschweige denn so zu tun, als würde er sich von Mimi angezogen fühlen. Jedes Mal, wenn er ihr seine Zuneigung zeigen musste, zwinkerte er mir zu, und wenn der Regisseur ihn anschrie, er würde ein Schmierentheater wie ein gottverdammter Amateur abziehen, setzte er sein verwirrtes, verletztes Gesicht auf und zog ein noch größeres Schmierentheater ab. Am entscheidenden Abend würde er es richtig machen, und der Regisseur wusste das, und das machte alles nur noch schlimmer.

Und schließlich waren da, wie immer, zu viele männliche Rollen und zu wenige Männer. Marcello arbeitete bereits professionell, durfte deshalb die Hälfte der Proben für wichtigere Verpflichtungen schwänzen und spielte sich, wenn er mal auftauchte, so auf, als müssten wir ihm alle dankbar sein. Schaunard hatte lediglich seine eigene Rolle übersetzt und keinen blassen Schimmer, was die anderen sangen, stand einfach da und starrte sie an, bis er wieder dran war. Alcindoro war mindestens dreißig Jahre zu jung, um mein Sugardaddy zu sein, und Parpignol hatte eine Stimme wie ein Nebelhorn. Jedes Mal, wenn er den Mund aufmachte, zuckte der Regisseur demonstrativ zusammen.

Ob ich also sang oder nicht, war für alle Beteiligten nun wirklich das kleinste Problem. Wir sangen dieselben Stellen immer und immer wieder, und die meisten Hauptdarsteller – außer Frankie, der sein hohes C jedem präsentierte, der es hören wollte – hatten ohnehin angefangen zu markieren, summten eine Oktave tiefer, sangen leise, und auch ich markierte, sang es nicht aus, und niemanden störte es. Wann immer wir zu meiner Arie kamen, sagte der Regisseur, *und Musetta wird hier zum Teufel noch mal einfach irgendwas machen, nicht wahr, Herzchen? Überspringen wir das, los weiter. Keine Zeit.*

Es war leicht, vorzugeben und sogar zu glauben, alles sei in Ordnung. In den Proben war ich wagemutiger als sonst, spielte überkompensierend die Rolle der selbstsicheren Sängerin, und alle nahmen es mir ab. Nach den Proben gingen wir meistens was trinken, und dann befand ich mich mitten im heißen, inzestuösen Auge des Showgeschehens, wo das eigentliche Singen irrelevant schien. Von Interesse war nur noch, wer auf wen stand, oder die Insiderwitze oder das Herziehen über den Regisseur, wenn dieser nicht dabei war, oder Arschkriecherei, wenn er doch da war. Einige aus der Runde blieben oft bis spät und tranken weiter, waren die Aufführungen doch noch in zu weiter Ferne, um sich zu schonen, aber ich machte mich immer zur Mitte des Abends davon. In dieser Woche verbrachte ich die meisten Nächte bei Max. Er war liebevoll, seit ich umgezogen war, wollte mich öfter sehen, wollte allerdings noch immer nicht zu mir kommen – ihm sei nicht klar gewesen, wie studentisch die Wohnung wirken würde, meinte er. Ich opferte jedenfalls gerne ein paar Stunden Trinkgelage, um ihn glücklich zu machen. Frankie fragte mich, wohin ich mich immer so schnell verzog, und als ich es ihm erzählte, sagte er, *oh klar. Der. Ich habe ihn kennengelernt, weißt du noch? Den alten Typen.* Er schenkte mir sein unschuldigstes Lächeln, und ich war erstaunt, wie sehr es mich ärgerte. Am nächsten Morgen verspottete er mich, weil ich vergessen hatte, mich umzuziehen, und in denselben Klamotten wie am Vorabend erschien. Ich tat beschämt, versuchte, in die Späße vom letzten Abend einzusteigen, obwohl ich nicht ganz mitkam, und dann sagte uns der Regisseur, wir sollten aufhören zu quasseln wie bei einem Kaffeeklatsch und uns Teufel noch mal auf die gottverdammte Bühne begeben, und alles begann von vorne. Ich sang nicht. Zwei Wochen waren seit dem Vorsingen vergangen, und ich hatte seither kaum einen Ton herausgebracht.

Niemandem schien es aufzufallen. Angela war nach wie vor verreist. Während der Praxiswochen musste ich nicht in den Unterricht, also vermisste mich niemand. Und auch den anderen *Bohème*-Sängern wurde allmählich angst und bange, jetzt da die Aufführungen näher rückten. Sie meinten, ihre Stimme sei müde, dachten, sie könnten krank werden. Sie schoben Panik, und ich auch. Es war üblich, Panik zu schieben. Ich sagte, ich hätte so eine Erkältung gehabt, ganz schlimm, sie habe sich an meinen Stimmbändern festgesetzt. Ich bekäme sie nicht weg, müsse aufpassen. Vorerst würde ich markieren, sagte ich, und niemand dachte sich etwas dabei. Ich sang nicht.

Ich sang nicht, weil ich mir so leichter einreden konnte, dass alles gut war. Ich fühlte mich gut. Ich war nicht krank. Ich hatte keine Halsschmerzen. Ich fühlte mich normal. Ich redete mir ein, etwas Ruhe würde meiner Stimme guttun. Ich hätte mich überanstrengt, und deshalb sei das passiert.

Ich sang nicht, weil ich befürchtete, wenn ich sang – ich weiß auch nicht – vermutlich befürchtete ich, dass es, wenn ich sang, nicht gut sein würde, und dann müsste ich etwas unternehmen, und ich war mir nicht sicher, was das sein könnte. Ich befürchtete, dass die Angst wieder ihre schwarzen Augen öffnen würde, mir an die Kehle greifen und sie mit ihrer Hand umschließen würde.

In dieser Woche dachte ich mir ein paarmal, *das ist doch lächerlich, oder? Was zur Hölle mache ich hier eigentlich?*, und ich buchte mir einen Übungsraum. Ich fing mit dem Aufwärmen an, und alles war gut. Es gab kein Problem. Ich brauchte mir keine Sorgen zu machen. Doch dann spürte ich, wie die Angst erwachte, wie sie erwachte und sich in mir regte, und ich sah mich im Spiegel an, sah meine geweiteten Augen und mein blasses Gesicht. Also hörte ich auf. Ich verließ den Übungsraum und schloss die Tür hinter mir. Ich rief Frankie an, und wir trafen uns stattdessen im Pub.

In der folgenden Woche schlug Laurie ein Treffen vor. Ich sagte, Max wolle sie wirklich gerne besser kennenlernen, erzählte Max dasselbe, und überraschenderweise antworteten beide, *na gut, schön, lass uns zusammen was trinken gehen*. Sie hatten einen falschen Eindruck voneinander, dachte ich. Ich musste dafür sorgen, dass sie sich verstanden. Er wollte mich nach der Arbeit abholen, also vermied ich es, nach der Probe in den Pub mitgeschleift zu werden, und ging direkt nach Hause.

Bevor er kam, baute ich das Bett wieder zum Sofa um und versuchte dann, meine verstreuten Habseligkeiten aufzuräumen. Ich stopfte meine Kleidung, meine Noten unten in den Kleiderschrank, stellte meine Bilder so auf, dass sie dekorativ und nicht zufällig dahingestellt wirkten.

Als ich meine Sachen wegräumte, sang ich vor mich hin. Macht der Gewohnheit, ganz unbewusst, so fiel es mir zuerst gar nicht auf, doch dann merkte ich es und freute mich. Es war, wie aus einem schlimmen Traum aufzuwachen. Es dauert einen Moment, in dem einen das Entsetzen noch immer festhält, bis man seine Augen richtig aufmacht und feststellt, dass letztlich nichts davon real war. Alles ist beim Alten, nichts hat sich verändert. Erleichterung.

Ich konnte noch nicht lange gesungen haben, vielleicht fünf Minuten, als es an der Tür klopfte und er da war.

Wie bist du unten reingekommen?

Freut mich auch, dich zu sehen. Ich habe Vincents Schlüssel für dich. Falls du dich mal ausschließt. Er ist oft verreist.

Das ist ja creepy, sagte ich im Scherz, doch ihm schien die Bedeutung zu entgehen.

Sollen wir gehen? Bist du fertig?

Draußen liefen die City-Angestellten alle in dieselbe Richtung, zur U-Bahn, als wären wir in einem brennenden Gebäude, und sie würden sich zum Ausgang bewegen, möglichst ohne in Panik zu verfallen.

Ich habe dich singen gehört, sagte er. Als ich reinkam.

Oh, echt?

Das ist nicht gerade leise. Ich vermute mal, jeder im Haus hat es gehört.

Ist das ein Problem, meinst du?

Keine Ahnung, sagte er. Ist ja eigentlich auch egal, nicht? Aber wolltest du dir nicht eine Auszeit nehmen? Eine Weile nicht singen? Bist du nicht noch krank?

Ich hatte das auch ihm aufgetischt. Mir war keine andere Erklärung eingefallen, die sich weder schlimm noch verrückt oder sowohl als auch angehört hätte.

Eigentlich schon, sagte ich. Aber ich habe demnächst ein paar Vorsingen. Und muss jetzt wirklich wieder anfangen zu singen, sonst werde ich nicht vorbereitet sein.

Vorsingen? Das wusste ich nicht. Was Gutes dabei?

Mehr oder weniger. Nichts Brillantes.

Wir liefen eine Weile schweigend nebeneinander, dann sagte er: Lohnt es sich denn dann, dort mitzumachen, wenn es nichts Gutes ist? Hast du denn überhaupt gute Aussichten, genommen zu werden?

Aussichten? Na ja, nein. Nicht wirklich. Die Chancen sind immer minimal.

Er warf mir einen Blick zu, sah besorgt aus.

Vielleicht solltest du sie dann ausfallen lassen?, sagte er. Wo du doch krank warst. Du warst nach dem letzten Mal so fertig. Du solltest etwas nachsichtiger mit dir sein. Lass dir Zeit, dich zu erholen.

Mir wurde bewusst, dass ich Erleichterung verspürte. Ich wollte die Castings nicht machen. Konnte mir nicht vorstellen, mich wieder vor eine Jury zu stellen, und er hatte es vernünftig klingen lassen, nicht hinzugehen. Ich war aus der Verantwortung. Seine Hand streifte beim Gehen meine, und ich nahm sie und wechselte das Thema.

Danke, dass du das hier machst, sagte ich. Dass du heute mitkommst.

Schon gut. Ich meine, du schuldest mir was. Aber ist schon gut.

Du wirst Laurie mögen. Ehrlich. Wenn du ihr eine Chance gibst.

Bestimmt.

Aber bitte versprich mir, dass du nett bist.

Wann bin ich jemals nicht nett?, sagte er.

Wir steuerten ein Pub in einer Seitenstraße an, ein Vorschlag von Max.

Es war eines dieser sehr alten Gebäude in der City, die einen daran erinnern, dass früher mal alles so ausgesehen hatte. Dunkle Holzverkleidung, bedrückend gemusterter Teppich. Laurie war schon da, als wir ankamen, und sie befolgte das Protokoll gesellschaftlicher Gepflogenheiten haargenau.

Es freut mich so, dich zu sehen, sagte sie, umarmte Max und drückte auch mich.

Er ging an die Bar, um etwas zu trinken zu holen, und wir blieben alleine zurück. Mir fiel rein gar nichts ein, was ich zu ihr sagen konnte.

Danke fürs Kommen, sagte ich schließlich.

Es war mein Vorschlag.

Du weißt, was ich meine. Mit ihm.

Sie zuckte die Achseln.

Ich dachte mir, ich sollte wohl besser. Nur um zu sehen, ob du noch lebst und so.

Ich lebe noch, danke, sagte ich. Sie seufzte und sagte, *Anna, du weißt, dass du mit mir reden kannst, ja?*, doch dann kam er mit einer Flasche Wein und drei Gläsern zurück, und sie brach ab. Er zog einen weiteren Stuhl heran, schenkte uns ein, und wir drei prosteten uns zu und nahmen einen Schluck. Dann trat Stille ein. Beide sahen mich erwartungsvoll an. Ich sprach das Erste aus, was mir in den Sinn kam.

Bist du schon mal in diesem Pub gewesen?, fragte ich Laurie.

Nein. Das ist nicht gerade ein Ort, an dem ich abhängen würde.

Ich bin am Wochenende ein bisschen in der City spazieren gewesen, und alles war geschlossen, sagte ich. Die Straßen absolut leer. Als wären alle irgendwo auf einer Party, und ich wäre nicht eingeladen.

Meine Stimme war seltsam gekünstelt, und alles, was ich sagte, klang stumpfsinnig. Laurie und Max lächelten gezwungen höflich wie Teenager, die im Haus eines Freundes die Konversationsversuche von dessen Mutter ertrugen und hofften, sie würde den Raum verlassen.

Und wie geht's dir so?, fragte ich Laurie, doch sie sagte bloß, *alles gut*, also fragte ich Max nach seiner Arbeit, was ungewollt formell klang, und dann verstummte ich. Es gab eine kurze Pause, in der ich überlegte zuzugeben, dies sei eine dumme Idee gewesen, und vorzuschlagen, dass wir es dabei belassen sollten, als Max sich Laurie zuwandte und sagte, *übrigens, ich habe neulich Mil kennengelernt*, in so einer »*wie ich gerade sagen wollte, bevor wir unterbrochen wurden*«-Art und Weise, und sie begannen zu plaudern.

Einerseits freute ich mich, dass er mich gerettet hatte, andererseits ärgerte es mich, dass er so gut darin war, die Dinge in Gang zu bringen, wohingegen ich darin anscheinend so schlecht war. Er sagte, er sei kurz vor meinem Umzug an Mils Haus vorbeigekommen, als Laurie nicht da gewesen sei. Woher kennst du sie?, fragte er, und Laurie erzählte ein wenig von der Uni, sie tauschten Anekdoten aus, und dann fragte er sie, wie es im Haus laufe, ob es schön sei, das Zimmer für sich alleine zu haben.

Es ist gut, ja. Tatsächlich haben wir Anna schon ersetzt. Wir haben uns am Wochenende einen Mops zugelegt.

Einen Mops?, sagte ich. Toll, danke.

Sash hat ihn irgend so einem Typen abgekauft, dem sie auf der Shoreditch High Street über den Weg gelaufen ist. Sie war zu high, um sich daran zu erinnern, dass sie Hunde hasst. Glaubt, er hätte ihn in seiner Jacke gehabt, ist sich aber nicht mehr sicher. Jedenfalls haben wir jetzt diesen Mops, den keiner will. Aus der Spaß.

Ich sah zu, wie sie sprach und er zuhörte, und fühlte mich ein wenig wie bei einem Theaterstück, bei dem ich nicht ganz davon überzeugt war, dass die Schauspieler ihren Text kennen. Ich konnte mich nicht zurücklehnen und es genießen. In der Luft hing knisternd und angespannt das Potenzial für ein Desaster. Laurie erzählte, sie könnten sich nicht auf einen Namen einigen. Sash gefiele Boudica. Ella riefe sie Simone. Mil wolle sie nach irgendeiner dänischen feministischen Autorin benennen, von der niemand je gehört habe. Max fragte sie, was sie gern hätte, und sie meinte, es sei ihr egal, sie möge keine Hunde, finde bedingungslose Unterwürfigkeit suspekt. Er lachte, und ich musterte sein Gesicht, wünschte mir, sie würde etwas weniger fluchen.

Und letzte Nacht hatte Sash einen Haufen ihrer Drogenfreund*innen da, erzählte sie. Sie haben gekokst, und dann hat einer was davon auf den Boden fallen lassen, und der scheiß Hund kam und leckte es auf. Es war zum Schießen. Aber Sash fing an zu heulen und meinte, Boudy würde sterben und sie sei der schlimmste Mensch auf der Welt. Also wer weiß, wie lange der Hund überhaupt in unserem Haus überlebt. Wobei ihm das Koks anscheinend nicht geschadet hat. Er war sogar so aufgeweckt wie nie. Ist richtig aufgeblüht.

Dann kamen sie auf Drogen zu sprechen, welche sie schon mal genommen hatten und was sie von der Legalisierung hielten. Es überraschte mich immer wieder, zu wie vielen Themen, über die ich nie auch nur nachgedacht hatte, Laurie eine durchdachte Meinung hatte. Ich sagte hier und da was, aber nichts wirklich Kenntnisreiches, war zu gebannt von ihrer Unterhaltung, in Habachtstellung, um jegliche Spannung zu glätten, und schon bald benahmen sie sich so, als wäre ich gar nicht da. Sie sahen einander an, nicht mich, und dann trat so ein verwegenes, streitlustiges Funkeln in Lauries Augen. Eins, das Ärger bedeutete.

Ich meine, du bist doch bestimmt immer bis zu den Augäpfeln zugekokst, oder nicht?, sagte sie.

Ach ja?

Banker in den Vierzigern. Willst du mir sagen, das stimmt nicht?

In den Vierzigern?

Ende dreißig? Wie auch immer.

Bist du nicht angeblich Schriftstellerin? Solltest du es nicht besser wissen, als auf alte Klischees zurückzugreifen?

Ein Freund von mir ist Berater und hat erzählt, auf seinem Firmenskiausflug haben die Abteilungsleiter von ihren Untergebenen verlangt, den Strip Club mit deren Kreditkarten zu bezahlen, damit ihre Frauen das nicht auf der Rechnung sehen. So ein erbärmliches Klischee, da hofft man wirklich, dass es nicht stimmt, oder? Und doch.

Ich nahm einen großen Schluck Wein und dachte, mein Gott, das ist ein verfluchtes Desaster, was kann ich sagen, um uns hier rauszuholen? Als ich sie wieder ansah, tauschten sie jedoch einen Blick aus.

Meine Frau sieht das mit den Stripperinnen eigentlich ganz entspannt, sagte er. Das Heroin, das mag sie nicht. Aber nein, im Ernst, ich nehme keine Drogen. Ich behalte gerne die Kontrolle.

Ach echt?, sagte sie. Das überrascht mich. Es ist bloß, du kommst so locker flockig rüber.

Er lachte.

Touché, sagte er.

Du bist so still da drüben, wandte er sich mir zu. Alles in Ordnung?

Ich sah ein, dass ich mir keine Sorgen darüber hätte machen brauchen, wie sich die beiden schlagen würden. Das war gar nicht nötig gewesen. Sie hatten beide eine Menge Spaß.

Laurie ist absolut gegen Drogen, sagte ich und versuchte ihren Ton nachzuahmen. Sie ist sehr konservativ erzogen worden. All die Werte, die ihr als Kind eingeflößt wurden, sind noch irgendwo da drin.

Laurie schenkte mir ein boshaftes Lächeln. Es war dumm gewesen, sie bei diesem Spiel schlagen zu wollen.

Anna mag auch keine Drogen, sagte Laurie. Aber nicht aus irgendwelchen ideologischen Gründen. Sie ist einfach nur total verklemmt. Aber das hast du bestimmt schon gemerkt.

Das hab ich, sagte er. Puritanisch, würde ich sagen.

Oh ja, sagte Laurie. Genau das ist sie.

Beide schmunzelten mich an, und ich hatte das Gefühl, meine Eifersucht wäre für sie glasklar zu erkennen, überall auf meinen Körper geschrieben, und dann lachte Laurie auf und sagte: Oh Mann, um Himmels willen, Anna, guck mich nicht so an. Wir machen doch nur Spaß.

Das weiß ich, sagte ich.

Ich wollte mein Glas nehmen, um zu trinken, und verschüttete den Wein auf meinen Rock. Der Stoff färbte sich rot. Ich fluchte, und Laurie meinte, ich solle an der Bar nach Weißwein fragen, und Max meinte, ich solle nach Salz fragen. Ich ignorierte beide und ging zur Toilette – eine dieser Pub-Toiletten mit Teppichboden, die nach verschiedenen Körperflüssigkeiten riechen, alle miteinander vermischt. Ich versuchte, meinen Rock mit Papiertüchern abzutupfen, aber der Wein hielt sich hartnäckig, prangte dort lila und zornig wie ein Bluterguss auf blasser Haut. *Aber das wolltest du doch*, dachte ich. *Du wolltest, dass sie sich gut verstehen.*

Ich kehrte zurück, entschlossen, mich einzubringen. Da saßen sie beisammen. Er sagte etwas. Sie hörte aufmerksam zu und nickte. Plötzlich – und es musste eigentlich schon die ganze Zeit da gewesen sein, so deutlich konnte ich es sehen –, plötzlich tauchte ein Bild hinter meinen Augenlidern auf. Er mit anderen Frauen, in Pubs wie diesem, in Restaurants. Sie schauen ihn genauso an. Er greift über den Tisch nach ihren Händen oder berührt ihre Beine. Ich blinzelte, doch das Bild blieb. Denn ich hatte ihn ja niemals gefragt, nicht wahr, das hatte ich nicht. War so sehr mit seiner Frau beschäftigt gewesen, damit, ob er sich in New York noch mit ihr traf, ob er sie noch wollte, dass ich nie gefragt hatte, *und was machst du so an den Abenden in London, wenn du nicht mit mir zusammen bist?*

Ich setzte mich, und er schielte auf meinen Rock.

Ach du meine Güte, sagte er, und Laurie sagte: Bist du sicher, dass du nicht nach Weißwein fragen willst?

Sie wusste, dass ich verärgert war, und vermutlich fand sie, dass sie mich schon genug bestraft hatte, denn von da an schenkte sie mir jede Menge Aufmerksamkeit, legte ihren Arm um mich und zog die Doppelpacknummer ab, die sie so mochte, sagte zu Max, *hat Anna dir jemals davon erzählt, als wir,* und ich fühlte eine heftige, beißende Eifersucht ihr gegenüber. Ich hasste sie. Ich hasste sie dafür, dass sie so hübsch war. Dafür, dass sie so selbstbewusst und witzig war. Ich hasste sie dafür, dass sie alle Männer verletzend behandelte und doch irgendwie genau die Art Frau war, die alle Männer wollten. Vor allem hasste ich sie jedoch, weil ich keinen Grund hatte, sie zu hassen. Ich konnte nicht sauer sein. Das Einzige, was sie falsch machte, war, dass sie interessanter für ihn war als ich.

Sie erzählte ihm von Mils Vision für das Haus. Dass sie denke, Frauen seien darauf konditioniert, auf Männer zu reagieren – deren Bedürfnisse, deren Anforderungen –, und sie wolle sie davon befreien. Von einem Leben einseitiger Kompromisse und häuslicher Schinderei. Frauen würden teilen, geben, Männer würden nehmen und festhalten. Frauen könnten, so Mil, nur ohne Männer wissen, was sie sind, zu was sie werden können.

Das ergibt irgendwie Sinn, sagte er. So war das Leben meiner Mutter, unsere ganze Kindheit. Diese häusliche Idylle für uns zu erschaffen, war alles, was sie getan hat. Und weißt du, ich dachte immer, dass sie das liebe. Mein Vater sagte immer, dass das ihr Ding sei. Dinnerpartys zu organisieren, Verabredungen zu koordinieren und Dankeskarten zu schreiben. Nur wenige Male habe ich gemerkt, dass er womöglich unrecht hatte. Dass sie das womöglich gar nicht so sehr liebte. Einmal, am Pancake-Tag, bereitete sie all diese verschiedenen Toppings zu. Irrwitzige Mengen. Mehr, als wir jemals essen konnten. Es musste wohl länger gedauert haben, als sie dachte, denn ich erinnere mich, wie mein Bruder und ich am Küchentisch saßen, all diese Schüsseln mit Toppings vor uns, und sie total angespannt und gestresst meinte, es sei noch nicht fertig, und dann kam mein Vater von der Arbeit, und wir hätten schon im Bett sein sollen. Ich dachte, er wäre wütend auf sie, aber das war er nicht. Er war wütend auf uns. Das habe ich nie vergessen, wie unfair mir das vorkam. Er war wütend auf uns, weil wir am Tisch einschliefen – wir hätten schon längst im Bett sein sollen, ich war vielleicht gerade mal sieben. Wir hatten keinen Hunger. Wir wollten nur schlafen. Als alles fertig war, wollten wir es nicht essen, und er sagte, *seht nur, wie viel Mühe eure Mutter sich gemacht hat, ihr könntet ihr wenigstens etwas Dankbarkeit zeigen*, also machten wir das.

Er lachte.

Na ja, seitdem kann ich mit Pancakes nicht mehr so richtig viel anfangen, sagte er.

Laurie meinte, mein Gott, Familien seien der reinste Albtraum, oder? Mil hätte recht, wir wären besser dran, wenn man uns in Kommunen großziehen würde.

Vielleicht, sagte er. Eine Unmenge an Erwachsenenproblemen, die man imitieren oder gegen die man sich auflehnen kann. Nicht bloß eine konzentrierte Dosis von zwei Arten des Wahnsinns.

Oder bloß eine, sagte sie. Je nach Kindheit.

Oh ja, sagte er. Ja, tut mir leid.

Laurie sah verwirrt aus.

Wieso? Was tut dir leid?

Oh, es ist nur, Anna hat mir von deiner Mutter erzählt. Ich dachte, das hättest du gemeint.

Meine Mutter?

Ich fixierte ihn mit einem vielsagenden Blick, aber er bemerkte ihn nicht.

Dass sie nicht mehr bei uns ist, sagte er. Das tut mir leid.

Einen Moment war es, als wäre alle Fassade aus Lauries Gesicht gewischt worden, sie war ungeschützt, wie wenn man jemanden ganz allein trifft – in dem Sekundenbruchteil, bevor er dich sieht, wenn das Äußere vollkommen das Innere spiegelt, und es roh und verletzlich ist, und dann sieht derjenige dich und lächelt. Bloß eine Sekunde, und sie hatte sich wieder gefangen.

Tja, das ist sehr merkwürdig, dass sie das gesagt hat. Meine Mutter ist sehr wohl noch bei uns. Ich meinte meinen Vater. Als ich sagte, eine Person, meinte ich, dass es eigentlich unsere Mutter war, die uns aufgezogen hat. Mein Vater hat immer gearbeitet.

Das habe ich nie gesagt, beeilte ich mich zu sagen. Ich habe nie gesagt, deine Mutter sei nicht mehr da.

Ich muss das wohl missverstanden haben, sagte er.

Ja, musst du wohl, sagte sie.

Dann sagte sie, das hier sei nett gewesen, aber sie sei ziemlich müde und müsse gehen. Er ging schon mal vor, die Treppe hinunter. Ihr Blick war von mir abgewandt. Sie zog ihren Mantel an, sah nach ihrem Handy in der Tasche. Ich wusste nicht, ob ich etwas sagen sollte, war mir nicht sicher, ob sie genau verstanden hatte, was er meinte, oder ob sie sauer war. Doch dann blickte sie zu mir auf, und ich sah, wie wütend sie war.

Tja, dann, sagte sie. Freut mich sehr, dass ich euch beiden Gesprächsstoff liefere. Es wäre schön, wenn er dir wenigstens gut genug zuhören würde, um die Fakten richtig parat zu haben, aber hey, man kann nicht alles haben.

Sie ging zur Tür. Ich lief ihr nach.

Es tut mir so leid, sagte ich. Das war echt unsensibel von ihm. Entschuldige.

Echt unsensibel von ihm, Anna? Echt unsensibel von ihm? Ist das dein Ernst?

Dann waren wir draußen auf der Straße, wo er stand, also konnten wir nicht weitersprechen.

Unterwegs zu seiner Wohnung erzählte ich ihm, Laurie sei wütend. Er meinte, das sei ihm nicht aufgefallen, und ich erklärte es.

Oh, ich verstehe, sagte er. Na ja, ich habe wohl falsch in Erinnerung gehabt, was du mir erzählt hast. Ich dachte, du hättest gesagt, dass sie sich umgebracht hat. Dass sie tot ist. Ich dachte, das könnte ja wohl kaum ein Geheimnis sein.

Versucht. Ich sagte, sie hat es versucht.

Na ja, wie auch immer. Vielleicht hättest du es für dich behalten sollen? Wenn du wusstest, dass es ihr nicht gefallen würde.

Wir liefen schweigend nebeneinanderher. Die Straßen waren leer, und die hell erleuchteten Bürogebäude auch. Verkehr gab es auch nicht, bloß ein paar schwarze Taxis, die darauf aus waren, die übrig gebliebenen City-Angestellten von den Straßen zu lecken. Mir war klar, dass er im Recht war. Ich wusste nicht mehr, warum ich es ihm überhaupt erzählt hatte. Es war so, wie Laurie gesagt hatte. Ich hatte es ihm erzählt, weil ich dachte, es könnte ihn interessieren. Um Gesprächsstoff zu haben.

Dann legte er den Arm um mich und sagte: Die Leute sind sensibel, wenn es um ihre Familie geht, Anna. Sie kommt drüber hinweg. Du machst dir zu viele Sorgen.

In seiner Wohnung angekommen, hatte er Arbeit zu erledigen. Er holte einige Papiere aus seiner Tasche, legte sich aufs Bett, las darin und strich hier und da etwas durch. Ich fand keine Ruhe. Ich wanderte im Zimmer umher, sah in den Spiegel und spielte an meinen Haaren herum, blätterte durch die *Men's Health* auf dem Nachttisch, nahm Dinge von der Kommode und stellte sie wieder zurück. Ich spürte seine Blicke auf mir und wusste, dass ich ihm auf die Nerven ging, also setzte ich mich im Schneidersitz auf den Boden am Fenster. Ich lehnte mich mit dem Rücken an die Wand und schaute hinaus. Da war die Welt, in voller Blüte, auf der anderen Seite der Glasscheibe, und plötzlich fühlte sie sich sehr weit weg an.

Was ist los?, sagte er.

Nichts.

Ich habe dich auf der Bühne gesehen. Ich weiß, dass du schauspielen kannst, also kann ich nur davon ausgehen, dass du von mir gefragt werden willst, was los ist. Also, komm schon, schieß los. Erzähl's mir.

Ich komme von der Toilette zurück, sehe ihn mit Laurie.

Triffst du dich mit anderen Frauen?, fragte ich.

Wieso?, sagte er. Du?

Kannst du einfach nur die Frage beantworten?

Oh, du meinst es ernst. Ähm. Na ja. Wann, glaubst du, soll ich Zeit dafür haben?

Ich wandte mich wieder der Welt hinter der Glasscheibe zu. Dachte an die anderen Sänger, die noch immer im

Pub waren, die Vertrautheit, die sich dort entwickelte, die Insiderwitze, die ich nachher nicht verstehen würde. Dachte an Laurie, die alleine nach Hause zurückkehrte, in unser kleines Zimmer, und fragte mich, ob auch sie einsam war. Wurde von diesem kleinlichen Gefühl überwältigt, irgendwie würde er mir etwas schulden. Er schuldete mir etwas. Irgendeine Entschädigung, etwas Greifbares, Solides, etwas Echtes – dafür – dafür – dass er mich hinter eine Glasscheibe setzte.

Aber, sind wir dann exklusiv?, fragte ich.

Er lachte.

Ich glaube, das hat mich niemand mehr gefragt, seit ich ein Teenager war, sagte er. Ich habe doch schon gesagt, dass ich mich sonst mit niemandem treffe.

Das hast du so nicht gesagt.

Er seufzte.

Sieh mal, Anna, sagte er. Ich, na ja, ich verstehe nicht ganz – ich dachte, du verstehst, dass –

Hör auf. Bitte. Nicht. Sprich nicht weiter.

Eine Pause, dann sagte er: Laurie. Du hast dich ausgeschlossen gefühlt, stimmt's? Aber du sagtest doch, du bist nicht eifersüchtig?

Bin ich nicht.

Nein, das sehe ich. Anna, mein Liebling, sagte er. Sei bitte vernünftig. Du hast mich gebeten, nett zu sein. Bin ich nicht genau das gewesen?

Ja, sehr. Ausgesprochen. Danke.

Er legte seine Papiere auf den Nachttisch und setzte sich auf.

Liegt es daran, dass ich nicht nett genug zu dir war? Ist es das?

So was in der Art.

Er lachte. Nicht über mich, so fühlte es sich nicht an, eher so, als hätten wir nur geschauspielert, so getan, als wären wir wütend aufeinander, alles nur ein großer Spaß, und er wäre eingeknickt. Er könnte das Spiel nicht mehr aufrechterhalten. Es sei zu lustig, und plötzlich musste auch ich lachen. Nun lachten wir beide, und er sagte, *komm her, komm und leg dich zu mir.*

Aha, ich verstehe, sagte ich. Jetzt bist du an mir interessiert, ja?

Ja. Ja, bin ich. Sogar sehr.

Ich stand auf und legte mich neben ihn. Er drehte sich auf die Seite und wandte sich mir zu.

Du willst also, dass ich nett zu dir bin?, sagte er. Okay, wie ist das?

Dann erzählte er mir, dass ihm meine Augen gefielen und mein Haar und diese Stelle hier, genau am Ansatz meines Oberschenkels, und wie weich dort meine Haut war. Er erzählte mir, es gefalle ihm, wie sehr ich den Verkehr und die Tauben und die Rushhour hasste, obwohl ich behauptete, London zu lieben, und wie ernst ich alle möglichen Dinge nahm, die keine Rolle spielten. Er erzählte mir, ihm gefalle mein Lächeln und dass es, wenn ich ihn anlächelte, immer einen Moment gebe, in dem er glaubte, er hätte mich nicht bloß für den Moment, sondern für immer glücklich gemacht. Er erzählte mir, es gefalle ihm, dass ich eifersüchtig sei, er möge das, und er möge, dass ich vorgebe, es nicht zu sein. Er wünschte, er könnte mich noch eifersüchtiger machen, sagte er. Er erzählte mir, es gefalle ihm, wenn ich eingeschnappt sei. Er finde das süß – dass ich ernsthaft zu glauben scheine, meine schlechte Laune sei unwiderruflich schlecht, und sie dann augenblicklich vergesse, sobald er mich zum Lachen bringt.

Jetzt machst du dich über mich lustig, sagte ich. Ich glaube nicht, dass das als Nettsein durchgeht.

Niemals. Ich würde mich niemals über dich lustig machen. Dafür bist du viel zu ernst, das weiß ich besser. Ich habe alles so gemeint. Warte, ich zeige es dir. Mach die Augen zu.

Ich gehorchte und spürte, wie er mein Oberteil hochzog.

Er sagte, *halt still*, und ich hörte, wie er nach etwas auf dem Nachttisch griff, und dann war da das spitze Kitzeln von Tinte.

Da. Schau. Das ist für dich.

Ich öffnete die Augen und blickte hinunter auf meinen Bauch. Er hatte ein Herz gemalt.

16

ICH TEXTETE LAURIE unterwegs am nächsten Morgen, dass es mir leidtue. Sie antwortete augenblicklich.

Ich weiß ehrlich nicht, was ich erwartet habe, also weiß ich nicht, warum ich sauer bin. Ich hoffe nur, dass du weißt, was du tust.

Ich überlegte noch, was ich sagen sollte, als sie erneut schrieb.

Schon gut. Ich komme drüber weg. Gib mir nur etwas Zeit.

Ich schrieb zurück, das sei okay, aber ich würde sie vermissen, und dann rief Angela an.
 Anna, sagte sie, wo bist du?
 Ich bin fast am College. Wieso?
 Na ja, wir sollten jetzt Unterricht haben. Seit zehn Minuten, um genau zu sein.
 Ich hatte vergessen, dass sie diese Woche zurück sein sollte.
 Oh Gott, das tut mir so leid, sagte ich. Ich komme, so schnell ich kann. Aber, na ja, eigentlich bin ich noch etwas krank. Ich bin mir nicht sicher, ob ich damit schon singen sollte. Sollten wir es vielleicht ausfallen lassen?

Was, du singst immer noch nicht? Aber es ist schon – wie lange – schon mehr als zwei Wochen? Und du fühlst dich nicht besser? Alles klar, dann will ich dich auf jeden Fall sehen. Komm, so schnell du kannst.

Also ging ich hin und sagte mir, es sei Zeit, mit dem Unsinn aufzuhören. Bis zu den Aufführungen waren es nun weniger als zwei Wochen. Wenn ich mich meiner Angst stellte, sagte ich mir, würde ich angenehm überrascht sein. Es wäre schon nicht so schlimm, wie ich dachte, wie wenn man sich den Zeh anstößt und ihn instinktiv mit der Hand verdeckt – dieser Schmerz – man will gar nicht wissen, was man angerichtet hat, bestimmt hängt der Nagel lose, Blut strömt aus der Wunde. Doch wenn man sich endlich überwindet und die Hand wegnimmt, ist da nichts.

Entschuldige, dass ich zu spät bin, sagte ich, und dann begann ich auf einmal, mit erzwungener Fröhlichkeit über den Regisseur, die Proben und Angelas Reise zu plaudern, wodurch ich versuchte, den Moment, in dem sie mich singen hören wollte, hinauszuzögern. Sie unterbrach mich.

Anna, sagte sie. Was ist los?

Nichts. Was meinst du?

Ich meine, du klingst mir nicht krank. Manisch, ja, aber nicht krank. Ich habe erwartet, dass du hier mit einer üblen Erkältung reinkommst. Also wo ist das Problem?

Schwäche bedeutete in dieser Branche zurückzubleiben. Hilfe brauchen hieß, man schaffte es nicht.

Ich weiß es nicht genau, sagte ich. Ich weiß nicht, wo das Problem ist. Es fühlt sich nur einfach nicht richtig an.

Okay, dann lass uns mal sehen. Wir machen ein sanftes Aufwärmen. Mal schauen, wo die Stimme steht.

Ich nahm ein paar Atemzüge, versuchte mich in der Vertrautheit des Übungsraums zu entspannen. Dies war kein beängstigendes Szenario. Wir hatten viele Stunden zusammen in diesem Raum verbracht, an meiner Stimme gearbeitet, und Angela hatte sie bereits in jeder möglichen Lage gehört. Es gab keinen Grund, sich zu fürchten.

Sie ging mit mir einige Übungen durch. Zuerst war es in Ordnung, und sie gab bestätigende Kommentare von sich, während ich sang, *schön, gut, das klingt großartig*. Doch dann musste ich an die Leute denken, die am Übungsraum vorbeigingen, daran, wie schlecht die Schallisolierung war, weil das Gebäude denkmalgeschützt war, und dass sie alle mich hören konnten, stellte mir an die Wand gedrückte Ohren und glotzende Augen in Fensterspalten vor. Ich versuchte, wieder in meinen Körper zu schlüpfen, in meine Stimme, das Zittern zu stabilisieren – mir den Atem als Wasserfläche im Dunkeln vorzustellen, die Oberfläche ungebrochen, doch ich schaffte es nicht, dieses Bild heraufzubeschwören. Stattdessen flackerten zufällige, unkontrollierte, irrelevante Bilder über meine Augenlider – Spitalfields Market an jenem Abend und er sagt, *was gefällt dir?* – das Herz auf meinem Bauch, das sich nicht abwaschen ließ – die Ohrringe, die ich trage, die er mir geschenkt hat – wie zwei Verkehrsstraßen, diese Bilder auf der einen Spur, und auf der anderen der Klang, ich, die ich jeden Ton unter die Lupe nehme, sobald er meinen Mund verlässt, darauf zurückblicke und denke, *warum war das nicht richtig? Was war daran falsch?* –, und nun sagte Angela nichts mehr, sie sah mich bloß an, und dann trat eine Heiserkeit in die Stimme. Etwas zwischen meiner Kehle und dem Klang, was ich nicht lösen konnte, und Panik senkte sich auf mich herab, wie ein beständiger Regen, zuerst so leicht, dass man ihn kaum wahrnimmt, bis man durchnässt ist, und ich hörte abrupt auf.

Tut mir leid, sagte ich. Ich – es fühlt sich nicht richtig an.

Okay, sagte Angela. Schon gut. Nun, sieh mal, Anna, ich kann ehrlich nicht sehr viel aus dem schließen, was ich gehört habe. Es klingt für mich nicht so, als wäre es etwas Ernsthaftes, aber du hältst es zurück, nicht wahr? Singst nicht aus. Wir schicken dich natürlich zu einem HNO, nur um sicherzugehen, und dann – tja, wann ist die Aufführung? In zwei Wochen? Ich frage mich, ob wir damit durchkommen, wenn wir es Marieke noch nicht sagen. Wenn wir dich erst mal zum HNO schicken und abwarten, womit wir es zu tun haben. Denn angenommen, es gibt kein richtiges Problem – nur eine Technikschwäche, die wir zusammen leicht beheben können, vielleicht ganz rasch – dann wäre es dumm, zu riskieren, dass sie dich abzieht, und –

Ich will nicht, sagte ich.

Was willst du nicht?

Zu einem HNO gehen.

Warum nicht?

Der Gedanke an all die Energie, das Hin und Her, die Mühe, die Anstrengung, die es brauchen würde, um sich damit auseinanderzusetzen. Ob nun etwas mit mir nicht stimmte oder alles in Ordnung war. Es machte keinen großen Unterschied. Das Ergebnis würde dasselbe sein. Mich selbst wieder zusammennehmen, von vorne anfangen, viele Stunden der Arbeit, der Opfer, was mich alles zu einer Zukunft in Unsicherheit führen würde, zu noch mehr, *nein danke, versuchen Sie es im nächsten Jahr wieder*. Es war Wahnsinn, dieses Leben.

Wie meinst du das, du willst nicht, Anna? Das ist deine Existenzgrundlage. Du musst –

Ist es nicht.

Wie bitte?

Es ist nicht meine Existenzgrundlage.

Als ich die stumpfe, traurige Wahrheit meiner Worte hörte, wiederholte ich sie, es ist nicht meine Existenzgrundlage. Ich verdiene kaum etwas damit. Es kostet mich mehr, als ich damit verdiene.

Angelas nächste Schülerin war da.

Gib uns eine Minute, sagte sie. Kannst du draußen warten? Anna, hast du heute Proben?

Ja. Jetzt.

Dann solltest du hingehen, schließlich hast du schon eine Woche verpasst, nicht wahr, und ich will nicht, dass du Schwierigkeiten bekommst. Markier, wenn du kannst, und wir sprechen danach weiter, okay? Ruf mich an.

Okay.

Ich nahm meine Tasche und wandte mich zum Gehen um, als sie sagte: Was denkt dein Mann über all das?

Über was?

Darüber, wie du dich fühlst?

Ich weiß nicht genau, sagte ich. Nichts, denke ich.

Dann spähte Angelas nächste Schülerin durch die Scheibe, um zu sehen, ob wir fertig waren, also ging ich raus.

Versprichst du, dass du mich nachher anrufst?, sagte sie noch.

Okay.

Ich kam zu spät zur Probe, und der Regisseur war sauer.

Ein bisschen Professionalität würde nicht schaden, Schätzchen, rief er, als ich mir meinen Weg durch den Gang zwischen der traurigen Leere der Sitzplätze, den Geistern vergangener Zuschauer, bahnte.

Rodolfo, Marcello und Mimi waren schon auf der Bühne. Auch meine Zweitbesetzung stand da. Sie ging runter und setzte sich mit den Noten in der Hand in die erste Reihe.

Tavernenszene, sagte der Regisseur. Ja, genau. Erinnerst du dich noch, in welcher Oper du spielst, Liebes? Na, dann ab auf die Bühne mit dir.

Der Streit. Wir hatten ihn vor ein paar Wochen schon skizziert. Es ging los. Keiner markierte, also konnte auch ich es nicht tun. Marcello warf mir vor, ich würde flirten. *Ich gehöre dir nicht*, sollte ich erwidern, *ich kann tun und lassen, was ich will*, doch er schien mir zu nah und gleichzeitig zu weit weg zu sein. Laut, und doch konnte ich ihn kaum hören. Ich konnte meine Stimme nicht hören. Ich konnte das Klavier nicht hören. Ich hatte nichts unter Kontrolle. Es war wie in einem dieser Träume, in denen man wegrennen muss, aber die Beine sich nicht rühren, und Marcello hatte die Hände auf meinen Schultern, schüttelte mich, und dann rief der Regisseur, *stopp, stopp, alle aufhören!*

Ich spürte Frankies Blick auf mir und wich ihm aus.

Also, tolles Schauspiel, Schätzchen, sagte der Regisseur. Toll gespielt. Aber – und glaub mir, es tut mir verdammt weh, das zu sagen –, aber das hier ist eine Oper, weißt du? Das Publikum ist eher wegen deines hübschen Gesangs hier als sonst was, okay? Marieke wird es nicht gefallen, wenn du dabei Abstriche machst, selbst wenn du eine Oscar-würdige Performance hinlegst. Also lass uns diese ganze Gefühlssache nicht der Stimme in die Quere kommen wie eben, verstanden?

Im selben Moment wie mir und mit genau demselben Entsetzen wurde ihm klar, dass ich wirklich weinte.

Jesus, sagte er. Fünf Minuten Pause. Mach Pause und reiß dich zusammen. Mein Probesaal ist kein Safe Space, Schätzchen, okay? Ich werde das hier nicht safe für dich machen. Ich habe offen gesagt nicht die gottverdammte Zeit dafür, okay? Und sowieso ist jede Kunst, die sich safe anfühlt, es nicht wert, erschaffen zu werden.

Mimi sah hocherfreut aus. Frankie legte die Arme um mich. Ich versuchte mein Gesicht vor dem Licht zu verbergen.

Jede Kunst, die sich safe anfühlt, ist es nicht wert, erschaffen zu werden, wiederholte der Regisseur nach einer kurzen Pause bedeutungsschwer. Das ist gut. Das könnt ihr euch aufschreiben, wenn ihr wollt.

Der Rest der Probe zog an mir vorbei, und dann war sie zu Ende. Ich wusste nicht mehr viel davon, denn als wir weitermachten, wich die Angst – jene Angst, die mich, wie ich glaubte, davon abhielt, in meine Stimme zu finden, das Ding in meinem Inneren zu erreichen, das ihr Gewicht, Farbe und Bedeutung verlieh – etwas noch viel Beängstigenderem. Plötzlich dachte ich – dieses Ding tief in mir – dieses Ding, das ich immer in mir geglaubt hatte –, vielleicht existierte es gar nicht. Und dann stand ich singend auf der Bühne – und ich musste wohl etwas gesungen haben, doch Gott weiß, was, denn niemand hatte mich unterbrochen –, und ich löste auf der Suche nach diesem Ding von Bedeutung Schicht für Schicht von mir ab und fand nichts.

Als es vorbei war, ging ich meine Sachen holen, und Frankie fragte: Kommst du nicht mit, was trinken?

Ich wusste, ich hätte mitgehen sollen. Ich hätte mitgehen und gesprächig sein sollen. Hätte sagen sollen, *meine Güte, diese Probe war ja der reinste Unfall, wie peinlich. Ich bin so verkatert*, oder so was, irgendwas. Darüber Witze machen wie jemand, der wusste, dass es ein Ausrutscher war und morgen mit Sicherheit alles wieder gut sein würde. Oder ich hätte zumindest mitgehen und schweigend dasitzen sollen. Dabei sein, damit sie nicht über mich reden konnten.

Nein, sagte ich. Ich gehe nach Hause.

Alles in Ordnung? Du wirkst heute irgendwie neben der Spur.

Neben der Spur?

Ja, du wirkst gestresst. Komm doch auf einen Drink mit.

Besser nicht. Ich sollte mich ausruhen. Ich bin immer noch krank.

Klar, sagte er. Wie du meinst.

Ich sah ihn auf die anderen Sänger zusteuern. Sie waren greifbar und echt, und ich löste mich auf.

Dann saß ich in der U-Bahn. Die Leute, alle aneinandergedrängt, taten, als wären sie es nicht. Die Leute niesten. Die Leute kauten auf ihren Nägeln herum und griffen mit ihren spuckeglänzenden Händen an die Haltestangen. Die Leute husteten in ihre Achselhöhlen. Schweißperlen auf Schläfen, verschmiertes Mascara, Kragen voller Schuppen, potenzielle Ansteckung vibrierte in der Luft, Londons Keime paarten und vermischten sich, verteilten sich auf Plastik und Glas. Ich versuchte die Luft anzuhalten, nichts anzufassen, und dann stand ich an der Ecke seiner Straße, atmete die metallische Luft ein, die Männer in Anzügen machten einen Bogen um mich, als wäre ich ein Hindernis in ihrem Weg – eine Laterne, ein Briefkasten – oder als hätten sie mich gar nicht gesehen.

Es war Freitag, aber ich wusste, dass er am nächsten Morgen ein Meeting hatte, also noch in London war. Als ich auf sein Gebäude zusteuerte, rief ich ihn an. Er ging nicht ran.

Ich rief ihn wieder an. Es klingelte und klingelte.

Dann rief ich ihn wieder an und wieder.

Keine Gedanken, nur dass ich seine Stimme hören musste, ihn sehen musste, er mich real werden lassen musste.

Ich rief ihn wieder an.

Ich stand auf der Straße vor seinem Haus, die Geräusche draußen zu laut, der Verkehr, die Sirenen, der Helikopter, der irgendwo da oben kreiste.

Ich ging hinein, vorbei an den Sicherheitsleuten, die mich nicht aufhielten – also könnten sie mich auch nicht sehen, dachte ich und fuhr im Aufzug nach oben. Ich hämmerte an seine Wohnungstür. Niemand antwortete.

Ich rief ihn an.

Ich hämmerte wieder an die Tür.

Ich stand da und dachte, ich könnte nicht wieder nach draußen gehen, ich könnte nicht, ich müsste hier auf dem Boden sitzen, auf ihn warten, solange es auch dauern würde. Doch dann hämmerte ich noch einmal an die Tür, und er machte auf.

Anna, sagte er. Was zur Hölle?

Er sah schrecklich aus, als hätte er tagelang nicht geschlafen, die Augen rot und die Haut so blass, dass man meinen konnte, das Skelett darunter sehen zu können.

Warum bist du hier?, sagte er. Wir waren nicht verabredet.

Tut mir leid, ich – kann ich reinkommen?

Ich bin echt nicht in der Stimmung für so eine Sache, sagte er, und mir fiel wieder ein, wie kalt seine Augen sein konnten.

Was für eine Sache?

Für so eine Sache, die jemand, der mich aus heiterem Himmel vierzehnmal anruft, gekommen ist zu sagen.

Bitte, meine Stimme überschlug sich. Ich bin nicht gekommen, um irgendwas zu sagen, versprochen. Ich wollte dich nur sehen.

Einen Moment lang dachte ich, er würde mich zum Gehen auffordern, doch dann drehte er sich zur Seite, und ich trat ein.

Drinnen herrschte Chaos. Die Schubladen des Schranks offen, Papiere überall auf dem Boden verstreut, als hätte er nach etwas gesucht und es aufgegeben. Der Inhalt seiner Tasche auf dem Tisch ausgekippt, Krümel, Kassenbons und Münzen bis auf den Teppich verteilt. Takeaway-Behälter mit ausgelaufenen Flüssigkeiten gestapelt auf der Küchenzeile.

Er ignorierte mich und ging zurück zum Sofa. Sein Handy lag auf dem Tisch, zeigte blinkend meine Anrufe an, daneben eine Flasche Whisky, ein Glas, feuchte Ringe, wo er es hochgenommen und wieder abgestellt hatte, sich überlappend, übereinandergelegt, wie die Fußspuren von einem Verirrten, der sich immer weiter im Kreis dreht.

Ich stand da und wusste nicht, was ich sagen sollte, da sagte er: Du solltest mir wohl lieber verraten, was du hier willst.

Ich wollte dich einfach nur sehen.

Lass uns nicht so anfangen, ja? Ich werde kein Ratespiel mit dir spielen. Was willst du? Sag's mir oder geh. Deine Entscheidung.

Seine Stimme war leer wie die eines Schauspielers, der seinen Text auswendig lernt und nicht versucht, ihn mit Bedeutung zu belegen. Ich musste seinen Blick auf mir spüren, die Wärme seiner Anerkennung, um mir zu zeigen, dass ich real war. Doch das gab er mir nicht. Er starrte aus dem Fenster.

Ich wollte dich bloß sehen, sagte ich. Ich bin krank. Ich kann immer noch nicht singen, meine Stimme ist nicht zurückgekommen, nicht richtig, und es ist nicht mehr lange bis zum Eröffnungsabend, und –

Du bist krank?, sagte er und gab so ein boshaftes Lachen von sich. Deshalb benimmst du dich wie eine Irre? Weil du krank bist?

Das ist kein Witz, sagte ich. Das ist keine lächerliche Kleinigkeit. Das ist eine große Sache. Diese Show ist eine große Sache.

Das sagst du ständig. Aber du bist krank, also schaffst du es nicht, und du kannst doch nicht der erste Mensch in der Weltgeschichte sein, dem das passiert. Ich weiß nicht, was du da von mir erwartest. Was willst du von mir, Anna?

Dass du mich ansiehst, dachte ich. Ich will, dass du mich ansiehst.

Nichts, sagte ich.

Sprich mit jemandem vom Konservatorium, sagte er. Du bist eine Studentin. Das zu regeln, jemand anders zu finden, wenn es sein muss – dass ist deren Aufgabe, nicht meine.

Ich kann es niemandem erzählen, sagte ich.

Und so war es. Deshalb wollte Angela es so ungern Marieke erzählen – sie wusste, wie das ablief. Wenn ich absagte, wenn ich sagte, ich würde es nicht schaffen, dann war das in Ordnung, das kam vor, ich würde nicht auftreten. Doch ich würde keine Rolle mehr kriegen. Keine wie diese und womöglich überhaupt keine mehr. Das wär's. Die Leute merkten sich Dinge. Zeig ihnen, dass du schwach bist, und sie mögen vielleicht nett zu dir sein, aber sie werden es nie vergessen. So viele Sänger da draußen, die genauso gut sind und keine Probleme machen.

Du meinst, ich soll aussteigen?, sagte ich. Meinst du wirklich, das sollte ich tun?

Er trank sein Glas aus, füllte es wieder auf und nahm noch einen Schluck.

Ich habe keine Ahnung, was du tun solltest, sagte er. Ich weiß nicht, warum du mich das fragst.

Er sah mich immer noch nicht an. Ich konnte mein Spiegelbild im Fenster erkennen, durchsichtig, zerteilt, gegen die grellen Lichter der Stadt, und ich fragte mich, ob er mich auch so sah.

Er stand auf, ging zur Spüle und fing an abzuwaschen.

Ist das – ist das alles, was du zu sagen hast?, fragte ich. Ist es dir wirklich egal?

Ich folgte ihm. Er stellte die Tasse, die er ausgespült hatte, zur Seite, trocknete die Hände an einem Geschirrtuch ab und wandte sich mir zu. Er sprach sehr ruhig.

Anna, sagte er. Glaubst du ernsthaft, dass es mir egal ist? Deine Karriere? Findest du es okay, so was zu mir zu sagen? Dass es mir egal sei, ob es dir gut geht oder nicht? Denk mal eine Sekunde darüber nach. Denk dran, wie genau du überhaupt die Zeit für all das bekommen hast, warum du diesen schäbigen Barjob nicht mehr machst, hm?

Ich fühlte mich wie in der Probe, als würde ich mich auflösen.

Es tut mir leid, dass du eine schwere Zeit hast, sagte er. Tut es wirklich. Aber, ganz ehrlich, du willst mir weismachen, dass du Singen so sehr liebst, dass es eine Berufung ist, und eine Berufung übt man der Freude wegen und nicht für Geld aus, et cetera, et cetera. Aber wenn ich dich jetzt so anschaue, sehe ich keine glückliche Person. Du willst wissen, was ich denke? Ja? Wirklich? Tja, ich denke, dir geht es miserabel. Ich denke, wenn du aussteigen musst und das offenbar, wie du beteuerst, bedeutet, dass das das Ende dieses ganzen Unterfangens ist, dann – du willst wissen, was ich denke? Wirklich? Ich denke, das ist vielleicht nicht die allerschlechteste Idee.

Er seufzte.

Schau mal, ich weiß, du hältst das im Moment für ziemlich wichtig, sagte er. Ich weiß, dass dir diese Oper ziemlich wichtig erscheint. Aber ich verspreche dir, in zehn Jahren wird sie gar nicht mehr so wichtig scheinen, falls du dich überhaupt noch an sie erinnerst. Du bist so jung. Du findest etwas anderes, was du machen kannst. Die meisten Leute bekommen nicht, was sie wollen. Sie starten mit diesen großen, hochtrabenden Ambitionen, und dann lernen sie, dass es besser ist, Kompromisse zu machen, realistisch zu sein. Erfüllung in anderen Dingen zu finden, weißt du, in ihren Freunden, ihren Hobbys, ihren Kindern. Das zu lernen gehört zum Erwachsenwerden dazu, Anna.

Plötzlich war ich rasend vor Wut.

Das würde dir gefallen, was?, sagte ich. Das würde dir gefallen, wenn ich aufgebe, was ich wirklich will. Wenn ich mir einen mittelmäßigen kleinen Job suche, der mich niemals erfüllt, aufhöre zu arbeiten, um Kinder zu bekommen, und dann nie wieder einsteige, zu den Leuten sage, *ach na ja, wisst ihr, das war für mich keine große Sache, weil ich nie wirklich das gefunden habe, was ich machen will.* Genau so sollte deiner Meinung nach eine Frau sein, oder? Das ist deine traurige kleine Fantasie, oder? Was echt komisch ist, finde ich, wo doch deine Mutter genau das getan hat und du sie offensichtlich dafür verachtest.

Ich weiß nicht mehr, in welcher Reihenfolge es passierte.

Dass er einen Schritt auf mich zuging.

Dass er sagte: Sprich nie wieder so mit mir, hast du verstanden? Sag nie wieder so etwas über meine Familie.

Eine Bewegung seiner Hand, um – ja was? – zu gestikulieren, mich womöglich zu packen, um zu, ich weiß es nicht, doch ich wich vor ihm zurück und meine Stimme ertönte, *nicht, nicht,* und dann hielt er inne, und auch ich hielt inne, und einen Moment lang starrten wir einander einfach nur an, als hätten wir beide unseren nächsten Satz vergessen.

Sein Mund öffnete und schloss sich wieder, dann ging er weg.

Ich stand in der Mitte des Raums, versuchte, meine Atmung zu verlangsamen, dann folgte ich ihm. Er war ins Schlafzimmer gegangen und hatte seine Stirn an die Glasscheibe gedrückt. Er drehte sich nicht um. Ich stand da, sah ihn an, wusste nicht, was ich tun sollte, und dann sagte er: Dich würde dich nie verletzen, Anna. Wieso bist du so zurückgewichen? Ich wollte dir nichts tun. So ein Mann bin ich nicht. Ich habe in meinem ganzen Leben noch nie einer Frau was getan. Das würde ich nie. Ich verstehe nicht, warum du dachtest, dass ich das tun würde.

So hatte ich ihn noch nie gehört. Er klang gebrochen.

Ich ging zu ihm und legte meine Arme um seine Hüfte. Ich ließ meine Wange zwischen seinen Schulterblättern ruhen.

Tut mir leid, sagte ich. Tut mir leid, tut mir leid, tut mir leid.

Ich weißt nicht, wie lange wir so dastanden, bis er tief ausatmete und sich zu mir umdrehte. Dann legte er seine Arme um meine Schultern und zog mich an sich. Diese Geste war so unerwartet, so liebevoll und warm, dass ich mich fragte, ob ich mir seine Wut eingebildet hatte. Er drückte mich fest an seine Brust. Er küsste meine Stirn. Er murmelte mir ins Haar: Was machen wir bloß mit dir, Liebes?

Weiß ich nicht, sagte ich.

Er führte mich zum Bett, sagte, ich solle mich hinsetzen, gab mir ein Hemd zum Anziehen, schenkte mir einen Drink ein. Ich wollte schon sagen, dass ich nicht konnte, nicht so kurz vor den Aufführungen, doch mir wurde bewusst, dass es keine große Rolle mehr spielte, und er sagte, *trink das, das wird dich entspannen*, also tat ich es. Ich legte mich hin, und er legte sich neben mich, ließ eine Hand mit dem Rücken auf meiner Wange ruhen. Jetzt schien es sinnlos, ihm noch etwas vorzumachen. Ich erzählte ihm, wie viel Angst ich hatte, und er hörte zu. Womöglich ließ ich es sogar schlimmer klingen, als es war, denn er zeigte Mitgefühl, sagte, *das klingt furchtbar*, sagte, *mein armer Liebling*. Ich fühlte mich leer und ruhig wie nach einem kilometerlangen Fußmarsch, wenn jeder Muskel ausgelaugt ist.

Er stand auf, um sich noch einen Drink zu holen, und ich warf einen Blick auf mein Handy. Verpasste Anrufe von Angela, eine Nachricht, dass ich sie zurückrufen solle.

Lass es, sagte er. Nicht jetzt. Wozu die Eile, du bezahlst sie, du bist ihr nichts schuldig. Nimm dir das Wochenende, um nachzudenken. Jetzt mit ihr zu sprechen, wird dich nur stressen.

Ich glaube einfach, ich werde damit nicht fertig, sagte ich.

Tja, nein. Das scheint ein furchtbares Leben zu sein. Ich weiß nicht, wer das überhaupt könnte.

Es gab eine Pause, in der er mit sich zu ringen schien, ob er fortfahren sollte, dann sagte er: Aber du wirkst in letzter Zeit, und ich wollte eigentlich nichts sagen, ich hatte nicht vor, etwas zu sagen, aber da wir hier ehrlich zueinander sind – du wirkst in letzter Zeit unglaublich verunsichert. Ich meine, unverhältnismäßig. So, dass es, glaube ich, nicht mehr normal ist. Hast du mal drüber nachgedacht, dir Hilfe zu holen?

Denkst du, ich bin verrückt?

Verrückt?

Er lachte.

Das ist wohl nicht der politisch korrekte Ausdruck dafür,

Anna. Und nein. So meine ich das nicht. Es muss nur anstrengend für dich sein, das ist alles. So gestresst zu sein.

Ich möchte, dass du glücklich bist, sagte er.

Wir lagen eine Weile schweigend da. Ein paarmal strich er mir mit den Fingern durch die Haare, streichelte die Innenseite meines Handgelenks oder führte meine Hand zu seinem Mund, um sie zu küssen. Jedes Mal fragte ich mich, was ihn dazu veranlasste, was er dachte, und dann fragte ich: Was ist passiert?

Was meinst du?

Bevor ich hergekommen bin. Warum ist so ein Chaos in der Wohnung?

Ich habe nach etwas gesucht. Unterlagen. Kann sie nicht finden.

Arbeit?

Nein.

Oh.

Persönliches Zeug. Ich will dich nicht damit langweilen.

Das würde mich nicht langweilen, sagte ich.

Kurzes Schweigen, und dann sagte ich, weil er so zugewandt war und ich mich mutig fühlte: Max? Wieso sprichst du nie über sie?

Ich dachte, er würde nicht antworten, doch er sagte: Wieso ich nie über sie spreche? Na ja. Ich glaube, man erreicht irgendwann ein Alter, in dem man nicht mehr seine eigenen Fehler durchkauen will. Weil sie als psychologische Übung weniger interessant werden, weißt du? Eher eine Erinnerung an eine Zeit, in die man nicht mehr zurückkehren kann.

Liebst du sie noch?

Ich konnte mein Gesicht, so groß, in seinen Augen sehen.

Ob ich sie liebe? Nein. Ehrlich gesagt, glaube ich, dass

ich sie schon seit einer ganzen Weile nicht mehr wirklich geliebt habe.

Ich rückte näher an ihn heran, sodass sich unsere Gesichter fast berührten, und dachte, es gibt so wenige Momente im Leben, in denen man weiß, dass man gerade glücklich ist. In dem Moment war ich glücklich.

17

DAS WOCHENENDE KAM, und Max fuhr nach Oxford. Ich machte nichts. Ich rief Angela nicht zurück. Ich verließ kaum die Wohnung. Ich war zu müde, und die City war ein trauriger Ort, um alleine zu sein. Sie existierte bloß für die Arbeitswoche, und es gab dort nichts, das einen am Leben erhielt, außer Geld. Die 3-D-Version einer Excel-Tabelle, ein starres Gitternetz, in dem sich die Zahlen multiplizierten.

Am Sonntag rief er mich an. Er war im Zug zurück und wollte wissen, ob ich am nächsten Abend Zeit hatte.

Tatsächlich habe ich Geburtstag.

Heute?

Morgen.

Also hast du schon was vor?

Hatte ich nicht. Laurie sprach immer noch nicht mit mir, und die Hälfte der Leute, die ich in London kannte, waren Freunde von ihr. Die andere Hälfte waren Sänger, und die wollte ich nicht sehen.

Eigentlich nicht, sagte ich. Ich war gestern Abend mit ein paar Freundinnen aus. Das war richtig schön, eine Überraschung. Laurie hat es organisiert. Jedenfalls habe ich morgen Zeit.

Können wir uns früh treffen? Gegen sechs?

Ich sagte, okay, obwohl ich mich dunkel an eine Abendprobe erinnerte. Er sagte, *bis morgen*, und legte auf. So war er immer am Telefon, nie zum Plaudern aufgelegt. Manchmal fragte ich mich, warum er sich überhaupt die Mühe machte anzurufen, wenn er nur Tatsachen zu kommunizieren hatte, Informationen, die man leicht in einer Nachricht hätte senden können. Anfangs, als ich es Laurie gegenüber erwähnte, sagte sie, wahrscheinlich wolle er keine belastenden Spuren hinterlassen, die seine Frau finden könnte – eine Nachricht hier, eine E-Mail da, da verliere man schnell den Überblick. Viel einfacher, immer anzurufen, sozusagen alle Heimlichkeiten an einem Ort zu behalten. Als ich sagte, sie könne mich mal, er sei nicht verheiratet, nicht jeder auf dieser Welt ziehe irgendeine Riesenbetrugsmasche ab, erwiderte sie, na gut, Spaß beiseite, wahrscheinlich rufe er lieber an, weil er alt sei. Das machte es allerdings auch nicht viel besser.

Am nächsten Morgen rief meine Mutter an. Sie gratulierte mir zum Geburtstag.

Alles in Ordnung?, fragte sie. Anna? Du klingst komisch.

Ich bin eben erst aufgewacht. Mir geht's gut.

Wir wussten nicht, was du dir wünschst, sagte sie. Dein Vater hat dir Geld überwiesen, damit du dir ein Geschenk kaufen kannst.

Das ist lieb. Danke.

Nachdem das Gespräch beendet war, checkte ich meinen Kontostand und sah, wie wenig sie mir geschickt hatten – das würde höchstens für ein paar Tage U-Bahn-Fahren reichen. Es machte mich traurig, dass sie dachten, davon könnte ich mir etwas Schönes kaufen.

Etwas später schrieb mir Laurie. Sie wünschte mir alles Gute zum Geburtstag und fragte, ob ich mich noch an ihren vor ein paar Monaten erinnern könne. Diese Underground-Bar, die wir gefunden hatten. Diese Männer, mit denen wir ins Gespräch kamen, bis wir rausfanden, dass sie Gangster waren, es zumindest behaupteten. *Wir hatten so viel Spaß, stimmts?*, schrieb sie, und ich deutete das als Zeichen der Vergebung. Ich feilte an einer Nachricht, als sie erneut schrieb. Eine Karte von meiner Mutter sei angekommen. *Also hast du ihr nicht erzählt, dass du umgezogen bist*, schrieb sie. *Bestimmt wäre es wohl zu merkwürdig, ihr zu erklären, wohin.*

Ich löschte meinen Entwurf, schrieb dem Regisseur, ich sei krank und würde es an diesem Tag nicht zu den Proben schaffen, dann schaltete ich das Handy aus. Ich legte mich noch mal schlafen, wachte spät auf. Verbrachte den Nachmittag mit einem langen Bad, probierte Outfits an und verwarf sie wieder.

Wir trafen uns in einem Hotelrestaurant in Covent Garden. Die Wände waren gefleckt, damit sie wie Marmor aussahen, und die Stühle verziert.

Warum hast du mir nichts von deinem Geburtstag erzählt?, fragte er.

Ich weiß nicht. Ich habe meinen Geburtstag noch nie sehr gemocht. Ich stehe nicht gern im Mittelpunkt.

Die Partys waren immer ein absoluter Reinfall, als ich ein Kind war. Meine Mutter hasste sie, zu viele Menschen im Haus, und ich fand meine Mutter peinlich – wie sie uns ständig im Auge behielt, sodass wir nicht unsere eigenen Spiele spielen konnten, wie sie meine Freunde zurechtwies, wenn sie sich ihrer Meinung nach schlecht benommen hatten. Also ließen wir es bleiben, und dann waren es nur noch wir drei. Viele Geschenke. Der Blick meiner Eltern auf mir, während ich sie öffnete, während ich meine Kerzen auspustete und Kuchen aß.

Ist das nicht widersprüchlich?, fragte er.

Ist was nicht widersprüchlich?

Na ja, Sängerin zu sein und keine Aufmerksamkeit zu mögen.

Dass er mich eine Sängerin nannte, war schmerzhaft. Ich wusste nicht, ob ich selbst mich noch so nennen konnte.

Nicht wirklich, sagte ich. Das glaube ich nicht. Man denkt nicht über das Publikum nach. Man vergisst sogar, dass es da ist, wenn es gut läuft. Wie beim Sport, schätze ich. Man denkt an die Spielregeln und nicht daran, Eindruck bei den Zuschauern zu hinterlassen.

Wir bestellten, und ich fragte ihn, wann sein Geburtstag sei.

Januar, sagte er und lachte dann.

Guck nicht so beleidigt, sagte er. Es gibt vielleicht fünf Menschen auf der Welt, die wissen, wann mein Geburtstag ist. Ich war sowieso nicht da.

Während des Essens erzählte er mir von seinen Geburtstagen, als er klein war. Wie seine Mutter immer große Partys organisiert hatte, aber nichts von ihrem eigenen Geburtstag wissen wollte. Er meinte, es sei traurig, dass sie sich so viele Sorgen ums Älterwerden gemacht habe, wo sie doch noch jung war und für ihn jedes Jahr gleich aussah. So viele Sorgen, wo es doch gar keinen Grund dafür gab. Ich erzählte ihm von einer der Geburtstagspartys von Tara, als wir Teenager waren, und er lachte über alles, was ich sagte. Ich fühlte mich geistreich und witzig, ohne es darauf anzulegen. So könnte ich immer bei ihm bleiben, dachte ich. Ich brauchte mich nicht anzustrengen, mir keine Sorgen zu machen. Es wäre so einfach.

Wir hatten gerade aufgegessen, als er einen Anruf bekam und sagte, er müsse rangehen. Während er weg war, beobachtete ich das Paar am Nebentisch. Sie waren schick gekleidet, wie zu einem besonderen Anlass, und sprachen kaum miteinander. Die Frau hatte kleine, nervöse Augen, mit denen sie dem Mann immer wieder Blicke zuwarf, und richtete hin und wieder mit einem breiten, unsicheren Grinsen ein, zwei Worte an ihn. Er murmelte ein Wort zurück oder antwortete mit einem verkniffenen, schmalen Lächeln. Nach ein paar Bissen seines Abendessens nahm er stets einen großen Schluck Wein und wandte sich wieder seinem Essen zu, dann wieder seinem Wein, methodisch, als wäre das Essen hier der nächste Punkt auf seiner To-do-Liste, den er so effizient wie möglich erledigen wollte. Und sie sah so traurig aus, seine Frau, sie sah so traurig aus. Ich sah Max durch die Glasscheibe über etwas lachen, das die Person am Telefon gesagt hatte, und gestikulieren, obwohl diese es nicht sehen konnte. Ein Gefühl der Zufriedenheit, der Zuneigung für ihn, durchströmte meine Adern und schoss in mein Gehirn wie eine Droge – nichts anderes war wichtig, wenn ich ihn haben konnte, ich brauchte nichts anderes, dachte ich.

Er beendete den Anruf und kam zurück, lächelte mich an und berührte meine Schulter, als er sich hinsetzte. Ich lächelte zurück. Wir sind nicht wie dieses Paar, er und ich, dachte ich.

Wir sollten gehen, sagte er.

Wohin gehen wir?

Also ich habe kein Geschenk für dich. Du hast mir ja auch nicht gerade viel Zeit gelassen. Aber ich habe über die Arbeit Karten für etwas bekommen. Ich dachte mir, das würde dir gefallen. Deshalb habe ich gestern angerufen. Wir sollten los, sonst kommen wir zu spät.

Er zahlte, und wir machten uns auf den Weg durchs West End, vorbei an einer Schlange nach der anderen. Schlangen vor den Theatern. Schlangen für Nudeln vor Nudelrestaurants, die innen nicht von den schlangenlosen Nudelrestaurants nebenan zu unterscheiden waren. Schlangen vor den U-Bahn-Zugängen. Die ganze Straße war eine einzige Schlange, Menschen mit M&Ms- oder Hamleys-Tüten schoben schlurfend andere Menschen vor sich her. Er wollte mir nicht verraten, wofür die Karten waren, doch er meinte, wir sollten uns etwas beeilen, und manövrierte mich um eine Gruppe chinesischer Touristen herum, und da wurde mir klar, worauf wir zusteuerten. Panik breitete sich kribbelnd auf meiner Haut aus wie Käfer auf einem Lichtstreifen, und ich begann einfach draufloszuplappern, war fest entschlossen, dieses Geschenk nicht zu ruinieren. Meine Angst vor ihm zu verbergen.

Wir erreichten das Opernhaus.

Es ist *Bohème*, sagte er. Das ist doch die Oper, in der du mitspielst, stimmt's?

Einen Moment lang schaute er mich an, und ich dachte, *die Oper, in der ich mitspiele? Ist ihm nicht in den Sinn gekommen, dass ich sie jetzt vielleicht nicht sehen will?*, doch er schien so sehr zu erwarten, ich würde mich freuen, dass ich sagte, *ja, ja, ist es,* und ihm dankte, ihn küsste, überschwänglich vor Dankbarkeit, und er lachte und sagte, *na, da verträgt wohl jemand das Trinken am frühen Abend nicht*, doch er wirkte zufrieden.

Das Foyer war beinahe leer, und eine Ansage über die Lautsprecher verkündete, dass die Aufführung gleich beginnen werde, also gingen wir auf direktem Wege zu unseren Plätzen.

Warst du schon mal hier?, fragte er.

Ein paarmal.

Ich hatte sogar Karten für diese Inszenierung gehabt, sie aber jemand anderem gegeben, hatte es nicht über mich gebracht hinzugehen. Das erzählte ich ihm nicht. Er wirkte schon enttäuscht genug darüber, dass es keine neue Erfahrung für mich war, als hätte er mir einen Witz erzählt, und ich hätte ihn bis zum Ende kommen lassen, bevor ich sagte, ich hätte ihn schon mal gehört. Es wäre ihm wohl nicht in den Sinn gekommen, dass der Eintritt fast nichts kostete, wenn einem egal war, wo man saß.

Ich habe aber noch nie im Parkett gesessen, sagte ich. Nur ganz oben. Von da kann man nichts sehen. Hier ist es ganz anders.

Das sagte ich nicht nur, um ihm eine Freude zu machen, es war wirklich anders hier unten, und für einen kurzen Moment schaffte es die Neuartigkeit, mich abzulenken. Auf diese Plätze war alles zugeschnitten – man konnte die Dimensionen des Gebäudes bewundern, die funkelnden Lichter rings um die Balkone, die Details an der Decke, die perfekte Sichthöhe im Verhältnis zur Bühne. Auch das Publikum hier unten war anders. Die Leute sahen aus, als hätten sie sich für ihren Besuch schick gemacht – obwohl es durchaus möglich war, dass sie sich immer so kleideten –, und das Durchschnittsalter war um einige Jahrzehnte nach oben geschossen. Ganz oben saßen fast nur Studenten, die in Leggings oder Jeans aus ihren Proben oder Seminaren kamen. Man traf immer Leute, die man kannte. Es herrschte eine Partyatmosphäre, und bevor der Vorhang aufging, kletterten die Leute noch über die Sitze, um jemandem fünf Reihen über ihnen Hi zuzurufen. Mir machte es nie etwas aus, dass man nicht viel von der Bühne sehen konnte. Manchmal war es mir lieber, die Augen zu schließen und einfach nur zuzuhören.

Na dann bin ich ja froh, dass wir gute Plätze haben, sagte er.

Der Publikumslärm ebbte ein paarmal in verfrühter Erwartung ab und schwoll wieder an, als nichts geschah, und ich spürte einen Schauer über meine Haut huschen. Die Panik. Also war sie nicht weg, nein, noch da, und sie kroch tiefer in mein Fleisch. Ich sprach immer weiter, nur um irgendwas zu sagen, irgendwas, um mich von diesem Gefühl abzulenken. Ich fragte Max, wieso er über die Arbeit an Opernkarten kam, und er erklärte, dass sie die vorsorglich zur Unterhaltung ihrer Klienten kauften und dann freigaben, wenn sie nicht benötigt wurden.

Es waren sogar noch einige zu haben, und ich glaube, Vincent hat auch zwei genommen. Du weißt schon, Vincent, dem deine Wohnung gehört. Du kannst ihn also kennenlernen.

Dann gingen die Saallichter aus, und es wurde wirklich still. Der Dirigent nahm seinen Platz ein, und alle klatschten. Der Vorhang ging auf, die Musik begann, und da konnte ich mich nicht mehr ablenken. Ich nahm ein paar tiefe Atemzüge und dachte, *das ist doch total albern, nicht? Du musst ja nicht singen*, und obwohl ich wusste, dass es stimmte, spielte es keine große Rolle. Max griff im Dunkeln nach meiner Hand, doch ich zog sie zurück. Meine Handflächen waren feucht.

Erster Akt, der, in dem Musetta nicht vorkommt. Ich hatte diese erste Szene in den Proben so oft abgesessen, während ich auf meinen Einsatz wartete, dass ich sie jetzt in einem Zustand der Benommenheit an mir vorüberziehen ließ. Ich hielt meinen Blick starr nach vorn gerichtet, gedankenlos, als würde ich eine Realityshow im Fernsehen gucken, bloß weil sie gerade lief und ich sonst nichts zu tun hatte.

Doch dann kam der zweite Akt, die Ankunft Musettas, und vom Eröffnungsakkord an konnte ich nicht mehr wegschauen. Ich saß in diesem weiten, riesigen Raum und war zugleich in einer winzigen Box gefangen, in der die Luft dünn wurde. Da war sie, da war Musetta, sie bahnte sich schmollend und flirtend ihren Weg auf die Bühne. Einen Mann im Schlepptau, um ihren On-off-Lover – Marcello – eifersüchtig zu machen, und je mehr Gleichgültigkeit er vortäuscht, umso überzogener wird ihr Gehabe. Ich saß da und starrte diese Frau in ihren High Heels und ihrem Pelzmantel unverwandt an, die höhere und lautere Töne sang, als ich mir jemals vorstellen konnte zu singen, auch wenn ich wusste, dass ich das vor nicht allzu langer Zeit getan hatte – jene Seht-mich-an-Töne, und jeder sah hin. Das bin ich, dachte ich, oder vielmehr sollte ich sie sein, und ich konnte mir nicht vorstellen, sie zu sein, geschweige denn glauben, dass ich es je gewesen war.

Pause. Die Saallichter gingen an.

Was meinst du?, fragte er.

Es ist gut, sagte ich und schenkte ihm mein überzeugendstes Lächeln. Mir gefällt es sehr. Und dir?

Klar, sagte er. Es ist – oh, das waren Vincent und seine Frau, glaube ich. Wir sollten hingehen und Hallo sagen.

Ich geh nur eben aufs Klo. Ich finde euch schon.

Es gab eine Schlange, und dann trödelte ich in der Kabine herum, fest entschlossen, Small Talk aus dem Weg zu gehen, und als ich mir die Hände waschen ging, ertönte bereits die Ansage, wir sollten unsere Plätze wieder einnehmen. Ich rang mir vor dem Spiegel ein Lächeln ab und hoffte, ihm würde nicht auffallen, wie viel Angst in meinen Augen lag.

Er saß schon wieder auf seinem Platz.

Lange Schlange? Ich habe Vincent gesagt, wir würden nachher zusammen was trinken.

Oh, okay.

Ich sah wohl nicht sehr erfreut aus, denn er sagte: Nur kurz, sie wohnen sowieso weiter draußen. Es würde dir nützen, ihn kennenzulernen. Er ist ein Opernfan und kennt jeden.

Vorhang auf für die zweite Hälfte.

Ich versuchte, es vor mir dahinziehen zu lassen, nicht richtig hinzugucken, an etwas anderes zu denken, aber ich schaffte es nicht. Es war, wie an einem Unfall vorbeizugehen, man wird auf eine verquere Weise davon angezogen, obwohl man weiß, dass man nicht hinsehen will. Ich starrte wie gebannt, und am Ende, als ich sah, wie Musetta sprachlos auf die Knie geht, um zu beten – ein Moment, den ich an der Oper nie verstanden hatte, der nie zu der unerschrockenen, mutigen Frau zu passen schien, die ich in ihr sah –, begriff ich es plötzlich. Jede Handlung schien vergebens. Sie war hilflos.

Tobender Applaus, und als er vorbei war, fragte Max: Bist du okay?

Okay?

Du wirkst angespannt.

Er blickte auf meine Hände, und ich sah, dass ich sie ineinander verschränkt hatte und die Fingerknöchel weiß hervortraten.

Mir geht's gut, sagte ich und tat so, als wäre ich von der Musik gerührt.

Er lächelte.

Es ist süß, wie sehr dich das mitreißt, sagte er, und wir machten uns auf, Vincent zu treffen.

Die Bar des Opernhauses war eine Kreuzung zwischen Hörsaal und Treibhaus. Die Decke bestand aus einer hohen Glaskuppel, und auch die Wand zur Straße hin war gläsern, sodass die mehrfach spiegelnden Oberflächen die draußen herrschende Dunkelheit reflektierten. Die Zuschauer waren im Kreis angeordnet – Tische auf einer Gallerieebene, eine Loge im hinteren Bereich – und die Lichter gedimmt, nur die runde Bar in der Mitte war erleuchtet.

Da sind sie, sagte Max, und es fühlte sich wie ein Gang auf die Bühne an, als wir auf das Paar an der Theke zusteuerten. Die Szene war gesetzt, eine Flasche Wein auf dem Tresen zwischen ihnen, ihre Gesichter uns zugewandt, dramatisches Licht von unten.

Anna, sagte Max. Das ist Vincent. Und das ist seine Frau Geraldine.

Ich hatte mir Vincent in Max' Alter vorgestellt, doch er war älter. Jenseits der sechzig. Weißes Haar, recht lang, das ihm starr über die Stirn fiel. So ein rötlich gebräunter Teint, wie ihn die sehr Reichen gerne tragen, irgendwo zwischen gesund und Hautkrebs.

Freut mich sehr, sagte ich.

Was trinkst du?, fragte Max und hob die Hand, um den Barkeeper auf sich aufmerksam zu machen.

Bloß einen Wein. Rot.

Eine bestimmte Sorte?

Ist mir egal.

Eine wahre Kennerin, gluckste Vincent, und ich hasste ihn.

Max reichte mir den Wein und begann ein Gespräch mit Geraldine. Sie war jünger als ihr Mann, obwohl sich schwer sagen ließ, wie jung. Eine dieser Frauen, die der Wohlstand für immer konservieren würde wie eine Salzzitrone im Glas. Ihr Älterwerden war schamvoll und geheim, etwas, das sich unter ihrer Kleidung, unter ihrer Haut abspielte.

Vincent machte sich über mich her.

Und hat es dir gefallen?

Ich suchte nach einer intelligenten Bemerkung, wohl wissend, dass er mit großer Wahrscheinlichkeit nichts, was ich sagte, intelligent finden würde.

Das hat es, sagte ich. Die Inszenierung war ziemlich traditionell, also –

Das ist *Bohème*, sagte Vincent. Kennst du die Oper überhaupt? Was hast du denn erwartet?

Nun ja, ich kenne sie. Eigentlich –

Was hältst du von dem Mädchen, das Musetta gesungen hat?, bohrte er nach.

Ja, sie hat eine schöne Stimme, sie –

Sie hat mein Stipendium bekommen, verkündete er.

Dein was?

Mein Stipendium. Als sie studiert hat. Ich unterstütze junge Sänger. Sie ist einfach grandios. Einfach eine grandiose Sängerin, oder, Gerry? Gerry?

Er tippte Geraldine auf die Schulter, und sie wandte sich von Max ab.

Wie bitte, Darling?

Musetta.

Oh ja, sagte sie. Oh ja. Grandios.

Sie wandte sich wieder Max zu.

Wir sehen sie uns in jedem ihrer Stücke an, sagte Vincent. Und so ein nettes Mädchen außerdem. Wir haben diese Inszenierung schon dreimal gesehen.

Er schien irgendeine Art von Reaktion zu erwarten, obwohl er mir keine Frage gestellt hatte.

Oh, wow, sagte ich fügsam. Das ist ziemlich oft.

Ist es.

Geht ihr also oft in die Oper?, fragte ich in dem Versuch, zumindest den Eindruck eines gegenseitigen Gesprächs zu erwecken.

Fast jedes Stück hier. Dann bin ich noch im Vorstand von einem der Festivals. Kenne den Kerl, der es leitet, sehr gut, toller Kerl, herzensguter Mann. Tolle Stücke, wirklich. Das wird dich bestimmt interessieren, sagte er, wenn du dich für die Oper interessierst. Wir waren den Sommer über auf Mallorca, mit dem Boot draußen – die Kinder haben es geliebt, sind immer wieder vom Deck ins Wasser gesprungen –, und jedenfalls war dieser Kerl da. Der vom Festival. So ein intelligenter Mann. Die Kinder haben ihn geliebt. Und eines Abends haben wir uns in eine Auseinandersetzung über moderne Inszenierungen verstrickt, die dich interessieren wird. Ich sagte, ich verstehe diesen Trend nicht wirklich, all die Klassiker in Bordellen oder Nachtclubs in Shoreditch spielen zu lassen. Er verteidigte das. War ganz begeistert davon. Aber, wie ich sagte, es ist lächerlich, solch wunderschöne Musik zu schänden, nur um sie den Massen schmackhafter zu machen.

Ich wartete auf den Schluss, aber das war schon seine gesamte Argumentation.

Na ja, sagte ich, ich verstehe, was du meinst. Aber ich vermute, als Leute wie Mozart oder Puccini ihre Opern geschrieben haben, wollten sie, dass diese etwas über die damalige Welt um sie herum aussagen. Sie haben sie nicht historisch verortet. Die Stücke waren zeitgenössisch, weißt du, oftmals kontrovers. Also ergibt es Sinn, dass die heutigen Regisseure dieselbe Wirkung erzielen möchten.

Aber das ist keine Oper mehr, nicht wahr?, sagte er. Ein Nachtclub in Shoreditch? Das ist keine Oper. Wenn ich so etwas sehen will, schaue ich Fernsehen.

Ja, wahrscheinlich. Aber als diese Opern geschrieben wurden, waren sie quasi das Äquivalent zum Fernsehen.

Was ich aber sage, ist, beharrte er, dass es absurd ist, diese schöne Musik so zu schänden, um mehr Leute in die Säle zu bekommen.

Mir wurde klar, dass ich ihn beleidigt hatte. Er hatte mich belehrt, nicht nach einer Meinung gefragt.

Max fing den Blick auf, den ich ihm zuwarf, und sagte etwas zu Geraldine. Sie drehten sich zu uns um.

Ihr beide scheint eine Menge gemeinsam zu haben, sagte er. Das dachte ich mir.

Hier hat jemand ein paar starke Meinungen, sagte Vincent. Du solltest besser auf sie aufpassen.

Sie lachten beide, und ich rang mir ein Lächeln ab, schaute jedoch weg. Es gefiel mir nicht, sie zusammen zu sehen. Dieser Mann war so gar nicht wie Max, hielt man sie jedoch nebeneinander, waren sie wie zwei unterschiedliche Farben unter demselben hellen Licht – viel ähnlicher, als man je gedacht hätte. Plötzlich fragte ich mich, was Max über mich gesagt hatte. Wie er mich beschrieben hatte. *Meine Freundin*. Nein. Das nicht. Das würde er nicht sagen. *Dieses Mädchen, das ich date*. Nein, mit Sicherheit nicht. So würde er sich niemals ausdrücken. Etwas anderes also. Etwas weniger Schmeichelndes und womöglich Zutreffenderes.

Weißt du, was der Mann noch gesagt hat?, fragte Vincent fest entschlossen, das letzte Wort zu haben. Er hat gesagt, die Inszenierung hat absolut keinen Einfluss auf die Verkaufszahlen. Gar keinen. Ob man das Stück als Neuinterpretation eines Klassikers bewirbt oder alle in historische Kostüme steckt. Kein Unterschied. Weißt du, was den Unterschied macht?

Nein, sagte ich. Was?

Welche Oper es ist und wer mitspielt, sagte er triumphierend, als würden wir eine Partie Snap spielen, und er hätte gerade meine Hand vom gleichen Kartenpaar weggeschlagen, um es für sich selbst zu beanspruchen. Ob es ein berühmtes Stück ist, von dem die Leute schon gehört haben, und ob darin große Namen singen. Das war's. So macht man Umsatz.

Oh, sagte ich. Klar. Ich verstehe.

Ich konnte nicht so über die Oper reden, als wäre sie ein Becher Kaffee in einer Coffee-Shop-Kette, und wir würden über die Farbe des Bechers und die Menge der benötigten Bohnen diskutieren oder darüber, wie eingängig der Markenname war. Mit anderen Worten darüber, wie viel jemand dafür bezahlen würde, und nicht über den Geschmack. Der Geschmack war unwichtig.

Max und Vincent fingen an, sich über die Arbeit zu unterhalten, und Geraldine stellte mir mit der Ausstrahlung von jemandem, der es gewohnt ist, peinliche soziale Situationen zu überspielen, höfliche, offen formulierte Fragen und reagierte auf meine Antworten enthusiastischer, als sie es jemals hätte meinen können. Über sie selbst bekam ich nicht viel aus ihr heraus. Sie sei mal Schauspielerin gewesen, sagte sie, aber jetzt nicht mehr. Sie erzählte mir von ihren Kindern und sagte, hoffentlich gefalle mir die Wohnung, und dann sagte Vincent: Gerry, Heimweg.

Er atmete den Rest seines Weins weg und sagte zu Max: Also bist du morgen dabei?

Bin ich.

Bist du nicht morgen schon weg?, die Frage war an Max gerichtet, doch ich sah seine Augen zu mir blinzeln. Sie waren gemein und hart.

Ja stimmt. Abendflug.

Nun, es war wundervoll, dich kennenzulernen, Anna, sagte Vincent zu mir. Schön zu sehen, dass Max während seiner Zeit in London in so netter Gesellschaft ist.

Ja, das hoffe ich, sagte ich.

Und dauern die Gespräche mit New York noch an?, sagte er zu Max. An der Front ist alles eher ruhig gelaufen, oder?

Dauert noch an, sagte Max. Sie reden jedenfalls noch.

Sie wünschten mir beide noch einen schönen Geburtstag und waren weg.

Max sagte: Sollen wir auch los? Ich habe da noch eine kleine Überraschung für dich.

Wir gingen nach draußen. Er hielt ein Taxi an und sagte etwas zum Fahrer.

Wohin fährst du?, fragte ich.

Das ist eine Überraschung.

Morgen meine ich. Was hat Vincent gemeint?

Bloß eine Geschäftsreise. New York.

Aha.

Und was hältst du von Vincent? War er nützlich? Ich habe gehört, er soll ein großer Mäzen der Künste sein. Sehr einflussreich, kann ich mir vorstellen.

Er ist furchtbar. Warum bist du mit ihm befreundet?

Max lachte.

Ach komm schon, er ist doch harmlos. Außerdem sind wir nicht befreundet. Wir sind Kollegen.

Ich verstehe nicht, warum Leute wie er behaupten, ihnen würde etwas an der Kunst liegen. Was hat er davon?

Das Image der Großzügigkeit, nehme ich an, sagte Max. Jedenfalls scheint er mir echtes Interesse daran zu haben. Er weiß eine Menge.

Für Dinge zu bezahlen, ist nicht dasselbe, wie etwas über sie zu wissen.

Er nahm meine Hand und streichelte mein Handgelenk. Es kitzelte.

Du solltest nicht so ein Snob sein, Liebes, sagte er. Was dachtest du denn, wer dein Publikum ist?

Was hast du ihm über mich gesagt?, fragte ich.

Wie meinst du das?

Als du ihn gefragt hast, ob ich die Wohnung haben könnte. Was hast du über mich gesagt?

Wie meinst du, was ich über dich gesagt habe?, sagte er. Ich habe gesagt, wer du bist.

Aber wer, hast du gesagt, bin ich?

Er sah verwirrt aus.

Ich verstehe die Frage nicht, sagte er. Wieso? Wer bist du denn?

Das Taxi hielt an einem Hotel.

18

EIN HOTEL MITTEN IM ZENTRUM der Stadt. Portiers mit weißen Handschuhen. Rezeption mit Marmorboden, Holzvertäfelungen und hoher Decke. Stille. Drinnen war es vollkommen still. Die ehrfurchtsvolle Ruhe, die mit Luxus einhergeht. Er hatte uns ein Zimmer für diese Nacht gebucht, und während wir im Aufzug nach oben fuhren, konnte ich an nichts anderes denken als daran, wie viel es wohl gekostet hatte.

Du solltest wirklich nicht so viel Geld für mich ausgeben, sagte ich.

Er hakte seine Daumen in die Gürtelschlaufen meines Mantels und zog mich zu sich heran.

Was schlägst du vor, für wen ich es ausgeben soll?, erwiderte er.

Wir gingen den Korridor hinunter, und er tippte den Türcode ein. Ein Eingangsbereich, das Bad zur Linken, das Zimmer am Ende. Er nahm meine Hand und führte mich herum, beobachtete meine Reaktion, er wollte, dass mir alles gefiel. Ich sah ihn als kleinen Jungen vor mir, wie er am Ende des Schuljahrs seine selbst gemalten Bilder mit nach Hause nahm und seiner Mutter präsentierte, von ihr einforderte, dass sie sagte, wie gut sie waren, und ich spielte meinen Part und war beeindruckt. Es fiel mir nicht schwer. Das Zimmer war geschaffen, um zu beeindrucken. Alles darin –

das Himmelbett mit dunklen Verzierungen am Kopfteil und passenden Gardinen, der gemeißelte Marmorkamin, der ornamentale Tisch und der gläserne Barschrank, die seidenbezogenen Sessel – war erhaben, dick aufgetragen, überdimensioniert, und ich fühlte mich ganz klein.

Ich setzte mich aufs Bett. Eine Flasche Champagner stand in einem Eiskübel auf dem Tisch. Er öffnete sie, schenkte zwei Gläser ein, kam zu mir und setzte sich neben mich.

Fünfundzwanzig, sagte er und reichte mir ein Glas. Und fühlst du dich jetzt erwachsen?

Hast du mich hergebracht, um dich über mich lustig zu machen?

Nicht nur, nein.

Ich habe mal mit einer Sängerin gesprochen, sagte ich. Etwas älter als ich. Sie meinte, alle hätten immer zu ihr gesagt, wie viel Zeit ihr noch blieb, wie lange es dauert, bis die Stimme gereift ist, dass sie sich gar keine Sorgen zu machen brauchte, weil sie für eine Opernsängerin noch so unglaublich jung war, noch Jahre vor sich hatte, bevor sie wirklich Druck verspüren müsste, es zu schaffen. Bis zu dem Tag, an dem sie fünfundzwanzig wurde. Von da an hieß es nur noch, *machst du dir keine Sorgen, weil du immer noch nicht in den guten Häusern singst? Was wird denn nun aus deiner Karriere? Du wirst langsam ein bisschen alt, oder?* Also ja, sagte ich. Ich fühle mich schon ziemlich jenseits von Gut und Böse, danke.

Ich hatte gehofft, ihn damit zum Lachen zu bringen, aber das tat er nicht. Er sah mich an, sehr ernst, und ich dachte, *oh Gott, warum hab ich das angesprochen, wie idiotisch von mir.*

Was?, sagte ich. Was ist los?

Nichts. Du siehst nur tatsächlich schon ziemlich jenseits von Gut und Böse aus, das ist alles. Jetzt, wo du es erwähnst.

Er grinste, und mich überkam eine fast schon dümmliche Freude. Der Champagner vermutlich. Er nahm mir das Glas aus der Hand, stellte es auf den Nachttisch und küsste mich. Ich ließ mich nach hinten fallen und zog ihn mit mir. Sein Körper schwer auf meinem, erinnerte ich mich an dieses Gefühl von zuvor, diese Bestimmtheit – wenn ich ihn haben kann, wenn ich ihn bloß haben kann, dann ist alles andere egal. Alle anderen Gedanken, die noch vor einer Stunde wie schrille Melodien durch meinen Kopf hallten, laut und unerträglich und darauf pochend, gehört zu werden, wurden abgedämpft. Bloß eine quälende Frequenz dröhnte noch in meinem Ohr, ein dissonanter Ton, der von ihm zum Schweigen gebracht werden musste.

Max?, sagte ich. Wie lange fährst du weg?

Was?

Er hatte mein Kleid aufgeknöpft. Sein Dreitagebart kitzelte mich, als er meinen Bauch küsste.

New York. Für wie lange fährst du?

Es gab keinen Grund zur Sorge. Er verreiste ständig geschäftlich. Aber da war etwas an dem Blick, den mir Vincent zugeworfen hatte – eine Boshaftigkeit, als würde er Zwietracht säen wollen. Er wusste etwas. Er und Gerry würden auf dem Heimweg darüber lachen, *sie hat ganz offensichtlich keine Ahnung, armes kleines Ding*, würden sie sagen, und sie hätten recht damit.

Müssen wir wirklich jetzt darüber sprechen?, sagte er, ohne aufzusehen.

Ist es ein Geheimnis?, fragte ich.

Er legte sich neben mich, stützte sich auf die Ellenbogen.

Einen Monat, sagte er. Es wird wahrscheinlich ein Monat. Vielleicht auch sechs Wochen. So lange es eben dauert, diesen Deal abzuschließen.

Alles klar.

Ich will eigentlich nicht weg.

Warum gehst du dann?, sagte ich und versuchte, neckisch zu klingen. Nicht wichtig genug, um dich rauszureden?

Zu wichtig, mein Liebling. Na ja, so ungefähr. Es ist ein amerikanischer Klient. Ich habe bei denen gearbeitet, als ich dort gelebt habe, und sie wollen im Grunde nur mit mir zusammenarbeiten. Das ist ein enorm großer Klient für uns, es geht um irrsinnige Geldsummen, das kannst du dir nicht vorstellen. Also werde ich jedes Mal, wenn wir einen Deal mit denen machen, eingespannt.

Was hat Vincent gemeint?

Wann?

Als er gefragt hat, ob die Gespräche noch laufen?

Nichts Wichtiges. Wir sollen wieder dorthin ziehen. Das New Yorker Büro wollte, dass ich wechsle. Will es immer noch.

Oh. Wirst du?

Er hob die Schultern.

Nein. Ich meine, nicht in nächster Zeit. Können wir jetzt aufhören, darüber zu sprechen? Das deprimiert mich. Schlimm genug, dass ich so lange wegmuss, da will ich nicht auch noch drüber sprechen. Lass uns nicht deinen Geburtstag damit ruinieren, okay?

Er küsste mich wieder und sagte dann: Gib mir einen Moment.

Er ging ins Badezimmer.

Ich lag auf dem Bett und betrachtete das Muster auf den Gardinen. Es waren große, dunkle Blumen, eng aneinandergesetzt. Ich versuchte, den Linien zu folgen – sie sahen wie Schleifen aus, die ineinanderflossen –, doch wenn man ihnen folgte, erkannte man, dass sie ins Nichts führten.

Ein Monat, vielleicht auch sechs Wochen.

So lange war es nicht. Es war selbstsüchtig von mir, das wusste ich, jetzt schon an die Wochenenden allein in der City zu denken. Selbstsüchtig, mir vorzustellen, wie es sein würde, wenn er fort war, wie jeder Tag wäre, die Wochen trüb, flach und grau, nichts, was sie zusammenhielt.

Ich versuchte, meinen Verstand zu beruhigen. Vor ein paar Stunden, dachte ich, in diesem Restaurant, da war ich glücklich. Ich hatte es ganz deutlich vor Augen. Ich hielt mich daran fest, als würde es mich schützen. Ein Bild. Sein Anblick am Telefon durch die Glasscheibe hindurch, wie er im ergrauenden Licht dastand, sich mit der Hand durchs Haar strich, ein paar Schritte in diese, ein paar Schritte in jene Richtung machte, wie lebendig sein Gesicht war, als er lachte.

Ich weiß nicht, warum. Ich weiß nicht, wie es geschah. Etwas an der Düsternis der Blumen auf den Gardinen. Etwas an diesem Mann, wie er mich spöttisch belächelt und gesagt hatte, *schön, dass Max während seiner Zeit in London in so netter Gesellschaft ist.* Etwas an der Intimität, die Max' Lachen angedeutet hatte – natürlich hatte es mich deshalb so glücklich gemacht. Es war ein Lachen, das ich von ihm nur mir gegenüber gesehen hatte, und es gefiel mir. Etwas daran, wie er rasch auf sein Handy geschaut hatte, abgeschirmt von meinem Blick, sodass ich nicht sehen konnte, wer anrief – und machte er das nicht immer so, wenn ich es mir recht überlegte? –, bevor er meinte, *entschuldige, da muss ich rangehen.* Etwas daran. Wie er hinter der Glasscheibe lachte. Das Bild blieb mir im Hals stecken.

Er hatte sein Handy auf dem Nachttisch liegen lassen, und ich griff danach. Ich hatte schon gesehen, wie er seine PIN eintippte. Ich rief seine Anrufliste auf, und da war die Nummer, die ihn angerufen hatte. Fünf Minuten und siebenunddreißig Sekunden. Sie war als Zuhause eingespeichert.

Ich sperrte sein Handy wieder und legte es sorgsam auf den Nachttisch. Es überraschte mich, wie ruhig ich war. Es ergab Sinn. Natürlich war er noch verheiratet. Nicht getrennt-kurz-vor-der-Scheidung-verheiratet, sondern richtig verheiratet. Natürlich war er das. Ich sah sie vor mir, wie sie in ihrer riesigen Landhausstilküche in Oxford stand, das Telefon in die Hand nahm, auf den Garten hinausschaute. Natürlich hatten sie alles zusammen eingerichtet, die Terrasse, auf der sich ihre Freunde zum Grillen versammelten, die Obstbäume, die Hecke aus strahlend bunten Blumen, die man von der Spüle aus betrachten konnte. Warum hatte sie ihn angerufen? Fünf Minuten und siebenunddreißig Sekunden. Um ihm zu sagen, dass sie ihn vermisste – nein – viel zu dramatisch – etwas, das ich sagen würde. Um ihn daran zu erinnern, dass er noch auf eine E-Mail zu dem Dinner antworten musste, das sie organisierte, oder um zu sagen, dass er bei seinem Aufbruch gestern Abend ein Arbeitsdokument auf dem Küchentisch hatte liegen lassen, und ob er es brauchte, oder, wieso nicht, wieso nicht – wenn schon die ganze Trennung eine Lüge war, worüber hatte er dann noch gelogen? –, um ihm von etwas Lustigem zu erzählen, das eines der Kinder an diesem Tag gesagt hatte? Vielleicht hatte er deshalb so gelacht, sich mit der Hand durchs Haar gestrichen – eine nervöse Geste, oder nicht? –, als er zu mir zurückgeblickt hatte, dort auf der anderen Seite der Glasscheibe sitzend.

Ich schaute mich im Hotelzimmer um und sah es wie durch einen getönten Film, alles war verändert. Es war zu teuer, zu unpersönlich, zu diskret. Es war verkommen. Ein Hotel, das nur von Touristen und reichen Leuten für Affären aufgesucht wurde.

Weißt du was?, sagte er, als er wieder ins Zimmer kam, es ist schon nach Mitternacht. Dein Geburtstag ist vorbei.

Er bemerkte mein Schweigen nicht. Er kam zum Bett und küsste mich, und ich ließ ihn. Auch über ihn war ein Filter gelegt worden, und ich sah ihn verändert oder womöglich zum ersten Mal so, wie er wirklich war. Älter. Großspuriger. Augen, die geradewegs in meine blickten, aber nichts preisgaben. Dieses neue Gesicht, diese neue Person. Es war fast schon aufregender, jetzt, da ich wusste, welche Rolle ich in seinem Leben spielte, und ihn weitermachen ließ. Ich ließ ihn mir das Kleid über den Kopf ziehen, ließ seine Hand in meine Unterhose gleiten und ihn meine Brüste küssen. Ich biss in seine Lippe. Er stöhnte und sagte: *Scheiße*, und ich spürte, wie mein Herz mir bis zum Hals schlug, angestachelt von dieser seltsamen stummen Erregung, davon, etwas gegen ihn in der Hand zu haben, zu wissen, wer er wirklich war. Doch dann nahm er mein Gesicht in seine Hände, sah mir mit dieser vorgetäuschten Intimität und Ehrlichkeit in die Augen, und ich hielt es nicht länger aus.

Wer hat dich vorhin angerufen?, sagte ich.

Was?

Er setzte sich auf, und sein Blick glitt weg von meinen Augen auf sein Handy.

Was?, wiederholte er.

Wer hat dich vorhin angerufen?

Du hast – Anna, sagte er. Hast du in mein Handy geschaut?

Was? Nein.

Wer hat mich wann angerufen? Wovon sprichst du?

Im Restaurant. Vorhin. Im Restaurant. Als du rausgegangen bist.

Warum zur Hölle fragst du mich das jetzt?

Warum antwortest du nicht auf die Frage?

Er setzte sich auf die Bettkante und zog seine Hose an.

Ich kann das nicht glauben, sagte er. Ich kann das echt nicht glauben. Du spionierst mir hinterher? Spionierst in meinem Handy rum? Ernsthaft? Was zur Hölle läuft falsch bei dir?

Warum willst du es mir nicht sagen?, wiederholte ich, diesmal ruhiger.

Er hielt inne und sagte dann: Es war meine Mutter. Nicht, dass es dich was angeht. Was zur Hölle ist los?

Deine – deine Mutter?

Das habe ich eben gesagt.

Sobald er es ausgesprochen hatte, wusste ich, dass es die Wahrheit war, doch die Erleichterung, die ich verspürte, war leer und traurig. Sie war zu vertraut.

Ich drehte mich von ihm weg und kramte meine auf dem Bett verstreuten Sachen zusammen. Ich zog mich mit dem Rücken zu ihm an und versuchte mich an die Dinge zu erinnern, die ich wusste.

Er war ein Mann mit blauen Augen, und er hatte eine Narbe auf der Schulter.

Ein Mann, der den Zahn seines Bruders eingebettet in seiner Schläfe unter seiner Kopfhaut trug. Eine Rangelei aus Kindertagen, er war gefallen, es hatte Blut gegeben, und niemandem war es aufgefallen, bis die Haut wieder zugewachsen war. Man konnte es fühlen, wenn man den Finger drauflegte und drückte.

Ein Mann, der jeden dazu bringen konnte, ihn zu mögen. Der Kellner, Taxifahrerinnen, Menschen hinter der Bar in Gespräche verwickelte. Er brauchte das, denke ich – die Bewunderung von Fremden.

Ein Mann, der sich mit unerwarteten Dingen auskannte. Antiken Möbeln und russischer Literatur und Blumen.

Ein Mann, der zerbrechlich war, vom Leben enttäuscht worden war. Ich hatte versucht, behutsam mit ihm zu sein, hatte gedacht, wenn ich nur lange genug stillhalten würde, dann würde er zu mir kommen, aber er wollte mich nicht. Nicht so, wie ich ihn wollte.

Er war ein Mann, der sich eine Familie wünschte. Der ein Haus gekauft hatte, in dem ich nicht willkommen war, gerade wegen dieser perfekten Familie, die er eines Tages haben wollte, wie ich vermutete, und doch – und das schien mir die traurigste all dieser Tatsachen zu sein –, und doch hatte er mit beinahe vierzig noch die Nummer seiner Eltern als Zuhause eingespeichert.

Ich sah ihn an, und sein Gesicht war wieder das Gesicht, das ich kannte.

Mir wurde klar, oder vielmehr artikulierte ich es zum ersten Mal für mich selbst, als feststehende, unbestreitbare Tatsache, dass ich in ihn verliebt war. Fast im selben Moment kam mir in den Sinn, dass ich mich in meinem ganzen Leben noch nie so elend gefühlt hatte.

Ich verbarg mein Gesicht hinter meinen Händen.

Was ist los?, sagte er. Was ist los mit dir?

Ich nahm erst wahr, dass ich weinte, als die Haarsträhnen, die sich zwischen meinem Gesicht und meinen Händen verfangen hatten, feucht wurden. Ich liebe dich, dachte ich, das ist los. Ich liebe dich, und du hast mich nie angelogen. Du magst mich. Du findest mich hübsch und witzig, und du unterhältst dich gerne mit mir. Du sitzt mir gerne an Restauranttischen gegenüber, legst in Bars gerne die Hand auf mein Bein und liegst gerne neben mir im Bett. Du magst meinen Körper. Du drehst gerne mein Haar um deine

Finger, küsst gerne meinen Hals und fährst gerne mit deiner Zunge über die Innenseite meiner Schenkel. Du magst mich, und ich liebe dich, und alles, was du mir jemals erzählt hast, ist wahr.

Ich dachte, meine Tränen würden ihn besänftigen, doch das taten sie nicht.

Was zur Hölle soll das denn? Anna? Wieso weinst du? Hör auf.

Er griff nach meinem Handgelenk und zog es von meinem Gesicht weg.

Sieh mich an, sagte er. Sag mir, was los ist.

Du tust mir weh.

Er ließ mein Handgelenk los.

Sag es mir, wiederholte er.

Das setzte ihm zu, begriff ich, sie ging ihm unter die Haut, diese Situation, eine Frau, die ihr Gesicht verdeckt und wegen etwas weint, das er gemacht haben soll. Das hatte er schon mal erlebt. Er hasste es. Es machte ihn wütend. Langweilte ihn. Ermüdete ihn.

Warum hast du mir nicht erzählt, dass du so lange wegfährst?, sagte ich.

Das meinte ich eigentlich nicht. Ich meinte, dass es ewig so weitergehen würde, mit ihm und mir – das wollte ich ihm eigentlich sagen und von ihm etwas Gegenteiliges hören. Dass es, solange ich mich weiter mit ihm traf, immer so bleiben würde wie jetzt. Ich würde ihm alles geben, was er von mir verlangte, und er würde es nehmen, würde niemals Nein dazu sagen, doch das bedeutete gar nichts. Ich würde immer wieder denken, dass ich ihn endlich zu packen bekam, und er würde sich immer wieder aus meinem Griff losreißen – Nachrichten ignorieren, Fragen aus dem Weg gehen, so beiläufig sagen, *ich fahre mal für sechs Wochen nach New York*, als würde er erwähnen, dass er kurz einkaufen ging oder sich überlegte, eine neue Zahnbürste zu erwerben.

Warum ich nicht – ernsthaft?, sagte er. Deshalb weinst du? Na gut, tut mir leid, okay? Das war keine große, vorsätzliche Täuschung, wenn du darauf hinauswillst.

Was war es dann?

Scheiße, Anna. Du weißt schon, dass das völlig verrückt ist, oder? Ich habe nicht versucht, es vor dir geheim zu halten. Ich verreise ständig, das weißt du genau. Ich habe es bloß nicht erwähnt, weil du in den letzten Wochen irre gestresst warst und der Zeitpunkt nie gut schien. Das ist alles.

Seine Stimme war ruhig, bedächtig. Er hielt sich selbst für vernünftig, mich hingegen nicht.

Und ganz ehrlich, Anna, sagte er. Ganz ehrlich? Na ja, mir war nicht klar, dass es dir so viel ausmachen würde. Du hast deine Aufführung vor dir, oder nicht?

Meine Aufführung? Aber du – du hast mir doch gesagt, ich soll es lassen. Ich bin heute nicht zur Probe gegangen. Du hast gesagt, ich soll hinschmeißen.

Was?, sagte er. Das ist doch nicht dein Ernst, oder? Das habe ich nie gesagt. Ich habe dir nie gesagt, was du tun sollst. Ich habe bloß versucht, dir aufzuzeigen, dass es womöglich nicht die große Tragödie ist, für die du es hältst, wenn sich herausstellt, dass du es nicht schaffst. Das ist alles. Scheiße. Glaub, was du willst, ich wollte nur nett sein.

Ich versuchte, mich an den genauen Laut seiner Worte zu erinnern, doch es gelang mir nicht.

Komm schon, sagte er. Sei fair. Lass uns das nicht dramatisieren. So lange bin ich nun wirklich nicht weg.

Die Vorstellung von ihm und seiner Frau, irgendein cooles Restaurant mit atemberaubender Aussicht, sie treffen sich, um die Scheidungspapiere fertig zu machen, versöhnen sich, er entschließt sich, nun doch endlich nach New York zu ziehen.

Wirst du – wirst du dich mit ihr treffen, wenn du dort bist?, fragte ich.

Er hielt inne und sagte dann leise und erschöpft: Bitte, um Himmels willen, Anna, lass diesen Irrsinn.

Ich fühlte mich furchtbar müde. Wollte dreißig Minuten, eine Stunde zurückdrehen, um das rückgängig zu machen. Ich versuchte zurückzurudern.

Du hättest das mit mir besprechen können, das ist alles, sagte ich.

Mit dir besprechen? Etwa dein Einverständnis einholen?

Ich starrte das Muster auf der Gardine an.

Aber, Anna, sagte er sanft. Anna, tut mir leid. Ich bin etwas verwirrt. Ich dachte nicht, dass wir einander fragen müssen, ob wir etwas tun dürfen. Ich dachte – na ja –, ich dachte, du hast dein Leben und ich meins.

Da entflammte Zorn in mir wie ein Streichholz in der Dunkelheit.

Dir ist es vollkommen egal, wie ich mich fühle, oder?, sagte ich. Es kümmert dich einfach nicht.

Ich war kurz davor, Dinge zu sagen, von denen ich wusste, dass sie nicht zurückgenommen werden konnten. Worte, die die Illusion zerstören würden, die ich monatelang für ihn aufgebaut hatte – dass er am Rande und nicht im Zentrum meines Lebens stand. Sie strömten mir in den Mund, und ich versuchte sie wieder runterzuschlucken, doch dann sah er mich mit hochgehobener Augenbraue an, als wäre ich ein Kind, das seine Grenzen testete, und als würde er versuchen, nicht die Geduld zu verlieren, und er sagte, *dir ist doch klar, dass du dich lächerlich aufführst, oder?*, und sie sprudelten alle aus mir raus. Ein zusammenhangloses Durcheinander von Worten.

Du denkst, ich bin nicht gut genug für dich, das hast du schon immer, nichts, was ich mache, stellt dich jemals zufrieden, nichts, wenn du willst, dass ich etwas tue, dann mache ich das, und das ist dann auch falsch, du magst mich nicht mal, oder?, du magst mich nicht mal, du vertreibst dir nur die Zeit mit mir, weil es lustig und unkompliziert ist, ich habe es dir so leicht gemacht, oder?, immer, ich habe immer versucht, dir die Dinge angenehm und schön zu machen, und du benutzt mich bloß, damit dir nicht auffällt, dass du einsam bist, und weil ich deiner Eitelkeit schmeichle, und das ist alles, was ich für dich bin, und eines Tages wirst du eine Frau kennenlernen, die einfach weiß, wie sie zu sein hat, die es einfach weiß, die schon erfolgreich und attraktiv und nett ist, der du nicht all ihre Fehler aufzeigen musst und –

Der Ausdruck in seinem Gesicht. Er war entsetzt. Ich wusste, dass ich mich hysterisch anhörte, ich wusste, weshalb er so angsterfüllt aussah, doch tatsächlich fühlte ich mich ganz ruhig. Seltsam distanziert. Ich stand neben mir und sah mir dabei zu, wie ich diese wunderschöne aufkeimende Beziehung, oder was ich dafür gehalten hatte, zerstörte – diese Sache, um die ich nun Monat für Monat herumgetänzelt war – *oh klar, ich habe auch viel zu tun* – *nein, sicher, kein Problem für mich* – *wie es dir am besten passt* –, aus Angst davor, dass ich sie, wenn ich irgendeine hektische Bewegung machte, verschrecken würde. Diese wunderschöne, kostbare Sache, die ich beschützt und gehegt und gedeihen lassen hatte, bis sie alles für mich wurde, und jetzt sah ich mir dabei zu, wie ich sie in Trümmer legte. Es lag Macht darin, diese Sache, die ich liebte, mit einem Vorschlaghammer zu zertrümmern. Es fühlte sich gut an.

Er stand abrupt auf und machte eine Bewegung auf die Tür zu, als würde er gehen, doch dann hielt er inne. Er sank vor mir auf den Boden, nahm meine Hände in seine, küsste meine Finger und legte seine Stirn in meinen Schoß. Einen Moment lang saßen wir so da, niemand sagte ein Wort, und dann blickte er zu mir auf. Das Licht der Lampe ließ seine Haut so blass erscheinen, dass sie beinahe durchsichtig wirkte, und unter seinen Wangenknochen bildeten sich tiefe Schatten. Er sah so müde aus.

Tut mir leid, sagte er. Ich war – ich war dumm. Und selbstsüchtig. Tut mir leid. Mir war nicht klar, dass du unglücklich bist. Ich wusste, du hättest vermutlich gerne, dass sich die Dinge schneller entwickeln. Ich meine, ich habe es geahnt. Manchmal. Einige Bemerkungen von dir. Aber das. Ehrlich. Ich hatte keine Ahnung. Du schienst immer deinen Spaß zu haben. Ich dachte, wir wären – na ja – tut mir leid, Anna. Wirklich.

Die Scham über all das, was ich gesagt und er nicht abgestritten hatte, blühte in mir auf, dicht und spitz wie ein Distelbeet. Doch er sah so traurig aus. Ich wollte ihn in den Arm nehmen und ihm sagen, es sei schon okay, ich hätte es nicht so gemeint. Armer Max. Ich hatte Mitleid mit ihm. Er hatte jemanden gewollt, der ihn für eine Weile glücklich macht. Jemanden, der ihn ablenkt, ihm ein gutes Gefühl gibt. Er hatte nicht gewollt, dass diese Person real ist.

Ich habe Spaß, sagte ich. Mit dir, meine ich.

Na ja, nicht in diesem Moment, schätze ich.

Nein, nicht in diesem Moment.

Danach waren die Dinge seltsam im Reinen. Er ging ins Badezimmer und kam mit einem warmen Tuch wieder, mit dem ich mir das Gesicht abwischte. Dann machten wir uns in einem sorgfältig choreografierten Tanz der Normalität bettfertig. Wir putzten uns die Zähne, standen nebeneinander vor dem Spiegel. Ich wusch mir das Gesicht mit kaltem Wasser und entfernte das Make-up, das unter meinen Augen verschmiert war. Er benutzte die hoteleigene Feuchtigkeitscreme, die ihn, wie ich anmerkte, wie ein Mädchen riechen ließ, und er lachte. Wir legten uns ins Bett und schalteten das Licht aus. Kein Wort fiel mehr, und es dauerte nicht lange, bis die Dunkelheit sich schwer auf mich legte und wie ein Gewicht auf meine Brust drückte.

Ich lag da und dachte, am Morgen wird es so sein, als wäre das hier nie passiert. Dieses Zimmer. Die Laken werden gewechselt. Die halb leeren Toilettenartikel werden weggeworfen und durch neue ersetzt. Es wird neuen Champagner im Kübel geben. Ein neues Paar hier drin, das seine eigene kleine Szene aufführt.

Ich lag da und dachte, dass man sich jemanden zu einer Person aufbaut, die dem eigenen Leben Farbe und Bedeutung verleihen kann, einer Person, die einen retten kann, doch sie kann es nicht, niemand kann das.

Ich dachte, es musste einen Moment gegeben haben, in dem ich all das hätte beenden können, ohne verletzt zu werden, doch ich konnte mich nicht daran erinnern.

Ich dachte daran zurück, als er über seine Wohnung gesprochen hatte. *Das ist kein richtiger Ort*, hatte er gesagt, und ich hatte nicht verstanden, wie er das meinte. Ich hatte gedacht, er hätte meine Welt größer gemacht, doch jetzt sah ich, dass er sie geschrumpft, sie auf diese vier Wände begrenzt hatte, und nun reichten sie ihm nicht. *Das ist kein richtiger Ort*. Nicht sein richtiges Leben. Vorübergehend. Wenn er aus seiner Wohnung und hinein in die Welt tritt, fängt er an zu existieren. Wenn ich hinaustrete, höre ich damit auf.

Ich dachte, war das, was ich gesagt hatte, nun also unwiderruflich? Oder war es das nicht? Und ich fühlte jede Sekunde aufgeladen mit der Möglichkeit, dass ich den Mund öffnen und etwas sagen könnte, das die Dinge ändern würde, das die Dinge wieder in Ordnung bringen würde, doch ich tat es nicht.

Auch er schlief nicht. Ich hörte, wie er sich bewegte, sich auf die Seite drehte, dann auf den Rücken, sein Kissen wendete, dann wieder von vorne begann. Am einsamsten Punkt der Nacht, als ich dachte, dass ich es nicht mehr aushalte, sagte er, *schläfst du?*, und ich sagte, *nein, du?*, und dann fand er mich im Dunkeln, sein Mund auf meinem, die Wärme seiner Haut. Körper erinnern sich an alles, finden wieder zueinander, wie sie es immer getan haben, sodass sich nichts verändert zu haben scheint. Und dann schliefen wir beide ein – zuerst er, dann ich.

Als ich erwachte, war er schon auf. Seine Haare waren nass. Er stand vor dem Spiegel, band sich die Krawatte.

Morgen, sagte ich.

Es fühlte sich komisch an, nackt zu sein, während er angezogen war. Ich setzte mich mit der Decke unter die Achseln geklemmt auf.

Morgen.

Er setzte sich aufs Bett.

Also, sagte er. Mein Flug geht nachher.

Es war ihm sichtlich unangenehm. Ich überlegte, was ich sagen konnte, um etwas daran zu ändern, doch mir fiel nichts ein. In den emotional anspruchsvollsten Momenten deines Lebens sagst du nie wirklich etwas, fängst an, Sätze, die du in Filmen gehört hast, aufzusagen. Er sprach in Klischees, *noch nicht bereit, können so nicht weitermachen*, und ich auch. Mir kamen keine anderen Worte in den Sinn.

Also sagte er seinen Part auf, und ich meinen, und es war vorbei.

Die Wohnung ist bis Juni bezahlt, sagte er. Also kannst du bis dahin dort bleiben.

Ich will dort nicht bleiben.

Gut, in Ordnung. Musst du nicht. Bring einfach den Schlüssel im Büro vorbei.

Okay.

Dann sagte er: Aber, Anna, ich mache mir Sorgen um dich. Wirst du klarkommen? Kann ich dir etwas Geld geben?

Ich wusste nicht, was ich darauf erwidern sollte, und kurz darauf war er verschwunden.

19

NETT, DASS DU AUFTAUCHST, Schätzchen, sagte der Regisseur.

Er hatte angerufen, als ich noch im Hotel gewesen war, eine Festnetznummer, die ich nicht kannte. Ich dachte, es sei vielleicht Max, also ging ich ran, und da war die Stimme des Regisseurs am anderen Ende der Leitung.

Ach, du lebst also noch, ja?, sagte er. Wie schön.

Ich saß noch im Bett. Ich hatte mich keinen Zentimeter gerührt, seit Max weg war.

Also ich schätze mal, du hast in letzter Zeit nicht oft in deinen Terminplan gesehen, sagte er. Du hattest sicher Wichtigeres zu tun. Da dachte ich, ich rufe dich persönlich an, um dich an den vollen Durchlauf mit Klavier heute zu erinnern. Neuer Service, den ich den unzuverlässigeren Mitgliedern der Besetzung anbiete. Gern geschehen, Schätzchen. Marieke wird übrigens zuschauen.

Die Vorhänge waren zugezogen. Ich hatte keine Ahnung, wie spät es war.

Ich habe ihr alles über deine etlichen Erkrankungen und unentschuldigten Fehlzeiten erzählt, sagte er. Also hofft sie inständig, dass du heute kommst. Und ich auch.

Ich wollte sagen, dass ich nicht kommen würde – sie meine Rolle meiner Zweitbesetzung geben könnten, es war mir egal –, doch da hatte er schon aufgelegt. Ich stand auf, Furcht legte sich bleiern über meine Eingeweide und zog meine Sachen von gestern Abend an. Ich wünschte mir, ich hätte flache Schuhe mitgebracht. Ich betrat das Theater, und alle drehten in ihren Leggings und Sneakern, ihren Turnschuhen und Jeans die Köpfe nach mir um.

Die Pause ist fast vorbei, rief der Regisseur. Drei Minuten.

Sie hatten den Ersten Akt bereits durch, und nun war es Zeit für Akt Zwei. Der Chor war in Kleingruppen versammelt, manche saßen ruhig da, schauten etwas in ihren Noten nach, tranken ihren Kaffee aus, andere alberten herum, laut und theatralisch, um die Aufmerksamkeit des Regisseurs auf sich zu ziehen. Einer davon, der gerade erst auf dem Fahrrad angekommen war, hatte eine spezielle Maske getragen, um seine Stimmbänder vor der Londoner Luft zu schützen. Er hatte den Filter herausgenommen, schwarz von Schmutzpartikeln, ging herum und präsentierte ihn stolz wie ein Kind, das der Klasse seinen mitgebrachten Referatsgegenstand vorstellt.

Ich winkte den Hauptdarstellern zu, die in ihrem eigenen kleinen Grüppchen beieinanderstanden, und lud meine Sachen in der ersten Reihe ab.

Die Proben fühlten sich für mich inzwischen an wie eine Party, die kurz vor dem Ende steht. Du bist müde, du hast keinen Spaß mehr, und es ist zu spät, als dass noch etwas Gutes passieren würde. Du hast immer wieder dieselben Gespräche, die sich im Kreis drehen und für keinen unterhaltsam sind. Du willst nicht als Erste abhauen. Bestimmt haben die Leute bald genug, denkst du, bestimmt werden sie dann nach Hause gehen, warum sind die denn nicht müde? Und dann kommen neue Leute an, mehr Drinks werden ausgepackt, die enthusiastische Stimmung kommt wieder in Schwung. Es geht wieder weiter.

Ich saß alleine da und tat so, als würde ich etwas an meinem Handy machen. Ich wusste es schon immer, dachte ich, wie es hier war. Dass die Leute, die es schafften, am längsten zu bleiben – die sich nicht langweilten, die ihren Charme und Spaß und Fokus behielten oder zumindest den Anschein wahrten –, diejenigen waren, die erfolgreich sein würden. Die meisten Leute würden letztlich aufgeben und nach Hause gehen. Sie würden müde werden. Die Party würde ihnen zu viel werden. Denn die meisten Menschen können so nicht leben, in dieser fieberhaften Schwebe. Ihnen fällt ein, dass sie Verpflichtungen haben, Rechnungen zahlen und Geld verdienen müssen. Ihnen fällt ein, dass die Jahre vergehen, dass die Jahre zählen. Sie gehen nach Hause und verbringen den Rest ihres Lebens damit, zu sagen, *mein Gott, ich weiß gar nicht, wie Leute so leben können, das war das reinste Irrenhaus.*

Auf die Plätze, rief der Regisseur. Bananen, Kaffees und Telefone weg. Das waren zwanzig. Das war's. Ihr hattet eure Zeit.

Ich stellte mich mit Alcindoro in die Seitenkulisse. Vor unserem Einsatz gab es acht Minuten Musik, und wir hatten während des Wartens immer geplaudert und Witze gemacht. Jetzt stand er mit starrem Blick auf die Bühne und verschränkten Armen da. Er wollte nicht, dass irgendjemand dachte, wir wären Freunde. Ich galt als eine der Sängerinnen, die es nicht schaffen würden, und Versagen war hochansteckend.

Die acht Minuten waren um, und unsere Zeit war gekommen.

Das Erste, was man von Musetta hört, ist ihr Lachen. Das Publikum hört es, bevor sie die Bühne betritt. Ich öffnete meinen Mund für das Lachen, doch es kam so leise heraus, dass es wohl kaum die erste Reihe erreichte.

Wir müssen das schon hören, weißt du?, rief der Regisseur dazwischen. Er schien das Konzept eines Durchlaufs ohne Unterbrechungen nicht zu verstehen.

Ich trat an Alcindoros Arm ein. Das gesamte Ensemble drehte sich, wie es sollte, zu mir um. Spannung lähmte meine Kehle, und als ich an der Reihe war zu singen, brachte ich kaum genug Stimme heraus, um zu markieren.

Halt, halt, halt, schrie der Regisseur. Kein Markieren. Nicht jetzt. Dafür ist es viel zu spät im Prozess.

Blicke auf mir. Der Chor. Die Hauptdarsteller. Blicke auf mir, die Löcher in mich bohren wollten, die mich scheitern sehen wollten, kurze Blicke untereinander, die endlosen Spekulationen im Pub, ich wusste genau, wie das ablief, *was glaubt ihr, was sie für ein Problem hat? Und fandet ihr nicht schon immer, sie ist eine kleine* –. Auch Mariekes Blick auf mir von dort, in der zweiten Reihe, während sie in ihr Notizheft kritzelte.

Es ist bloß, ich –

Fast unhörbar in dem weiten Saal.

Was?, polterte der Regisseur. Was sagt sie?

Ich bin noch krank, das kam zu laut raus, als meinte ich es sarkastisch.

Der Regisseur stemmte die Hände in die Hüfte und seufzte.

Schau mal, der Chor muss dich hören, Schätzchen, nicht wahr? Es ist musikalisch schon verdammt noch mal komplex genug, ohne dass ein gottverdammter Part fehlt. Jetzt sei eine gute Kollegin, ja?

Tut mir leid, ich verfiel wieder in ein Flüstern. Ich kann es nicht.

Was hat sie gesagt?

Sie sagt, sie kann es nicht, rief der Chor.

Alles klar, sagte der Regisseur. Sie kann es nicht. Alles klar. Das ist doch alles, was wir brauchen, scheiße noch mal. Wo ist ihre Zweitbesetzung? Wo ist sie, Musettas Zweitbesetzung? Dann komm her. Das ist dein großer Moment.

Wir starteten bei Musettas Eintritt. Der Regisseur ließ mich den Part durchlaufen und posieren – *gehen wir mal davon aus, dass du dich am Abend der Aufführung dazu herablässt zu singen, also lassen wir dich drin* –, während meine Zweitbesetzung von der Seite aus sang.

Nun hatte es der Regisseur besonders auf mich abgesehen. Je mehr er dazwischenrief, umso mehr Fehler machte ich.

Auf dem Weg zu meinem Sitzplatz stolperte ich über die vielen Beine der Chormitglieder.

Vorsicht, warnte er.

Ich lief vor statt hinter dem Tisch der Bohemiens entlang und blockierte sie, während sie sangen.

Es geht nicht immer um dich, knurrte er. Achte auf deine Kollegen, komm schon, wir haben das geprobt.

Ich dippte meinen Finger ins Weinglas – leer für die Probe – und saugte dann am Finger meiner anderen Hand.

Das ist das perfekte gottverdammte Beispiel dafür, warum man auf der Bühne nichts faken sollte, rief er. Das perfekte Beispiel. Schreibt euch das auf, alle. Wir haben hier eine Schauspiellektion.

Dann kam die Arie.

Den ersten Teil davon saß ich auf der Bar, umgeben von den männlichen Chormitgliedern. Dann stand ich auf und spazierte darauf herum. Plötzlich fühlte es sich sehr hoch an. Ich bewegte mich mit vorsichtigen Schritten, sah den Boden unter mir schwanken, versuchte, nicht auf Hände oder Gläser zu treten.

Kannst du einfach mal sexyer sein?, blaffte der Regisseur. Du musst ja nicht einmal singen. Du hast buchstäblich bloß eine einzige Aufgabe. Mehr Sex-Appeal, okay?

Ich wackelte, wie in einer Parodie von Weiblichkeit, mit der Hüfte, und der Regisseur seufzte, um deutlich zu machen, dass er das absolut nicht sexy fand.

Am Ende von Akt Zwei gab es eine Pause. Meine Zweitbesetzung stellte sich zu den Hauptdarstellern und unterhielt sich mit ihnen. Eine aus dem Abschlussjahr. Ich hatte die Hierarchie umgeworfen, als ich bei der Rolle den Vorzug bekommen hatte. Ich wollte mich auf meinen Platz verkriechen, mich unsichtbar machen, doch Marieke fing mich ab.

Was ist los, Anna?, sagte sie. Du bist krank?

Dieser rudimentäre Instinkt in mir, das hier noch immer zu retten, daran festzuhalten, nicht aufzugeben, obwohl es sinnvoll gewesen wäre, wie jemand, der in kaltes Wasser fällt, instinktiv um sich schlägt und kämpft, was ihn bloß umso schneller ertrinken lässt.

Ich hatte eine richtig schlimme Erkältung, sagte ich. Es geht mir langsam besser, aber ich versuche, die Stimme noch zu schonen. Sie nicht zu überlasten. Nächste Woche bin ich wieder fit.

Sie sah mich mit strengem Blick an. Ihr war klar, dass sie angelogen wurde.

Gestern hat mich Angela angerufen, sagte sie. Sie ist sehr besorgt. Meinte, du wärst seit einigen Wochen nicht in der Lage zu singen, und jetzt könne sie dich nicht erreichen. Für mich hörst du dich aber in Ordnung an. Deine Sprechstimme ist normal. Du klingst nicht krank. Was genau ist also das Problem?

Mir fiel keine Antwort darauf ein.

Ich weiß nicht, sagte ich.

Sie nahm ihre Brille ab und musterte mich, als wäre ich ein Möbelstück, das sie gerade verrückt hatte, und als wollte sie herausfinden, ob ich ihr da besser gefiel, wo ich vorher gestanden hatte.

Nun, sagte sie schließlich, jetzt bleibt nicht mehr viel Zeit bis zur Eröffnungsnacht, nicht wahr? Der Regisseur sagt, du hast in den Proben seit Wochen nicht mehr mit voller Stimme gesungen, und es ist *extrem* spät, jetzt noch zu markieren. Die Stimme muss das nötige Durchhaltevermögen aufbauen, um es mit der Rolle aufnehmen zu können, das weißt du. Ich habe dir gleich am Anfang gesagt, dass diese Chance vorläufig ist, Anna. Wenn du denkst, dass du dem nicht gewachsen bist, sie beendete den Satz nicht. Ich werde es mir anhören müssen, sagte sie. Wir starten Akt Zwei noch mal von deinem Eintritt an.

Aber ich habe mich nicht aufgewärmt, sagte ich, eine letzte Trumpfkarte ausspielend. Und ich habe seit Tagen nicht mehr gesungen. Ich kann keinen Kaltstart hinlegen.

Wir haben Pause, sagte sie. Zwanzig Minuten. Das ist reichlich Zeit.

Ich begab mich durch die Seitenkulisse hinter die Bühne. Dort war niemand, und die Flure wirkten verwaist und traurig auf mich. Es gab keinen Plan. Ich könnte einfach abhauen, dachte ich. Durch die Hintertür. Niemand würde mich sehen. *Du musst das nicht tun. Niemand kann dich dazu zwingen.* Ich könnte einfach gehen, und das wäre es dann. Aus und vorbei. Ich könnte einfach gehen und nie wieder singen. Doch etwas hielt mich davon ab, ein Aufflackern dunkler Erinnerungen vermutlich – wie sehr ich diese Partie früher geliebt hatte, wie lebendig sie mich gemacht hatte. Das Wissen, dass ich mich, wenn ich jetzt nach Hause ging, immer fragen würde, was gewesen wäre, wenn ich blieb.

Ich öffnete die Tür zu dem Umkleideraum, der mir am nächsten war, sank auf den Boden nieder und legte meinen Kopf auf meine Knie. Als ich wieder aufschaute, sah ich, dass es der Umkleideraum war, den ich für Manon benutzt hatte. Da war die Kleiderstange, vollbehangen mit Klamotten, die darauf warteten, dass wir sie anzogen, sie zum Leben erweckten und Wirklichkeit werden ließen. Da war der längliche Wandspiegel, die dunklen nackten Glühbirnen, die darauf warteten, dass wir sie einschalteten, in ihrem Licht dasaßen und unsere Gesichter zurechtmachten, uns zu anderen Menschen schminkten. Da waren die immer gleichen Wände, die all das über die Jahre aufgesogen hatten – das nervöse Warten, die glorreiche Vorfreude, die Tränen, das Lachen – und es jetzt an mich abstrahlten. Und in mir begann es wieder zu pochen – die Energie, die Aufregung –, ich erinnerte mich wieder daran, wie es war, ein Kostüm anzulegen und Make-up aufzutragen, in die Haut von jemand anderem zu schlüpfen und durch diese Person etwas zu sagen, wovon du weißt, dass es die Wahrheit ist. Von Menschen gehört zu werden. Wie sehr ich das gewollt hatte. Ich hatte es gewollt und gewollt und gewollt, jenseits aller Vernunft, und ich dachte, warum sollte ich es nicht haben? Er konnte mich verlassen, und ich konnte ihn nicht davon abhalten, aber ich konnte immer noch das hier haben – erstaunt, dass ich die letzten Wochen geglaubt hatte, das wäre nicht mehr wichtig, ich könnte auch ohne das hier glücklich sein.

Ich begann mich aufzuwärmen und achtete nicht darauf, wie ich mich anhörte. Ich dachte an Musetta. Meine Lieblingsszene – aus der Oper gestrichen, doch im Original ist sie drin. Die Innenhofszene. Musetta muss ihre Wohnung räumen, weil sie mit der Miete im Rückstand ist, und ihr Vermieter hat all ihre Möbel bereits nach draußen gebracht.

Sie wollte am Abend eine Party feiern und sagt sie nicht ab. Sie breitet im Hof einen Teppich aus, arrangiert ihren Tisch, ihr Sofa und ihre Stühle drum herum. Sie schmeißt sich in Schale und empfängt ihre Gäste draußen. Sie ist eine, für die die Show immer weitergehen muss. Ich versuchte, etwas davon zu kanalisieren. Ich erinnerte mich an alles über sie, Musetta, als ich anfing, ihre Musik zu singen. An all die Arbeit, die ich in den letzten Wochen hineingesteckt hatte, daran, wie ich ihr meine eigene Färbung verliehen hatte. Sie war wie eine alte Freundin, die ich seit Ewigkeiten nicht mehr gesehen hatte. Ich hatte mir Sorgen gemacht, es könnte komisch werden, sie wiederzutreffen, doch alles war beim Alten.

Zwanzig Minuten vergingen, und ich ging wieder rauf. Alle waren genervt.

Wir starten bei Musettas Eintritt, sagte der Regisseur. Es sind bloß gottverdammte fünfzehn Minuten Musik. Hört auf, zu jammern. Legt los.

Ich nahm meinen Platz in der Seitenkulisse ein.

Musetta betritt die Bühne von rechts an Alcindoros Arm. Sie lacht.

Da ist er, da ist Marcello, draußen vor dem Café mit den anderen, und die Nostalgie ist überall – der schwere Duft von Jasmin, der endlose Nachthimmel. Er hat mich nicht angesehen, also ringe ich mir ein Lachen ab, als hätte Alcindoro etwas Lustiges gesagt, obwohl er das in Wahrheit niemals tut. Wir spazieren an seinem Tisch vorbei, und er sieht mich immer noch nicht an, doch sein Gesicht zu sehen, ist, wie ein altes Foto zu betrachten. In der Erinnerung verblassen alle schlechten Seiten. Man verbrennt die Fehlschüsse, lässt nur die Bilder entwickeln, auf denen alle lächeln. Ich habe jedoch nicht vergessen. Ich weiß, dass ich Angst hatte, ihn zu lieben. Dieses alte Leben schränkte mich ein, dachte ich, begrenzte, wo ich hingehen und was ich werden konnte, und das wollte ich nicht. Ich wollte frei sein. Ja, ich hatte Angst, ihn zu lieben, doch es gab Dinge, die ich nicht kontrollieren konnte – wie mein Verstand weiß und leer wurde, wenn er mich berührte, oder wie ich mich, wenn ich darauf wartete, von ihm zu hören, dabei erwischte, dass ich buchstäblich – und ich meine *buchstäblich*, ich sage nicht *buchstäblich*, obwohl ich eigentlich *bildlich gesprochen* meine – den Atem anhielt. Die Leute sagen, dass wir Entscheidungen zwischen Kopf und Herz treffen, aber das ist nicht wahr. Zumindest nicht bei mir. Die zwei Dinge, die ich will – ihn und nicht ihn –, wohnen beide in meinem Herzen, zwei konkurrierende Sehnsüchte, die ich nicht miteinander vereinbaren kann.

Musetta und Alcindoro sitzen an einem Tisch in der Bühnenmitte neben Marcello und den anderen Bohemiens. Sie versucht, Marcellos Aufmerksamkeit auf sich zu ziehen. Sie schreit den Kellner an, lässt einen Teller fallen.

Einige von ihnen lachen, ich kann sie sehen. Sie schauen zu mir rüber und lachen. Ich ertrage es nicht. Wie sie mich ansehen und dieses Schauspiel – dieses Schau-mich-an-Spiel – glauben und es witzig finden. Bloß Marcello sieht nicht her, wo es doch sein Blick ist, den ich will. Ich will mich daran erinnern, wie es ist, seinen Blick auf mir zu spüren. Ich bin dieses Spiel leid, wünsche mir, es wäre vorbei. Ich bin es leid, dass wir so tun als ob, unsere Gleichgültigkeit vor all diesen Menschen proben. Diesen Menschen, deren Gespür für Unterschwelliges nicht gerade ausgeprägt ist. Die in unserem

Theater den neusten Tratsch sehen, aber keine Gefühle lesen können. Ich wäre gerne ehrlich. Ich würde gerne zu ihm sagen: Erinnerst du dich an die Blumen, die du mir gekauft hast? Als wir uns kennengelernt haben? Ich sagte, ich würde bei dir bleiben, solange sie nicht eingehen. Weißt du noch? Nun, ich war es, die sie am Leben gehalten hat. Ich bin jede Nacht aufgestanden, während du geschlafen hast. Ich habe ihnen Wasser gegeben.

Musetta steht auf, um Aufmerksamkeit zu erregen. Alcindoro versucht, sie zum Schweigen zu bringen.

Sieht er – habe ich mir das eingebildet? –, sieht er etwa zu mir rüber? Ja. Wir sehen einander an, bloß einen Moment lang, und die Aufregung lässt mich erschaudern, denn ich weiß Bescheid, und das Spiel wird wieder lieblich statt qualvoll. Die Blicke über die Bar hinweg. Das angedeutete Lächeln. Ich weiß, dass er mich will und es wieder zwischen uns entflammen wird. Ich weiß, dass ich seine Wärme und seine Liebe haben werde, wenn auch nur heute Nacht. Vielleicht ist heute Nacht auch genug, denn ich bin gerne frei. Ich wache nachts gerne alleine auf, um das Fenster zu öffnen und die frische Luft in meinem Gesicht zu spüren, ohne mich darum zu sorgen, dass ich ihn aufwecken könnte, um das Licht einzuschalten, wenn ich nicht schlafen kann, mein Buch zu lesen, fernzusehen, wach zu liegen und von niemandem gefragt zu werden, was ich denke. Die Tage gehören mir und niemandem sonst. Keine Sorge um eine andere Person und ihre Bedürfnisse. Kein Verblassen meiner Farbe, um mich jemandem anzupassen. Niemand da, der morgens sieht, wie ich aussehe, wenn ich schlafe, ungeschminkt und schutzlos.

Musetta geht auf der Bühne nach vorn und setzt sich auf die Bar, um ihre Arie zu singen.

Er sieht mich noch immer nicht an, doch ich kenne ihn. Die Art, wie er sich durchs Haar fährt. Das Kettenrauchen. Dass er angestrengt wegsieht, ganz bewusst, absichtlich. Er will mich, das weiß ich, und später, wenn wir alleine sind, wird er sagen: Als du heute Abend aufgetaucht bist, wusste ich nicht, wo ich hinschauen sollte, ich wollte dich so sehr, ich –

Musetta stellt sich auf die Bar.

Ich stellte mich auf die Bar, und mein Blick fiel auf den Theatersaal. Die Lichter waren nicht ganz aus, und ich konnte sie sehen. Den Regisseur in der ersten Reihe. Marieke, die mich genau in den Blick nahm, hinunterschaute und etwas in ihr Notizheft kritzelte. Die Zweitbesetzungen beim Plaudern. Das Kribbeln der Angst – nicht – schau sie nicht an – doch es hatte bereits begonnen, und ich stolperte über einen Ton. Mein ganzer Körper versteifte sich. Alle schauten mich an. Alle auf der Bühne. Alle im Publikum. Ich wandte meinen Blick von ihnen ab und der Dunkelheit im hinteren Bereich des Theaters zu.

Dann ging die hintere Tür auf, und ein Mann kam herein. Er setzte sich in die letzte Reihe, zu weit weg, um sein Gesicht erkennen zu können.

Das ist er, dachte ich. Das ist Max.

Ich wusste, dass es verrückt war. Er konnte es nicht sein.

Aber wieso nicht? Es war doch möglich. Er wusste, wo meine Proben stattfanden, er war schon mal hier gewesen. Wenn er mich vor seiner Abreise sehen wollte, versucht hatte, mich anzurufen, zu meiner Wohnung gegangen war, mich nicht finden konnte, würde er dann nicht herkommen? Wäre das nicht genau das, was er tun würde?

Ich starrte in den hinteren Bereich des Theaters, um das Gesicht des Mannes zu sehen, doch es war zu dunkel. Und dann merkte ich, wie ich in einen Tunnel aus Panik stürzte, in dem es kein Licht mehr gab. Dort oben auf der Bartheke war es, als könnte jeder durch meine Kleidung hindurchsehen, durch meine Haut, direkt in meine innere Leere. Ich blickte auf jeden Ton zurück, der aus meinem Mund kam, und dachte, *wenn er das ist, dann hört er das*, überprüfte den Klang und fand ihn mangelhaft, und dann brach ein Ton.

Ich hielt inne und schaute alle an, die ihre Blicke, der Regieanweisung entsprechend, gehorsam auf mich gerichtet hatten. Ich schluckte und versuchte, wieder anzufangen. Ich bekam keinen Laut heraus. Stand nur da.

Ich konnte vage den Regisseur hören, der mich anschrie.

Ich nahm dumpf die Gesichter der anderen Leute auf der Bühne wahr, manche verwirrt, manche angepisst wegen der erneuten Verzögerung, manche mit kaum verhohlenem Gelächter, die sich Blicke zuwarfen und schon darauf freuten, im Pub darüber herzuziehen.

Ich öffnete den Mund und schloss ihn wieder.

Dann sprang ich von der Bar runter, ging von der Bühne, schnappte mir meine Sachen aus der ersten Reihe und ging hinaus. Es war auf eine verschlagene Art fast schon aufregend. Eine trostlose Freude angesichts dessen, wie schlimm es geworden war. Jetzt gibt es kein Zurück mehr, oder? Nein. Kein Vortäuschen mehr, alles sei in Ordnung.

Der Regisseur rief mir nach, und dann war es still. Eine dramatische Stille für meinen letzten Abgang.

Auf dem Weg nach draußen warf ich einen Blick auf den Mann. Natürlich war er es nicht.

DRITTER TEIL

20

WIR LIEFEN KILOMETER um Kilometer, das Baby auf Taras Rücken gebunden. Gelbe Narzissenfelder, ein Himmel, der so blau und wolkenlos war wie in einer Kinderzeichnung. Wir hielten an einem schattigen Platz und setzten uns ins Gras, sie schnallte den Kleinen ab und hielt ihn unter den Achseln fest, während er auf und ab wippte.

Schau mal, sagte sie. Schau mal da. Siehst du das? Das ist ein Kleines Nachtpfauenauge.

Sie wies auf die verstaubt orange Farbe des Schmetterlings hin, die Punkte auf seinen Flügeln, die nur im Frühling hervortraten. Sie zeigte dem Baby Mohnblumen und Orchideen, Schwarzdorn, Rotmilane und Feldhasen, Grasnelken. Ich wusste all diese Namen nicht, doch sie schon, und das Baby würde die Welt durch sie kennenlernen.

Man soll ständig mit ihnen sprechen, sagte sie. Und manchmal vergesse ich, dass mich die anderen Leute auch hören können, also sage ich Dinge wie, *oh, sieh dir diese Leute in ihren zu engen Leggings an, sehen die nicht blöd aus?*, oder, *das Paar hat aber einen bösen Streit, nicht wahr? Meinst du, sie lassen sich scheiden?*

Er scheint schon weit zu sein, sagte ich. Ich hatte keinerlei Vergleich, aber das klang für mich nach etwas, das man so sagte.

Ein wahres Genie, jawohl, wenn es nach meiner Mutter geht.

Er zog sich hoch, um zu stehen, benutzte dazu Taras Arm als Stütze.

Er ist einfach normal, denke ich, sagte sie. In einigen Dingen gut, in anderen nicht.

Wir sahen ihm beim Krabbeln zu, hin und wieder rannte Tara hinter ihm her, um sicherzugehen, dass er nichts von dem Gras in seiner Hand gegessen hatte, und ihn zu uns zurückzubringen. Ich zog mein Top bis zu meinem BH hoch und lehnte mich zurück, genoss die Sonne auf meinem Bauch. Es war einer dieser heißen Apriltage, die sich schon nach Hochsommer anfühlen. Der Winter war abgestreift wie eine zweite Haut, und darunter – noch ein paar Wochen zuvor hätte man es sich kaum vorstellen können – war alles neu und frisch.

Als ich Tara anrief, um ihr zu erzählen, dass ich zu Hause war, sagte sie, *Gott sei Dank, ich bin so froh*, und es klang wirklich aufrichtig. Wir trafen uns auf einen Kaffee. Zunächst dachte ich, es würde wieder so werden wie an Weihnachten, ich würde ihr höfliche Fragen über das Baby stellen und sie distanziert und zerstreut antworten.

Doch dann sagte sie: Kann ich dir etwas erzählen?

Klar.

Da war diese eine Nacht letzte Woche, in der er einfach nicht aufhören wollte zu schreien. Und zwar auf so eine nervenzerreißende Art. Nicht so, als würde er etwas wollen – ich glaube, ich hätte gar nichts tun können –, sondern als wäre er wütend, als wäre er wütend auf mich, als hätte ich etwas falsch gemacht. Ich war die halbe Nacht mit ihm auf, und plötzlich – ich weiß auch nicht –, plötzlich dachte ich, ich könnte das nicht mehr, ich könnte nicht mehr in einem

Zimmer mit ihm sein, sonst – ich weiß auch nicht – ich weiß nicht, was ich sonst getan hätte – ich wusste bloß, ich kann es nicht mehr. Ich legte ihn zurück in sein Bettchen und schloss die Tür, ging raus – konnte ihn immer noch schreien hören, sogar draußen – und stieg ins Auto.

Wo war Rob?

Rob? Hat geschlafen. Er schläft mit Ohrstöpseln. Jedenfalls bin ich stundenlang rumgefahren. Zumindest kam es mir so vor. Ich hatte zu viel Angst, zurückzukommen. Weil ich so was noch nie getan hatte, weißt du, ich war entsetzt. Ich hatte keine Ahnung, was er tun würde.

Rob?

Sie warf mir einen verwirrten Blick zu.

Nein, sagte sie. Nicht Rob. Das Baby.

Und was hat er getan?

Nichts. Ich weiß nicht. Als ich mich schließlich zusammengerissen hatte und zurückkam, schlief er.

Er wirkt so umgänglich. Ich kann mir gar nicht vorstellen, dass er Probleme macht.

Nachts ist er anders. Nachts hasst er mich.

Sie sagte das so, als wäre es zutiefst beschämend, und es tat mir plötzlich leid, dass ich all die Monate in London so wenig an sie gedacht hatte.

In den nächsten Wochen trafen wir uns fast jeden Tag. Die meiste Zeit gingen wir spazieren, nahmen unterschiedliche Pfade aus der Stadt hinaus aufs Land, denn sie sagte, sie hätte es satt, drinnen zu sein. Sie hatte wohl lange Zeit niemanden zum Reden gehabt. Sie erzählte mir von Robs Familie. Die wohnte zwei Straßen entfernt und schneite ständig unangekündigt herein. Sie luden tonnenweise Pflaumen und Äpfel bei ihr ab, die in der Obstschale verschimmelten, bevor sie aufgegessen wurden. Das machten sie mit

Absicht, glaubte sie. Sie nahmen das Baby in Beschlag, gaben ihr ungefragt kritische Ratschläge. Rob verstand nicht, warum sie ihr so auf die Nerven gingen, aber er musste sie ja auch nur einmal in der Woche sehen. Er liebe es hier, sagte sie, in dieser Stadt, und er habe jetzt seine eigene Praxis aufgemacht, also würden sie niemals wegziehen.

Ich blieb vage, wenn sie etwas über mich wissen wollte. Ich erzählte ihr, ich sei nach Hause gekommen, weil ich mir nicht mehr sicher sei, dass ich Sängerin werden wolle, und ich wolle nicht so gern drüber sprechen. Mir schien das wie das demütigende Eingeständnis meines Scheiterns, doch sie sagte bloß, *oh okay, wie schade.*

Als an jenem Tag jedoch das Baby unter dem Baum herumkrabbelte und ich mit der Sonne auf dem Bauch dalag, sagte sie: Und was hast du jetzt vor?

Ich antwortete nicht gleich, und sie fügte hinzu: Ich meine, wenn du nicht mehr singst. Hast du darüber nachgedacht, was du machen willst?

Nicht wirklich, sagte ich in einem Tonfall, der ihr signalisieren sollte, dass das Gespräch damit beendet war.

Denkst du denn, du könntest es dir noch mal anders überlegen?

Ich spürte etwas über meinen Handrücken krabbeln, aber ich öffnete meine Augen nicht, um nachzusehen, was es war.

Nein, sagte ich. Ich glaube nicht.

Während der letzten Wochen zu Hause hatte ich mir eingeredet, dass es meine freie Entscheidung gewesen war, nicht mehr zu singen. Ich wiederholte all die Gründe, die dagegen sprachen. Häufig war die Karriere enttäuschend. Ein Durcheinander aus Unterrichten, unterbezahlten Kirchen- und Gesangsvereinsauftritten, vielleicht ein- oder zweimal im Jahr eine Oper bei einem viertrangigen Ensemble, aber nur mit ganz viel Glück. Für die meisten Sänger endete damit alles – sieben Jahre Ausbildung, vier Sprachen, die man beherrschte, und Abertausende Pfund, die man für Unterrichtsstunden ausgegeben hatte. Und dann die Tatsache, dass man, wenn man Erfolg hatte, echten Erfolg, Weltklasseerfolg, die meiste Zeit in Hotels verbrachte und aus dem Koffer lebte. Danach strebten die meisten Sänger – und auch ich einst –, aber jetzt war ich mir dessen nicht mehr so sicher. Max hatte einmal gesagt, *aber das ist doch kein Leben, oder? Wie führen diese Leute Beziehungen? Wann sehen sie ihre Familien?*, und ich hatte früher nie darüber nachgedacht, nicht konkret, es schien für mich keine Rolle zu spielen. Das war ein weiterer Grund, den ich auf meine Liste setzen konnte. Eigentlich gab es so viele Gründe dagegen, dass es erstaunlich war, dass überhaupt irgendjemand das machen wollte.

Ich sagte mir diese Gründe immer wieder auf – versuchte, meine Entscheidung rational zu erklären –, doch ich glaubte sie nicht wirklich. Ich hatte ein paarmal versucht zu singen, als meine Eltern bei der Arbeit waren. Ich stürzte runter zum Klavier, sobald ich die Haustür hörte, verstohlen, als würde ich einen Freund hereinschmuggeln. Es war immer dasselbe. Ein eiserner Griff um meine Kehle. Entsetzliche dunkle Angst. Ich bekam kaum einen Ton heraus.

Ich weiß nicht, was ich machen werde, sagte ich.

Na ja, du könntest ein Baby kriegen. Dann fragt dich nie wieder jemand nach deinen Plänen. Niemand scheint mehr zu erwarten, dass du noch irgendwas erreichst. Es ist ziemlich befreiend. Aber wirst du das Singen nicht vermissen?

Ich weiß nicht.

In den Wochen zu Hause hatte ich nichts von der Aufregung, der Freude erlebt, die das Singen mit sich brachte, allerdings auch keinen der Tiefpunkte. Vielleicht war es besser, ein stumpferes Leben zu führen, in dem sich die Erlebnisse in begrenzten Parametern abspielten.

Und hast du denn noch etwas, wofür sich die Rückkehr nach London lohnt?, fragte Tara. Wenn du nicht ans Konservatorium zurückgehst?

Vermutlich nicht. Nicht wirklich.

Also könntest du eine Weile hierbleiben? Bis du weißt, was du als Nächstes vorhast.

Ich schätze schon. Das würde meine Mutter jedenfalls freuen.

Gefällt es ihr, dass du wieder zu Hause bist?

Na ja, es würde ihr sicher gefallen, wenn sie wüsste, dass ich für immer bleiben würde. Im Moment ist sie so sehr damit beschäftigt, in jedem Gespräch spitze Bemerkungen über meinen Lebensstil fallen zu lassen, dass es ihr nicht viel Freude machen kann.

Und was ist eigentlich mit diesem Typen? Er ist doch ein Grund, zurückzukehren, oder? Der, von dem du Weihnachten erzählt hast.

Das ist inzwischen vorbei.

Wie das?

Mir war nicht klar, dass ich über ihn hatte reden wollen, bis ich ihr plötzlich die ganze Geschichte erzählte. Die letzten Monate. Das letzte Mal, als ich ihn gesehen hatte. Der Anruf. Der Streit.

Und du hast ihm das geglaubt?, sagte sie. Dass es seine Mutter war?

Ob ich ihm geglaubt habe? Schon, ich meine – was? – du etwa nicht?

Seltsamerweise, obwohl es mir glaubhaft vorgekommen war, dass er mich die ganze Zeit angelogen hatte, war mir nicht in den Sinn gekommen, er könnte in diesem Moment lügen.

Keine Ahnung, sagte sie. Ich kenne ihn ja gar nicht. Aber das würde Sinn ergeben, oder wenn er noch verheiratet wäre. Was du erzählt hast, dass er dich nie in sein Haus gelassen hat, wie unklar es immer blieb, was er dort gemacht hat, und so weiter.

Das stimmt wohl, sagte ich.

Ich wünschte, ich hätte ihr nichts erzählt. Ich krabbelte rüber zum Baby, und es fing ein Wettrennen mit mir an. Ich tat so, als wäre er viel zu schnell für mich, er kreischte etwas, das ich für Lachen hielt. Tara blieb sitzen, beobachtete uns und riss mit den Händen büschelweise Gras aus, was sich so anhörte wie ein Klettverschluss.

Weißt du, sagte sie, manchmal glaube ich, es ist gut, dass hier niemand in meinem Alter wohnt.

Echt? Warum denn?

Na ja, als wir geheiratet haben, haben wir einander versprochen, in unserem ganzen Leben mit niemand anderem mehr Sex zu haben. Das scheint mir jetzt ziemlich viel verlangt. Zum Glück lerne ich nie jemanden kennen. Keine Versuchung. Keine Chance, das Sakrament der Ehe zu brechen. Es ist echt kein Wunder, oder, dass es auf dem Land mehr Christen gibt.

Robs Eltern waren sehr religiös, was der Grund dafür gewesen war, dass die beiden so jung geheiratet hatten. Mit Anfang zwanzig, sie war gerade erst mit der Uni fertig. Ich war überrascht, als sie erzählte, dass sie verlobt seien. Taras Wertvorstellungen waren nie gerade konservativ gewesen. Als wir noch zur Schule gingen, hatte unsere Religionslehrerin sich einmal geweigert, Tara die Frage zu beantworten, wo genau in der Bibel stand, dass man keinen Sex vor der

Ehe haben dürfe – sie meinte, ihre Schülerin wolle Unruhe stiften –, und Tara hatte den Raum verlassen. *Sie wollte nicht antworten, weil es dort nicht drinsteht,* sagte sie später zu mir. *Nirgendwo, und das weiß sie. Das steht nicht in der Bibel.*

Das Baby stand auf und fiel vornüber. Sie seufzte.

Schon erstaunlich, dass er das immer wieder versucht, oder? Ein Erwachsener hätte schon längst aufgegeben. Aber im Ernst, sagte sie, das ist doch nicht normal, oder? Dass ich bloß mit einer Person geschlafen habe. Das ist krank.

Na ja, du verpasst nicht viel. Alle Männer sind so ziemlich gleich, log ich.

Sie wickelte das Baby wieder ins Tragetuch, und wir machten uns auf den Rückweg. Manchmal kam es mir so vor, als wären wir noch Teenager, diese Gespräche, als würde sie eine Erwachsene spielen. Doch dann dachte ich, nein, sie war wirklich verheiratet – mit Rob Faulkner, der auf der Schule zwei Jahrgänge über uns gewesen war, der vorzeitig kahl wurde und den ich nie gemocht hatte –, sie hatte wirklich einen Sohn, hier war er, er war echt, ich konnte die Hand ausstrecken und ihn berühren. Das war das echte Leben. Es passierte ihr, und es gab keinen Grund für mich, darüber traurig zu sein.

Nachdem ich aus der Probe spaziert war, riefen mich die Leute eine Weile lang an, doch ich ging nicht ran. Niemand hatte meine neue Adresse, also konnten sie mich auch auf diese Weise nicht erreichen. Die Aufführungen von *Bohème* begannen, die Zeit verstrich, und dann waren sie auch schon wieder vorüber. Alles wurde still. Ich hatte es geschafft. Ich war abgetaucht. Was mich überraschte, war, wie leicht es gewesen war.

Über die Jahre hatte ich es schon erlebt, dass Sänger, die ich kannte, einfach abtauchten. Sie kamen nicht mehr ins College, antworteten nicht mehr auf Nachrichten, und niemand hörte je wieder etwas von ihnen. Gerüchte machten die Runde, vorgetäuschtes Mitleid, das kaum verhohlene Schadenfreude durchblicken ließ, *Panikattacken, habe ich gehört*, oder besser noch, *Stimmbandknötchen, sie muss sich operieren lassen, wird zwei Monate nicht mehr singen können – ich habe gehört, ein Jahr – bestimmt sogar nie wieder? Monatelange Sprachtherapie auf jeden Fall.* Doch manchmal war der mutmaßliche Grund noch verstörender. Heimliches Geflüster. *Ich habe gehört, na ja, ihr Lehrer hat gesagt, dass sie keine Sängerin mehr sein will. Sie will versuchen, etwas anderes anzufangen.* Damit wusste niemand umzugehen. Singen war wie eine Sekte. Die Existenz anderer Ideologien war eine Bedrohung. Wir konnten ewig darüber spekulieren, warum sie aufgehört hatten, doch wir fragten niemals, wohin sie gegangen waren.

Die Tage nach meinem Verschwinden hatte ich unablässig Musik gehört, alles außer Klassik – schottischen Folk, Neunziger-Pop und Reggae –, vorgefertigte Spotify-Playlists, die mir keine Entscheidungen abverlangten. Ich drückte die Earbuds so fest in meine Ohren, dass ich das Gefühl hatte, mein Schädel würde gleich platzen, und füllte meinen Kopf mit den Stimmen anderer Menschen. Das schuf eine Distanz, die mich betäubte. Ich überquerte die Straße, ohne auf den Verkehr zu achten, stieß mit Leuten zusammen, hatte in Geschäften Probleme, mich zu verständigen. Doch ich brauchte das, die ständige Geräuschkulisse, denn sobald es in meinem Kopf still wurde, füllte ich ihn mit meiner Fantasie aus. Er und ich – ich platzierte uns in Räumen und bewegte uns wie Puppen. Ich zog an seinen Fäden, sodass seine Hand auf meinem Gesicht lag, seine Lippen auf meinem Hals, seine Arme um meine Hüfte. Ich ließ uns sprechen. Szenen, in denen ich ihn zur Rede stellte, Szenen, in denen er weinte und alles gestand – in meiner Vorstellung gab es jede Menge, das er zu gestehen hatte –, Szenen, die immer mit Versöhnung endeten. Er sagt, dass er mich liebt. Er hat in den Wochen, die wir voneinander getrennt waren, immer an mich gedacht. Er würde mich nie verlassen. Ich wachte nachts oder frühmorgens auf und war schon in einem dieser Fantasieräume, er und ich, bis ich irgendwann dachte, *so verlieren Menschen den Verstand, oder?*

Sie fühlten sich wie eine Ewigkeit an, die Tage, die ich alleine in der Wohnung verbrachte, doch so lange war es gar nicht. Etwa zwei Wochen, und dann leuchtete eines Tages die Nummer meiner Eltern auf meinem Handydisplay auf, woraufhin ich – völlig unerwartet – Heimweh verspürte.

Wollt ihr, dass ich zu Besuch komme?, sagte ich. Ich kann kommen.

Aber was ist mit deiner Aufführung?, fragte meine Mutter.

Die ist gestrichen. Der Regisseur hat uns sitzen lassen. Er hat in letzter Minute ein besseres Angebot bekommen.

Das ergab kaum einen Sinn, aber meine Mutter hinterfragte es nicht.

Na dann würden wir dich natürlich gerne sehen, sagte sie.

Zuhause war wie ein Reset-Knopf. Es war, wie bei einem Computerspiel zu sterben und sich gleich darauf am Anfang wiederzufinden. Das Haus war so ordentlich und ruhig. Nichts hatte sich verändert. Mein Zimmer war noch genauso wie eh und je – Stofftiere auf dem Regal, Einzelbett, Fotos von Schulfreunden, zu denen ich seit Jahren keinen Kontakt mehr hatte –, und meine Eltern trugen noch dieselbe Kleidung wie damals, als ich noch klein gewesen war. Ich blieb bei meiner Geschichte, die Aufführung sei abgesagt worden, erzählte nichts von meinen Problemen. Sie machten aus jeder Mücke einen Elefanten – wenn ich eine Sendung gucken wollte, die sie normalerweise nicht guckten, oder zu einer Zeit, die sie für unangebracht hielten, duschte oder sagte, ich käme vielleicht zehn Minuten zu spät zum Abendessen. Ich hatte das noch nie ausstehen können. Hatte immer versucht, das Gegenteil zu sein – mühelos kompetent, als wäre für mich nichts ein Problem.

Am ersten Tag meiner Rückkehr fragte meine Mutter mich nach Laurie, und ich erzählte ihr, dass wir uns gestritten hatten. Ich hatte vergessen, dass ich ihr nie von meinem Umzug erzählt hatte, und sie meinte: Das muss dann aber schwer sein, mit ihr zusammenzuleben. Ihr habt ja nur das eine Zimmer, nicht wahr?

Ich log ihr etwas darüber vor, wir würden abwechselnd auf dem Sofa schlafen, und sie sagte: Glaubst du denn, ihr vertragt euch wieder?

Ich weiß nicht, sagte ich. Plötzlich spürte ich mit einem stechenden Schmerz, wie sehr ich sie vermisste, also wechselte ich das Thema.

Ich verbrachte viel Zeit mit meiner Mutter, wenn sie nicht bei der Arbeit war. Wir gingen shoppen, tranken Kaffee im Garten, schnitten Gemüse fürs Abendessen klein. Sie erzählte mir davon, wie viele Monate Sallys Tochter gebraucht hatte, um schwanger zu werden, warum mein alter Klassenlehrer jetzt sein Haus verkaufte und was aus Rachels Sohn geworden war, der diese Alkoholikerin geheiratet hatte. Ich stellte viele Fragen. Normalerweise musste ich mich sehr anstrengen, um interessiert zu wirken – ich hatte diese Leute seit Jahren nicht mehr gesehen und konnte mich teilweise nicht mehr an sie erinnern –, doch jetzt gefielen mir die Geschichten. Sie halfen mir dabei, wieder an die Welt anzudocken, und ich sah, wie sehr meine Mutter sich freute. Es war nicht so schwer, die Tochter zu sein, die sie sich wünschte. Ein paarmal hätte ich ihr fast von der Aufführung und von Max erzählt. Sie war immer gut darin gewesen, Trost zu spenden. Das kleinste Anzeichen von Krankheit in meiner Kindheit, und es gab einen Tag schulfrei, unbegrenzt Fernsehen, endloses Mitleid und alles, was ich essen wollte. Ich hatte ihre Fürsorglichkeit ausgenutzt, bis mir klar geworden war, dass sie ihren Preis hatte – die Erwartung von Fügsamkeit. Jetzt schaffte ich es, den Mund zu halten.

Abends schienen sie ungewöhnlicherweise immer etwas geplant zu haben. Wir gingen zusammen spazieren, spielten Brettspiele, oder sie luden mich in das chinesische Restaurant ein, das immer noch als neu und ausgefallen galt, obwohl es das schon seit zehn Jahren gab. Sie behandelten mich wie eine Patientin auf dem Weg der Genesung, sorgten dafür, dass im Haus immer etwas Leckeres für mich zu essen war, ließen mich morgens ausschlafen. Meine Mutter fragte mich einmal, warum ich nicht übte, und ich antwortete, ich sei müde und hätte keine Lust, und sie bohrte nicht weiter nach. Ich fragte mich, ob sie nicht doch ahnten, dass es ein Problem gab.

Als ich seit etwa einer Woche zu Hause war, schauten wir eines Abends *Orange is the New Black* – ihre neue Lieblingsserie –, und nach einer besonders verlegen machenden lesbischen Sexszene drückte meine Mutter auf Pause, um sich etwas zu trinken zu holen. Mein Vater räusperte sich und sagte betreten, dass es ihm sehr leidtue, das von mir und Laurie zu hören.

Was?, sagte ich.

Er wiederholte es und schielte auf den Fernseher, da wurde mir klar, was er meinte, und ich brach in Gelächter aus. Ich lachte so lange, bis es wehtat, und als meine Mutter zurück war und mein Vater ihr erklärt hatte, weshalb ich lachte, regte sie sich auf.

Na ja, was hätten wir denn sonst glauben sollen?, fragte sie.

Danach waren sie nicht mehr ganz so umsichtig mit mir.

Manchmal, wenn ich alleine in meinem Zimmer war, hörte ich mir Aufnahmen von meinem Gesang an. Ich hatte Hunderte davon auf meinem Handy – aus Unterrichtsstunden, Übungssessions und Konzerten. Seltsamerweise freute ich mich, wenn ich auf welche stieß, die schlecht waren. Sie ließen mich denken, dass ich es womöglich niemals geschafft hätte, dass ich womöglich gar nicht so viel verloren hatte. Die guten wiederum taten weh, und ich löschte sie.

Ich dachte noch an ihn, aber nach und nach, je mehr Tage vergingen, desto mehr verloren diese Gedanken an Kraft und Intensität. Natürlich war es so. Dinge können nicht für immer so groß bleiben. Sie schrumpfen, und dann tut es nur noch weh, wenn man es darauf anlegt – wenn man den wunden Punkt sucht und zudrückt. Außerhalb Londons war es einfacher. Außerhalb dieser Wohnung, wo das Bedürfnis, von ihm zu hören, wie ein körperlicher Schmerz war. Sie enthielt zu viele Erinnerungen an ihn. Ich hatte dort zu viele Abende damit verbracht, mich zu fragen, ob er mich entgegen aller Erwartung anrufen würde. Zu viele Abende, an denen ich in dieser Wohnung gesessen und gehofft hatte, mein Handy würde klingeln und er würde sagen, *also ich habe heute Abend doch Zeit. Wo bist du? Bist du zu Hause?*

Mein Körper konnte in dieser Wohnung das Gefühl des Wartens nicht vergessen. Das hoffnungsvolle Aufschrecken bei jedem Summen meines Handys, oder wie mein Herz immer einen Sprung machte, wenn ich die Schritte eines Mannes im Hausflur hörte.

Drei Wochen waren vergangen, und ich hatte immer noch keinen Plan. Der Gedanke daran, ohne einen nach London zurückzukehren, war unerträglich, also beschloss ich, noch eine Weile zu bleiben. Zumindest würde meine Mutter sich darüber freuen.

Als ich von meinem Spaziergang mit Tara zurückkam, war sie draußen und wässerte den Vorgarten. Ich holte mir einen Apfel aus der Küche und setzte mich auf den Rasen.

Hattet ihr einen schönen Spaziergang?, fragte sie.

Einen sehr schönen.

Sag es, sag es.

Ich versuchte, die Worte herauszubringen. In ihnen lag eine traurige Unausweichlichkeit, dachte ich, und vielleicht hatte ich es insgeheim schon immer gewusst – wie weit ich kommen würde, nur um wieder hier zu landen.

Ich will nicht mehr Sängerin werden. Ich werde eine Weile hierbleiben. Ist das okay?

Ich biss in den Apfel und stellte fest, dass er nach Bleiche schmeckte. Meine Mutter hatte angefangen, die Einkäufe zu desinfizieren.

Wann fährst du noch mal nach Frankreich?, fragte sie.

Was?

Zu diesem Festival. Wann ist es?

Oh, ach so. Das dauert noch. Im Juli.

Als ich ihr nach dem Vorsingen geschrieben hatte, dass ich genommen worden war, hatte sie nicht geantwortet. Ich dachte, es sei zu etwas geworden, worüber wir nie wieder sprechen würden.

Ich glaube, ich habe dir noch gar nicht richtig gratuliert, sagte sie. Ich habe es mir im Internet angeschaut. Es sieht richtig gut aus.

Danke.

Sie drehte sich um und sah mich an, wie ich da im Gras saß.

Wenn du so hinter mir sitzt, sagte sie, erinnert mich das an dieses eine Mal – habe ich dir davon erzählt? –, als ich Unkraut gejätet habe und du alleine gespielt hast. Du warst gerade erst vier. Und ich schwöre, ich habe mich nur für eine Minute umgedreht – viel länger kann es nicht gewesen sein, denn ich habe immer gut auf dich aufgepasst –, aber als ich wieder zu dir rüberschaute, warst du weg. Bis ich dich gefunden habe, warst du schon zwei Straßen weiter, und das Seltsame war, dass du nicht einmal Angst hattest. Du hattest nie vor vielen Dingen Angst, nicht wahr? Das denke ich immer, wenn ich dich auf der Bühne sehe.

Das stimmte allerdings nicht. Das stimmte nicht. Als Kind hatte ich vor allem Möglichen Angst. Vor Hunden, Spalten im Gehweg, Fremden, Knochen im Fleisch, davor, meine Mutter in einer Menschenmenge zu verlieren oder aufzuwachen, wenn es draußen noch dunkel war.

Daran kann ich mich nicht erinnern, sagte ich.

Sie nahm den Schlauch in die Hand, und ich riss ein Blatt aus einem Busch und fing an, es bis auf sein grünes Skelett zu zerlegen.

Übrigens, sagte ich. Ich denke, ich werde am Samstag wieder nach London zurückfahren. Also bleibe ich noch zwei Nächte, wenn das okay ist? Ich kaufe mir heute Abend das Zugticket.

Lass das, Anna, sagte sie, als ich ein weiteres Blatt abriss.
Entschuldigung.

Sie füllte die Gießkanne am Schlauch auf und wollte zu den Blumentöpfen übergehen. Ihr Haar war zurückgebunden, aber eine Strähne hing ihr ins Gesicht, und sie pustete sie immer wieder weg.

Ist das okay?, sagte ich. Wenn ich noch zwei Nächte bleibe und am Wochenende fahre?

Okay, sagte sie. Wenn du es so möchtest.

21

DIE BAR WAR FAST LEER, als ich dort ankam, und Laurie hatte ihre Schicht beendet. Sie unterhielt sich mit zwei Männern, und als sie mich sah, lächelte sie und winkte mir zu. Ich fühlte mich, als wäre ich lange Zeit unter Wasser gewesen und würde nun endlich auftauchen und nach Luft schnappen.

Hier ist sie, sagte sie. Ich habe ihnen erzählt, dass noch eine Freundin von mir kommt.

Sie umarmte mich fest, roch süß und vertraut – Schwarzer Granatapfel von den Ps geklaut, Kokosnuss-Shampoo –, und ich war glücklich, weil ich dachte, sie sei froh, mich zu sehen, obwohl sie nicht allzu freundlich gewesen war, als ich angerufen hatte. Doch dann wandte sie sich wieder, demonstrativ den Arm um mich gelegt, den beiden Typen zu und sagte, *Carl, Joe, das ist meine beste Freundin Anna*, und mir wurde klar, dass sie schauspielerte. Auch ich sollte meine Rolle spielen. Ich schlang meinen Arm um ihre Hüfte und küsste sie auf die Wange.

Freut mich, euch kennenzulernen, sagte ich zu den Jungs.

Gleichfalls. Ich bin Joe, sagte Joe. Und er ist Carl.

Sie waren etwa in Lauries Alter, vielleicht etwas älter, und sie trugen die Wochenenduniform reicher Männer. Segelschuhe. Ralph-Lauren-Poloshirts, rot bei Joe, pflaumenblau bei Carl. Chinos mit Gürtel. Beide waren im herkömmlichen Sinne gut aussehend – etwas weniger attraktive Versionen von Schauspielern, deren Namen einem nicht mehr einfallen. Carl war klein und blond, und er sprach mit dem beinahe amerikanischen Akzent eines reichen Europäers. Joe war durch und durch englisch – groß und breitschultrig, dunkles Haar, rosa Wangen.

Ihr seid nicht aus London, stimmt's?, sagte Laurie.

Und wie kommst du darauf?, fragte Joe in anzüglich herausforderndem Ton, als hätte sie ihn gefragt, ob er auf Bondage stehe.

Ihr hängt am Wochenende in der City ab. Niemand macht das.

Carl begann in pedantischer Aufrichtigkeit zu erklären, dass sie auf einer Party um die Ecke gewesen seien, die Verlobung eines Kollegen, und dann kam Malcolm, der Manager, rüber. Ich hatte ihn seit meiner Kündigung nicht mehr gesehen. Er sagte uns, er würde in fünf Minuten schließen.

Können wir uns nicht für eine Afterhour einschließen?, fragte Laurie angeberisch.

Ihr seid in einem Hotel, du dumme Nuss. Es hat die ganze Nacht geöffnet. Ihr könnt euch in die Lobby setzen, wenn ihr wollt, aber ich gehe nach Hause.

Aber ohne Alkohol ist es keine Afterhour.

Na, sagte er, dann ist es wohl eben keine, oder?

Du bist so ein Spaßverderber, schmollte sie und wandte sich wieder den Typen zu. Sie sagte, *also ihr arbeitet zusammen, was? Was macht ihr? Oh wow, wie faszinierend,* in so einem völlig übertriebenen *Meine-Güte-bin-ich-beeindruckt-*Tonfall, den sie beim Flirten einsetzte und den die Männer erstaunlicherweise nie als Sarkasmus zu erkennen schienen.

Also, Anna, sagte Malcolm. Lange nicht gesehen. Willst du deinen Job zurück?

Hast du nicht schon jemand anderen?

Ein paar andere, ja. Aber ich habe noch keine gefunden, die die Männer so sehr mögen wie dich.

Ich bin mir ziemlich sicher, dass du so was nicht zu Frauen sagen darfst, die für dich arbeiten, Malcolm.

Du arbeitest nicht für mich, sagte er. Und meine Bar, meine Regeln.

Das genauso wenig. Und es ist nicht deine Bar.

Haarspalterei. Das Angebot steht noch.

Tja, danke, sagte ich. Ich denke drüber nach.

Mir war schleierhaft, wie ich das geschafft hatte – ich war, ohne zu proben, ohne mich aufzuwärmen, aufgekreuzt, hatte ein paar Melodien, die ich vom Hören kannte, zum Besten gegeben, improvisiert, ein paar hohe Schnörkel hinzugefügt, einfach Spaß gehabt. Die Zuhörer waren so nah, dass ich ihre Gesichter sehen konnte. Ohne Figur, hinter der ich mich verstecken konnte.

Ich musste jedoch so bald wie möglich wieder Geld verdienen.

Hast du vielleicht Kellnerjobs zu vergeben?, fragte ich.

Du kannst kellnern, wenn du auch hier singst, sagte er. Und jetzt raus aus meiner Bar, meine Damen und Herren.

Hey, gib das wieder her, sagte Laurie.

Er hatte ihre Gläser, auch Lauries noch halb volles, eingesammelt. Er ignorierte sie, kippte es in die Spüle und schaltete das große Licht an.

Das ist nicht deine Bar, murmelte sie.

Lasst uns woanders hingehen, sagte Joe. Was meint ihr? Hat noch irgendwas auf?

Nichts. Hier in der Umgebung ist alles tot.

Wisst ihr was, sagte er, als wäre ihm gerade erst etwas eingefallen. Wir wohnen in der Nähe. Zehn Minuten von hier. Verlegen wir die Party doch zu uns. Wir haben Alkohol, oder, Carl?

Haben wir, bestätigte Carl.

Partyspiele.

Oh ja.

Ihr wohnt zusammen?, sagte Laurie. Das ist ja süß. Was meinst du, Anna?

Mir fiel nichts anderes ein, wie ich mich mit Laurie wieder gutstellen konnte, also sagte ich, *klar*. Draußen auf der Straße, als die Typen vorausgingen, sagte sie zu mir, *nur kurz, okay? Wenn es ätzend wird, gehen wir wieder.*

Okay, sagte ich.

Wir werden schon unseren Spaß haben, sagte sie. Versprochen. Das hat mir gefehlt, dass wir zusammen Spaß haben, und dann fuhr ein Taxi mit leuchtendem Freizeichen vorbei, und Joe streckte den Arm aus.

Steigt ein, Mädels, sagte er.

Moment mal, ich dachte, ihr wohnt nur zehn Minuten von hier?, sagte Laurie.

Das stimmt. Zehn Minuten mit dem Taxi.

Er setzte sich in die Mitte mit Laurie und mir zu beiden Seiten und legte seine Arme um uns. Es gefiel mir nicht wirklich, dass er mich anfasste, doch es wäre peinlich gewesen, deshalb einen Aufstand zu machen, also hielt ich die Klappe. Er machte Witze über einen Dreier zwischen uns und lachte, als wäre es eine originelle Bemerkung. Laurie und ich lachten mit.

Aber was ist mit Carl?, sagte sie. Armer Carl, er wird ausgeschlossen.

Er kommt schon klar.

Carl saß uns gegenüber auf dem Ausklappsitz, sah uns zu und lächelte in sich hinein. Das hatte er alles schon gesehen.

Zehn Minuten vergingen, dann zwanzig. Wir fuhren am Fluss entlang – Betrunkene, die aus Soho hinunterströmten, die Wahrzeichen Londons hell erleuchtet wie auf einer Postkarte – dann weiter, vorbei an menschenleeren Gegenden, den Schatten von Parks, und ich wusste nicht mehr, wo wir waren. Vielleicht schaue ich eines Tages auf das hier zurück, dachte ich, und frage mich, was zum Teufel uns geritten hat, Laurie und mich. Warum wir den Fahrer nicht gebeten haben anzuhalten. Aber ich hatte nicht das Gefühl, dass ich in Gefahr war, obwohl uns beigebracht worden war, genau so etwas niemals zu tun. Joe versuchte zu offensichtlich, uns zu beeindrucken, um gefährlich zu wirken. Er redete unentwegt – über seinen Kollegen, der sich verlobt hatte, darüber, wie viel sie an diesem Tag schon getrunken oder an welch coolen Orten in London sie abgehangen hätten und wie teuer diese gewesen seien –, irgendwie ließ ihn das unsicher wirken, als hätte er Angst vor der Stille oder davor, dass wir ihn auslachen könnten, wenn er uns nicht pausenlos daran erinnerte, wie toll er war. Ich war sowieso zu sehr vom Taxometer eingenommen, um über irgendetwas anderes nachzudenken. Ich war immer nur mit Max Taxi gefahren und war wie gebannt davon, wie es immer und immer weiter stieg, und hoffte, sie würden nicht von uns erwarten, dass wir uns an den Kosten beteiligten. Auch Laurie hatte ihren Blick darauf gerichtet, und ich wusste, dass sie dasselbe dachte wie ich.

Unsere Sorge war jedoch unberechtigt. Das Taxi hielt, und Carl gab dem Fahrer ein Bündel Scheine durch die Öffnung in der Plexiglasscheibe. Die Jungs stiegen zuerst aus, und wir folgten.

Joe sagte: Da sind wir, Mädels.

Und wo zur Hölle soll das sein?, sagte Laurie.

Wir hatten am Rande eines kleinen Hafens gehalten, Lichtpunkte auf dem Wasser und schemenhafte Boote. Es wirkte verlassen und nutzlos wie eine Ferienanlage außerhalb der Saison. Die Straßenlaternen erhellten leere Gehwege. Weiße Apartmentblocks mit schwarzen Fenstern.

Ich dachte, du bist aus London?, sagte Joe. Noch nie hier gewesen? Chelsea Harbour. Zu uns geht's da lang. Kommt mit.

Als er sich umwandte und losging, warf Laurie mir einen Blick zu, der mich beunruhigte. Auch sie war sich unsicher. Ich dachte, sie würde sagen, dass wir abhauen, oder wollen, dass ich es sagte, doch Joe meinte, *kommt schon, hier lang*, und der Moment war vorbei.

Er führte uns in eines der weißen Gebäude, in den Aufzug, benutzte seinen Schlüsselanhänger, um den Knopf für das Penthouse zu drücken. Sobald sich die Tür gleitend geschlossen hatte, entspannte er sich. Er hörte mit dem unablässigen Geschnatter auf, sah uns an und lächelte. Auch er hatte gedacht, wir könnten abhauen, wie mir klar wurde, und jetzt wusste er, dass er uns hatte.

Die Aufzugtür öffnete sich gleich zur Wohnung hin.

Scheiß die Wand an, sagte Laurie.

Wir befanden uns in einer Eingangshalle, rund und dreifach hoch wie eine Kathedrale. Polierter Marmorboden. Gläserne Decke. Wenn man aufschaute, sah man sein eigenes Spiegelbild, klein und weit weg, im schwarzen Himmel schwebend.

Laurie stellte sich in die Mitte des Raums und drehte sich langsam herum.

Hier wohnt ihr?, sagte sie. Echt? Wie?

Es gehört Joe, sagte Carl. Er ist ziemlich reich.

Stimmt, das bin ich, sagte Joe mit erhobenen Händen, als wollte er sagen, *ihr habt mich erwischt*. Hier lang zur Bar, Mädels. Folgt mir.

Es gab sechs Türen, die alle geschlossen waren. Die, die Joe öffnete, führte uns in einen sanft erleuchteten Korridor, von dem weitere Türen abgingen. Er führte uns zu der am Ende und hindurch in einen Raum mit Fensterfronten und Blick über den Hafen. An der Rückwand war eine Bar mit einem eingelassenen, beleuchteten Aquarium, in dem bunte Fische herumflitzten, die auf eine traurige Art überrascht aussahen. Laurie hielt ihr Gesicht ganz nah an die Glasscheibe.

Ich habe mich schon immer gefragt, wie man die in Tanks wie diesen füttert, sagte sie. Wie funktioniert das?

Oh, da gibt es ein Loch, sagte Joe abwesend. Also, fühlt euch wie zu Hause, Mädels. Zieht eure Jacken aus. Setzt euch. So ist es richtig.

Er deutete auf eine Sitzecke – lederne Sitzsäcke, die so standen, dass man den Ausblick auf den Hafen vor sich hatte –, also setzten Laurie und ich uns mit Carl dorthin.

Also. Drinkies, rief Joe von der Bar herüber in einer Lautstärke, die einem ganzen Konferenzsaal angemessen gewesen wäre und nicht bloß drei Leuten in seinem Wohnzimmer.

Er mixte die Cocktails theatralisch genug, um uns von einem Gespräch ohne ihn abzuhalten, dann brachte er sie auf einem Tablett rüber und reichte uns jeweils einen.

Was ist das?, fragte Laurie.

Probier es.

Er drückte einen Knopf, um Musik anzumachen, wackelte kurz mit den Schultern dazu, streckte sich aus und grinste erst mich und dann Laurie an. Seine Gesichtszüge waren hart und erwachsen, doch er hatte etwas Spitzbübisches an sich, als wären die Bleistiftstriche von vor zwanzig Jahren zwar aus seinem Gesicht radiert worden, hätten aber Abdrücke hinterlassen. Es hatte immer etwas Bedrohliches, dachte ich, wenn erwachsene Männer so aussahen. Wie wenn Welpen noch nicht begriffen haben, wie groß sie geworden sind, dich anspringen und umwerfen.

Also?, fragte er.

Rum, sagte Laurie.

Sehr gut. Was noch?

Sie nahm noch einen Schluck.

Irgendwas Weihnachtliches.

Was Weihnachtliches?

Gewürznelken oder so was.

Oh klar. Ich glaube schon. Ja. Vielleicht.

Was soll das heißen, du glaubst schon. Was ist es?

Ein Zombie. Rum. Falernum – da sind Gewürznelken drin, oder? Absinth.

Absinth?

Absinth?, er äffte ihre Stimme in einer gehauchten Parodie nach und klang nicht mal annähernd wie sie. Das ist nicht wirklich ein Halluzinogen, Schätzchen, leider. An dem Hype ist nichts dran.

Schweigend nahmen wir alle einen weiteren Schluck.

Wisst ihr, die Frau in der Wohnung unter mir, sagte Joe plötzlich. Sie hat nur einen Arm.

Mit der unbeschwerten Art eines Kindes, das arglos einen irrelevanten, auswendig gelernten Essay herunterrasselt und glaubt, damit durchkommen zu können, setzte er zu seiner Anekdote an. Sie war nicht besonders lustig, aber gut einstudiert – ein aufgeregter Tonfall, um zu signalisieren, wo wir aufmerksam sein sollten, Pausen an geeigneten Stellen, damit wir sie mit Gelächter füllen konnten. Er erzählte uns, dass diese Frau jedes Mal, wenn er sie sah, einen anderen Mann bei sich hatte, und sich die Männer alle sehr voneinander unterschieden, also hätte sie entweder einen sehr vielfältigen Geschmack *oder, tja*. Beim *vielfältigen Geschmack* schmunzelte er mit einem Ausdruck hungriger Missgunst. Ich war mir nicht sicher, ob er einen vielfältigen Geschmack oder Sexarbeit als eindeutigeres Zeichen für den schlechten Charakter einer Frau betrachtete.

Ich glaube aber nicht, dass man sich eine Wohnung wie diese durch Prostitution leisten könnte, sagte Laurie. Falls du darauf hinauswillst. So viel würde man nicht verdienen. Sie muss schon Geld haben und es aus Spaß machen.

Das ist allerdings Nischenprostitution, sagte Joe. Amputationsfetisch. Das gibt es. Dafür kann sie ein Vermögen verlangen.

Wäre Mil an meiner Stelle hier gewesen, vermutete ich, dann hätten sie ihn beide auseinandergenommen – ihm erklärt, Sexarbeit sei eine Arbeit wie jede andere, nichts zu Belächelndes, oder ihn darüber informiert, dass *einvernehmliche Objektifizierung* der sensiblere Ausdruck für *Fetisch* sei –, doch Laurie kicherte bloß. Dann sagte sie, sie könne sich nicht so ganz vorstellen, wo wir uns auf der Karte befanden, und Joe schob sie näher ans Fenster ran. Er fing an, auf einen Ort nach dem anderen zu zeigen, lachte sie aus, als sie meinte, dass es ihr nicht weiterhelfe, zu wissen, wo Norden sei. *Frauen*, sagte er, und sie schlug ihm nicht ins Gesicht.

Tatsächlich, sagte ich, habe ich das irgendwo gelesen. Dass Männer nach Himmelsrichtungen navigieren und Frauen nach Orientierungspunkten.

Keiner von beiden hörte mir zu.

Ich verstand den Wink und wandte meine Aufmerksamkeit Carl zu. Er fragte, ob ich aus London sei, und ich erwiderte, nein, ich wohne dort noch gar nicht so lange, und er sagte, er auch nicht.

Ah, sagte er, diese Einsamkeit, wenn man von woanders stammt, ist einzigartig. Wenn dich deine Umgebung nicht erkennt. Aus diesem Grund bin ich hier eingezogen. Um bei Joe zu sein. Denn es ist furchtbar, alleine zu sein.

Carl sprach so gewählt, dass es fast sarkastisch klang. Das war es jedoch nicht, dachte ich, denn seine Augen waren freundlich und sahen mich mit Interesse an, nicht voller Erwartung, also unterhielten wir uns weiter, und es machte mir allmählich Spaß. Ich trank meinen Cocktail aus, und wir gingen an die Bar, um unsere Gläser an dem Krug aufzufüllen, den Joe gemixt hatte, und ich fühlte mich unerwartet leicht, genoss die kalte Sterilität des Alkohols, der bis zu meinem Bauch hinunter brannte, und die Chamäleonhaut, die er mir verlieh – das Gefühl, ich könnte mich in alles verwandeln.

Doch dann sagte Carl: Und was machst du so?, und ich stellte fest, dass mir die Antwort darauf nicht einfiel.

Beruflich meine ich, sagte er, als hätte ich die Frage womöglich falsch verstehen können. Als Job. Was machst du? Oder studierst du noch?

Oh klar, ja, ich studiere, sagte ich.

Was studierst du?

Gesang.

Du singst? Welche Art von Gesang?

Klassisch. Oper.

Eine Cousine von mir ist Opernsängerin, sagte Carl. Eine sehr schöne Cousine. Sie singt diese ganzen, hm –

Er dachte kurz nach und begann plötzlich in einem überraschend üppigen Bariton zu singen. Madame Butterflys

Arie. Die, in der sie sich vorstellt, wie ihr Mann zu ihr zurückkehrt.

Was ist denn bei euch los?, wollte Joe wissen.

Sie ist Opernsängerin, sagte Carl. Ich habe ihr von meiner Cousine erzählt.

Nicht deine verdammte Cousine schon wieder, sagte Joe. Carl ist von seiner Cousine besessen, das ist schon nicht mehr normal. Also du bist Sängerin, was? Dann sing uns was vor.

Was? Nein.

Angst machte den Raum hart und kantig, wo doch der Alkohol ihn gerade erst aufgeweicht hatte.

Nein, wiederholte ich.

Komm schon, sagte Joe. Wenn du Sängerin bist, beweise es. Sing uns was vor.

Ja, sagte Laurie mit aufblitzender Illoyalität in den Augen. Mach schon.

Ich schüttelte den Kopf.

Nein, sagte ich.

Wieso nicht?

Ich kann nicht. Ich habe zu viel getrunken.

Ich bitte dich ja auch nicht, Auto zu fahren, oder? Was denn, gibt es etwa eine Promillegrenze fürs Singen? Komm schon.

Ich hätte ihn hassen sollen, aber das tat ich nicht. Er war zu energisch, zu fröhlich gebieterisch, als versuchte er uns davon zu überzeugen, dass er glaubte, wir würden ihm gehorchen.

Ich sagte noch mal Nein.

Doch dann sagte er zu Carl, *wie auch immer, sie lügt eindeutig*, als könnte ich ihn nicht hören, und ich war kurz davor, mich aufzuregen, als ich plötzlich dachte, na ja, er hat recht, vermutlich lüge ich wirklich, oder? Und ich sagte, *ich – ich, ähm*, und ich begegnete Lauries verwirrtem Blick.

Ach, lass sie in Ruhe, sagte sie. Du bist doch nur neidisch. Wir können ja nicht alle solche reichen, untalentierten Wichser sein wie du.

Pech gehabt, spöttelte Joe und fügte hinzu, kommt schon, Ladys, beruhigen wir uns alle, okay? Macht euch locker.

Er ging wieder zur Bar, holte eine Flasche Wodka und vier Shot-Gläser, reichte jedem von uns eines und schenkte uns ein. Laurie suchte meinen Blick, doch ich gab vor, es nicht zu bemerken.

Spielen wir ein Spiel, sagte Joe. Ich hab noch nie. Ich zuerst. Ich bin noch nie mit zwei fremden Männern, die ich gerade erst kennengelernt habe, mit nach Hause gegangen. Trinkt, Mädels. Na los. Trinkie trinkie.

Laurie kippte ihren Shot runter, also tat ich es auch. Er schmeckte nach Nagellackentferner.

Die Gläser wurden wieder aufgefüllt und neue Aussagen vorgebracht. Ich hatte noch niemals Sex an einem öffentlichen Ort, habe noch nie im Handy eines anderen herumspioniert, einen Dreier gehabt, mit jemandem eine Stunde, nachdem ich ihn kennengelernt hatte, geschlafen, auf der Arbeit Sex gehabt, *es zählt nicht, wenn es mit dir selbst war*, sagte Joe, als Carl trank. Die Erfahrungen vieler Jahre übersetzt in spöttische Bemerkungen oder triumphale Geschichten.

Nach einer Weile tat ich nur noch so, als würde ich trinken, aber mir fielen keine Aussagen ein.

Ich hatte noch nie eine Geschlechtskrankheit, war das Einzige, was mir einfiel, und ich hatte vergessen, dass Laurie eine gehabt hatte.

Sie trank und sagte: Danke dafür, Anna.

Na du hättest doch nicht unbedingt trinken müssen.

Ach ja? Welches Spiel spielst du denn?, sagte sie. Ich bin dran. Ich war noch nie eine Mätresse. Na los, Anna. Trink.

Was? Nein.

Anna war eine Mätresse, wisst ihr?, sagte Laurie zu den Jungs, während sie mein Glas auffüllte. Also in echt. Wie im neunzehnten Jahrhundert.

Ich hab noch nie, sagte ich, behauptet, ich sei Feministin, hatte aber gleichzeitig kein Problem damit, mich von irgendwelchen Männern, wirklich irgendwelchen beliebigen Männern, die ich in Bars kennengelernt habe, auf alle Getränke und zu teuren Essen einladen zu lassen, damit ich nie selbst Geld ausgeben muss und es mir leisten kann, weiter an meinem Buch zu schreiben, das davon handelt, haltet euch fest, wie sehr ich Männer hasse.

Wie bitte?, sagte sie. Wovon redest du? Was soll das überhaupt heißen? Anna hat eine sehr engstirnige Sichtweise auf Feminismus, sagte sie an die Typen gerichtet. Sie denkt, dass Frauen, die auf Gewaltpornografie stehen oder sich aus freier Entscheidung die Schamhaare entfernen, keine Feministinnen sein können.

Darauf fiel mir keine clevere Erwiderung ein. Ich hatte das Gefühl, als würde ich einen schlecht untertitelten Film schauen, mein Verständnis hinkte der Handlung immer etwas hinterher.

Du warst eine Mätresse?, fragte Carl interessiert. Gibt es das wirklich noch in England?

Nein. Was? Nein. Ich war keine verdammte Mätresse. Sie ist bloß, sie konnte bloß diesen Typen nicht ausstehen, mit dem ich zusammen war, aber das ist jetzt sowieso egal, weil das alles vorbei ist.

Na Gott sei Dank, sagte sie.

Du solltest die Gefühle deiner Freundin nicht runtermachen, sagte Carl zu Laurie. Das ist nicht nett.

Ja, böse, böse, sagte Joe.

Ihr beide kennt ihn sogar wahrscheinlich, sagte Laurie. Er arbeitet auch bei einer Bank. Kennt ihr Männer euch nicht alle?

Jap, sagte Carl. Alle.

Wo arbeitet er denn?, fragte Joe. Und was macht er?

Ich erzählte es ihm.

Aber im Moment ist er in New York, sagte ich. Schon seit fünf Wochen.

Wieso?

Na ja, Arbeit.

Was für Arbeit?

Irgendwas für einen Klienten. Einen amerikanischen. Die haben nach ihm verlangt.

Ach echt?, sagte Joe. Das klingt unwahrscheinlich.

Was?

Er zuckte die Schultern.

Ich meine, nicht unmöglich. Es klingt nur nicht sehr wahrscheinlich. Jemand in so einer Position? Darf alles stehen und liegen lassen und für so lange abhauen? Ich meine, es ist plausibel, klar, er grinste mich an. Wohlüberlegt plausibel. Aber ich fürchte, es ist ziemlich unwahrscheinlich, meine Liebe.

Ich brauchte einen Moment, um zu begreifen, was er meinte. Und was das implizierte. Ich starrte ihn an.

Was?, sagte ich. Was meinst du? Meinst du, glaubst du, er hat mich angelogen? Glaubst du, er ist gar nicht weg?

Aber Joe hatte bereits das Interesse verloren.

Er sagte: Was? Hm, ja, vielleicht. Keine Ahnung, und dann verschwanden Laurie und er im nächsten Zimmer.

Ich trank mehr Wodka.

Die nächsten Stunden sind bruchstückhaft, mit großen Löchern, die sich durch sie hindurchgefressen haben wie Fäulnis durch einen Apfel.

Joe ruft uns nach nebenan. Ein Esszimmer. Langer Glastisch. Beer Pong, ruft er, zehn Plastikbecher mit Bier auf jeder Seite, ein Tischtennisball zwischen Zeigefinger und Daumen. Joe sagt, *Jungs gegen Mädels, werft den Ball von eurer Seite auf unsere, wenn ihr einen unserer Becher trefft, müssen wir ihn exen, wenn wir einen von euren treffen, müsst ihr den exen.* Ich komme beim Exen nicht mit, und wer was wann ext, also trinke ich immer wieder, wenn ich eigentlich gar nicht muss, Laurie sagt, sie möge kein Bier, Joe sagt, *in Ordnung, dann spielen wir stattdessen Strip Pong,* und Laurie, *aber ich habe bloß so etwa drei Sachen an,* und er, *na das hättest du dir vorher überlegen sollen, oder?*

Joe sagt zu Laurie, sie würde betrügen. Die Strumpfhose und einer ihrer Schuhe, und er meint, es müssten beide Schuhe sein. Sie müsse sie beide ausziehen. *Aber es sind zwei verschiedene Schuhe,* sagt sie.

Joe zieht sein Shirt aus. Der Körper eines Mannes, der als Teenager Rugby gespielt und danach aufgehört hat. Sich in seinen Zwanzigern zu oft betrunken hat. Massig und weich.

Laurie und Joe spielen weiter, aber ich bin auf dem Sofa mit Carl. Ich merke, dass ich mein Kleid nicht mehr anhabe. Er sagt, *das klingt, als hättest du echt was durchgemacht,* und ich schaue ihm ins Gesicht und denke, *was zur Hölle habe ich ihm denn eben erzählt, dass er so was sagt?* Ich will ihm etwas anderes erzählen, denn mir fällt ein, dass mein Körper und alles in meinem Kopf mein ist und ich es hergeben kann, doch es fällt mir schwer, die Worte einzufangen. Sie mit meiner Zunge in die richtige Position zu drücken. Sie sind zu groß für meinen Mund. Er schaut verwirrt und sagt, *entschuldige, kannst du das wiederholen?*

Lauries Hand auf meinem Arm, *komm mit, das Badezimmer suchen*, Joe versucht uns davon abzuhalten, zusammen zu gehen, fragt, warum wir müssen, und Laurie sagt, sie brauche meine Hilfe, sie müsse ihre Bikinizone in Ordnung bringen, wenn wir weiterspielen wollten, sie hat nur noch Rock und BH an, und ich sage, *was?*, und sie sagt, *komm mit.*

Durch den Flur. Laurie tritt Türen auf und schließt sie wieder. Die Eingangshalle. Ein anderer Flur. Ein Badezimmer. Benebelte Stille.
Du machst dir die Bikinizone?
Was? Nein. Ich rette dich.
Dann lacht sie.
Du bist echt besoffen, oder? Du bist wirklich hackedicht.
Sie setzt sich zum Pinkeln, noch immer lachend, und ich, *hör auf, hör auf, hör auf, mich auszulachen*, und sie sagt, *es ist nur, normalerweise bin ich die abgefuckte, du bist nie die abgefuckte, das ist erfrischend, das verstehst du sowieso nicht*, dann öffne ich die Augen und liege zusammengekauert in der Badewanne, die kalte Keramik an meiner Wange, und sie ist neben mir, versucht mir aufzuhelfen, und es fühlt sich so an, als wäre der Alkohol eine Säure auf meiner Haut, die sich bis zu meinen Nerven durchfrisst, ich sage, es tue mir leid, ich hätte alles kaputt gemacht, ich hätte sie verletzt, ich hätte geglaubt, er wäre das echte Leben, und alles andere sei klein geworden,

dabei hätte er klein und alles andere groß bleiben sollen, und sie sagt, *sch, ich verstehe das, ist schon okay, es wird nie wieder so sein, hörst du, du wirst dich nie wieder so fühlen. Es wird alles gut. Du ziehst wieder bei uns ein. Alles wird wieder so wie früher.*

Wie viel Zeit so verging? – ich weiß es nicht – ein Film im Schnelldurchlauf, vielleicht wurde alles gesagt, vielleicht auch nichts.

Wir holen unsere Sachen, sagte Laurie. Und dann sagen wir, dass wir abhauen.

Zurück durch den Flur. Die Eingangshalle. Ein anderer Flur. Aber sie waren alle gleich. Sie sahen alle gleich aus, meine ich. Wir öffneten Türen. Schlafzimmer. Badezimmer. Ein Waschraum. Gott weiß was noch für Zimmer.

Die Musik, sagte Laurie. Lass uns hören, wo die Musik herkommt.

Wir lauschten und hörten nichts.

Ich setzte mich auf den Boden.

Nicht hinsetzen. Steh auf. Nein, okay. Bleib sitzen. Warte. Warte hier.

Kopf zwischen die Knie, die Welt stürzte auf mich ein.

Plötzlich Laurie.

Komm her, sagte sie. Komm her und guck dir das an.

Sie zog mich hoch.

Schau mal da rein, sagte sie.

Lichter funkelten in dem Zimmer wie in einem Spielzeugladen an Weihnachten.

Ich habe den Hauptschalter umgelegt, sagte sie. Dachte, es sei das Licht.

Geh rein, sagte sie, und ich ging.

Da war London in Miniaturform. Alles war geschrumpft, und ich war plötzlich groß.

Kannst du das auch sehen?, fragte ich. Was ist das? Was passiert hier?

Das ist ein Modell, du Nuss, sagte sie.

Eine perfekte Nachbildung, errichtet auf einem Podest auf Augenhöhe, man konnte um sie herumlaufen, in die Busse hineinschauen, die Passagiere sehen und die Straßenschilder lesen. Die Schleifen der Themse, übersät mit den Wahrzeichen Londons, ein Mini-Westminsterpalast, The Gherkin. Elektrisch. Lichter brannten in den Häusern und Straßen. Züge fuhren auf Schienen. Das London Eye drehte sich. Ich hockte mich hin, betrachtete die Weihnachtsbeleuchtung in der Regent Street.

Das ist, als wäre ich Gott, sagte ich zu Laurie, und dann hörte ich Joe von draußen rufen: Mädels? Wo seid ihr denn? Was treibt ihr?

Wir sind hier, rief Laurie zurück. Das ist unglaublich. Echt. Wer hat das gemacht?

Da war sie, die City. Barbican Towers. Gläserne Büroblocks, uralte Friedhöfe. Viele Stunden, die ich dort mit ihm verbracht hatte, doch die City existierte nicht mehr für mich, zumindest nicht mehr mit ihm darin – sie war weggeblasen, fort, durch nichts ersetzt, ein leerer Raum, wo sie sein sollte – und dann stand Joe in der Tür. Nackt, mit wutentbranntem Gesicht. Es gibt nichts Lächerlicheres als einen nackten, wütenden Mann. Ich fing an zu lachen.

Du findest das lustig, was?, rief er. Du findest das wohl verdammt lustig? Was macht ihr hier drin? Was zur Hölle macht ihr hier drin? Schleicht in meinem Haus rum? Schaut euch meine privaten Sachen an? Raus mit euch. Raus. Los. Ihr beide. Verschwindet sofort aus meinem Haus. Was läuft falsch bei euch? Was zur Hölle läuft falsch bei euch beiden?

Es tut uns sehr leid, sagte ich. Sehr, sehr, sehr leid.

Können wir wenigstens erst mal unsere Sachen zurückkriegen?, sagte Laurie.

Joe ging unsere Sachen holen.

Er ist sehr empfindlich, was sein Dorf angeht, sagte Carl traurig. Ein Jammer.

22

ICH HÖRTE MEINE STIMME unablässig über ihn reden, und ich wusste, dass es Laurie zum Hals raushing.

Drei Wochen waren vergangen, seit ich nach London zurückgekehrt war, und nun war es Anfang Mai. Ein weiterer Tag ungetrübter und für die Jahreszeit untypischer Sonnenschein. Laurie jammerte über den Klimawandel, und dann zogen wir unsere Bikinis an und gingen in den Park. Das war die englische Sommerzeit – hier, und wer wusste schon, wie lange noch –, und die Leute versuchten, so viel wie möglich davon einzuatmen. Die Wiese war mit Grüppchen picknickender Londoner übersät wie ein aggressives, Blasen schlagendes Ekzem. Teiche halb leer vor Hitze, Schwäne, die durch brackiges Wasser wateten, ihre Federn vor Dreck starrend. Die Luft dicht vom Verkehr, das Gebimmel der Eiswagen, der Geruch von heißem Fleisch und stinkenden Mülleimern.

London ist hässlich, sagte ich. Ich glaube, ich mag es nicht mehr.

Echt? Wahrscheinlich bin ich zu sehr daran gewöhnt, um es zu sehen. Wie wenn man in den Spiegel schaut. Man denkt vielleicht darüber nach, wie man an einem bestimmten Tag aussieht, aber nie darüber, wie man im Allgemeinen wirkt.

Na ja, überlegte ich laut, vielleicht ist es wegen Max?

Ich war mittlerweile geübt darin, ihn in jede Unterhaltung hineinzuzwängen. Themen, die ich nicht mit ihm in Verbindung bringen konnte, interessierten mich kaum noch.

Es sei hart, zu wissen, fuhr ich fort, dass er vermutlich darüber gelogen habe, für wie lange er nach New York gefahren sei. Zu wissen, dass er, selbst wenn es nicht so gewesen sei, mittlerweile auf jeden Fall wieder in London sein müsste. Und vielleicht komme es mir deshalb jetzt so hässlich vor, schlug ich vor. Wegen ihm.

Und dann plapperte ich weiter. Ich konnte mich nicht davon abhalten, obwohl Laurie schon auf ihr Handy schaute und nicht einmal mehr so tat, als würde sie zuhören. Ich war wie ein Kleinkind, das gerade erst gelernt hat zu sprechen. Ich war vom Klang meiner Stimme besessen, aber erheblich darin eingeschränkt, was ich damit anstellen konnte.

Sie war zunächst sehr geduldig gewesen. Nach dem Fiasko mit dem Modelldorf hatte ich bei ihr in Mils Haus übernachtet, und am nächsten Tag war sie mit mir zur Wohnung gekommen.

Was zur Hölle ist denn hier passiert?, fragte sie.

Es war schlimmer, als ich in Erinnerung hatte. Die Luft war verbraucht und schal. Das Sofa, noch zum Bett ausgeklappt, nahm das halbe Zimmer ein und war ungemacht. In der Spüle stand das Wasser, aus dem dunkle Konturen von Tellern und Tassen herausragten, grün vor Schimmel wie ein vor langer Zeit gesunkenes Schiff. Schubladen standen offen. Vorhänge waren zugezogen. Klamotten, Bücher, Armreife, leere Fertiggerichtverpackungen, Schuhe lagen überall verteilt, ließen nur hier und da etwas Teppich zum Vorschein treten. Ich blieb mit unverwandtem Blick im Türrahmen stehen. Es war, als würde ich eine Landkarte von der

Zeit, nachdem er gegangen war, sehen, und sie führte mich wieder genau dorthin – in jene leeren Tage, das Herz meiner Einsamkeit.

Doch Laurie half mir. Wir räumten die Wohnung auf, packten meine Sachen zusammen und brachten sie zu Mils Haus. Ich sagte, ich hätte ein schlechtes Gewissen, wieder zurückzukommen, wo sie sich doch daran gewöhnt haben müsse, das Zimmer für sich allein zu haben, aber sie meinte nur, ich solle kein dummes Zeug reden, und das war's. Sie erklärte den anderen Mädchen, was passiert war. Sie machte Platz für mich im Kleiderschrank. Sie ging zu Max' Büro und hinterließ den Schlüssel für ihn in einem Umschlag am Empfang, ohne Nachricht. Und dann ließ sie mich über ihn reden. Sie ließ meinen Spekulationen freien Lauf, und meine Güte, ich konnte stundenlang spekulieren. Natürlich war er die ganze Zeit verheiratet gewesen, nicht wahr? Millionen Zeichen, die ich blindlings übersehen hatte. Dass er mich nie in sein Haus in Oxford kommen ließ. Dass er so unzuverlässig auf Nachrichten antwortete, vor allem an den Wochenenden, die er, wie mir jetzt so offensichtlich schien, mit ihr verbrachte. Dass er mir nichts von der New-York-Reise erzählt hatte. Na ja, wenn er überhaupt nach New York geflogen war, was gar nicht mehr so wahrscheinlich erschien. Eine simple Ausrede, um mich zu verlassen. Ich war zu – was? – zu anhänglich? – zu misstrauisch? – zu langweilig geworden? Er stand ja eindeutig auf Abwechslung, oder? Und falls er doch nach New York geflogen war, hatte es doch sicherlich irgendwas mit ihr zu tun, nicht mit der Arbeit. Wie Joe gesagt hatte, die Story wirkte nicht sehr glaubwürdig. Vielleicht besuchten sie ihre Familie. Oder womöglich planten sie tatsächlich noch, dorthin zu ziehen. Die Gespräche dauerten noch an. Eine Teilwahrheit, die er mir verraten hatte.

Ganz ehrlich?, sagte Laurie. Ich fand es immer komisch, dass du ihm einfach so geglaubt hast. Ich dachte, du glaubst ihm nicht wirklich und versuchst, mich davon zu überzeugen, dass du es tust, oder dich selbst oder was auch immer.

Er wurde für uns so etwas wie ein Schulprojekt, für das Laurie mit Begeisterung recherchierte. Man könne eine Anfrage beim Grundbuchamt stellen, um herauszufinden, wer der Eigentümer eines Grundstücks sei, erzählte sie. Ich fragte, ob er darüber nicht benachrichtigt werde, und sie sagte, nein, sie glaube nicht, also füllten wir das Formular aus, und eine Woche später bekamen wir das Schreiben. Für das Haus in Oxford waren zwei Eigentümer eingetragen: er und eine Frau. Ich fand, dass das gar nichts bewies, doch Laurie meinte, *ach, wirklich? Komm schon.* Wir suchten online nach ihr, aber es gab zu viele Treffer – ihr Name war nicht gerade einzigartig – und es war unmöglich, zu sagen, welche von diesen Frauen sie war, wenn überhaupt eine. Dann meinte Laurie, sie würde herausfinden, ob er wirklich nach New York gegangen sei. Sie würde es ganz sicher herausfinden. Sie rief in seinem Büro an und fragte nach ihm, aber man sagte ihr, er sei nicht zu sprechen.

Sie ermutigte mich, ihn zu analysieren. Schließlich war die Lügerei nicht seine einzige Charakterschwäche. Vielleicht nicht einmal seine schlimmste. Er hatte mich untergebuttert. Mich kleingemacht. Abgewertet, was ich tat. *Klassiker*, sagte sie. *Unzufrieden mit seinem eigenen erbärmlichen Leben. Versucht, sich dadurch besser zu fühlen.* Er hatte niemanden, den ich ihm vorgestellt hatte, gemocht, mich in die Isolation getrieben. *Klassisches Kontrollverhalten.* Er riet mir dazu, aus der Show auszusteigen, und behauptete dann, nichts davon zu wissen. *Klassisches Gaslighting.* Manchmal war ich aufrichtig schockiert von den Dingen, die ich ihr erzählte, und manchmal übertrieb ich bewusst, weil mir die Reaktion gefiel, die ich damit bei ihr hervorrief. Nicht nur das. Sie sprach mich frei, diese Version unserer Geschichte. Ich war das schuldlose Opfer. Ich ließ alles weg, wofür ich mich schämte. Denn ich schämte mich. Es gab Tage, an denen ich mich für alles schämte, was ich je zu ihm gesagt hatte. Für jedes Mal, in dem ich je ein Gefühl zum Ausdruck gebracht hatte, und für die Bedürftigkeit, die er darin gelesen haben musste. Manchmal, wenn ich nachts wach lag oder die Straße entlangging, überkam mich meine eigene Dummheit. Die idiotischen Dinge, die ich zu ihm gesagt hatte. Die anhängliche Art, die ich ihm gegenüber an den Tag gelegt hatte. Ich musste mir auf die Lippe beißen oder meine Nägel in meine Handfläche bohren. Das brachte mich ins Stocken, die Scham, ich dachte, *na ja, was hast du denn geglaubt, was das war? Hast du etwa geglaubt, dass er sich in dich verliebt? Hast du das geglaubt?*

Gemeinsam nagelten Laurie und ich ihn auf ein in sich stimmiges Narrativ fest. Es war eine vernichtende Charakterstudie, aber sie ergab Sinn, diese Version von ihm. Es war, als würde man ein Wort, das man nie so richtig verstanden hat, in einem neuen Kontext sehen, und wüsste plötzlich genau, was es bedeutet.

Eine Woche verging, dann zwei, dann drei, und Laurie hatte inzwischen das Interesse verloren. Es gab keine neuen Informationen mehr. Er war ein Puzzle, das wir zusammengesetzt hatten, und jetzt würden wir ihn wieder im Karton verschwinden lassen, aber das konnte ich nicht, denn ich konnte nicht aufhören, über ihn zu reden. Laurie bastelte eine Gänseblümchenkette, stach mit der methodischen Präzision einer Chirurgin einen sauberen Schnitt in jeden Stiel, und ich redete über ihn.

Da war dieses eine Mal, sagte ich, als wir uns draußen vor seinem Büro getroffen haben. Das war ganz am Anfang. Wir hatten vor, was trinken zu gehen, aber als er kam, meinte er, er wolle einen Flapjack, und ich fand das so süß. Dass ein erwachsener Mann nach der Arbeit unbedingt Gebäck will statt Alkohol. Ich dachte, er ist ja so schrullig und exzentrisch. Meine Güte. War ich ein Trottel. Ich bin ihm gefühlt stundenlang auf der Suche nach einem Flapjack hinterhergelaufen. Es regnete, und alle Cafés hatten geschlossen, und die, die noch offen waren, hatten keine Flapjacks, also gingen wir rein, schauten hinter die Theke, und dann wollte er wieder weiter und es woanders versuchen. Mir wird schlecht, wenn ich jetzt daran denke. Wie eingenommen ich davon war und dachte, es sei so süß, wo es doch offensichtlich eine Machtdemonstration war.

Scheiße, sagte Laurie.

Was?

Es ist gerissen.

Sie fing an, die Blütenblätter von den Gänseblümchen zu zupfen.

Also, sagte sie. Glaub nicht, dass ich das nicht verstehe. Das tu ich. Eine Frau liebt nichts so sehr wie ein zum Scheitern verurteiltes Projekt. Einen Mann, der ihr nichts gibt, sodass sie die Lücken selbst ausfüllen kann. Aber den meisten Männern fehlt die Vorstellungskraft, um richtig böse zu sein, weißt du? Ich denke, du traust ihm zu viel zu.

Mir war klar, dass ich ihr auf die Nerven ging, also hielt ich die Klappe, aber es war alles noch in meinem Kopf. Ich fühlte mich oft so, als würde ich die Welt auf dem Fernseher betrachten und wäre selbst nicht mehr Teil davon. In den Wochen, seit ich zurück war, hatte ich meine Tage damit verbracht, nach Jobs zu suchen, die ich nicht wollte, und immer und immer wieder durchzugehen, auf wie viele Arten er mein Leben zerstört hatte. Ich lebte immer noch von dem letzten Umschlag, den er mir gegeben hatte. An diesem Punkt hatte ich keine andere Wahl – ich hatte sonst nichts –, aber jedes Mal, wenn ich mit seinem Geld zahlte, schämte ich mich. Manchmal stellte ich mir vor, ihn anzurufen. Ich überlegte, bei seiner Wohnung aufzukreuzen. Ich entwarf E-Mails, die ich nicht abschickte. Ich wollte ihn meinen Zorn spüren lassen, der, wie ich wusste, so stark und herzzerreißend und alles verzehrend war, dass er an Liebe grenzte. Die einzigen Orte in London, die mich noch interessierten, waren Orte, die ich mit ihm in Verbindung brachte. Ich nahm Umwege, vorbei an Bars und Restaurants, in denen wir zusammen gewesen waren, fragte mich, ob ich ihm dort über den Weg laufen würde. Manchmal war die entfernteste Möglichkeit, ich könnte ihn sehen, das Einzige, was mich dazu bringen konnte, das Haus zu verlassen. Die Hoffnung, die er verkörperte, die keine Hoffnung war.

Wir machten uns auf den Heimweg. Kinder schlugen Räder. Teenager knutschten, als würden sie einander die Gesichter weglutschen wollen. Eichhörnchen bedrohten die Schwächeren.

Weißt du, was dein Problem ist?, sagte Laurie. Du warst in zu vielen Opern, in denen die Männer gemein zu den Frauen sind, und die müssen sich dann umbringen oder bekommen Tuberkulose. So funktioniert die Welt in Wahrheit nicht, weißt du?

Ich sagte nichts.

Oh, na gut, vielleicht hast du recht, sagte sie. Vielleicht ist er böse. Also einfach von Grund auf böse. Hey, vielleicht hat er seine Frau ermordet. Meinst du, deshalb renoviert er das Haus? Sie liegt unter der Terrasse.

In dieser Nacht träumte ich davon. Vom Garten. Schichten feuchten Betons. Einem Mund voller Schlamm.

Als ich morgens aufwachte, dachte ich, *es reicht, es reicht jetzt.*

Das Semester hatte schon vor einigen Wochen begonnen, und Marieke gab Performance-Unterricht bei den Bachelorstudenten. Ein Mädchen sang Rusalkas Arie. Mit schlaffem Körper ließ sie sich von zwei Sängern aus ihrem Seminar herumführen, die sie zwischen sich hin und her kippten, dazu brachten, sich auf den Boden zu legen, oder wieder auf die Beine holten. Eine von Mariekes Lieblingsübungen. Dabei gehe es ganz und gar um psychologische Barrieren, meinte sie. Um die Art und Weise, wie wir unsere Körper unseren Stimmen in die Quere kommen ließen. Das zu realisieren und loszulassen.

Ich blieb hinten stehen und wartete, bis das Mädchen fertig gesungen hatte, hörte zu, wie die Töne aus ihr herausquollen wie Saft aus einem überreifen Pfirsich. Ich kannte jede Note dieser Arie, jedes Wort, sowohl auf Tschechisch als auch in der Übersetzung, und mir gefiel gar nicht, was sie da machte. Sie verschleppte das Tempo zu sehr, war zu langsam, fast schon müßig, wie ich fand. Mir fiel auf, dass ich eine Hand fest auf die andere presste. Sie hatte eine schöne Stimme und fühlte sich sichtlich wohl, und ich konnte es nicht ertragen. Dass sie die Welt mit einer zusätzlichen Dimension sehen konnte, während sie für mich flach war.

Als die Stunde zu Ende war, ging ich zu Marieke. Ich beschloss, direkt zu sein. Ich wolle zurückkommen, sagte ich.

Ach willst du das, ja?, sagte sie. Und wo genau bist du gewesen?

Ich wusste nicht, was ich erwartet hatte. Vermutlich, dass sie meine Entscheidung mutig finden und mir dazu gratulieren würde. Mir wurde schnell klar, dass das absurd war. Sie sah mich ungeduldig an, als wartete sie darauf, dass ich es begriff und wegging.

Nirgendwo, sagte ich. Ich meine – wie? – nirgendwo. Ich bin nirgendwo gewesen.

Sie nahm ihre Handtasche und eine Partitur vom Klavier, und ich dachte schon, sie würde mich wegschicken, doch dann – vielleicht hatte meine gebrochene Stimme ihr Mitleid erregt – sagte sie: Ich habe fünfzehn Minuten, Anna. Das ist alles. Begleite mich zu meinem Büro, und wir können uns unterhalten.

Auf dem Weg lieferte ich die Rede ab, die ich vorbereitet hatte. Ich erzählte ihr, ich hätte eine schwierige Zeit durchgemacht. Ich hätte Probleme mit der Stimme. Deshalb sei ich davongelaufen. Ich hätte nicht damit umzugehen gewusst. Ich wüsste es noch immer nicht. Aber ich wolle unbedingt wieder singen, sagte ich. Mehr als alles andere.

Als ich es so in Worte fasste, wurde mir bewusst, dass es die Wahrheit war.

Kann ich zurückkommen?, sagte ich. Was müsste ich dafür tun?

Sie öffnete die Tür zu ihrem Büro und bedeutete mir, zuerst einzutreten.

Aber ich verstehe es noch nicht ganz, sagte sie, als wir uns hinsetzten. Warum hast du mir nicht erzählt, dass du Probleme hast?

Ich war nicht – ich wusste nicht – ich wollte wohl nicht aus der Oper geschmissen werden, schätze ich.

Sie hob eine Augenbraue, wie um zu sagen, *na das hat ja gut geklappt, nicht wahr?* Dann blätterte sie durch ihr Adressbuch und suchte mir die Nummer eines HNO-Arztes raus. Wir könnten das weitere Vorgehen nicht besprechen, sagte sie, wenn wir nicht wüssten, womit wir es zu tun hätten. Sie meinte, das Konservatorium würde für die Untersuchungskosten aufkommen. Ich rief vor ihren Augen an und machte einen Termin.

Wohlgemerkt, sagte sie, als ich fertig war. Ich habe dich in der Probe singen gehört. Anhand dessen, was ich gehört habe, sehe ich keinen Grund zur Beunruhigung. Etwas Anspannung vielleicht. Aber wir sollten lieber vorsichtig sein. Wir wollen nicht, dass du es verschleppst, wenn es ein Problem gibt, nicht wahr? Das kann schlimme Folgen für dich haben.

Auf dem Heimweg recherchierte ich Stimmbandschäden. Läsionen und Knötchen. Polypen. Lähmung. Griechisch klingende medizinische Ausdrücke bargen immer etwas Grauenvolles. Ich ging auf die Bildersuche und scrollte durch all die möglichen Auswüchse, die sich an den Stimmbändern bilden können, pralle Früchte, die kurz davorstehen abzufallen. Diese Bilder hatten etwas Pornografisches. Die rosa Rundungen der Gewebefalten. Der glänzende Schleim. Ich bemerkte, dass der Mann neben mir auf mein Display schielte, und schloss verlegen das Suchfenster.

Es wirkte nicht wie eine Arztpraxis. Die Wände waren mit signierten Fotos von Opernsängern dekoriert, und ein Erkerfenster ließ auf einen grünen Garten blicken. Der HNO saß hinter einem großen Mahagonitisch, den man im Schulleiterbüro eines vornehmen Jungeninternats vermuten würde. In einer beruhigend väterlichen *Dann-wollen-wir-dich-mal-wieder-hinkriegen-Liebes*-Art zeigte er mir eine kleine Kamera und sagte, er würde sie mir in den Hals schieben. Ich sollte ein wenig singen, und dann, so meinte er, würden wir genau sehen, was los sei.

Singen?, sagte ich. Ich kann nicht singen. Deshalb bin ich hier.

Ich brauche keine Perfektion, sagte er. Es muss nicht mal schön klingen. Etwas Leichtes, bitte. Wahrscheinlich wird ein E-Vokal das Beste sein, sobald das hier drin ist. Es ist etwas unangenehm, fürchte ich. Wirklich, sagte er. Sie brauchen sich nicht zu genieren, meine Liebe, ich habe schon alles gehört.

Er schob mir die Kamera in den Mund, und ich krächzte ein paar Töne. Das Bild wurde auf einen Bildschirm vor ihm übertragen – meine Stimmbänder flatterten wie ein Schmetterling, gefangen in einem Glas –, und er beobachtete sie wortlos. Sie taten weh, diese unbeholfenen Töne, und die Hoffnungslosigkeit machte mich benommen.

Das reicht, sagte er und zog die Kamera wieder heraus.

Ich wusste, was er zu sagen hatte. Knötchen. Eine Operation. Monatelange Reha, aber das hätte sowieso keinen Sinn mehr, denn sie würden mir meinen Platz am Konservatorium nicht freihalten. Zu viele Umstände, vor allem nach dem, wie ich mich benommen hatte. Ich würde zurückbleiben.

Sehen Sie sich das an, sagte er.

Er spulte das Video langsam zurück und pausierte es.

Hier haben wir eine deutliche Aufnahme, sagte er. Sehen Sie? Bei Ihnen ist alles in Ordnung.

Ich starrte auf den Bildschirm.

Alles in Ordnung?, sagte ich. Es kann nicht alles in Ordnung sein.

Physisch, meine ich. Physisch gesehen ist alles in Ordnung. Ein paar Schließschwierigkeiten, sehen Sie hier? Die

Bänder sind nicht ganz geschlossen. Sehen Sie den Spalt oben? Aber das ist eine Frage der Technik. Es ist kein physisches Problem.

Aber ich kann nicht singen. Warum kann ich nicht singen?

Die Stimme ist eine knifflige Sache, nicht wahr?, sagte er. Wir können ihre Mechanik hier auf dem Bildschirm sehen. Wir wissen, dass alles da ist. Ich kann Ihnen genau erklären, wie die Stimmproduktion funktioniert. Ihre Lehrerin kann Ihnen zeigen, wie Sie das in die Praxis umsetzen. Doch die Stimme ist ein launisches Wesen, deshalb dauert es vermutlich auch so lange, sie auszubilden. Sie ist nicht wie eine Violine, die man in ihren Koffer legen und am nächsten Tag unverändert wieder hervorholen kann. Vor einer Weile hatte ich eine Patientin, die von ihrem Mann verlassen worden war und von diesem Tag an gestottert hat. Ohne jegliche physische Ursache. Und einmal saß hier eine *sehr* berühmte Sopranistin. Sie hatte all ihre Kassenschlagertöne verloren, und, lassen Sie mich Ihnen sagen, in ihrem Hals war rein gar nichts zu sehen, um das zu erklären. Es stellte sich heraus, dass der Tenor, der ihr Gegenüber spielte, sich unschön über ihr hohes C geäußert hatte. Eine einzige taktlose Bemerkung zu einem anderen Kollegen gleich nach einem Auftritt eines Abends. Die Stimme hat ein fragiles Ego, sehen Sie, eine zarte Verfassung. Selbst wenn es uns nicht so vorkommt.

Er gab mir die Nummer einer Sprachtherapeutin.

Und gehen Sie nicht zu jemand anderem, sagte er. Einige dieser Menschen richten mehr Schaden als Nutzen an. Sie wird Sie wieder hinkriegen. Alles wird wieder genauso sein wie früher. Sie werden sehen.

Wie viel kostet sie?, fragte ich. Ich hatte noch etwas von

Max' Geld übrig – genug für meine Miete diesen Monat, ein bisschen mehr –, aber es würde nicht mehr lange reichen.

Nun ja, sie ist nicht gerade günstig, sagte er. Nein, das würde ich nicht sagen. Aber sie ist es wert. Also gehen Sie nicht zu jemand anderem, nur um ein paar Pfund zu sparen. Versprochen?

Ich ging wieder zu Marieke. Sie sagte, ich solle die Sprachtherapeutin aufsuchen – so viele Sitzungen, wie diese für nötig befinde – und deren Ratschläge genau befolgen. Das Konservatorium würde mich bei den Kosten teilweise unterstützen, zumindest eine Weile lang. Wenn alles gut ginge, wäre meine Rückkehr kein Problem. Mit etwas kreativer Freiheit könnte sie mich dieses Jahr für meine Leistung in *Manon*, einen positiven Bericht von Angela und die Seminare, in denen ich gesungen hatte, bestehen lassen, doch ich müsste für mein Stipendium erneut vorsingen. Ich hatte Musetta sausen lassen und sonst für nichts anderes in diesem Semester vorgesungen, ganz zu schweigen von all den verpassten Unterrichtsstunden. Das Stipendienkomitee sehe es nicht gerne, wenn sich ihre Sänger nicht am Leben des Konservatoriums beteiligten. Sie müsste sich sehr dafür einsetzen, dass ich bleiben könnte. Es liege nicht in ihrer Hand.

Und du hast einen Platz beim Martignargues-Festival bekommen, nicht wahr?, fragte sie. Wirst du trotzdem hinfahren?

Ich schätze schon. Wenn ich kann. Ich habe nicht abgesagt.

Wunderbar, das wird gut für dich sein. Du kannst für uns singen, wenn du zurück bist. Ende August, nicht wahr? Reichlich Zeit.

Der Mai versprach immer viel. Ein launischer Monat. Strahlender Sonnenschein an manchen Tagen, an anderen, als wäre man in einem beengten Raum mit grauen Wänden gefangen. Doch der Sonnenschein machte mich glücklich. Wenn der Sommer gerade erst anfängt, könnte man glauben, er hält ewig an.

Ich ging zweimal die Woche zur Sprachtherapeutin. Sie ließ mich durch Strohhalme pusten. Kinderreime aufsagen. Die Tonleiter mit einem gerollten R erklimmen. Bis wir schließlich zu echtem Gesang kamen. Ein Ton. Eine Tonfolge. Ein Arpeggio.

Eines Tages, als ich an ihrem Küchentisch saß und dachte, unsere Sitzung wäre vorbei, sagte sie: Sing mir etwas vor.

Jetzt? Hier?

Ja.

Was zum Beispiel?

Ist mir egal. Was immer du möchtest.

Also sang ich ihr das Erste vor, was mir in den Sinn kam. Ein paar Phrasen aus einem Fauré-Stück, in dem es um die Männer geht, die zur See hinausfahren und Kinderwiegen zurücklassen. Ich konnte fühlen, wie meine Knie unter dem Tisch zitterten, und als ich fertig war und sie sagte, das sei schön gewesen, stellte ich fest, dass ich weinte. Sie meinte, das sei ganz normal und die meisten Menschen würden das tun.

Danach tat ich etwas, wovor ich fast so viel Angst hatte wie vor dem Singen – ich überwand mich und rief Angela an. Ich sagte ihr, dass es mir leidtue. Ich hätte nicht gewusst, was ich tun sollte. Es sei aus dem Ruder gelaufen. Da ich dachte, auf eine solche Formulierung würde sie anspringen, erzählte ich ihr, mir sei das Herz gebrochen worden.

Aber, Anna, sagte sie. Ich verstehe nicht, warum du nicht

zu mir gekommen bist. Ich bin auf deiner Seite, das weißt du. Warum hast du nicht gesagt, dass du Probleme hast? Was glaubst du denn, was mein Job ist?

Entschuldige, sagte ich. Ich war – ich habe mich wohl geschämt. Ich wollte es nicht wahrhaben. Ich war dumm. Willst du mich jetzt nicht weiter unterrichten?

Nun werd mal nicht melodramatisch, sagte sie. Die Gesangsbranche ist auch so schon kompliziert genug.

Sie hatte gerade einen Monat keine Termine und lud mich ein, ganze Nachmittage in ihrem wunderschönen Haus in Kensington zu verbringen. Sie gab mir zu essen, spielte mir Aufnahmen ihrer Lieblingssänger vor, lieh mir Autobiografien berühmter Sopranistinnen, die Stimmprobleme gehabt hatten. Und sie brachte meine gebrochene Stimme wieder in ihr Fundament, baute sie Ziegelstein für Ziegelstein wieder auf. Sie sagte, sie sei nun besser als vorher. Sie habe jetzt eine Qualität, von der sie nicht gewusst habe, dass sie vorher fehlte. Eine neue Tiefe, meinte sie. Eine Traurigkeit.

Ohne Lebenserfahrung können wir nicht singen, sagte sie. Sie ist unser täglich Brot. Sonst wäre es, als würde man versuchen, ohne Pinsel zu malen.

Es gab Lieder, die ich früher schmachtend gesungen hatte, deren Harmonien und Strukturen mir gefallen hatten. Nun fand ich ihre Texte manchmal unerträglich. *Nur wer begehrt hat, kann mein Leiden verstehen*, oder, *ich möchte nicht, dass der Morgen den Namen kennt, den ich der Nacht anvertraut habe*, oder, *mein Frieden ist fort, mein Herz ist schwer, ich werde ihn nie wiederfinden, nein niemals, niemals wieder.*

Der Mai ging in den Juni über. Die Tage wurden länger und brachten den damit einhergehenden Optimismus mit sich. Ich übte, vor Menschen zu singen. Ich sang für Angelas

Mann. Ich sang für Laurie und für die Mädchen aus dem Haus. Eines Nachmittags nahm mich Angela mit auf einen Spaziergang im Hydepark und brachte mich dazu, mich auf eine Bank zu stellen und zu singen, und die Leute hielten an, um mir zuzusehen. Die Angst verlor allmählich ihre Macht über mich. Ich lernte, wieder in mich hineinzusehen, die Tür zur Musik zu öffnen, und es war alles noch da – als würde man nach einer langen Reise heimkehren und alles beim Alten vorfinden.

Mitte Juni war Max' Geld aufgebraucht.

Ich hatte Angela bezahlt. Ich bezahlte inzwischen die Sprachtherapeutin, da das Konservatorium es nicht mehr tat. Alle, mit denen ich sprach, hatten einen anderen Vorschlag, wofür ich noch Geld ausgeben könnte. Akupunktur, Meditationsapps, Kehlkopfmassagen und Pilates. Ich zahlte für alles. Ich bekam das Gefühl, dass das Geld nur so aus mir rauslief – als könnte ich nirgendwo mehr hingehen, ohne dort einen Haufen davon zu hinterlassen.

Also ging ich zu Malcolm und fragte, ob ich meinen Job wiederhaben könnte. Am ersten Abend schlackerten meine Beine, und meine Stimme bebte, doch alles ging so weiter wie immer – die Leute unterhielten sich über mich hinweg, und nach jedem meiner Songs klatschten sie. Es wurde zur Routine. Dreimal die Woche sang ich Jazz, und an den anderen Abenden und Nachmittagen kellnerte ich. Ich fing auch an, Gesangsstunden zu geben. Laurie empfahl mich einer Familie, bei der sie Nachhilfe gab.

Sag uns Bescheid, wie viel du nimmst, sagte die Mutter. Wir sind flexibel.

Ich fragte Laurie: Was bedeutet, *wir sind flexibel*?

Es bedeutet, *wir sind unvorstellbar reich*, sagte sie.

Ich verbrachte drei Stunden die Woche mit Freddie, mehr

Gesangsunterricht, als ich selbst bekam. Er war zwölf und bereitete sich auf ein Musikstipendium an einem Internat vor. Er wollte einmal Premierminister werden, und ich konnte mir gut vorstellen, dass er es schaffen würde. Er erzählte mir in unserer ersten Stunde erschreckend erwachsen, *es geht natürlich nicht ums Geld, Anna. Beim Stipendium, meine ich. Wir sind nicht arm oder so. Es geht um das Prestige. Mein Vater sagt, man kommt leichter in Oxford rein, wenn man Stipendiat war.*

Am Ende jeder Stunde kam Freddies Mutter mit einer Handvoll Geldscheine auf mich zu und wollte wissen, wie viel ich noch mal nahm. Ich hätte alles sagen können, und sie hätte es mir gegeben. Geld war bloß Papier, das sich in einem endlosen Kreislauf befand. Sie bezahlte mich in Scheinen. Malcolm bezahlte mich in Scheinen. Ich behielt sie eine Weile und gab sie dann wieder weg – Angela, Sprachtherapeutin, Mil –, und so ging es immer weiter.

Fast. Jedes Mal, wenn ich bar bezahlt wurde, nahm ich einen oder zwei Scheine davon und legte sie in meine Schublade. Ich hatte nach wie vor die Liste dessen, was ich ihm noch schuldete, und war entschlossen, es ihm zurückzuzahlen. Wann immer mein Kopf ohne Beschäftigung war oder ich nicht schlafen konnte, dachte ich daran. Nicht daran, wie er mich im Dunkeln eng umschlungen hielt, nicht daran, wie er mir Dinge ins Haar flüsterte, die er niemals sagen würde. Nein. Ich sah mich zu seinem Haus gehen. Im Aufzug nach oben fahren. An seine Tür klopfen. Sein Gesicht bei meinem Anblick – was war es? – Schock – ja – Schock – manchmal Bewunderung – und manchmal, ja, manchmal sogar Liebe. Aber ich würde kalt und abweisend sein. Erfolgreich. In meiner Vorstellung war ich innerhalb kürzester Zeit irgendwie erfolgreich geworden, unheimlich erfolgreich. Er würde es in meinen Augen sehen können.

Ich kann nicht bleiben, würde ich sagen. *Ich habe heute noch ein Konzert*, oder etwas in der Art. Der Dialog war noch verbesserungswürdig. Dann würde ich ihm das Geld in einem Umschlag geben. Er würde meine ausgestreckte Hand anschauen. Ich würde zu ihm sagen, *hier, Max. Nimm es. Es ist für dich.* Zuerst könnte er nicht begreifen, was es war, doch dann würde er es plötzlich wissen.

Der Juni ging in den Juli über. Die Northern Line überschritt die gesetzliche Temperaturobergrenze für Viehtransport. Es sollte nicht so heiß sein in England. Die Welt ging unter, doch alles nahm seinen gewohnten Lauf, und ich bereitete mich auf das Festival vor. Lernte mein Repertoire. Packte meinen Koffer. Ich hatte das Gefühl, lange nicht mehr in mir gewohnt zu haben, und entwickelte ein neues Interesse an meinem Körper. Ich begann, bewusster zu essen, Koffein und Alkohol zu reduzieren, alles selbst zu kochen, mehr Obst zu kaufen. Ich begann, laufen zu gehen. Zuerst kleine Runden im Park, und dann wurde ich selbstbewusster. Ich stellte fest, dass ich immer längere Distanzen schaffte, dass ich nur durch die Bewegung meiner Gliedmaßen in immer wieder neuen Teilen Londons landete. Ich machte mich stärker, so dachte ich, unzerbrechlich. Wenn ich meinen Körper betrachtete, sah ich die sich abzeichnenden Muskeln und die Helligkeit meiner Haut. Ich wurde stabiler, weniger abhängig. Mir wurde klar, dass ich immer geglaubt hatte, was andere über mich sagten. Was er über mich gesagt hatte. Ich denke, wir merken uns alles, was die Leute über uns sagen. Tragen diese Worte als Haut, sodass wir sie immerzu sehen, wenn wir uns im Spiegel anblicken. Ich schälte mich allmählich aus dieser Haut und war glücklich. Mir gefiel, was ich darunter fand.

Nur manchmal. An langen Tagen im Übungsraum, den

Abenden im Hotel. Wenn ich alleine nach Hause kam. Ich war oft alleine. Laurie hatte jemand Neues kennengelernt. Es war etwas Ernstes, und man sollte nicht auf die Partner seiner Freunde eifersüchtig sein – auf die Aufmerksamkeit, die sie bekommen und die in deinen Augen rechtmäßig dir zusteht –, doch ich war es. Ich ging in unser Zimmer. Da waren ihre Papiere in Stapeln auf dem Boden, jede freie Oberfläche mit ihren Büchern gepflastert und unsere Klamotten in einem gemischten Haufen auf dem Stuhlrücken. Wenn ich so auf unserem Bett saß und den fünften Abend hintereinander das Gemüseeintopf-ähnliche Zeug aß, das ich am Sonntag gekocht hatte, traf mich die Einsamkeit plötzlich wie ein Schlag in die Magengegend. Sie überkam mich völlig unvorbereitet. *Ist es das?*, dachte ich. *Ist es das, was es braucht? Für den Erfolg? Komplett alleine zu sein? Keine Stimme in meinem Kopf, außer meiner eigenen?*

An solchen Abenden dachte ich manchmal darüber nach, das Geld in meiner Schublade auszugeben. Ich könnte mir etwas Schönes kaufen. Mich hübsch fühlen. Manchmal, an anderen Abenden, holte ich die Sachen hervor, die ich gesammelt hatte und die mich an ihn erinnerten. Streichholzschachteln aus Restaurants. Korken von Weinflaschen. Notizen, die er gekritzelt und auf dem Nachttisch für mich zurückgelassen hatte. Sie enthielten nie irgendeinen emotionalen Inhalt, endeten aber manchmal mit einem Kuss. Ein Pulli, den er mir einmal geliehen hatte. An jenen Abenden erschienen sie mir wie magische Objekte. Ich reihte sie auf dem Bett auf. Ich roch an den Spuren, die er im Stoff hinterlassen hatte, Zitrus, Holz und eine undefinierbare eigene Note. Ich zeichnete mit meinem Finger das X nach, das für den Kuss stand. Ich beobachtete, wie diese Gegenstände lebten, leuchtend und lumineszent, wie Kreaturen in einem

Gezeitentümpel, in dem unter der Wasseroberfläche das Leben pulsiert.

Frankie nahm auch am Martignargues teil, und wir fuhren gemeinsam mit dem Zug hin. Ich hatte ihn nicht mehr gesehen, seit ich aus der Probe geflohen war. Ich sagte ihm, es sei mir peinlich, wieder zurückzukehren.

Das braucht es nicht, sagte er. Alle halten dich bloß für überempfindlich, und du bist schließlich Sopranistin. Je mehr Diva du bist, umso besser, vermuten sie, ist deine Stimme.

Ich kann mich nicht mehr allzu gut an jene Wochen erinnern, denn ich war glücklich. Die Sonne brannte, und die Luft war erfüllt von Musik. Lange Tage in klimatisierten Studios, beständige Arbeit an der Stimme. Jeden Tag vor Menschen singen – in Unterrichtsstunden und Konzerten und Meisterklassen auf schattigen Plätzen –, sodass es wieder zu einem Teil von mir wurde. Ich konnte wieder Spaß daran haben und lachen, wenn etwas schiefging. Abends stieg die Hitze von den Pflastersteinen empor, wurde von den Wänden ausgeatmet, und die Kinder spielten bis in die späten Stunden auf der Straße. Wir suchten immer denselben Ort auf. Ein Restaurant mit einem Innenhofgarten und Lichterketten in den Bäumen. Jasmin und Zigarettenrauch. Wir aßen billiges Essen und tranken zu viel billigen Wein. Ich fühlte mich glücklich, schlief tief und fest, so viel ich auch trank, und der Unterricht fing ohnehin selten vor dem Nachmittag an – zu heiß. Also saßen wir dort Nacht um Nacht und führten intensive, prätentiöse Gespräche – darüber, dass die Stimme die am tiefsten sitzende, grundlegendste Form des menschlichen Ausdrucks sei – darüber, dass die Oper zu einer lebendigen Kunst, zu einem lebendigen, atmenden Objekt gemacht werden müsse, damit sie irgendeine Bedeutung habe – darüber, welche Werke, welche Komponisten noch immer zu uns sprachen und welche nicht. Frankie und ich waren die einzigen englischen Sänger. Alle kamen aus unterschiedlichen Ländern. Wir unterhielten uns auf Englisch, gemischt mit den anderen Sprachen, in denen sich die meisten Sänger einigermaßen verständigen können – Französisch, Deutsch, ein bisschen Italienisch. Die Welt wurde größer. Meine Karriere konnte mich überall hintragen. Niemand ging nach Hause, bis weit nach Mitternacht die Luft allmählich abkühlte.

Die Festivalakademie nahm neben Sängern auch Komponisten und Autoren auf, und wir sollten in Gruppen zusammenarbeiten. Wir hatten ein paar Wochen Zeit, um kurze Stücke zu erarbeiten, und ich erkannte, dass es mich langweilte, immer wieder dieselben Motive zu wiederholen. Die vergewaltigte Frau darzustellen oder die lüsterne Frau, die ermordete Frau oder die verschmähte Frau, die durchdreht und sich selbst, ihren Ehemann oder ihre Kinder umbringt. Zu sagen:

Er hat mir X angetan.
Er hat mir Y angetan.
Ich bin nie darüber hinweggekommen.

Das schien mir nicht auf das wirkliche Leben zuzutreffen, oder vielleicht wollte ich nicht, dass es das tat. Ich weigerte mich. Mir wurde klar, dass diese Kunst, die ich so liebte, alles sagen konnte, was ich wollte, und nicht bloß immer und immer wieder dasselbe.

Eines späten Abends schlenderten Frankie und ich zurück zu dem Apartment, das wir uns mit einem dänischen Bass und einer französischen Sopranistin teilten. Die Straßen waren ruhig und leer. Wir hatten an diesem Abend ein

Konzert gesungen und den nächsten Tag freibekommen, also waren alle lange geblieben und hatten getrunken. Ich wollte nicht nach Hause. An einem kleinen Springbrunnen tauchte ich meine Hände ins Wasser, als Frankie plötzlich hinter mir stand. Er legte die Hände auf meine Hüfte, und als ich mich umdrehte, küsste er mich. Er lächelte, als wäre dies die Krönung einer geheimen Abmachung zwischen uns, und weil es schön und der Abend mild und voller Möglichkeiten war und mich die unverhohlene Erregung in seinem Gesicht rührte, die Tatsache, dass ich sein Herz schnell gegen meine Brust schlagen fühlen konnte, lächelte ich auf dieselbe Weise zurück. Ich legte meine Arme um seinen Hals und küsste ihn zurück, als hätte auch ich daran gedacht.

Danach benahmen wir uns wie ein frisch verliebtes Paar. Es war schwer zu sagen, ob wir das waren oder nicht. Frankie war ein guter Schauspieler, wie ich auch, und die Requisiten einer Romanze lagen vor uns wie auf dem Präsentierteller. Wir tranken gemeinsam Kaffee auf unserem Balkon in der Sonne und spazierten zu den Proben. Im Zuge des Festivals fanden jeden Abend Konzerte statt, und wir mischten uns unter die Mengen, die draußen standen und zuschauten. An unseren freien Tagen mieteten wir uns ein Auto und fuhren an die Küste. Wir gingen durch gepflasterte Straßen mit bunt angemalten Häusern, wie man sie in den Touristenbroschüren sieht. Wir saßen am Strand und beobachteten Kinder beim Sandburgenbauen und andere Paare beim Streiten. Er ging schwimmen, kam nass zu mir zurück und legte die Arme um mich. Wir aßen auf schattigen Plätzen zu Mittag, wo die Bäume gitterartige Muster auf den Boden und unsere Gesichter warfen, und wir erzählten einander jede triviale Einzelheit aus unserem Leben. Er war kein bisschen wie Max. Ich konnte ihn ganz genau lesen. Wenn ich ihn etwas fragte, dachte er gründlich nach, bevor er antwortete, war sehr darauf bedacht, mir alle Informationen zu geben, die ich mir wünschen konnte. Er sprach gerne über sich selbst. Er war theatralisch. Was auch immer er über irgendwas dachte, konnte ich sofort an seinem Gesicht ablesen.

Es war nicht so, dass ich Max vergessen hätte, eher so, dass er in eine andere Zeit gehörte. In die Wintermonate. Wir waren nie miteinander warm geworden. Wir waren nie Hand in Hand durch die Straßen spaziert, ohne es eilig zu haben, wieder nach drinnen zu kommen. An manchen dieser Abende mit Frankie wünschte ich mir, ich wäre mit ihm zusammen. Im Bett war Frankie so, wie er immer war. Leicht zu erregen. Durchschaubar. Manchmal dachte ich auch da an Max, schloss die Augen und stellte ihn mir vor und schämte mich danach dafür. Manchmal wiederum, wenn ich mit Frankie und den anderen Sängern Zeit verbrachte und er laut und gesellig war, gefiel es mir, neben ihm gesehen zu werden. Dann dachte ich, ist das letztlich so ein großer Unterschied zu Max? Wenn man mich neben verschiedene Männer hält, nehme ich ihre Farbe an. Werde mehr wie sie und weniger wie ich. Vielleicht ließ Frankie mich nicht ich selbst sein, sondern er war mir von Anfang an viel ähnlicher. Die Haut, in die er mich hüllte, glich meiner eigenen viel mehr. Nur einmal fragte er mich, *was ist aus diesem Typen geworden? Dem, mit dem du zu zusammen warst*, und erwiderte bloß, *nicht viel. Es hat einfach nicht geklappt*.

Wir waren sechs Wochen lang dort. Meine Haut wurde braun und meine Haare in der Sonne heller. Frankies Haar wuchs ihm bis zu den Schultern, sodass er wie ein richtiger Bohemien aussah oder wie der verarmte Chevalier, als den ich ihn kennengelernt hatte. Er bat mich, es zu schneiden, aber ich sagte, nein, es würde mir so gefallen.

23

Ein Hotelzimmer in Paris. Eine Frau raucht. Ihr Liebhaber schläft.

MEIN ZIMMER HAT DIE FORM eines Käfigs, aber es gibt große, hohe Fenster. Morgendämmerung. Er schläft, ich nicht. Ich sitze, Beine auf die Fensterbank gestützt, beobachte, wie die Sonne ihre Arme durch die Glasscheibe streckt und der Himmel sich über weißen Dächern weiß färbt. Den Körper weiß färbt, das Goldene der Haare auf den Armen zum Leuchten bringt, die Haut streichelt und aufhellt, und ich schaue zu. Ziehe mich nicht an. Der Tag beginnt, und die Menschen haben Dinge zu erledigen, denken sie, aber ich nicht, oder ich will nicht. Ich will rauchen. Hier über den Dächern sitzen und rauchen. Meine eigenen Bilder in der Luft kreieren. Das Hotelzimmer hinter mir, Kleidungsstücke in einem Durcheinander auf dem Boden und die Laken zerwühlt, der Geruch von Haut, Sex und Haaren, und er schläft immer noch, aber er ist auch nicht wichtig. Das Licht ist wichtig. Die Sonne, die ihre Arme durch die Glasscheibe streckt, und ich greife danach. Entzünde meine Zigarette an ihrem Feuer. Ich will nicht arbeiten. Ich will rauchen.

Stille. Im Kopf noch in einem Hotelzimmer in Paris, und dann setzt der Applaus ein, und ich bin wieder zurück. Verbeugung, Geste an die Pianistin, auch sie verbeugt sich. Ein Blick ins Publikum und das Wissen, oder die Hoffnung, dass sie es verstanden haben, und dann wieder zurück in die Garderobe. Dieser Moment des Alleinseins danach. Absolute Stille. Vor einer Stunde war ich hier drin, aufgeregt, machte Dehnübungen zur Beruhigung, schminkte mich, ging das Stück noch einmal durch, um sicherzugehen, dass es noch so war, wie ich es zurückgelassen hatte. Jetzt packe ich meine Schminktasche weg, ziehe mein Bühnenkleid und die hohen Schuhe aus. Das Hochgefühl weicht der Erschöpfung, und dann klopft es. Jemand kommt herein und sagt, *gratuliere*, und jemand anders steckt den Kopf durch die Tür und sagt, *wir gehen was trinken, kommst du mit?*, und noch jemand, *du hast Glück, dass du als Letzte dran warst. Ich hasse es, als Erste zu singen. Aber scheiße noch mal, das Stück von Poulenc, das du gesungen hast, ist so schön, oder? Gut gemacht. Kommst du?*, und ich sage, *ja, ich komme. Gleich. Gib mir eine Minute*, und dann bin ich wieder allein, nur für einen Moment. Ich stecke meine Noten zurück in die Tasche – diese Lieder sind jetzt vorbei, aber es werden weitere folgen –, und dann ist das Zimmer wieder ein normales Zimmer, und ich bin ein normaler Mensch, und die ganze Nacht gehört mir.

Also schließe ich mich ihnen an, einer Gruppe aus meinem Jahrgang. Irgendeine Bar unter den Bögen von Charing Cross, voller Künstlertypen, ein weißer Flügel, der Pianist spielt Lieder aus Musicals, die Leute singen schmachtend mit. Das war unser letzter Pflichttermin vor Weihnachten – eine Charityveranstaltung für das Konservatorium, ein paar von uns wurden dafür eingespannt –, und jetzt ist das Semester zu Ende, keine Sorgen mehr, keine Gedanken an morgen, genießen wir einfach diese Nacht. Die Bar ist rappelvoll, alle schreien sich über die Köpfe hinweg an, Wein, den man schnell trinken muss, damit man ihn nicht schmeckt. Wir führen intime Gespräche, von denen wir hoffen, dass sich niemand mehr an sie erinnern wird. Sobald wir keine Worte mehr finden, tanzen wir. Wir kommen zu spät nach Hause. Wenige Stunden unruhiger Schlaf, und plötzlich ist es fünf Uhr in der Früh, und ich bin hellwach, das Herz pocht mir bis an die Rippen, und ich bin mir sicher, dass es echt war, was ich gesehen habe. Ich war bei Max' Haus in Oxford aufgekreuzt. Ein Mädchen öffnete die Tür – langes, glänzendes Haar, makellose Haut, Anfang zwanzig, vielleicht sogar noch keine zwanzig –, und ich dachte, Scheiße, er steht wohl wirklich auf jüngere Frauen, was? *Ich möchte gerne zu Max*, sagte ich, und sie rief, *Dad*, woraufhin er die Treppe runterkam und ich sah, dass er alt war, viel älter als ich – wie hatte ich das vorher nicht sehen können? Wie hatte ich das nicht realisieren können? –, viel älter, als er jemals behauptet hatte, zu sein, und er war wütend, er hasste mich, er sagte, *Anna, was zur Hölle tust du hier? Verschwinde, bevor –*

Ich hatte schon die ganze Woche an ihn gedacht. Seit mir klar geworden war, dass ich – endlich, nach all den Monaten – das Geld zusammenhatte, um meine Schulden bei ihm zu begleichen. Es war vor einer Woche gewesen. Eine Jazzsession im Hotel. Ich hatte meine Schicht beendet und wartete an der Bar auf Laurie, bis sie ihre beendete, als ein City-Angestellter auf mich zukam. Ende fünfzig, Anfang sechzig vielleicht, und sichtlich betrunken – rote Wangen, lose Krawatte, ein paar Hemdknöpfe geöffnet. Er war mit einer großen Gruppe von Bankertypen da, eine Art Weihnachtsfeier, wie ich vermutete. Sie waren mir zuvor schon aufgefallen, weil sie so viel Lärm gemacht hatten. Ich wappnete mich dafür, nett genug zu sein, um ihn nicht zu beleidigen und ihm keinen Grund zu geben, sich bei Malcolm zu beschweren, obwohl ich wirklich nicht in der Stimmung war, doch er sagte nur, *das war ganz toll, das hier ist von uns allen, frohe Weihnachten*, und er reichte mir eine Handvoll Scheine. Normalerweise bekam ich kein Trinkgeld fürs Singen, das war nicht üblich. Ich war mir nicht mal sicher, ob ich es hätte behalten dürfen, doch ich sah mich um und konnte Malcolm nirgends ausmachen, also steckte ich es in meine Tasche. Zu Hause angekommen, zählte ich es, stellte fest, dass es mehr war, als ich sonst für eine ganze Woche Jazzsingen bekam, und da war es so weit – ich hatte genug. Ich konnte es ihm zurückzahlen.

Am nächsten Tag ging ich mit dem Geld in einem Umschlag zu seiner Wohnung. Ich steuerte schnurstracks den Lift an, doch der Mann am Empfang hielt mich auf.

Wo möchten Sie hin?

Wohnung 192. Ich bin eine Freundin von Max. Er erwartet mich.

Eine dumme Lüge, und er durchschaute mich.

Da gibt es keinen Max, sagte er.

Vielleicht ist es 193? Im neunzehnten Stock.

Kein Max in diesem Stockwerk.

Das Entsetzen darüber, kalt erwischt worden zu sein, zeichnete sich wohl deutlich in meinem Gesicht ab, sodass er vermutlich Mitleid bekam und sich seinen eigenen Reim auf die Situation machte – darauf, wer ich war, warum ich dort war und in welchem Verhältnis ich zu diesem Max stand –, denn daraufhin sagte er: Ich bin neu hier, aber ich glaube, in Wohnung 192 haben vor nicht allzu langer Zeit die Mieter gewechselt. Wahrscheinlich ist er umgezogen.

Wahrscheinlich, sagte ich. Danke, und dann, als mir noch mal durch den Kopf ging, was er gesagt hatte, aber was genau meinen Sie mit Mieter? Also, nicht Eigentümer?

Er überdachte seinen Eindruck von mir und ordnete mich als Verrückte ein, woraufhin er selbstgefällig sagte, dass er keine Informationen über die Bewohner preisgeben könne und ich nun besser gehen solle.

Draußen auf der Straße suchte ich die Wohnung im Internet. Sie hatte seit dem Neubau des Hauses vor acht Jahren nicht den Besitzer gewechselt, als Max noch mit seiner Frau im Vorort gewohnt hatte, wo auch immer das gewesen sein mochte. Also hatte er es gemietet und nicht gekauft, wie er behauptet hatte. Ich spürte einen zornigen Stich, wie eine alte Verletzung, die nie ganz verheilt ist. Ich hatte ihn nicht gekannt, nicht wirklich. Bloß eine Version von ihm, die er mir hatte zeigen wollen, sonst nichts.

Und dann konnte ich nicht mehr aufhören, an ihn zu denken. Diese anhaltende Melodie, die ich in den letzten Monaten mit so viel Mühe zum Schweigen gebracht hatte, setzte erneut ein, und ich lag nachts wach, spekulierte endlos darüber, warum er ausgezogen war, wo er hingegangen war, kreiste obsessiv immer und immer wieder um denselben Punkt wie eine Schmeißfliege, die summend einen Mülleimerdeckel umkreist und auf eine Chance hofft, hineinzugelangen, bis mir schließlich klar wurde, dass ich ihn sehen musste. Wegen des Geldes, redete ich mir ein und wusste, dass es zwar nicht die ganze Wahrheit war, aber auch keine Lüge. Ich wollte das Geld nicht behalten. Ich fühlte mich schmutzig, es im Haus zu haben. Wenn ich mit Frankie im Bett lag, war es mir unangenehm bewusst – wie viel Geld dort in meine Schublade gestopft war und wem es in Wahrheit gehörte.

Aber es ging nicht nur ums Geld. Das wusste ich. Ich hatte nämlich immer gedacht, dass ich ihn wiedersehen würde. Das Geld bedeutete, dass ich ihn wiedersehen würde – ich musste nur genug zusammensparen, dann könnte ich zu ihm gehen. Dieses Wissen beruhigte mich. Es bewirkte, dass ich aufhören konnte, an ihn zu denken. Ich musste nicht mehr spekulieren oder herausfinden, worüber genau er mich belogen hatte – ob er noch verheiratet war, ob er nach New York gegangen war, warum er mich nicht gewollt hatte. Es spielte keine Rolle. Eines Tages würde ich ihn wiedersehen, und mit der nötigen Distanz würde ich alles verstehen. Nachdem ich jedoch bei seiner Wohnung gewesen war, nachdem ich ihn nicht angetroffen hatte, musste ich mich der Tatsache stellen, dass ich ihn vielleicht nicht wiedersehen würde, das war sogar sehr wahrscheinlich, und ich war wieder gefangen – in dieser imaginären Welt, in der ich mir Szenen und Szenarien vorstellte, Dinge, die er zu mir sagen würde, endlose Spekulationen und Zweifel.

Ich hatte seine Nummer gelöscht, aber ich hatte noch seine Mailadresse. Von der Arbeit. Ich wusste, dass seine Sekretärin Kopien von allen seinen E-Mails bekam, also entwarf ich eine Nachricht, die so neutral klang wie möglich. Ich hätte etwas, das ich ihm zurückgeben wolle, schrieb ich. Ob wir uns treffen könnten? Ich schickte sie ab und erhielt prompt eine Antwort. Die E-Mail konnte nicht zugestellt werden. Ich suchte nach ihm auf der Webseite seiner Firma, fand aber nichts. Anscheinend arbeitete er dort nicht mehr. In dieser Nacht wachte ich plötzlich auf und dachte daran, wie der Mann am Empfang gesagt hatte, *da gibt es keinen Max*, dachte dem Wahnsinn nahe, *war das etwa nicht sein richtiger Name?* Doch das war dumm, verrückt, und sobald die Welt wieder scharf gestellt war, wusste ich es auch. Ich hatte seinen Namen auf seiner Visitenkarte, seiner Bankkarte, auf Briefumschlägen gesehen.

Am Wochenende holte Laurie einen Weihnachtsbaum. Allerdings wollte niemand in die Dekoration investieren, also improvisierten wir und hängten Halsketten, Armreife und an Schnüre gebundenes Besteck an die Zweige. Sash kochte ein veganes Festtagsmenü, und wir verbrachten den Abend zusammen, zankten uns über Klimaaktivismus, Instagram-Feminismus oder darüber, ob Ella bei Articulate schummelte. Mils kommunales Wohnexperiment habe funktioniert, meinte Laurie. Wir seien genau wie eine große Familie mit all den dysfunktionalen Streitereien, die dazugehörten. Ich dachte schon, wir würden daraufhin in einen richtigen Streit verfallen, einen Der-Abend-ist-beendet-Streit, doch stattdessen wurden alle sentimental.

In vier Tagen ist Weihnachten, und sie sind alle schon nach Hause gefahren. Auch Frankie fährt an diesem Morgen. Er ist oft weg – Gesangsjobs – es läuft gut bei ihm –, und wenn er nicht hier ist, denke ich nicht wirklich an ihn, aber ich freue mich immer, wenn er zurückkommt. Er lebt in einem riesigen Haus mit anderen Sängern, zu viele, als dass ich den Überblick behalten könnte. Sie verwenden ihre Teebeutel mehrmals und spülen nie das Geschirr, und Frankie hat ein Bettlaken vor sein Fenster genagelt, weil die Gardinenstange kaputtgegangen ist und er nicht für die Reparatur bezahlen will, also herrscht in seinem Zimmer immer ein etwas schmuddeliges Halbdunkel. Er sagt mir, dass er mich liebt, wenn er betrunken ist, was oft vorkommt, und ich sage nichts, denn ich liebe ihn nicht – zumindest nicht so, wie ich Liebe immer verstanden habe. Er kommt nicht in die Nähe meines Seelenlebens. Ist das Liebe, wenn er mich nicht verletzen kann? Wenn er nicht in mich hineingreifen und diesen essenziellen Teil von mir packen kann, ihn in seiner Faust zerquetschen kann, sodass es nur noch ihn für mich gibt? Kann das der Stoff von Jahrhunderten Poesie, Filmen und Opern sein, Tränen, Suizid – zusammen in den Supermarkt zu gehen, an unseren freien Tagen Fernsehen im Bett zu gucken und darüber zu streiten, wo ich meine Schuhe liegen lasse und weshalb er auf Partys meine Anekdoten erzählt, als wäre er selbst dabei gewesen, obwohl er es nicht war?

Er schläft noch neben mir. Ich nehme mein Handy, scrolle in meiner Galerie zurück. Das Foto, das ich von seinem Kontoauszug mit der Adresse oben gemacht hatte. Ich hatte schon mal darüber nachgedacht und es als unmöglich abgetan. Das Haus hat in meiner Fantasie mystische Proportionen angenommen wie eine mittelalterliche Burg mit hohen Mauern und einem Wassergraben, uneinnehmbar. Ich beschließe, dorthin zu fahren. Ich werde ihn wiedersehen. Ich werde mir ein letztes Bild von ihm einprägen, und es wird mich nicht länger heimsuchen. Sein echtes Umfeld – keine potenziellen Täuschungen –, dort kann er sich nicht vor mir verstecken.

Frankie wacht auf. Er sagt, er müsse los, sonst würde er den Zug verpassen. Er küsst mich zum Abschied und sagt, er werde mich anrufen, wünscht mir frohe Weihnachten. Er geht, und ich hole das Geld aus meiner Schublade, teile es in Hunderterstapel ein und breite es auf dem Bett aus, um nachzuzählen. Ich habe Frankie nie von dem Geld erzählt. Ein bisschen was von Max, wenn er gefragt hat, aber niemals von dem Geld, und er hat auch nie viel gefragt. Ich bin froh darüber, denn wenn ich über ihn spreche, merke ich, wie meine Stimme bitter und giftig wird, und das gefällt mir nicht. Frankie scheint das nicht aufzufallen, oder wenn doch, dann beunruhigt es ihn nicht. Er ist kein eifersüchtiger Mensch. Er hält meine Zuneigung auf eine faule Art und Weise für selbstverständlich, die charmant ist, wenn ich ihn will, und ärgerlich, wenn ich ihn nicht will.

Ich blicke auf Lauries und mein Bett, das eine Tagesdecke aus Geldscheinen trägt. Ich habe Monate gebraucht, um es zusammenzusparen. Viele Monate. Ein bisschen jede Woche, versteckt in einer Dose in meiner Unterwäscheschublade, während die Tage immer kürzer und die Luft draußen immer kälter wurde wie Badewasser, in dem man zu lange sitzt. Ich zähle es, und die Summe stimmt. Ich wusste das zwar, aber dieses Ritual ist beruhigend. Ich stecke es wieder in den Umschlag und checke den Zugfahrplan auf meinem Handy.

Draußen ist es herrlich. So ein strahlender, schneidig kalter Dezembertag, wie man ihn auf Weihnachtskarten sieht.

Ich nehme den Zug nach Oxford, steige dann in ein Taxi und gebe dem Fahrer die Adresse.

Geht's zu Weihnachten nach Hause?, fragt er.

Noch nicht, nein.

Ich gebe keine weiteren Informationen preis, gebe mich unfreundlich, aber er will trotzdem plaudern. Eine halbherzige Unterhaltung. Politik. Spanisches Essen. Der Preis von Billardqueues.

Die Leute denken nicht, dass es ein teures Hobby ist, sagt er, aber –

Wir verlassen die Stadt.

Eine breite Straße, gesäumt von identischen kastenförmigen Häusern. Einige zeigen sich in Festtagsstimmung, sind geschmückt mit blinkenden Lichtern oder Plastikschneeflocken oder von Hintern und Beinen des Weihnachtsmanns, die aus einem Fenster gucken.

Der Fahrer spricht immer noch. Enkelkinder. Wieder Billard. Der Mann, der einmal genau dort saß, wo ich jetzt sitze, auf dem Rücksitz seines Taxis, und ein Messer zog. Ich gebe die höflichen Floskeln zurück, die von mir erwartet werden, *ach wirklich, nicht doch, wow, das glaube ich ja nicht.* Es kommt mir vor wie bei einem Vorsingen. Ich begebe mich in meine mentale Sphäre, und mein Kontrahent will durch oberflächliches Geplapper meinen Fokus stören.

Ich versuche, mich zu konzentrieren, Klarheit zu schaffen, denn in meinem Kopf sind das Haus und alle Menschen darin verpixelt wie jemand in den Nachrichten, dessen Bild nicht gezeigt werden darf. *In fünfzehn Minuten*, sage ich mir, *in zehn Minuten, in fünf*. Ich berühre den Umschlag in meiner Tasche, checke mein Gesicht mit meiner Handykamera – *in drei Minuten* –, aber ich schaffe es nicht, es real werden zu lassen. Ich habe es mir so oft vorgestellt, dass es sich selbst jetzt, da ich es wirklich erlebe, erfunden anfühlt.

Wir biegen um eine Kurve, und dann sind keine Häuser mehr zu sehen. Nur Felder zu jeder Seite der Fahrbahn. Telefonmasten. Der Fahrer spricht immer noch, und ich mache die bestätigenden Geräusche an den falschen Stellen. Eine kleinere Straße, eine noch kleinere Straße – immer tiefer hinein in die Unwirklichkeit –, und dann eine schmale Landstraße. Ich erkenne sie wieder. Hier hat Google Street View geendet.

Er bringt mich bis ans Ende, hält vor einem Tor, dahinter eine von Bäumen gesäumte Auffahrt, sodass man das Haus nicht sehen kann.

Schon in Ordnung, sage ich, denn ich will nicht, dass jemand das Auto hört. Ich steige hier aus.

Sicher?

Danke.

Ich bezahle ihn und gehe durch das Tor, die Auffahrt hoch. Ich biege um die Ecke zu seinem Haus, das immer unbezwingbar gewirkt hatte, und hier bin ich nun und bezwinge es. Das Bild wird scharf.

Überhaupt nicht so, wie ich es mir vorgestellt hatte.

Lang, niedrig, L-förmig, flaches Dach, Backstein, lauter lange Fenster. Ich hätte den Stil des Hauses nicht benennen können. Hätte nicht mal schätzen können, wann es erbaut worden war.

Ich gehe zur Eingangstür und klingle. Es ist so anders als in meiner Fantasie, ich kann nicht glauben, dass er oder sie oder irgendjemand die Tür aufmachen könnte. Ich weiß nicht einmal mehr, ob ich an ihn glaube. Es gibt nur einen kurzen Moment – nachdem ich geklingelt habe, kurze Stille, dann Schritte im Flur, jemand fummelt am Türriegel –, in dem ich Angst bekomme.

Ist Max da? Ich muss ihm etwas geben. Ist Max da? Ich muss ihm etwas geben.

Doch ich brauche das nicht zu sagen, denn als sich die Tür öffnet, ist er es. Ihn wieder vor mir zu haben, ganz nah, ist, wie jemandem gegenüberzustehen, den ich bisher bloß auf einem Foto gesehen habe – er kommt mir unheimlich vertraut und gleichzeitig vollkommen fremd vor –, und ich frage mich, ob ich ihn wirklich kenne oder ihn bloß zu kennen glaube.

Er lächelt.

Anna, sagt er. Hi.

Jeglicher Vorteil, den ich durch mein unangemeldetes Erscheinen zu haben glaubte, löst sich durch das Lächeln in Luft auf.

Hi, sage ich.

Falls er überrascht ist, mich zu sehen, zeigt er es nicht. Ich hatte einen Schockmoment erwartet, einen Moment der Panik, bevor er kapieren würde, was los ist, und mich aus dem Haus jagen würde. Aber nein. Er macht die Tür weit auf, nichts zu verstecken, und er lächelt. Etwas anderes ist merkwürdig, und es dauert einen Augenblick, bis mir klar wird, was es ist, aber dann geht es mir auf. Er trägt Jeans. Blaue Jeans. Einen roten Strickpulli, der ihm etwas zu groß ist. Barfuß. Jegliche eingebildete Bedrohung ist weg. Ich habe ihn noch nie in Jeans gesehen. Ich habe ihn noch nie normal angezogen gesehen.

Willst du reinkommen?, sagt er.

Ich betrete den Flur, er nimmt mir den Mantel ab und hängt ihn in einen Schrank. Ich ziehe meine Schuhe aus, und er lässt auch sie verschwinden. Während wir dieses Willkommensritual vollziehen, sagt er nichts – keine Fragen, nichts davon, was zur Hölle ich hier suche –, und es bringt mich aus dem Konzept. Plötzlich entschuldige ich mich.

Es tut mir wirklich leid, dass ich hier so einfach aufkreuze, sage ich. Entschuldige. Ich musste dich bloß sehen. Und mein Handy ist vor einer Weile kaputtgegangen, also hatte ich deine Nummer nicht mehr, und ich war bei deiner Wohnung, aber die meinten, du wärst ausgezogen, und, na ja, ich habe etwas, das ich dir geben wollte, also – sorry, ich hoffe, ich platze hier nicht in etwas rein, ich wusste nicht, wie ich dich sonst treffen könnte, ich –

Er wartet ab, bis sich meine Entschuldigungen erschöpfen. Sieht mich mit einem Ausdruck an, der Belustigung sein könnte. Ich hatte seine stille Art vergessen. Wie ich durch ihn jeder unnötigen Bewegung, die ich mache, gewahr werde.

Du brauchst dir wirklich keine Sorgen zu machen, Anna, sagt er. Es ist schön, dich zu sehen.

Wir stehen im Flur. Er macht keine Anstalten, weiter hineinzugehen, sagt nichts, lächelt bloß, als hätte ich etwas unfreiwillig Komisches gesagt, und um die Stille auszufüllen, verfalle ich in Nettigkeiten. Cocktailpartygespräche. Ich sage ihm, das Haus sei hübsch. Ich lobe den Flur. Und er ist wirklich sehr schön. Lang und ausgesprochen hell, eine niedrige Bank vor dem Fenster zur Linken, Schiebetüren zu den Zimmern zur Rechten. Ein heller Holzboden geht in die Holztreppe über, die sich an der hinteren Wand nach oben windet. Bunte Blumen in Vasen.

Danke, sagt er. Ich mag ihn auch.

Was hast du so gemacht?

Heute? Den Baum aufgestellt. Hier drin.

Das erste Zimmer zur Rechten, ein Wohnzimmer, zwei Wände mit holzgerahmten Fenstern. In einer Ecke des Raums steht der Baum, fast deckenhoch und echt. Es riecht nach holziger Kiefer und der Boden ist übersät mit grünen Nadeln, wo er sie hereingetragen hat. Ein paar Kartons mit Deko, Kugeln, eine Lichterkette auf dem Boden. Er hat sie zur Hälfte entwirrt. Da liegt eine Säge, eine Scheibe vom Baumstamm, ein paar abgetrennte Zweige, damit er in den Ständer passt.

Er ist ganz nah neben mir in der Tür. Ich kann seinen Schweiß riechen. Ein Anflug von Verlangen.

Schmückst du ihn heute noch?, frage ich, nur um irgendwas zu sagen.

Ich warte auf die Kinder.

Was?

Hysterischer als beabsichtigt. Er sieht mich von der Seite an.

Die Kinder meines Bruders, sagt er. Sie kommen am Montag.

Reiß dich verdammt noch mal zusammen.

Oh klar, sage ich. Wie schön.

Ja, ist es. Die ganze Familie kommt sogar. Wir feiern Weihnachten hier.

Das ist schön.

Ist es.

Eine Pause.

Hier herrscht das reinste Chaos, sagt er. Lass uns nach oben gehen.

Entlang des Flurs zeigt er mir die Zimmer, an denen wir vorbeigehen, und lässt mich hineinschauen. Esszimmer, antiker Tisch, blaue Stühle. Weiße Küche, anthrazitgraue Fliesen. Alles ist hell, ordentlich und ruhig. Er erzählt mir darüber. In den Dreißigern erbaut, sagt er. Aber dies sei der neue Modernismus, nicht die Art mit den weißen Blöcken. Dieselben Grundlagen – einfache Ansicht, funktionales Design –, aber traditionelle Materialien, erklärt er. Das richtige Zeug. Er nennt den Architekten, als hätte ich schon von ihm gehört haben müssen, was ich nicht habe, aber ich nicke. Im Besitz ein und derselben Familie seit der Erbauung, sagt er. Vom Vater an den Sohn weitergegeben. Es sei auseinandergefallen, als er es gekauft habe. Er liebe es, sagt er. Er habe es wieder zusammengesetzt.

Wir gehen die Treppe hoch, er spricht weiter. Ich fühle mich wie in einem dieser Träume, die ich manchmal habe, in denen ich auf der Bühne stehe, aber nicht mehr weiß, in welcher Oper ich bin. Es ist jedoch kein Albtraum, denn er trägt die Handlung selbst so gut. Ich brauche nichts weiter zu tun, als mitzuspielen.

Hier rein, sagt er.

Ein weiteres Wohnzimmer, intimer als das auf der unteren Etage. Sofas um einen Backsteinkamin arrangiert. Eine

Wand voll mit Bücherregalen, auf denen die Bücher ordentlich aufgereiht sind. Blumen in blauen Vasen. Eine holzgerahmte Fenstertür vom Boden bis zur Decke. Ein Balkon, der ins Grüne hinausgeht – Rasen, Bäume, Kirschblüten. Keine anderen Häuser.

Wir setzen uns auf ein Sofa, er auf die eine Seite und ich ganz weit weg auf die andere.

Also hast du die Londoner Wohnung aufgegeben?, sage ich.

Ich vermiete sie. Vielleicht verkaufe ich sie. Ich bin noch unentschlossen.

Wieso?

Na ja, ich bin mir nicht mehr so sicher, ob sie eine gute Investition ist. Nicht in diesem Klima.

Nein, ich meine, warum hast du sie verlassen?

Ich muss nicht mehr dort sein. In London. Ich habe gekündigt.

Deinen Job?

Ja.

Im Ernst? Warum?

Er zuckt mit den Schultern.

Aus verschiedenen Gründen, sagt er.

Zum Beispiel?

Na ja, sie haben mich weiter unter Druck gesetzt, nach New York zu ziehen. Und ich habe es in Erwägung gezogen, aber sechs Wochen dort haben mich davon überzeugt, es nicht zu tun. Und, na ja, also. Verschiedene Gründe.

Was willst du stattdessen machen?

Ich weiß noch nicht so genau, sagt er. Etwas Sinnvolles.

Er lächelt so, als würde er sich über sich selbst lustig machen, oder vielleicht über mich. Dieses alte vertraute Gefühl – er weiß etwas, das ich nicht weiß, ich kann nicht mithalten, gerate ins Wanken, ins Straucheln, falle zurück. Mir fällt nichts mehr ein, was ich sagen könnte, also frage ich: Kann ich das Badezimmer benutzen?

Am Ende des Flurs, sagt er.

Der Flur ist glasverblendet. In den abgehenden Schlafzimmern stehen ordentlich gemachte Betten, sonst nichts. Das letzte ist seins, das größte, mit eigenem Bad. Ein Stapel Bücher auf dem Nachttisch. Ein paar Hemden über dem Rücken eines Stuhls. Ich gehe ins Badezimmer am Ende des Flurs. Versuche, mich daran zu erinnern, warum ich hier bin. Wasche mir die Hände mit einer teuer riechenden Seife – keine anderen Toilettenartikel, nichts am Badewannenrand, dieses Badezimmer wird nicht genutzt. Schaue in den Spiegel. Lege meine Haare zurecht. Und ich kann nicht umhin, ihn mir hier allein vorzustellen, mich zu fragen, womit er seine Zeit füllt. All die Wochenenden, die ich in London damit zugebracht hatte, mir den Kopf darüber zu zerbrechen, was er wohl machte. Und was genau hatte er gemacht? Seine Bücher gelesen? In seinem Garten spazieren gegangen? Die Dielen aus dem Boden gerissen und die darunterliegenden Rohre begutachtet?

Als ich zurückkomme, schaut er aus dem Fenster und dreht sich nicht gleich zu mir um. Es ist schon spät für einen Dezembertag, und das kalte, schwindende Licht färbt ihn golden. Sein Haar ist länger als früher. Er sieht nicht mehr müde aus. Ich will zu ihm hingehen, ihn in den Arm nehmen, doch ich bin nicht hergekommen, um schwach zu werden.

Ich habe etwas für dich, sage ich.

Er dreht sich um. Die vertraute Regung seines Lächelns.

Das sagtest du. Was ist es?

Ich hole den Umschlag aus meiner Tasche und halte ihn ihm hin.

Was ist das?

Das Geld, das ich dir schulde.

Er sieht verwirrt aus.

Welches Geld?

Das Geld, das du mir geliehen hast.

Kurzes Schweigen. Er sieht den Umschlag und dann mich an.

Oh, sagt er. Oh klar. Das hättest du wirklich nicht tun müssen.

Ich sagte doch, ich würde es dir zurückzahlen.

Ich weiß, sagt er. Nun, danke.

Aber er nimmt es nicht. Ich lege es auf den Couchtisch, er sagt nichts, und ich fange an, mich zu schämen. Was ich mir als Geste vorgestellt hatte, die *Fick dich!* ausdrücken würde, erscheint jetzt geschmacklos. Ich habe auch noch die Summe auf den Umschlag geschrieben. Ich wünsche mir, ich hätte das nicht getan.

Also hast du einen Job?, fragt er.

Nein. Na ja, irgendwie schon. Ich bin wieder am Konservatorium. Und singe wieder Jazz. Und unterrichte auch ein wenig.

Das ist gut, sagt er. Ich bin froh, dass es bei dir gut läuft. Ich habe mir Sorgen um dich gemacht.

Da will ich ihn wissen lassen, *wie* gut es bei mir läuft. Ich erzähle ihm vom Festival im Sommer. Dem Konzert letzten Abend. Der Show, in der ich letzten Monat mitgespielt habe, *Les mamelles de Tirésias*. Der neuen Oper, an der ich mit ein paar Leuten zusammengearbeitet habe, die ich in Martignargues kennengelernt habe, und davon, dass wir vor Kurzem eine Finanzierung bekommen haben. Es gibt so vieles, auf das ich stolz bin und von dem ich ihm erzählen will. Während ich rede, hört er zu, nickt, lächelt. Mir scheint jedoch, dass er es immer noch nicht ganz begreift, also erzähle ich ihm, dass ich die Hauptrolle im Poulenc gesungen habe, es gab einige richtig gute Kritiken – ob er vielleicht welche davon gesehen habe? Dass mich der Regisseur für seine Inszenierung von *Manon* im nächsten Jahr besetzt habe, als ganze Rolle. Er stellt Fragen. Ich erzähle ihm von dem Wettbewerb, den ich im Oktober gewonnen habe, dass mich danach Agenturen angesprochen haben und ich für eine Konzertreihe im nächsten Jahr gebucht wurde. Er wirkt interessiert. Deshalb weiß ich nicht, warum es mir so vorkommt, als würde er sich immer weiter von mir entfernen, je mehr ich versuche, ihn zu beeindrucken. Warum ich mich unsicher fühle, als würde ich angeben. Übertreiben. Ich will immer noch, dass er mich mag, also höre ich auf zu reden.

Ich bin froh, dass es bei dir gut läuft, sagte er wieder. Vielleicht könnte ich zu einem deiner Auftritte kommen.

Vielleicht.

Eine kurze Stille tritt ein, und dann sage ich, dass ich bald losmüsse, schaue auf meinem Handy nach der Uhrzeit, um meinen Händen eine Beschäftigung zu geben. Er wirft einen Blick darauf.

Ist das nicht dasselbe Handy, das du immer hattest?, fragt er.

Was?

Du hast doch gesagt, es sei kaputtgegangen.

Oh. Ja. Ich habe es reparieren lassen. Aber alles wurde gelöscht.

Ach so, sagt er.

Dann plötzlich, als wäre ihm eine Ungereimtheit in einer Geschichte aufgefallen, die ich nicht erzählt hatte, sagt er: Woher, sagtest du noch mal, hast du diese Adresse bekommen?

Der Typ am Empfang hat sie mir gegeben. In deinem alten Haus.

Na das war ja unprofessionell von ihm, sagt er milde.

Es klingt auch nicht nach der Wahrheit, denke ich, aber selbst wenn er die Lüge dahinter erkennt, sagt er nichts.

Musst du denn gleich wieder weg?, sagt er. Lass uns was trinken. Warte hier.

Er geht nach unten.

Draußen ist es fast dunkel. Ich fange an, über die Heimfahrt nachzudenken, darüber, wie lange sie dauern wird und wie kalt es draußen ist. Die kaputte Gardinenstange und die wiederverwendeten Teebeutel. Frage mich, wie man in diesem Haus aufhören kann, jemanden zu lieben, wie leicht es wäre, die Dinge unversehrt zu lassen. Nicht für sie allerdings. Sie beide zusammen auf diesem Sofa, mit ihren Terminkalendern und einem Glas Wein. Sie zusammengekauert auf dem Sessel gegenüber, blättert durch geschäftliche Papiere, sagt, *kannst du bloß eine Sekunde mal still sein? Ich versuche, zu denken.* Sie schaut in die Dunkelheit hinter dem Fenster, sieht nichts und fühlt – ja was? –, und fühlt sich einsam. Hat sie das? Und fühlt sich gefangen. Eine dumme Vorstellung. Ich denke nicht, dass sie hier jemals gelebt hat.

Er bringt eine Flasche Rotwein und schenkt uns beiden ein Glas ein. Er zündet das Feuer an, setzt sich wieder aufs Sofa, neben mich.

Hat deine Freundin dir erzählt, dass ich dich gesucht habe?, fragt er.

Was? Nein. Laurie?

Vor ein paar Monaten. Kurz bevor ich London verlassen habe. Ich bin zur Bar gegangen. Dachte, du arbeitest vielleicht wieder da. Und ich hatte recht, wie sich rausstellte, aber du warst an diesem Abend nicht da.

Was hat sie gesagt?

Sie hat gesagt, dass es dir gut geht. Dass du mit jemand anderem zusammen und sehr glücklich bist und ich dich in Ruhe lassen sollte. Das habe ich respektiert.

Ich bin noch dabei, zu verarbeiten, was das bedeutet, als er sagt, und bist du es noch?

Noch was?

Mit jemandem zusammen.

Ja.

Nun, ich bin froh, dass du glücklich bist, sagt er. Irgendwie.

Was meinst du mit *irgendwie*?

Es ist bloß schade, das ist alles, sagt er. Dass du mit jemandem zusammen bist, meine ich. Erzähl mir von ihm.

Es gibt nicht viel zu erzählen.

Wer ist er?

Du hast ihn schon mal getroffen. Er ist Sänger. Frankie.

Oh. Der.

Er hebt die Augenbrauen, als würde ihn die Vorstellung amüsieren.

Bist du eifersüchtig?, frage ich.

Na ja, du bist mit jemand anderem zusammen, sagt er, aber du wolltest den ganzen Weg herkommen, um mich zu sehen. Anstatt, du weißt schon, mir einen Scheck zu schicken. Das ist eine interessante Entscheidung. Also, sagt er, die Stimme schwer vor Ironie. Ist es Liebe?

Warum fragst du mich das?

Das war doch nur ein Witz.

Stille tritt ein. Ich habe meinen Wein ausgetrunken, obwohl ich ihn kaum geschmeckt habe. Er schenkt mir nach. Seine Unterlippe ist rot gefärbt.

Dann sagt er: Okay, willst du die Wahrheit hören? Ich

musste dich sehen. Deshalb bin ich in die Bar gekommen. Ich habe wieder an dich gedacht. Konnte nicht aufhören, an dich zu denken. Als ich hörte, dass du mit jemand anderem zusammen bist, habe ich, na ja.

Ich starre ihn an. Mir fällt nichts ein, was ich sagen könnte, also fängt er an zu reden.

Es habe angefangen, als es wieder kalt geworden sei, sagt er, als der Herbst gekommen sei. Da habe er angefangen, darüber nachzudenken. Zu bereuen, was geschehen sei, wie es geendet habe. Nicht seine ehrenhafteste Stunde, sagt er, mit der Arbeit und der Scheidung und, na ja, mit allem. Er habe sich schlecht benommen, sagt er, das wisse er. Aber als es wieder kälter geworden sei, vielleicht weil es die Zeit sei, in der wir uns kennengelernt hatten, und –

Seine Stimme fährt immer weiter fort, sanft und beruhigend, lockt mir jegliche Gegenwehr aus den Fingern. Das konnte er schon immer. Plötzlich und völlig unerwartet das aussprechen, was ich gedacht hatte und von dem ich nie erwartet hätte, dass er es auch dachte. Denn für mich war es genauso gewesen. Als der Sommer zu Ende ging, als der Herbst kam, schaute ich zurück und dachte, das war vor einem Jahr, und ich fragte mich, ob es immer so sein würde – ob er für immer auf diese Zeit des Jahres abgefärbt hätte. Ich dachte, das ist doch sinnlos, total sinnlos, diese Nostalgie, die für immer Zeiten schönfärbt, von denen du weißt, dass sie kompliziert waren, ein Chaos, das dich unglücklich gemacht hat – das führt doch sicherlich zu nichts, diese ständige Sehnsucht nach der Vergangenheit.

Er schaut mich unverwandt an, sein Blick trifft meinen, und ich erinnere mich daran, wie es ist, wenn nichts eine Rolle spielt außer diesem Moment und dann diesem und dann diesem.

Und was ist überhaupt der Sinn?, sagt er. Darin – was? –, das Richtige zu tun? Darin, das Richtige zu tun? Was bedeutet das überhaupt? Was ist überhaupt das Richtige? Ist es nicht das Richtige, mit der Person zusammen zu sein, mit der man zusammen sein will? Denn was wäre sonst der Sinn?

Ich weiß nicht, sage ich.

Ich wollte dich wiedersehen, sagt er. Das ist alles.

Na ja, jetzt ist es so weit.

Ja, jetzt ist es so weit.

Ein Moment vergeht, in dem wir uns beide anschauen, und ich denke, deshalb bin ich gekommen, nicht wahr? Er hat recht. Wenn ich ganz still bleibe, wenn ich bloß still bleibe, wird es geschehen.

Doch er bricht den Moment. Er sieht den Umschlag auf dem Tisch an.

Anna, sagt er. Ehrlich, ich hatte keine Ahnung, dass ich dir so viel Geld gegeben habe. Das ist mir nicht aufgefallen. Für mich hat es keinen Unterschied gemacht. Du solltest es behalten. Ich brauche es nicht.

Hinter dem Fenster ist es nun schwarz, das Feuer malt dunkle Schatten in sein Gesicht, doch im Zimmer ist es überraschend kalt.

Nimm es, sage ich, und meine Stimme klingt seltsam losgelöst, nicht wie meine eigene.

Nimm es, sage ich wieder. Bitte. Nimm es. Ich möchte, dass du es nimmst.

Er schaut darauf hinab.

Okay, sagt er. Ich nehme es.

Doch als er nach mir greift, lässt er es auf dem Tisch zwischen uns liegen.